EUROPAVERLAG

UN-SU KIM

뜨거운 피

HEISSES BLUT

THRILLER

Aus dem Französischen von
Sabine Schwenk

EUROPAVERLAG

ERSTER TEIL

FRÜHLING

GUAM

Im Guam trugen die Gangster keine Anzüge.

In allen anderen Stadtteilen von Busan, der größten Hafenstadt Koreas, wimmelte es dagegen von eleganten Gangstern, sie waren so zahlreich wie die Container, die sich auf den Hafenpiers türmten. Für diese Männer war es bekanntermaßen Ehrensache, immer einen frisch gebügelten Anzug zu tragen, und die Bedürfnisse ihrer Ehefrauen und Kinder kümmerten sie nur wenig. Es kam durchaus vor, dass sie sich selbst mit leerem Magen durch den Tag schleppten, um von dem bisschen Gesparten ihre Schuhe putzen zu lassen.

Die Gangster von Guam hingegen ließen keine Mahlzeit ausfallen, um sich stattdessen die Schuhe putzen zu lassen. Sie hatten ja auch gar keine Anzüge. Kein Anzug, keine Schuhe, kein Putzen. So einfach war das.

Von der Insel Yeongdo bis zum Stadtteil Oncheonjang, von Haeundae bis nach Gwangalli, von Nampo-dong bis nach Seomyeon, überall in Busan waren Gangster grundsätzlich in schwarzen Anzügen unterwegs, als kämen sie gerade von einer Beerdigung. Am Hafen von Gamcheong warteten sie in voller Montur auf die mit Schmuggelware beladenen russischen Schiffe und wärmten sich dabei verstohlen an den rostigen

Tonnen, in denen die Hafenarbeiter ihre Feuer entzündeten. Hinterm Zentralbahnhof stolzierten sie wie aus dem Ei gepellt die dunklen Gassen hoch und runter, in denen sie von alternden Prostituierten Schutzgelder erpressten. Und selbst die Gangster der fernen Vorstädte, die den ganzen Tag nichts anderes zu tun hatten, als auf dem Deich träge ihre Angeln ins Wasser zu halten und den auf dem Nakdong-Fluss vorbeitreibenden Enten nachzuschauen, warfen sich nach Sonnenuntergang in Schale, um betont gelangweilt, aber stilvoll im Licht vereinzelter Laternen durch einsame Gegenden zu streifen.

De facto gab es nichts, woraus sich eine wie auch immer geartete Verpflichtung ableiten ließ, der zufolge ein Gangster einen Anzug zu tragen hatte; im Grunde hatte ein Gangster es nicht mal verdient, im Trainingsanzug herumzulaufen. Wie kam es also, dass sämtliche Gangster von Busan immer und überall in großer Garderobe auftraten und nur die von Guam nicht? Manche behaupteten, sie hätten eine verantwortungsvollere Einstellung zum Leben, nach dem Motto: »Was für ein Blödsinn, im Anzug herumzurennen, während deine Frau und deine Blagen am Hungertuch nagen! Wenn du Geld für die Reinigung hast, sieh lieber zu, dass deine Familie was zu essen kriegt.« Andere glaubten, dass die Gangster von Guam relativ früh eine Art Lebensphilosophie entwickelt hätten: Als Gangster sei man ja im Wesentlichen mit Herumlungern und Nichtstun beschäftigt – warum sollte man das im Anzug tun? Vielleicht mal für einen oder zwei Tage, aber immer ... Wie kindisch war das denn? Fasste man diese an den Haaren herbeigezogenen Erklärungen zusammen, lief es darauf hinaus, dass die Gangster von Guam deshalb keine Anzüge trugen, weil sie als erste und einzige die Bedeutungslosigkeit ihres Gangster-Daseins erkannt hatten oder, anders ausgedrückt, weil sie durch schmerzhafte Selbstbeobachtung zu einem ausgeprägten Realitätsbewusstsein gelangt waren. Aber mal ehrlich: Hätte sich über so einen Schwachsinn nicht jeder Straßenköter vor Lachen ausgeschüttet?

Die naheliegendste und überzeugendste Erklärung war und blieb der im Gangstermilieu von Guam verbreitete Aberglaube, dem zufolge ein Gangster im Anzug schneller im Gefängnis landete und länger dort blieb als ein Gangster im Trainingsanzug. Statistisch gesehen ließ sich das durchaus belegen: Es war völlig klar, dass ein Gangster im Anzug mehr auffiel, suspekt wirkte und dadurch ein erhöhtes Risiko lief, sich im Gefängnis wiederzufinden.

Vater Son, Eigentümer des Hotels Mallijang und Chef des Guam-Clans, hatte in einer Rede einmal kluge Worte zu diesem Thema gefunden: »Wenn ein Land schwere Zeiten durchlebt, bekommen es als Erste die Gangster zu spüren. Das war verdammt noch mal schon immer so. Die letzten fünfzig Jahre waren hart für uns. Ein einziges Schlamassel! Japanische Kolonisation, Krieg, Militärputsche … Es ist unglaublich, durch wie viele Hände dieses Land gegangen ist! Erst die Japaner, dann die Russen, die Amerikaner, das Militär … Und jedes Mal, wenn das Land am Boden war und die Machthaber neu, waren wir die ersten Opfer. Wie heißt es so schön: Wenn einer scheißt, kriegt er ein Seidenkissen unter den Hintern, wenn einer furzt, kriegt er Prügel … Am Ende wird immer den Gangstern die Hölle heiß gemacht!

Ich habe mir mal genauer angesehen, wie das seit der japanischen Kolonisation gelaufen ist, und ich kann euch sagen: Die Ersten, die eingebuchtet werden, sind immer die Gangster, die Anzüge tragen. In der Zeit der Kolonisation haben sich die japanischen Polizisten als Erstes auf jeden Gangster im Anzug gestürzt. Dasselbe während der amerikanischen Militärregierung und immer so weiter. Als Park Chung-hee die Macht ergriffen und angefangen hat, die Gesellschaft zu säubern – wen haben sie da reihenweise verhaftet? Wieder die Gangster im Anzug!

Nach seinem Staatsstreich ist auch Chun Doo-hwan gleich auf Verbrecherjagd gegangen, um frischen Wind in die Gesellschaft zu bringen. Und wie sollte es anders sein, die Anzugträger mussten als Erste dran glauben. Es ist gar nicht lange her, da hat Roh Tae-woo auch wieder den Kriminellen den Krieg oder irgend so einen Quatsch erklärt und dann gleich ein paar von unseren Jungs einkassiert – in der Schlange vor der Polizeiwache waren damals nichts als schwarze Anzüge.

Erinnert ihr euch noch an Chilbok aus dem Stadtteil Amidong? Der war auch so einer, ist dauernd in seinem schwarzen Anzug rumstolziert! Wenn er mir über den Weg lief, habe ich jedes Mal versucht, es ihm zu erklären: Mensch, Chilbok, habe ich gesagt, pass auf, was du da machst, das bringt doch nichts, sich als Gangster so rauszuputzen, ist doch nur für einen kurzen Moment, aber das Gefängnis, das ist lebenslänglich. So oft habe ich mit ihm geredet, aber er wollte nicht auf mich hören. Ergebnis? Die anderen aus seiner Bande haben ein oder zwei Jahre bekommen, im schlimmsten Fall drei oder vier, und der gute Chilbok darf jetzt fünfzehn Jahre sitzen! Und das alles nur wegen dem verdammten Anzug. Wenn man im Trainingsanzug verhaftet wird, gilt man als kleiner Gauner, aber lass dich mal im Zweireiher mit einem Sashimi-Messer in der Tasche erwischen, dann wirst du gleich in die Mörder- und Mafiosi-Schublade gesteckt, zu den Bösen, die die Gesellschaft kaputt machen. Glaubt ihr etwa, wenn eine Horde von Typen in schwarzen Anzügen durch die Gegend zieht wie ein Haufen Gymnasiasten in Schuluniform, das fällt der Polizei nicht auf? Und glaubt ihr, die Herren da oben, die sich mit Leib und Seele der Aufgabe verschrieben haben, unser Land zu führen, ärgern sich nicht, wenn sie solche Gangstertrupps im Sonntagsstaat herumlungern sehen?

Ich sag's euch schon seit Ewigkeiten, immer wieder sag ich's euch: Kopf einziehen und Klappe halten, macht euch so unsichtbar wie eine tote Maus, das ist für jeden Gangster die beste Strategie. Was bringt es, wenn du Stil hast, was bringt es, berühmt zu sein? Sobald ihr's in eurem Anzug als Dandy auf irgendeine Titelseite schafft, gibt es nur noch einen Ort, wo ihr landen könnt, und der heißt Knast. Unsereins hat doch eh nichts anderes zu tun, als rumzulungern, wozu braucht man da einen verdammten Anzug?«

Kopf einziehen und Klappe halten – das sollte, jedenfalls wenn es nach Vater Son ging, für jeden Gangster die Devise sein …

Natürlich missfiel die Theorie allen Gangstern, die gern im coolen Anzug unterwegs waren. Doch wer weiß, vielleicht erwies sich Vater Sons Devise eines Tages als Garant für ein langes Leben. Immerhin war er selbst das beste Beispiel.

Mit achtzehn ins Gangstermilieu eingetaucht, hatte er fünfzig Jahre lang in Guam gearbeitet. Er war Zuhälter, Schmuggler und Betrüger gewesen, hatte illegale Kasinos geleitet und Auftragsmorde finanziert, und das alles hatte er überlebt. Er hatte das autoritäre Regime von Park Chung-hee und die Umerziehungslager von Chun Doo-hwan überstanden. Und als Roh Tae-woo dem Verbrechen den Krieg erklärte, waren alle Clan-Chefs des Landes verhaftet, der größten Untaten angeklagt und zu Gefängnisstrafen von zehn bis fünfzehn Jahren verurteilt worden, nur Vater Son war wieder einmal davongekommen. Insgesamt hatte er gerade mal achtzehn Monate im Gefängnis verbracht, wegen Zuhälterei und Zechprellerei, zwei für einen Clan-Chef geradezu lächerliche Vergehen.

Als Langzeitüberlebender in den gefährlichen Gewässern von Guam lag Vater Son seiner rechten Hand Huisu, dem Manager des Hotels Mallijang, ständig damit in den Ohren: »Nenn mir einen von denen, die mit mir zusammen angefangen haben, nur einen Einzigen, der noch lebt. Die haben alle das Zeitliche gesegnet, oder etwa nicht? Erstochen. In Stücke gehackt. Im Knast an ihrem Reis mit Bohnen erstickt. Und warum sind sie deiner Meinung nach abgekratzt? Ich werd's dir sagen: weil sie ihren Grips ausgeschaltet haben. Wenn ein Gangster wie ein Pfau durch die Gegend stolziert, ist es nur eine Frage der Zeit, bis er sang- und klanglos verschwindet. Vergiss nie: Gangster sein bedeutet, dass du ein Leben lang wie auf Eiern gehst. Du bewegst dich ständig auf dünnem Eis. Wenn du in der Unterwelt überleben willst, Huisu, musst du verstohlen sein und dich so unsichtbar machen wie eine tote Maus. Wirklich gut speist man nur, wenn man heimlich speist. ›Der gut Genährte schweigt‹, haben unsere Väter gesagt. Und wo wir schon dabei sind, noch etwas: Sag den Jungs, dass sie aufhören sollen, sich tätowieren zu lassen. Ich verstehe nicht, was der verdammte Unsinn überhaupt soll, sich mit Tinte, die bestimmt gesundheitsschädlich ist, solche dummen Bilder auf die Haut zu malen. Warum soll man als Gangster wie eine wandelnde Plakatwand herumlaufen? Ist es nicht besser, mit der schönen, reinen Haut, so wie die Eltern sie uns geschenkt haben, durchs Leben zu gehen und auch in öffentlichen Bädern willkommen zu sein? Gibt es etwas Besseres als das?«

HOTEL
MALLIJANG

Im November 1990, auf dem Höhepunkt des Krieges gegen das Verbrechen, hatte ein junger Staatsanwalt aus der Provinz Vater Son vor Gericht gebracht und mit folgenden Worten die wahre Natur dessen angeprangert, was sich im Hotel Mallijang abspielte: »Herr Richter, alle Verbrechen in Guam gehen vom Hotel Mallijang aus. Und dieser Mann hier ist seit dreißig Jahren der Eigentümer.«

Trotz seines Ehrgeizes war es dem jungen Staatsanwalt leider nicht gelungen, auch nur eine Zeugenaussage beizubringen. Hätte er von den Tausenden im Hotel Mallijang eingefädelten Verbrechen auch nur ein einziges beweisen können, wäre Vater Son für mindestens dreißig Jahre hinter Gitter gewandert. Mit etwas gutem Willen sogar für dreihundert. Es gab so viele Anklagepunkte wie Haare auf dem Rücken einer Kuh, doch am Ende waren nur zwei darunter, für die der junge, ehrgeizige Staatsanwalt so etwas wie Beweismaterial vorlegen konnte. Es ging dabei um diffuse Aktivitäten im Bereich der Zuhälterei und Zechprellerei.

Das Hotel Mallijang – der Name bedeutete »Zur Großen Mauer« – lag in der Mitte der langen Strandpromenade von Guam.

Mit seiner geschwungenen Architektur fügte sich das zweistöckige Gebäude perfekt in den Halbmond des Strandes ein. Die Japaner hatten es 1913 erbaut und ihm seinen etwas unpassenden Namen gegeben. Fasziniert vom Charme dieses Küstenstrichs mit seinen üppigen Pinienwäldern, gründeten sie die Freizeit-Unternehmensgesellschaft von Guam und legten den ersten Strand von Joseon an. Abgesehen von den Renovierungen nach dem Koreakrieg, als die typisch japanischen Holzkonstruktionen durch Stahlbeton ersetzt wurden, sah das Gebäude noch genauso aus wie zu Beginn des zwanzigsten Jahrhunderts. Damals gehörte es den japanischen Yakuza-Mafiosi.

Es war eine seltsame Zeit: Nachdem die Japaner Korea okkupiert hatten, ließen sie sich in Scharen auf der Halbinsel nieder; allein in Busan waren es sechzigtausend. Insofern sollte der Hotelbetrieb weniger den Koreanern als den Japanern, die über die Meerenge nach Busan kamen, die Freizeit versüßen.

Diese Epoche galt als die Blütezeit von Guam. Die Japaner errichteten an der Steilküste eine Seilbahn zur Schildkröten-Insel und bauten mitten am Strand einen dreistöckigen Sprungturm und eine Hängebrücke zu einer der kleinen, vorgelagerten Felseninseln. In den Zwanzigerjahren, als es in Busan nicht einmal eine Straßenbahn gab, muss die übers Meer schwebende Gondel ein atemberaubender Anblick gewesen sein. Im Sommer strömten dreihunderttausend Menschen aus allen Winkeln des Landes an die Küste von Guam. Selbst sogenannte VIPs mussten den Manager des Hotels Mallijang bestechen, wenn sie in der Hochsaison ein Zimmer haben wollten. Auch wenn der Strand noch so verdreckt war von den stinkenden Abwassern der Sashimi-Restaurants, der Bordelle und Armenviertel, gab es dort im Sommer keinen freien Quadratzentimeter Sand.

Da die Yakuza wussten, dass ihnen ein Hotelmanager mit japanischem Namen möglicherweise zum Problem werden konnte, setzten sie einen Strohmann ein, einen gewissen Son Heungsik, den Großvater von Vater Son. Son Heungsik hatte keinerlei Schulbildung, war jedoch ein intelligenter, hellwacher Mann, zu dem die Yakuza volles Vertrauen hatten. Doch dann kam das Jahr 1945 und mit ihm Japans Zusammenbruch. Überstürzt kehrten alle Japaner in die Heimat zurück, und Son Heungsik konnte das Hotel klammheimlich übernehmen. Es gab viele Koreaner, die so vom allgemeinen Chaos profitierten und sich die Firmen oder geheimen Vermögen ihrer Chefs aneigneten.

Dank der Methoden, die Son Heungsik bei den Japanern gelernt hatte, kam er rasch zu Geld. Geschickt führte er das Hotel und kaufte nach und nach Bars, Bordelle und Kasinos auf, die Japanern gehört hatten. So gewann er immer mehr Einfluss und kontrollierte schließlich am Hafen ein ganzes Händlernetz für illegale Importware. Als während des Koreakrieges der Regierungssitz vorübergehend nach Busan verlegt worden war, konnte er auf der amerikanischen Militärbasis Camp Hialeah Waffen und Vorräte unterschlagen, was ihm enormen Profit einbrachte. Die Jahre zwischen 1945 und 1960 waren gute Jahre für Son Heungsik. Eine Truppe von zweihundert seiner Gangster war Tag und Nacht in der Nähe des Hotels stationiert. Sein Einfluss war so groß, dass die Leute sagten, am Tag sei Rhee Syngman Präsident und in der Nacht Son Heungsik.

Bis zum 13. Februar 1960. Auf dem Höhepunkt von Son Heungsiks Macht tauchte um drei Uhr morgens die Polizei im Hotel auf und verhaftete ihn. Drei Tage und Nächte lang prügelte man in einem Keller auf ihn ein. Als blutiges Wrack kehrte er zurück und starb zwei Tage später. Er war übel zugerichtet worden: Beim Waschen und Herrichten seiner Leiche für die Beerdigung stellte man fest, dass jeder Zentimeter Haut grün und blau geschlagen war, und alle Glieder gebrochen waren. Hintergrund für diese ungewöhnliche Brutalität war ein Konflikt mit Lee Ki-poong, der Nummer zwei der Regierung. Son Heungsik hatte das Verbrechen begangen, den Parteioberen, unter deren Schutz er sein Vermögen aufgebaut hatte, nicht ausreichend Dankbarkeit zu erweisen. Natürlich hatte er sich bedankt, aber auf seine Weise, und die reichte in Lee Ki-poongs Augen nicht aus. Der bereitete sich nämlich zu dieser Zeit auf seine Wahl zum Vizepräsidenten vor und brauchte Geld, viel Geld, denn Wahlen waren schon immer ein teures Vergnügen. Das wusste Son Heungsik, es lag also nicht an fehlendem Scharfblick, dass sein Leben ein so frühes, dramatisches Ende nahm. Im Gegenteil, sein Scharfblick war gerade das, was ihn ins Verderben stürzte. Für ihn war klar, dass dem amtierenden Präsidenten Rhee Syngman die Luft ausging und er auf sein Ende zusteuerte. Lee Ki-poongs Zeit hingegen würde bald anbrechen, und zwar schon sehr bald. Son Heungsik beschloss also, kein Geld mehr in einen alten, morschen Sack zu stecken, der bald zerreißen würde, sondern es sich für den neuen aufzusparen. Er wartete ab, um dann in die neue Regierung unter Lee Ki-poong zu investieren. Leider konnte er Lee von der Ehrlichkeit seiner Absichten nicht überzeugen. Und so stürzte ihn sein Scharfblick ins Verderben. In den drei Tagen und Nächten, in denen Son Heungsik im Keller einer Polizeiwache totgeprügelt wurde, konnte seine Familie nichts für ihn tun. Das Geflecht an Beziehungen zu Politik und Wirtschaft, das er im Laufe seines Lebens geknüpft hatte, half nicht angesichts dieser Übermacht. Einen Monat nach Son Heungsiks Tod, am 15. März 1960, wurde Lee Ki-poong durch groben Wahlbetrug zum Vizepräsidenten gewählt. Einen weiteren Monat später flüchtete derselbe Lee-Kipoong mit seiner ganzen Familie in Raum 36 der Residenz des Präsidenten. Die Liberale Partei lag nach dem Aufstand vom 19. April am Boden. In die Enge getrieben, übernahm es Lees ältester Sohn Lee Kang-seok, zu dieser Zeit Unterleutnant des Heeres, erst den Vater, die Mutter und den jüngeren Bruder zu erschießen und dann die Waffe gegen sich selbst zu richten.

Der absurde Mord an seinem Großvater hatte Vater Son schon in jungen Jahren gezeigt, dass auch ein bekannter, einflussreicher Verbrecher gegenüber den politischen Mächten ein Nichts war und dass jeder, der die Arroganz besaß, diese Mächte herauszufordern, am Ende immer der Nagel war, den der Hammer traf. Auf dieser schmerzhaften Lektion fußte seine Theorie des die Klappe haltenden Gangsters, der sich so unsichtbar machte wie eine tote Maus.

Vater Sons Erzeuger, Son Jeongmin, war ein groß gewachsener, kräftiger Kerl. Ein ganz normaler Mann, der wie fast alle in der Provinz Gyeongsang seine Freunde und den Alkohol liebte, viel Pflichtgefühl besaß und gern mit Geld um sich warf. Wenn einer seiner Kumpel in Gefahr geriet, fühlte er sich selbst angegriffen und zögerte keine Sekunde, dem Freund zu Hilfe zu eilen. Leider endete das Leben dieses jungen, aufrechten Mannes schon vor seinem 30. Geburtstag bei einer Messerstecherei mit einem amerikanischen Soldaten mitten in Gwangbokdong. Die Zeugenaussagen über die Ursache dieser Auseinandersetzung gingen weit auseinander. Angeblich hatte der Soldat auf offener Straße eine junge Koreanerin belästigt, worauf Son Jeongmin im Gegensatz zu den umstehenden Gaffern beherzt eingegriffen hatte. Andere behaupteten, Son Jeongmin sei wie ein Esel losgestürmt, ohne ein Wort Englisch zu verstehen. Die Koreanerin sei in Wirklichkeit die Freundin des Amerikaners gewesen, und die beiden hätten einfach nur Streit gehabt. Wie auch immer, die Sache führte jedenfalls zu allerlei Gerede: Für die einen war es der Tod eines Patrioten und ein Beispiel für den Heldenmut der Männer von Busan, für die anderen ein Tod aus Dummheit, den er sich aus Unkenntnis der englischen

Sprache eingebrockt hatte – was im Übrigen zeigte, wie wichtig es für das eigene Überleben war, diese zu beherrschen. Vater Son ließ keinen Zweifel daran, wie er über den Tod seines Vaters dachte: »Er ist gestorben wie ein Idiot, weil er sich zum Narren gemacht hat. Wer als Gangster so eine dumme Show abzieht, ist weg vom Fenster, zack, aus, das war's.«

DAS
KUCKUCKSDEPOT

In der Lagerhalle rotierten drei riesige Ventilatoren. Vietnamesische Arbeiter hatten begonnen, Säcke mit chinesischem Chilipulver von dem Laster abzuladen, der sich durch die engen Straßen der Stadt gequält hatte. Hinter den Vietnamesen fing ein gutes Dutzend mit Kehrschaufeln bewaffneter Frauen schon an, das Importpulver mit koreanischem Chili zu vermischen. Ein scharfer Geruch breitete sich in der Halle aus.

Das aus Ziegeln und Schiefer errichtete zweistöckige Gebäude war eigentlich nur als Speicher gedacht, Menschen sollten nicht darin arbeiten. Im Verhältnis zu seiner Größe gab es zu wenige und im Übrigen lächerlich kleine Fenster, und da weder eine Heizung noch eine Klimaanlage existierte, beschwerten sich die Arbeiter vor allem in den Winter- und Sommermonaten häufig. Doch der günstige Standort – in Hafennähe, aber abseits gelegen – hatte rasch dazu geführt, dass Vater Son das Lager für die Herstellung seines falschen Sesamöls und die Verwandlung von kalifornischen in koreanische Bohnen nutzte. Man nannte es das »Kuckucksdepot«.

Weil es zudem als Zwischenlager für Schmuggelware diente, tauchten dort manchmal auch Luxusprodukte auf, die über den Hafen eingeschleust worden waren: Wodka, europäischer Wein,

Elektrogeräte von Sony oder Aiwa, russische Pelze, Inhaltsstoffe der chinesischen Medizin. Doch in erster Linie wurden dort banalere Waren gehortet, die weniger Gewinn brachten und einen höheren Einsatz von Arbeitskräften erforderten: Bohnen, Sesam, getrocknete Sardellen und eben Chilipulver.

Huisu war mit Vater Sons Geschäftsmodell nicht recht glücklich. Beim Schmuggeln galt eigentlich die Faustregel: je höher das Risiko, desto größer der Gewinn. Mut zahlte sich aus. Doch in Vater Sons Augen war Vorsicht die Mutter der Porzellankiste. Von Drogen und Waffen wollte er nichts wissen und mied grundsätzlich alle Produkte, die verstärkt vom Zoll kontrolliert wurden. Schon immer ein eher ängstlicher Mensch, war er seit dem Gefängnisaufenthalt vor einigen Jahren eine richtige Memme. Wenn man mit Chilipulver oder chinesischen Bohnen aufflog, konnte das seiner Meinung nach quasi als Mundraub durchgehen, und man kam mit ein paar Scherereien davon, die in wenigen Monaten ausgestanden waren; wer aber beispielsweise mit Waffen in Verbindung gebracht wurde, der konnte für immer einpacken.

Das Taschentuch vor der Nase, warf Huisu einen missmutigen Blick auf die Staub- und Chilischwaden. Was nicht durch die Fenster entweichen konnte, wirbelte bis zur Decke und sank dann langsam wieder zu Boden. Die mangelhafte Luftqualität schien Vater Son nicht im Mindesten zu stören. Zufrieden lächelnd betrachtete er die Berge von Chilipulver.

»Siehst du? Ich hab's dir doch gesagt, Chilipulver läuft dieses Jahr. In letzter Zeit ist der Kurs ganz schön gestiegen. Ich denke, wir können den Großhandelspreis mindestens verfünffachen.« Aus seiner Stimme klang Stolz.

»Macht Ihnen das so große Freude, die armen Bauern übers Ohr zu hauen? Kein Funken schlechtes Gewissen?«, spottete Huisu.

»Ich gebe zu, ein bisschen unangenehm ist es mir schon. Deshalb mische ich ja wenigstens einen Teil koreanisches Chilipulver unter. Ganz ehrlich, manche nehmen nur zehn Prozent, das muss man sich mal vorstellen, wir dagegen mischen ganze zwanzig Prozent unter. Ich habe gehört, dass es in Masan manchmal sogar nur fünf Prozent sind. Das ist doch grausam. Fünf Prozent! Ich verstehe nicht, wie man so niederträchtig sein kann. Wie sollen unsere Bauern denn da überleben?«

Huisu reagierte mit einem sarkastischen Lachen. Fünf Prozent, zehn Prozent, was machte das für einen Unterschied? Außerdem ging es Vater Son doch nur um die Papiere. Denn um das gepanschte Pulver überhaupt in den Handel bringen zu dürfen, musste man beweisen, dass man es in Korea gekauft hatte. Vater Son vermischte also ein bisschen koreanisches Chilipulver mit großen Mengen geschmuggeltem Pulver, um es dann – auf der Grundlage gefälschter Rechnungen – an die Grossisten verkaufen zu können.

»Was gibt's da zu lachen?«, sagte Vater Son in scharfem Ton; Huisus Grinsen hatte ihn offensichtlich gekränkt.

»Wie bitte?«

»Du machst dich doch gerade über mich lustig, oder?«

»Aber nein, ganz und gar nicht.«

»Von wegen. Gewöhn dir das gleich mal ab, dich wegen jeder Kleinigkeit über deinen Boss lustig zu machen. Sonst wirkt es zu despektierlich, und dann fangen die Jungs noch an, es dir nachzumachen.«

Vater Son bückte sich, nahm eine Handvoll Chilipulver und rieb es prüfend zwischen den Fingern. Dann nickte er zufrieden und stieg die Treppe hinauf ins obere Stockwerk. Huisu folgte ihm. Als Vater Son die Tür zu seinem Büro öffnete, fuhr der dicke Wächter, der gerade seine *jjajang*-Nudeln aß, vom Stuhl hoch.

»Seit wann sind Sie hier?«, fragte er und wischte sich mit dem Handrücken über den soßenverschmierten Mund.

»Was schaufelst du da alles in dich rein, dass du gar nicht mitbekommst, wer hier ein und aus geht? Habe ich dir nicht gesagt, du sollst aufpassen, vor allem wenn Ware kommt?« Plötzlich war Vater Sons Zorn entfacht.

Der Dicke sammelte hastig die auf dem Tisch verteilten Gerichte ein: Eine doppelte Portion *jjajang*-Nudeln, ein Teller gebratenes Schweinefleisch, ein weiterer mit Maultaschen und noch einer mit gebratenem Gemüse, dazu eine Flasche chinesischer Schnaps. Bildschirme an der Wand zeigten die Aufnahmen der Überwachungskameras, die vor Kurzem am Hauptportal, an der Hintertür, am Parkplatz und am Eingang zur Lagerhalle installiert worden waren. »Tss«, machte Vater Son, während sein Blick wütend über die auf dem Tisch verstreuten Teller wanderte. Daran gewöhnt, auf jede Laune seines Chefs einzugehen, krümmte der Dicke den feisten Körper zu einer tiefen Verbeugung.

Der »Entleerte« nannten ihn alle. Warum man ausgerechnet ihm diesen seltsamen Spitznamen gegeben hatte, war angesichts seiner Körperfülle von annähernd 130 Kilogramm rätselhaft. Vielleicht hatten Frauen sich das ausgedacht, denn im Bett neigte er wohl tatsächlich dazu, sich allzu rasch zu entleeren. Der Entleerte war jedenfalls so dick, dass ihn jede Bewegung anstrengte und er literweise schwitzte. Bei dem gewaltigen Körper hätte es niemand vermutet, doch er hatte ein sanftmütiges, freundliches Wesen, war unendlich langsam und für Schlägereien eigentlich nicht zu gebrauchen. Kurzum: ein Koloss, aber fürs Gangsterleben völlig ungeeignet. Früher hatte er sich sein Furcht einflößendes Aussehen zunutze gemacht und als Türsteher in einer Bar gearbeitet, ein Job, in dem er sich darauf beschränkte, bedrohlich zu wirken. Doch seit einer Knieoperation konnte er nicht mehr so lange stehen. Da er früh im Gangstermilieu gelandet war, hätte er inzwischen eigentlich als einer der Altgedienten respektiert werden müssen, aber die Jüngeren verachteten ihn. Deshalb hatte Vater Son ihm die Bewachung des Lagers anvertraut. Jemand, der sich nicht gern bewegte, war bestimmt als aufmerksamer Wächter zu gebrauchen. Das hatte er jedenfalls gedacht.

»Verdammt noch mal, was bist du für ein Idiot! Jedes Hundebaby hätte das Lager besser bewacht als du«, schimpfte Vater Son.

»Er ist hier ganz allein zuständig, und essen oder mal aufs Klo darf er ja wohl, oder? Er kann doch nicht die ganze Zeit auf die Bildschirme starren. Ist gut jetzt. Los, du kannst zu Ende essen.« Huisu klopfte dem Entleerten beruhigend auf die Schulter, worauf der sich erneut tief verbeugte, diesmal vor ihm.

Vater Son warf ihm einen vernichtenden Blick zu. »Habe ich gesagt, dass er nicht essen soll? Wenn nichts los ist, kann er sich ja meinetwegen ein bisschen entspannen, aber doch nicht gerade dann, wenn Ware kommt. Da muss man auf Zack sein.«

»Entschuldigung«, sagte der Entleerte.

»Wann sind die hier fertig?«

»Im Prinzip heute.«

»Die sollen den Laster gleich heute Nacht wieder beladen. Ist besser, der Krempel liegt hier nicht lange rum.«

»In Ordnung.«

»Und du, bring mir einen *ssanghwacha*.«

Der Entleerte verließ das Büro, um ihm den Tee zu holen. Die Metalltreppe schepperte unter seinen schweren Schritten.

Vater Son schüttelte bekümmert den Kopf. »Nichts, aber auch gar nichts an diesem Jungen gefällt mir«, sagte er.

»Jetzt haben Sie sich nicht so. Er will doch nur wie alle das Leben in vollen Zügen genießen, nur dass sein Körper eben dabei nicht mitmacht.«

Vater Son deutet feixend auf die vielen Teller. »Wenn man so viel isst, wie soll der Körper da mitmachen? Ist das etwa eine Mahlzeit für eine Person? Davon kann man eine ganze Bürogemeinschaft ernähren.«

Während sich Huisu mit halbem Ohr Vater Sons Genörgel anhörte, schenkte er sich ein Glas Schnaps ein und leerte es in einem Zug. Dann brach er die Wegwerfstäbchen auseinander und nahm sich ein paar Stücke von dem Gemüse.

Vater Son beobachtete ihn besorgt. »Hast du heute noch nichts gegessen?«

»Ich hatte die Augen noch nicht ganz auf, da haben Sie mich schon hergerufen, wann soll ich denn da gegessen haben?«

»Du solltest mehr schlafen. Jede Nacht versumpfst du im Kasino, und am nächsten Tag torkelst du durch die Gegend wie ein krankes Küken. Du warst doch wieder bei Jiho und hast die ganze Nacht Baccara gespielt, oder?«

»Ich habe nicht Baccara gespielt.«

»Du lügst. Deinetwegen stopft sich Jiho die Taschen immer voller.«

Schweigend schluckte Huisu ein paar Bissen Gemüse. Er schenkte sich noch ein Glas ein, trank es aus und verzog das Gesicht. Der Alkohol brannte ihm im Magen.

»Um wie viel Uhr triffst du heute Abend die Typen vom Zoll?«

»Um sechs.«

»Wenn ihr alles in trockenen Tüchern habt, gehst du aber sofort. Man sollte nie länger als nötig bei der angeheirateten Familie herumsitzen, es bringt nichts, und genauso wenig bringt es, länger als nötig mit Leuten herumzusitzen, die für den Staat arbeiten. Das ist schon seit Menschengedenken so.«

»Chef Gu scheint übrigens auch zu kommen. Wird sicher ein heißer Abend.«

»Was soll denn das heißen? Was will denn der Arsch von Bulle?«

»Na, es hieß doch, wir gehen in eine Go-go-Bar, da will er sicher die Gelegenheit nutzen und umsonst saufen. Und mit den Mädchen hat er's ja auch immer noch, obwohl er keinen mehr hochkriegt.«

An dieser ebenso überraschenden wie wertvollen Information hatte Vater Son seine Freude. »Chef Gu kriegt keinen mehr hoch?«

»Schon länger nicht. Jede Nutte hasst es, wenn sie ihn abkriegt.«

»Wie kann es sein, dass ein Kerl, der aussieht wie ein Tiger, so ein Weichtier zwischen den Beinen hat?«

»Wenn bei den Kerlen nichts mehr geht, halten sie sich eigentlich von den Mädchen fern und suchen sich was anderes, Pferderennen, Golf oder was weiß ich. Aber Chef Gu ist ein komischer Typ, der kann's einfach nicht lassen.«

»Da ist er bestimmt nicht der Erste. Genau genommen sind alle Menschen pervers.«

Huisu warf die Stäbchen auf den Tisch und erhob sich mit einem Blick auf die Uhr.

»Gehst du?«

»Muss mich fertig machen. Will mich noch waschen und umziehen.«

»Okay. Viel Spaß bei der Arbeit.«

Doch anstatt zu gehen, blieb Huisu vor Vater Son stehen und sah ihn durchdringend an.

Vater Son reagierte mit einem fragenden Blick. »Was?«

»Ich brauche noch das Geld.«

»Was für Geld? Wenn du das Geld meinst, das die Typen vom Zoll kriegen, das habe ich denen alles schon geschickt.«

»Um Leute in eine Go-go-Bar einzuladen, braucht man Bares. Wollen Sie, dass ich den Ladys Schecks ausstelle, oder was?«

»Also wirklich, wie kleinlich von dir – solche läppischen Ausgaben könntest du wirklich selbst übernehmen.«

Leise schimpfend entnahm Vater Son seiner Brieftasche zwei Geldscheine. Zwei Millionen *won*. Huisu zog die Mundwinkel herunter, worauf Vater Son noch einen dazulegte und ihm alles hinhielt. Drei Millionen. Missmutig nahm Huisu das Geld und stopfte es sich in die Gesäßtasche. Er deutete eine Verbeugung an und verließ das Büro. Auf der Treppe kam ihm der Entleerte entgegen, der sich, eine Tasse *ssanghwacha* in jeder Hand, mühsam an den Aufstieg machte. Seine Kleider waren schweißnass.

»Sie gehen schon, Herr Huisu?«

»Ja, ich habe zu tun.«

»Trinken Sie doch noch einen Tee, bevor Sie gehen. Er sieht vielleicht nicht so aus, aber er ist wirklich sehr gesund.«

»Ist schon gut. Trink du doch einfach meinen, wenn er so gesund ist.«

Um fünfzehn Uhr erreichte Huisu wieder den Parkplatz des Hotels Mallijang. Noch drei Stunden bis zu seinem Treffen. Sein Mund war wie ausgetrocknet, wahrscheinlich von den vielen zu kurzen Nächten in Folge. Außer den paar Bissen im Kuckucksdepot hatte er den ganzen Tag noch nichts gegessen. Sein Magen knurrte, und er war müde. In ein paar Stunden würde er den spendablen Gastgeber spielen müssen. Besser, er aß vorher noch was, duschte, zog sich frische Unterwäsche an und gönnte sich noch eine Mütze Schlaf, denn mit Typen wie Chef Gu drohte die Abendveranstaltung eine nervtötende Sache zu werden.

Huisu warf einen kurzen Blick auf die Uhr. Nachdenklich trommelte er mit den Fingern auf das Lenkrad. Fürs Essen,

Duschen und Schlafen war die Zeit zu knapp. Er ließ den Motor wieder an und fuhr Richtung Kasino.

Auf dem Stuhl neben dem Eingang saß dösend ein Trumm von einem Mann. Auch als Huisi sich direkt vor ihm aufbaute, wachte der Typ nicht auf. Da rüttelte er ihn kurzerhand an der Schulter.

Der Fettwanst schlug die Augen auf und begrüßte Huisu hastig. »Guten Tag, Großer Bruder Huisu.«

»Lass mich rein.«

Der Typ nuschelte etwas in die Sprechanlage; sofort schwang mit einem durchdringenden Piepen eine der schweren Eisentüren auf, die sich am oberen und am unteren Ende der Treppe befanden, die zum Kasino hinunterführten. Sie waren eingebaut worden, damit im Fall einer Polizeirazzia genügend Zeit blieb, das Kasino durch eine Geheimtür zu räumen. Diese Eisentüren waren so massiv, dass man selbst mit einem Schweißbrenner zwanzig Minuten gebraucht hätte, um nur eine von ihnen zu überwinden. Jedes Mal, wenn Huisu die dunkle, feuchte Treppe hinunterging, hatte er das Gefühl, in eine Katakombe hinabzusteigen. Am Fuß der Treppe angelangt, klingelte er. Durch den Spion checkte ein Mann sein Gesicht und machte auf.

Es war Nachmittag und das Kasino trotzdem brechend voll. Huisu ließ den Blick wandern. Alle Tische waren besetzt.

Jiho kam aus seinem Büro geschossen und verbeugte sich vor Huisu. »Großer Bruder Huisu, was verschafft mir zu dieser ungewöhnlichen Tageszeit die Ehre Ihres Besuchs?«

»Nichts, ich hatte gerade ein bisschen Zeit.«

»Soll ich Ihnen einen Tisch frei machen?« Mit forschendem Gesicht versuchte er, Huisus Wünsche am Gesicht abzulesen.

Wie gern wäre Huisu an einen der Tische gegangen, an denen mit hohem Einsatz gespielt wurde, aber dafür hatte er nicht genug Geld dabei. Also zeigte er auf einen, an dem bei einer

Million Schluss war. Jiho ging hin und gab einem der dort sitzenden Männer einen leichten Klaps auf die Schulter. Der Typ drehte sich verärgert um. Als er Huisu sah, erhob er sich schicksalsergeben. Mit einer Hand wischte Jiho beflissen über die Sitzfläche des Stuhls, dann bot er ihn Huisu an.

Bei Jiho gab es nur ein einziges Spiel. Kein Poker, kein Roulette, kein Blackjack, bei Jiho wurde ausschließlich Baccara gespielt. Die Regeln dieses einfachen Spiels kapierte jeder Mensch, der nicht den IQ eines Hundes hatte, im Handumdrehen. Da es außerdem ein sehr schnelles Spiel war, das mehr als hundert Einsätze pro Stunde ermöglichte, hatte es einen hohen Suchtfaktor. Theoretisch hatten die Gäste und das Kasino eine nahezu gleiche Gewinnquote: 49 zu 51. Trotzdem gewann am Ende immer das Kasino. Und weil sich die minimale prozentuale Differenz unendlich oft wiederholte und sich zudem die Provisionen summierten, verließen die Leute das Kasino am Ende des Tages mit leeren Taschen. Bei ihren Versuchen, tiefer in die Geheimnisse des Baccara einzudringen, übersahen sie, dass sie nicht verloren, weil sie keine Ahnung von dem Spiel hatten, sondern nur deshalb, weil sie immer weiterspielten.

Jiho war ein guter Geschäftsmann. Er war gastfreundlich und feierte gern. Kein Wunder also, dass schon so viele Idioten in seinem Kasino ihr Leben verpfuscht hatten. Die alten Leute von Guam mochten ihn. Hatten sie die Wahl, waren ihnen Ganoven, die etwas von Kundenbindung verstanden und liebenswürdig und auf intelligentem Weg Profit machten, lieber als ordinäre Gangster; eben Leute wie Jiho.

Huisu nahm die drei Millionen, die er von Vater Son bekommen hatte, legte aus eigener Tasche zwei Millionen dazu und tauschte sie gegen Spielmünzen ein. Auf der anderen Seite des Tischs wurde er argwöhnisch von Obligation Hong beobachtet.

Auch dessen chinesischer Leibwächter Changdo fixierte Huisu wie immer mit kaltem Blick. Huisu dagegen tat so, als sähe er die beiden nicht.

Er schuldete Obligation Hong einiges Geld. Im Laufe der Zeit war es immer mehr geworden, sodass seine Schulden sich inzwischen auf dreihundert Millionen *won* beliefen. Und in letzter Zeit schaffte es Huisu nicht einmal mehr, die Zinsen zu bezahlen. Obligation Hong war ein gewerbsmäßiger Wucherer, der in Guam von Vater Son geduldet wurde, weil die jungen Kerle, die für ihn arbeiteten, alle von außerhalb kamen. Obligation Hongs ursprünglicher Plan, für die abscheuliche Arbeit des Geldeintreibens Gangster aus dem eigenen Viertel zu engagieren – dessen Bewohner ja alle mehr oder weniger direkt miteinander verwandt waren –, hatte sich offenbar nicht so leicht umsetzen lassen. Nun hatten sie es so geregelt, dass Obligation Hong jeden Monat Vater Son eine hübsche Summe zukommen ließ und dafür in den Kasinos, auf den Märkten und in den Bars sein Geld verleihen konnte. Vater Son stellte sich blind, was die Methoden betraf, mit denen Obligation Hong den verschuldeten Gangstern von Guam auf den Fersen war. Er hatte sich, was das betraf, klar ausgedrückt: »Geldgeschichten sind nicht mein Problem.« Eine Allianz wie die zwischen Krokodilwärter und Krokodil.

Ob Auftragskiller oder Clan-Mitglied – wer sich bei Obligation Hong Geld lieh, hatte keine Chance, ihm zu entkommen. Wie alle Wucherer war er ein Scheusal, dem es gelang, noch aus dem ausgedörrtesten Tintenfisch Saft zu pressen. Das für Gangster eigentlich charakteristische Ehrgefühl hatte er mit seinem Eintritt ins Verbrechermilieu über Bord geworfen. Im Wesentlichen lieh er Spielern und Callgirls Geld, aber seine eigentliche Spezialität war etwas anderes: Er kaufte Gläubigern Schulden ab, die schwer einzutreiben waren. Dafür zahlte er Spottpreise von allenfalls zehn oder zwanzig Prozent der geschuldeten Summe und setzte dann die betroffene Familie, manchmal sogar entfernte Verwandte so unter Druck, dass er nicht nur den kompletten Betrag, sondern auch sämtliche Zinsen bis auf den letzten Heller eintrieb. Und auf seine Methoden hätte selbst der widerlichste Wucherer dankend verzichtet. Er war so pedantisch, so niederträchtig, so hartnäckig, so durchtrieben und gleichzeitig so intelligent, dass jeder, der es einmal mit ihm zu tun bekommen hatte, beim bloßen Gedanken daran vor Angst zitterte. Die Grausamkeit stand ihm ins Gesicht geschrieben. Wer am Ende mit allen bei der Geburt vorhandenen Körperteilen im Sarg liegen wollte, durfte nicht eine Sekunde darüber nachdenken, die Zahlung einer Schuld bei Obligation Hong aufzuschieben, und sei sie noch so klein.

Huisu schuldete ihm allerdings inzwischen dreihundert Millionen, die Zinsen nicht eingerechnet. Trotzdem ging er im Kasino ein und aus und wechselte vor den Augen seines Gläubigers Bargeld in Spielmünzen, als wollte er ihn bewusst provozieren: *Tja, ich habe Geld, aber nicht für dich, da staunst du, was?*

In Wirklichkeit hatte Huisu nicht die geringste Absicht, ihn auf die Palme zu bringen. Die widerwärtigen Methoden, die nun einmal die Geschäftsbasis von Obligation Hong waren, sein Brotverdienst sozusagen, waren ihm vollkommen egal. Huisu hatte einfach Lust zu spielen. Und mal ehrlich, dreihundert Millionen, so viel war mit Arbeit, auch mit harter Arbeit, nicht zu verdienen. Hier jedoch hatte er vor ein paar Monaten sogar dreihundertzwanzig Millionen gewonnen. Er war wie in Trance gewesen, jede Karte, die er umdrehte, war die richtige. Das Glück war ihm so hold, als hätte sich der Spielteufel auf seine Schulter gesetzt. Dreihundertzwanzig Millionen. Wenn er nach dieser Glückssträhne aufgehört hätte, wären seine gesamten Schulden beglichen gewesen. Es war zwar nicht genug Geld, um sein Hundeleben zu beenden und ein neues, sauberes Leben anzufangen, aber doch genug, um wieder Ordnung hineinzubringen und es ihm leicht zu machen. Selbstverständlich hatte Huisu es nicht geschafft, aus dem Spiel auszusteigen. An jenem Tag hatte das Glück seinen Gewinn auf dreihundertzwanzig Millionen hochgetrieben, um ihn anschließend ins Bodenlose fallen zu lassen. Er verlor alles, was er gewonnen hatte, und als sei das nicht schon genug, verschärfte Huisu seine Lage noch, indem er weitere hundert Millionen verspielte, die er sich bei Jiho lieh. So hatte er nun insgesamt, allein in diesem Kasino, bei Obligation Hong dreihundert und bei Jiho hundert Millionen *won* Schulden. Letztere würde Obligation Hong bald zum Freundschaftspreis von Jiho übernehmen, womit Huisu ihm dann vierhundert Millionen schuldete. Jeder andere Gangster hätte für so eine Summe bereits zehn Mal seine Arme und Beine verloren.

Das Spiel war in vollem Gang. Um einen kühlen Kopf zu bewahren, versuchte Huisu, langsam und bewusst zu atmen. Fünf Sekunden einatmen, fünf Sekunden ausatmen, fünf Sekunden einatmen, fünf Sekunden ausatmen ... Mit dem Baccara war es genauso wie mit jedem anderen Spiel: Sobald man in Aufregung geriet, verlor man. Der Erregungspegel musste niedrig bleiben – sowohl wenn sich das Glück einstellte als auch wenn es sich davonmachte. Man musste auf seinen Emotionen reiten wie auf einer Welle. Ruhig machte Huisu seine Einsätze. Einatmen, ausatmen, einatmen ...

Nach einer knappen Stunde hatte er fünf Millionen *won* verloren, mit anderen Worten alles, was er bei sich gehabt hatte. Er zögerte kurz, ob er sich noch mehr Geld bei Jiho leihen sollte, doch als er die Uhrzeit sah, stand er auf.

»Sie gehen schon?«, fragte Jiho.

»Ja, ich habe zu tun.«

Jiho sah sich kurz um, dann zog er ein Bündel Geldscheine aus der Innentasche seiner Jacke; über den Daumen gepeilt ungefähr eine Million *won* in Zehntausendern.

»Was soll das?«

»Ein Geschenk des Hauses, kleine Unterstützung. Jeder weiß, dass Sie in Guam der Meister aller Klassen sind, Großer Bruder Huisu. Ihre Brieftasche darf nicht leer sein.«

»Ist schon okay.«

»Bitte, nehmen Sie das.« Jiho stopfte ihm die Scheine in die Tasche, was Huisu mit gespielter Verlegenheit hinnahm. »Ich wünsche Ihnen einen guten Heimweg.«

»Danke.«

Als Huisu den Ausgang erreichte, versperrte ihm Obligation Hongs Leibwächter Changdo den Weg. Außer dass er Chinese war, wusste Huisu nichts über ihn. Weder, woher er kam, noch, was er früher gemacht hatte. Es gab keine Gerüchte über ihn. Dass aber ein Angsthase wie Obligation Hong nachts nur in Begleitung dieses Typen vor die Tür ging, ließ die Brutalität des Mannes erahnen. »Mein Boss will mit dir reden«, sagte Changdo in gebrochenem Koreanisch.

Mit einem Blick auf die Uhr ging Huisu zu Obligation Hong, der Whisky schlürfend an seinem Tisch saß. Huisu nahm einen Stuhl und setzte sich ihm gegenüber.

»Willst du ein Glas?« Obligation Hongs Hand wanderte schon zur Flasche.

Huisu winkte ab. »Was ist los?«, fragte er.

»Du fragst mich, was los ist? Was soll zwischen uns schon sein, wenn nicht Geld?«

Huisu sah ihn gleichgültig an. Zu diesem Thema hatte er ganz offensichtlich wenig zu sagen. Er wirkte so desinteressiert wie jemand, der zum x-ten Mal denselben Film sieht.

»Bist verschuldet bis über die Ohren und willst hier den Klugscheißer spielen?«, fragte Obligation Hong mit einem irritierten Lachen.

»Soll ich lieber heulen?«

»Wenn man geliehenes Kapital nicht zurückzahlen kann, muss man wenigstens die Zinsen zahlen, bevor man sich wieder an den Spieltisch setzt, das ist ja wohl das Mindeste. Und bei dir habe ich nicht mal eine Hypothek verlangt. Aber wenn du jetzt auch noch anfängst, respektlos zu sein, Huisu, habe ich bei aller Geduld keine andere Wahl, als sehr, sehr böse zu werden.«

»Auch unsereins muss essen. Und wenn ich Ihnen die Zinsen zahle, habe ich kein Geld mehr für Zigaretten.«

»Hör auf mit dem Scheiß. Du hast dir gerade fünf Millionen abzapfen lassen.«

Zum x-ten Mal sah Huisu auf die Uhr, dann gähnte er gelangweilt. »Wenn ich irgendwann den großen Coup lande, gebe ich Ihnen alles zurück. So eine Riesensumme kann man nicht abstottern, wie soll das gehen?«

»Das war doch in Holland, oder? Wo dieser Junge mit einem Arm das Loch im Deich zugestopft hat? Kennst du die Moral von der Geschichte?«

Huisu warf ihm einen blasierten Blick zu.

»Wenn du ein noch so kleines Loch im Deich nicht schnellstens reparierst, stürzt am Ende der ganze Deich ein. Denn wenn er erst mal angefangen hat zu bröckeln, kann ihn nichts mehr halten, nicht mal ein Bulldozer.«

»Wenn Sie predigen wollen, tun Sie das woanders«, entgegnete Huisu, genervt von dem dummen Gerede. »Ich habe nicht den ganzen Tag Zeit! Und hören Sie endlich auf mit dem Gejammer, ich werde Ihr Geld schon nicht auffressen.«

Obligation Hong lief puterrot an. »Wie bitte? Gejammer? Wie redest du mit einem Älteren?«

»Verehrter Älterer, ich danke Ihnen für Ihre wertvollen Belehrungen, erlaube mir nun aber, Sie zu verlassen, weil ich zu tun habe. Bei nächster Gelegenheit werde ich Ihren klugen Ratschlägen lauschen in der Hoffnung, dass ich dadurch ein dickeres Fell bekomme.« Mit diesen Worten stand Huisu auf.

Obligation Hong, immer noch knallrot, funkelte ihn an. »Hör zu, Freundchen, ich rate dir, Vater Son weiterhin schön am Arsch zu kleben. Denn an dem Tag, an dem du das Mallijang verlässt, zahlst du brav alle Zinsen mit deinen Nieren und deinen Augen.«

Huisu lachte angewidert. »Dreckskerl!«

Und damit ging er ohne jede Eile zur Tür, auch wenn er die ganze Zeit spürte, wie sich Obligation Hongs hasserfüllter Blick in seinen Hinterkopf bohrte.

Es war 17 Uhr 30, als Huisu den Wagen am Strand abstellte. Er ging zum Grillrestaurant und warf einen Blick in den Raum, den er reserviert hatte. Chef Gu und die Typen vom Zoll waren noch nicht da. Der Wirt begrüßte ihn und plapperte gleich los: Das Fleisch sei heute wirklich exzellent, er habe aber auch eine Sashimi-Platte vorbereitet, falls der eine oder andere Gast vielleicht doch lieber Fisch essen wolle. Huisu bedankte sich. Abwartend rieb der Mann wie eine Fliege die Handrücken aneinander. Schließlich gab er sich einen Ruck und fragte Huisu in diskretem Ton, ob er vielleicht wisse, wo man zu einem guten Preis einen Naturholzschrank kaufen könne, es gehe um die Hochzeit seiner Tochter. Zerstreut antwortete Huisu, er könne ihm da nicht weiterhelfen. Der Mann schien enttäuscht und versuchte es mit einer anderen Frage: Nachdem er vor ein paar Tagen Elektrogeräte für den Haushalt gesehen habe, unter der Hand importiert, wolle er gern wissen, ob es möglich sei, fünf japanische Reiskocher der Marke Elephant zu bekommen.

Huisu sah ihn kalt an. Etwas verlegen erging sich der Wirt in Erklärungen, murmelte etwas davon, dass seine Tochter den Sohn einer Arztfamilie heirate, dass er befürchte, nicht genug Geld für die Aussteuer zu haben, dass die Reiskocher von Elephant die besten auf dem Markt seien und die Verwandten seines zukünftigen Schwiegersohns sich sicher sehr über einen davon freuen würden. Wieder blickte der Mann forschend in Huisus stummes Gesicht. Dann wagte er es, mit leiser Stimme anzumerken, sein künftiger Schwiegersohn komme aus einer erstklassigen Familie, und dass er fürchte, seine Tochter könne sich unterlegen fühlen. Heute verdienten er und seine Frau recht ordentlich, fuhr er fort, doch als seine Tochter klein gewesen sei, da sei das noch anders gewesen, und deshalb habe sie eine schwere Kindheit gehabt. Sie sei eine gute Schülerin gewesen, doch aufgrund der finanziellen Situation habe sie schließlich nur eine Berufsfachschule besuchen können, was er heute sehr bedauere.

Huisu wurde langsam ungeduldig. Mit einem langen Seufzer antwortete er, dass er sich wegen der Elephant-Reiskocher erkundigen werde. Sofort hellte sich die Miene des Mannes auf. Huisu schaute auf die Uhr. Noch zwanzig Minuten. Wahrscheinlich eher mehr, denn Pünktlichkeit war nicht Chef Gus Sache. Auf einmal hatte Huisu einen fürchterlichen Durchhänger. Gern hätte er sich irgendwo hingelegt und kurz die Augen zugemacht. Aber wenn er blieb, würde er weiter das Geschwätz des Wirtes ertragen müssen, über seine ach so nette Tochter und den ach so vornehmen künftigen Schwiegersohn. Womöglich fragte er noch, ob auf der amerikanischen Militärbasis nicht ein Kühlschrank von General Electric aufzutreiben sei. Huisu stand auf und ging.

Es war April und der Strand so gut wie leer. Huisu zündete sich eine Zigarette an. Automatisch begann er, die Spaziergänger zu zählen, es waren sieben. Ein mittelaltes Paar – wahrscheinlich unverheiratet –, zwei die Schule schwänzende Gymnasiasten und drei japanische Touristinnen gesetzten Alters. Allein an diesem Strandabschnitt gab es mehrere Dutzend Sashimi-Restaurants, über hundert Bars und Cafés und tausendvierhundert leere Hotelzimmer. Und am Strand waren sieben Menschen. Man benötigte keinen Taschenrechner, um zu erkennen, was das bedeutete. Voll war es nur im Kasino. Huisu warf seine Zigarette in den Sand und klemmte sich sofort eine neue zwischen die Lippen.

In diesem Moment kam eine Gruppe von Jungen aus Gyeongtaes Boxverein am Meer entlanggelaufen. Gyeongtae, der neben ihnen herrannte, spornte sie laut an. Huisu steckte die Zigarette, die er gerade anzünden wollte, wieder in die Schachtel. Auch Gyeongtae hatte ihn gesehen und winkte. Huisu erwiderte den Gruß. Auf seiner Höhe angelangt, blieb Gyeongtae stehen und die Gruppe mit ihm.

»Nicht stehen bleiben! Gwangho vertritt mich!«, befahl Gyeongtae mit fester Stimme. Während die Gruppe weiterlief, holte er schnaufend Luft. »Mann, ich kann nicht mehr. Kann mit diesen Bürschchen einfach nicht mehr mithalten.«

»Seid ihr auf dem Hügel von Hyeolcheongso gestartet?«

Gyeongtae nickte, den Oberkörper vorgebeugt, die Hände auf die Knie gestützt.

»Hey, ich bin wirklich beeindruckt: Kim Gyeongtae, Asien-Champion! Dass du so eine Strecke immer noch schaffst! Den Hügel komme ich sogar im Schritttempo kaum noch hoch.«

»Beeindruckt? Da muss ich aber lachen. Früher bin ich die Strecke drei Mal hintereinander gerannt. Inzwischen muss ich richtig die Zähne zusammenbeißen, damit mir diese Früchtchen nicht weglaufen.«

»Wenn es zu anstrengend ist, kauf dir einen Motorroller.«

»Nein, die Jungs würden einen Trainer verachten, der mit dem Roller hinter ihnen herfährt. Die würden mich nicht mehr respektieren.«

Gyeongtaes ernster Ton brachte Huisu zum Lachen. »Ach ja? Pater Martino hatte uns aber auch vom Fahrrad aus gut im Griff.«

»Du kannst mich doch nicht mit Pater Martino vergleichen. Der hatte ein wahnsinniges Charisma, das weißt du selbst. Habe ich kein bisschen. Deshalb bleibt mir nichts anderes übrig, ich muss mitlaufen.«

Wieder lachte Huisu, nicht weil er lustig fand, was sein Freund gesagt hatte, sondern weil es ihm gefiel, dass er so in Form war. Auch Gyeongtae musste lachen, ohne genau zu wissen, warum. Alle Jungen aus dem Wohlfahrtsheim Mojawon, in dem Huisu aufgewachsen war, hatten damals bei Pater Martino boxen gelernt. Pater Martino war ein italienischer Pfarrer, ein willensstarker Typ und ehemaliger Profiboxer. Nach der Schule liefen die Jungen den Weg, der vom Hyeolcheongso-Hügel bis zum Leuchtturm am Ende der Mole führte, einmal hin und zurück, insgesamt zwölf Kilometer. Das Boxtraining fand in einer kleinen, baufälligen Halle hinter der Kirche von Guam statt. Sie sprangen Seil, machten Beinarbeit und boxten gegen Sandsäcke oder Punchingbälle, die ihnen als Sparringpartner dienten. In dieser Zeit war Huisu glücklich. Er liebte den salzigen Geruch des Windes, der vom Meer kam, das Schnaufen seiner Kameraden und die harten, trommelnden Schläge seines Herzens. Er liebte das Quietschen der Ketten, an denen die Sandsäcke hingen, das peitschende Geräusch der Springseile, wenn sie auf den Boden schlugen, und das monotone Stampfen der Füße vor den Punchingbällen. Wenn es in seinem Leben rückblickend etwas gab, dem sich Huisu mit Leib und Seele verschrieben hatte, dann war es das Boxen.

Während die Jungs damals fröhlich auf die Sandsäcke eindroschen, sprach Pater Martino mit gütigem Gesicht von Liebe. Das Universum sei voller Liebe, sagte er, die Bäume und der Wind voller Liebe, und dass es Gottes einziger Wunsch sei, dass sie einander liebten. Bei jedem Boxtraining sagte Pater Martino das. Eigentlich konnte man mit solchen Worten nicht falschliegen … Doch entgegen seinem Wunsch waren die Kinder aus Mojawon, die bei ihm das Boxen gelernt hatten, zwar gesund an Leib, aber nicht gesund an Seele aufgewachsen, denn alle waren kriminell geworden. Manche waren schon tot – erstochen –, andere saßen im Gefängnis. Huisu hatte das Boxen mit achtzehn aufgegeben, als er Junior-Gangster wurde. Gyeongtae dagegen hatte weitergemacht. Für kurze Zeit war er sogar Profiboxer gewesen, hatte es bis zu den Olympischen Spielen geschafft – auch wenn er dort keine Medaille errang – und an der Asien-Boxmeisterschaft teilgenommen, wo er in seiner Kategorie Champion wurde.

»Wie geht es Pater Martino?«, fragte Huisu.

»Nicht sehr gut. Er würde dich sehr gern sehen. Sollen wir ihn nicht mal zusammen besuchen, Huisu?«

»Nein, lass mal. Welchen Sinn hat es, ihm einen Kriminellen zu präsentieren? Wer weiß, wie er reagieren würde.«

Gyeongtae nickte, und Huisu fragte sich, ob sein Nicken »verstehe« oder »dann eben nicht« bedeutete. Die Jungen waren bis zum Ende der Mole gelaufen, einmal um den Leuchtturm herum, und kamen nun wieder näher.

»Ich muss los.«

»Okay. Geh ruhig.«

»Arbeitest du heute?«

»Wenn du es Arbeit nennen willst: Ich muss ein paar Betrüger ausführen und ihnen einen ausgeben.«

Gyeongtae zog sich die Kappe tief ins Gesicht, lächelte Huisu an und setzte seinen Trainingslauf fort, den steilen Hyeolcheongso-Hügel hinauf. Huisu klemmte sich die Zigarette wieder zwischen die Lippen. Er blickte Gyeongtae nach, wie er geschmeidig aufs Meer zulief. In jungen Jahren konnte er schneller laufen als Gyeongtae und hatte länger durchgehalten. Er war damals auch derjenige, den Pater Martino beim Boxen mit dem größten Enthusiasmus begleitete. Wäre Huisu heute mit Gyeongtae gelaufen, er hätte nach hundert Metern den gesamten Inhalt seines Magens ausgekotzt. Die Zigarette im Mund, wanderte sein Blick zu den jungen Boxern, die auf Gyeongtae zuliefen, und dann weiter zum roten Leuchtturm und den wenigen Möwen, die ihn träge umkreisten. Schließlich warf er die Zigarette unangezündet in den weißen Sand und ging langsam zum Grillrestaurant zurück, um dort Chef Gu und die Typen vom Zoll zu begrüßen.

AUF DER TERRASSE

Zehn Uhr morgens. Auf der Terrasse des Hotels Mallijang saßen zwei Männer. Der eine war Vater Son, Eigentümer des Hotels, der andere Huisu, sein Manager. Vater Son wirkte an diesem Morgen außerordentlich gut gelaunt, Huisu dagegen mürrisch und übernächtigt, nachdem ihn der Anruf seines Chefs aus dem Schlaf gerissen hatte. Gähnend blickte er auf die große Wanduhr.

»Bist du müde?«

»Wenn Sie mit mir reden müssen, bitte lieber nachmittags. Ich bin ein Gangster und arbeite nachts, wieso sollte ich da morgens schon munter sein?« Gereizt drückte Huisu die Zigarette im Aschenbecher aus, nahm einen Schluck Kaffee und verzog das Gesicht. Offenbar tat das Gebräu seinem Magen nicht gut.

Vater Son bereute längst, ihn so früh geweckt zu haben – mit einem kleinen Löffel in seinem Ginsengtee rührend, sah er Huisu prüfend an. »Wie kannst du auf leeren Magen Kaffee trinken? Du solltest Ginsengtee trinken, der ist gesund.«

»Den können Sie gern selbst trinken und ein langes Leben haben.«

»Also wirklich, ich bin freundlich, und du meckerst nur rum.«

»Ihre Freundlichkeit juckt mich nicht, sagen Sie mir einfach, was Sie mir sagen wollen, damit ich weiterschlafen kann.«

»Nun, ich wollte einfach mal hören, wie es gestern mit den Leuten vom Zoll gelaufen ist.«

»Was für eine Frage. Gebechert haben die, mit allem, was dazugehört, und da ist ordentlich Kohle bei draufgegangen.«

Vater Son nickte.

»Was die Mengen betrifft, alles so wie letztes Jahr?«

»Die Menge ist denen scheißegal, Hauptsache, es ist nichts Gefährliches dabei.«

»Natürlich ist nichts Gefährliches dabei. Aber pass du von deiner Seite auch auf, dass die Jungs uns nichts Faules unterjubeln. Dann müssen wir nämlich alle dran glauben. Miese Zeiten sind das.«

»Wo wir gerade davon reden, können wir das mit dem chinesischen Chilipulver nicht mal sein lassen? Das bringt so wenig ein, finden Sie wirklich, dass sich dafür der Anblick von schaufelnden, schwitzenden Gangstern lohnt?«

»Da täuschst du dich, das Chilipulver ist durchaus lukrativ.«

»Für Sie bestimmt, Sie müssen ja auch nur rumsitzen und Scheine zählen. Aber was ist mit uns? Bis wir die beschissenen Container voll haben, sind wir halb tot.«

»Was redest du da, wie kannst du so übertreiben! Willst du, dass dir das Geld einfach so in die Taschen fliegt ohne jede Anstrengung? Egal, lassen wir das. Um wie viel Uhr wart ihr gestern fertig?«

»Fünf Uhr morgens.«

»Tss, ihr hättet auseinandergehen sollen, sobald das Geschäftliche erledigt war. Warum immer alles so in die Länge ziehen?«

»Bestimmt nicht, weil ich die Kerle so charmant fand. Diese Scheißtypen haben gar nicht daran gedacht, nach Hause zu gehen, die wollten natürlich noch gratis trinken und so weiter.

Vom Grillrestaurant habe ich sie in eine Go-go-Bar geschleppt, dann in einen Nachtklub und dann wieder in eine Bar. Irgendwann habe ich's geschafft, jeden mit einem Mädchen in eins der Zimmer hier zu verfrachten, das Arschloch Gu gleich in meins. Der war völlig besoffen, hat irgendwann angefangen, das Mädchen zu schlagen und Randale zu machen.«

»Er hat das Mädchen geschlagen? Wenn er besoffen ist, schlägt er Frauen, der Dreckskerl?«

»Weil er keinen mehr hochkriegt. Tja, was soll man machen, wenn eine Nutte sich zwei Stunden abmüht und man immer noch keinen Ständer hat? Am Ende ist das Schwein sauer geworden, hat gesagt, sie hätte nicht ihr ganzes Gefühl reingelegt, und hat sich auf sie gestürzt, um sie zu verprügeln. Ich konnte ihn wegzerren, und dann hat er sich im Flur in Unterhose auf dem Boden gewälzt, hat geheult und geschrien, dass er eine schwierige Jugend hatte, und jetzt, wo er endlich einigermaßen anständig leben kann, lässt ihn sein Schwanz im Stich. Fuck!«

»Warum gibt er anderen die Schuld? Sein Schwanz ist das Problem, verdammt.«

»Sehe ich genauso.«

»Aber die vom Zoll waren doch bestimmt Musterknaben, oder?«

»Wenn man den Mädchen glaubt, ist Chef Gu im Vergleich zu denen ein echter Gentleman.«

Vater Son schüttelte grinsend den Kopf. »Was für ein Land! Je mehr Bildung einer hat, desto perverser wird er. Ich frage mich, was man denen in der Schule beibringt.« Er hob die Tasse, schwenkte sie leicht und schlürfte mit dem letzten Schluck Tee den auf den Boden gesunkenen Ginsengrest auf.

Huisu nahm sich wieder eine Zigarette und sah sich um. Mitten im Café saßen vier alte Männer um einen Tisch und ließen sich plaudernd ihre Rinderbrühe schmecken. Diese zahnlosen Greise waren die eigentlichen Besitzer von Guam. Sämtliche Hotels, Karaoke-Bars, Nachtlokale, Kasinos und Go-go-Bars, mit anderen Worten die gesamte Freizeit- und Unterhaltungsindustrie von Guam teilten sich die vier mit Vater Son: ein ehemaliger Militärkommandant, ein ehemaliger Polizist, ein ehemaliger Wucherer und ein ehemaliger Schiffslotse. Inzwischen führten sie ein friedliches Rentnerdasein, gingen frühmorgens spazieren und spielten nachmittags Golf. Hinter einer untadeligen Fassade waren es verabscheuungswürdige Gestalten, die sich von den Einnahmen in Guam keinen Cent entgehen ließen. Ein ganzes Bataillon von leeren Terrakotta-Töpfchen und -Schälchen, in denen man ihnen Rindsbouillon und fermentierten Rettich serviert hatte, stand kreuz und quer auf dem Tisch verteilt.

»Scheiße, ich habe Ihnen doch gesagt, dass hier morgens keine Rindsbouillon serviert werden soll.«

»Ich habe sie trotzdem bringen lassen, es sind ja sonst keine Gäste da. Die gehen gleich wieder, reg dich nicht auf«, sagte Vater Son beschwichtigend, wenn auch ein bisschen verlegen.

»So was im Café eines Hotels, das geht einfach nicht! Kapieren Sie denn nicht, welche Folgen es fürs Geschäft hat, wenn man hier morgens zwischen frühstückenden Touristen fünf alte Männer zusammensitzen sieht, die ihr Rettich-Kimchi mümmeln? In Zeiten wie diesen läuft alles über Mund-zu-Mund-Propaganda. So was bei uns, da müssen wir uns hinterher nicht wundern, wenn über das Hotel Mallijang geredet wird.«

»Also wirklich, was soll das? Was gehst du mir gleich morgens mit solchen Vorhaltungen auf die Nerven? Habe ich nicht verdammt noch mal das Recht, in meinem eigenen Hotel einen Teller Bouillon zu essen? Wenn dich das so anwidert, mach dein eigenes Hotel auf, da kannst du das Essen von Rinderbrühe gern verbieten.«

»Vergessen Sie's. Was für ein blödsinniges Gerede. Aber am Ende des Tages ist es ja wirklich Ihr Hotel, wie Sie schon sagten. Tun Sie also, was Sie für richtig halten.«

Gereizt drückte Huisu die Zigarette im Aschenbecher aus. »Und ansonsten? Wie wollen Sie die Sache mit Husik regeln?«

Vater Son zuckte zusammen, als er den Namen hörte. »Wieso fängst du jetzt doch wieder damit an? Die Sache ist geregelt, das habe ich dir doch gesagt. Ich habe nur einen Schein von Husik bekommen. Ich sage es dir noch mal: Ich habe diesen Schein so an dich weitergegeben, wie man ihn mir gegeben hat, in einem Umschlag, den ich nicht geöffnet habe.«

»Nur dass ich gestern mit Husik telefoniert habe, und er hat mir versichert, dass er Ihnen zwei Scheine gegeben hat.«

Die Neuigkeit, dass die beiden telefoniert hatten, schien Vater Son in Verlegenheit zu bringen, und er wandte den Blick zum Meer. »So eine Ratte. Was muss mich dieses Arschloch gleich morgens so blamieren. Dem sollte man das verdammte Maul stopfen, am besten tackert man es gleich zu«, murmelte er in die Richtung des Meeres.

Nach kurzem Nachdenken schaute er wieder zu Huisu. »Hör zu, es stimmt, dass Husik mir zwei Scheine gegeben hat, aber weißt du, dieser Typ, der sich um die Stadtverwaltung und die Bullen kümmert – wie heißt er noch, ach ja Bonho –, also dieser Bonho hat darauf bestanden, dass wir an dem Tag auch die Bullen schmieren … Da sind dann gleich noch mal dreißig Millionen draufgegangen. Und Vater Kim, diese hohle Nuss, du weißt doch, wie der ist … der nörgelt rum, wenn er keine Vermittlungsprovision bekommt. Und schon waren noch mal zwanzig Millionen weg.«

»Und die restlichen fünfzig?«

»Die restlichen fünfzig Millionen? Du weißt doch, kaum rührt man sich vom Fleck, entstehen Kosten, was weiß ich, Benzin, kleinere Schulden, die hier und da beglichen werden müssen, und, na ja, essen mussten wir ja auch …«

Vater Sons Satz endete in einem Stammeln.

»Also wirklich, wie kann jemand, der so reich ist wie Sie, dermaßen geizig sein. Wissen Sie, die Jungs arbeiten heutzutage einfach nicht, wenn sie nicht das kriegen, worauf sie Anspruch haben. Dachten Sie, alles wäre immer noch so wie früher?«

»Tja, und was machen wir jetzt?«

»Ich verlange nicht die volle Summe. Geben Sie mir dreißig Millionen.«

Vater Son riss entgeistert die Augen auf. »Dreißig Millionen? Sehe ich aus wie jemand, der dreißig Millionen hat?«

»Na gut, wenn das so ist, dann steige ich eben aus. Warum soll ich mir für nichts und wieder nichts den Allerwertesten aufreißen …«

»Sieh einfach zu, dass du Danka auf achtzig Millionen drückst, dann kannst du zwanzig einstecken.«

»Und Sie glauben, dafür macht dieser Geizkragen bei so einem chaotischen Deal mit? Nie im Leben!«

Vater Sons Unbehagen war nicht zu übersehen. »Verdammte Scheiße, immerhin bin ich höchstpersönlich in die Provinz Chungcheong gefahren, habe meinen alten, müden Körper in diese beschissene Gegend geschleppt, um den Auftrag an Land zu ziehen. Wenn ich dir dreißig Millionen gebe, was bleibt dann für mich? Das deckt nicht mal die Benzinkosten.«

»Hören Sie, heute ist mein Geburtstag, und ich habe noch nicht mal eine Algensuppe gegessen, nicht mal das. Seien Sie nicht so, lassen Sie uns wenigstens ein bisschen teilen.«

»Wie kann das sein? Hat dir Mija denn keine Algensuppe gekocht?«

»Die hat mich doch schon vor einer halben Ewigkeit verlassen.«

»Ach, so … Wo 's doch ausnahmsweise mal ein bisschen gehalten hat. Dann hat auch sie sich also auf und davon gemacht?«

»Klar. Wer bleibt schon bei einem Kerl meines Alters, der noch im Hotel wohnt und dem man zum Geburtstag eine Algensuppe kochen muss?«

»Na, na, na, bloß weil du deine Algensuppe nicht bekommen hast, musst du ja nicht gleich auf mich sauer sein!«

»Nein, nicht deshalb, sondern weil Sie mich wie blöd schuften lassen und mich nicht anständig dafür bezahlen. Was haben mir meine treuen Dienste in all den Jahren denn gebracht?«

»Was faselst du da von treuen Diensten? Was kann ich dafür, dass du nicht genug Geld zusammengekriegt hast? Jedes Mal, wenn die anderen ausgegangen sind, um Fleisch zu essen, bist du mit, wenigstens auf einen Salat, kein Wunder, dass du keine Kohle hast. Wenn du jeden Monat Geld auf die Seite gelegt hättest, anstatt bei Jiho Baccara zu spielen, wärst du jetzt nicht so knapp bei Kasse.«

»Kratzt mich alles nicht, Fleisch, Salat, ist mir egal, ich bleibe hier sitzen, bis Sie mir die dreißig Millionen geben.«

»Mann, bist du anstrengend. Zwanzig, mehr nicht.«

»Wann?«

»Immer mit der Ruhe, ich gebe dir das Geld schon! Habe ich dich je bestohlen?!« Auf einmal war Vater Son stinkwütend.

Mit einem leisen Lächeln beendete Huisu die Diskussion und nahm einen Schluck Wasser. Vater Son hob seine Tasse an den Mund und stellte sie, als er sah, dass sie leer war, verärgert wieder ab.

»Übrigens, was Yongkang betrifft, da könnte es schwierig werden, eine Einigung zu finden.«

Als Vater Son den Namen hörte, runzelte er die Stirn.

»Wie viel will er denn?«

»Er verlangt kein Geld, er will irgendein Business. Und für den Sommer zwei Dutzend Sonnenschirme.«

»Die kleinen zum Vermieten?«

»Nein, die großen, um Alkohol zu verkaufen.«

»Wie viel Gewinn kann man mit zwei Dutzend Schirmen in einem Sommer machen?«

»Wenn der Monsun sich nicht zu lange hinzieht und dann schön die Sonne vom Himmel knallt, kann man locker dreihundert machen.«

»Dieser miese Gauner. So gut wie keine Abgaben zahlen, aber hier bei uns Wurzeln schlagen. An sich wäre es ja keine große Sache, ihm ein paar Schirme zu geben, aber wenn er sie erst mal hat, wird man ihn wahrscheinlich nie mehr los, oder?«

»Wenn er's schafft, Fuß zu fassen, wird's schwierig.«

»Und seine Jungs, sind die von den Philippinen?«

»Nicht nur. Da ist alles dabei: Filipinos, Vietnamesen, Thailänder, Birmanen … Der sogenannte ›Südostasien-Verein‹.«

»Was will er mit so einem bunten Haufen in einem kleinen Viertel wie Guam anstellen?«

»Diese Typen können sonst nirgendwohin: Gamcheon arbeitet schon mit den Russen, Jungang-dong mit den Chinesen und Heaundae und Gwangalli mit den Japanern.«

»Und du glaubst, dass Yongkang wirklich entschlossen ist, sich hier einzunisten?«

Huisu nickte wortlos.

»Komplizierte Sache.«

»Soll ich mich um ihn kümmern, bevor es noch komplizierter wird?«

Vater Son fuhr zusammen und sah sich um.

»Du meinst, ihn umbringen?«

Stumm starrte ihm Huisu ins Gesicht.

»Tss.« Vater Son schüttelte den Kopf. »Also wirklich, seit wann bist du so ein Draufgänger? Leute umbringen ist kein Spiel.«

»Man muss ihn ja nicht gleich kaltstellen, man könnte ihm auch erst mal eine Naht verpassen.«

Vater Son schwieg und dachte nach.

»Huisu, dieser Yongkang ist nicht einfach. Und wenn man gegen die Typen vom Südostasien-Verein vorgeht, riskiert man das totale Chaos. Die halten sich an keine Regeln. Wir müssen die Konfrontation meiden und zusehen, dass wir nur das Arschloch Yongkang erwischen, mit den Typen vom Südostasien-Verein aber einen gemeinsamen Nenner finden. Glaubst du, wir können mit denen verhandeln, wenn wir uns Yongkang vorgeknöpft haben?«

»Ich sehe keinen Grund, warum das mit Geld nicht funktionieren sollte. Die Verbindung zwischen dem Verein und Yongkang ist nicht so eng.«

»Taugen diese Jungs was?«

»Die sind nicht schlecht. Sie arbeiten gut, sind ziemlich günstig und wollen keinen Ärger.«

»Kennst du einen von denen?«

»Ich habe ein paarmal mit Tang gearbeitet, einem Vietnamesen. Wir haben uns gut verstanden, er ist intelligent, hat in Vietnam studiert.«

»Wenn diese Typen auf unsere Jungs stoßen, wird's aber heikel. Die sind ja sowieso schon auf hundertachtzig, weil sie nicht genug Arbeit haben.«

»Das sehen wir dann, so ist das Leben. Unsere Jungs müssen eh mal ein bisschen aufwachen. Die sind inzwischen so mit allen Wassern gewaschen, dass sie meinen, sie könnten schwierigen Jobs aus dem Weg gehen, aber trotzdem jede Menge Kohle einstreichen.«

Vater Son dachte nach. »Huisu.«

»Was?«

»Mit schmutzigen Händen soll man keine Brillengläser anfassen«, sagte er mit gespieltem Ernst.

»Was meinen Sie denn damit?«, fragte Huisu irritiert.

»Wenn du mit dreckigen Händen deine Brille anfasst, machst du sie doch schmutzig, oder?«

»Eben, und was soll das heißen?« Inzwischen klang Huisu leicht gereizt.

»Was soll es schon heißen?«, brummelte Vater Son und blickte zum Meer. »Wenn die Gläser schmutzig sind, siehst du nicht gut, und dann ist es zwar lästig, sie zu putzen, aber wenn du nicht gut siehst, kannst du stolpern. Genau das soll es heißen.«

»Mann, hören Sie auf, solchen Quatsch zu reden, das hier ist ernst. Hören Sie auf mit dem Unsinn. Was ist jetzt, was sollen wir machen?«

»Wir werden sehen. Jetzt ist nicht unbedingt der Moment, sich auf eine neue Sache einzulassen.«

»Gut, bis zum Sommer haben wir noch ein bisschen Zeit und können versuchen, Yongkang einzulullen. Aber ob das funktioniert, wenn er wirklich entschlossen ist?«

»Seit Urzeiten muss ein Gangster die Kunst der Verhandlungsführung beherrschen. Yongkang ist ein Mensch, also hat er auch Angst. Niemand beschließt einfach so, alles um sich her plattzumachen. Nimm ihn dir behutsam vor, wickel ihn um den Finger und sorg dafür, dass kein Blut fließt.«

»Konfliktvermeidung um jeden Preis ist keine Lösung. Weil Sie jeder Auseinandersetzung aus dem Weg gehen, haben die anderen keinen Respekt vor Guam und halten uns für Versager.«

»Kennst du auch nur einen Typen, der zum Messer gegriffen und es überlebt hat? Wen das Messer trifft, der verreckt, aber auch der, der's gezückt hat, verreckt am Ende auf die eine oder andere Weise. Und außerdem, Huisu, du bist vierzig, mein Junge. Wenn du in deinem Alter bei jeder Kleinigkeit wie ein kopfloses Huhn drauflosrennst, gebe ich keinen Pfifferling auf dein Leben.« Nachdenklich sah Huisu ihn an, dann schüttelte er den Kopf. Vater Sons Worte schienen ihn nicht überzeugt zu haben.

»Was machst du heute Nachmittag? Wenn du nichts vorhast, komm mit zum Golf. Wir haben noch einen Platz. Doyen Nam kommt auch.«

»Nehmen Sie doch lieber einen von den vier Alten mit. Die haben ja heute eine kräftige Rindsbouillon geschlürft und sind bestimmt topfit.«

»Meinst du, mit denen macht das Spaß? Nein, der Doyen von Yeongdo will dich sehen und hat mich gebeten, dich dazuzuholen.«

»Wer's glaubt, wird selig.«

»Doch, wirklich. Doyen Nam kann dich gut leiden.«

»Da bin ich nicht dabei. Golf ist nicht mein Ding. Und außerdem fühle ich mich unwohl, wenn Doyen Nam nett zu mir ist.«

Ein zufriedenes Lächeln huschte über Vater Sons Gesicht. Um es zu vertuschen, fing er an zu schimpfen. »Du solltest anders leben, sei mal umgänglicher. Ein Mann muss zu Kompromissen bereit sein. Schau dir die anderen an, die sind zu allem bereit, um sich mit Doyen Nam gut zu stellen.«

»Jaja. Ich mische schon dermaßen lange so viel Chilipulver, um mich mit Ihnen gut zu stellen, dass ich niesen muss, wenn ich den Ausdruck nur höre.«

»Was für ein Mundwerk! Was das betrifft, werde ich dich wohl nie schlagen.«

Vater Son nahm seine Tasse, blickte hinein und stellte sie missmutig wieder ab, weil kein Ginseng mehr am Boden klebte.

Huisu sah ihn gähnend an. »Haben Sie sonst noch was zu sagen? Sonst gehe ich jetzt.«

»Legst du dich wieder hin?«

»Ja, sollte ich wohl.«

»Gut, dann geh hoch und ruh dich ein bisschen aus. Aber jetzt hast du an deinem Geburtstag nicht mal eine Algensuppe gegessen, wie traurig! Soll ich in der Küche darum bitten, dass sie dir eine machen und sie dir hochbringen?«

»Nicht nötig, den Luxus kann ich mir nicht erlauben.«

Und damit erhob sich Huisu und verließ die Terrasse.

Der Rindsbouillon-Club saß immer noch plaudernd an dem Tisch mitten im Café. Einer der Alten, Vater Kim, hielt Huisu an, als er mit höflich gesenktem Kopf vorbeikam.

»He, Huisu!«

Huisu wurde automatisch langsamer.

»Ja?«

»Ich habe gehört, ihr mischt im Depot zwanzig Prozent koreanisches Chili unter, stimmt das?«

»Ja.«

»Warum so viel? Zehn Prozent würden bei Weitem reichen.«

»Ja, zehn Prozent sind mehr als genug«, gab Vater Park seinen Senf dazu. »Mit zehn Prozent ist es quasi ein koreanisches Produkt.«

»Mehr koreanisches Chili bedeutet mehr Spatenstiche«, fügte Vater Kim hinzu. »Und Gott weiß, wie anstrengend diese verdammten Spatenstiche für euch sind.«

Huisu lächelte schwach. »Sie scheinen sich ja große Sorgen um unser Wohlergehen zu machen. Dass sie sogar die Spatenstiche zählen!«

»Wir müssen die Jugend moralisch unterstützen – mehr können wir alten Männer doch nicht tun«, erwiderte Vater Kim selbstgefällig.

Huisu nickte. Dann verließ er die Terrasse und ging direkt hinauf in sein Zimmer.

HOTELZIMMER

Hotel Mallijang, Zimmer 249. Es lag am Ende eines Flurs, gleich gegenüber dem Notausgang, was Huisu ein Gefühl von Sicherheit gab, obwohl er noch nie hatte fliehen müssen. Seit er vor siebzehn Jahren aus Mojawon weggegangen war, hatte er kein richtiges Zuhause mehr gehabt. Zusammen mit anderen Gangstern hatte er – immer provisorisch – in diversen Absteigen gelebt, eine Weile bei einer Kellnerin und eine Zeit lang im Gefängnis. Ein Vagabundenleben an wechselnden Orten, die man ohne Bedauern mit einem Koffer in der Hand hinter sich lassen konnte. Oft wurde er gefragt, ob das Leben in einem Hotel nach all diesen unsteten Jahren nicht der Himmel auf Erden für ihn sei? War ein von einer faulen Ehefrau schlecht in Ordnung gehaltenes Zuhause, mit nicht mal einem sauberen Handtuch im Bad, nicht dreckiger als jede billige Absteige? Und war das Leben in einem Hotel, wo Putzen und Wäschewaschen entfiel, nicht ohnehin angenehmer? Wenn jemand so etwas sagte, lächelte Huisu nur. Sie hatten ja keine Ahnung vom Nomadenleben, so unstet und ohne jeden Halt.

Als Huisu die Zimmertür öffnete, schlug ihm eine Alkoholwolke entgegen. Bierdosen, Whiskyflaschen, Kekse und Stücke von aufgeschnittenem Obst lagen verstreut auf dem Tisch,

Überreste der vorangegangenen Nacht mit Chef Gu. Der Aschenbecher quoll über. Huisu dachte an das Gejammer von Chef Gu, und plötzlich wurde ihm übel. Sein erster Gedanke war, Mau aus dem Foyer zum Saubermachen zu rufen, doch aus Faulheit ließ er die Idee gleich wieder fallen. Im Bad lag ein zusammengerollter Nylonstrumpf auf der Kommode, das Mädchen hatte ihn gestern wohl vergessen. Was für eine Nutte ließ einen Strumpf zurück? Huisu versuchte vergeblich, sich an sie zu erinnern. Wahrscheinlich eine von denen, die an der Hotelbar arbeiteten. Im Geist ging er alle Gesichter durch, doch ihres war wie ausgelöscht. Mit einem zynischen Lachen warf er den Strumpf in den Mülleimer. Sein übersäuerter Magen brannte. Er öffnete die Schublade, nahm ein Alkaselzer heraus, dazu was für den Magen. Daneben lagen Prozac und Xanax, von seinem Arzt verschrieben. Antidepressivum und Angstlöser.

Huisu litt seit Jahren unter Magenschmerzen. Die regelmäßigen Behandlungen im Krankenhaus hatten keine Besserung gebracht. Sein Arzt hatte ihm schließlich geraten, einen Psychiater aufzusuchen. Auf der Basis von klinischen Untersuchungen und einem eher rudimentären Fragebogen hatte dieser trocken seine Diagnose gestellt: »Sie haben eine Depression.« Huisus Magenschmerzen lagen also weder an den ungeregelten Mahlzeiten noch an seinem Alkohol- und Tabakkonsum, nein, sie waren dem Arzt zufolge Symptom eines psychischen Problems. »Aber ich fühle mich nicht depressiv«, hatte Huisu erwidert. »Sie leiden unter einer allgemeinen Antriebsschwäche, können sich für nichts begeistern, alles erscheint Ihnen langweilig und grau, habe ich recht? Nun, genau das ist eine Depression«, hatte ihm der Arzt erklärt. Huisu glaubte nicht daran. Wenn so etwas eine Depression war, litten so gut wie alle Gangster in seinem Umfeld an Depressionen. Sie hassten jede Form von Bewegung, hassten es zu schwitzen, waren für alles zu bequem. Trotzdem hatten

Huisus Magenschmerzen nachgelassen, seit er die Medikamente nahm, und er schlief gut, während er früher erst nach langem Herumwälzen in den Schlaf gefunden hatte.

Er nahm eine Prozac- und eine Xanax-Tablette, legte sie sich auf die Zunge und trank einen Schluck Wasser. Im Badezimmerspiegel blickte ihm ein Vierzigjähriger entgegen, dem man die Jahre ansah.

Vierzig! Zu viel für einen Gangster, fand er. Doch er würde wohl mit einundvierzig und auch mit zweiundvierzig weiter seinen Weg gehen, was blieb ihm denn sonst übrig? Seit über zwanzig Jahren bewegte er sich nun schon in diesem Milieu und hatte es nicht einmal geschafft, sich eine elende Bleibe zu kaufen. Geschweige denn zu heiraten oder ein bisschen Geld auf die Seite zu legen. Das Einzige, was er hatte, war ein Haufen Schulden.

Doch selbst wenn es ihm gelang auszubrechen – wovon sollte er dann leben? Handwerklich war er absolut ungeschickt. Oder könnte er in seinem Alter noch einmal ganz neu starten?

Vierzig Jahre alt. Beruf: mittlerer Kader eines Vorort-Gangsterclans und Manager des Hotels Mallijang. Vorstrafenregister: vier Verurteilungen. Wohnsitz: Hotelzimmer. Gesundheitszustand: depressiv. Dies war Huisus aktuelles Profil.

»Wach auf, Huisu. Du bist vierzig. Nutz deine Chance, ehe du kaltgemacht wirst, und lass dieses Leben hinter dir.«

Huisu hatte mit dem Mann im Spiegel gesprochen, aber der starrte ihn nur trotzig an. Von Müdigkeit übermannt, ließ er sich aufs Bett fallen. Im Fernsehen, das die ganze Nacht über gelaufen war, pflanzte der Präsident gerade einen Baum. Huisus Kehle war wie ausgetrocknet, auch das lag am Schlafmangel. Er drückte seine Zigarette aus und blickte gedankenverloren auf den Bildschirm, wo das Präsidentenpaar gemeinsam diesen Baum pflanzte. Zwei weiße, gut genährte Hunde sprangen den beiden fröhlich um die Beine. In Mojawon, wo Huisu seine Kindheit verbracht hatte, wurden am fünften April, dem Tag des Baums, die Geburtstage aller Kinder gefeiert, ganz gleich, ob sie im Mai oder im Dezember geboren waren. Wenn die Beamten der Stadtverwaltung in den kahl geschlagenen Bergen ihre Bäume gepflanzt hatten, schenkten sie ihnen aus Mildtätigkeit ein kollektives Geburtstagsfest. Für etwa fünfzehn Kinder gab es dann einen Kuchen und sieben Kerzen. Warum ausgerechnet sieben, hatte er nie herausgefunden. Am Tag der Feier gab es im Wohlfahrtsheim Kinder unterschiedlichsten Alters, sie konnten fünf, aber auch schon elf Jahre alt sein. Vielleicht hatten die Beamten einen Altersdurchschnitt errechnet. Oder sie nahmen, ohne sich die Frage überhaupt zu stellen, einfach alle Kerzen, die der Bäcker dazugelegt hatte. Jedenfalls wurden die Kerzen angezündet, die Kinder sangen im Chor *Happy Birthday to you,* und dann zählten diejenigen, die keinen Vater hatten, bis drei und pusteten gemeinsam auf den kleinen Kuchen. Jetzt, an diesem nationalen Baumpflanztag, war die Erinnerung an all diese vergangenen Geburtstage plötzlich wieder da. Erinnerungen an seinen echten Geburtstag hatte Huisu nicht. Darum hatte sich nie jemand gekümmert. Nie hatte er einen Kuchen mit der seinem Alter entsprechenden Anzahl von Kerzen bekommen, und nie hatte ihm morgens jemand eine Algensuppe gebracht.

Den Blick auf das Präsidentenpaar, die weißen Hunde und die jungen Tannen gerichtet, die so klein und zart waren wie Weihnachtsbäume, schlief Huisu ein.

Um vier Uhr nachmittags wachte er auf. Das Telefon schrillte. Genervt ging er hin. Aus dem Hörer drang die Stimme von Mau, der so klang, als wäre etwas zutiefst Besorgniserregendes geschehen.

»Was für eine Katastrophe, Großer Bruder Huisu! Großer Bruder Danka ist gekommen, er wütet im Foyer, er ist fuchsteufelswild! Er will wissen, wo Großer Bruder Huisu ist, er brüllt, dass er Sie umbringt, wenn er Sie findet, und fuchtelt mit einem Sashimimesser herum! Er ist blutüberströmt, die Gäste sind vor Angst weggelaufen, hier herrscht ein einziges Chaos!«

Maus Worte summten wie Bienen in Huisus Ohren. Wut stieg in ihm hoch, aber er versuchte, sich zu beherrschen. Was er auch sagen würde, Mau würde es nicht verstehen.

»Hat er jemanden verletzt?«

»Nein.«

»Warum blutet er dann so?«

»Ich glaube, beim Rumfuchteln hat er sich selbst geschnitten. Also, er ist jetzt auch nicht wirklich blutüberströmt, aber ein bisschen geblutet hat er schon.«

Huisus Ärger wuchs weiter, doch er hatte sich noch im Griff. Sein Arzt hatte ihm geraten, dass er wegen des Bluthochdrucks und der Magenprobleme Stress und Wutausbrüche vermeiden solle. Jenseits der vierzig hänge die Lebensqualität eines Menschen davon ab, wie sorgsam er mit seinem Körper umgehe. Er hatte ihn eindringlich vor Wutausbrüchen gewarnt, denn gerade Wut schade der Gesundheit am meisten. »Behalten Sie das immer im Hinterkopf. Stress ist noch schädlicher als *soju* und Tabak. Bei jedem Wutanfall verengen sich Ihre Arterien, und Ihr Leben verkürzt sich um einen Tag. Verstehen Sie?« An die Ratschläge des alten Arztes denkend, atmete Huisu tief durch.

»Mau, hör auf, wegen etwas so Unwichtigem so ein Geschrei zu machen. Ich bin müde.«

»Entschuldigung, Großer Bruder.«

»Ich wasche mich jetzt. Sag Danka, er soll in einer halben Stunde hochkommen. Und bring mir einen Kaffee, aber schön stark.«

Er wollte auflegen, doch Mau plapperte weiter.

»Soll ich Ihnen nicht lieber eine Suppe bringen? Nach dem Saufgelage gestern muss Ihr Magen doch ganz ramponiert sein. Glauben Sie nicht, dass eine Suppe besser wäre als Kaffee? Byeongsus Mutter hat heute Morgen eine vorbeigebracht, die ist köstlich!«, eiferte er sich.

»Nur einen Kaffee, das reicht.«

»Aber Sie müssen doch wahnsinnigen Hunger haben, wenn Sie keine Suppe wollen, bringe ich Ihnen ein Omelette, vielleicht mit ein bisschen Toast?«

Und mit einem Mal konnte Huisu nicht mehr anders, die ganze Wut, die sich in ihm angestaut hatte, brach mit voller Wucht heraus: »Fuck! Du Schwachkopf! Ich habe dir gesagt, ein Kaffee reicht! Warum lässt du mich das mehrmals wiederholen, verfluchte Scheiße!«, brüllte er in den Hörer.

»Entschuldigung, Großer Bruder. Ich bringe Ihnen den Kaffee sofort«, antwortete Mau, und seine Stimme klang, als sei alle Luft aus ihm gewichen.

Mau arbeitete im Foyer am Empfang. Er ging schon auf die siebenundzwanzig zu. Der Name »Mau« war ein Spitzname, den sich die Leute ausgedacht hatten, weil er so viel belangloses Zeug redete, dass einem ganz mau davon werden konnte. Abgesehen von dem endlosen Geschwafel, das ihm wahrscheinlich in den Genen lag, war Mau kein schlechter Kerl. Er war zuverlässig, freundlich, ehrlich und fleißig. Noch nie hatte er im Hotel versucht, Geld zu unterschlagen oder mit den Zuhältern von Wollong zu mauscheln, die immer versuchten, ihre Nutten in die Bar oder den Karaoke-Keller zu schleusen.

Als Huisu aus der Dusche kam, war Danka schon da, auf seinem Hemd ein paar Spritzer Blut. Ohne Huisu auch nur eine kurze Atempause zu gewähren, ging er gleich auf ihn los.

»Ganz ehrlich, Großer Bruder, du und ich, wir haben ein

Problem. Einen Riesen, hast du gesagt, hundert Millionen, was sollen jetzt diese siebenundachtzig Millionen? Neunzig ist neunzig, hundert ist hundert, ein bisschen Logik muss sein. Was ist das für eine miese Rechnung, bei der am Ende siebenundachtzig rauskommt, hm? Was hast du mit den dreizehn Millionen gemacht, hm? Scheiße, erklär mir das!«

»Mensch, Danka, ging das nicht ein bisschen geräuschloser? Warum machst du jedes Mal, wenn du dich hier blicken lässt, so einen Aufstand?«

»Du würdest mich doch sonst gar nicht empfangen, gib's zu. Bei jedem Problem verschwindest du einfach, weil's dir anscheinend am Arsch vorbeigeht.«

»Was das Geld angeht, habe ich mich nicht selbst bedient, es war schon zu wenig, als ich's bekommen habe. Husik hat nämlich auch noch die Bullen und die von der Stadtverwaltung geschmiert und Vater Kim eine Vermittlungsprovision gezahlt. Ich schwöre, wir haben für alles selbst nur einen Riesen bekommen«, sagte Huisu, während er sich mit dem Handtuch die Haare trocken rieb.

»Großer Bruder, weißt du, wie viel ein Busticket heutzutage kostet? Oder ein Teller *jjajangmyeon?*«

»Was soll der Scheiß?«

»Du kapierst es nicht, Mann. Von diesen siebenundachtzig Millionen muss ich dreißig Jungs zusammentrommeln und für diesen Job in die hintersten Berge der Provinz Chungcheong karren. Findest du das in Ordnung?«

»Was soll daran nicht in Ordnung sein? Wenn der Job erledigt ist, steckst du von den siebenundachtzig Millionen doch sowieso mindestens dreißig ein.«

»Dreißig Millionen? Das Geld wird nicht mal die Kosten decken, da muss ich eigenes Geld zuschießen. Und zwar nicht zu knapp.«

»Deckt nicht die Kosten? Zuschießen? Der Job dauert einen Tag! Mit ein bisschen gutem Willen kriegt man das ja wohl hin. Du bist doch eigentlich gut in solchen Dingen, unglaublich, dass du dich so anstellst!«

Danka nahm einen Zettel und einen Taschenrechner aus der Hosentasche und legte beides auf den Tisch. »Hab's genau durchgerechnet. Hier, sag mir, ob du eine Möglichkeit siehst, auch nur irgendwo zehn *won* zu streichen.«

Huisi überflog das Blatt, auf dem alle Ausgaben gut überschaubar aufgelistet waren. »Fünf Millionen allein für die Vans? Für fünf Millionen bekommst du doch glatt einen neuen. Und warum fünf? Für dreißig Jungs? Hast du mir nicht gesagt, dass in einen zwölf Leute reinpassen? Drei Vans reichen, und da bleiben sogar noch sechs Plätze übrig.«

»Von wegen, zwölf Leute in einen Van … Wenn du da zwölf von diesen Orang-Utans reinstopfst, ist er brechend voll! Wie sollen die in drei reinpassen? Und die Ausrüstung muss ja auch noch mit. Oder sollen wir die Eisenstangen mit der Post schicken? Außerdem kriegen die Wagen gefälschte Kennzeichen, damit man nicht gleich sieht, dass wir aus Busan kommen. Da entstehen auch noch Kosten fürs Austauschen der Nummernschilder.«

»Und das hier, was soll das? Zehn Millionen nur fürs Essen! Was bist du für ein Arsch! Willst du 'ne Party schmeißen, nachdem ihr alles plattgemacht habt?«

»Die Jungs machen einen harten Job, da gehen wir anschließend in eine Go-go-Bar. Du glaubst doch nicht, dass die sich mit *soju* und 'nem Schweinefuß begnügen, so wie wir früher?«

»Und dann hier, die Arbeitskosten: neunhundertdreißig plus tausendzweihundert plus achthundert, geht's nicht noch komplizierter?«

»Unsere Jungs kriegen dreihunderttausend pro Nase. Es sind einunddreißig, das macht neun Millionen dreihunderttausend. Für die mittleren Kader aus Ami-dong, die mit ihren Jungs kommen, muss man drei Millionen pro Nase rechnen, und für die aus Guam zwei Millionen.«

»Warum eigentlich dreihunderttausend? Bis vor Kurzem waren es noch zweihunderttausend.«

»Wer macht so einen Job heutzutage noch für zweihunderttausend? Da kann man ja gleich auf dem Bau schuften.«

»Und die Kerle aus Ami-dong haben tatsächlich drei Millionen verlangt?«

»Die sind nicht von hier, ja, da musst du mindestens drei Millionen einkalkulieren …«

»Was für Ärsche! Die hängen nur in den Vans rum und wollen drei Millionen haben? Verdammt, dann eben nicht!«

Huisu wischte wütend den Zettel vom Tisch. Sofort hob Danka ihn wieder auf und fing an, wie ein Wilder auf dem Taschenrechner herumzutippen. Schließlich hielt er Huisu das Ergebnis unter die Nase, genau hundertundeine Million.

»Hier, allein die Kosten machen genau hundertundeine Million aus. Da lässt sich kein Fitzelchen mehr rausrechnen. Ich müsste mindestens fünfzig Millionen mehr kriegen, aber okay, ich verlange nur dreißig Millionen von dir. Um uns wenigstens ein bisschen zu motivieren. Bei so einem Job sind nach allem, was ich gehört habe, normalerweise mindestens zwei Riesen fällig.«

»Ich schwöre, ich habe nur neunzig Millionen bekommen. Der Alte hat zehn Millionen verschwinden lassen.«

»Nimmt er sich bei solchen Geschäften sonst auch seinen Teil?«

»Er hat zehn Millionen abgezweigt, weil er seinen alten, müden Körper bis nach Chungcheong-do schaffen musste, um den Auftrag an Land zu ziehen. Du siehst doch selbst, dass ich keine Wahl hatte.«

»Der übertreibt, bei dem vielen Geld, das er hat.«

»Danka, das ist so lächerlich, dass ich es dir eigentlich gar nicht sagen wollte, aber für dieses Ding nehme ich selbst nur drei Millionen. Deshalb die Pauschale von siebenundachtzig Millionen, da sind meine drei Millionen abgezogen. Husik hat uns um diesen Scheiß gebeten, er hat keine Ruhe gegeben und gemeint, wenigstens diesen Gefallen könnten wir ihm ja wohl tun. Du siehst doch, dass ich auch nichts davon habe. Es tut mir leid für dich, aber dieses Mal ist es besser, wenn es so läuft. Außerdem ist dein Großer Bruder im Moment ein bisschen klamm.«

»Dann sollen wir das also dieses Mal hinnehmen, willst du das damit sagen? Und beim nächsten Mal geht das Ganze wieder von vorn los. Ich hab die Schnauze voll! Glaubst du, wir sind Volontäre von UNICEF? Unsere Jungs sind diejenigen, die hier schuften und die Prügel beziehen. Wenn was passiert, müssen sie dafür bezahlen und sonst niemand … Nein, vergiss es, nicht mit mir, ich steige aus.«

»Du alte Ratte, komm schon, ich überlass dir diesen Sommer auch einen Satz Sonnenschirme, versprochen.«

»Du meinst einen Zwölfer-Satz?«

»Einen Achter.«

»Wo? An der Hängebrücke?«

»Wo genau, das sehen wir dann. Aber für diesen Sommer bekommst du die Schirme – wenn du dich jetzt um diesen Job kümmerst. Wenn nicht, dann eben nicht, dann frage ich Kröte.«

»Kröte? Der kann doch gar nichts, außer in Zeitlupe zwinkern!«

Danka wirkte nachdenklich. Auch bei siebenundachtzig Millionen war jemand wie er durchaus in der Lage, einen Gewinn von zwanzig Millionen einzustreichen. Er musste rechnen. Im Sommer würden also die Sonnenschirme dazukommen … Die Sache wurde interessant. »Anstatt mir, wie du sagst, Schirme zu geben, lass mich lieber Brathähnchen machen. Die Schirme bedeuten viel Arbeit, und im Sommer werden Meeresfrüchte schnell schlecht. Wenn sich die Monsunzeit ein bisschen hinzieht, sind die Produktkosten und die Lohnkosten der Verkäuferinnen schwer in den Griff zu kriegen. Also, Hähnchen sind besser. Da muss man nur einen großen Kessel mieten, Öl reingießen und die Dinger braten.«

»Bei den Hähnchen ist schon alles vergeben.«

»Wie, alles vergeben? An den Stränden warten Millionen von Touristen darauf, Brathähnchen zu essen.«

»Wenn sich jeder mit Hähnchen den Bauch vollschlägt, wer soll dann noch Sashimi essen? Oder Meeresfrüchte? Die Typen von den Sashimi-Restaurants und den Verkaufsständen an der Mole haben so rumgemotzt, dass wir eine Hähnchenquote einführen mussten.«

»Scheiße, die Schirme sind Kacke.«

Danka nörgelte, also hatte er mit anderen Worten die siebenundachtzig Millionen akzeptiert.

»Nehmt aber keine Eisenstangen mit«, sagte Huisu. »Nehmt Stöcke.«

»Wie bitte? Denkst du, ein Stock ist weniger gefährlich, Großer Bruder? So läuft das vor Ort aber nicht, Eisenstangen sind sicherer. Ein Kerl, der sich mit einer Eisenstange vor dir aufbaut, ist ja wohl beeindruckender als einer mit 'nem Stück Holz in der Hand. Das beugt Ausschreitungen vor.«

»Verstehe. Deshalb habt ihr wohl letztes Mal zwei Leuten den Schädel eingeschlagen. Nach Übernahme der Krankenhausrechnungen und aller Schlichtungskosten waren wir blank, du Arsch! Wenn du mir noch so einen Unfall aufdrückst, regnet die Scheiße auch auf dich, kapiert?«

»Ich sorge dafür, dass alles gut läuft. Ich liefere gute Arbeit, verstehst du? Aber dafür kriege ich auch einen guten Platz für meine Schirme, okay?«

»Okay.«

»Und …«

»Was noch?«

»Meine anderen Geschäfte hast du nicht vergessen, oder?«

»Wovon redest du? Willst du immer noch anderen dein Zeug unterschieben? Wir haben mit den Leuten vom Zoll schon alles geklärt. Wenn du was durchschleusen willst, was bei denen auf der verschärften Kontrollliste steht, und wir werden erwischt, fliegt der ganze Container in die Luft.«

»Ich hab dir doch gesagt, so was ist es nicht.«

»Jaja … Also diesmal keine gefälschten Rolex aus China?«

»Nein, diesmal sind es Tigerknochen.«

Ein zufriedenes Lächeln huschte über Dankas Gesicht.

»Tigerknochen? Wozu das?«

»In ganz Asien sind die Apotheken scharf drauf. Normalerweise müssen es ganze Tigerknochen sein, die bringen ein Vermögen. Aber das Risiko ist zu groß. Also musste ich die Tränen runterschlucken und alles zermahlen lassen. Das Pulver wurde in Kosmetiktiegel gefüllt, das Risiko, damit erwischt zu werden, ist gleich null. Außerdem scheinen sogar die Zollhunde Angst vor Tigern zu haben und machen einen Bogen um die Ware.«

»Na, super.«

»Du darfst mich nicht verachten, Großer Bruder. Ich bin nur ein Straßenhändler, aber du wirst sehen, irgendwann macht auch der kleine Danka ein fettes Geschäft und fährt Mercedes.«

Er holte seine Zigaretten aus der Hemdtasche. Der Deal schien zu stehen. Auch Huisu griff zu seiner Zigarettenschachtel: Sie war leer. Wie selbstverständlich nahm er sich eine aus Dankas Packung; der sah ihn verdutzt an.

Sie kannten sich schon lange. Seit Mojawon war Danka immer an Huisus Seite gewesen. Er war so schlau, dass er es fertiggebracht hätte, mitten in der Sahara Heizdecken zu verkaufen, die mit Sand gefüllt waren. Er lernte schnell und konnte das Gelernte im selben Tempo zu Geld machen. Doch das große Los hatte er bei aller Beharrlichkeit noch nicht gezogen. Er war das tragische Musterbeispiel eines Mannes, der nie ans Ziel kam, obwohl es zum Greifen nah schien.

Huisu öffnete das Fenster und zündete seine Zigarette an. Die Luft, die ins Zimmer strömte, war salzig und schwer. Es war Nachsaison und der Strand von Guam menschenleer. Im Sommer würde er von Urlaubern wimmeln, und man würde in Guam endlich wieder Geld verdienen. Dank der ums Zehnfache erhöhten Preise, die die Händler den Sommergästen dann abknöpften, konnten sie sich durchschlagen. Auch in den Hotels explodierten die Preise, und die Bars und Restaurants lieferten bei höchster Bezahlung ein Minimum an Service. Bisher hatte das immer funktioniert, weil die Gäste nur kurz blieben und es in der Hochsaison überall so war. In Guam arbeitete man im Sommer, um das restliche Jahr davon zu leben. Allerdings war die Saison immer schnell vorbei, und bis zur nächsten durchzuhalten war nicht leicht. Dann machten am Ende des Sommers die Billardsalons, Cafés und billigen Absteigen auf, jeder saugte jeden aus, und im Nu waren alle in Guam wieder arm.

»Weiß der alte Dalja eigentlich noch, wie man mit dem Messer umgeht?«, fragte Huisu plötzlich.

»Ich habe gehört, dass er aus Altersgründen nicht mehr arbeitet. Anscheinend hat sein Sohn die Geschäfte übernommen.«

»Der Sohn? Dieses hübsche Kerlchen? Aber der ist doch noch ein Kind!«

»Von wegen. Als es neulich in Oncheonjang diesen Streit um Anteile am Bananenverkauf gab, sind zwei mittlere Kader umgekommen. War wohl der Sohn von Dalja.«

»Wieso weiß ich davon nichts?«

»Wenn jeder x-Beliebige über solche vertraulichen Dinge informiert wird, wovon soll ich dann bitte schön leben?«

»Was heißt hier vertrauliche Dinge, Mann?! Und seit wann bin ich jeder x-Beliebige?«

»Wie kommst du überhaupt auf Dalja?«

»Yongkang, dieser Mistkerl, braucht eine kleine Lektion.«

»Warum?«

»Er hat klammheimlich die Fühler ausgestreckt und will jetzt bei uns Wurzeln schlagen.«

Das Gespräch drohte zu kippen; Danka spürte die Anspannung und wurde bleich. »Was für eine Lektion?«

»Ich dachte daran, ihm einen Fuß abzuschneiden.«

»Yongkang ist zäh, das weißt du.«

Danka holte tief Luft, dann fügte er hinzu: »Es ist nicht seine Art, sich wegen einem Fuß geschlagen zu geben. Und die Typen vom Freundeskreis der Vietnam-Veteranen, diese Bande von Kriegsversehrten, sind gefährlich. Ganz zu schweigen von den Kerlen vom Südostasien-Verein, das sind hartgesottene Burschen. Die lassen sich durch nichts einschüchtern. Mit unseren gutherzigen Jungs können wir keinen Krieg gegen Yongkang führen.«

»Keinen Krieg. Ihn nur zurückdrängen.«

»Ich will damit nur sagen, dass ein abgeschnittener Fuß bei Yongkang nicht reichen wird. Wenn du den wirklich loswerden willst, musst du ihn gleich ganz unter die Erde bringen. Sonst hast du nur Ärger. Soll ich Dalja also fragen, ob er noch arbeitet?«

»Nein. Der Alte hat sich noch nicht entschieden.«

»Na, dann gib Yongkang eben ein paar Schirme. Wir müssen was tun, sonst fliegt uns alles um die Ohren wie eine geplatzte Reisrolle. Dann ist dein Leben und auch meins für den Arsch.«

»Ein paar Schirme wären für mich kein Problem. Aber wird ihm das genügen?«

»Glaubst du, wir könnten die Typen vom Südostasien-Verein übernehmen, wenn wir Yongkang ausschalten?«

»Wird schon gehen.«

»Unsere Jungs werden sich aber nicht freuen, wenn wir sie mit denen zusammenstecken.«

»Wahrscheinlich nicht«, sagte Huisu lakonisch.

Ist doch egal, wenn sie sich nicht freuen, dachte er. Um seine Interessen zu verteidigen, brauchte er Männer. Er war dringend auf diese Asiaten angewiesen. In Guam gab es nur Weichlinge. Alle Kerle, die einigermaßen korrekt waren, saßen im Gefängnis oder waren gegangen, um anderswo leichter ihren Unterhalt zu verdienen. Es gab keine Kleinkriminellen mehr, die bereit waren, gemeinsam in vergammelten Bruchbuden zu hausen und füreinander einzustehen. Nur noch kleine, berechnende Trickser, die es möglichst bequem haben wollten. Huisus Zigarette war zu Ende geraucht, und Danka, der auf dem Sofa in Zeitungen geblättert hatte, stand auf.

»Ach, übrigens, morgen kommt Ami aus dem Gefängnis. Wusstest du das?«

»Ja.«

»Die Jungs freuen sich so darauf, ihn abzuholen, dass der Strand jetzt schon wie leer gefegt ist. Verrückt, dass Ami immer noch so gefragt ist. Gehst du auch hin?«

»Und du?«

»Kann nicht, hab zu viel zu tun.«

»Ich werde wohl auch nicht hingehen.«

»Okay, na, dann bin ich mal weg und lass dich arbeiten.«

»Ich hoffe, du bist mir nicht allzu böse, dass ich dir dieses Mal nicht genug gebe.«

»Wenn ich du wäre, würde ich mein Versprechen halten, ich meine die Schirme …«

»Hey, Danka …«

»Was?«

»Lässt du mir deine Kippen da?«

»Scheiße, kannst du dir nicht selbst welche kaufen?«

Schimpfend nahm Danka seine Zigaretten aus der Hemdtasche, legte sie ihm hin und ging. Huisu zündete sich eine an, betrachtete das Meer, ließ seine Gedanken schweifen. Während er dem Rauch nachschaute, der im Meerwind davonwehte, flüsterte er: »Ami kommt zurück.«

Ami war 1989 im Gefängnis gelandet. Huisu zählte die Jahre an den Fingern ab: Es waren genau vier. Vor fünf Jahren hatte Ami dem Yeongdo-Clan nach einem Revierstreit den Krieg erklärt. Yeongdo war der Schoß, aus dem alle wichtigen Gangs von Busan hervorgegangen waren, um sich später in anderen Vierteln selbstständig zu machen. Ursprünglich von Flüchtlingen nach dem Koreakrieg gegründet, war Yeongdo eine sogar landesweit derart mächtige Organisation geworden, dass ganz Busan schon seit vier Jahrzehnten unter ihrem Joch lebte. Die ersten Mafiagenerationen der Stadt waren alle in den Flüchtlingsvierteln herangewachsen, die während des Krieges entstanden waren, Nambumin, Chojang, Wandwol, Gamcheon und eben die Insel Yeongdo. Unter all diesen Gangs war der Yeongdo-Clan immer der mächtigste gewesen. Schon sehr früh hatte er den großen Handelshafen beherrscht und seine Aktivitäten beträchtlich ausgeweitet, als man die Waren, die dort im Korea- und später während des Vietnamkriegs als Nachschub gehortet wurden, in Umlauf bringen konnte. Durch den Handelshafen hatte der Clan auch dauerhafte Beziehungen zur russischen Mafia und den japanischen Yakuza aufbauen können. Yeongdo war also eine breit aufgestellte Organisation, die in einer völlig anderen Liga spielte als der Clan von Guam.

Im Grunde waren die Handelshäfen das, was aus Busan eine Stadt der Gangster gemacht hatte. In den 1930er-Jahren hatte sie mit ihren gerade mal zweihunderttausend Einwohnern nur eine kleine Anlegestelle. Ein großer Hafen wäre unnötig gewesen, weil die ängstlichen Joseon-Könige bis dahin eine Politik der Abschottung praktiziert und jeden kulturellen und kommerziellen Austausch mit anderen Ländern abgeblockt hatten. Mit Ausbruch des Koreakriegs aber wurde für die enormen Lieferungen von Nachschub und Material ein großer Hafen gebraucht, und die plötzlich mit Waren überschüttete Bevölkerung von Busan begann so rasant zu wachsen, dass innerhalb von dreißig Jahren die Vier-Millionen-Marke erreicht war.

Zur Entstehung des modernen Busan hatten Menschen beigetragen, die nicht von dort stammten, sondern vor den Kommunisten aus der Manduschurei in Richtung Süden geflohen waren. Diese Menschen, die nicht mehr besaßen als ihr Leben, hatten nicht nur erstaunlich viel Energie, sondern – nach den Erfahrungen der Flucht – auch einiges an Wut in sich. Man konnte sie nicht zwingen, weiter zurückzuweichen, denn hinter ihnen war jetzt nur noch das Meer.

In Guam dagegen lebten Menschen, die in Busan geboren waren. Die Gangster von Guam waren äußerst stolz darauf, dass schon der Vater ihres Vaters hier das Licht der Welt erblickt hatte und an demselben Strand herumgestreunt war wie sie. Während die Gangster aus Dongnae, Haeundae und Oncheonjang ihre Heimat Fremden überlassen hatten, war es ihnen in Guam gelungen, dies zu verhindern. Was allerdings vor allem daran lag, dass es ein uninteressanter Stadtteil war, in dem es schlicht und einfach nichts zu holen gab …

Den Krieg gegen Ami hatte der für seine Brutalität bekannte Cheon Dalho geführt. Er stand an der Spitze des Dalho-Clans, eines der mächtigsten Zweige der von Doyen Nam geführten

Yeongdo-Organisation. Ami war von den meist ängstlichen, duckmäuserischen Männern aus Guam der Erste, der sich einer so großen Organisation entgegenstemmte. Als er Vater Son gebeten hatte, ihn in diesem Krieg gegen den Dalho-Clan zu unterstützen, hatte der nur den Kopf geschüttelt. Nicht einen seiner Männer hatte er Ami geschickt und ihm keinen Cent gegeben, sondern im Gegenteil angekündigt, dass er die Verbindung zu ihm kappen werde, sollte er diesen Krieg wirklich anfangen. Doch Ami hörte nicht auf ihn. Mit sieben Kumpanen, alle mit nichts als Spielzeug-Baseballschlägern bewaffnet, hatte er sich Yeongdo tapfer in den Weg gestellt. Einer von ihnen starb. Zwei andere waren seitdem Invaliden. Die übrigen fünf retteten sich vor den Dalho-Männern in die Provinz oder ins Ausland. Vom Dalho-Clan und der Polizei verfolgt, musste auch Ami fliehen und sich fast ein Jahr lang verstecken. Irgendwann schalteten sich Vater Son und Doyen Nam als Vermittler ein. Die Einzelheiten des Agreements, das eher einer einseitigen Kapitulation als einem Waffenstillstand gleichkam, wurden also von Vater Son, Doyen Nam und Cheon Dalho festgelegt; Ami war nicht beteiligt. So wurde beschlossen, dass er Dalho seine gesamten Geschäfte übergeben und ihm sämtliche Krankenhauskosten sowie eine Entschädigung zahlen müsse. Es war eine verdammt hohe Summe, die das Leben eines Menschen verändern konnte, und Vater Son hatte sie aus eigener Tasche beglichen. Mit dem Erfolg, dass sich die Leute von da an das Maul über seinen krankhaften Geiz zerrissen. Da er ja anscheinend genug Geld hatte, um Cheon Dalho zu entschädigen, hätte er Ami auch von Anfang an helfen und ihn anständig ausrüsten können. Wie dumm, so viel Geld zu verlieren nach allem, was schon passiert war ... Doch Vater Sons Meinung war unerschütterlich geblieben, denn für ihn kam es nicht infrage, gegen eine so mächtige Organisation wie Yeongdo auch nur eine Sekunde lang Krieg zu führen.

Als das Agreement mit Dalho beschlossene Sache war, brach Huisu auf, um Ami zurückzuholen. Er fand ihn irgendwo in weiter Ferne in den Bergen, auf einem Schweinehof versteckt, wo es sein Job war, dafür zu sorgen, dass sich die Schweine miteinander paarten. Er war ausgemergelt und verängstigt. Das Leben auf der Flucht, ohne Geld und ohne Bleibe, war sehr hart. Das wusste Huisu, er hatte es selbst schon drei Mal durchgemacht: ein endloser Kreislauf aus Einsamkeit, Sorge und Verzweiflung. Auf Huisus Rat hin ging Ami widerstandslos zur nächsten Polizeistation. Der Richter schickte ihn und seinen großen, starken Körper für vier Jahre hinter Gitter.

MOJAWON

Sie hatten Ami im Morgengrauen entlassen. Schon in der Nacht waren einige Hotelangestellte und eine Gruppe von Gangstern aus Guam in einem Van zum Gefängnis gefahren. Huisu konnte sich die Szene bestens vorstellen, ohne dabei gewesen zu sein, das laute Hupen und Johlen der Anhänger, die sicher etliche Flaschen gegen die Wand des Gefängnisgebäudes geschleudert hatten. Er selbst war seit Jahren nicht mehr zu einer Entlassung gegangen, nicht einmal zu der von Vater Son. Er hasste dieses Spektakel.

In Busan wurden die Leute immer im Morgengrauen entlassen. Manche kamen sogar schon kurz nach Mitternacht raus. Sobald die Strafe verbüßt war, wollten sie nicht eine Stunde länger eingesperrt sein. Deshalb warteten die Gangster von Busan meistens schon die ganze Nacht vor dem Gefängnistor darauf, ihre Kumpel in Empfang zu nehmen. In der feuchten Luft der Dämmerung rauchten sie, um die Zeit totzuschlagen, eine Zigarette nach der anderen, mit müden Gesichtern und Alkoholfahne. Endlich kam mal wieder jemand aus dem Knast. Entsprechend seiner Position in der Clan-Hierarchie musste dessen Schicksal würdig gefeiert werden! Aber wie, wenn man pleite war und gerade im Begriff, ein lukratives Geschäft, eine Bar, einen

Karaoke-Laden oder einen Massagesalon zu verlieren und seine Jungs sowieso kaum noch versorgen konnte? Jetzt also wieder einer mehr? Den Gürtel noch enger schnallen? Mann, warum wurde der Kerl eigentlich so schnell wieder entlassen? Sollte er doch im Knast vermodern! Alle waren genervt. Aber die Zeiger der Gefängnisuhr krochen unaufhaltsam voran, und irgendwann öffnete sich die Tür. Da stand er nun: einer, der tapfer seine Strafe verbüßt hatte. Schon jubelten die Gangster, umarmten ihn, zerschlugen Schnapsflaschen, hupten und demonstrierten ihre ganze Zuneigung. Natürlich war diese Freude, die niemanden einen Cent kostete, eine himmelschreiende, von den Älteren schlau inszenierte Komödie. Und die jungen, endlich wieder auf freien Fuß gesetzten Gangster ließen sich oft genug täuschen. Manche weinten vor Rührung. Und vergaßen darüber, warum sie eigentlich monatelang im Gefängnis gehockt hatten: einfach nur deshalb, weil sie den Kürzeren gezogen hatten. Huisu fand das alles grotesk. Denn gerade diejenigen, die sich zu Tränen rühren ließen oder stolz die Lobhudeleien über ihren Schneid oder ihre Brüderlichkeit in sich aufsogen, liefen Gefahr, beim nächsten Mal wieder den Kürzeren zu ziehen. Auch Huisu war in seiner Jugend, berauscht von dieser emotionalen Stimmung, vier Mal ins Gefängnis gegangen.

Inzwischen hasste er diese lächerlichen Inszenierungen vor dem Gefängnistor, den ganzen Krawall, den Zigarettenrauch, die Alkoholfahnen. Er verabscheute das lauwarme Stück Tofu, das die frisch Entlassenen in einer schwarzen Plastiktüte überreicht bekamen. Das alles erinnerte ihn nur an seine vier Aufenthalte im Knast, die kräftezehrend gewesen waren. Als wollte das schlechte Karma gar nicht mehr von ihm lassen, hatte ein perverser Gefängnisaufseher ihn die ganze Zeit drangsaliert, und Huisu hatte sich lange geschworen, dass er ihn umbringen werde, sobald er draußen wäre. Wieder in Freiheit, hatte er jedes

Mal, wenn er an seine Haft dachte, Kopfschmerzen bekommen. Deshalb hatte er auf Rache verzichtet, eine für seinen Peiniger unerhört glückliche Fügung.

Für Ami allerdings hätte er sich fast doch wieder vor dieses beschissene Gefängnisportal gestellt. Dabei gab es – außer dem Bedürfnis, ihn wiederzusehen – eigentlich keinen Grund dafür. Aber Ami war ohne Vater aufgewachsen, und Huisu hatte seit seiner Geburt immer ein Auge auf ihn gehabt. Amis Mutter Insuk war wie er ein Kind aus Mojawon. Huisu war ihr gegenüber nie dieses schlechte Gewissen losgeworden, als hätte er nicht alles in seiner Macht Stehende getan, um sie vor ihrem traurigen Schicksal zu bewahren. Eine Schwäche, die Insuk durchaus für sich nutzte und ihn, wenn sie einen väterlichen Einfluss auf Ami brauchte, zu Hilfe rief. Bewirkten ihre Erpressungsversuche und verdeckten Drohungen nichts, machte sie ihm eine tränenreiche Szene. So kam es, dass er Ami regelmäßig am ersten Schultag nach den Ferien begleitete und auch an der Veranstaltung zum Schuljahresende teilnahm. Auch an dem Tag, an dem der Klassenlehrer der Mittelschule ein Gespräch mit Amis Vater verlangt hatte, war Huisu erschienen. Als Insuk ihn darum bat, hatte er sich zunächst heftig geweigert; alles, was auch nur im Entferntesten mit Schule zu tun hatte, war ihm ein Gräuel. Doch dann kam sie ins Hotel Mallijang und flehte ihn wimmernd und schluchzend so lange an, bis er sich bereit erklärte, Amis Lehrer zu treffen.

Ami hatte sich geprügelt. Was nicht weiter verwunderlich war, denn er liebte Schlägereien. Dieses Mal waren allerdings sieben Kinder im Krankenhaus gelandet, darunter zwei mit gebrochenem Unterkiefer, was hohe Kosten nach sich ziehen würde. Dass Ami Schüler der neunten Klasse angegriffen hatte, die zwei Jahre älter waren als er, wurde als widernatürlich und somit als ernstes Problem betrachtet, weil es dem guten Ruf der

Schule schadete. Zudem fiel mit den betroffenen Jungen das gesamte Judoteam aus, das der Schule Jahr für Jahr Pokale und Ehre brachte und nun an den nationalen Wettbewerben nicht in gewohnter Form teilnehmen konnte. Mitglieder des Tischtennisteams würden einspringen müssen. Allerdings gab es da ein noch viel größeres Problem, im Vergleich zu dem alle anderen lächerlich erschienen: Einer der sieben jungen Judokas war Enkel des Vorsitzenden des Verwaltungsrats der Schule – nicht dass man Ami unterstellt hätte, wissentlich zugeschlagen zu haben, denn dem Enkel stand sein Name ja nicht auf die Stirn geschrieben. Trotzdem sprach alles gegen Ami, es schien unmöglich, dass er sich da wieder rauswinden würde. Insuk hatte eilends ein Bündel Geld aufgetrieben und es Huisu in die Hand gedrückt, ihm gesagt, dass sie zur Not noch mehr beschaffen könne, und ihn angefleht, dafür zu sorgen, dass Ami die Mittelschule nicht verlassen müsse. Was erzählst du das mir, hatte Huisu gesagt. Getrieben von der Sorge und Traurigkeit in ihren großen Augen, hatte er sich am Ende doch mit dem in Zeitungspapier gewickelten Geldbündel in Begleitung von Ami auf den Weg zu der verfluchten Schule gemacht.

Der Lehrer, dünn wie ein Besenstiel und Träger einer Goldrandbrille, wirkte jünger als Huisu selbst. Trotzdem hatte er sich mehrmals vor ihm verbeugt und ihn um Entschuldigung gebeten. Worauf der Lehrer sofort in die Luft gegangen war: Aus diesem Jungen, schimpfte er, werde niemals, auch nicht nach hundert Wiedergeburten, ein richtiger Mensch. Sie könnten sich an dieser Schule noch so sehr bemühen, ihn zu erziehen, aus dem werde sowieso nur ein Gangster, und deshalb sei es besser, ihn auf den Bau zu schicken, damit er dort etwas Ordentliches lernen könne, anstatt auf der Mittelschule herumzuhängen, wo er nur Chaos anrichte. Der Lehrer steigerte sich immer mehr hinein: Dieses Kind erkenne keinerlei Autoritäten an, weder ältere Mitschüler noch Lehrer oder Erwachsene im Allgemeinen. Konfuzius habe solche Leute als »Hunde-Menschen« bezeichnet, deren Verhalten eher dem von Tieren ähnele, und mit Ethik – was ja sein eigenes Unterrichtsfach sei – könne man nur bei Menschen etwas ausrichten. Bei ihm sei das sinnlos, da könne man gleich darauf verzichten, so etwas einem Tier nahebringen zu wollen. Als Lehrer dieses Fachs habe er deshalb große Zweifel am Nutzen seiner Bemühungen. Die ganze Zeit hatte Ami zerknirscht dabeigesessen. Es war das erste und letzte Mal in seinem Leben, dass Huisu ihn so niedergeschlagen sah. Jedes Mal, wenn die Faust des Lehrers auf den Tisch niederging, hatte Huisu den Kopf gebeugt und wiederholt, wie leid es ihm tue. Er werde Ami klarmachen, dass sich so etwas nicht wiederholen dürfe, sonst werde er ihm gewiss ein Bein brechen. Worauf der Lehrer süffisant lachte: »Und Sie glauben, das funktioniert bei dem? Wenn man Hunden und Schweinen mit dem Stock droht, gehorchen sie, aber der doch nicht! Die Leute sagen ja nicht ohne Grund: ›dümmer als jedes Tier‹. Damit sind Menschen von seiner Sorte gemeint. Einen Raben, ein Huhn oder einen Marienkäfer zu unterrichten wäre erfolgversprechender, ja, sogar einen Regenwurm!« Er war nicht mehr zu bremsen. Dieser Lehrer konnte einfach nicht sein dummes Maul halten. Als Nächstes verkündete er, dass die Haltung des Verwaltungsratsvorsitzenden eindeutig sei und dass die Lehrerversammlung Amis Schulverweis beschlossen habe. Eine ganze Stunde lang hatte Huisu die Haltung bewahrt, gekatzbuckelt und unermüdlich wiederholt, dass es ihm sehr leidtue. Doch als der Lehrer schließlich hinzufügte: »Alle vaterlosen Kinder enden so«, platzte ihm der Kragen: Ob der Lehrer ihm mal erklären könne, warum er, wo er doch anscheinend wisse, dass Ami vaterlos sei, darauf bestanden habe, diesen nichtexistenten Vater antreten zu lassen? Als Huisu nun seinerseits mit der Faust auf den Tisch schlug, riss der Lehrer zitternd vor Wut die Schlitzaugen auf und starrte ihn finster an. Dann begann er, noch lauter zu schreien als Huisu, damit die anderen Lehrer im Raum ihn auch ja alle hörten.

»Haben Sie vergessen, wo Sie hier sind? Was fällt Ihnen ein, hier so rumzuschreien!«

»Wie war das noch mal? Aus Ami wird nie ein Mensch werden, nicht mal nach hundert Wiedergeburten? Glauben Sie, dass ein Lehrer so über einen Jungen sprechen sollte, der noch kein einziges Haar am Arsch hat? In dem Alter gibt es immer mal Raufereien. Ist der verdammte Sohn des Verwaltungsratsvorsitzenden schon mit einem polizeilichen Absperrband um den Pimmel auf die Welt gekommen? Ist er so unantastbar, dass einer, der ihm mal ein paar Backpfeifen verpasst, gleich fliegen muss?«, schrie Huisu zurück und fuchtelte dem Lehrer dabei mit den Händen vor der Nase herum.

Worauf der ihn am Kragen packte und brüllte: »Der *verdammte* Sohn des Verwaltungsratsvorsitzenden? Sie wagen es, diesen kleinen Prinzen mit Ihrem Hallodri zu vergleichen?« Und er schüttelte Huisu so wild, dass mehrere Knöpfe durch die Luft flogen und ihn seine Nägel, die so lang waren wie die einer Bardame, blutig kratzten. Da wurde Huisu von blinder Wut erfasst. Er stieß den Lehrer so heftig zu Boden, dass er bis zu den Wandschränken rollte.

Huisu bedauerte es, dass er sich nicht bis zum Schluss hatte beherrschen können. Allerdings war der Lehrer als Erster handgreiflich geworden. Huisu hatte sich nur aus dem Klammergriff dieses Irren befreit. Wie dem auch sei, an jenem Tag hatte Amis kurze Schullaufbahn geendet. Und Insuk hatte seitdem kein Wort mehr mit ihm geredet.

Etwa eine Woche nach dem Vorfall war Ami zu ihm ins Hotel Mallijang gekommen. Mit schleppendem Schritt hatte sich sein schwerer Körper durch die Bar auf Huisu zubewegt, der dort gerade Zeitung las. Und als er endlich vor ihm stand, hatte Ami sich gewunden wie ein Hundebaby, das kacken muss.

»Was ist? Noch eine Dummheit?«, fragte Huisu nach einer Weile.

Ami schüttelte den Kopf.

»Also?«

»Onkel ...«

»Ich bin beschäftigt«, fiel ihm Huisu ins Wort.

»... darf ich dich ab heute Paps nennen?«

Fassungslos starrte Huisu ihn an. »Hast du heute nicht genug zu essen gekriegt, oder was? Wieso nervst du mich plötzlich mit so was? Wir beide haben nicht einen Tropfen vom selben Blut, was soll der Scheiß?«

»Du hast keinen Sohn, und ich habe keinen Vater, stimmt doch, oder?«

»Ja und?«

»Wenn du irgendwann einen Sohn haben willst, wie viel musst du dann ausgeben, allein fürs Essen, bis er so groß ist wie ich? Mit mir kriegst du einen umsonst. Ist das nicht der Deal des Jahrhunderts?«

»Glaubst du, um ein Kind großzuziehen, reicht es, das Essen zu bezahlen, du Esel? Da fällt dauernd irgendwas an, das ist irre teuer. Und mal ganz ehrlich, hältst du dich für ein normales Kind? Von dem Geld, das deine Mutter ausgeben musste, um alles auszubügeln, was du angestellt hast, hätte sie sich glatt ein Haus kaufen können.«

Ami hatte erst zur Decke geschaut und dann betreten auf seine Turnschuhe geblickt. Nun fing er an, mit einer Fußspitze Kreise auf den Boden zu malen. Seine Schuhe waren dreckig, ausgetreten und am dicken Zeh aufgerissen. Die Schnürsenkel hatten sich gelöst.

»He, du Vollpfosten, warum sind deine Schnürsenkel eigentlich immer auf? Zum Drauftreten? Mann, du hast echt ein lausiges Leben!«

»Ich mach die Schleife dauernd neu, aber die geht jedes Mal wieder auf«, sagte Ami kläglich.

Als Huisu die Zeitung faltete und aufstand, zuckte Ami aus Angst vor einer Kopfnuss zurück. Doch anders als erwartet, bückte sich Huisu und griff nach seinen eigenen Schnürsenkeln. »Schau genau hin. Du schiebst den Finger in die Schleife, und dann ziehst du den Knoten fest zu, damit er nicht aufgeht. Immer schön festziehen!«

Ami starrte auf die Schleife, die Huisu gemacht hatte, und nickte. War es, weil sie so gut gelungen war? Er zögerte. »Ich verlange auch kein Taschengeld von dir«, sagte er schließlich. »Du wärst nur mein Vater. Einen Sohn haben, ohne was dafür zu bezahlen, das ist doch kein schlechter Deal, oder?«

Es hörte sich wirklich ziemlich gut an, zumal Huisu seit dem Schulverweis ein schlechtes Gewissen gegenüber Ami hatte.

»Okay, okay, und jetzt schieb ab! Ich muss arbeiten«, sagte er in einem Ton, der genervt klingen sollte.

Ami brachte seinen Oberkörper mit einer tiefen Verbeugung in die Waagerechte. Dann lief er hinaus, fröhlich wie ein Kind, das eine Handvoll Bonbons bekommen hat. Vor zehn Jahren war das gewesen, in einer Zeit, als es ihnen beiden noch deutlich besser ergangen war. Einer Zeit, in der es noch möglich war, sich für ein Leben in Würde zu entscheiden, ein Leben ganz ohne krumme Dinger. Theoretisch. In der Praxis war auch damals schon alles vorbestimmt. Wer mit einem derart verqueren Leben an den Start ging, sagte sich Huisu, landete unweigerlich in der Gosse, da war nichts zu machen. Jedenfalls war Ami an jenem Tag, auch wenn es zunächst mehr ein Witz gewesen war, sein Sohn geworden.

Insuk war siebzehn, als sie Ami zur Welt brachte. Damals arbeitete sie im Stadtteil Wanwol als Prostituierte. Es kam nicht gerade oft vor, dass eine Prostituierte schwanger wurde; und noch seltener, dass sie sich in den Kopf setzte, das Kind auszutragen. Doch das hatte Insuk mit ihren siebzehn Jahren getan und das Kind in dem Bordell, in einer kleinen Kammer, mit einer Hebamme an ihrer Seite zur Welt gebracht.

Insuk war wie Huisu in Mojawon aufgewachsen, einem Heim für Mütter und Kinder. Nach dem Koreakrieg hatten es Missionare in Guam für die vielen Kriegswitwen aufgebaut. Als Huisu klein war, gab es dort allerdings sehr viel mehr alte, kranke Prostituierte, die nicht wussten, wohin, als es Kriegswitwen gegeben hätte. Da nur Frauen und Kinder in dem Heim lebten, ließ sich dort nie ein Gangster blicken. Es gab ja auch nichts zu stehlen und niemanden, der reich genug war, um sich bescheißen zu lassen.

In jedem der sechs Gebäude gab es zehn Unterkünfte, die sich wie Klassenräume zu beiden Seiten eines langen Flurs aneinanderreihten. Insgesamt lebten also etwa sechzig Familien hier. Die Außenmauer, die aus roten Ziegeln von der amerikanischen Militärbasis bestand, war nicht gestrichen. Weil es keine Männer gab, waren die Gebäude in einem schlechten Zustand und die Schieferdächer stellenweise undicht. Die Unterkünfte bestanden jeweils aus einer Küche und einem kleinen Zimmer mit einem winzigen Fenster. Größe und Raumaufteilung waren immer dieselbe, ganz gleich, ob die Familie drei oder zehn Mitglieder hatte. Die Wände zwischen den Unterkünften waren so dünn, dass Huisu hören konnte, wenn der junge Nachbar auf der anderen Seite masturbierte.

Abgesehen von dieser Küche und diesem einen Zimmer, wurde alles gemeinschaftlich genutzt: Toiletten, Duschen, Waschraum, Brunnen und Ruheraum, in dem der einzige Fernseher stand. Auch die Dinge des täglichen Bedarfs wurden geteilt: Heizkessel, Kohlebriketts, Waschbretter, Wannen, Seife. Man war in allem so sehr ans Teilen gewöhnt: Sogar wenn sich eine alte Hure mal einen Mann gekrallt hatte, holte sie ihn nach Mojawon, damit er dort für alle so etwas wie ein Vater sein konnte. Es geschah selten, war aber das eine oder andere Mal tatsächlich vorgekommen. Im Unterschied zu den Zuhälter-Freunden, die sich den ganzen Tag saufend in den Hinterzimmern der Bordelle verschanzten, waren die Männer, die den Frauen bis an die Hänge von Mojawon folgten, in der Regel fleißig und nett. Der hinkende Mun und auch Cheon mit seiner Hakennase waren solche Männer. Mun war Zimmermann, Cheon trat als Zauberer in Karaoke-Bars und Nachtlokalen auf. Besonders der hinkende Mun war extrem fleißig. An Regentagen und immer dann, wenn er nicht auf irgendeiner Baustelle gebraucht wurde, humpelte er über das Gelände von Mojawon und reparierte hier eine Pumpe, dort ein wackeliges Geländer oder einen kaputten Tisch. Sooft die Frauen von Mojawon ihn auch ansprachen, nie war er unfreundlich. Für ein Glas *makgeolli* dichtete er das Dach ab, für zwei gedämpfte Süßkartoffeln reparierte er in der Küche den Abfluss. Bejimile, die mit ihm zusammenlebte, führte sich in dieser ganzen Zeit wie eine Königin auf. Morgens ging sie als Erste – natürlich an der Schlange vorbei – auf die Toilette, und das gleiche Recht nahm sie sich an Brunnen und Dusche heraus. Niemand wagte es, sich darüber zu beschweren.

Um den Kindern die Langeweile zu nehmen, gab Cheon, der Zauberer, hin und wieder eine Vorstellung, die er genauso sorgfältig vorbereitete wie für jedes Nachtlokal: Er stieg in sein Piratenkostüm, schminkte sich und setzte sich einen spitzen, langen Hut auf. Aus diesem Zauberhut kamen dann echte Tauben geflattert, und eine echte Geldmünze, die verschwunden war, tauchte unter dem Gesäß eines Kindes wieder auf. Höhepunkt der Show war der berühmte Trick, bei dem er ein Bonbon in seinem Auge verschwinden ließ und unter der schwarzen Klappe des anderen Auges wieder hervorzauberte, wobei aus dem einen Bonbon mehrere Dutzend wurden. Die Kinder waren begeistert. Sie sammelten die Bonbons ein und stopften sie in ihre Taschen und Münder. Cheons Magie mochte Illusion sein, die Bonbons waren real. Während sie in den Mündern zerschmolzen, linderte ihre Süße das Gefühl von Leere, das sich nach der wunderbaren Zaubervorstellung unweigerlich einstellte.

Doch für alte Huren kann Glück nicht von Dauer sein. Eines Tages stolperte Mun hoch oben auf einem Gerüst. Sie brachten ihn mit gebrochener Wirbelsäule nach Mojawon zurück. Er hatte so viel für die Menschen dort getan; das Gefühl der Machtlosigkeit war schrecklich, sich nun, da er im Sterben lag, nicht bei ihm revanchieren zu können. Eine Woche lang stöhnte Mun. An einem Montagmorgen starb er dann. Was Cheon betraf, so verschwand er einfach eines Tages aus Mojawon, ohne ein Wort zu sagen. Man fand ihn tot auf einem Markt mit mehreren Messerstichen im Bauch. Er hatte wohl Drogen verkauft oder versucht, Schmuggelware zu unterschlagen, und sich dabei erwischen lassen.

Insuk war dreizehn, als sie mit ihren sieben jüngeren Geschwistern nach Mojawon kam. Huisu hatte sich sofort in sie verliebt. Kurz nach ihrer Ankunft stand Insuk entsetzt vor den verwahrlosten Toiletten. Sofort marschierte sie los, füllte einen Eimer mit Wasser und machte sich entschlossen ans Putzen. Dann erst half sie allen Geschwisterkindern, ihr Geschäft zu verrichten. Noch nie hatte Huisu – außer im Fernsehen – ein so hübsches Mädchen gesehen, und er fasste es nicht, dass jemand wie sie sich in den schmutzigsten Toiletten südlich des Nakdong-Flusses zu einer derart niederen Tätigkeit herabließ.

Die Arbeit von Insuks Mutter bestand darin, Aalen die Haut abzuziehen. Aus heutiger Sicht mag es seltsam erscheinen, doch damals wurde das Fleisch weggeworfen und nur die Haut an Fabriken verkauft, die daraus Portemonnaies und Gürtel herstellten. Es war eine schlecht bezahlte Arbeit, die viele Frauen trotzdem übernahmen, weil sie das Aalfleisch anschließend selbst grillen oder an die vielen Buden am Strand verkaufen konnten. Weibliche Arbeitskräfte waren zu dieser Zeit unendlich billig, und die Mütter von Mojawon mussten Tag und Nacht schuften. Weil auch Insuks Mutter deshalb nie zu Hause war, musste sie sich mit ihren dreizehn Jahren um die Geschwister kümmern. Blieb nach dem Kochen und Wäschewaschen noch etwas Zeit, half sie der Mutter beim Zerlegen der Aale. Selbst mit abgezogener Haut lebten diese armen Tiere noch. Das zuckende, sich windende Fleisch, rot und blutverschmiert, war ein furchtbarer Anblick. Insuk packte sie mit nackten Händen und warf sie in den Eimer. Sie war erst dreizehn.

Auch Huisu war dreizehn. In der Hoffnung, einen Blick auf ihren Hintern zu erhaschen, hatte er mit dem Schraubenzieher Löcher in die Sperrholzwand des Frauenklos gebohrt. Manchmal kauerten er und seine Freunde auf der anderen Seite dieser stinkenden Wand und warteten auf Insuk. Es kam auch vor, dass er Geld aus dem Portemonnaie seiner Mutter klaute, um sich Zigaretten zu kaufen. Und manchmal streifte er auf dem internationalen Markt durch die Gassen und suchte nach japanischen Porno-Mangas; die kaufte er von dem Geld, das er sich beim Murmelspielen gegen Kinder aus anderen Vierteln verdiente. Als ihn eines Tages die Polizei nach Mojawon zurückbrachte, weil er im großen Supermarkt von Chungmudong eine Schachtel Pralinen gestohlen hatte, brach seine Mutter in Tränen aus und sagte, dass er wirklich der Sohn seines Vaters sei.

Während Huisu noch ein Kind war, kümmerte sich Insuk wie eine Erwachsene um ihre sieben Geschwister. Dieser Gegensatz war der Grund, warum sie ihm nicht die geringste Aufmerksamkeit schenkte. Wenn sie im Hof von Mojawon mit ihrem Eimer voll Fischhaut an Huisu und seinen mit Murmeln spielenden Freunden vorbeikam, hatte sie nur einen verächtlichen Blick für sie übrig. Aber Verachtung war nicht der Hauptgrund für ihre Distanz zu den anderen Kindern. Insuk war schlicht und einfach zu beschäftigt, um mit ihnen zu spielen.

CHEF OG
IST LINKSHÄNDER

Hinter einem der Fischzucht-Container unweit des kleinen Hafens von Baekji lag ein blutüberströmter Mann. Es war Chef Og, Inhaber der Wäscherei. Sein Gesicht war so übel zugerichtet, dass er kaum zu erkennen war. Mit gefalteten Händen murmelte er leise vor sich hin. Wer die Ohren spitzte, konnte verstehen, was er sagte:

»Lieber Gott im Himmel, bitte vergib mir, ich bin ein armer Sündiger. Wenn ich heute sterbe und ins Paradies komme, verspreche ich dir, dass ich von Amphetaminen für immer die Finger lasse, und auch das Glücksspiel werde ich sein lassen, für immer. Das verspreche ich dir, lieber Gott. Im Paradies werde ich als neuer Mensch wiedergeboren.«

Über Stunden zog sich diese Litanei nun schon hin. Dodari stand entnervt auf und gab Chef Og ein paar Tritte in den Magen. »Den ganzen Tag salbaderst du nun schon herum, du Wichser, ich hab die Schnauze voll.«

Brüllend vor Schmerz wälzte sich Chef Og auf dem Boden, unterbrach seine Gebete aber nur kurz, sogar die Hände hielt er weiter gefaltet. »Lieber Gott, endlich habe ich armer Sünder dich in dieser Stunde meiner letzten Prüfung gefunden. Am heutigen Tag, da ich sterben muss, will ich ins Paradies einkehren und flehe dich an, mich nicht abzuweisen. Wenn du dem Sünder, der ich bin, deine Barmherzigkeit zuteilwerden lässt, entsage ich dem Glücksspiel, ich werde auch keine Amphetamine mehr nehmen, und ich verspreche dir, dass ich im Paradies als neuer Mensch vor dich hintreten werde, um in deinem Reich dein Untertan zu sein.«

Dodari brach in schallendes Gelächter aus. »Machen Sie sich keine Sorgen, Chef Og, im Paradies gibt's keine Pachinko-Automaten. Dachten Sie, im Paradies wär's wie in Las Vegas? Also, wenn Leute wie Sie anfangen, ins Paradies zu kommen, wird's in der Hölle echt einsam, dann können die den Laden dichtmachen.«

In diesem Moment kamen Vater Son und Huisu dazu. Huisu machte eine Grimasse, als er Chef Ogs entstelltes Gesicht sah. Vater Son trat zu ihm, und sofort umklammerte Chef Og verzweifelt sein Bein wie ein rettendes Seil, das plötzlich vor einem von der Felswand herabbaumelt.

»Lieber Gott im Himmel … äh, lieber Vater Son … ich bitte Sie, retten Sie mich!«

Vater Son betrachtete sein Gesicht und seufzte resigniert. »Nicht zu fassen, die haben den Mann buchstäblich zu Brei geschlagen.«

Er warf Dodari, der wie zufällig in die andere Richtung schaute, einen bösen Blick zu. Mit einem ärgerlichen *Tss* wandte sich Vater Son wieder zu Chef Og. »Tut es sehr weh, Chef Og?«

Der nickte.

Sofort nahm Vater Son wieder Dodari ins Visier. »Du Mistkerl, warum schlägst du die Leute ohne jeden Grund?«, herrschte er ihn an.

»Ich habe ihm Fragen gestellt, aber er hat ja nicht geantwortet, ich wusste nicht, was ich machen sollte«, verteidigte sich Dodari.

»Man muss die Dinge im Gespräch klären, schön eins nach dem anderen. Wenn du alles gleich mit dem Knüppel klären willst, was soll denn dann aus unserer schönen, demokratischen Gesellschaft werden?«

»Meinst du, man kann normal reden mit einem Kerl, der nicht nur drogen-, sondern auch spielsüchtig ist? Typen wie dem muss man erst mal einen auf die Rübe geben wie 'nem Stockfisch, damit sie weich und gefügig werden und anfangen zu reden. Sonst ist kein Dialog möglich. Ich hätte ihm noch mehr verpassen sollen, seht ihr nicht das Funkeln in seinen Augen?«

Bei diesen Worten begann Chef Og, der immer noch Vater Sons Bein umklammerte, zu zittern.

Vater Son sah ihn mit gütiger Miene an. »Du täuschst dich. Unser Chef Og ist nicht so. Er kann sehr gut reden und braucht keine Schläge, habe ich recht, Chef Og?«

Mit einem fahrigen Blick nach oben begann Chef Og, heftig zu nicken.

Vater Son wandte sich an Huisu. »Huisu, du wirst jetzt ein freundliches Gespräch mit Chef Og führen. Er wird uns sicher das eine oder andere erzählen wollen. Ich muss zu einem dringenden Termin. Ich verlasse mich darauf, dass du das hier regelst.«

»Das eine oder andere erzählen, was denn erzählen, verdammt«, motzte Dodari leise vor sich hin.

Als Vater Son sich zum Gehen wandte, zuckte Chef Og zusammen und klammerte sich noch verzweifelter an sein Bein. »Ich bitte Sie, Sie dürfen nicht gehen. Wenn Sie gehen, bin ich ein toter Mann. Helfen Sie mir, bitte, Sie haben mich doch früher immer gemocht, oder?«, jammerte er.

»Was reden Sie denn da, Chef Og? Ich bin doch nicht Chun Doo-hwan! Warum sollten wir den lieben, guten Chef Og umbringen? Wir sind doch keine Barbaren, die beim geringsten

Anlass Leute ermorden. Machen Sie sich mal keine Sorgen.«
Und damit klopfte er ihm auf die Schulter. Mit einem Blick bedeutete er Huisu, das Ganze sauber abzuwickeln, und verließ
das Gelände.

Huisu folgte ihm. »Lasse ich ihn jetzt am Leben oder nicht?
Ein Minimum an Vorgaben wäre echt nicht schlecht«, sagte er,
vor ihm der Hinterkopf des alten Mannes.

Vater Son verzog gereizt das Gesicht. »Chef Og und ich kennen uns seit vierzig Jahren. Willst du, dass ich ihn wegen so einer Kleinigkeit umbringe?«

»Kleinigkeit? Er hat uns wegen Yongkang fallen lassen!«

»Weil er zu nett ist. Du machst ihm Beine und versuchst
herauszufinden, wie es um seine Schulden und seine Papiere bestellt ist.«

Daraufhin stieg Vater Son ins Auto und brauste davon, als
wollte er die Sache schleunigst hinter sich lassen. Im aufgewir-
belten Staub der sandigen Straße stand Huisu da. Er warf einen
Blick über die Schulter, doch ihm war nicht danach, zur Fisch-
zucht zurückzugehen. Er zündete sich eine Zigarette an. Die Sa-
che verkomplizierte sich. Vor einigen Tagen hatte Yongkang in
Begleitung seiner Südostasiaten die Wäscherei von Chef Og
übernommen. Chef Og schuldete ihm Geld, was Yongkang als
Vorwand benutzt hatte, sich den Laden einzuverleiben. Da die
Spielschulden virtuell waren, hatte er den Laden mit anderen
Worten geschluckt, ohne einen Cent auf den Tisch zu legen. Das
Problem war nur, dass die Wäscherei in Wirklichkeit nicht Chef
Og gehörte, sondern wie fast alle Läden in Guam – Spielhallen,
Hotels, Go-go-Bars, Nachtlokale – den Rindsbouillon-Alten. In
der Regel führten Marionetten für sie die Geschäfte, um sich vor
fiskaler und juristischer Verantwortung zu schützen. So konn-
ten sie die Gewinne einstreichen, ohne jemals in Schwierigkeiten zu geraten. Als Chef Og nach der heimlichen Übergabe der

Wäscherei an Yongkang nach Seoul geflohen war, hatte Vater Son Männer losgeschickt, professionelle Tracker, die keine drei Tage brauchten, um ihn aufzuspüren. »Wetten, er sitzt in einer Spielhalle?«, hatte Vater Son kurz vor Chef Ogs Ergreifung gesagt. »Er weiß, dass er tot ist, wenn er geschnappt wird. An eine Spielhalle wird er ja wohl als Letztes denken, oder?«, erwiderte Huisu. »Du kennst doch die buddhistische Idee der Reinkarnation«, lachte Vater Son. »Ob du's glaubst oder nicht, Reinkarnation bedeutet nicht, dass man zum Beispiel in einem früheren Leben ein Schwein war und dann in diesem Leben als Mensch wiedergeboren wird. Nein, nein, es bedeutet, dass ein Mensch, wenn er doof auf die Welt kommt, Dummheiten macht, und zwar immer wieder, weil er ja doof ist, da kann er noch so oft wiedergeboren werden.«

Huisu war skeptisch gewesen, was Vater Sons Prognose betraf, doch dann war Chef Og tatsächlich in einer Spielhalle gefunden worden. Dem einzigen Ort, an dem er mit ein paar Telefonaten aufzuspüren war. Der Mensch ist dumm. Und noch dümmer, wenn er sich in die Enge getrieben fühlt.

Chef Ogs Wäscherei lieferte Feuchtservietten an Hotels, Go-go-Bars und Restaurants. Auch Bettwäsche, Oberbetten und Tischdecken wurden dort gereinigt. Da Vater Son alle Geschäfte in Guam kontrollierte, hatte die Wäscherei keinerlei Konkurrenz. Es genügte, einfach die Maschinen laufen zu lassen, die gereinigten Sachen zu trocknen, zu bügeln und wieder zurückzuschicken. Das Geld kam von selbst. Keine großen Summen, aber insgesamt doch ein verlässlicher, gar nicht so schlechter Gewinn. In Wirklichkeit diente das Unternehmen natürlich vor allem der Geldwäsche. Aufgrund der großen Kundschaft war die Buchführung relativ unübersichtlich und somit bestens geeignet, das schmutzige Geld von Guam in sauberes zu verwandeln.

Auch Yongkang hatte sich wohl überlegt, dass eine Wäscherei – in den Augen der Polizei ein wenig verdächtiger Geschäftszweig – ein guter Deckmantel war. Da der Laden zudem eine kleine Gruppe von ausländischen Arbeitern beschäftigte, konnte man die Südostasiaten problemlos daruntermischen und so deren Visaprobleme lösen. Und schließlich konnte Yongkang die Lieferung von Feuchtservietten und Tischdecken an Karaoke-Bars und Nachtlokale nutzen, um sie gleichzeitig mit Drogen zu versorgen, was sein Hauptbetätigungsfeld war. Das alles funktionierte jedoch nur mit Zustimmung von Vater Son, der in Guam die Fäden zog. Blühende Geschäfte garantierte die Übernahme der Wäscherei deshalb nicht unbedingt. Vater Son konnte einfach allen Läden von Guam befehlen, den Anbieter zu wechseln. Er konnte sogar beschließen, Waschmaschinen zu kaufen, und eine neue Wäscherei aufmachen. Insofern war es für Huisu nicht nachvollziehbar, warum Yongkang ausgerechnet die Wäscherei ins Visier genommen hatte und nicht irgendein Nachtlokal. Denn um die Wäscherei ohne Vater Sons Zustimmung erfolgreich weiterzuführen, musste er im Vorfeld alle Geschäftspartner mit Drohungen unter Druck setzen, damit sie weiter mit ihm zusammenarbeiteten, was endlose Kämpfe zwischen seinen Männern und den Gangstern von Guam zur Folge haben musste. Und Kämpfe bedeuteten Polizei. Und Polizei bedeutete Gefängnis. Eine Geschichte also, bei der es auf beiden Seiten nur Verlierer gab. Oder wollte Yongkang Vater Son offen den Krieg erklären? Aber warum? Wegen ein paar Servietten? Nein, das alles hatte weder Hand noch Fuß.

Huisu drehte sich um und ging wieder auf das Gelände der Fischzucht. Chef Og, der neben einem Trog kauerte, führte blutüberströmt seine Selbstgespräche fort. Betrübt betrachtete Huisu sein demoliertes Gesicht und drehte sich zu Dodari um. Gern hätte er auch dessen Visage einen Fausthieb verpasst, doch so einfach war das nicht: Dieser Idiot war Vater Sons Neffe, sein einziger und letzter Verwandter, denn er hatte keine Kinder. Also begnügte Huisu sich damit, Dodari außer Sichtweite von Chef Og zu zerren. Gangcheol, Dodaris rechte Hand, schlurfte hinter ihnen her. Sein Name bedeutete »der Stählerne«, was dem Mann viel Spott einbrachte, denn er war so schmal und dürr wie ein Hirsezweig.

»Ich hatte dir doch aufgetragen, ihn im Auge zu behalten, damit es keine Komplikationen gibt«, sagte Huisu ruhig.

»Ihr habt im Moment doch so viel zu tun, Großer Bruder Huisu, da wollte ich euch ein bisschen helfen.« Dodari lächelte ihn arglos an.

»Verflucht, das nennst du helfen? Was hat Chef Og denn jetzt deiner Meinung nach noch zu verlieren? Der Typ ist völlig am Ende. Wenn er in diesem Zustand aus der Sache rauskommt, dich verklagt und sich hinter dem Staatsanwalt versteckt, hockst du wegen Körperverletzung und Freiheitsberaubung für mindestens drei Jahre im Knast. Und danach hat uns die Justiz auf dem Kieker und guckt sich alles, was wir machen, mit der Lupe an. Wir leben in gefährlichen Zeiten, Dodari. Wir müssen sehr vorsichtig sein.«

Huisu hätte ihm noch einiges sagen wollen, verkniff sich das aber. Es hatte keinen Sinn, er würde es ohnehin nicht verstehen.

»Dann soll er also nach dem Gespräch nicht unter die Erde gebracht werden, oder was? Also, ich hab gedacht, er soll. Deshalb hab ich mich ein bisschen locker gemacht.« Dodari zuckte flapsig mit den Schultern.

Huisu sah ihn eisig an. »Sind wir ein Trupp marodierender Straßenräuber, oder was? Wo hast du nur deinen Verstand? Vor gerade mal zehn Jahren haben wir noch ›Großer Bruder Og‹ zu ihm gesagt und ihn respektiert. Und jetzt, wo er alt und wehrlos ist, polierst du ihm die Fresse?«

»Okay, tut mir leid, sei nicht sauer.«

Durch Huisus frostigen Ton abgeschreckt, gab sich Dodari unterwürfig und fing an, ihm devot die Schultern zu massieren. Dann holte er eine Zigarette heraus und gab sie Huisu, der sie widerwillig annahm. Sich selbst steckte Dodari auch eine ins Gesicht. Gangcheol klappte beflissen sein Zippo auf, zündete aber zuerst Dodari die Zigarette an, was Huisu mit einem kurzen, ungläubigen Lachen quittierte.

»Wer von euch beiden hat zugeschlagen«, fragte er Dodari.

»Hallo, so einfach ist das nicht, jemanden zu schlagen. Deshalb haben wir's zusammen gemacht. Wir haben ihn halt jeder ein bisschen durchgewalkt.«

Dodari wandte sich zu Gangcheol und fügte feixend hinzu: »Ich hab ihn öfter geschlagen, aber du härter.«

Gangcheol nickte strahlend.

Huisu funkelte ihn böse an. »Ach, und das freut dich, was? Da musst du lachen, wie? Verdammt!«

Schlagartig verfinsterte sich Gangcheols Miene.

»Du willst es wohl einfach nicht kapieren, oder?«

Huisu machte einen großen Schritt auf ihn zu und verpasste ihm mit der Faust direkt einen auf die Nase. Gangcheols langer Oberkörper schwankte wie ein Schilfrohr im Wind. Seine Nase, jetzt rot wie eine dicke Erdbeere, begann zu bluten.

Dodari hielt Huisu am Arm zurück. »Großer Bruder Huisu, bitte beruhig dich. Weißt du, unser guter Gangcheol hat nicht gelacht, das sah nur so aus. Als er klein war, hatte er mal Typhus, seitdem ist sein Gesicht einfach so. Der sieht immer so aus, ein bisschen doof halt.«

Gern hätte Huisu diesen Typen genauso übel zugerichtet wie

Chef Og, aber Dodari hielt ihn weiter am Arm zurück. Erst als Huisu einlenkend nickte, ließ Dodari ihn los.

»Chef Og soll sich waschen, und dann schickst du ihn mir ins Büro. Und du auch, mach das Blut weg. Schlamperei, so viel Blut in einem sauberen Betrieb, der frische Fische züchtet!«, sagte Huisu zu Gangcheol.

»Jawohl«, antwortete der und wischte sich mit dem Handrücken das Blut ab, das ihm aus der Nase lief.

Der Container, in dem sich das Büro befand, war leer. Huisu setzte sich aufs Sofa und stand sofort wieder auf. Was für ein Gestank. Wahrscheinlich hatten die Arbeiter in ihren Overalls darauf gesessen, das Sofa roch übelst nach Fisch. Klebten nicht sogar schon Schuppen an seiner Hose? Draußen am Wasserhahn hatte Chef Og begonnen, sich in Zeitlupe zu waschen. Etwas dümmlich stand Gangcheol daneben.

Zwanzig Jahre zuvor war Chef Og einer der wichtigsten Partner von Vater Son gewesen. Als ausgebildeter Ingenieur, also eher Geschäftsmann als Gangster, hatte er eine Baustofffirma gegründet, einen kleinen, soliden Betrieb. Hätte er nicht in der Unterwelt verkehrt, wäre er wohl immer noch Chef dieses inzwischen gigantischen Unternehmens. Doch aus reiner Bequemlichkeit hatte er sich damals mit den Gangstern zusammengetan. Mit Drohungen schaltete er die Konkurrenz aus, zog dadurch sämtliche Ausschreibungen an Land und erlangte das Monopol über die Baustellen von Guam und Umgebung. Ob dabei Wasser in den Reis oder Reis ins Wasser gerührt wurde, war ihm egal, denn alles lief ja bestens. Doch in allem Süßen steckt auch Gift, und genauso wenig, wie man ein Ferkel mästet, weil es so niedlich ist, hatten die Gangster Chef Og natürlich nicht ohne Hintergedanken so gut versorgt. Je besser seine Geschäfte liefen, desto mehr begannen ihn die Parasiten auszusaugen. Chef Og war viel zu naiv, um die Blutsauger kommen zu sehen und zu vertreiben. So kam es, dass er sich in Drogen und im Glücksspiel verlor, und der Sturz ins Bodenlose nahm seinen Lauf.

Als Gangcheol endlich mit Chef Og im Büro eintraf, befahl ihm Huisu, sofort Leine zu ziehen. Chef Og bot er eine Zigarette an, die dieser mit Daumen und Zeigefinger entgegennahm, den einzigen Fingern, die er an der Rechten noch hatte. Huisu zündete ihm die Zigarette an. Einen Finger hatte sich Chef Og selbst abgeschnitten, um seinen Entschluss, mit dem Glücksspiel aufzuhören, zu bekräftigen; die beiden anderen hatte man ihm nach einem seiner Täuschungsversuche abgeschnitten. So hatte er sich, anstatt sich vom Glücksspiel loszusagen, wegen des Glücksspiels von drei seiner Finger losgesagt.

»Wenn ich das richtig sehe, hat Yongkang die Besitzurkunde und alle relevanten Papiere bereits, oder?«, fragte Huisu.

Chef Og nickte schuldbewusst.

»Wie hoch waren Ihre Schulden?«

»Eine Milliarde. Also, geliehen hatte ich mir fünfhunderttausend, der Rest waren die Scheißzinsen.«

»Dann hat Yongkang die Wäscherei also für eine Milliarde *won* gekauft, stimmt das so?«

Chef Og schwieg verlegen.

»Ganz egal, was wir jetzt machen – ob wir noch versuchen, ihn umzustimmen, oder ob wir eingreifen –, wir müssen die genaue Summe kennen, verdammt. Wir schenken Yongkang doch nicht einfach so ein ganzes Geschäft!«

»Die genaue Summe ist eine Milliarde und fünfzig Millionen *won*.«

»Und woher kommen die fünfzig Millionen?«

»Das war ein Dankeschön von Yongkang.«

»Wofür?«

»Dafür, dass ich die Wäscherei in seiner Spielhalle verpulvert habe.«

»Das verdient wirklich ein Dankeschön«, sagte Huisu sarkastisch. »Und mit dem Geld haben Sie dann in Seoul weitergespielt?«

Chef Og senkte schweigend den Kopf.

»Wie viel ist Ihnen davon geblieben?«

»Kann ich noch eine Zigarette haben?«

Chef Og nahm sich eine aus der Packung, die auf dem Tisch lag, und zündete sie an. Dann drehte er sich um, und sein Blick wanderte langsam über das leere Fass und die Zementsäcke, die hinter ihm auf dem Boden lagen. Wenn die Gangster von Busan früher jemanden umgebracht hatten, steckten sie die Leiche in ein Fass, das sie mit Zement füllten. Sobald der Zement getrocknet war, wurde das Fass auf ein Schiff geladen und dann, sobald das Meer eine Tiefe von etwa hundert Meter erreichte, über Bord gekippt. In dieser Tiefe war es schwierig, ein Fass zu bergen, selbst mit bestem Gerät. Inzwischen war man von diesem aufwendigen Verfahren abgerückt, weil es zu viele Arbeitskräfte mobilisierte; je mehr Zeugen, desto größer die Gefahr undichter Stellen.

»Das Fass da, ist das für meine Leiche?«

Chef Og starrte das Fass an.

Huisu lächelte süffisant. »Nein, Chef Og, das wäre zu teuer. Das bleibt den VIPs vorbehalten, die unbedingt inkognito verschwinden müssen. In die Kategorie gehören Sie nicht. Für Sie wird eine kleine Inszenierung reichen, sagen wir ein Messerstich in den Bauch mitten in Guam. So kriegen die anderen Ladeninhaber Angst und schrecken vor Deals mit Yongkang zurück.«

»Du hast recht. Wie ein Popanz des Inhabers, der das Unternehmen verballert und dann fröhlich weiterlebt, als wäre nichts gewesen, das bringt nur Chaos«, sagte Chef Og in neutralem Ton.

»Wenn Sie das wussten, warum haben Sie es dann trotzdem so weit kommen lassen? Sie hätten auf uns zugehen müssen, als Sie die ersten Spielschulden hatten, wir hätten darüber reden können. Druck hin oder her, Sie hätten nicht aus einer Laune heraus diesen Deal mit Yongkang machen dürfen.«

»Ich habe nicht nachgedacht. Die Schlinge um meinen Hals zog sich immer mehr zu, und irgendwann dachte ich nur noch, dann soll es halt so sein ... Mein lieber Huisu, ich werde dich nicht bitten, mich zu verschonen. Wenn ich weiterlebe, nehme ich nur wieder Drogen und fange wieder mit dem Glücksspiel an. Weißt du, ich habe lange über mein Schicksal nachgedacht: Aus mir wird nie ein korrekter Typ.«

Er nahm einen tiefen Zug von seiner Zigarette. »Aber für dich muss es doch ziemlich unangenehm sein, jemanden wie mich umzubringen, oder?«

»Und weiter?«

»Na ja, ich könnte das Arschloch Yongkang ja auch abstechen und mich dann selbst umbringen«, sagte Chef Og, und hinter seinen Lidern zuckte es verräterisch.

Ungläubig schüttelte Huisu den Kopf.

»Als Gegenleistung hätte ich nur gern, dass du meinen Kindern jeden Monat zwei Millionen *won* schickst, damit sie ohne ihren Vater zurechtkommen.« Bei diesen Worten brach Chef Og in Tränen aus. »Meine armen Kinder! Ihre Mutter ist wegen meiner Spielsucht davongelaufen. Seit Jahren habe ich nicht einen Pfennig heimgebracht. Ich bin ihr Vater und weiß nicht mal mehr, wovon sie jetzt leben. Bin ich überhaupt ein Mensch? Habe ich es verdient zu leben? Nein, lass mich sterben. Ich sollte besser verschwinden, damit meine Familie leben kann. Wenn ich tot bin, wird auch ihre Mutter zurückkommen.«

Chef Og hörte noch eine ganze Weile nicht mit dem Gejammer auf. Huisu nahm sich betreten eine Zigarette, zündete sie an und blickte zum Fenster hinaus. Draußen hatten Arbeiter begonnen, Futter in die Fischbecken zu schaufeln. An der Wasseroberfläche herrschte ein Gewimmel aus Tausenden von Rotbarschen. Wie Pailletten glänzten ihre Schuppen im Sonnenlicht. Sie hatten die Kraft und Energie derer, die um jeden Preis weiterleben wollten.

»Lass es uns doch so machen, Huisu. Ich verspreche dir, dass ich Yongkang töte.«

Huisu dachte nach. Auf das Wort eines spielsüchtigen Drogenabhängigen konnte er nichts geben. Chef Og hatte sicher nicht vor, Yongkang umzubringen, er versuchte nur, seine eigene Haut zu retten. Wenn er aber doch die Wahrheit sagte, wäre es die ideale Lösung.

»Hören Sie, Yongkang ist ein harter Brocken.«

»Kommt drauf an. Er sagt schon seit einiger Zeit, dass ich für ihn arbeiten soll, weil er sich mit Wäsche nicht auskennt. Wenn ich Ja sage und für ihn arbeite, wird sich doch wohl irgendwann eine Gelegenheit ergeben, oder? Er hat ja keine Eisenplatte vorm Bauch, wenn ich da, so fest es geht, mit einem Sashimimesser reinsteche, warum sollte das nicht funktionieren?«

»Aber Ihre Hände zittern. Und ich kann mir nicht vorstellen, dass Sie mit Ihren zwei Fingern genug Kraft haben«, sagte Huisu kopfschüttelnd, alles andere als überzeugt.

Plötzlich riss Chef Og die rechte Hand mit den beiden verbliebenen Fingern hoch, schüttelte sie und ballte gleichzeitig die linke zur Faust. »Die hier? Meinst du diese Hand? Ich bin Linkshänder! Ich schwöre, die rechte Hand benutze ich nur beim Kartenspielen.«

WODKA

Die hochstehende Sonne wärmte mit ihren Strahlen Huisus Kopf. Vom Bug aus betrachtete er die glitzernden Wellen. Er war auf dem Rückweg von der Kastanieninsel, wo er Chef Og, aus seinen Wunden blutend, den Wächtern der Insel übergeben hatte: den Brüdern Daeyeong und Daeseong. Das kleine, alte Boot wurde von den Wellen hin und her geworfen. Der Benzingeruch des Motors hinten am Heck und die lange Fahrt – vier Stunden hin und zurück – waren schuld daran, dass Huisu das gesamte Doraden-Sashimi, das er noch gegessen hatte, bevor er an Bord ging, wieder dem Meer zugeführt hatte. Als er sich an die Reling geklammert übergab, schaute Daeyeong amüsiert zu.

»Das passiert Ihnen, Großer Bruder? Wo Sie doch schon mit Fangschiffen auf hoher See waren?«

»Deine beschissene Nussschale ist zu klein. Hab auf großen Schiffen noch nie ein Problem gehabt.«

Als sie die Anlegestelle erreichten, vertäute Daeyeong das Boot nicht, sondern hielt es mit einem langen Bambusstock nur in Position.

Huisu sprang rasch von Bord. »Du fährst gleich zurück?«

»Muss.«

»Dann danke für alles. Und lass Chef Og eine Weile in Ruhe.

Wenn man den Typen kennt, kann er einem schon auch leidtun.«

»Ist bei allen so. Oder kennen Sie jemanden, der einem nicht auch leidtun kann? Ich bin auch ein armer Typ, der einem leidtun kann.«

Huisu nickte. »Stimmt. Bist du, bin ich auch. Sind wir alle.« Daeyeong lächelte, drehte das Boot in Richtung offenes Meer und legte ab. Huisu blickte ihm lange nach, dann ging er zum Parkplatz. Ihm war übel, und er wusste nicht, ob es an der Überfahrt oder am Alkohol lag, den er am frühen Vormittag getrunken hatte.

Anders als erwartet, war Danka und nicht Mau zum Abholen gekommen. Er schlief hinter der halb geöffneten Fahrertür, das Gesicht unter einer Zeitung begraben. Als Huisu ihm einen Stoß versetzte, schreckte er hoch, und die Zeitung riss mit einem lauten Ratsch in zwei Teile.

»Scheiße, was soll das?«

»Was machst du hier?«

Mit ausgedehntem Gähnen ließ Danka langsam den Kopf kreisen. »Na, was wohl? Hab auf dich gewartet.«

»Woher wusstest du Bescheid?«

»Dodari hat mir gesagt, du wärst unterwegs, die Sache mit Chef Og regeln«, erwiderte Danka schulterzuckend.

Huisu runzelte die Stirn. »So eine Pfeife. Dodaris Geschwätzigkeit ist wirklich ein Problem.«

»Wolltest du mich da raushalten, Großer Bruder? Vertraust du mir nicht?«

»Dir? Niemals. Dir muss nur einer was Bares geben, dann fängst du sofort an zu plaudern.«

Noch im selben Moment merkte Huisu, dass er zu weit gegangen war: Dankas Gesichtszüge hatten sich verhärtet.

»War nur ein Witz, das habe ich doch nicht ernst gemeint!«
Er klopfte Danka beschwichtigend auf die Schulter. Dankas
Miene entspannte sich ein wenig. Wenn man Missklänge nicht
sofort ausräumte, konnte er sehr nachtragend sein.

»Dass du mich so siehst, finde ich wirklich traurig, Großer
Bruder. Wo wir doch seit zwanzig Jahren zusammenhalten in
diesem Nest namens Guam, wo uns alle verachten, weil wir
ohne Vater in Mojawon aufgewachsen sind. Du wirst hier niemanden finden, der so sehr dein Vertrauen verdient wie ich.«

»Okay, okay. Das alte Lied von Mojawon«, erwiderte Huisu.
Danka verzog das Gesicht.

»Je weniger Mitwisser desto besser, gerade bei solchen Angelegenheiten. Welchen Sinn hat es, dass alle Welt das mitbekommt?
Damit alle geschnappt werden, wenn die Sache auffliegt?«

»Wie weit bist du eigentlich mit Chef Og?«

»Ich habe ihn auf der Insel in die Hütte gesperrt. Es hätte
nichts gebracht, ihn umzubringen. Zuerst hatten wir ja überlegt,
ihn und Yongkang einfach auszuschalten, indem wir sie wegen
Falschspiel verklagen, aber weil Dodari ihn total vertrimmt hat,
kommen wir so aus der Sache nicht raus.«

»Dieser Arsch hat vielleicht Methoden!«

»Wieso bist du eigentlich gekommen?«

»Am Schnapsdepot wird dein Typ verlangt.«

»Großer Bruder Yangdong? Warum?«

»Woher soll ich das wissen? Er hat bloß gesagt, dass ich dich
holen soll und dass es dringend ist.«

»Der heckt doch bloß wieder irgendwelchen Mist aus. Nein,
ich fahre da nicht hin.«

»Ach, komm schon, kostet doch nichts, ihn mal anzuhören.
Wer weiß, vielleicht schiebt er dir einen fetten Deal zu? Und
außerdem. Sonst rastet er nachher noch aus, wenn du seinen
Befehl nicht befolgst, kennst doch sein Temperament.«

Tatsächlich neigte Großer Bruder Yangdong nicht zur Gelassenheit. Ungeduldig wie ein Affe, musste alles, was ihm in den Sinn kam, immer sofort ausgeführt werden. Plötzlich fühlte Huisu sich unendlich müde. Vor der Anlegestelle überschwemmte die Aprilsonne die schmutzige Meeresoberfläche mit ihrem Licht. Einige Netze, die in der Nähe darauf warteten, ausgebessert zu werden, stanken nach Fisch, ein Geruch, der sich mit der schweren, diesigen Frühlingsluft vermischte. Am liebsten wäre Huisu in sein Hotelzimmer gegangen und hätte zwei Tage lang durchgeschlafen. Aber Yangdong hatte ihn zu sich gerufen, und so blieb ihm nichts anderes übrig, als hinzufahren. Er stieg in den Wagen. Danka ließ den Motor an und fuhr los.

Yangdong wurde häufig der »ewige Stellvertreter« genannt, und das ärgerte ihn. Wenn bei einer Feier jemand in alkoholisiertem Zustand damit anfing, wurde kurz darauf garantiert ein Tisch umgeworfen. Doch in den Augen der Gangster von Guam würde Yangdong immer der ewige Stellvertreter bleiben. Vor seinem Einstieg ins Alkoholgeschäft vor zehn Jahren war er tatsächlich fünfundzwanzig Jahre lang Vater Sons rechte Hand gewesen. Erst als Chauffeur, dann als Sekretär und schließlich als Manager des Hotels Mallijang. Yangdong war breitschultrig wie ein Soldat und ein hellwacher, temperamentvoller Kerl. Als Huisu den Managerposten im Hotel übernahm, hatte Yangdong die Übergabe gemacht, und man konnte sagen, dass der Stil, in dem das ganze Hotel samt Restaurant, Bar und Karaoke-Bar geführt wurde, immer noch seine Handschrift trug.

Yangdong und Vater Son hätten charakterlich nicht unterschiedlicher sein können, und man fragte sich in Guam, wie es überhaupt sein konnte, dass diese beiden Männer fünfundzwanzig Jahre lang Hand in Hand gearbeitet hatten. Vater Son arbeitete wenig, Yangdong zu viel. Vater Son war geizig, Yangdong großzügig. Und während sich Vater Son immer friedlich und beschwichtigend zeigte, trat Yangdong Konventionen gern mit Füßen, wobei er wohl oft zu weit ging. Vater Son stach erst nach reiflicher Überlegung mit dem Messer zu, Yangdong stach erst zu und machte sich dann vielleicht seine Gedanken. Und so zog der für seine Feigheit bekannte Vater Son Verhandlungen dem Krieg vor, während Yangdong Probleme gern mit dem Sashimimesser in der Hand regelte.

Als Huisu mit achtzehn in diesem brutalen Milieu gelandet war, hatte ihm außer Yangdong niemand die Hand gereicht. Yangdong war der Einzige, der den einsamen, jungen Gangstern aus Mojawon Arbeit gab, und auch der Einzige, der die Gewinne gerecht mit ihnen teilte. Warum sich Yangdong um die Jungs aus Mojawon kümmerte, war eigentlich nicht zu verstehen, schließlich hatte er schon Mühe, seine eigenen Männer zu versorgen. Doch es war so. Er ließ die jungen Leute weder für einen Hungerlohn arbeiten, noch knöpfte er ihnen mit fadenscheinigen Verweisen auf irgendwelche »Gebühren« oder »Aufwandsentschädigungen« Geld ab, wie es unter den mittleren Kadern von Guam üblich war. Nicht aus Gerechtigkeitsliebe, sondern weil er es einfach mies fand, die Grünschnäbel aus Mojawon übers Ohr zu hauen. Ehrgefühl war in seinen Augen für einen Gangster das Wichtigste, und er wiederholte ständig, dass ein Gangster, der ihn hintergangen habe, kein Gangster mehr sei. Seine schrecklichen Wutanfälle und seine Direktheit führten dazu, dass sich viele in seiner Nähe nicht wohlfühlten, Huisu aber hatte ihn immer sehr gemocht. Er kam zwar wie ein ungehobelter Klotz daher, war aber nicht nachtragend und hatte ein gutes Herz. Ohne ihn hätte Huisu jetzt immer noch in irgendeiner Spielhalle in einer Ecke gehockt und Scheine gezählt.

Als Huisu und Danka am Schnapsdepot eintrafen, waren Yangdongs Männer in ihren Tanktops gerade dabei, kistenweise Flaschen von einem Laster zu laden. Ein paar grüßten kurz, als sie Huisu und Danka sahen.

»Hast du gesehen, wie lasch die uns gegrüßt haben? Tja, man merkt, dass wir hier nur irgendwer sind«, sagte Danka leise. Huisu gab nichts darauf. Yangdongs Leute und die Jungs aus Guam waren schließlich nicht in derselben Branche unterwegs und hatten geschäftlich nie miteinander zu tun. Diese Typen waren nicht verpflichtet, Huisu und Danka respektvoll zu grüßen. Mit ausholenden Schritten durchquerte er das Lager. An der hinteren Wand türmten sich bereits gefährlich hoch die *soju-* und Bierkisten, und an einer Seitenwand standen einige Kartons Wodka. Es war April, doch der Sommer schien schon ganz nah. Im Sommer fanden in Guam jedes Jahr unzählige Festbanketts statt, bei denen alle Arten von illegal eingeschleustem Alkohol flossen. Yangdong belieferte sämtliche Geschäftsleute von Guam – die Go-go-Bars, Cafés, Sashimi-Restaurants, Karaoke-Bars, *soju-*Kioske, Buden und billigen Strandkneipen. Erst vor Kurzem war es ihm unerklärlicherweise gelungen, große Wodkamengen zu importieren, die er in Guam, Wollong und sogar in der Gegend um das Zentrum für Meeresfrüchte absetzte, womit er seine Marktanteile vergrößern konnte. Dass er Guam mit Alkoholika belieferte, war dort für niemanden ein Problem, doch in den anderen Stadtteilen führten seine Geschäfte sehr wohl zu Konflikten. Schmarotzer konnte niemand leiden, und so hatte es schon einige Auseinandersetzungen gegeben, darunter auch ein paar wirklich ernst zu nehmende. Doch ihm schien das egal zu sein. Vor der Tür des Büros zögerte Danka.

»Willst du nicht mit rein?«

»Nein, ich … ähm, ich warte hier. Ich glaube, Yangdong will dir persönlich etwas sagen.«

Huisu sah ihn forschend an. Wie immer, wenn Danka etwas vor ihm verbarg, runzelte er leise die Stirn und wich seinem Blick aus. Huisu witterte eine Absprache zwischen den beiden, aber worum ging es? »Gut, du wartest hier.«

Danka nickte. Als Huisu das Büro betrat, stopfte Yangdong gerade seine Pfeife. Huisu verbeugte sich so tief vor ihm, dass seine Beine und sein Oberkörper einen rechten Winkel bildeten. Yangdong liebte Unterwürfigkeit. Er legte seine Pfeife aus der Hand, kam auf Huisu zugestürmt und umarmte ihn mit übertriebener Herzlichkeit.

»Ah, da ist er ja, der liebe Huisu! Warum laufen wir uns eigentlich nie über den Weg? Ich hatte solche Lust, dich zu sehen!«

Huisu löste sich vorsichtig aus der Umklammerung. Wenn Männer ihn umarmten, bekam er eine Gänsehaut.

»Sie rauchen Pfeife?«

Yangdong wirkte verlegen. »Damit habe ich angefangen, um mit dem Rauchen aufzuhören.«

»Weil Pfeife besser ist als Zigaretten?«

»Jedenfalls nicht schlechter, weil man den Rauch nicht inhaliert. Aber diese dumme Pfeife muss dauernd gereinigt werden, und sobald man einmal dran gezogen hat, geht sie wieder aus, also, ich glaube, das wird mir bald auf die Nerven gehen.«

Yangdong setzte sich aufs Sofa und winkte Huisu zu sich. »Steh doch da nicht so rum, komm, setz dich.«

»Als ich gerade durchs Lager gegangen bin, habe ich gesehen, wie groß Ihre Alkoholbestände schon sind. Die dürften ja wohl für den Sommer reichen.«

»Bier und *soju* kannst du tonnenweise verkaufen, es rentiert sich trotzdem nicht. Nein, wenn du wirklich Geld verdienen willst, müssen es westliche Alkoholika sein.«

»Ich habe gesehen, dass wir in unserem Lager am Hafen zwanzig Kisten Chivas Regal haben. Ist zwar nicht sehr viel, aber wenn Sie wollen, kann ich sie Ihnen schicken.«

»Wer trinkt denn heute noch so was?!«

Als hätte ihm jemand mit einer Chivas-Flasche eins über den Schädel gezogen, kochte Yangdong plötzlich vor Wut.

»Ach, ja? Die Leute mögen Chivas nicht mehr?«, fragte Huisu.

»Chivas verkauft sich so schlecht, dass ich wirklich überlege, aus unseren Vorräten Schlangenschnaps zu machen.«

Huisu lächelte.

»Wodka ist das, was im Moment läuft. Interessanter Preis, ehrlicher Geschmack, ähnelt unserem *soju* und macht keinen Kater. Und die Chinesen und Südostasiaten mögen ihn auch. Ballantine's und Chivas sind out. Die Läden bestellen nur noch Wodka, und weil wir nicht genug vorrätig haben, geht alles drunter und drüber.«

»Ist das so?« Huisus Überraschung war gespielt, sein Interesse gering.

Yangdong zog an seiner Pfeife, sog den Rauch tief ein und atmete ihn langsam wieder aus. »Apropos, könntest du mir nicht mal ein bisschen Wodka besorgen, Huisu? Du scheinst doch Kontakte zu den Russen zu haben.«

»Kontakte, na ja, wir grüßen uns mit einem kurzen Blick, wenn wir uns begegnen.«

»Wenn Gangster sich grüßen, ganz egal wie, sind sie doch schon fast so was wie Brüder, oder?«

»Wie viel brauchen Sie denn?«

»Fünf Container.«

»Fünf Container? Soll das ein Witz sein?«

Yangdongs Miene erstarrte, doch im nächsten Moment entspannten sich seine Gesichtszüge wieder.

»Weißt du eigentlich, wie du mit mir redest? Dein Großer Bruder ist so nett, dich zu sich zu rufen, und was machst du? Pflaumst ihn an! Du kannst nicht immer gleich abblocken, das musst du dir mal abgewöhnen. Wie stehe ich denn da, wenn du so kategorisch reagierst? Wie ein alternder Trottel!«

»Sorry, tut mir leid. Aber was Sie da von mir verlangen, ist wirklich ein bisschen heikel. Ein paar Kisten in einem Container, okay, aber einen ganzen Container Alkohol können unsere Leute vom Zoll nicht durchwinken. Und dann gleich fünf, ich wüsste nicht, wie das gehen soll.«

»Mann, was habt ihr denn eigentlich für Methoden, um Geld zu verdienen, du und deine Schisser-Truppe? Vor Kurzem habe ich gehört, dass jemand fünfzig Nordkoreaner und Chinesen aus Janji eingeschleust hat, alle in einem einzigen Container, wie Sardinen in der Büchse. Warum solltest du also nicht fünf lausige Wodka-Container reinschmuggeln können? Mal ehrlich, du weißt, dass es machbar ist, aber du hast Angst vor Vater Son, oder?«

»Er ist mein Boss, und ich bin sein Angestellter, ist ja wohl normal, dass ich vorsichtig bin, oder?«

»Ein Mann muss sein eigener Herr sein. Als ich Manager im Mallijang war, habe ich immer mein eigenes Ding gemacht, ob mit Bohnen oder Waffen, ganz egal, was der Alte gesagt hat. Der hat sich sowieso nicht getraut, bei mir Protest anzumelden. Das mit dem chinesischen Chilipulver ist ja schön und gut, aber wann kassierst denn du mal was?«

Yangdong hatte recht, und Huisu nickte. Beim bloßen Gedanken an das verfluchte Chilipulver bekam er Kopfschmerzen. Wie auch immer, Vater Son würde niemals zustimmen, Wodka in solchem Umfang durch den Hafen zu bringen. Wo trieb Yangdong diese unglaublichen Wodkamengen eigentlich auf? Sicher nicht in Guam, denn alles, was dort durch den Hafen ging, kontrollierte Vater Son. Und erst recht nicht im Nordhafen, den hatte Doyen Nam mit seinem Yeongdo-Clan fest im Griff und belieferte die Konkurrenz in Wollong, Chungmudong und Nampo-dong.

»Ich habe eben gesehen, dass Sie schon reichlich Wodka haben – wo kommt der her?«

»Tja, wir wissen uns zu helfen. Ich arbeite seit dreißig Jahren in diesem Milieu, da habe ich schon ein paar Kontakte«, erwiderte Yangdong und wich Huisus Blick aus.

»Und diese Wodkamengen reichen Ihnen nicht?«

»Um unser Viertel zu beliefern, schon. Aber ich will das Geschäft ausweiten, es ein bisschen ankurbeln, verstehst du? Jetzt ist genau der richtige Moment. Aber ich habe nicht genug Munition, um zum Angriff zu blasen.«

Huisu nickte geistesabwesend.

»Du bekommst eine Provision, die dich nicht enttäuschen wird. Und sollte die Sache heiß werden, nehme ich alles auf meine Kappe. Du hast nichts zu befürchten.«

In gewissem Sinn hatte Yangdong ja recht. Das Schmuggelgeschäft war so oder so riskant, ob nun mit Bohnen oder mit Pistolen. Wenn Yangdong ihn deckte, hatte er nichts zu verlieren.

»Wenn das so ist, Großer Bruder, versuchen Sie, Chef Yang rumzukriegen. Dann kümmere ich mich um die Russen«, sagte Huisu.

»Und Chef Park?«

»Chef Park hat in letzter Zeit fett verdient, der steigt beim leisesten Risiko aus. Aber wenn Sie wollen, fühlen Sie da mal ein bisschen vor, dann rufe ich Chef Yang an.«

»Chef Park stopft sich wirklich schon seit Längerem kräftig die Taschen voll. Der hat bestimmt die eine oder andere Immobilie, von der keiner weiß.«

105

»Wenn zu dem, was Sie schon haben, noch fünf Container dazukommen, wird das nicht zu viel? Sind Sie sicher, dass Sie das alles loswerden?«

»Warum sollte ich Sachen bestellen, die ich nicht loswerde? Keine Sorge, es gibt überall Tische, die nur auf Wodka warten.« Huisu warf einen kurzen Blick auf die Uhr. »Kann ich dann gehen, ist alles klar?«

»Nein, nein, ich wollte noch etwas mit dir besprechen. Bist du heute sehr beschäftigt? Hast du noch Zeit für einen Drink?«

»Vielleicht nicht ausgerechnet heute, wenn das okay ist? Ich habe heute Nachmittag noch einiges zu regeln.« Huisu blickte wieder auf die Uhr, als hätte er es wirklich eilig.

»Im Hotel scheint's ja viel Arbeit zu geben«, sagte Yangdong sichtlich enttäuscht.

»Arbeit, die nichts einbringt. Sie kennen ihn doch … dauernd nervt uns der alte Mann mit seinen kleinen, mickrigen Betrügereien.«

»Oh ja, ich kenne ihn gut. An seiner Krämerseele wird sich nichts mehr ändern. Was war's noch gleich, als ich für ihn gearbeitet habe? Ach ja, falsches Sesamöl. Dieses verdammte Öl, was habe ich dafür geschuftet, irgendwann dachte ich, ich gehe noch dabei drauf. Gangster, die Samen auspressen, glaubst du das? Mit Ölpressen wird man kein großer Gangsterboss. Gangster sein, das heißt vor allem Ehrgefühl haben, sage ich immer. Ein Gangster muss nach Gangster riechen. Wenn er nach Essen riecht, ist es aus.«

Huisu nickte höflich. »Gut, dann trinke ich zwar nichts, aber ich habe noch einen Moment, um zu hören, was Sie mir sagen wollen.«

»Dann lade ich dich zu einem Kaffee ein.«

Über die Sprechanlage gab Yangdong seiner Sekretärin den

Auftrag. Kurz darauf kam sie mit zwei Tassen Kaffee ins Büro und stellte sie auf den Tisch.

Yangdong starrte auf den Hintern der jungen Frau, dann runzelte er die Stirn. »He, Miss Kim, ich hab dir doch schon gesagt, du sollst keine Hosen anziehen. Röcke sind mir lieber.«

»Damit Sie dauernd ihre Pfoten drunterschieben können?«, erwiderte die junge Frau kühl, mit feindseligem Blick, und ging wieder. Yangdong starrte ihr nach, die Augen auf ihre festen Gesäßbacken geheftet, und schluckte.

»Sagen Sie mal, für Ihr Alter haben Sie aber echt noch Feuer«, frotzelte Huisu.

»Da irrst du dich. Wenn man älter wird, hat man unten keine Kraft mehr. Die ganze Energie geht hoch ins Mundwerk. Und dann fickst du nicht mehr mit dem Schwanz, sondern mit Worten.«

Er sah Huisu forschend an, zog an seiner Pfeife und entließ kleine Rauchwölkchen. Er trat ans Fenster, vergewisserte sich, dass draußen niemand war, ließ die Jalousie herunter. Zurück auf dem Sofa, beugte er sich mit ernster Miene zu Huisu vor, bis ihre Köpfe sich fast berührten. Unbehaglich wandte Huisu sein Gesicht der Topfpflanze zu.

»Huisu, ich habe derzeit große Pläne.«

»Aha, ein großer Coup?«

»Ich kenne einen Japaner mit koreanischen Wurzeln, er heißt Kim und verkauft Karaoke-Anlagen und Pachinko-Automaten, die er aus Japan holt. Während sich andere für ein Pachinko-Touristenhotel gegenseitig die Köpfe einschlagen, verkauft er still und leise seine Geräte und verdient sich damit eine goldene Nase. Für ihn ist die Ära der Pachinko-Hotels in unserem Land vorbei, vor allem weil die Lizenzen inzwischen so schwer zu kriegen sind. Außerdem ist es aufwendig, dafür ein ganzes Touristenhotel zu bauen: die baurechtlichen Verhandlungen mit den Gangstern vor Ort, die Bestechungsgelder für die Beamten … Am Ende bleibt nichts übrig. Seiner Meinung nach liegt die Zukunft in Spielhallen für Erwachsene.«

»Mit Münzautomaten für Videospiele, so wie für Kinder?«

»In den Spielhallen für Erwachsene spielt man nicht direkt mit Geld, sondern wie bei den Pachinkos mit Gutscheinen. Ein Hotel muss man bauen, während du für eine Spielhalle nur ein Ladenlokal von der Größe eines Billardsalons brauchst, dann bekommst du die Lizenz ohne Probleme. Und wenn es nicht läuft, hörst du einfach auf und versuchst, woanders eine Halle aufzumachen. In Seoul, in Daejeon, eigentlich überall machen in letzter Zeit immer mehr davon auf. Also habe ich beschlossen, in das Geschäft mit Automaten für Spielhallen einzusteigen, und zwar mit den topaktuellen aus Japan.«

»Das heißt, Sie wären nicht Betreiber, sondern nur Ausstatter?«

»Genau. Um selbst eine Spielhalle zu betreiben, müsste ich ziemlich viele von meinen Jungs reinsetzen und würde damit im Viertel einer ganzen Menge von Leuten auf die Füße treten, man müsste Beamte schmieren und so weiter, das ist alles zu kompliziert. Nein, wir werden einfach nur Hallen mit Geräten ausstatten und dafür einen prozentualen Anteil an den Einnahmen kassieren.«

»Wollen Sie die Maschinen aus Japan kommen lassen?«

»Nein, die sind zu teuer, da würde für uns nichts übrig bleiben. Mit Kim, dem Japaner, suchen wir gerade eine Fabrik. Der Techniker, der für ihn arbeitet, ist sehr fit, die Maschinen, die er baut, sind exakt die gleichen wie in Japan. Wäre das nicht was für dich, Huisu? Du könntest die Fabrik und den kaufmännischen Teil des Geschäfts leiten.«

Huisu nahm sich eine Zigarette. Yangdong entzündete ein Streichholz und hielt es erst an Huisus Zigarette und dann an seine erloschene Pfeife. Der Vorschlag war interessant. Als damals die Karaoke-Bars plötzlich wie Pilze aus dem Boden schossen, hatte Huisu von einem Typen gehört, der angeblich Milliarden von *won* damit verdiente, Anlagen aus Japan zu importieren und zu verkaufen. Wenn das Betreiben einer Spielhalle so kompliziert war, warum nicht einfach die Sahne abschöpfen, indem man sich nur um die Automaten kümmerte?

»Aber wenn die Typen, die bisher Pachinko-Automaten verkauft haben, Kunden verlieren, werden sie sich wehren. Glauben Sie, dass man denen die Stirn bieten kann? Die sind weit über Busan hinaus gut vernetzt.«

»Freuen werden die sich nicht, das ist klar, die haben sich den Arsch aufgerissen, um ihre Lizenz zu kriegen.«

»Das wird mächtig Chaos geben.«

»Ja, ein bisschen Aufregung wird es geben, aber was können die konkret gegen uns ausrichten? Die Dinge haben sich geändert, es gibt keine Bandenkriege mehr, bei denen man die Messer tanzen lässt. Siehst du hier in Busan überhaupt noch Gangster? Jo Seunsik, der übergeschnappte Staatsanwalt, hat sie doch alle eingebuchtet. Der hat sich so ins Zeug gelegt, dass es heute keinen einzigen Gangsterboss mehr gibt. Und die paar, die ihm durch die Lappen gegangen sind, haben sich verkrochen. Ich sage dir, Busan ist ein Niemandsland geworden.«

»Na ja, genau das meinte ich ja: In einer Zeit, in der man schon verhaftet wird, weil man drei Gangster um sich versammelt, wollen Sie so ein Geschäft aufziehen?«

»Jo Seunsik hat sich vor Kurzem aus Busan verpisst. Verstehst du, was das bedeutet?«

»Dass er alle, die er schnappen wollte, geschnappt hat.«

»Bingo. Und dass die ganze Show um diesen angeblichen Krieg gegen das Verbrechen vorbei ist. Umso besser für die Bevölkerung, die es bestimmt satthat, jeden Tag in der Presse detailliert nachzulesen, wie mal wieder eine Gang abgeschlachtet wurde. Und überhaupt, gibt es einen einzigen Politiker, der keine Kohle von denen bekommen hat? Oder einen Beamten, der nicht geschmiert wurde? Alle haben die Nase voll. Das ist genau der richtige Zeitpunkt. Die Revierkämpfe müssen aufhören, von jetzt an müssen wir auf das Produkt setzen. Wir sind doch nicht mehr im Mittelalter.«

Huisu nickte. Yangdongs Vorschlag klang überzeugend. Es schien wirklich ein lukratives Geschäft zu sein, und seine Analyse der Situation in Busan war richtig. Der Krieg gegen die Unterwelt hatte zu einer Flut von Verhaftungen geführt, die meisten Gangsterbosse von Busan saßen hinter Gittern. Auch ihre Bandenmitglieder hatte man weggesperrt, einige Clans existierten einfach nicht mehr. Wer dieser Treibjagd entronnen war, hatte sich noch nicht aus seinem Versteck hervorgewagt. Es war wirklich der richtige Zeitpunkt, um ein neues Geschäft aufzuziehen. Aber niemand durfte erwarten, dass dieses neue Business reibungslos in Gang kommen und dann ein Selbstläufer sein würde. Da täuschte sich Yangdong: Nichts lief im Leben jemals so wie erwartet. Wenn sich ein Gangster bereicherte, erlitt ein anderer zwangsläufig Verluste, und niemand ließ sich einfach so die Butter vom Brot nehmen. Vielleicht würde es keine massiven Konflikte geben, aber ein paar Messerstechereien wahrscheinlich schon; der eine oder andere würde ins Ausland fliehen oder im Gefängnis landen. Plötzlich dachte Huisu an sein Alter. Er war nicht mehr so schnell und geschmeidig wie früher; würde er es überhaupt noch schaffen, vor einem Haufen junger Kerle, die auf eine Stecherei aus waren, zu fliehen? Ob er als Krüppel enden oder selbst zustechen und in den Knast wandern würde – im schlimmsten Fall wäre sein Leben gelaufen.

»Das ist keine kleine Sache«, sagte er.

»Nein. Es geht darum, den ganzen Markt von Busan zu erobern.«

»Müsste ich das Mallijang verlassen?«, fragte Huisu leise.

»Ja, wäre besser. Das wird ein ziemlich fordernder Job.« Yangdong klang pathetisch, und er strotzte vor Zuversicht.

Huisu wurde unruhig. Was verbarg er hinter dieser Fassade? Huisu hatte eigentlich keine Ambitionen, den ganzen Markt von Busan zu erobern, reich zu werden oder an der Spitze einer wichtigen Organisation zu stehen. Das Feuer, das man brauchte, um von solchen Verrücktheiten zu träumen, war längst in ihm erloschen. Durchhalten war alles, wozu er noch fähig war, durchhalten von einem Tag auf den nächsten.

»Meinen aufrichtigen Dank, Großer Bruder, dass Sie an mich gedacht haben. Seit meiner Jugend kümmern Sie sich um mich. Aber über diese Angelegenheit muss ich ein bisschen nachdenken. Im Hotel laufen einige Dinge, die ich zu Ende bringen muss. Ich kann den Alten nicht einfach so fallen lassen.«

Es war ein vorsichtiger, aber eindeutiger Rückzug. Die Enttäuschung stand Yangdong ins Gesicht geschrieben. Er paffte an seiner Pfeife. »Wie alt bist du jetzt?«

»Vierzig.«

»Du bist nicht mehr ganz jung, oder?«

»Tja, das stimmt.«

Yangdong nahm einen langen Zug und wartete einen Moment. »Du kennst Anwalt Yang?«

»Den Anwalt von Vater Son?«

»Ich habe ihn neulich getroffen. Er hat mir gesagt, dass der Alte nach seiner Entlassung aus dem Gefängnis so besorgt war, dass er sein Testament gemacht hat. Und dem Anwalt zufolge taucht dein Name darin nicht ein einziges Mal auf. Hast du gedacht, dass der Alte dir wenigstens das halbe Hotel hinterlässt, nachdem du dir jahrelang diesen undankbaren Managerjob angetan hast? Einen Scheißdreck macht er! Mit ein bisschen Glück hinterlässt er dir eine Bar oder zwei. Ich kenne den alten Geizkragen. Nach fünfundzwanzig Jahren treuer Dienste habe ich nicht mehr bekommen als dieses Schnapsdepot, mit einem alten Container als Büro und ringsum nichts als Brachland. An dem Tag, als ich aus dem Mallijang rausgeflogen bin und plötzlich in diesem ungeheizten Büro saß, habe ich endlich kapiert, dass ich mein Leben weggeschmissen hatte – so lange für diesen Typen zu arbeiten! Das Pflichtbewusstsein des aufrechten Gangsters? Treue? Ehrgefühl? Verfickte Hundescheiße ist das, mehr nicht! Verdammtes Gelaber von verdammten Bossen, damit sie sich allein den Bauch vollschlagen können. Mal unter uns, was macht er eigentlich konkret, dieser alte Pascha? Sich den Honig von den Fingern lecken, aber ansonsten? Nix! Dass die Geschäfte in Guam laufen, liegt nur an uns, wir reißen uns den Arsch dafür auf, lassen uns wegsperren und abstechen, oder etwa nicht? Und obwohl wir riskieren, geschnappt zu werden oder als Krüppel zu enden, arbeiten wir weiter. So sieht's aus, das ist unser Leben, während der Alte bequem in seinem Sessel sitzt, zu den angesehensten und einflussreichsten Persönlichkeiten der Region zählt und mit Bürgermeistern und Abgeordneten Einweihungsbänder zerschneidet.«

Huisu nickte mechanisch. Solche Reden hatte er oft gehört.

»Dodari legt sich im Moment ganz schön ins Zeug, hast du das mitbekommen? Meiner Meinung nach hat er alles kapiert. Denn wenn Vater Son tot ist, wem gehört dann das Hotel? Die Sons sind nicht irgendein Clan: Die haben in Guam seit achtzig Jahren das Sagen. Nach dem Tod des Alten wird Dodari, dieser Flachkopf, als letzter Nachkomme der Sons das Mallijang erben, und du bist am Ende der Gelackmeierte.«

»Wenn Dodari es kriegen soll, dann soll er's halt kriegen. Was soll ich machen? Soll ich ihn umlegen oder was?«

»Verdammt, hast du denn gar keinen Mumm in den Knochen? Was soll ich mit so einem Weichei überhaupt anfangen?« Aufgebracht zog Yangdong an seiner Pfeife, die inzwischen ausgegangen war, und schleuderte sie wütend auf den Boden.

Huisu bückte sich und legte sie wieder auf den Tisch.

»Huisu, hast du wenigstens deine eigenen vier Wände?«

»Nein.«

»Und was für ein Auto?«

»Einen Daewoo Espero.«

»Warte, warte, der Manager vom Mallijang ist doch in Guam kein kleines Licht, oder? Und Dodari, diese Niete, hat einen Mercedes. Was machst du also mit einem Espero?«

»So schlecht ist er nicht.«

»Ach was, der ist scheiße.«

Yangdong wischte sich einen Aschekrümel vom Ärmel. »Gib mir mal eine Zigarette.«

Huisu gehorchte.

Yangdong zündete sie an und blies eine lange Rauchfahne in den Raum. »Weißt du, die Leute in Guam ärgern sich über Vater Son. Er hat alles und zieht beim geringsten Risiko den Schwanz ein. Aber die Abgaben, die will er natürlich haben. Guam gehört ihm aber nicht, das Meer, die Wellen, der Strand da draußen, jedes Sandkorn, das alles gehört ihm nicht. Es reicht, die Sons haben genug profitiert. Soll das etwa noch Generationen so weitergehen? Halten die sich für Kim Il-sung oder Kim Jong-il, oder was? Und damit ist auch eigentlich alles gesagt. Wenn wir endlich für das viele Blut, das wir vergossen haben, belohnt werden wollen, müssen wir einen Kader aus jungen Leuten bilden, viel Geld verdienen und stolz und reich leben. Dann können wir das Mallijang mit links übernehmen, den Alten zermalmen und seine Reste zusammenkehren.«

Huisus Gesichtszüge verhärteten sich. Yangdong, der die Veränderung sah, hielt inne.

»Sie wissen doch, dass ich Sie mag, Großer Bruder Yangdong?«

»Ja, das weiß ich.«

»Gut, dann werde ich so tun, als hätte dieses Gespräch niemals stattgefunden.«

Huisu stand auf.

Mit betretener Miene sagte Yangdong: »Huisu, wenn du nicht zeitgleich mit Vater Son im Grab landen willst, rate ich dir, die richtige Entscheidung zu treffen. Der Alte erwartet nichts mehr. Und es heißt doch, man soll sich nicht einem Menschen anschließen, der nichts mehr vom Leben erwartet, oder? Weißt du, warum mein Leben, in meinem Alter, so erbärmlich ist? Weil ich in meiner Jugend an Vater Son geraten bin.«

Wütend drückte Yangdong seine Zigarette im Aschenbecher aus. Ohne die geringste Notiz davon zu nehmen, machte Huisu eine tiefe Verbeugung und verließ das Büro. In einer Ecke der Lagerhalle scherzte Danka gerade mit der Sekretärin mit dem festen Hintern. Huisu öffnete die Beifahrertür des Wagens und setzte sich hinein. Sofort kam Danka angelaufen und klemmte sich hinters Steuer. Anstatt loszufahren, nahm er Huisus Gesicht unter die Lupe, um vielleicht einen Hinweis auf den erfolgreichen Verlauf des Gesprächs darin zu entdecken.

»Was soll das?«, fragte Huisu.

»Wie bitte?«

»Los, wir fahren zurück.«

Danka ließ den Motor an, und der Wagen setzte sich in Bewegung. Huisu blickte schweigend aus dem Fenster. Es war Nachmittag und die Küstenstraße unten am Berghang kaum befahren.

»Ist es gut gelaufen mit Großem Bruder Yangdong?«, fragte Danka, auf Huisus Reaktion lauernd.

Huisu schwieg. Dann sagte er, ohne den Blick vom Fenster abzuwenden: »Pass auf, wie du dich verhältst, Danka. So verblödet ist Vater Son nicht. Wenn du den Reden von Großem Bruder Yangdong zu offen beipflichtest, läufst du Gefahr, aufs Kreuz gelegt zu werden und nicht mehr so lange zu leben, wie du leben solltest.«

Danka blickte starr geradeaus; er sagte kein Wort. Vielleicht lag es nur an der Sonne, doch sein Gesicht schien sich leicht gerötet zu haben.

ALKOHOL
MITTEN AM TAG

An einem Tisch auf der Terrasse des Mallijang saßen Vater Son und Dodari. April war dafür die ideale Jahreszeit: Die von den Japanern gepflanzten Kirschbäume standen in voller Blüte, und ihre zarten Blütenblätter wirbelten schon mit dem Wind davon. In der angenehm warmen Sonne konnte man das schöne Meer von Guam genießen, das zwischen den Bäumen durchschimmerte. Diese wunderbare Zeit vor dem überreifen Frühling und dem kämpferischen Sommer war jedes Mal viel zu kurz.

Huisu kam auf die Terrasse. Vater Son trank gerade seinen Ginsengtee, während Dodari wie jeden Nachmittag Wodka schlürfte. Er hatte schon die halbe Flasche intus, und sein Gesicht war gerötet. Es war nicht der Billigwodka, mit dem Yangdong den Markt von Busan überschwemmte, sondern eine der Flaschen, die Huisu in endlosen Verhandlungen den Russen am Hafen von Gamcheon hatte abluchsen können. Selbst in Russland war diese Marke sehr beliebt, mehr als ein paar Flaschen waren nicht drin gewesen. Und nun kippte dieser Drecksack Dodari, der keinen Tropfen Schweiß dafür vergossen hatte, das kostbare Gesöff mitten am Nachmittag in aller Seelenruhe in sich hinein.

Vater Son hatte früher eine kleine Schwester namens Son Sumi gehabt. Sie war groß gewachsen, schmal und so zart, als könnte jeder Windhauch sie wie trockenes Laub davontragen. Vater Son hatte sie über alles geliebt, zumal sie damals seine letzte noch lebende Verwandte war. Seit ihr gemeinsamer Vater in jungen Jahren in Gwangbok-dong von dem amerikanischen Soldaten erstochen worden war, hatte sich Vater Son um seine kleine Schwester gekümmert wie um eine Tochter. Sie hatte dann einen gewissen Chae geheiratet, einen Typen, der fünfzehn Jahre älter war als sie und ein leidenschaftlicher Tänzer. Aber eben auch ein krummer Hund, ein flatterhafter Kerl und Betrüger, der permanent in irgendwelche Skandale verwickelt war. In nüchternem Zustand trug er seine Frau auf Händen, doch kaum hatte er getrunken, fing er an, sie zu schlagen. Das tat er bei allen Frauen, mit denen er verkehrte, und trotzdem waren manche unsterblich in ihn verliebt, so eben auch seine Ehefrau Son Sumi. Den Männern von Guam war es ein Rätsel.

Unter normalen Bedingungen hätten Son Sumi und Chae gar nicht heiraten können. Vater Son hätte ein übles Subjekt wie ihn als Ehemann für seine einzige Schwester niemals akzeptiert. Aber Chae hatte Son Sumi, bevor er um ihre Hand anhielt, sicherheitshalber ein Kind gemacht. Und dieses Kind war Dodari. Dodari war der Grund, warum Vater Son nicht anders konnte, als dieser Ehe zuzustimmen. Son Sumi war immer zerbrechlich und anfällig gewesen, doch nach der Entbindung hatte sich ihr Zustand noch verschlechtert: Ihr Körper produzierte nicht einmal Milch. In einer verregneten Nacht lief Son Sumi dann vor den Schlägen ihres betrunkenen Mannes aus dem Haus. Sie holte sich eine Lungenentzündung, und als sie daran starb, waren ihre Handgelenke und ihre Brust noch übersät mit blauen Flecken.

Einen Monat nach Son Sumis Beerdigung verschwand Chae. Manche sagten, er sei vor Vater Sons Zorn nach Japan geflohen, andere meinten, er habe auf den Philippinen eine Tanzschule eröffnet. Aber das waren nur Gerüchte. Huisu glaubte, dass Vater Son damals seinen ersten nicht geschäftlich motivierten Mord in Auftrag gegeben hatte.

Huisu nahm an Vater Sons Tisch Platz.

»Was soll ich Ihnen bringen, Großer Bruder?«, fragte Mau, der ihm wie ein Schatten gefolgt war, und schaute dabei auf die Wodkaflasche.

»Alkohol mitten am Nachmittag? Für wie abgehalftert hältst du mich? Bring mir einen Kaffee. Aber einen starken.«

Mit dem Wodkaglas in der Hand starrte Dodari ihn böse an.

»Wie weit bist du mit Chef Og?«, fragte Vater Son.

»Ich habe ihn auf die Kastanieninsel gebracht. Der hier …«, Huisu deutete mit dem Kinn auf Dodari, »… hat ihn dermaßen demoliert, dass es mindestens einen Monat dauern wird, bis man die Spuren nicht mehr sieht.«

»Wer ist außer Daeseong noch auf der Insel?«

»Sein älterer Bruder Daeyeong.«

»Lassen sie immer noch Leichen verschwinden, diese beiden Bluthunde? Früher haben sie sie zerkleinert und damit ihre Heilbutte gefüttert.«

»Auf Anfrage würden sie nicht Nein sagen. Aber so etwas ist heutzutage nicht mehr üblich.«

»Stimmt. Heutzutage ist es üblich, jemandem auf offener Straße ein Messer in den Leib zu rammen und dann abzuhauen«, nickte Vater Son traurig. »Hoffentlich muss Chef Og bei diesen Brüdern nicht allzu viel einstecken.«

»Ein bisschen mit den Zähnen klappern wird er schon«, grinste Huisu.

»Ihr wollt ihn also hübsch am Leben lassen und warten, bis die blauen Flecken weg sind? Wenn wir einen Marionettenchef verschonen, der einen unserer Läden an Yongkang abgetreten hat, wie sollen die Leute dann noch die Ordnung respektieren?«, sagte Dodari mit vom Wodka gerötetem Gesicht.

»Wer redet hier von Ordnung? Meinst du, Ordnung macht dich satt, du Hammel? Wenn Ordnung dir so wichtig ist, solltest du deinen eigenen Schwanz mal ein bisschen im Zaum halten, damit er nicht in jede Schlampe reinrutscht!«, blaffte Vater Son ihn an.

»Also wirklich, Onkel, was fängst du bei so einem ernsten Thema mit meinem Schwanz an. Das gehört sich nicht, wenn man mit anderen Leuten redet«, murrte Dodari.

»Die Überraschung, ausgerechnet aus deinem Mund das Wort Ordnung zu hören, war einfach zu groß«, antwortete Vater Son spöttisch. Er nahm einen Schluck Ginsengtee. »Jedenfalls frage ich mich, was Yongkang sich plötzlich dabei gedacht hat, unsere Wäscherei zu schlucken.«

»Irgendwas ist da faul«, sagte Huisu.

»Hat dir Chef Og gesagt, für wie viel er sie Yongkang überlassen hat?«

»Angeblich für genau eine Milliarde fünfzig Millionen *won*.«

»Eine Milliarde? Der Arsch, wie kann man nur so viel Geld verspielen. Da muss er aber fleißig Karten umgedreht haben, wenn er eine ganze Milliarde verjubelt hat. Ich fasse es nicht. Hätte er genauso fleißig Servietten gefaltet, wäre es nicht so weit gekommen. Jedenfalls wird es jetzt schwer, mit Yongkang zu verhandeln.«

»Selbst wenn wir es schaffen, uns irgendwie mit ihm zu einigen – bar auf die Hand können wir ihm nichts geben. Er hat die Wäscherei ja nur durch Rückzahlung von Spielschulden bekommen, da können wir sie ihm nicht mit echten Scheinen wieder abkaufen. Von dem Geld sollten wir uns lieber Maschinen besorgen und eine neue Wäscherei aufmachen.«

»Was redest du da? Glaubst du, die gibt's gratis? Sogar gebraucht kostest eine Profi-Waschmaschine dreißig Millionen *won*.«

»Oder wir sorgen dafür, dass Chef Og und ein paar andere, die Yongkang übers Ohr gehauen hat, ihn anzeigen. Spielschulden sind gesetzlich nicht anerkannt, wir könnten also Chef Gu bitten, ihn wegen Erpressung, illegaler Wettgeschäfte und Körperverletzung dranzukriegen. Dafür müsste er doch mindestens für ein Jahr eingelocht werden, oder?«

Vater Son dachte mit gesenktem Kopf nach. »Nein«, sagte er schließlich »wenn wir die Bullen reinziehen, haben wir außer Ärger nichts zu erwarten. Du weißt doch, was für Schlafmützen das sind. Bevor die eine Untersuchung anfangen, müssen sie tonnenweise Papierkram produzieren. Um das alles auszufüllen, kommen sie dann zu uns und stecken überall ihre Nase rein, dann brauchen wir Anwälte, es kommt vielleicht zu einem Prozess und was weiß ich. Und die ganze Zeit bleibt die Wäscherei geschlossen, sodass wir Geld verlieren. Ganz zu schweigen davon, dass Yongkang keiner ist, der einfach zulässt, dass er absäuft. Und selbst wenn wir es wirklich schaffen, ihn hinter Gitter zu bringen, kommt er nach ein paar Monaten ja doch wieder raus, und dann wird es richtig schwierig, ihn in den Griff zu kriegen.«

Dodari, der weiter Wodka kippte, wurde plötzlich wütend. »Mann, machst du's kompliziert. Warum legen wir Chef Og und Yongkang nicht einfach um? Das kriegen wir doch sauber hin. Wir haben die Kohle, wir sind stark, wovor habt ihr also Angst? Wir haben jede Menge Männer, die nur auf einen kleinen Job warten, also bringen wir's hinter uns!«

Vater Son schlug Dodari mit seinem Fächer drei Mal kurz,

aber kräftig auf den Mund, tack, tack, tack. »Willst du wohl deinen frechen kleinen Schnabel halten?« Er hielt inne und ließ den Fächer wieder sinken; offenbar hatte er plötzlich doch so etwas wie Mitleid. »Was glaubst du eigentlich, in welcher Zeit wir leben? Meinst du, wenn wir Yongkang umlegen, kriegen wir die Besitzurkunde einfach so wieder zurück? Was bist du nur für ein Trottel, nicht mal als Sardellenköder würdest du was taugen.«

»He, was fällt dir ein, mir so auf den Mund zu hauen? Den brauche ich noch, um zu essen, verdammt!« Gekränkt durch Vater Sons Angriff, rotzte Dodari geräuschvoll auf den Boden.

»Und deshalb sollst du deinen verdammten Schnabel auch nur zum Essen aufmachen und ihn ansonsten schön geschlossen halten«, sagte Vater Son.

»Ich gehe jedenfalls erst mal zu Yongkang und fühle ein bisschen vor«, sagte Huisu.

Vater Son nickte zustimmend.

»Was denkst du, wann du hingehst?«

»Diese Woche. Wir sollten das Problem vor dem Sommer geregelt haben.«

»Da hast du recht. Auch wenn es heikel ist, du musst es schaffen, ihn zu besänftigen und eine Lösung zu finden. Sei nicht zu geizig, gib ihm, was wir geben können. Lieber so, als dass sich alles noch zuspitzt.«

»Gut, also dann, ich muss los.«

Als Huisu aufstand, um zu gehen, hielt Vater Son ihn am Arm zurück. »Bleib doch noch zum Mittagessen. Dalja hat ein Rind geschlachtet, und ich habe die besten Stücke kommen lassen. In der Küche werden sie gerade zubereitet, es wird nicht mehr lange dauern. Unser Küchenchef ist ein Meister des Steki.«

»Steak! Nicht Steki! Steak! Was redest du so antiquiert«, motzte Dodari.

Vater Son zog ihm wieder eins mit dem Fächer über. »Habe ich dir nicht gesagt, du sollst deinen dummen Schnabel nur aufmachen, um zu essen?!«

Dodari war der größte Nichtstuer von Guam: Das Einzige, was er den lieben langen Tag machte, war kostenlos saufen, Geld verspielen, zu Nutten gehen und in seinem Mercedes die kleine Straße von Guam rauf- und runterfahren, eine Strecke, die so kurz war, dass man dafür zu Fuß eine knappe halbe Stunde brauchte. Mehr machte er im Leben nicht. Ein Glück für Huisu, dem es ständig zufiel, seine Dummheiten auszubügeln; denn je weniger Dodari machte, desto weniger Probleme gab es. Dieser Mistkerl hatte die Gabe, Leute mit schweren Spaten in Einsätze zu schicken, für die eine kleine Harke locker gereicht hätte, und obwohl er zwei Jahre studiert hatte, erwies sich alles, was er in Angriff nahm, als absoluter Schwachsinn. Mit einem Wort, aufs Denken verwendete er höchstens fünf Minuten pro Jahr; man hätte meinen können, ihm fehle ein Stück Hirn.

Als Neffe von Vater Son genoss Dodari Respekt, doch wirklich gefürchtet war er nicht. Genauso wie man es vermeidet, in Hundescheiße zu treten, gab man Dodari einfach, was er verlangte, ob Alkohol oder Geld. In Guam war Dodari also sicher aufgehoben, nur trieb er sich leider ständig in anderen Stadtteilen herum und suchte dort Ärger, provozierte, wo er konnte, ließ sich verprügeln oder machte die Frau eines Gangsterbosses an. Bei jeder neuen Dummheit seufzte Vater Son und sagte: »Diese schmutzige Seite kommt von der Familie Chae, das liegt denen im Blut. So eine vulgäre DNA hat unsere Familie nicht. Wenn sich schlechtes Blut in die Linie mischt, kann auch der Schäferhund nur eine Promenadenmischung zur Welt bringen.«

Dodaris Anwesenheit auf der Terrasse störte Huisu, und eigentlich wäre er lieber gegangen, doch die Aussicht auf Daljas

Fleisch gab dann doch den Ausschlag: Er setzte sich wieder, tat allerdings so, als fühlte er sich mehr oder weniger dazu gezwungen. Fleisch von Dalja war einfach köstlich, besonders wenn Vater Son sich welches liefern ließ.

»Ach, übrigens, ich habe gehört, Ju Ami ist entlassen worden. War er schon bei dir?«, fragte Vater Son und schnitt in das erste Stück Fleisch.

»Nein, das war ja gerade erst. Wenn er einen gehoben hat und bei den Frauen war, wird er kommen.«

»Soll er ruhig einen heben, ist ja kein Problem, aber seinen Gruß könnte er dir schon entbieten, das ist respektlos«, murmelte Vater Son mit vollem Mund.

»Ist Ju eigentlich Amis Familienname?«, fragte Dodari.

»Ja, er heißt Ju«, antwortete Vater Son.

»Ach so. Weil ihn alle mit dem Vornamen anreden. Ich kannte seinen Familiennamen gar nicht. Wenn er Ju heißt, wer ist dann sein Vater? In unserem Viertel gibt es doch gar keinen Ju, oder?«, redete Dodari weiter.

Eine Antwort bekam er nicht.

»Hat Ami Strafverkürzung bekommen?«, fragte Vater Son.

»Nein, er hat die ganzen vier Jahre verbüßt, keinen Tag weniger«, sagte Huisu.

»Bestimmt hat er einiges einstecken müssen, bei dem Temperament. Jetzt, wo er raus ist, wird er Geld brauchen. Kannst du ihm ein paar Millionen zustecken, Huisu? Nicht dass er ohne Geld gleich wieder Dummheiten macht.«

»Aus eigener Tasche? Ist das Ihr Ernst?«

»Na hör mal, du kleine Ratte, ich rede von Solidarität, und du kommst mir mit getrennten Kassen?«

»Ist ja nicht so, dass ich ihm nichts geben will. Aber Ami ist sehr sensibel, und es würde ihm viel bedeuten, dass sich Vater Son persönlich um ihn kümmerte.«

»Mann, du kannst vielleicht ein Phrasendrescher sein. Also gut, dann übernehme ich das. Du kannst dir das Geld bei mir im Büro abholen.«

»Sagt mal, stimmt es eigentlich, dass Ami ein echtes Riesenmonster ist, ein Meter neunzig groß und hundertzwanzig Kilo schwer, und dass er im Kampf trotzdem wie ein Schmetterling um seine Gegner herumflattert?«, schaltete sich Dodari plötzlich wieder ein.

»Er flattert nicht nur. Er ist auch so flink wie ein Eichhörnchen.«

»Also ein leichtfüßiges Riesenmonster?«

»Und ob! In den fünfzig Jahren seit der japanischen Herrschaft habe ich die irrsten Typen gesehen, aber keinen, der so gefährlich war wie Ami. Wer war das neulich noch, dieser Typ aus Wollong? Dieser Mistkerl von Zuhälter mit seinem Armeespaten mit diesem roten Band am Griff? Ich weiß nicht mehr, wie er heißt.«

»Hojung?«

»Ja, genau, Hojung. Also, dieser Hojung ist mit seiner Bande in der Bar von Amis Mutter aufgetaucht, und sie haben angefangen, den Laden auseinanderzunehmen. Na, die haben sich vielleicht massakrieren lassen, dreizehn von denen mussten ins Merinol-Krankenhaus in die Notaufnahme gebracht werden. Falls du irgendwann mal in der Nähe bist, wenn Ami wütend wird, hau sofort ab. Wenn er wütend wird, macht er alles, was ihm in die Quere kommt, zu Kleinholz – ganz egal, ob es ein Mensch oder ein Möbelstück ist.«

»Wenn du mit dem in Berührung kommst, bist du sofort tot. Und wenn du glaubst, es wäre noch mal gut gegangen, bist du sechs Wochen später tot«, fügte Huisu lächelnd hinzu.

Dodari drehte sich zu Gangcheol um. »Und wenn er sich mit dem da prügelt, was gibt das? Unser Gangcheol hat immerhin bis zur 10. Klasse geboxt. Bei den Nationalwettkämpfen hat er Bronze gewonnen.«

Vater Son und Huisu musterten Gangcheol und lachten.

»Hast du mir nicht gesagt, er wäre ein bisschen einfältig, weil er als Kind Typhus hatte?«, fragte Huisu und fügte nach einem weiteren Blick auf Gangcheol hinzu: »Nicht mal eine Truppe von hundert Kerlen wie er könnte Ami etwas anhaben.«

»Natürlich nicht! Wie soll ein Mensch einem Riesenmonster auch etwas anhaben? So ein Kampf verstößt gegen die Menschenrechte«, sagte Vater Son.

»He, Gangcheol, beweg dich mal her«, sagte Dodari.

In unterwürfiger Haltung kam Gangcheol an den Tisch.

»Wie groß bist du?«, fragte Dodari.

»Ein Meter siebenundachtzig.«

»Und wie viel wiegst du?«

»Neunundsechzig Kilo.«

»Okay, das Gewicht kannst du vergessen, aber die Größe ist ungefähr gleich. Hast du Ami schon mal gesehen?«

»Noch nie persönlich, aber ich habe von ihm gehört.«

»Der ist 'ne echte Legende, der ist für uns ins Gefängnis gegangen, da warst du noch gar nicht hier. Er wird ein oder zwei Jahre jünger sein als du, wiegt aber doppelt so viel, hundertzwanzig Kilo oder so. Was glaubst du? Meinst du, du könntest gewinnen, wenn ihr gegeneinander kämpft? Wenn du's irgendwann schaffst, Ami mit bloßen Händen zu besiegen, bist du an der Reihe und wirst in Guam zur Legende. Reizt dich das nicht?«

Gangcheol lächelte artig. »Meine Mutter hat mir immer gesagt, ich soll die Fäuste stillhalten und nicht mit so was angeben, und bis jetzt habe ich mich auch wirklich zurückgehalten, aber …«

»Dann halt dich weiter zurück«, schnitt Huisu ihm das Wort ab.

»... bei Schlägereien war ich immer der Beste«, brachte Gangcheol seinen Satz beleidigt zu Ende.

»Sogar gegen den Hundertzwanzig-Kilo-Brocken Ami, meinst du?«, fragte Dodari mit aufgerissenen Augen.

»Wenn man schwer ist, wird man langsam und schlaff, dann ist man kein guter Kämpfer. Nur Idioten lassen sich mästen. Echte Kämpfer haben einen leichten, beweglichen Körper, so wie ich.«

»Willst du damit sagen, dass du Ami besiegen kannst?«

»Wenn ich an meine eigenen Erfahrungen denke und die wissenschaftlichen Statistiken berücksichtige, dann würde ich sagen, ja, theoretisch, wenn nichts Überraschendes passiert, müsste eher ich gewinnen. Glauben Sie nicht?«

»Ah, so ein Früchtchen, er ist wirklich sehr lustig!«

Vor lauter Gelächter über Gangcheols Selbstbewusstsein wäre Vater Son fast das halb zerkaute Fleisch aus dem Mund gefallen. Auch Huisu und Dodari lachten. Gangcheol, der mit rotem Gesicht vor ihnen stand, konnte den Grund für ihre Heiterkeit nicht verstehen.

Endlich wandte sich Vater Son wieder zu ihm und fragte: »Gangcheol, wie geht es deiner Mama?«

»Gut, ihr geht es gut.«

»Du willst doch viel Geld verdienen und dich gut um sie kümmern, oder?«

»Ja, ich will ein guter Sohn sein.«

»Ich gebe dir jetzt einen Rat. Dieser Rat ist zu deinem Besten, behalt ihn immer im Hinterkopf. Wenn du weiterhin ein guter Sohn sein willst, der seiner Mama treu ergeben ist, dann lass dich auf keinen Fall bei Ami blicken. Denn um dich weiter um deine Mama zu kümmern, ist es ja vor allem wichtig, dass du am Leben bleibst, habe ich nicht recht?«

Gangcheol nickte schweigend.

126

»Lass dich also niemals, hörst du, niemals bei Ami blicken. Hast du verstanden? Ja?«, insistierte Vater Son, als brauchte er unbedingt Gangcheols Bestätigung.

»Verstanden«, murmelte Gangcheol.

»Willst du ein bisschen Fleisch?«, fragte Vater Son.

»Nein, nein.«

»Gut, kannst du dich dann ein bisschen entfernen? Wir haben was unter Erwachsenen zu besprechen.«

Während Gangcheol sich in eine Ecke zurückzog, sagte Vater Son zu Dodari: »He, was sollte das gerade, was stachelst du den Jungen so an?«

»Ach, nur so ... War doch lustig, oder?«

Eigentlich hatte Huisu nicht schon mitten am Nachmittag mit dem Trinken anfangen wollen, aber das viele Fleisch weckte seine Lust auf Alkohol. Er leerte ein paar Gläser Wodka und bestellte, da die Lust immer größer wurde, noch eine Flasche. Vater Son, der eigentlich schon seit Langem keinen Alkohol mehr anrührte, schloss sich ihm an. Nach ein paar Gläsern fing er an, sich über die goldenen Zeiten von Guam auszulassen, damals, als das Geld nur so sprudelte, ihm aus allen Taschen quoll und die Frauen so verrückt nach ihm waren, dass er keine Nacht ausließ und sein Schwanz irgendwann vor Erschöpfung nicht mal mehr pissen konnte – Geschichten über Geschichten, alle frei erfunden. Wenn man ihn so munter trinken sah, hätte man ihm problemlos weitere fünfzig Lebensjahre zugetraut und nicht geglaubt, was Yangdong behauptete, dass er nämlich wegen eines schweren Leberschadens mit einem Fuß im Grab stand. Ausgelassen bestellte Vater Son die dritte Flasche Wodka. Die Sonne stand noch hoch über ihren Köpfen. Als die vierte Flasche kam, waren Vater Son und Huisu betrunken und Dodari kurz vorm Alkoholkoma.

»Ist es nicht herrlich, bei einem guten Glas zusammenzusitzen und dieses köstliche Fleisch zu essen«, sagte Vater Son.

»Ja, es ist wirklich köstlich«, antwortete Huisu.

»Wir sollten das häufiger machen. Immerhin seid ihr beide, du und der Schwachkopf Dodari, die einzige Familie, die ich noch habe«, fügte Vater Son hinzu.

Huisu sah ihn an. Was wollte er damit sagen? Das vom Alkohol gerötete Gesicht des Alten strahlte heute eine seltsame Ruhe aus. Schon seit Langem hätte Huisu gern gewusst, was Vater Son in Bezug auf das Hotel Mallijang vorhatte. Die Vorstellung, dem Idioten Dodari das Hotel zu vererben, machte Vater Son zu schaffen, denn er fürchtete – zu Recht, wie Huisu fand –, dass sein Neffe sich austricksen lassen würde. Man brauchte Grips, um bei einer so komplexen Angelegenheit wie diesem Haus, in dem etliche Fäden zusammenliefen und das permanent von der Polizei überwacht wurde, das Heft in der Hand zu halten. Hier in Guam gab es viele schlagbereite Typen, es gab die Gangster aus den anderen Vierteln, die ausländischen Gangs – Russen, Chinesen, Japaner, Südostasiaten –, die Schmuggler, Drogendealer, Hehler, Betrüger, Spieler, Söldner und pensionierten Polizisten. Hinter jedem lukrativen Geschäft lauerte eine Falle. Kurzum, eine Pfeife wie Dodari hatte in diesem Dschungel keine Überlebenschance.

Für Vater Son wäre es ideal gewesen, wenn Huisu sich bereit erklärt hätte, nach seinem Tod unter dem neuen Eigentümer Dodari als treu ergebener Manager im Hotel weiterzuarbeiten. Aber welcher Trottel hätte akzeptiert, unter so einem Chef zu arbeiten? Vater Son kannte Huisus Antwort. Oft sagte er: »Huisu, wenn es mich nicht mehr gibt, geh davon aus, dass die Hälfte des Hotels dir gehört. Gemeinsam werdet ihr das schaffen, du und Dodari.« Für Huisu waren solche Worte nichts als heiße Luft. Vater Son hatte kein Interesse daran, ihm das Hotel zu ver-

erben. Wahrscheinlich hatte Yangdong recht: Das Mallijang gehörte seit achtzig Jahren dem Son-Clan, und er, Huisu, hatte
vom Blut dieses Clans nicht einen einzigen Tropfen in sich. Für
Vater Son war er nur ein treuer, zuverlässiger Angestellter. Der
Gedanke machte ihn traurig. Nicht weil sein Name nicht in Vater Sons Testament stehen würde, sondern weil er in Guam für
alle Zeiten ein Gangster unter vielen bleiben würde – im Gegensatz zu Dodari, diesem Versager, der vom gleichen Blut war wie
der Alte.

Huisu zündete sich eine Zigarette an und betrachtete den
schönen weißen Sandstrand, der in der Aprilsonne glitzerte. Es
war die angenehmste und zugleich vergänglichste Jahreszeit, die
einzige Zeit, in der man das Meer in Ruhe und ohne jeden
Blutgeruch genießen konnte.

Genau in diesem Moment sagte Dodari, sturzbetrunken und
mit verwaschener Stimme: »Hör mal, Großer Bruder, ist Ami
nicht der Sohn von Insuk?«

Als Huisu den Namen hörte, erstarrte er. Schweigend, mit
versteinertem Gesicht griff er nach seinem Wodkaglas und leerte es in einem Zug.

»Woher kennst du Insuk? Sie ist doch älter als du, oder?«,
antwortete Vater Son an Huisus Stelle.

»Also, außer den nordkoreanischen Geheimagenten kennt
die in Guam ja wohl jeder. War die Schlampe nicht 'ne berühmte *kinzaku*?«

»So ein Quatsch«, schimpfte Vater Son. »Weißt du überhaupt, was das heißt, *kinzaku*?«

»Was? Aber klar doch. Eine *kinzaku* ist doch 'ne Edelnutte,
oder? So was wie Kleopatra, Yang Guifei, Xi Shi … Die haben
tolle Lippen, aber untenrum sind die Lippen noch toller, super
stramm. Ich hab schon ein paar von diesen *kinzakus* gevögelt.«

Huisu runzelte die Stirn.

Vater Son sah es und versuchte, Dodari zu bremsen. »Halt den Mund. Ami kommt gerade aus dem Gefängnis. Stell dir mal vor, wie er reagieren würde, wenn er wüsste, dass der Name seiner eigenen Mutter hinter seinem Rücken in den Schmutz gezogen wird.«

»Na und? Soweit ich weiß, ist er aber gerade nicht hier und kann uns nicht hören. Und man kann auch den König in den Schmutz ziehen, wenn er's nicht hört, oder etwa nicht? Und außerdem, beim Trinken braucht man fünf Sachen, mit denen man angeben kann, und fünf Sachen, mit denen man Leute runtermacht, das gibt dem Alkohol erst den richtigen Geschmack«, lallte Dodari.

Huisu schenkte sich nach, trank das Glas wieder aus, ohne abzusetzen, und schenkte sich abermals nach. Vater Son sah schweigend zu, während Dodari weiterschwadronierte.

»Wobei, als ich Insuk gefickt habe, war die gar nicht so 'ne tolle *kinzaku*, wie's immer heißt. Das Gesicht ist ziemlich hübsch, stimmt schon, aber untenrum war's lascher, als ich dachte. Vielleicht ein bisschen strammer als der Durchschnitt, okay, aber nix, weshalb man sagen könnte, die ist 'ne megacoole *kinzaku*. Also, 'ne echte *kinzaku* ist auch nicht unbedingt stramm, das ist eher so ein Gefühl, als ob du von 'nem schwarzen Loch verschluckt wirst. Und bei Insuk hast du das Gefühl halt nicht.«

Wieder füllte Huisu sein Glas und leerte es in einem Zug.

»Schnauze, habe ich gesagt.« Vater Sons Stimme klang eisig.

»Was denn? Mann, Onkel, immer geht's gegen mich. Insuk ist doch kackegal, die ist doch nur 'ne Nutte. Und Männer reden halt über Frauen, wenn sie trinken, ist doch so, oder? … Oh … Ach ja … Scheiße, stimmt ja, stimmt ja … Hab total vergessen, dass Insuk deine erste große Liebe war, Großer Bruder, als du noch klein warst. Ah, die erste Liebe, so kostbar, so süß! Okay, ich hör schon auf. Sorry, Großer Bruder. Die erste Liebe ist wirklich was Kostbares, und das muss man respektieren.«

Huisu stand auf, packte die Wodkaflasche und holte weit aus, als wollte er sie auf Dodaris Schädel niedergehen lassen. Fast im selben Moment sprang Vater Son auf und hielt mit für einen Siebzigjährigen erstaunlicher Kraft Huisus Arm fest.

»Lass es, Huisu, schlag unseren Dodari nicht! Unser Dodari hatte eine schwere Kindheit, hat so früh seine Mama und seinen Papa verloren! Bitte, schlag unseren Dodari nicht!«, rief er, den Tränen nahe.

Sturzbetrunken zog Dodari weiter vom Leder und hielt Huisu dabei seinen besoffenen Kopf hin: »Los, komm schon, mach mich fertig! Nicht mal dafür hast du Eier, Mann, hinter 'ner abgehalfterten Schlampe herlaufen, das kannst du, aber sonst auch nichts. Du beschissenes kleines Arschloch machst doch eh immer nur einen auf dicke Hose. Wer bist du eigentlich, dass du mich so verachtest?«

Dodari hörte und hörte nicht auf. Speichel lief ihm aus dem Mund. Die Flasche in Huisus Hand zitterte. Plötzlich, wie aus dem Nichts, stand Gangcheol hinter ihm, schnappte sich seinen Arm, riss ihn herunter und verdrehte ihn auf Huisus Rücken. Mit der anderen Hand packte er ihn am Genick. Mühsam konnte der verblüffte Huisu den Kopf zu ihm hindrehen. Gangcheol starrte ihn mit Drohmiene an. Doch schon hatte sich Huisu mit einer schnellen Drehbewegung befreit und trat Gangcheol mit voller Wucht in die Kniekehle. Man hörte Knochen knacken, und Gangcheol brach zusammen, worauf Huisu die Flasche, die er immer noch in der Hand hielt, auf seinem Schädel zertrümmerte. Gangcheols armer Kopf und Huisus Hand bluteten los.

Währenddessen hatte Vater Son seine Arme um Dodari geschlungen, der so betrunken war, dass er den Ernst der Lage immer noch nicht erfasste und weiterlalllte: »Warum krieg ich eigentlich immer alles ab? Scheiße aber auch, ich bin doch nicht der Einzige, der mit ihr geschlafen hat! Alle in Guam haben mit der geschlafen, Manga, Cheolki, Danka und sogar mein eigener Onkel, verdammt! Die ist 'ne richtige Nutte!«

Vater Son gab ihm eine schallende Ohrfeige. »Was redest du da? Ich habe nie mit Insuk geschlafen, ich doch nicht!«

Blut tropfte von Huisus Hand auf den Terrassenboden, wo sich eine rote Lache um Gangcheol gebildet hatte. Das Flimmern des Meeres in der Aprilsonne wurde von der Markise der Hotelterrasse reflektiert. Beim Anblick der Landschaft überkam Huisu eine abgrundtiefe Traurigkeit. Er starrte auf seine Hand, zog eine Glasscherbe aus der Wunde und warf sie auf den Boden. Durch den Tumult alarmiert, kam Mau aus dem Hotelfoyer herbeigelaufen.

»Großer Bruder Huisu, Sie bluten ja wie verrückt, wir müssen sofort die Blutung stoppen!«, rief er aufgeregt.

»Schon gut, schon gut. Kümmer dich lieber um den Saustall hier und ruf das Krankenhaus an«, erwiderte Huisu mit einem Blick auf den am Boden liegenden Gangcheol.

»Du solltest wirklich ins Krankenhaus gehen, Huisu«, sagte Vater Son.

»Es tut mir leid, Chef, ich habe zu viel getrunken.« Respektvoll beugte Huisu den Kopf vor Vater Son.

»Egal, ist nicht schlimm. Wenn man betrunken ist, macht man Dummheiten, und man prügelt sich … so ist das Leben. Mach dir nichts draus«, winkte Vater Son ab.

»Ich gehe mal ein bisschen frische Luft schnappen.«

»Bevor du irgendwo hingehst, fährst du ins Krankenhaus. Wenn du in diesem Zustand noch mehr trinkst, ruinierst du wirklich deine Gesundheit.«

Huisu nickte noch einmal, als wollte er sagen: Ich habe verstanden.

Als er sich umdrehte, legte ihm Vater Son sachte eine Hand auf die Schulter. »Noch etwas, Huisu. Auch wenn es vielleicht unpassend ist, jetzt wieder damit anzufangen, aber ich möchte, dass es in dieser Sache keinen Zweifel gibt.«

»Wovon reden Sie?«

Vater Son sah Huisu mit ernster Miene an. »Ich schwöre dir, dass ich nie mit Insuk geschlafen habe.«

Huisu lachte auf, dann nickte er zerstreut. Trotz dieser Klarstellung wirkte Vater Son besorgt.

Huisu verließ das Mallijang und überquerte den weißen Sandstrand; erst am Meer blieb er stehen. Ein verrostetes Sprungbrett knarrte im Wind. Gedankenverloren betrachtete er die Wellen, die über seine Schuhe schwappten. Er bückte sich und wusch sich mit Meerwasser das Blut von den Händen und aus dem Gesicht. Das Salz ließ den Schmerz in seiner Wunde auflodern.

Wahrscheinlich hatte Dodari recht. Alle Männer aus Guam, die Huisu kannte, hatten wohl mit Insuk geschlafen. Sie war immer unnahbar gewesen, und als sie dann Nutte wurde, hatten vermutlich alle außer ihm vor Begeisterung gejohlt und sich auf die Schenkel geklopft.

Dabei hatte er sie geliebt, diese Frau, die mit allen Männern von Guam geschlafen hatte, den jungen und alten, den Idioten und Arschgesichtern. Manchmal, wenn Huisu betrunken war, fragte er sich, ob er sie immer noch liebte. *Ach was, nein, das ist doch absurd, wer würde so eine ausgelaugte Nutte lieben?*, hörte er dann eine leise Stimme in seinem Kopf.

DIE MOLE

Huisu begann am Meer entlangzugehen. Am Ende des Strands gab es eine Mole und am Ende der Mole einen roten Leuchtturm. Weiter als bis zum Leuchtturm konnte man nicht gehen. Dort angekommen, stieg Huisu auf einen der vierarmigen Betonklötze, die als Wellenbrecher um den Turm herum aufgeschichtet waren, und blickte übers Meer. Ein Containerschiff steuerte gerade den Pazifik an. Als Huisu um die zwanzig war und gerade zum dritten Mal aus dem Gefängnis kam, hatte er Guam einmal den Rücken gekehrt. Er hatte genug gehabt vom Gangsterleben, hatte das Gefühl, in Guam zu ersticken. Auf dem Jagalchi-Markt hatte er es geschafft, sich einen Matrosenausweis zu besorgen, und war, ohne weiter nachzudenken, an Bord eines Hochseefischereischiffs gegangen. Doch der Ausreißversuch hatte sich anders gestaltet als erwartet. Das endlose Meer, wo manchmal monatelang nicht eine einzige Insel auftauchte, bedeutete nicht Freiheit, sondern Langeweile, und an dem Gefühl zu ersticken hatte sich nichts geändert. War das Matrosenleben am Ende nicht dieselbe Mischung wie vorher, mal Gefängnis, mal Lotterleben? Auf hoher See schuftete er wie ein Sträfling, und im Hafen gab er sein Geld aus wie ein Gangster: Sobald das Schiff vor Anker ging, ließ er sich volllaufen,

134

prügelte sich und knetete irgendwann die dicken Brüste einer abgehalfterten Nutte, in deren Armen er einschlief. Zurück auf dem Schiff, ging die schwere Arbeit an den Netzen weiter. An Tagen, an denen der Kapitän nicht einen einzigen Fischschwarm fand, stand Huisu wie festgewachsen am Bug und starrte mit leerem Blick aufs Meer. Als er zwei Jahre später nach Guam zurückkehrte, fragte ihn Vater Son lächelnd: »Woanders gibt's auch nichts Besonderes, oder?« Huisu hatte genickt: »Stimmt, da gibt's auch nichts Besonderes.« Und so hatte er sein Gangsterleben wieder aufgenommen, in dem man Leute verprügelte und bedrohte und manchmal einem Fremden ein Messer in den Leib stieß.

Huisu öffnete den Hosenschlitz und fing an, ins Meer zu pinkeln, dieses Meer, wo hinterm Horizont letztlich auch nichts Besonderes auf einen wartete. Er wollte ihm den Stinkefinger zeigen und so weit wie möglich pinkeln, doch anstelle eines stolzen Urinstrahls brachte er nur ein Rinnsal zustande, das sich zwischen den Tetrapoden verlief.

Plötzlich war von unten eine fluchende Stimme zu hören. »Welcher Idiot ist so dreist, hier einfach rumzupissen?«

Am Fuß der Betonblöcke tauchte ein Kerl auf, Anfang dreißig, ein Hüne. Mit einer Hand vor der Stirn versuchte er, gegen die Sonne das Gesicht des Übeltäters zu erkennen. Dann schrie er, mit dem Handrücken über seine nass gepinkelte Stirn wischend: »Stehen geblieben! Ich hab deine Visage genau gesehen.«

Wutentbrannt über die Urindusche, kletterte der Mann schwer atmend die Betonblöcke hoch. Er schien drauf und dran, diesem unverschämten Pisser ein Bein zu brechen.

»Du Arschloch musst wohl erst erleben, dass dir die eigenen Rippen um die Ohren fliegen, eh du kapierst, wo dein Schwanz hingehört, nämlich in die Kloschüssel! … Na, so was … Ach, Sie sind das, Großer Bruder Huisu?«

Derselbe Mann, der gerade noch Gift und Galle gespuckt hatte, machte eine tiefe Verbeugung vor Huisu, die seinen Oberkörper in die Waagerechte brachte.

Huisu starrte ihn an. Das Gesicht kam ihm bekannt vor, aber der Name fiel ihm nicht ein. »Hast du viel abbekommen«, fragte er, während er den Hosenschlitz wieder zumachte.

»Nein, nein, nur ein paar Tropfen«, erwiderte der Mann, als wäre nichts gewesen, und wischte sich dabei mit der Hand noch einmal übers Gesicht, um dann die Hand an seinem Hemd abzuwischen.

»Wer bist du eigentlich?«

»Ich bin Waowao. Ich arbeite für Großen Bruder Jeolsak.«

»Ach ja, Jeolsak. Das ist der, der das Stockfisch-Geschäft macht.« Huisu nickte; endlich erinnerte er sich. »Ist Jeolsak noch im Gefängnis? Wann kommt er raus?«

»Er hat drei Jahre gekriegt. Viel muss er nicht mehr absitzen.«

»Was sind das für Ärsche, diese Staatsanwälte! Drei Jahre! Heimlich ein paar getrocknete Fische aus den Philippinen importieren, das ist doch nun wirklich kein Verbrechen, für das man mit mehreren Jahren seines Lebens bezahlen muss.«

»Wenn ich mit ihm in den Knast gegangen wäre, hätte er ein bisschen weniger gekriegt. Aber er meinte, es bringt doch nichts, wenn mehrere sitzen, und hat drauf bestanden, allein zu gehen.«

»Dann hat Jeolsak also alles auf sich genommen ...«

»Ja.«

»Also, er ist vielleicht ein Schlitzohr, aber ich bewundere seine Opferbereitschaft. Dann kümmerst du dich jetzt also um den Stockfisch-Großhandel?«

Waowao schwieg verlegen, was Huisus Misstrauen erregte.

»Ich habe dich gefragt, ob du die Geschäfte von Jeolsak übernommen hast«, wiederholte er.

»Nein. Jeongbae«, sagte Waowao schließlich.

»Jeongbae hat die Geschäfte von Jeolsak übernommen? Was hat der damit zu tun? Der Arsch hat schon in tausend Sachen seine Finger drin, das frische Obst und Gemüse, Gas und Strom für die Buden ... Kriegt der jetzt einfach alles, was gut läuft?«

Waowao schien es die Sprache verschlagen zu haben.

»Sag mal, muss ich dir jede Frage zwei Mal stellen? Ich will wissen, warum sich Jeongbae um Jeolsaks Stockfisch-Geschäft kümmert.«

Er hob eine Hand, als wollte er Waowao eine Kopfnuss geben.

Der zuckte zusammen und sah Huisu an. »Dodari hat gesagt, dass ich Jeongbae den Stockfisch überlassen soll.«

»Was? Dodari? Was mischt der sich da ein?«

»Er hat gesagt, ich wäre nicht stark genug, die Kerle aus den anderen Vierteln könnten uns leicht Ärger machen. Und dann hat er gesagt, er kümmert sich um Jeolsaks Geschäfte, und wenn er aus dem Gefängnis kommt, gibt er ihm alles zurück.«

»Der soll sich mal verpissen! Der soll erst mal lernen, auf seinen Schwanz aufzupassen! Seit wann geht das jetzt schon so?«

»Es hat angefangen, da war Jeolsak erst zwei oder drei Monate im Gefängnis.«

»Warum hast du mich die ganze Zeit nicht eingeschaltet?«

»Wenn in Guam Dodari jemandem sagt, er soll das und das machen, dann muss er das und das machen. Auch wenn's unangenehm ist, man hat keine andere Wahl.«

In seinem Stolz gekränkt, trat Huisu ihm mit aller Kraft gegen die Wade, und Waowao ging schreiend zu Boden. »Was soll das heißen? Dass Dodari die Nummer eins ist und ich nur die zweite Geige spiele?«

»Nein, überhaupt nicht. Aber er hat gedroht, dass er uns umbringt, wenn Vater Son und Großer Bruder Huisu Wind davon kriegen«, erklärte Waowao, während er sich mit beiden Händen die Wade rieb. »Was sollte ich denn machen, so ganz allein, ohne Großen Bruder Jeolsak?«

Er hatte recht, wie hätte er Dodari, den sogar Huisu kaum in den Griff bekam, die Stirn bieten sollen? Huisu nahm sich eine Zigarette, und Waowao, der sich noch immer die Wade rieb, sprang auf und gab ihm eilig Feuer. Dabei musterte er Huisus Hand.

»Das ist eine schwere Verletzung, Sie sollten ins Krankenhaus gehen.«

»Geht schon.« Huisu schaute auf seine Hand und schüttelte sie, als wollte er beweisen, dass alles in Ordnung war.

»Nein, das geht nicht, die Wunde ist sehr tief. Warten Sie eine Sekunde.«

Schnell rannte Waowao zu seinem auf der Mole geparkten Wagen, griff sich den Verbandskasten und kam im selben Tempo zurück. Er holte ein Fläschchen Wasserstoffperoxid heraus und sah Huisu an. »Das muss desinfiziert werden.«

Huisu hielt ihm wortlos die Hand hin.

Waowao goss erst das Wasserstoffperoxid, dann eine Jodlösung in die Wunde. Huisu verzog das Gesicht. »Tut's weh?«

»Nein, tut nicht weh.«

Waowao nahm das Verbandszeug aus dem Kasten. Mit einer kleinen Schere schnitt er akkurat ein Stück Verbandmull zurecht, wickelte es um Huisus Hand und fixierte es mit Pflaster. Er sah nicht so aus, war aber ganz offensichtlich ein gründlicher Mensch. Huisu nahm noch eine Zigarette aus seiner Schachtel und bot sie ihm an. Waowao nahm sie erst nach zweimaligem Insistieren.

Diesmal gab Huisu ihm Feuer. »Und wie schlägst du dich jetzt durchs Leben?«

»Um die Stockfisch-Lieferungen kümmere ich mich weiter, ansonsten arbeite ich als Tagelöhner auf dem Fischmarkt, jeden Morgen ganz früh.«

»Was für eine Idee, ein Gangster, der als Tagelöhner arbeitet!«

Waowao kratzte sich am Kopf; es war ein jämmerlicher Anblick.

»Kannst du damit deinen Lebensunterhalt verdienen?«

»Wenn ich allein wäre, kein Problem. Aber ich muss mich um Großen Bruder Jeolsak im Gefängnis kümmern und auch seiner Familie Geld geben, deshalb ist es schon eng.«

»Jeolsak hat drei Kinder, oder?«

»Ja, ist hart für seine Frau.«

»Und da kommst du hierher und angelst fröhlich? Mit einer mehrköpfigen Familie am Hals solltest du jetzt auf dem Markt sein und Kisten mit Gefriergut schleppen!«, schimpfte Huisu.

»Ich war ja da, aber heute gab's nichts.«

Aufgebracht warf Huisu seine Zigarette ins Meer. Waowao trat seine mit dem Absatz aus und verstaute sie ordentlich in seiner Brusttasche. Lange starrte Huisu schweigend aufs Meer. Auch Waowao, der ratlos neben ihm stand, blickte auf die Wellen.

In allen Gewerbebereichen von Guam regierte das Monopolprinzip, ob es um Alkoholika ging, um Obst, Stockfisch, Gas, Sauerstoff für Aquarien, feuchte Servietten, Mietkarren, Zahnstocher oder Stäbchen. Die mittleren Kader lebten auf Kosten der ausgebeuteten Handlanger von diesen Monopolen. Und genauso, wie es gute und böse Menschen auf dieser Welt gibt, Pechvögel und Glückspilze wie Jeongbae, brachten manche Geschäftsfelder mehr ein, andere dagegen allen Bemühungen zum Trotz weniger. Dem Monopolgesetz folgend, ließ sich jeder Händler in Guam immer nur von einem Lieferanten versorgen, was im Übrigen Streitereien und Vergeltungsaktionen in Form von Messerstechereien vorbeugte, die nur die Polizei aufgescheucht hätten. Dass man dafür das Genörgel der Kunden über matschiges Obst und sündhafte Preise zu ertragen hatte, war die Folge.

Jeolsak hatte Bars und Restaurants mit verzehrbereitem Stockfisch – Kabeljau, Wels, Tintenfisch – und mit Erdnüssen beliefert. Verglichen mit dem, was Dodari im Glücksspiel in einer Nacht gewinnen konnte, brachte diese Arbeit ziemlich wenig ein. Und der streitlustige Jeolsak würde natürlich einen Krieg anzetteln, sobald er wieder auf freiem Fuß wäre. Huisu konnte einfach nicht begreifen, was sich Dodari dabei gedacht hatte, dieses Geschäft an sich zu reißen. Noch mehr beunruhigte ihn aber, dass seit einiger Zeit Informationen nicht mehr zu ihm durchdrangen, obwohl er doch eigentlich der respektierteste Geschäftsmann von Guam war. Es war äußerst gefährlich für einen Gangster, von Gerüchten nichts mehr mitzubekommen. Jeder Gangster achtete penibel darauf, ständig über alles auf dem Laufenden zu sein, und sei es der kleinste Furz. Nur so konnte er sich sicher sein, dass er nicht die nächste Zielscheibe war, die mit einem Messer im Rücken enden sollte.

»Dieser Mistkerl braucht eine Abreibung«, murmelte Huisu vor sich hin, den Blick immer noch aufs Meer gerichtet.

Nach langem Zögern räusperte sich Waowao. »Großer Bruder Huisu, Sie müssen mir versprechen, dass Sie so tun, als hätten Sie von der Stockfisch-Sache nichts mitbekommen. Wir regeln das, wenn Großer Bruder Jeolsak entlassen wird. Wenn wir jetzt daran rühren, wer weiß … Großer Bruder Dodari hat einen miesen Charakter …«

Huisus finsterer Blick ließ ihn verstummen. »Und was willst du in der Zwischenzeit essen?«

»Bis jetzt hab ich's ja geschafft, mich durchzuschlagen. Warum sollte sich das ändern?«

Huisu war sich sicher, dass es ihm gelingen könnte, Jeongbae dieses Geschäft wieder abzunehmen, er musste nur ein bisschen die Fühler ausstrecken. Eigentlich würde es reichen, Vater Son zu informieren; er würde Dodari zurechtweisen und dem Ganzen eine vorteilhafte Wendung geben. Zwischen all diesen Interessenkonflikten würde Waowao still und leise geopfert werden. Huisu musterte ihn. Trotz seiner hünenhaften Gestalt hatte er etwas von einem Kind. Noch einer, der den falschen Weg gewählt hatte. Was nutzte ein Gangster, der lieb war? Huisu zog sein Portemonnaie aus der Gesäßtasche; es war prallvoll mit Obst-und-Gemüse-Geld, das er am Vortag eingesammelt hatte.

Er nahm drei Hunderttausender heraus und hielt sie Waowao hin. »Nimm das. Du hast heute deinen Tagelöhner-Verdienst nicht bekommen.«

»Nein, nein, ich hab Geld«, schlug Waowao seine Spende aus. Er schüttelte abwehrend die Hand.

»Mach nicht so einen Zirkus. Woher willst du sonst Geld kriegen?«

Dankend nahm Waowao die Scheine schließlich an. Einen schob er in seine Brusttasche, die beiden anderen steckte er sorgsam gefaltet in sein Portemonnaie.

»Warum legst du zwei davon zurück?«, amüsierte sich Huisu. »So eine astronomische Summe ist es jetzt auch wieder nicht!«

»Für später.«

Bestimmt hatte er vor, sie Jeolsaks Familie zu geben. Gereizt musterte ihn Huisu. »Gib mir die Scheine zurück.«

Waowao riss erstaunt die Augen auf. »Sie wollen, dass ich Ihnen das, was Sie mir gerade gegeben haben, zurückgebe?«

»Ja.«

Er machte ein enttäuschtes Gesicht, nahm den Geldschein aus seiner Brusttasche, dann die beiden aus dem Portemonnaie und gab sie Huisu. Der steckte sie wieder ein und nahm dafür drei Eine-Million-*won*-Scheine, steckte dann aber doch einen ins Portemonnaie zurück und hielt Waowao die beiden anderen hin.

»Aber … wieso?« Waowao war sprachlos. »Das ist doch viel zu viel!«

»Nimm's. Ich schulde Jeolsak noch was.«

»Oh, dann können die Kinder heute ein bisschen Fleisch essen, vielen Dank.«

Waowao verneigte sich mehrmals vor Huisu, der seine Verbeugungen mit einer etwas verlegenen Geste unterband. »Gut, dann gehe ich jetzt.«

»Ja, Großer Bruder. Guten Heimweg.«

Nach dreißig Metern blieb Huisu mitten auf der Mole stehen. Die Sonne ging langsam unter. Schon tauchten die ersten Frauen auf, um ihre Verkaufsbuden zu öffnen. Auf dem Hinweg war ihm gar nicht aufgefallen, wie weit er gegangen war. Vor Einbruch der Nacht würde er das Hotel nicht mehr erreichen. Aber wo sollte er sonst hin? Ein unermessliches Gefühl von Einsamkeit erfasste ihn. Er drehte sich zu Waowao um, der begonnen hatte, seine Angelruten zusammenzulegen.

»Waowao!«, rief er.

Überrascht drehte Waowao sich um und lief, so schnell er konnte, zu ihm.

»Sie haben mich gerufen?«, fragte er keuchend.

»Bist du mit dem Auto da?«

»Ja, ist aber ein Lieferwagen.«

»Ein Lieferwagen ist ja wohl ein Auto, oder?«

»Müssen Sie irgendwohin?«

Huisu dachte nach, doch ihm fiel nichts ein. Sein Blick wanderte mechanisch über die Verkaufsbuden. Die Frauen waren dabei, ihre Lebensmittel zu waschen, drehten Wasserhähne auf, hantierten mit Eimern.

»Hast du Lust, einen zu trinken?«, fragte Huisu matt.

Im Lieferwagen stank es nach Stockfisch. Eine Mischung aus Salz und Fermentiertem, ähnlich wie in einer Käserei.

Huisu ließ das Fenster herunter.

»Finden Sie, dass es stinkt?«, fragte Waowao und kurbelte am Lenkrad.

»Infernalisch!«

»So riecht das Leben, meinen Sie nicht?«, erwiderte Waowao unschuldig; inzwischen war er sehr viel lockerer im Umgang mit Huisu.

Er war so nett, dass Huisu lächeln musste. Wahrscheinlich hatte er recht … Das Leben erzeugte Gestank, aus der Nähe stanken wahrscheinlich sogar die reichen Prinzessinnen Arabiens.

»Wohin fahren wir, Großer Bruder?«

»Nach Wollong.«

»Nach Wollong? Wozu?«

»In Guam kennt sich jeder, da musst du ständig Leute begrüßen, sie mit an den Tisch bitten und was weiß ich. Hab die Schnauze voll davon. Und die Barbesitzer fangen sofort an, sich zu beschweren und mir was vorzuheulen, wenn sie mich sehen.«

»In Wollong laufen die Geschäfte auch schlecht, und die Besitzer meckern rum.«

»Irgendwie müssen sich im Moment alle abstrampeln.«

»In Wollong ist es aber wohl am härtesten, vor allem für Bars, die Mädchen anbieten. Wenn überall die Geschäfte schlecht laufen, wer kommt dann noch, um zu trinken oder sich sogar eine Nutte zu leisten? Inzwischen machen Nudelstände mehr Gewinn als Go-go-Bars.«

»Bist du derjenige, der nach Wollong liefert?«

»Zum Teil. Ich mach halbe-halbe mit Park aus Gamjeondong. Haben Sie in Wollong eine bestimmte Bar?«

»Nein. Such dir einfach eine aus, die du kennst.«

Waowao dachte einen Moment nach.

»Ich kenn ja Ihren Stil nicht«, fing er zögernd an. »Ich weiß nicht so genau, wo ich mit Ihnen hingehen könnte.«

»Ist egal wohin, wir wollen ja nur was trinken. Was meinst du eigentlich mit *Stil*?«

»Es gibt Bars, da sind die Mädchen zwar nicht besonders, aber halt bereit, sich flachlegen zu lassen, und andere Bars, da sind sie jung und hübsch, lassen sich aber nicht flachlegen.«

»In Wollong gibt es Barmädchen, die sich nicht flachlegen lassen?«

»Das ist jetzt modern. Man trinkt nett was mit denen und unterhält sich ein bisschen, und das war's.«

»Aber wenn sie sich nicht flachlegen lassen, wovon leben sie dann?«

»Die Chefin zieht einen kleinen prozentualen Anteil von jedem verkauften Getränk ab, davon werden sie bezahlt. Sie verdienen etwas weniger, aber die Arbeit ist cleaner, deshalb sind auch ziemlich viele Studentinnen darunter. Und weil solche Bars gute Mädchen einstellen, locken sie auch Männer an, die allein bleiben wollen. Die halt nur in Ruhe was trinken.«

»Und das lohnt sich?«

»Klar, hübsche Mädchen und gute Manieren, so was läuft besser als jede Go-go-Bar. Und macht weniger Ärger.«

»Und Insuk hat auch so eine Bar?«, fragte Huisu beiläufig.

»Tantchen Insuk? Ja, ihre Bar ist da hinten. Bei ihr lassen sich die Mädchen auch nicht flachlegen.«

»Von wegen. Erzähl mir nicht, dass so eine abgetakelte Nutte sich nicht flachlegen lässt. Die Schlampe macht doch alles für Geld«, sagte Huisu in verbittertem Ton.

»Nein, eben nicht. Seit Tantchen Insuk ihre eigene Bar aufgemacht hat, ist Schluss mit flachlegen. Schon seit Langem. Neulich hat Großer Bruder Dodari total besoffen den ganzen

Laden aufgemischt, weil er mit ihr schlafen wollte. Hat sie aber nicht, sie hat ihm mehrmals eine verpasst und ihn dann rausgeworfen.«

»Im Ernst? Dodari?«

»Höchstpersönlich. Das war eine richtige Keilerei, mit allem Drum und Dran! Mann, die hat vielleicht Power! Großer Bruder Dodari hat aus beiden Nasenlöchern geblutet.«

»Dodari hat aus der Nase geblutet?«

»Hab's mit eigenen Augen gesehen, ich war gerade wegen einer Lieferung da.«

»Dodari hat Insuk also nicht gefickt?«, fragte Huisu freudestrahlend.

»Natürlich nicht. Und das wird er auch nicht schaffen, nicht mal in einem anderen Leben. Sobald die beiden aufeinanderstoßen, blutet Dodari aus der Nase, sogar aus beiden Löchern, wie soll das dann zwischen denen laufen, wenn sie in 'nem Hotelzimmer eingesperrt sind? Voll die Blamage für einen angeblichen Gangster, so eine Null – lässt sich von einer Frau die Nase einschlagen.«

Huisu lachte. »Und was hat er dann gemacht, mit seiner blutenden Nase?«

»Was sollte er schon machen? Er hat klein beigegeben. Amis Entlassung in Sichtweite, da hatte er kein Interesse, noch mehr auf den Putz zu hauen. Außerdem war ja auch noch Huinkang da, Amis rechte Hand, der Meister der Klinge. Körperlich ist er zwar nur ein kleines Kaliber, aber brandgefährlich. Er ist noch sehr jung, aber er geht mit der Klinge so um, als wär sie ein Körperteil von ihm. Unter den Messerstechern ist er ultrabekannt. Er ist Aufpasser in Insuks Bar. Mit dem im Hintergrund ist es eigentlich unmöglich, in dem Laden Ärger zu machen. Als ich neulich wegen einer Lieferung da war, wurden gerade zwei Kerle rausgeschmissen. Die haben über ihre Bar geschimpft, haben rumgebrüllt und gegen das Schild getreten, sich über den schwachsinnigen Namen beschwert, *Zum Schenkel*, so ein anzüglicher Name für so eine beschissen cleane Bar, da müsste man ja wohl mal der Stadtverwaltung Bescheid sagen, damit Gäste, die sich amüsieren wollen, nicht durch den Namen getäuscht werden. Wie gesagt, in der Bar läuft das wirklich korrekt.«

»Und sie heißt wirklich *Zum Schenkel?*«

»Ja, klingt ziemlich direkt, so auf einem Schild, oder?«

»Anschaulich.«

»Soll ich Sie hinbringen?«

»Ja, fahren wir hin.«

ZUM SCHENKEL

Insuks Bar hieß wirklich *Zum Schenkel.* Huisu betrachtete das Schild eine Weile mit ausdruckslosem Gesicht, dann lachte er schallend. Nicht weil er den Namen schräg fand, sondern weil dieser Name den Charakter der Eigentümerin so gut widerspiegelte. Fünf Jahre waren vergangen, seit er Insuk das letzte Mal gesehen hatte. Kurz vor Amis Riesendummheit war das gewesen. Insuk war gekommen, um Huisu zu sagen, dass Ami etwas Gefährliches plane, sie habe es im Gefühl und bitte ihn, Huisu, etwas zu tun. Doch Huisu, der schon Amis Schulverweis nicht hatte verhindern können, konnte auch dieses Mal nicht viel ausrichten. Ami war damals zwar erst zwanzig, aber ein Koloss von Mann, einen Meter neunzig groß und hundertzwanzig Kilo schwer. Als junger Rädelsführer hatte er nicht nur in Guam, sondern bis in den Stadtteil Wollong hinein eine Schar von Anhängern um sich versammelt und war drauf und dran, der mächtigen Yeongdo-Organisation wegen einer Streitigkeit im Gebiet von Wollong den Krieg zu erklären. Alle hielten diesen Krieg für absurd. Huisu hatte versucht, Ami davon abzubringen, hatte ihm erklärt, dass unter Gangstern Dinge auf der Basis gegenseitigen Einverständnisses geregelt wurden und dass einem ein Nachtclub, dessen Inhaber man halb tot geschlagen hatte, deshalb nicht automatisch zufiel. Doch Ami hörte nicht auf ihn. Mit zwanzig macht man nur, was einem passt.

Seit Ami im Gefängnis gelandet war, hatte Insuk jeden Kontakt zu Huisu abgebrochen. Auch er unternahm nichts, um sie wiederzusehen. Ohne Ami gab es keinen Grund, sich zu sehen; schließlich war Insuk eine unter den Männern von Guam wohlbekannte Prostituierte und Huisu ein Gangster, der seinen Stolz hatte.

Ihre Beziehung war schon immer eine undefinierbare Mischung aus Freundschaft und Liebe gewesen, insofern war es kein Wunder, dass sie sich seit Amis Verschwinden aus den Augen verloren hatten.

Geschickt parkte Waowao seinen Lieferwagen an der Ecke einer kleinen Gasse neben einem Halteverbotsschild. Er stieg rasch aus und kletterte hinten in den Laderaum. Nach einigem Stöbern kam er mit seiner Beute zurück.

»Was ist das?«, fragte Huisu.

»Eine kleine Beilage zum Alkohol.«

»Gibt's denn nichts zu essen in der Bar?«

»Doch, aber das hier ist echter Kabeljau von der Insel Gadeok, den haben wir selbst getrocknet, beste Qualität. In solchen Bars servieren sie nämlich falschen Stockfisch«, erklärte Waowao, den Fisch fest an seine Brust gedrückt.

»Woher weißt du das?«

»Na, Sie wissen doch, dass ich hier die Lieferungen mache.«

»Das ist ja eine tolle Nummer! Du verkaufst Pseudokabeljau, und den echten isst du selbst?«

»Schon der Selbstkostenpreis ist so hoch, dass die Läden ihn nicht wollen – ich biete ihn trotzdem an.«

Er öffnete die Tür und führte Huisu in die Bar, als wäre er dort zu Hause. Der Raum war kaum erleuchtet, die Bar hatte anscheinend noch nicht geöffnet. Im Halbdunkel wischte eine

junge Frau, nicht älter als zwanzig, mit einem Lappen den huf-
eisenförmigen Tresen ab. Sie hatte noch fast das Gesicht eines
Kindes, und ihr Körper war sehr mager. Sie hinkte.

Als Huisu und Waowao hereinkamen, hielt sie inne und sagte mit abweisendem Blick: »Wir haben noch nicht auf.«

»Tja, dann mach auf, jetzt, wo wir da sind!«, befahl Waowao.
Sie schien unwillig. Er ignorierte es, nahm mit großen Schritten
Kurs auf einen Tisch in der Mitte des Raums und drehte sich zu
Huisu um: »Kommen Sie, Großer Bruder Huisu.«

Huisu folgte ihm und setzte sich auf die Stuhlkante.

»Ziemlich nette Atmosphäre, oder?«, sagte Waowao.

Huisu sah sich um. Die Einrichtung war aus afrikanischem
Pinienholz, die Dekoration dezent. Hinter Vorhängen gab es ab-
getrennte Sitznischen, für eine Bar ungewöhnlich. »Ja, nicht
schlecht.«

Mit einem Finger winkte Waowao die junge Frau an den
Tisch. Wütend kam sie angehumpelt.

»Ich hab dich noch nie hier gesehen, bist du neu?«, fragte er.

Die junge Frau schwieg erbost.

»Bring uns eine Flasche guten Whiksy. Ach ja, und kannst du
die Köchin bitten, uns diesen Kabeljau zu braten? Aber nicht zu
lang und bei kleiner Flamme.«

Er übergab ihr den Fisch, den er sich die ganze Zeit an die
Brust gedrückt hatte. Die junge Frau nahm ihn mechanisch entgegen und sah Waowao emotionslos an.

»Die Bar macht um acht auf. Wenn Sie wollen, können Sie
später wiederkommen, aber jetzt gehen Sie bitte, hier wird
gleich geputzt.«

Ihre Stimme klang fest und kühl.

Waowao sah sie entgeistert an. »Du sagst mir, dass ich gehen
soll?«

»Ja, gehen Sie bitte.«

»Du bist neu hier, deshalb weißt du vielleicht nicht, wer ich bin. Aber wenn du keinen Rüffel von deiner Chefin kriegen willst, machst du uns jetzt lieber schleunigst einen Tisch fertig.«

»Und wer bist du?«, fragte die junge Frau fast angewidert.

»Was soll das heißen ›Wer bist du?‹ Bist du verrückt oder was? Was fällt dir ein, mich zu duzen?«

»Du hast mich als Erster geduzt«, gab sie widerspenstig zurück.

»Was ist das denn für eine Zicke, willst du dir eine fangen, oder was?«

Waowao holte schon aus, da schleuderte ihm die junge Frau, ohne mit der Wimper zu zucken, den Kabeljau ins Gesicht. Die Plastiktüte klatschte gegen seine Wange.

»Ach, du willst mich schlagen? Na los, mach schon!«, sagte sie und hielt ihm ihr Gesicht hin. Waowao war fassungslos.

»Ich glaub, ich spinne! Wer ist diese Tusse, wo kommt die her?«

Huisu musterte sie. Sie war dünn, aber offenbar sehr charakterstark, genauso wie Insuk in diesem Alter. Fast hätte er gelächelt.

»Los, wir kommen später wieder«, sagte er und stand auf.

»Nein, Großer Bruder Huisu, bleiben Sie sitzen«, schnaubte Waowao. »Erst kriegt diese kleine Kratzbürste noch eine Tracht Prügel von mir.«

»Ich sagte, wir gehen«, fuhr Huisu ihn an.

Waowao erstarrte, während die junge Frau, auch sie plötzlich eingeschüchtert, Huisu anblickte. Mit finsterer Miene starrte er sie an.

»Weißt du wirklich nicht, wer das ist?«, fragte er, auf Waowao deutend.

Sie schüttelte ängstlich den Kopf.

»Er ist der Mann, der diese Bar hier mit Stockfisch beliefert. Es ist verletzend für einen Lieferanten, wenn er nicht erkannt wird, verstehst du?«, sagte Huisu, und nun lächelte er.

Wie betäubt, als hätte sie kein Wort verstanden, blickte die junge Frau Huisu nach, als er, immer noch mit diesem seltsamen Lächeln, zur Tür ging.

Hochrot vor Zorn, folgte ihm Waowao. Plötzlich machte er kehrt, ging zurück und hob seinen Qualitätskabeljau vom Boden auf. Die junge Frau funkelte er dabei böse an. Als Huisu sich umdrehte und nach ihm rief, beschloss er resigniert, ihm, wenn auch schimpfend, zu folgen.

»Nee, heute ist nicht mein Tag. Und dass du Schlampe noch mal davongekommen bist, liegt nur an Großem Bruder Huisu. Mann, das kratzt verdammt an meinem Stolz, Scheiße aber auch!«

Draußen wurde es bereits dunkel. Es war neunzehn Uhr.

»Soll ich Sie woanders hinbringen?«, fragte Waowao unsicher.

»Nein, ist schon gut, du kannst dich jetzt weiter um deine Geschäfte kümmern.«

»Warum denn? Sind Sie jetzt sauer? Wir können doch einfach woanders hin. Es gibt noch eine Bar, in der ich wie zu Hause bin. Und ich schwöre, da bin ich wirklich wie zu Hause.«

Huisu lächelte. »Nein, ist schon gut. Ich habe heute Nachmittag zu viel getrunken und bin ein bisschen müde. Aber dass ich diesen Tag in guter Stimmung zu Ende bringe, ist dein Verdienst.«

»Verdammt, und ich hab mich von diesem Aas fertigmachen lassen«, motzte Waowao.

»Lass dich demnächst mal im Mallijang blicken. Ich schaue, ob ich was anderes für dich habe als den Fischmarkt.«

Waowao nickte dankbar. Huisu klopfte ihm ein paarmal aufmunternd auf die Schulter, dann steuerte er die Hauptstraße an.

»Ich bring Sie nach Hause!«, rief Waowao ihm nach.

»Nein, das geht schon! Dein Lieferwagen stinkt! Ich gehe ein bisschen zu Fuß, um wieder nüchtern zu werden, und dann nehme ich mir ein Taxi.«

Er winkte dem enttäuschten Waowao zum Abschied noch einmal zu und setzte seinen Weg fort. Waowao stand da und blickte ihm nach. Seit Ewigkeiten war Huisu nicht mehr in den Straßen von Wollong unterwegs gewesen. Als er jung war, hatte er sich hier mit seinen Kumpeln aus Mojawon viel herumgetrieben. Sauftouren und Prügeleien, so ging das die ganze Zeit. Hier hatte Huisu sein Gangsterleben begonnen, hier war er zum ersten Mal im Gefängnis gelandet. Und hier hatte Insuk begonnen, sich zu prostituieren. Was war aus den Kumpeln von damals geworden? Einige waren tot, andere geflohen, wieder andere einfach gegangen. *Ganz egal wohin, es war richtig*, dachte Huisu. Geblieben waren nur die Idioten, die Krüppel und die Angsthasen.

Nachdem er eine Weile gegangen war, blieb er abrupt stehen und kehrte um. Als er wieder vor Insuks Bar stand, leuchtete das Neonschild immer noch nicht. Er blickte sich um. Schräg gegenüber war ein Café. Huisu überquerte die Straße, ging hinein und gleich weiter ins Obergeschoss. Dort setzte er sich an einen Fenstertisch mit Blick auf Insuks Bar. Ohne die Straße aus den Augen zu lassen, zündete er sich eine Zigarette an. Es wurde dunkel, nach und nach gingen die Leuchtreklamen an.

»Wollong« nannten die Leute diese Straße, was so viel bedeutete wie »sich am Mond erfreuen«. Jenseits der Hauptstraße befand sich der Stadtteil Wanwol, was in etwa die gleiche Bedeutung hatte: »mit Freude den Mond betrachten«. Es waren

Namen, die einen kultivierten Sinn für die Schönheit suggerierten. Doch das war falsch: In diesen Straßen wurde der Mond grün und blau geschlagen, bis er in Tränen zerfloss.

Wanwol war eher das Bordellviertel, in Wollong dominierten die Bars. Bars einer bestimmten Sorte, meist im Besitz ehemaliger Prostituierter aus Wanwol, die sich selbstständig gemacht hatten oder im Auftrag des Eigentümers einen Laden führten. Es gab große Go-go-Bars mit prachtvollen Leuchtreklamen, die Dutzende junger Frauen beschäftigten, aber auch schäbige Spelunken mit traurigen Kitschnamen wie »Rose«, »Iris« oder »Orchidee«, die von alten Prostituierten geführt wurden. Dort wurden Bier und billiger Whisky ausgeschenkt. In Wollong gab es etliche Lokale, in denen man in Gesellschaft von Frauen trinken konnte: Karaoke-Bars, auf Striptease spezialisierte Clubs, Bars mit Sitznischen, die durch Vorhänge abgetrennt waren, Lokale mit Gastronomie oder Schwulenbars, in denen es von Dragqueens wimmelte. In den meisten dieser Bars war der Alkoholverkauf die reinste Abzockerei, und wenn die Gäste besoffen waren, zahlten sie für Getränke, die sie weder bestellt noch getrunken hatten. So kam es häufig dazu, dass man das Lokal gut gelaunt betrat und in mehr oder weniger massive Streitigkeiten verwickelt wieder verließ.

Die Strippenzieher in den meisten dieser Etablissements waren natürlich Gangster. Manche standen im Dienst mächtiger Organisationen, andere hatten sich zu dritt oder viert zusammengetan, um mit einem Dutzend junger Frauen ihr Business aufzuziehen. Es kam sogar vor, dass sich ein alter Gangster im Ruhestand mit einer Frau zusammentat, um eine kleine, ruhige Bar zu führen. Oder dass ein Mann, der mit der Unterwelt nicht direkt zu tun hatte, aber von Justiz und Polizei gedeckt wurde, einen Club aufmachte, so zum Beispiel der frühere Chef der Eliteeinheit gegen Bandenkriminalität. Und schließlich gab es die unabhängigen Zuhälter, meist ehemalige Auftragsmörder, die den Bars und Hotels auf Anfrage Frauen lieferten.

Seltsamerweise hatte kein Clan, keine Organisation, nicht einmal eine der mächtigen, jemals versucht, sich den Stadtteil Wollong einzuverleiben. Natürlich waren die Kräfteverhältnisse dort eine komplexe Angelegenheit, aber das war nicht der einzige Grund. So interessant Wollong auch war, angesichts der Mengen an Blut, die fließen müssten, um sich das Viertel anzueignen, war dann doch nicht so viel dort zu holen. Diesen logischen Zusammenhang hatte Vater Son verinnerlicht. Und genau deshalb war es ihm gelungen, auch in der dritten Generation die Kontrolle über Guam nicht aus der Hand zu geben. Hätte eine mächtige Organisation wirklich beschlossen, Guam zu übernehmen, wäre das definitiv machbar gewesen. Doch in den Augen potenzieller Angreifer war es mit Guam so wie mit gegrillten Hähnchenflügeln: appetitlich, aber zu wenig Fleisch dran und zu schwer zu essen. Denn so unbedarft die Gangster von Guam auch schienen – wenn es darum ging, ihren Fressnapf zu verteidigen, wurden sie so aggressiv wie alte, räudige Hunde, die den Knochen im Maul um keinen Preis loslassen. Im Übrigen konnte ein Krieg das Ende selbst der erfolgreichsten Gang bedeuten, wenn die Polizei dadurch auf sie aufmerksam wurde. Kurzum, Guam zu schlucken war kein lohnendes Geschäft, und das wusste Vater Son sehr genau. Um sein Revier zu schützen, hatte er immer das ärmliche, leicht abstoßende Image des Stadtteils gepflegt und den Eindruck erweckt, dass man es dort mit einem komplizierten Interessengeflecht zu tun hatte. Das war auch der Gund, warum in Guam ein ehemaliger Kriminalbeamter oder ein Schwager des Staatsanwaltes ungestört seinen kleinen Geschäften nachgehen konnte.

Die Gangster aus Guam und Wollong waren wie Hund und Katze. Die aus Guam fanden es unmöglich, dass die Leute sich kostenlos am Strand vergnügten und dann in Wollong ihr Geld ausgaben. Und sie verachteten Zuhälter, die sich von dem, was sie mit Prostituierten verdienten, dicke Autos kauften.

Tatsächlich waren in Wollong die meisten Gangster miese Typen, die die Frauen zur Ader ließen, sie beim geringsten Anlass schlugen und ihnen zu so horrenden Zinsen Geld liehen, dass sie weiter in ihren Bars arbeiten mussten. Wenn sie dann irgendwann zu alt waren, wurden sie zu einem Spottpreis an andere Etablissements verkauft. Einmal war ein Zuhälter namens Zabara in seinem Büro erstochen worden. Er hatte damit geprahlt, dass er mit einer einzigen Nutte dreißig oder vierzig Millionen *won* verdient habe. Die Rechnung war einfach: Um so viel Geld zu verdienen, musste eine Prostituierte mindestens zwölf Kerle pro Tag bedienen, ohne Pause. Sie durfte nicht einen freien Tag haben und musste, um den Rhythmus halten zu können, ein aus den Philippinen importiertes Medikament einnehmen, das ihre Menstruation unterdrückte. Zabara war nicht nur ein schonungsloser Zuhälter, sondern auch ein unangenehmer Wucherer, der nur an Frauen Geld verlieh, die sich leicht einschüchtern ließen. Alles in allem ein Typ, der förmlich danach schrie, abgestochen zu werden. Und weil er so mit seinem Geld geprahlt hatte, war er dann auch wirklich von zwei Jugendlichen, die in Wollong Gelegenheitsjobs machten, erstochen worden. Später gestanden sie der Polizei, dass sie Geld brauchten, um feiern zu gehen, und Zabara getötet hätten, um ihm die neun Millionen *won* zu klauen, die er am selben Tag eingenommen hatte. Als die Polizei das Büro des Zuhälters durchsuchte, waren in einem im Wandschrank versteckten Safe allerdings neunhundert Millionen an Bargeld gefunden worden. Einem Gerücht zufolge seien es sogar drei Milliarden gewesen, aber die Polizei habe das meiste unterschlagen. Jedenfalls waren die neunhundert Millionen direkt in die Staatskasse geflossen, was

Zabaras Nutten empört hatte, denn es war ja ihr Geld, für das sie hart gearbeitet hatten. Natürlich waren ihre Proteste von der Polizei überhört worden. Also hatten sich die Frauen einen Anwalt genommen und geklagt, doch das Gericht hatte die Klage als unzulässig abgewiesen in einer Zeit – 1991 –, in der der Krieg gegen das Verbrechen in vollem Gange war. Machtlos angesichts dieser Entscheidung hatten sich einige der Frauen in Wollong zusammengetan und eine kleine Gruppe gebildet, um weiter zu protestieren. Wer hatte denn hier seinen Körper verkauft, der Staat oder sie? Was hatten sie dem Staat getan, dass er ihnen einfach ihr Geld wegnahm? War der Staat ein noch gierigerer Zuhälter als Zabara?

So war das in Wollong. Mit den Tränen der Frauen wurde Geld gemacht. Frauen, die sich aus Einsamkeit freiwillig in die Hände von Zuhältern begaben, von denen sie nach einer Weile wieder vor die Tür gesetzt wurden. Noch einsamer als vorher lieferten sie sich dem nächsten Kerl aus, der sie am Ende weiterverkaufte ... So war das in Wollong.

An seinem Fenstertisch, den Blick auf die Straße gerichtet, war Huisu eingeschlafen. Als er aufwachte, war es fast zehn. Die Zigarette zwischen seinen Fingern war bis zum Filter abgebrannt. Er warf sie in den Aschenbecher und blickte wieder auf die Straße. Die Leuchtreklame der Bar war jetzt an. Er stand auf, bezahlte seinen Kaffee und ging. Er überquerte die Straße und betrat Insuks Bar. Die hinkende junge Frau, die Waowao Kontra gegeben hatte, saß sorgfältig geschminkt an der Theke.

»Guten Abend«, sagte sie überrascht.

»Na? Fertig geputzt?«, fragte Huisu.

Es war kein besonders gelungener Scherz, und anstatt zu lachen, starrte die dünne Frau ihn aus ihren großen Augen an. Ein Kellner kam und fragte, ob er allein sei. Huisu nickte, und der Kellner führte ihn zu einem Tisch in einer ruhigen

Ecke der Bar. Als Huisu saß, drehte er sich zur Theke um. Die Dünne hatte hastig zum Hörer gegriffen und telefonierte. Zehn Minuten verstrichen, doch niemand kam, und trotz auffordernder Blicke hatte es der Kellner nicht eilig, Huisus Bestellung aufzunehmen. Nach einer Weile trat ein kleiner Mann mit durchdringendem Blick an seinen Tisch und verbeugte sich höflich.

»Wer bist du?«, fragte Huisu.

»Ich bin Huinkang. Ein Freund von Ami.«

Huisu nickte.

»Sie waren eben schon hier, aber dann sind Sie wieder gegangen?«

»Ich war zu früh.«

»Tut mir leid … Das Mädchen hat Mist gebaut, die dachte, Sie gehören zu dem Gesocks, das uns hier manchmal auf den Sack geht, diese Typen, die so tun, als hätten sie eine große Gang hinter sich, und dann Geld verlangen oder umsonst trinken wollen …«

»Ist bestimmt nicht einfach.«

»Geht so, kommt nicht jeden Tag vor. Und meistens labern die nur.«

Wieder nickte Huisu.

»Sie sind hier, um was zu trinken?«

»Ja.«

»Dann lade ich Sie ein.«

»Warum? Sehe ich so aus, als wäre ich pleite?«

»Nein, gar nicht! Einfach nur, weil wir vorhin so danebengelegen haben … und außerdem, na ja, als ich klein war, habe ich oft Rindergulasch von Ihnen bekommen.«

»Von mir?«

»Ja, Sie haben uns damals in dieser Wirtschaft anschreiben lassen und uns gesagt, wir sollen immer schön viel Gulasch essen, damit wir groß und stark werden, wir könnten so viel essen, wie wir wollten, wir müssten es nur jedes Mal in ein Heft eintragen. Damals haben Ami und unsere Freunde richtig viel Gulasch gegessen!«

»Und trotzdem bist du nicht gewachsen?«, fragte Huisu lachend.

Huinkang kratzte sich am Hinterkopf. »Tja, komischerweise nicht. Ami musste nur Wasser trinken, um zu sprießen wie 'ne Sojasprosse, aber ich konnte noch so viel Gulasch essen und Milch trinken, keine Ahnung, wo das alles hin ist. Meiner Meinung nach ist es Schwachsinn, von wegen man muss Milch trinken, dann wächst man, die ganzen Sprüche ...«

»Apropos, ich habe gehört, Ami ist nicht mehr im Gefängnis, aber bei mir hat er sich noch nicht blicken lassen. Hast du ihn gesehen?«

»Ich habe ihn mit Tantchen Insuk gesehen, beim Gefängnis, vor einer Woche.«

»Und wo ist er hin?«

»In die Provinz Gangwon, seine Freundin holen.«

»Ist sie abgehauen?«

»Nein, das nicht, ist ein bisschen kompliziert ... Jedenfalls kommt er zurück, sobald er sie gefunden hat«, sagte Huinkang ausweichend.

»Er wird doch keine Dummheiten machen?«

»Ach was. Der kommt doch gerade aus dem Gefängnis, der wird sich schon anständig benehmen.«

Huisu nickte. »Ist Insuk da?«

»Die sitzt an einem Tisch. Soll ich sie rufen?«

»Ja.«

Huinkang stand auf, verbeugte sich höflich vor Huisu und ging. Der Kellner brachte Wasser, Eiswürfel, frisch aufgeschnittenes Obst und ein paar Appetithäppchen. Huisu nahm ein

Stück Stockfisch und inspizierte es im Licht: Das musste der
falsche Kabeljau sein, von dem Waowao gesprochen hatte. Mit
einer Flasche in der Hand kam die Dünne hinkend an seinen
Tisch und nahm ihm gegenüber Platz. Sie öffnete die Flasche
und schenkte ihm ein.

»Tut mir leid wegen vorhin.«

»Keine Ursache. Die Schuld liegt bei dem, der sich hier hin-
gepflanzt hat, obwohl die Bar noch zu war.«

»Wenn Sie wollen, kann ich bleiben und plaudern, bis Große
Schwester kommt«, sagte die Dünne mit einer Koketterie, die in
krassem Gegensatz zu ihrem bisherigen Auftreten stand.

»Nein, ist schon gut, geh wieder arbeiten. Ich hab jetzt Angst
vor dir«, sagte Huisu und lachte.

Sie lachte zurück, stand auf und ging. Huisu nahm sich eine
Zigarette und zündete sie an. Die Aussicht, Insuk wiederzusehen, ließ sein Herz noch genauso klopfen wie damals in Mojawon, als er sie zum ersten Mal gesehen hatte. Er war froh, überrascht und auch traurig, dass Insuk immer noch diese Wirkung
auf ihn hatte. Plötzlich spürte er, dass jemand hinter ihm stand.
Er drehte sich um. Es war Insuk, sie strahlte ihn an.

»Huisu, na so was!«

Seit fünf Jahren hatten sie sich nicht gesehen, und sie sagte
das in einem Ton, als wäre es gestern gewesen. Ihr offenherziges
Lächeln signalisierte Huisu, dass er willkommen war, und die
Befangenheit, vor der er sich so gefürchtet hatte, war sofort vergessen. Dafür war er ihr unendlich dankbar.

»Ich weiß nicht, warum, aber ich hatte plötzlich Lust, dich zu
sehen«, sagte er in unschuldigem Ton.

»Und warum auf einmal? Du hast nichts mehr von dir hören
lassen, ich dachte, du wolltest mich nie mehr sehen.«

»Wie bitte? *Ich* habe nichts von mir hören lassen? Nein, *du*
hast *mich* links liegen gelassen.«

»Miese Antwort aus dem Mund von einem Kerl. Glaubst du, eine wie ich lässt Leute links liegen?«, gab Insuk munter zurück.

Es war lange her, und eigentlich wusste Huisu nicht mehr so genau, wie es gewesen war. Er sah Insuk an. Ihr Gesicht war noch genauso schön, ihr Körper noch genauso schlank wie früher. Huisu war dreizehn gewesen, als er anfing, sie zu lieben, und sechzehn, als er mit ihr geflirtet hatte. Flirten war nicht das passende Wort. Damals hatten Insuk und ihre Mutter in der Nähe des steinigen Geländes am Hafen von Baekji einen kleinen Verkaufsstand auf Rädern, und manchmal packte Huisu mit an. Er schleppte Kohlebriketts, Eisblöcke und Kisten mit Lebensmitteln und Getränken für sie. Abends schaute er ihr stundenlang zu, wie sie im Licht der Gaslampe Aale zubereitete oder Suppe mit Fischkuchen kochte. Wenn der Verkauf zu Ende war, zogen Huisu und Insuk den Karren den Hügel hoch bis nach Mojawon. Das Ding war so alt, dass es kein Problem gewesen wäre, es am Strand stehen zu lassen, niemand hätte ihn angerührt. Aber Insuk bestand darauf, den Karren jeden Abend zurückzubringen. Huisu fand es schön, den Weg gemeinsam mit ihr zu gehen, den alten, schweren Karren zu schieben oder zu ziehen. Er war sechzehn und wünschte sich, dass dieser steile, gefährliche Weg nie enden würde.

»Was schaust du mich so an?«

»Ich habe dich lange nicht gesehen und finde dich schön.«

»Ach ja? Keine Ahnung, aber ich höre wirklich oft, dass ich Ähnlichkeit mit der Schauspielerin Kim Hee-ae habe.«

Huisu sprang auf.

Erstaunt sah Insuk ihn an. »Warum stehst du auf?«

»Du nervst mich, ich gehe wieder.«

Sie lächelte und zog ihn sanft wieder auf den Stuhl. Dann schenkte sie ihm Schnaps ein, und er nahm einen Schluck.

»Schenkst du mir auch ein?«

»Bestimmt trinkst du hier viel. Trink nicht mit mir.«

»Wir müssen doch wenigstens anstoßen! Jetzt haben wir uns so lange nicht gesehen …«

Also nahm Huisu die Flasche und schenkte ihr ein. Sachte stieß Insuk ihr Glas an seins, dann trank sie es in einem Zug aus.

»Ich hatte übrigens auch daran gedacht, bald zu dir zu gehen.«

»Warum?«

»Um mit dir über Ami zu sprechen.«

»Ami?«

»Er muss jetzt wirklich aufhören mit seinen Dummheiten. Wenn er so weitermacht, sitzt er bald wieder im Gefängnis oder hat ein Messer im Leib, eins von beiden. Kannst du nicht dafür sorgen, dass er mal die Füße stillhält?«

»Denkst du, er würde auf mich hören?«

»Du bist der Einzige, auf den er hört. Er nennt dich Paps und himmelt dich an.«

»Paps … so ein Blödsinn! Ach, übrigens, was ich dich schon immer fragen wollte: Warum heißt er Ju? Ist das der Name seines leiblichen Vaters?«

Insuk zögerte. Sie schenkte sich nach und trank die Hälfte. »Nein. Ich habe mir den Namen bloß ausgedacht.«

»Aber warum ausgerechnet Ju? Es gibt etliche Namen, die geläufiger sind.«

»Ich bin alle Namen von allen Scheißgangstern in Guam durchgegangen, und da war nicht ein einziger Ju dabei. Das war der Grund.«

Huisu wiegte den Kopf, als könnte er ihre Logik nicht ganz nachvollziehen.

»Jedenfalls redest du mit Ami, ja?«, bat Insuk ihn noch einmal.

»Und was sage ich ihm?«

»Sag ihm einfach, dass du ihn umbringst, wenn er wieder mit seinen Dummheiten anfängt.«

»Ami ist kein Kind mehr, das man zu irgendwas zwingen kann. Und außerdem, wovon soll er denn leben, wenn er mit seinen Gaunereien aufhört? Er war kaum in der Schule und hat nie etwas Richtiges gelernt.«

»Er kann lernen. Er ist jung und gesund.«

»Wenn du willst, kann ich mit ihm reden. Aber mach dir keine Illusionen. Wenn man erst mal auf den Geschmack des Gangsterlebens gekommen ist, wird es schwierig, etwas anderes zu machen. Da hat man sofort das Gefühl zu ersticken. Und selbst wenn man wirklich aussteigt, ist man schnell wieder drin. Und wie seine Kumpel auf die Entlassung gewartet haben … Das wird nicht leicht sein.«

Insuk leerte ihr Glas. Sie kannte das Gangstermilieu und wusste, wie viel einfacher es war, solche Dinge anzukündigen, als sie dann wirklich zu tun. In diesem Moment kam ein schmächtiger Typ im Anzug an ihren Tisch und starrte Huisu missgelaunt an. Huisu starrte böse zurück. Insuk drehte sich zu ihm um.

»Der Herr wartet schon auf Sie, Frau Lee«, sagte das mickrige Kerlchen.

»Gut. Ich komme sofort«, antwortete Insuk.

Der andere machte ein mürrisches Gesicht und zog wieder ab.

»Wer ist dieses Arschloch?«, frage Huisu.

»Kümmer dich nicht um den. Das ist der Sekretär des Bürgermeisters von Wollong.«

»Was nimmt dieser Giftzwerg sich raus, die Leute mit seiner Sardellenfresse so anzustarren?«

»Er hat nicht nur eine Sardellenfresse, sondern auch den entsprechenden Charakter, total verbohrt.« Insuk verzog den Mund. »Soll ich dir noch was zu essen bringen?«

»Eigentlich habe ich ziemlichen Hunger … Hast du vielleicht auch was Gehaltvolleres?«

»Soll ich dir was kochen?«

»Kochen? In einer Bar? Nein, bring mir nur einen Teller Häppchen, die ein bisschen satt machen.«

»Hier wird keiner was sagen, ich bin die Chefin. Warte einen Moment.«

Insuk verschwand in der Küche. Huisu trank sein Glas aus. Der Alkohol brannte ihm im Magen. Abgesehen von dem Fleisch am Mittag hatte er den ganzen Tag noch nichts gegessen. Er nahm sich eine Zigarette und zündete sie an. Aus dem Augenwinkel sah er, dass der Giftzwerg sich wieder auf ihn zubewegte.

»He, du da«, hörte er plötzlich. »Komm her.«

Huisu drehte sich zu ihm hin.

»Ich hab gesagt, du sollst dich herbewegen«, fauchte der Giftzwerg.

Vor Verblüffung lachte Huisu ihm ins Gesicht. »Was glaubst du, wer du bist? Willst du Prügel?«

Huisus drohender Ton ließ den Giftzwerg zusammenzucken, seine Stimme klang plötzlich etwas milder: »Der Herr will dich sehen.«

Wer war dieser ›Herr‹? Neugierig stand Huisu auf. Das mickrige Kerlchen führte ihn zu einer Sitznische hinter einem Vorhang. Huisu folgte ihm schweigend.

»Bitte sehr, der Herr Bürgermeister. Stell dich vor.«

Der »Herr Bürgermeister« wandte Huisu geringschätzig sein Gesicht zu. Er war ein dicker Mann um die sechzig, die aufgeschwemmte Verbrechervisage speckig und bleich. Höflich verbeugte sich Huisu vor ihm. Mit einem Finger winkte ihn der

Bürgermeister näher heran. Als Huisu vor ihm stand, gab er ihm eine kräftige Ohrfeige. Und da sein Zorn offenbar noch nicht verraucht war, ohrfeigte er Huisu noch ganze drei Mal, wischte sich dann mit einer feuchten Serviette die Hände ab und leerte in langen Zügen sein Bierglas.

»Wer ist dieses Arschloch?«

»Kennen Sie das Hotel Mallijang in Guam? Er ist der Manager.«

»Okay, dann ist er ein Gauner.«

Der Bürgermeister musterte Huisu mit verschwommenem Blick, dann schenkte er sich ein Glas Whisky ein. »Weißt du, wofür du die Ohrfeigen bekommen hast?«, fragte er.

Vorsichtig schüttelte Huisu den Kopf.

»Du Wichser hast immer noch nichts kapiert? Weißt du wirklich nicht, warum ich dich geschlagen habe?«

Da Huisu schwieg, schaltete sich der Giftzwerg wieder ein: »Der Herr Bürgermeister, der sich jeden Tag für die öffentlichen Belange aufreibt, hat sich ausnahmsweise einmal einen freien Abend gestattet. Hast du eigentlich eine Vorstellung, was es für ihn bedeutet, zusehen zu müssen, wie du die Dame des Hauses eine halbe Stunde lang mit Beschlag belegst? Der Herr Bürgermeister ist eine Persönlichkeit, die jede Minute und jede Sekunde ihres Lebens unserem Land opfert, und es ist vollkommen unnormal, dass er an einem seiner raren freien Abende hier herumsitzen, warten und dabei auch noch zusehen muss, wie du mit der Dame des Hauses flirtest und lachst. Weißt du denn nicht, dass es die gute Staatsführung gefährdet, wenn man dem Herrn Bürgermeister die Zeit stiehlt?«

Huisu lächelte leise, als hätte er das Problem endlich begriffen. »Es tut mir leid«, sagte er.

»Wenn man wie du ein gewisses Alter erreicht hat, sollte man sich der Tragweite seines Handelns bewusst sein. Vor allem, wenn man ein Kerl ist. Ich frage mich, wie du im Leben zurechtkommst, wenn du über so wenig gesunden Menschenverstand verfügst«, wetterte der Giftzwerg strotzend vor Selbstbewusstsein.

»Es tut mir leid, mir war nicht bewusst, dass sich eine so hochrangige Persönlichkeit hier aufhält.«

»Na, immerhin siehst du deinen Fehler ein. Los jetzt, genug gesoffen, du kannst nach Hause gehen«, sagte der Bürgermeister.

Huisu zögerte. »Ich habe gerade eine neue Flasche angefangen. Sobald sie leer ist, gehe ich«, sagte er dann.

Der Bürgermeister fixierte ihn erbost.

»Ich möchte Ihnen für diesen Abend gern eine Flasche spendieren«, fuhr Huisu fort.

»Ich lasse mir von Gaunern nichts ausgeben.«

Huisu tat so, als hätte er die Bemerkung überhört, schob den Vorhang zur Seite und auf einen Wink Richtung Küche, wo Huinkang stand, kam der sofort angerannt und beugte höflich den Kopf vor Huisu. »Sie brauchen mich?«

»Welche Flasche ist die beste, die das Haus zu bieten hat?«

Huinkang, der die Lage sofort erfasst hatte, dachte kurz nach. »Wir haben den Royal Salute, das ist der Whisky, den Präsident Park zu Lebzeiten gern getrunken hat.«

»Was redest du da? Präsident Park hat doch am liebsten Chivas Regal getrunken«, widersprach der Bürgermeister, als würde er sich da auskennen.

Huinkang senkte wieder den Kopf. »Das ist richtig. Und der einundzwanzigjährige Whisky von Chivas Regal heißt Royal Salute.«

Angesichts dieser einfachen, unwiderlegbaren Erklärung gab sich der Bürgermeister Mühe, das Gesicht zu wahren: »Ist doch klar, natürlich! Der Präsident hätte selbstverständlich keinen einfachen Chivas genommen ...«

»Was halten Sie also von einer Flasche Royal Salute, da Sie doch genauso wie Präsident Park ein echter Wohltäter des Volkes sind?«

Sofort plusterte sich der Bürgermeister wieder auf: »Einundzwanzigjährig, das heißt doch, man hat ihn einundzwanzig Jahre lang reifen lassen, oder? Einundzwanzig Jahre sind keine Kleinigkeit! Außerdem habe ich selbst vor genau einundzwanzig Jahren meine politische Karriere begonnen.«

Sein Blick wanderte melancholisch zur Zimmerdecke. »Huinkang, hol den Whisky, den der Präsident immer getrunken hat. Und was sind das eigentlich für erbärmliche Häppchen für unseren Ausnahmegast? Räum das Zeug weg und bring uns feinere Speisen. Und die Rechnung gibst du mir«, befahl Huisu, übertrieben wild gestikulierend.

Der katzbuckelnde Huinkang erwies sich als guter Helfer in dieser Farce. Der Zorn des Bürgermeisters war eindeutig verraucht und sein Blick auf Huisu milde geworden.

»Der Kerl ist eigentlich ganz nett«, sagte er zu seinem schmächtigen Sekretär. »Der ist schon in Ordnung.«

»Ja, da haben Sie recht«, pflichtete ihm der andere mit vollem Ernst bei.

»He, du, komm mal her, ich schenke dir einen Whisky ein«, sagte der Bürgermeister und füllte sein Glas, um es Huisu zu geben. Der trank es in einem Zug aus und schenkte sofort wieder nach.

Mit herablassender Geste nahm der Bürgermeister das Glas von ihm entgegen. »Du bist also der Manager vom Mallijang?«

»Ja.«

»Vater Son und ich, wir kennen uns seit Ewigkeiten.«

»Ich weiß.«

»Weißt du, wenn du mal ein Problem hast, kannst du zu mir kommen.«

»Ich danke Ihnen für dieses Angebot. Bisher dachte ich immer, es wäre nicht richtig, eine einflussreiche Persönlichkeit wie Sie mit Lappalien zu belästigen. Deshalb hätte ich es nie gewagt, Ihnen meinen Gruß zu entbieten. Bitte verzeihen Sie mir.«

»Ist nicht schlimm. Ich kann Typen, die sich schlecht benehmen, nicht leiden, aber bei Kleinen Brüdern, die das Protokoll halbwegs respektieren, drücke ich ein Auge zu. Stimmt doch, oder?«, fragte er den Sekretär.

»Natürlich«, antwortete der, voller Überzeugung.

»Gut, du kannst jetzt gehen«, sagte der Bürgermeister zu Huisu.

»Danke. Ich wünsche Ihnen einen schönen Abend.«

Huisu strich sich die Kleidung glatt und klappte zum Abschied den Oberkörper nach vorn.

»Und keine Dummheiten, verstanden? Unser Präsident verabscheut Kriminalität, das weißt du doch, oder?«, sagte der Bürgermeister mit mahnender Stimme.

»Ich werde es nicht vergessen«, erwiderte Huisu höflich.

Er entfernte sich vom Tisch, schob den Vorhang einen Spalt auf und stand vor Insuk, die schon auf ihn wartete. Sie sah traurig aus. Huisu schenkte ihr ein leises, beruhigendes Lächeln.

Sie strich ihm über die Wange. »Die ist ja ganz geschwollen. Du solltest keine Ohrfeigen bekommen bei deiner empfindlichen Haut …«

Insuks Hand war warm und weich. Er nahm sie und strich damit weiter über seine geschwollene Wange. Sanft wie ein schüchternes Mädchen zog Insuk ihre Hand zurück.

»Ich habe dir etwas gekocht«, sagte sie.

Hinter dem Vorhang hörte man, dass der Bürgermeister eine Schimpftirade gegen wen auch immer losließ.

»Geh, er wartet auf dich.«

Insuk neigte kurz den Kopf zur Seite, zwinkerte ihm geheimnisvoll zu und verschwand in der Höhle des Bürgermeisters. Einen Moment lang blieb Huisu neben dem Vorhang stehen.

»Ja, wo bleiben Sie denn, Frau Lee? Ich dachte, ich sterbe noch vor Ungeduld«, schwadronierte der Bürgermeister.

Insuk lachte schallend und antwortete gespreizt: »Ich hatte plötzlich Durchfall ... oh, Entschuldigung, das ist mir jetzt aber peinlich ...«

Der Bürgermeister bot ihr einen Whisky an. Langsam kehrte Huisu an seinen Tisch zurück. Insuks Essen wartete auf ihn. Es war eine einfache Mahlzeit, ein kleiner Topf Sojabohnen und ein gegrillter Umberfisch. Als er den ersten Bissen nehmen wollte, hallte das Gelächter des alten Bürgermeisters zu ihm herüber. Dann das von Insuk. Es wollte gar nicht mehr aufhören. Huisu legte den Löffel aus der Hand. Insuk trug das Lachen in sich. Noch nie hatte er sie weinen sehen. Weder an jenem Wintertag, als ihre Mutter auf der vereisten Treppe von Mojawon gestürzt und kurz darauf gestorben war, noch am Tag der trostlosen Beerdigungsfeier in der Gemeinschaftsküche. Sie hatte auch nicht geweint, als ein paar miese Typen ihren alten Karren kurz und klein schlugen, weil sie angeblich ihre Abgaben nicht bezahlt hatte. Tagelang hatte sie ihr Zimmer nicht verlassen, dann war sie runter nach Wanwol gegangen und hatte angefangen, sich zu verkaufen. Da war sie siebzehn. Wie konnte sich ein junges Mädchen von siebzehn Jahren aus freien Stücken in einem Rotlichtviertel einquartieren, um Nutte zu werden? Es war ein Rätsel, und dennoch kam es häufig vor. Auch Huisu war damals siebzehn. Er hatte ihr angeboten, gemeinsam zu fliehen. Insuk hatte energisch den Kopf geschüttelt. Es war ja auch nur der idealistische Vorschlag eines siebzehnjährigen Jungen, der eigentlich keinen Plan hatte.

Nie würde Huisu die in rosa Licht getauchte Vitrine vergessen, in der Insuk an ihrem ersten Tag als Prostituierte Platz nahm. Sie hatte sich erstmals geschminkt und sah aus wie eine Barbiepuppe in einem Vogelkäfig. Sie schien sehr traurig zu sein. Feige hatte sich Huisu hinter einem Strommast versteckt, um sie von der anderen Straßenseite aus zu beobachten. Der erste Typ hatte sie mit nach oben genommen und war zwanzig Minuten später wieder heruntergekommen. Ungeduldig war ihm ein zweiter gefolgt. In dieser Nacht hatten insgesamt fünfzehn Männer Insuk in den ersten Stock gezerrt. Hinter dem Strommast hatte Huisu nicht aufgehört zu weinen und dabei am ganzen Leib gezittert. Doch Insuk hatte auch an jenem Tag nicht geweint.

Hinter dem Vorhang war immer noch Gelächter zu hören: das von Insuk, das des Bürgermeisters und das seines verlogenen Sekretärs. *Was gibt's da so zu lachen?*, fragte sich Huisu. Er füllte sein Bierglas bis zum Rand mit Whisky, trank es langsam aus, schenkte sich nach, trank es wieder aus. Dann starrte er eine Weile auf das leere Glas. Schließlich erhob er sich von seinem Stuhl. Auf dem Tisch stand das Essen, das er nicht angerührt hatte, glänzend im schwachen Licht. Wie die Mustergerichte aus Wachs in den Vitrinen der Restaurants. Ihm war schwindelig, und sein Körper wollte ihm kaum gehorchen. Als er es mehr schlecht als recht zur Theke geschafft hatte, kam Huinkang angelaufen. Er bestand darauf, dass Huisu ging, ohne zu zahlen, aber Huisu legte Wert darauf, seine Rechnung und auch die des Bürgermeisters zu begleichen. Dann klopfte er Huinkang auf die Schulter und sagte ihm, es sei ein angenehmer Besuch gewesen und sie würden sich bald wiedersehen.

Auf der Straße überkam ihn Hunger. Nicht Müdigkeit, nicht Trunkenheit, sondern tatsächlich Hunger, wie immer, wenn er sich allein auf der Straße wiederfand.

Gegenüber den Leuchtreklamen, eine bombastischer als die andere, reihten sich die Buden der Garküchen auf dem Bürgersteig aneinander. Huisu betrat eine davon. Eine alte Frau bereitete gerade Fischkuchen-Spieße vor. Huisu bestellte eine Portion *udong*. Die alte Frau kochte Nudeln, füllte sie in eine große Schale und gab ein hart gekochtes Ei dazu, klein geschnittene Frühlingszwiebeln und Algen. Dann goss sie vorsichtig heiße Bouillon darüber. Aus dem großen Suppentopf duftete es nach *katsuobushi* und Sardellen. Huisu schaute auf seine dampfende *udong*-Schale; dann machte er sich darüber her, als hätte er seit Tagen nichts mehr gegessen.

»Sie essen so schnell! Sie verbrennen sich noch«, sagte die alte Frau.

»Ich habe Hunger, verdammten Hunger«, grunzte Huisu, wie es sich für einen Besoffenen gehörte.

Die alte Frau lächelte. »Möchten Sie noch eine?«

Huisu nickte. »Geben Sie mir auch eine Flasche *soju*.«

»Sie scheinen aber schon ziemlich viel getrunken zu haben.«

»Sie haben wirklich Ähnlichkeit mit meiner Mutter, Tantchen.«

»Ach ja? Nett, dass Sie das sagen.«

»Nee, ist es eher nicht. Meine Mutter war irgendwann so verrückt danach zu tanzen, dass sie mich im Stich gelassen hat und mit einem Typen durchgebrannt ist. Eines Nachts ist sie abgehauen, hat mir vorher nicht mal mehr was für den nächsten Tag gekocht, für wenn sie weg ist. Und hat seitdem auch nie versucht, mich wiederzufinden. Ich weiß nicht mal, ob sie überhaupt noch lebt. Deshalb habe ich dauernd Hunger ... weil mir meine Mutter nichts mehr gekocht hat, bevor sie weg ist«, lallte Huisu.

Wortlos stellte ihm die alte Frau noch eine Schale *udong* und eine Flasche *soju* hin. Huisu füllte einen Pappbecher mit *soju*, dann machte er sich über die zweite Portion *udong* her. Bis auf den letzten Bissen löffelte er alles in sich hinein.

»Was schulde ich Ihnen?«

»Zwei Portionen *udong*, das macht sechstausend *won*, dazu ein *soju*, dreitausend ... das macht neuntausend *won*.«

»Ein *udong* kostet dreitausend *won*?«, fragte Huisu aggressiv.

»Ja, genau.«

»Was ist das für ein lächerlicher Preis? Dafür, dass Sie sich so viel Mühe geben!«, brüllte er.

Die alte Frau, die betrunkene Kundschaft offenbar gewohnt war, schien über Huisus plötzlichen Ausbruch nicht überrascht. Lächelnd sah sie ihn weiter an. Huisu nahm drei Scheine, insgesamt dreißigtausend *won*, und drückte sie ihr in die Hand. Verständnislos legte ihm die alte Frau zwei davon sofort wieder hin und wühlte in ihrer Schürzentasche. Schließlich fand sie einen Tausender und reichte ihn Huisu. Statt ihn zu nehmen, klaubte er die beiden Zehntausender wieder auf und hielt sie der Frau noch einmal hin.

»Jetzt nehmen Sie schon ... Jede beschissene Bar kassiert fünfzigtausend *won* für eine Portion falschen Kabeljau, und Sie verkaufen mir hier ein köstliches *udong* für dreitausend? Dreißigtausend sind dafür nicht mal genug.«

Statt die Scheine zu nehmen, blickte die alte Frau ihn unverwandt an, schweigend und mit einem Ausdruck, in dem so etwas wie Mitgefühl lag.

Schwankend stand Huisu vor dem Tisch und seufzte lange und voller Selbstmitleid.

»Tut mir leid, dass ich geschrien habe. Ich habe heute Abend zu viel getrunken ... Entschuldigung.«

»Das ist doch nicht schlimm, ich bitte Sie.«

»Doch, doch, ich möchte mich unbedingt entschuldigen. Und Sie haben auch so viel Ähnlichkeit mit meiner Mutter ...«

Huisu beugte den Kopf vor der alten Frau, dann nahm er die halb volle *soju*-Flasche – die Geldscheine ließ er liegen –, trat aus der Bude und ging schwankend auf ein Beet neben dem Bürgersteig zu.

Auf der Beetkante hockend, nahm er einen Schluck aus der Flasche. In der Mitte des Bürgersteigs drehte sich eine leuchtende Litfaßsäule um sich selbst: »Junge Mädchen 24/24 verfügbar«, »Sie werden bedient wie ein König«, »Zum Schenkel«, »Hier Service der Spitzenklasse«. Je länger er auf die Reklame starrte, die sich vor seinen Augen drehte und drehte und drehte, desto schwindeliger wurde ihm. Nach seiner viel zu kurzen Nacht, dann der Hin- und Rückfahrt zur Kastanieninsel und dem ganzen Wodka, den er am Nachmittag getrunken hatte, konnte er sich nicht mehr gerade halten. Insuks Lachen hallte ihm in den Ohren. Warum lachte sie? Was fand sie so schön an ihrem erbärmlichen Leben?

»Findest du's schön, ja? Findest du's wirklich so schön?«, murmelte er vor sich hin.

Er trank die *soju*-Flasche bis zum letzten Tropfen aus und schleuderte sie gegen die rotierende Reklamesäule. Die Neonleuchte darin explodierte. Er hielt den Kopf über einen Gully und erbrach alles, was er seit dem Mittag gegessen hatte. Dann starrte Huisu mit leerem Blick auf die Straße von Wollong und schlief zusammengekauert in seiner Kotze ein.

INSUKS ZIMMER

Im Morgengrauen schlug Huisu die Augen auf. Durch die Jalou-sien vor dem Fenster konnte er einen schwachen, bläulichen Lichtschimmer sehen. Ein leichter Duft nach Freesien hing in der Luft. Kein künstlicher Parfümgeruch wie in einem billigen Hotel, sondern der Duft echter Blumen. Huisu richtete sich im Bett auf und sah sich um. Es gab kaum Möbel in dem Zimmer: ein kleines Einzelbett, ein Schrank und ein Sekretär, der offen-bar als Schreib- und Schminktisch benutzt wurde. Dass er sich in Insuks Zimmer befand, war nicht schwer zu erraten. Sie hatte schon immer, schon als Kind ein geradezu fanatisches Bedürf-nis nach Ordnung, das wohl in ihren Genen verankert war. Hui-su nahm die auf dem Nachttisch stehende Karaffe und schenkte sich ein Glas Wasser ein. Von dem vielen Alkohol am Vortag hatte er Sodbrennen. Er ging in das ans Zimmer angrenzende Bad und pinkelte. Ein paar Tropfen spritzten auf die Klobrille. Wie auf frischer Tat ertappt, erschrak Huisu, griff nach einem Stück Toilettenpapier und wischte damit hastig über die Brille. Vor ihm im Spiegel stand ein Mann in einem scheußlichen, etwas abgetragenen Pyjama mit Sonnenblumenmuster. Beim Pinkeln hatte Huisu festgestellt, dass man ihn auch in frische Unterwäsche gesteckt hatte. Er zog die Pyjamahose herunter

173

und musterte den Slip. Er war sauber, aber nicht neu. Bei der Vorstellung, dass diese Sachen vielleicht dem Arschloch gehörten, das mit Insuk zusammenlebte, und dass dieser Typ sehr wahrscheinlich in diesem Zimmer mit ihr geschlafen, sich diesen Pyjama übergestreift und in diese Toilette gepinkelt hatte, merkte Huisu, wie ihn schlechte Laune und Eifersucht überkamen. Aber warum Eifersucht? Mit welchem Recht? Huisu betätigte die Spülung und hielt seinen Kopf unter den Wasserhahn. Er sah eine Zahnbürste, schloss aber die Möglichkeit, sie zu benutzen, sofort aus, da auch sie womöglich irgendeinem Arsch gehörte. Mit dem heftigen Verlangen nach einer Zigarette ging er ins Zimmer zurück. Seine Klamotten der letzten Nacht waren verschwunden. Wahrscheinlich hatte Insuk sie in die Waschmaschine gesteckt.

Vorsichtig öffnete Huisu eine Schublade des Sekretärs. Ein paar Kosmetikartikel lagen darin und ein gerahmtes Foto, das Ami auf den Felsen am Meer zeigte, freudestrahlend, weil er eine Dorade gefangen hatte. Da war er ungefähr zehn gewesen. Huisu war derjenige, der das Foto gemacht, Ami das Angeln beigebracht und den Wurm auf den Haken gespießt hatte. Es war irgendein besonderer Tag gewesen, vielleicht Amis Geburtstag oder der von Insuk oder das Fest der Kinder … Mit einem Korb voller Proviant und einer Strandmatte unterm Arm hatten Insuk, Ami und Huisu einen Ausflug zum Hafen von Baekji gemacht. Die Matte hatten sie auf einem großen Felsen ausgebreitet und sogar einen Sonnenschirm aufgespannt. Dann hatten sie Fleisch gegrillt und aus ihrem Tagesfang Sashimi gemacht. Es war schön gewesen, ein schöner Frühlingstag und sie alle drei zusammen wie eine normale Familie, die am Strand ein Picknick machte. Er hatte sich nicht mit Insuk gestritten, und er hatte nicht zu viel getrunken. Hatte ein paar Rotbarsche und ein paar kleinere Fische gefangen. Und Ami hatte zum ersten Mal in seinem Leben eine Dorade aus dem Meer gezogen. Als die Sonne unterging, begann Insuk leise zu singen, vor ihr das Meer, so rot wie ihr vom Alkohol erhitztes Gesicht. Sie sang falsch. Doch es war das erste Mal, dass Huisu sie singen hörte.

Auf dem Rückweg hatte sie ihn am Arm gefasst und gefragt, ob er einverstanden sei, mit ihr zusammenzuleben. Sie hatte das leichthin gesagt, wie einen Scherz, doch ihr Blick verriet, dass sie es ehrlich meinte. Huisu war plötzlich wütend geworden, hatte sie angeschrien, sie solle aufhören rumzuspinnen. Wahrscheinlich hatte sich Insuk verletzt gefühlt, denn sie war rot geworden. Sie hatte seine Reaktion nicht verstanden. Huisu selbst eigentlich auch nicht. Insuks Vorschlag hatte tief in ihm ein seltsames Gefühl von Unterlegenheit und vielleicht auch Demütigung geweckt. In der damaligen Situation jedoch war er nicht in der Lage, das zu erkennen oder gar in Worte zu fassen.

Seine Weigerung an jenem Tag hatte Huisu jahrelang bereut. Hätte er Insuks Vorschlag angenommen, wäre ihm nicht nur die ganze Geldverschwendung erspart geblieben, die sein Vagabundenleben zur Folge hatte. Er hätte einem Leben in Lethargie entgehen können, in dem er nach ausschweifenden Alkoholnächten voller Ekel in Hotelzimmern aufwachte, neben sich eine fremde Frau. Stattdessen hätte er abends nach der Arbeit heimgehen, hausgemachte Gerichte essen, vor dem Fernseher Bier trinken und dabei Erdnüsse schälen und gelegentlich auf die Politiker schimpfen können, die in den Nachrichten zu Wort kamen. So ein ruhiges, vernünftiges Leben hätte er haben können und wäre nie ins Gefängnis gekommen. Ami hätte weiter die Schule besucht und dann vielleicht nicht gerade studiert, aber wenigstens eine Ausbildung gemacht, mit der er in einer Werkstatt oder Fabrik hätte arbeiten können, anstatt ebenfalls im Kittchen zu landen. Die gewissenhafte Insuk hätte ein Restaurant oder eine Boutique aufgemacht, und zu dritt hätten sie ein behagliches Leben geführt.

Doch an jenem Tag hatte Huisu Insuks Vorschlag heftig von sich gewiesen. Dabei war er immer der Meinung gewesen, dass Wut nichts brachte; aber zu dieser Zeit war er siebenundzwanzig, er war ein Gangster, und in Guam wimmelte es von Männern, die mit Insuk geschlafen hatten. Sie hätten sich natürlich hinter seinem Rücken das Maul zerrissen und sich über Insuk und ihn lustig gemacht. Im Grunde war das der einzige Grund für seine Ablehnung. Aber hätte es ihm nicht egal sein können? Viele Gangster lebten mit Kellnerinnen oder Stripperinnen, eben mit Frauen dieser Art zusammen. Welche normale Frau hätte auch mit einem Gangster leben wollen? Sicher, die Leute hätten gelästert und getratscht – »Ja, ich hab auch mit der Schlampe geschlafen, war nicht schlecht« –, aber irgendwann wäre es ihnen langweilig geworden, und Huisu und Insuk hätten genauso ein Leben führen können wie alle anderen. Aber Huisu hasste diese Art zu leben, und sobald er an Insuk dachte, überkam ihn eine Scham, die er weder unterdrücken noch akzeptieren konnte.

Vorsichtig öffnete er die Tür und stand im Wohnzimmer. Auch hier war von Insuk nichts zu sehen. Er nahm eine Zigarette aus der Schachtel, die auf dem niedrigen Sofatisch lag, zog die Schiebetür zum Hof auf und ging hinaus. Am anderen Ende des Hofs zündete er die Zigarette an und betrachtete die Landschaft, die sich vor ihm ausbreitete: An einem Weg, der sich fast bis zum Gipfel des Berges hinaufschlängelte, standen dicht gedrängt unzählige Häuser, bei denen schon einige Fenster erleuchtet waren, vermutlich dort, wo man früh arbeitete. Das hier war das Viertel Nr. 563. Ursprünglich von Kriegsflüchtlingen aus Abbruchmaterial errichtet, hatten sich Arme und Kriminelle darin breitgemacht, als die Flüchtlinge nach der Befreiung von Seoul wieder gegangen waren. Nach und nach hatten Betonwände die Bretter ersetzt, Schieferdächer das Wellblech, und so hatte sich das Viertel entwickelt. Eine asphaltierte Straße gab es allerdings immer noch nicht. Das Auto musste man auf halber Höhe auf einem öffentlichen Parkplatz abstellen und die letzten zweihundert Meter zu den Wohnhäusern zu Fuß hinaufsteigen. Huisu konnte nicht begreifen, warum Insuk immer noch in diesem Viertel am Berghang wohnte – dank ihrer Bar hatte sie doch inzwischen bestimmt Geld auf die Seite gelegt. Plötzlich wurde ihm bewusst, dass ihn in der Nacht irgendjemand vom Parkplatz hochgeschleppt hatte.

Huisu drückte seine Zigarette aus und ging wieder ins Haus. In diesem Moment kam Insuk durch die Haustür, mit Einkäufen beladen, die sie auf dem Frühmarkt erledigt hatte.

»Ah, du bist aufgestanden?«

»Ja. Mann, ich habe keine Ahnung, wie ich hier hochgekommen bin«, sagte Huisu etwas verlegen.

»Was für eine Idee, sich so volllaufen zu lassen! Du bist doch kein Teenager mehr. Huinkang hat dich hochgeschleppt.«

Huinkang also. Huisu nickte.

»Du hast bestimmt Magenschmerzen … Warte, ich koche dir eine Muschelsuppe.«

Insuk ging in die Küche und machte sich mit faszinierendem Geschick ans Kochen. Sie stellte eine Pfanne und zwei Töpfe auf einen dreiflammigen Gasherd. Darin bereitete sie ein Omelette zu, eine Suppe und Gemüse und grillte gleichzeitig in einem kleinen Ofen einen Hering. Für Huisu, der schon mit einer Instantnudelsuppe zu kämpfen hatte, weil er entweder das Soßentütchen in der Packung nicht fand oder die Kochzeit vermasselte, grenzte das, was Insuk hier vor seinen Augen vollbrachte, an ein Wunder.

Weil es ihm peinlich war, untätig danebenzustehen, ließ er den Blick durchs Wohnzimmer schweifen und fragte: »Hast du keinen Fernseher?«

»Weißt du, ich arbeite ja nachts, da habe ich wirklich keine Zeit für so etwas.«

»Aber tagsüber könntest du doch, oder?«

»Den ganzen Tag faul vorm Fernseher hocken? Ich hätte ein schlechtes Gewissen gegenüber den Leuten, die den ganzen Tag hart arbeiten.«

»Wenn Fernsehgucken am Tag ein Verbrechen wäre, hätte ich längst hingerichtet werden müssen.«

Insuk hatte ein Stück Kimchi aus dem Kühlschrank genommen und begann lachend, es auf einem Brettchen in Stücke zu schneiden. »Eben, und deshalb solltest du, wenn du am Leben hängst, tagsüber nicht wie ein Idiot vor diesem Kasten sitzen.«

»Leute wie wir arbeiten nachts, was sollen sie tagsüber sonst machen?«

»Man kann alles Mögliche machen. Es heißt doch so schön: Man kommt nicht als Gangster zur Welt, sondern wird zum Gangster, indem man wie einer lebt.«

Der Satz war so treffend, dass Huisu erst nichts anderes einfiel, als stumm zu nicken. Aber dann stand er stramm wie ein Soldat und sagte: »Jawohl, Frau General! Ab jetzt werde ich ein seriöses Leben führen!«

»Komm lieber essen.«

Insuk hatte alles auf den Küchentisch gestellt: eine Schüssel Muschelsuppe, mit Schnittlauch bestreut, einen auf den Punkt gegarten Hering, die knusprige Haut an mehreren Stellen eingeritzt, ein saftiges Omelette, überbrühte Kürbisblätter, gepökelten Degenfisch und Merlan-Eier, mit Sesamkörnern und Sesamöl gewürzt. Ein fast zu reich gedeckter Tisch für ein Frühstück um sechs Uhr morgens. Trotz seines Katers hatte Huisu Hunger. Insuk stellte ihm eine Schüssel leuchtend weißen Reis hin, frisch aus dem Reiskocher. Mit seinen Stäbchen nahm sich Huisu davon. Wann hatte er zum letzten Mal so köstlichen Reis gegessen? Er hätte es nicht zu sagen gewusst. Was setzten die einem in den Lokalen, in denen er normalerweise aß, eigentlich für einen Reis vor? Überhaupt nicht zu vergleichen mit dem hier. Wahrscheinlich irgendeinen Billigreis, der schon drei Jahre in der hintersten Ecke einer Lagerhalle vor sich hin gegammelt hatte oder in einem Frachtraum drei Mal um die Welt gereist war.

»Isst du jeden Tag so?«

»Sehe ich so aus, als wäre ich verrückt? Glaubst du, wenn ich allein bin, mache ich mir die Mühe, solche Köstlichkeiten auf den Tisch zu zaubern?«

»Also hast du das alles für mich gemacht?«, fragte Huisu erfreut.

»Natürlich«, sagte Insuk sanft, und Huisu gluckste wie ein Kind.

Er fühlte sich in die Zeit von Mojawon zurückversetzt, als Insuk ihn häufig zum Essen eingeladen hatte. Genauer gesagt einen Teller mehr für ihn hingestellt hatte, wenn sie für ihre sieben Geschwister gekocht hatte. Dafür war er ihr immer noch dankbar. In der engen, schmutzigen Gemeinschaftsküche, wo es an Geräten und Gewürzen fehlte, war es Insuk trotzdem immer gelungen, etwas Gutes zu kochen. Huisu fragte sich, von welchem Geld sie damals den Reis gekauft und wo sie all diese Lebensmittel eigentlich aufgetrieben hatte, aber Fakt war, dass ihre kleinen Geschwister nie auch nur eine Mahlzeit überspringen mussten. Insuk kochte Muscheln, grillte Säbelfische und zerlegte Aale, um sie in Stücke geschnitten mit Gemüse in einer scharfen Soße zu garen. Verglichen mit Huisus Mutter, die ständig ausging, ohne ihren einzigen Sohn mit Essen zu versorgen, schien Insuk sehr viel erwachsener.

»Ach, komm, ich esse mit. Allein essen ist traurig.«

Insuk füllte etwas Reis in eine Schale und setzte sich damit zu ihm. Sehr viel begeisterter als sonst machte sich Huisu ans Essen. Er löffelte Muschelsuppe, aß vom Hering und den Merlan-Eiern, häufte Reis, ein Stück Omelette und einen Happen gepökelten Degenfisch auf ein Kürbisblatt und schluckte alles gierig hinunter ... Insuk sagte nichts über die Art und Weise, wie Huisu über das Essen herfiel.

»Schmeckt es?«

»Schmeckt toll. Nicht zu vergleichen mit dem, was ich seit Jahren in den Restaurants esse.«

»Hast du denn nie eine Frau gehabt, die für dich kocht?«

»Nein. Die, denen ich begegnet bin, waren richtige Tresenschlampen und bekamen es gerade mal hin, Instantnudeln mit kochendem Wasser zu übergießen.«

»Ich bin auch eine Tresenschlampe.«

»Sorry, so habe ich das nicht gemeint.«

»Ich weiß.«

Immer wenn ein Wort zu schnell in die Welt hinausschießt, läuft es Gefahr, sich irgendwo zu verhaken. Aber Insuk und Huisu gaben nicht viel darum. Das Leben war schon anstrengend, hässlich und kompliziert genug. Huisu aß seinen Reis auf, dann seine Suppe.

»Soll ich dir noch mehr Reis geben?«

»Danke, ich bin satt.«

Es gab Reste. Den halb gegessenen Hering, ein paar Omelettestücke und Merlan-Eier. So ähnlich hatte in Mojawon der Tisch ausgesehen, wenn alle sieben Geschwister satt waren, auch die Jüngste und der Zweitjüngste, denen Insuk und Huisu helfen mussten. Erst von den Restetellern aßen sie dann selbst.

Insuk wollte den Hering abräumen, aber Huisu hielt sie zurück.

»Lass.«

»Willst du noch weiteressen?«

»Ja, ist doch schade, das wegzuwerfen. Und ich würde schon auch ein Gläschen dazu trinken.«

Insuk stellte den Teller wieder ab. »Ich habe eine gute Flasche Sake.«

»Perfekt.«

Sie ging ins Wohnzimmer, nahm die Sake-Flasche, eine Tokkuri und zwei kleine Gläser aus der Anrichte. Sie goss den Sake in die Karaffe und schenkte Huisu ein Glas ein. Er trank. Eigentlich hatte er damit gerechnet, dass ihm schon vom Alkoholgeruch übel werden würde, aber komischerweise mochte er den Geschmack, und auch sein Magen hielt still.

»Wow, der schmeckt wirklich gut«, sagte Huisu.

»Ist ein Geschenk, hat mir jemand aus Japan mitgebracht. Der ist teuer!«, prahlte Insuk.

Huisu griff wieder nach den Stäbchen und nahm noch ein paar Bissen Hering und vom Omelette. Dann trank er sein Glas aus, und Insuk schenkte ihm sofort nach.

»Sie heißt Hwaran, oder? Die Kleine, die ich auf dem Schoß gefüttert habe.«

»Nummer sechs?«

»Ja. Was ist aus ihr geworden? Sie war sehr süß.«

»Sie ist Krankenschwester in Daegu.«

»Und der Jüngste, der Kleine, den du immer gefüttert hast?«

»Er arbeitet auf einem Öltanker. Er ist Mechaniker.«

»Aus all deinen Geschwistern ist was geworden, das ist fantastisch. Hörst du oft von ihnen?«

»Sie sind sehr beschäftigt … So ist das Leben halt. Ich habe ja auch viel zu tun.«

Ein schmerzlicher Ausdruck huschte über Insuks Gesicht; ein Schmerz, in den sich Groll und Traurigkeit mischten. Sie hatte sich so geschunden, um ihre Geschwister großzuziehen, und nun schämten sie sich für ihre Schwester, weil sie als Prostituierte arbeitete und hässliche Gerüchte über sie kursierten. Insuk brach nicht den Stab über sie. Ihre Geschwister hatten jetzt ihr eigenes Leben – hatten ihre Ehemänner, ihre Frauen, ihre Kinder, ihre Freunde und Arbeitskollegen. Das, wofür sie sich schämten, war im Grunde Mojawon, weil es in ihrer Erinnerung für Elend und Armut stand. Im Übrigen hatten alle Busan verlassen. Einige waren nach Seoul oder Daegu gegangen, andere hatten ein Schiff genommen, um noch weiter weg zu gehen, ins Ausland.

Insuk schenkte sich auch ein kleines Glas Sake ein und trank ihn, ohne noch etwas zu essen. Huisu leerte die Karaffe und verzehrte die letzten Reste von dem, was Insuk gekocht hatte. Inzwischen tat ihm der Magen weh, doch er wollte unbedingt alles aufessen.

Als Huisu – er hatte kurz draußen eine Zigarette geraucht – wieder ins Haus kam, hatte Insuk gespült und war dabei, Obst zu schälen. Huisu ließ sich auf den Boden sinken und legte sich auf die Seite. Er fühlte sich wohl hier, mit Insuk. Es war ein Gefühl, als hätte er immer hier gelebt. Insuk kam und gab ihm eine Apfelspalte. Er schob sie sich in den Mund und begann zu kauen.

»Hey, machst du mir die Ohren sauber?«

»Mach's doch selbst!«

»Nein, das muss jemand anders machen, damit Energie reaktiviert wird.«

»Was ist denn das für ein Quatsch?«

Als sie klein waren, damals in Mojawon, hatte Insuk ihm wirklich manchmal die Ohren sauber gemacht. Schimpfend holte sie ein Wattestäbchen aus einer der Schubladen des Sekretärs. Dann setzte sie sich neben ihn auf den Boden, und Huisu legte seinen Kopf in ihren Schoß. Vorsichtig machte sich Insuk an seiner Ohrmuschel zu schaffen. Ein sanftes Gefühl von Wärme und Zärtlichkeit durchflutete ihn, ein Gefühl, das er noch nie, nicht einmal bei seiner Mutter empfunden hatte. Huisu drehte den Kopf leicht zur Seite und drückte ihn tiefer in Insuks Schoß. Sie reagierte nicht, ganz auf Huisus Ohr konzentriert wie eine Chirurgin bei einer riskanten Operation. Ihr Rock oder ihr Slip verbreitete einen sauberen Geruch wie von frisch gewaschenen, in der Sonne getrockneten Baumwollwindeln. Er legte eine Hand auf Insuks Gesäß. Sie reagierte immer noch nicht. Vorsichtig erhöhte er den Druck seiner Hand.

»Hör sofort damit auf, solange ich noch nett zu dir bin«, sagte Insuk unbeeindruckt.

Überrascht nahm Huisu seine Hand weg. Nach ein paar Sekunden legte er sie doch wieder hin. Insuk zog ihn kräftig am Ohr.

»Au, das tut weh!«

»Deshalb habe ich dir ja auch gesagt, du sollst aufhören.«

Mit einem Klaps auf die Wange gab sie ihm zu verstehen, dass das erste Ohr fertig war. Huisu drehte sich auf die andere Seite und hielt ihr sein rechtes Ohr hin. Ihre warmen Finger begannen sanft über die Rückseite des Ohrs zu reiben. Sie rochen nach Hering, und ihre Schenkel, an die er wieder den Kopf geschmiegt hatte, nach frischen Baumwollwindeln. Schon in Mojawon hatte Insuk so gerochen. Nach rotem Aal und nach frisch gewaschenen Baumwollwindeln.

»Ich kriege einen Ständer«, sagte er, die Wange immer noch in ihrem Schoß.

»Ja und?«

»Und deshalb machen wir es jetzt, nur ein Mal.«

»Nein.«

»Warum? Alle haben mit dir geschlafen, nur ich nicht.«

»Findest du das ungerecht?«

»Ja.«

»Warum bist du dann nicht gekommen, als ich in Wanwol gearbeitet habe? Manga ist gekommen, Cheolki auch. Alle deine Freunde sind gekommen.«

Huisu richtete sich auf und funkelte sie an. »Und das erzählst du mir einfach so?«

Überrascht starrte Insuk zurück, ohne ein Wort zu sagen.

»Mann, das nervt!«, sagte Huisu und drückte den Kopf wieder in ihren Schoß.

Es wunderte ihn, dass er im Gegensatz zu früher weder Wut noch Eifersucht empfand. Nur ein Gefühl von Irrealität, dort zu liegen, den Kopf in Insuks Schoß geschmiegt wie in ein weiches Federbett, das lange zum Trocknen in der Sonne gelegen hatte. Insuk nahm wieder sein rechtes Ohr und machte weiter.

»Würdest du mit mir zusammenleben wollen?«, fragte Huisu.

Ihre Finger hielten abrupt inne. Dann ging sie weiter mit dem Wattestäbchen durch seine Ohrmuschel, schweigend und obwohl dort eigentlich nichts mehr sauber zu machen war.

»Fertig. Du kannst aufstehen«, sagte sie kurz darauf mit sanfter Stimme.

»Noch ein bisschen …«

Huisu kämpfte gegen den Schlaf an. Ach, hätte er diesen Moment doch bis in alle Ewigkeit genießen können. Inzwischen überflutete die Sonne die ganze Terrasse, und ihre Strahlen wanderten langsam weiter ins Wohnzimmer, wo die großen Alokasienblätter schon geduldig auf sie warteten.

Es war sechzehn Uhr, als Huisu aufwachte. Insuk war nicht mehr da, wahrscheinlich schon in der Bar. In einer Zimmerecke hingen seine Sachen gewaschen und gebügelt an einem

Kleiderständer, in der Küche wartete das Essen auf ihn. Er nahm sich Reis aus dem Kocher und setzte sich an den Tisch. Der Reis, der am Morgen so köstlich gewesen war, schmeckte nicht mehr, es war so, als würde man auf Sandkörnern kauen. Ein Gefühl von Einsamkeit stieg in ihm hoch und hatte ihn bald überrollt. Nach ein paar Bissen legte er den Löffel aus der Hand und kippte den Reis wieder in den Kocher. Lange betrachtete er die achtsam bereitgestellten Teller und Schalen, dann verließ er das Haus.

WÄSCHEREI

Als Huisu am späten Nachmittag im Mallijang eintraf, hatten sich mehrere Dutzend Gangster aus Guam vor dem Hotel postiert. Seit vor einigen Jahren dem Verbrechen offiziell der Krieg erklärt worden war, hatte man sie in solchen Horden nicht mehr gesehen. In kleinen Grüppchen standen sie zusammen, rauchend und kampfbereit. Als Huisu auf den Eingang zusteuerte, wurde er im Chor begrüßt.

»Was ist hier los?«

Auf seine Frage hin gab es betretene Gesichter, doch eine Erklärung blieb aus. Anscheinend wussten die Jungs selbst nicht genau, warum man sie herzitiert hatte. Huisu betrat das Hotel: Im Foyer herrschte ein ungewöhnliches Chaos. Alle Scheiben der Tür zum Café waren eingeschlagen, die riesige Topfpalme war umgekippt und der ganze Boden mit Erde und Tonscherben bedeckt. Sofort kam Mau auf ihn zugelaufen.

»Großer Bruder Huisu, warum kommen Sie denn erst jetzt? Und Sie waren die ganze Zeit nicht erreichbar!«

»Was ist das für ein Durcheinander?«

»Hier ist die Hölle los, die Kerle von Yongkang sind gekommen und haben alles kurz und klein geschlagen! Chefsteward Kim ist eben ins Krankenhaus gebracht worden.«

»Yongkang? Was ist denn mit dem los?«

»Chefsteward Kim hatte ihm Servietten und Tischdecken zurückgeschickt, weil sie nicht ordentlich gewaschen waren. Ungefähr eine Stunde später sind die Südostasiaten in Kleintransportern hier aufgetaucht und haben alles zertrümmert.«

Huisu schüttelte verständnislos den Kopf.

»Willst du damit sagen, Yongkang hat wegen ein bisschen Wäsche so einen Aufstand gemacht?«

»Ich sag's Ihnen doch. Okay, Chefsteward Kim hat vielleicht wirklich ein bisschen übertrieben. Er hat gedroht, die Wäscherei zu wechseln, wenn sie weiter so schlampig arbeiten, und sogar ein paar Kraftausdrücke benutzt. Aber wegen so was gleich einen Krieg anzufangen ist schon ein bisschen komisch, oder?«

»Ist Chefsteward Kim schwer verletzt?«

»Er hat ein Eisenrohr ins Gesicht gekriegt, die Nase ist Brei.«

»Und der alte Herr?«

»Der ist in seinem Büro.«

Huisu ging nach oben. Vor der Bürotür hielt sich Gangcheol, mit eingegipstem Bein auf zwei Krücken gestützt, einigermaßen aufrecht. Als er Huisu sah, schrak er zusammen und senkte schnell den Kopf zu einer höflichen Verbeugung.

»Geht's?«, fragte Huisu mit einem Blick auf den Gips.

»Ja, es geht.«

»Entschuldigung wegen gestern, ich hatte ein bisschen zu viel getrunken.«

»Nein, nein, es war mein Fehler, ich habe mich dumm verhalten.«

Während Huisu ihm mehrmals auf die Schulter klopfte, fuhr Gangcheol unerklärlicherweise fort, sich beschämt zu verbeugen. Huisu öffnete die Tür zum Büro. Vater Son, der tuschelnd mit Dodari zusammensaß, fuhr aus seinem Sessel hoch.

»Wo warst du denn? Wenn du verschwindest, muss man dich doch erreichen können! Komm her, wir befinden uns mitten in einem Krieg«, winkte er Huisu aufgeregt zu sich.

»Immer mit der Ruhe. Von welchem Krieg reden Sie?«

»Die sind hier aufgekreuzt und haben uns mit Eisenrohren angegriffen. Wenn das keine Kriegserklärung ist, was dann?«

»Reine Show, um sich und der Wäscherei ein bisschen Respekt zu verschaffen.« Huisu setzte sich auf einen Stuhl.

»Nein, diesmal habe ich das Gefühl, da stimmt was nicht, irgendwas riecht hier faul.«

»Gut, ich rede mit Yongkang.«

»Jetzt sofort?«

»Wenn der Damm Risse hat, muss man ihn schnell reparieren.«

»Warte, ich habe unsere Jungs herbestellt, die nimmst du mit.«

»Seit wann bin ich Schäfer?«

»Was? Wovon redest du?«

»Warum gleich eine ganze Schafherde in Bewegung setzen? Wegen so einer Lappalie. Wo bleibt da mein Stolz?«

»Mag sein, dass es deinen Stolz verletzt, aber Sicherheit geht vor. Mit deinen Soldaten im Rücken kannst du ruhiger in das Gespräch gehen.«

»Er wird ja wohl kaum jemanden abstechen, der gekommen ist, um zu reden.«

»Hör zu, Huisu, ich hatte diese Nacht einen beunruhigenden Traum. Ich habe geträumt, ich hätte ein Spanferkel gewonnen und mich sehr darüber gefreut. Aber als ich dann mit dem Ferkel unterm Arm einen Hügel hochgehe, taucht plötzlich ein Tiger auf und schnappt sich das Ferkel mit seinen riesigen Klauen. Ich hatte solche Angst, dass ich aufgewacht bin. Und dann – bitte sehr! – bricht plötzlich dieser Krieg aus ...«

»Bist du dir sicher, dass es ein Tiger war? War's nicht eher ein Luchs oder eine Katze?«, fragte Dodari dümmlich und völlig unpassend nach. »Weil, der Tiger ist ein heiliges Tier, und man begegnet ihm nur selten in Träumen.«

Vater Son holte unbeherrscht zu einer Ohrfeige aus, besann sich dann aber doch eines Besseren und schüttelte nur den Kopf. »Tss, wann wird sich dieses hirnlose Tier endlich dazu durchringen, ein Mensch zu werden? In tausend Jahren, zehntausend Jahren?«

»Ich gehe allein, ohne großes Aufsehen«, sagte Huisu ruhig.

»Dann pass aber auf dich auf. Und versuch, die Sache nicht aufzubauschen. Versuch, ihn freundlich zu besänftigen, und gib ihm, was wir ihm geben können.«

»Nachdem er hier so einen Saustall hinterlassen hat, willst du ihm die Wäscherei überlassen?«, wunderte sich Dodari.

Vater Son sah ihn schweigend an. Dann wandte er sich wieder zu Huisu und fuhr mit seinen Ratschlägen fort. »Gib ihm die Wäscherei. Und wenn er will, auch noch ein paar Schirme, das wird uns nicht in den Ruin treiben. Bald ist wieder Sommer, und in diesen unruhigen Zeiten ist es besser, die Füße stillzuhalten, damit uns am Ende nicht alles um die Ohren fliegt.«

»Wenn wir uns jetzt so klein machen, wird Yongkang uns dann nicht für Schlappschwänze halten?«, fragte Huisu.

»Wenn es ums Geschäft geht, muss man in der Lage sein, den eigenen Stolz zu vergessen. Sobald der Sommer vorbei ist, können wir Luft holen, und dann schauen wir, was wir machen. Dann setzen wir uns entweder ruhig mit Chef Gu zusammen und überlegen, wie wir Yongkang ins Gefängnis kriegen, oder wir regeln die Sache selbst. Aber jetzt ist nicht der richtige Zeitpunkt. Und außerdem will ich sehen, was Yongkang überhaupt vorhat ...«

»Mann!«, fuhr Dodari plötzlich aus der Haut. »Das ist doch unser nicht würdig, wo bleibt denn da der Stolz? Was ist das für ein Theater um diesen Loser, der mit seinen paar mickrigen Südostasiaten hier einen auf Wichtigtuer macht? Jeder Hundebastard ist im Vorteil, wenn er in seinem eigenen Revier kämpft. Das ist voll die Blamage, Yongkang so nachzugeben, und das in unserem eigenen Revier, verdammt!«

Vater Son verpasste Dodari einen kräftigen Schlag gegen den Hinterkopf. »Von Stolz wird man nicht satt, oder? Was bist du nur für ein Vollidiot, der nicht mal einen Tiger von einer Katze unterscheiden kann!«

Der Schlag war wohl ziemlich heftig gewesen, Dodari hielt sich fluchend den Kopf. Vater Son wandte sich wieder zu Huisu. »Huisu, merk dir gut, was ich dir gesagt habe. Im Moment werden überall die Kontrollen verschärft. Die Polizei zeigt die Zähne, verstehst du? Warten wir also lieber, bis bei uns wieder alles im Lot ist, und regeln die Sache später bei passender Gelegenheit.«

Huisu nickte und stand auf. Dodari funkelte ihn wütend an.

Yongkang war nach fünfzehnjähriger Abwesenheit erst vor Kurzem nach Guam zurückgekehrt. Früher war er, der im Vietnamkrieg als Unteroffizier gekämpft hatte, in Guam Schmuggler gewesen, Mörder, Zuhälter und nicht zuletzt ein großer Säufer. Das Besondere an ihm war, dass er allein arbeitete, ohne eigene Gang oder auch nur einen einzigen Komplizen, dem er vertraut hätte. Es gab nur eine Reihe von Gangstern, die um ihn herumstrichen und sich, je nach Gelegenheit, für eine Weile mit ihm zusammentaten, dann aber wieder eigene Wege gingen. Yongkang hatte immer Wert darauf gelegt, allein zu arbeiten, allein zu kämpfen, und das Geld, das er kassierte, selbst einzustecken. Niemand wusste, warum. Denn ein Gangster, der allein arbeitet, setzt sich großen Gefahren aus. Von seinem Wesen her ähnelt der Gangster ja der Hyäne, die bekanntermaßen ausschließlich in Rudeln lebt, und keiner von ihnen konnte sich vorstellen, dass jemand, der sich grundsätzlich abseits hielt, Gangsterboss wurde. Gangster wagen es nur im Schutz ihrer Bande, Leute zu provozieren und zu bedrohen. An sich sind sie echte Angsthasen. Ohne einen Kumpel im Rücken ist ein Gangster handlungsunfähig. Auch der Löwe ist ja nicht König des Dschungels, weil er der Stärkste ist, sondern weil er im Rudel lebt. Und genauso, wie ein aus dem Rudel verbannter Löwe zur Zielscheibe der Hyänen wird und nur noch Hasen oder Erdmännchen zu beißen bekommt, wird auch der von seiner Bande ausgestoßene Gangster zur leichten Beute. Über diese allgemeingültige Regel hatte sich Yongkang hinweggesetzt, hatte allein seinen Weg gemacht und zahlte nicht einmal Abgaben an Vater Son, den obersten Boss von Guam. Bei feuchtfröhlichen Tischrunden war oft die Rede davon, Yongkang auszuschalten, aber man wandte sich doch jedes Mal ziemlich rasch wieder anderen Themen zu. Denn im Grunde störte er ja nicht. Er war nicht besonders gierig und mischte sich nicht in die Geschäfte anderer ein. So konnte er in aller Ruhe seiner Wege gehen. Im Übrigen war Yongkang in Guam geboren und groß geworden, mit anderen Worten ein echtes Eigengewächs. Im Gegensatz zu Huisu und Danka, die ohne Vater in Mojawon aufgewachsen waren, hatten ihm seine Wurzeln erheblich geholfen, in diesem Stadtteil zu überleben, wo mehr oder weniger jeder ein Vetter oder Onkel des anderen war. Die Gangster von Guam sagten sich, dass er einer von ihnen war, dass er aus denselben Töpfen gegessen hatte wie sie und dass man ihn, bloß weil er manchmal ein bisschen dreist war, nicht gleich einen Kopf kürzer machen musste. In Wirklichkeit hatten sie Angst vor ihm. Yongkang strahlte etwas Gefährliches, Bösartiges aus. Der Tod schien ihn nicht zu schrecken. Im Übrigen ging das Gerücht um, er habe im Krieg an einem einzigen Tag einhundert Vietnamesen die Kehle durchgeschnitten. Wie sollte man einen Gangster dieses Kalibers bändigen? In Guam war niemand bereit, das Messer gegen so einen Wahnsinnigen zu richten. Zumal sich der Typ ja nie in ihre Geschäfte einmischte.

Huisu war achtzehn, als ihm Yongkang zum ersten Mal über den Weg gelaufen war. Damals machte er selbst erste Gehversuche im Gangstermilieu. Abgesehen von harmlosen Botengängen zwischen dem Hafen und dem Hotel Mallijang, hatte er noch keine Arbeit, die diesen Namen verdiente, aber Yongkang begegnete ihm häufig – in den Billardsalons, am Strand unterm Sonnenschirm sitzend oder in den Straßen von Wanwol. Der Mann hatte es ihm sofort angetan. Huisu mochte seinen langsamen, lässigen Gang, den Schneid, mit dem er die Älteren einfach nicht grüßte, und die Coolness, wenn jemand mit drohend gezücktem Messer vor ihm stand, scheinbar bereit, ihn niederzustechen. Während der andere mit der Klinge herumfuchtelte, schien sich Yongkang in solchen Situationen zu Tode zu langweilen. Nachdem er sich gerade noch träge gerekelt hatte, fiel er wie aus heiterem Himmel über seinen Gegner her und verwandelte ihn in einen blutigen Fleischhaufen. Huisu fand es unglaublich, wie gelassen man einen Menschen in einen Fleischhaufen verwandeln konnte.

Einmal hatte ihm Yongkang eine kurze Anfängerlektion im Billardspielen erteilt. Als Huisu wieder einmal auf die weiße Kugel schimpfte, sagte Yongkang beiläufig: »Die läuft nie so, wie du willst, hab ich recht? Und weißt du auch, warum?«

»Nein«, sagte Huisu.

Da legte Yongkang alle Kugeln wieder an ihre vorherigen Positionen, nahm ihm den Billardstock aus der Hand und ahmte Huisus Stoß nach, der wie erwartet abermals missglückte.

192

»Siehst du, wenn du einfach so auf die Weiße draufhaust, kannst du nur danebenschießen. Das ist nicht so kompliziert, aber es gibt genug Idioten, die's einfach nicht kapieren wollen.« Yongkang legte die Kugeln noch einmal zurück, gab der Weißen nun einen wohldosierten, zielgenauen Stoß und konnte die anvisierte gelbe Kugel versenken.

»Es gibt etliche Möglichkeiten, dafür zu sorgen, dass deine Kugel nicht falsch läuft. Du kannst den Berührungspunkt bestimmen, kannst sie schneller oder langsamer laufen lassen, mit Effet oder ohne, und wenn du dein Ziel immer klar vor Augen hast, kannst du verhindern, dass ihr andere Kugeln in die Quere kommen.«

Yongkang gab Huisu den Billardstock zurück. »Es bringt im Leben nichts, wenn man sich abrackert, ohne den Grips einzuschalten.« Mit diesen Worten war er lässig zu den Spieltischen geschlendert.

Seit jenem Tag hatte Huisu ihn in den Billardsalons häufig gesehen. Yongkang sprach eigentlich mit niemandem, doch mit Huisu scherzte er merkwürdigerweise hin und wieder. Dann fing Huisu an, in Wollong kleine Erledigungen und Botengänge für Yongkang zu machen. Von Mal zu Mal gab ihm Yongkang ein bisschen mehr Geld. Einmal kam nach der Sommersaison eine Gruppe professioneller Billardspieler aus Daejeon zu einem großen Turnier, und Yongkang, der daran teilnahm, engagierte Huisu als Träger. Beim Turnier setzte Yongkang nach und nach das ganze Geld, das er im Sommer verdient hatte, über dreißig Millionen *won*, auf seinen eigenen Sieg. Doch auch wenn er vielleicht der beste Billardspieler von Guam war, an das Niveau der Profis aus Daejeon reichte er nicht heran. Als er alles verloren hatte, legte er den Billardstock aus der Hand, klopfte sich die Hände ab und sagte mit einem lässigen Blick zu seinem Gegner: »Dieses Arschloch ist noch geldgeiler als ich.«

Als sie dann im Morgengrauen mit leeren Taschen auf die verlassene Straße traten, gab Yongkang Huisu als Belohnung für seine Arbeit einen Scheck über dreihunderttausend *won*.

Ein paar Jahre später hatte eine mächtige Gang Yongkang wegen einer Lappalie den Krieg erklärt; es war der Versuch, sein gesamtes Business in Wollong zu schlucken. Wenn eine Organisation dieser Größe so eine Übernahme plante und sogar das Risiko einging, selbst dabei Federn zu lassen, konnte man eigentlich nicht mehr viel tun. Ein einzelner Gangster schon gar nicht. Die Ältesten von Guam wollten Yongkang keinesfalls helfen; sie verfolgten den Konflikt lieber als Zuschauer, so wie man einen Brand auf der anderen Flussseite beobachtet. Dass sie sich aus diesem reviereigenen Krieg heraushielten, kratzte zwar ein bisschen an ihrem Stolz, doch an verletztem Stolz war noch keiner gestorben. Im Laufe der Auseinandersetzung erstach Yongkang zwei Kerle. Als die Polizei nach ihm zu suchen begann, hatte er sich schon heimlich eingeschifft, mit Kurs auf die Philippinen.

Als Huisu vor der Wäscherei ankam, stand dort eine Horde von Südostasiaten, deren Augen vor Erregung so hungrig flackerten wie die von Wildhunden. Einige hielten Macheten in der Hand, andere trugen, unter den Kleidern versteckt, eine Pistole im Hosenbund. Kaum ging Huisu auf die Eingangstür zu, versperrten ihm zwei von ihnen den Weg. Huisu hob die Hände und blickte sich um. In diesem Moment tauchte Tang auf, der Vietnamese, den Huisu ein bisschen kannte. Er stieß die Typen zur Seite und begrüßte ihn.

»Huisu! Welch guter Wind führt dich her?«

»Glaubt ihr, ihr seid hier im Dschungel? Was macht ihr mit Macheten vor einer Wäscherei?«

Leise lachend drehte sich Tang zu einem der Machetenträger um. Die Situation war wirklich nicht ohne Komik. Tang war für einen Vietnamesen ziemlich groß und hatte leicht europäische Züge. Huisu hatte im Zusammenhang mit geschmuggelten Lebensmitteln schon einmal mit ihm zusammengearbeitet. Er war ein intelligenter, autoritärer Typ, ein Intellektueller, der in Vietnam studiert hatte und fließend Englisch, Russisch und Koreanisch sprach.

»Kann ich mit deinem Boss reden?«, fragte Huisu.

Tang runzelte die Stirn. »Yongkang ist nicht mein Boss, sondern mein Partner«, sagte er in scharfem Ton, offenbar in seinem Stolz verletzt.

Alle Vietnamesen, die Huisu bisher getroffen hatte, waren Männer mit ausgeprägtem Stolz. Einmal waren er und Tang zusammen etwas trinken gegangen. Huisu hatte sich im Namen Koreas für die Massaker entschuldigt, die koreanische Soldaten im Vietnamkrieg unter Zivilisten angerichtet hatten. Er hatte es im Scherz gesagt, aber Tang hatte ihm, obwohl er da schon betrunken war, in würdevollem Ton geantwortet, dass sich der Gewinner beim Verlierer zu entschuldigen habe, dass den Koreanern also nichts leidzutun brauche und sie sich auch nicht entschuldigen müssten, denn diesen Krieg hätten ja sie, die Vietnamesen gewonnen. Länder, die einen Krieg gewonnen hatten, konnten schnell verzeihen und schnell vergessen, hatte Huisu damals gedacht, aber Länder, die nur Schläge hatten einstecken müssen, schafften weder das eine noch das andere.

»Kann ich also mit deinem Partner reden?«

»Wegen heute Morgen?«

»Unter anderem.«

Tang nickte und führte Huisu ins Gebäude. Von Chef Ogs zehn riesigen Waschmaschinen waren nur noch fünf in Betrieb. Auf Vater Sons Weisung hatten mehrere Läden und Hotels die Wäscherei gewechselt, und die Aufträge waren eindeutig zurückgegangen. In einer Ecke wurde gerade ein Filipino von zwei anderen mit Stöcken verdroschen. Der Typ war schon blutüberströmt und zitterte wie Espenlaub. Am Ende der Maschinenreihe reparierte ein Mechaniker, auch er mit vor Angst zitternden Händen, einen defekten Wäschetrockner, den er bereits auseinandergenommen hatte. Am Büro angelangt, verschwand Tang für einen kurzen Moment hinter der Tür, dann gab er Huisu das Okay hineinzugehen. Huisu bedankte sich mit einem Nicken.

Yongkang saß auf einem Sofa; er war allein im Zimmer. Als er Huisu sah, hellte sich seine Miene auf, als sähe er einen alten Freund wieder.

»Da bist du ja endlich! Auf dich warte ich schon die ganze Zeit!«

Er hielt Huisu seine derbe Hand hin, und Huisu drückte sie widerwillig. Yongkang war ein großer Mann, grobknochig und behaart wie ein Gorilla, sogar an den Unterarmen und im Gesicht. Sein Handschlag war allerdings nicht gerade eine Kraftdemonstration. Überrascht schaute er an Huisu vorbei.

»Aber ... du bist ganz allein gekommen?«

Huisu nickte.

»Mann, was für eine Blamage! Und wir hatten solche Angst, dass alle Gangster von Guam bei uns aufkreuzen! Hast du die Muskelpakete vor der Tür gesehen, bis an die Zähne bewaffnet? Und jetzt tauchst du hier auf wie ein Gentleman, anstatt mit deinen Jungs anzurücken, um uns zu verdreschen ... Wie stehen wir denn jetzt da mit unserem ganzen Gehabe? Was für eine Blamage! Mit den Jahren bin ich ein richtiger Feigling geworden«, schwadronierte Yongkang.

»Wenn Sie so Schiss haben, warum dann die Sauerei im Mallijang?«

Auf Huisus grobe Antwort kniff Yongkang die Augen zusammen.

»Tja, was willst du machen, Schiss hin oder her, es braucht nun mal ein Minimum an Mut, wenn man seinen Lebensunterhalt verdienen will.«

Als Yongkang *Mut* sagte, ballte er wie zum Spaß die Fäuste. Dann rieb er sich, was gar nicht zu seiner imposanten Statur passte, die Hände wie eine Fliege, die ihre Beine putzt. Irgendwie hatte er sich verändert. Wenn man ihn sah, dachte man nicht mehr als Erstes an eine scharfe Rasierklinge oder ein wildes Tier. Seine Höflichkeit hatte etwas Kriecherisches.

»Komm, setz dich, du musst doch nicht stehen.«

Huisu nahm auf dem Sofa Platz.

»Möchtest du etwas trinken?«

»Nein, danke. Ich bleibe auch nicht lange.«

Huisus Blick wanderte durch Yongkangs Büro. Seit Chef Og hatte es sich kaum verändert. Draußen hatte der Kerl, der gerade verprügelt wurde, zu schreien begonnen. Yongkang stand auf, öffnete die Tür und ranzte die beiden Filipinos an. Das Schreien ging in ein ersticktes Stöhnen über, das wie leise Seufzer durch den Türspalt drang. Yongkang setzte sich wieder aufs Sofa.

»Also wirklich, die haben überhaupt keinen Respekt vor Besuchern. Unsere Jungs sind mutig und echte Kleiderschränke, aber eben auch Hohlköpfe. Die können nicht mal eine Waschmaschine von einem Wäschetrockner unterscheiden. Neulich haben sie Waschpulver in den Trockner gekippt und das ganze Ding kaputt gemacht. Ist es denn verdammt noch mal so kompliziert, einen Trockner und eine Waschmaschine auseinanderzuhalten? Es ist zum Verrücktwerden … Dabei erkläre ich's ihnen in einer Tour, das da ist eine Waschmaschine, das da ist ein Wäschetrockner, das da ist ein Mülleimer … Ich sag's dir, es ist schwer, eine Firma zu leiten.«

»Was wollen Sie?«, fragte Huisu abrupt.

Yongkang sah ihn überrascht an.

»Wow, der hat sich aber verändert, unser kleiner Huisu! Ein richtiger Kerl, der mit der Faust auf den Tisch schlägt. Früher warst du zutraulicher.«

Beim letzten Wort runzelte Huisu die Stirn.

»Aber du hast vollkommen recht, muss ja! Was soll man mit einem zutraulichen Kerl auch anfangen?«

»Hören Sie auf zu labern, kommen Sie zur Sache.«

»Wenn ich dir sage, was ich will, wärest du bereit, es mir zu geben?«

Yongkang machte eine seltsame Grimasse, in der ein Anflug von Verachtung lag, was Huisu nicht entging.

»Solange es im Rahmen meiner Möglichkeiten bleibt, wird sich das wohl nicht vermeiden lassen. Sie scheinen sehr entschlossen zu sein.«

Yongkang zog eine Camel aus seinem Päckchen und hielt sie Huisu hin. Huisu schlug die Geste aus, indem er wortlos seine koreanischen Zigaretten aus der Tasche nahm und sich eine zwischen die Lippen klemmte. Yongkang zückte sein Feuerzeug. Nach kurzem Zögern hielt Huisu seine Zigarette an die Flamme. Dann erst zündete Yongkang sich die Camel an.

»Ich will ja gar nicht viel, nur ein bisschen teilen.«

»Sie schlagen sich doch den Bauch schon sehr gut allein voll.«

Yongkang entließ langsam eine Rauchwolke, die halb geschlossenen Augen fest auf Huisu gerichtet.

»Also, zunächst einmal möchte ich, dass wir uns mit einem Minimum an Respekt begegnen. Ist dir eigentlich bewusst, wie du mit einem Älteren redest, der nach fünfzehn Jahren Abwesenheit gerade in seine Heimat zurückgekehrt ist?«

»Wenn Sie respektiert werden wollen, ist der erste Schritt, sich korrekt zu verhalten.«

»Okay, okay. Ich war lange im Ausland und weiß nicht mehr genau, wie das hier läuft. Erklär mir ein bisschen, wie ich mich verhalten sollte.«

»Wir schlagen Ihnen Folgendes vor: Sie bekommen die Wäscherei von uns und für den Sommer ein paar Schirme. Vergessen Sie dabei nicht, dass in Guam zwanzig Prozent Abgaben anfallen.«

»Einverstanden mit den Abgaben. Und danke für die Schirme. Aber die Wäscherei hat uns Chef Og rechtmäßig verkauft, ich wüsste also nicht, warum ich eure Erlaubnis bräuchte, sie zu behalten.«

»Das Problem ist, dass Chef Og nicht der Eigentümer war. Mal abgesehen davon, dass Sie ihn mit seinen Spielschulden abgezockt haben, nicht wahr?«

»Ob abgezockt oder nicht, in unserem Land ist ja wohl derjenige Eigentümer, der die Besitzurkunde hat, oder etwa nicht? Ich muss mir also nur noch bei der Stadtverwaltung ein paar Unterschriften holen.«

»Wird nicht einfach sein, die zu kriegen.«

»Warum? Habt ihr Chef Og schon umgebracht?«, fragte Yongkang gelangweilt.

»Sozusagen. Es steht jedenfalls an.«

»Das könnt ihr auch lassen. Mit seinem Tod wird die Besitzurkunde ja nicht verschwinden.«

»Großer Bruder Yongkang …«

»Ja.«

»Früher hatten Sie Stil. Aber der Zahn der Zeit nagt offenbar auch an Halbgöttern.«

»Du findest mich niederträchtig?«

»Der Große Bruder Yongkang, den ich früher kannte, hätte sich niemals für eine armselige Wäscherei so schäbig benommen.«

»Schäbig?«

Yongkang zupfte eine Daunenfeder von seiner Socke und ließ sie zu Boden schweben. Dann ging sein Blick zur Tür des Büros, von wo wieder Schreie zu hören waren. »Weißt du, warum dieser Wichser da gelyncht wird?«

»Weil er Waschmaschine und Trockner nicht auseinanderhalten konnte, das haben Sie mir ja eben gesagt.«

»Glaubst du, dass ich so ein Sadist bin? Nein. Das, was dieses Arschloch für Waschpulver gehalten und in den Trockner gekippt hat, war kein Waschpulver. Dabei hat sogar Konfuzius es gesagt: Was weiß ist, muss nicht unbedingt Waschpulver sein.«

»Das hat Konfuzius gesagt?«

»Konfuzius hat viele Dinge gesagt«, lachte Yongkang. »Jedenfalls ist das, was dieser Arsch in den Trockner gekippt hat, ungefähr hundert Millionen *won* wert, verstehst du? Ich finde, da hat er schon ein paar Stockhiebe verdient … Im Grunde dient diese Tracht Prügel eher seiner Charakterbildung, denn dieses Pulver ist im Einkauf gar nicht so teuer.«

»Ach, ja?«

»In Thailand, Myanmar und Vietnam bieten viele erfahrene, alteingesessene Produzenten ein gutes Preis-Leistungs-Verhältnis an. Und weil es ein Geschäft ist, bei dem die Preise ums Hundert-, wenn nicht Tausendfache aufgebläht werden, amortisiert es sich locker, wenn unterwegs mal ein bisschen was verloren geht.«

»Also?«

»Also, tja, ich weiß noch nicht so recht, wie und an wen ich dieses schöne Produkt verkaufen soll.«

»Das heißt, Sie machen so einen Aufstand um die Wäscherei, weil sie in Guam Fuß fassen und dieses schöne Produkt in Umlauf bringen wollen?«

»Wir kümmern uns um alles: die Beschaffung, die Lieferung

und den Verkauf. Wenn die Polizei uns erwischt, sind wir diejenigen, die ins Gefängnis gehen. An dir und Vater Son bleibt kein Krümelchen Scheiße hängen. Ihr könnt euch die ganze Show entspannt angucken und euch mit Appetit über das Festessen hermachen, zu dem wir euch einladen.«

»Das heißt, ich müsste nichts tun, nur das Geld kassieren?«

»Das ist ja nicht nichts. Ich erinnere dich daran, dass Guam in deinen Händen liegt.«

»In Vater Sons Händen.«

»Du bist zu bescheiden. Ich habe mich mal ein bisschen umgehört, und da haben alle gesagt: Guam, das ist Huisu. Wundert mich nicht, ich habe immer gewusst, dass aus dir mal was wird. Schon als du noch ganz jung warst, warst du was Besonderes, wie soll ich sagen, du hattest einen anderen Geruch als das ganze Gesocks hier. Das war überhaupt der Grund, warum ich dich damals mochte.«

Huisu runzelte wieder die Stirn. Er würde sich nie an Yongkangs verfluchte Art zu reden gewöhnen. »Und worauf wollen Sie hinaus?«

Yongkang holte Luft. »Lass mich meine Ware verkaufen. Und wenn du eine noch interessantere Beteiligung haben willst, kannst du mir zusätzlich einen Teil des Hafens überlassen. Bisher habe ich, was die Beschaffung betrifft, noch kein nennenswertes Netzwerk, nur die kleinen Dealer. Mit anderen Worten würde es nur darum gehen, kleinere Mengen einzuschleusen.«

»Für Drogen sind wir nicht aufgestellt. Wir schleusen höchstens mal ein paar Kartons Alkohol und Säcke mit chinesischem Chilipulver durch.«

»Komm schon, Huisu, du redest mit einem Profi. Wir haben uns kundig gemacht. Anscheinend ist die Tür im Hafen von Guam größer als die im Hafen von Busan. Du musst nur ein oder zwei Mal einen einzigen Karton für uns reinschmuggeln, etwa von der Größe eines Kartons Instantnudeln. Größer wird meine Gier nicht sein.«

»Sie wollen, dass ich das Gegenstück von einem Karton Instantnudeln durch den Hafen schleuse?«

»Ja, einen Karton mit einem Wert von etwa achtzig Milliarden *won*. Da spürst du doch gleich den Druck auf deinen Stirnlappen, habe ich recht?«

Huisu musste grinsen. Yongkang war wirklich ein Exzentriker. »Wenn wir bei so einem krassen Coup erwischt werden, sind wir alle tot. Nehmen wir mal an, es klappt – wie wollen Sie das Zeug überhaupt absetzen?«

»Keine Sorge. Glaubst du, ich würde mir ein Steak grillen, wenn ich nicht wüsste, dass ich es später auch esse?«

»Jedenfalls kann ich diese Entscheidung nicht allein treffen. Lassen Sie uns später noch mal darüber reden, nach dem Sommer.«

»Aber ich kann nicht warten, das Schiff ist schon unterwegs.«

»Bevor man ein Schiff auf die Reise schickt, ist ein Blick auf die Wettervorhersage Pflicht. Sonst läuft das Schiff Gefahr, seine Segel zu verlieren und auf den Weiten des Meeres abgetrieben zu werden. Hat man Ihnen das nicht beigebracht?«

Yongkang ließ sich gegen die Rückenlehne des Sofas sinken und starrte Huisu finster an. Dann blies er einen Rauchschwall zur Decke hoch und drückte seine Zigarette im Aschenbecher aus. »Ich brauche euch nicht um Erlaubnis zu bitten. Aber es schien euch so wichtig zu sein, dass dieses Meer hier euch gehört, deshalb wollte ich mit einem gewissen Respekt vorgehen. Aber seien wir ehrlich, wer kann von sich behaupten, dass ihm ein Meer gehört? Richte dem alten Herrn aus, was wir besprochen haben. Wenn er den Deal nicht will, wird sich Yongkang selbst zu helfen wissen. Ich werde mir mit meinem Schwanz schon ein Loch freiklopfen, ist doch so, oder?«

»Nachdem Sie fünfzehn Jahre weg waren, scheinen Sie zu glauben, dass Ihnen in Guam alles zusteht.«

»Nachdem ich fünfzehn Jahre weg war, finde ich Guam wahnsinnig anziehend. Nichts hat sich verändert. Der Alte spielt immer noch den Chef, und in den Billardsalons und am Strand sind immer noch die gleichen Nichtstuer und marodierenden Banden unterwegs ... Apropos, habt ihr eigentlich auch ein paar Kämpfer in Guam? Da, wo ich gerade herkomme, braucht man bloß einer beliebigen Familie fünftausend Dollar zu geben, und schon kreuzt eine ganze Horde von Typen auf, die bereit sind, mit dem Dolch herumzufuchteln. Und wenn die müde sind, kann ich gleich den nächsten Container voll rankarren. Der asiatische Kontinent ist unermesslich groß, er hat so viele Einwohner. Was meinst du? Soll ich dir zweihundert von meiner Warteliste geben?«

Die ganze Zeit hielt Yongkang den Blick fest auf Huisu gerichtet. Aus seiner Miene sprach eine grenzenlose, unerschütterliche Zuversicht, die nicht einen Moment lang gespielt war. Es gab solche Gesichter. Es waren die Gesichter von Typen, die im Leben immer alles verloren und schließlich keine Angst mehr vor dem Verlieren hatten. Typen, die bereits einmal untergegangen waren und sich vom Grund abgestoßen hatten, um wieder zur Oberfläche aufzusteigen. Diese Leute hatten das Potenzial, wahre Bestien zu werden, denn es gab niemanden, den sie schützen mussten, keine Frau, keine Kinder. Der Tod war ihnen vollkommen egal, und das schüchterte ihre Gegner ein. Im Grunde, dachte Huisu, hatte auch er ja nichts zu verlieren.

»Ich habe genau verstanden, was Sie wollen. Ich werde Ihnen antworten, wenn ich mit dem alten Herrn gesprochen habe«, sagte Huisu und stand auf.

»Gib mir schnell Antwort. Leute wie wir haben kein Talent fürs Warten«, beendete Yongkang das Gespräch mit einem Lächeln auf den Lippen.

Vor dem Mallijang standen die Gangster von Guam immer noch plaudernd in kleinen Gruppen zusammen. Huisu runzelte die Stirn. Er ging ins Foyer, wo gerade die Scheiben der Café-Tür ersetzt wurden, und winkte Mau zu sich.

»Schick die Jungs alle nach Hause.«

»Aber … Aber der alte Herr will, dass sie bleiben, aus Sicherheitsgründen«, stammelte Mau.

»Das Hotel ist in Sicherheit, los, schick sie weg«, beharrte Huisu in verärgertem Ton.

Mau nickte und verschwand nach draußen.

Huisu ging ins Café und setzte sich an die Bar. Der Barkeeper kam zu ihm. Gern hätte er etwas Alkoholisches getrunken, doch nach dem Besäufnis vom Vortag brannte sein Magen wie Feuer.

»Ah ja, genau, bring mir etwas Alkoholisches, das den Magen beruhigt.«

Der Barkeeper schüttelte überrascht den Kopf. »Etwas Alkoholisches, das den Magen beruhigt, sagten Sie?«

»Wieso, gibt's das nicht?«

»Wäre etwas Wodka in Tomatensaft das Richtige für Sie?«

»Gut.«

Kurz darauf kam der Barkeeper mit dem angekündigten Wodka-Tomatensaft zurück. Huisu nahm einen Schluck. Sichtlich angetan nickte er dem Barkeeper zu, worauf der Mann erleichtert an seinen Platz zurückkehrte. Huisu zündete sich eine Zigarette an und sah sich um. Vermutlich lag es an den vor dem Hotel herumlungernden Gorillas, dass im Café heute nur ein einziger Gast saß.

»Tja, mit Geschäftssinn hat das nicht viel zu tun …«, murmelte Huisu vor sich hin.

In diesem Moment kam Mau auf ihn zu.

»Hast du alle weggeschickt?«

»Ja, sie sind weg. Wie war es denn übrigens mit Yongkang?«, fragte Mau, brennend vor Neugier.

»Muss ich dir jetzt Bericht erstatten? Dir höchstpersönlich?«, fragte Huisu spöttisch.

»Nein, nicht Bericht erstatten. Aber es wäre schon gut, wenn ich ein bisschen besser Bescheid wüsste, wie alles so läuft, dann könnte ich mich auch besser um die Angelegenheiten des Hotels kümmern und …« Er hielt inne, als er Huisus eisigen Blick sah.

»Mau, ich bin heute sehr müde. Wenn du nicht willst, dass dein kleines Gesicht flächendeckend mit Ohrfeigen überzogen wird, rate ich dir, die Klappe zu halten.«

»Mach ich, Großer Bruder«, sagte Mau enttäuscht.

Huisu hatte gerade wieder einen Schluck Tomatensaft im Mund, da kam ein Filipino ins Café. Er trug ein kurzärmeliges T-Shirt und ein tief ins Gesicht gezogenes Basecap. Er war blutverschmiert und wirkte verängstigt. Bei genauerem Hinsehen erkannte Huisu den Filipino, den sie vorhin in der Wäscherei verprügelt hatten. Er ging zu einem Tisch mitten im Raum und setzte sich. Huisu blickte ihm neugierig nach.

»Was ist denn das für ein dreckiger Idiot?«, fragte Mau.

Huisu bedeutete ihm hinzugehen. Mau näherte sich dem Tisch des Filipinos, der zusammengekauert, mit gesenktem Kopf dasaß, das Basecap immer noch tief heruntergezogen. Auf Maus Frage reagierte er nicht. Er zitterte am ganzen Leib. Mau drehte sich zu Huisu um und zuckte mit den Schultern. Dann gab er dem Filipino einen Klaps gegen den Hinterkopf.

»He, steh auf. Was machst du hier?«

Der Mann antwortete nicht.

»Verstehst du kein Koreanisch?«

Jetzt blickte der Filipino auf und funkelte Mau böse an. Er nahm drei zerknitterte Zehntausend-*won*-Scheine aus der Tasche und zog die gefaltete Serviette, auf der ein Streichmesser lag, vom anderen Tischende zu sich hin. Mau lachte irritiert. Er nahm die Geldscheine und hielt sie gegen das Neonlicht, als wollte er ihre Echtheit überprüfen.

»Was denn jetzt? Willst du davon was trinken? Und was?«

Der Filipino blieb stumm. Mau gab ihm mit der flachen Hand einen Klaps gegen die Schulter. Als der andere immer noch nicht reagierte, nahm er ihm die Kappe ab, um sein Gesicht zu sehen. Und genau in diesem Moment griff der Mann nach dem Streichmesser und stieß es Mau mit aller Kraft in den Bauch, immer wieder, rein, raus, rein, raus, wie die Nadel einer Nähmaschine. Nach vier oder fünf Hieben verlor Mau das Gleichgewicht und brach auf dem Boden zusammen. Der Filipino hörte trotzdem nicht auf, rammte ihm weiter das Messer in den Leib, jetzt in die Seite. Huisu stürzte hin und gab dem Kerl einen kräftigen Tritt gegen den Kopf. Dann verdrehte er ihm den Arm, riss ihm das Messer aus der Hand, warf es weg und schlug mit der Faust hart gegen seinen Hals. Mit einem erstickten Schrei wurde der Filipino bewusstlos. Huisu bearbeitete seinen Kopf weiter mit Fußtritten, bis der Barkeeper und ein Kellner angerannt kamen und ihn festhielten. Das Gesicht des Mannes blutete. Ob es an Huisus Tritten lag oder ob er schon vorher so geblutet hatte, konnte niemand sagen. Auch Mau blutete stark aus dem Bauch und aus der Seite. Er stöhnte leise.

Nachdem Huisu vergeblich versucht hatte, die Blutung mit Servietten zu stoppen, griff er nach einem Stück Tischtuch. »Los, ruft einen Krankenwagen. Nein, warte, nimm mein Auto und bring ihn ins Krankenhaus, und zwar schnell«, sagte er und gab dem Barkeeper hastig seinen Autoschlüssel.

Der Mann hievte sich Mau über die Schulter und schleppte ihn rasch aus dem Café. Der Filipino lag immer noch ohnmächtig auf dem Boden.

»Was machen wir mit dem?«, fragte der Kellner.

Ihn ins Krankenhaus zu schaffen oder gar die Polizei zu rufen war unmöglich. Huisu dachte einen Moment nach, dann zündete er sich eine Zigarette an.

»Ruf Danka.«

Nach zwei Stunden war Danka wieder im Mallijang. In dieser Zeit hatte er den Filipino ins Geheimzimmer eines Massagesalons gebracht, den alten Hwang aus seiner Praxis für traditionelle Medizin kommen lassen, damit er den Mann ärztlich versorgte, und war dann noch schnell am Krankenhaus vorbeigefahren, um sich nach Maus Zustand zu erkundigen und sicherzustellen, dass niemand die Polizei verständigte. Huisu hatte seinerseits Chef Gu angerufen und ihn gebeten, die Polizei nicht einschreiten zu lassen, solange die Hintergründe des Vorfalls im Dunkeln lagen.

Als Danka ins Café kam, saß Huisu an der Bar, um ein bisschen Luft zu holen.

»Was ist das für eine Scheiße? Ich war gerade dabei, die Park vom Café Okryeon zu ficken«, motzte er, während er sich neben Huisu setzte.

»Ist alles geregelt?«

»Ich hab getan, was ich konnte, um den Schaden zu begrenzen, ja.«

»Und der Filipino?«

»Sein Leben ist nicht in Gefahr. Aber er ist dermaßen verprügelt worden, dass er meiner Meinung nach nicht so bald aus dem Schneider ist. Sag mal, Großer Bruder, hast *du* den Kerl zusammengeschlagen, als wärst du von allen guten Geistern verlassen?«

»Yongkang hat ihn schon total ramponiert hergeschickt. Als ich in der Wäscherei war, hatten sie ihn längst zu Brei geschlagen.«

Huisu nahm die Flasche, schenkte Danka ein Glas ein und machte seins wieder voll. »Dann sagen wir am besten Chef Gu, dass er sich drum kümmern soll, oder?«, fragte er.

»Nein, wir dürfen auf keinen Fall die Polizei einschalten!«, widersprach Danka. »Das fällt am Ende nur auf dich zurück. Wie willst du denen erklären, was passiert ist? Du kannst doch nicht sagen: Also bis dahin hat Yongkang ihn verprügelt und ab da war ich's. Ohne Beweise wird es außerdem schwierig, etwas zu konstruieren, das Yongkang belastet und in den Knast bringt ...«

»Allerdings. Der Typ hatte zwar kein Messer dabei, aber er ist eindeutig gekommen, um jemanden abzustechen.«

»Womit eigentlich?«

»Mit einem Streichmesser, das auf dem Tisch lag.«

»Was für ein Arschloch, dieser Yongkang. Ein richtiger Gorilla, der sich verhält wie ein Fuchs.«

Danka schüttelte verärgert den Kopf und leerte sein Glas. »Meiner Meinung nach könnte Yongkang durchaus ein Krawallbruder sein.«

»Ein Krawallbruder?«, wiederholte Huisu entgeistert.

»Weißt du nicht, was ein Krawallbruder ist? Das sind Wichser, die Geld dafür kriegen, in anderen Stadtteilen Krawall zu machen. Als die Typen aus Yangsan in der neuen Stadt das Ruder übernommen haben, ist ihnen das mithilfe von Krawallbrüdern gelungen. Bis dahin hatten die einheimischen Jungs dort die absolute Kontrolle über alle Geschäfte. Aber dann haben die Gangster von Suncheon Krieg mit ihnen angefangen, die waren fürs Krawallmachen bezahlt worden. Ergebnis: Alle einheimischen Jungs, ich glaube, es waren sechsundfünfzig, sind ins Kittchen gewandert. Vom Gangsterboss bis zum kleinsten Schergen, alle in Handschellen. Und nachdem nun alle Gangster im Knast saßen, war das Viertel verlassen und die

Typen aus Yangsan konnten es einnehmen, ohne einen Tropfen Blut zu vergießen. Ganz clean, dieser Einmarsch in die Festung. Was Yongkang im Moment macht, ist genau das, was ein Krawallbruder macht, irgendjemand muss hinter ihm stehen. Ich habe lange darüber nachgedacht, und ich glaube, dass sogar ein Kerl, der im Vietnamkrieg hundert Männern die Kehle durchgeschnitten hat, nichts ohne Rückendeckung macht.«

»Und wer könnte das deiner Meinung nach sein?«

»Keine Ahnung, vielleicht Yeongdo, vielleicht Leute aus Seoul. Oder Japaner.«

»Würden Leute aus Seoul herkommen, nur um das Mallijang zu schlucken?«

»Ich weiß es nicht. Jedenfalls ist es supernervig. Stell dir mal vor, wir reißen Yongkang sein Deckmäntelchen herunter, und ein Tiger springt uns ins Gesicht ... Dann sind wir wirklich geliefert.«

Huisu dachte nach. Komplizierte, verschwommene Gedankenkonstrukte wanderten durch seinen Kopf. Aber eins war ihm klar: Er wollte lieber wissen, wer oder was sich hinter Yongkang verbarg, ganz gleich, ob es ein Tiger war oder eine Katze.

FISCHNETZE

Weit nach Mittag wachte Huisu auf. Die Nacht war hektisch gewesen, weil es viel zu regeln gab. Erst im Morgengrauen hatte er sich schlafen gelegt. Anstatt sofort aufzustehen, blieb er auf dem Bettrand sitzen. Er war nicht gerade in Form. Ihm war schwindelig, und sein Magen brannte, als hätte die Säure darin begonnen, wie eine Rasierklinge Schicht für Schicht die Magenwand abzutragen. Diese chronischen Magenschmerzen hatten Huisu treu durch sein gesamtes Gangsterleben begleitet. Nur als Matrose und im Gefängnis hatte er sie nicht gehabt. Das ständige Saufen und Rauchen, die unregelmäßigen Mahlzeiten, der Schlafmangel und der Stress – kein Wunder, dass sein Magen nicht mitspielte. Leer wanderte Huisus Blick durch den Raum, in dem der typische Mief alter Hotelzimmer hing. Er öffnete das Fenster und zündete sich eine Zigarette an, ohne vorher wenigstens einen Schluck Wasser zu trinken. Kaum hatte er den ersten Zug getan, rannte er ins Bad und übergab sich. Über die Kloschüssel gebeugt, in der sein Erbrochenes schwamm, hatte Huisu es mit einem Mal satt.

»Ich halte das nicht mehr aus, dieses Zimmer, dieses Leben, ich halte das nicht mehr aus«, murmelte er vor sich hin.

Eigentlich hielt er das Hotelzimmer schon lange nicht mehr

aus. Es war seinem Leben zu ähnlich: miefig, dreckig, traurig. Und vor allem einsam. Im Grunde hatte Huisu seit Mojawon kein Zuhause mehr gehabt. Seit dem verrotteten Schlafsaal, in dem Huisus Gangsterleben begann, hatte er in einer Gefängniszelle gelebt, einer Schiffskajüte und dazwischen immer wieder in schäbigen, heruntergekommenen Langzeithotels. Und jetzt, mit vierzig Jahren, lebte er immer noch in einem Hotelzimmer. Manche beneideten ihn darum, dass er nur die Tür öffnen musste und schon an seinem Arbeitsplatz war. Huisu jedoch beneidete Menschen, die morgens das Haus verließen, um zur Arbeit zu gehen, und erst abends heimkamen. Hier im Hotel putzte er sich mit Zahnbürsten für den Einmalgebrauch die Zähne und rasierte sich mit Wegwerfrasierern. Die Haare wusch er sich mit Billigshampoo, das kein Mensch freiwillig gekauft hätte, und den Körper mit schlechter Seife wie im öffentlichen Bad.

Als Huisu in Vater Sons Büro kam, war der Alte allein in eine Partie Go vertieft. Im Fernsehen lief eine Sendung, die eine Partie des Meisters Seo Bongsu nachstellte und analysierte. Am unteren Bildschirmrand wies ein Kommentar darauf hin, dass Meister Seo tausend offizielle Siege errungen hatte, in Korea etwas noch nie Dagewesenes. Vater Son mochte Seo Bongsu. Im Gegensatz zu den meisten professionellen Go-Spielern, die in Japan von großen Meistern ausgebildet worden waren, hatte Seo Bongsu das Go-Spiel auf der Straße gelernt. Er hatte mit den alten Männern aus seinem Viertel gespielt, mit Gemüseverkäufern und Gaunern, und von all diesen Leuten hatte er gelernt. Und eines Tages den Gipfel erreicht. Dass Vater Son ihn so bewunderte, entbehrte nicht einer gewissen Ironie, denn er selbst kam aus einer wohlhabenden Familie und hatte studiert, bevor er die Geschäfte seines Großvaters übernahm. Bei Huisu wäre es eigentlich logischer gewesen, weil er wie Seo Bongsu auf der Straße aufgewachsen war und dort alles gelernt hatte. Doch

Huisus Interesse am Go-Spiel war gleich null. Es interessierte ihn nicht im Geringsten, wer gerade ganz oben war und wer ganz unten.

»Macht es eigentlich Spaß, allein Go zu spielen? Ist das nicht ein bisschen so wie allein Tischtennis spielen?« Huisu setzte sich aufs Sofa.

»Es macht sogar großen Spaß. Kein Verlierer, der jammert, kein Gewinner, der sich aufbläst.«

Vater Son setzte einen Spielstein aufs Brett. Es machte ihm schon seit geraumer Zeit Spaß, allein zu spielen. Wenn die Rindsbouillon-Alten ihn zu einer Partie einluden, fand er Ausflüchte. Und ging dann in sein Büro, um allein zu spielen. Wie konnte ein Spiel, das darin bestand, abwechselnd schwarze und weiße, linsenförmige Spielsteine auf ein Brett zu legen, solchen Spaß machen? Vater Son nahm einen schwarzen Stein und legte zögernd den Kopf schräg; dann ließ er den Stein wieder ins Kästchen fallen.

»Gestern ist Yongkangs Bande in der Go-go-Bar Bada aufgekreuzt und hat da ebenfalls für Chaos gesorgt. Der wird so weitermachen, dieses Arschloch, glaubst du nicht?«, fragte Vater Son.

»Doch, ich rechne fest damit.«

»Mann, was für ein Arsch! Schickt uns die Typen, die er zu Brei geschlagen hat, der Dreckskerl! Zum Teufel noch mal, was will er damit erreichen?«

»Er will, dass wir ihm erlauben, in Guam seine Drogen zu verkaufen, und dass wir ihm ein oder zwei Mal die Tür zum Hafen aufmachen.«

»In welcher Größenordnung?«

»Zwei Kartons, jeweils ungefähr so groß wie eine Instantnudelpackung.«

»Und das würde er gern hier verkaufen?«

»Er sagt, es gehe ihm wohl eher um den Weiterverkauf an Grossisten in Seoul. Die Abgaben würde er bezahlen, ungefähr zwei Milliarden.«

»Junge, Junge, der geht ja ordentlich zur Sache!«

»Von unserer Seite haben wir nichts zu verlieren. Wenn es irgendwann knallt, dann nur bei denen, und wenn einer ins Gefängnis muss, dann die. Wir können uns alles ganz entspannt angucken und dabei unser Stück vom Kuchen weiteressen.«

Huisu beobachtete die Reaktion von Vater Son, der einen Moment lang das Go-Brett fixierte und schließlich den schwarzen Spielstein setzte, den er eben zurückgelegt hatte.

»Huisu …«

»Jetzt sagen Sie schon!«

»Drogendealer werden von allen Gangstern verachtet und gemieden. Weißt du auch, warum?«

Huisu schwieg, und Vater Son fuhr fort: »Dieses Geschäft hat außen Zuckerguss, aber innen ist Gift. Mag sein, dass es anfangs lukrativ ist, aber das ist nicht von Dauer. Nach und nach werden die Jungs anfangen, selbst Drogen zu nehmen, es wird zu Unfällen kommen, und die Stimmung im Viertel wird sich verschlechtern. Und sobald das Geschäft einigermaßen läuft, sind auch die Schmeißfliegen da, die man nicht mehr loswird, das Geld wird uns zwischen den Fingern zerrinnen. Und wenn dann irgendwann der große Knall kommt, wird sich nichts unter der Hand regeln lassen, denn die Polizeibeamten können Drogendelikte nicht decken. Für Drogen gibt es eine Sondereinheit, und das sind Ärsche, die direkt von oben kommen. Hinzu kommt, dass Drogendealer nicht das geringste Pflichtgefühl haben, so was kennen die gar nicht, Loyalität und so weiter. Wenn die verhaftet werden, plaudern sie ganz ungeniert, um ihre eigene Haut zu retten. Wenn wir also zulassen, dass Yongkang seine zwei Kartons Amphetamin in Umlauf bringt, fliegt hier alles in die Luft. Die Fahnder werden die großen Fische schnappen wollen, die Hintermänner, und schnell herausfinden, dass wir die Tür zum Hafen aufgemacht haben. Die werden uns so lange zusetzen, bis der Hafen geschlossen wird, und dann können wir auf freiem Feld unsere eigenen Gräber schaufeln. Warum sollte ich den Rest meiner Tage im Gefängnis verbringen wollen? Verstehst du? Die Dealer sagen sich, dass sie einfach das Geld kassieren und sich dann ins Ausland absetzen. Aber ganz ehrlich, das muss man erst mal hinkriegen – den ganzen Stoff in einem Rutsch loswerden und komplett abkassieren! Dann mit so einer Riesensumme das Land zu verlassen ist außerdem extrem kompliziert. Kurz gesagt, nur Herumtreiber oder Typen, die schon ganz unten sind, steigen in den Drogenhandel ein. Für Kleinkriminelle ist es einfach, eine Weile im Ausland unterzuschlüpfen und später zurückzukommen. Aber echte Drogendealer können das nicht, weil Interpol sie rund um den Globus verfolgt. Und du weißt doch, wie hartnäckig Interpol sein kann, oder?«

»Kann ich nichts zu sagen.«

»Wie?«

»Interpol. Ist mir noch nie über den Weg gelaufen.«

»Hör auf mit dem Unsinn. Da gebe ich dir mal ein paar kluge Ratschläge fürs Leben, und was machst du? Wortklaubereien. Kurz und gut, Drogen, das geht nicht. Vielleicht wenn der Vorschlag von jemand anderem käme, aber Yongkang kann man nicht vertrauen. Das solltest auch du besser immer im Hinterkopf haben. Wenn du von dieser Schweinerei partout nicht die Finger lassen willst, kannst du dir vielleicht einmal richtig den Bauch vollschlagen, aber am nächsten Tag bringt dich der Durchfall um.«

Huisu zwang sich zu einem Nicken.

»Was soll das? Würdest du gerne, oder was?«

»Natürlich würde ich gerne. Man bietet uns zwei Milliarden an! Mit den armseligen Chilipulver-Geschäften werde ich solche Summen nie verdienen.«

»Wenn du Geld brauchst, sag es mir. Ich leihe es dir.«

»Ist schon gut. Da leihe ich mir lieber Geld bei Obligation Hong.«

Tief getroffen warf Vater Son den Spielstein, den er in der Hand hielt, wieder ins Kästchen. »Wie redest du eigentlich mit mir? Wie kannst du mich mit diesem abartigen Typen vergleichen, nach allem, was wir gemeinsam erlebt haben? Du scheinst mich für ein Stück Hundescheiße zu halten, aber ich warne dich.«

»Ja, wenn das so ist … Sie nehmen also keine Zinsen von mir?«

Auf diese direkte Frage reagierte Vater Son ausweichend.

»Jetzt übertreibst du aber ein bisschen. Ich will damit sagen, dass wir beide uns ja wohl auf einer vernünftigeren Basis einigen können als das, was dir Obligation Hong anbietet.«

»Nein, nein, geht schon, ich leihe mir Geld beim unvernünftigen Obligation Hong. Sie lassen mich ja doch nur für jeden Pfennig, den Sie mir leihen, wie einen Hausdiener schuften.«

»Verstehe, verstehe. Aber sag mir doch bitte, wofür brauchst du eigentlich Geld? Um wieder Baccara zu spielen?«

»Nein, um mit Insuk zusammenzuziehen.«

Huisu hatte einen scherzhaften Ton angeschlagen und war selbst wohl am erstauntesten über diese Antwort. War es ein Wunsch, den er tief in seinem Herzen trug, oder wirklich nur ein aus der Luft gegriffener Scherz?

Vater Son sah ihn verblüfft an. »Insuk? Warum gerade Insuk?«

»Was soll die Frage? Sie haben mir doch gesagt, dass Sie nicht mit ihr geschlafen haben, oder?«

»Natürlich nicht, ich doch nicht, nicht ein einziges Mal!«

»Ich werde Insuk fragen.«

»Mach, was du willst.«

Vater Son starrte Huisu mit weit geöffneten Augen an, als könnte er so seine Unschuld beweisen. Dann griff er nach seiner Tasse und nahm einen Schluck Tee. »Bist du dir wirklich sicher, dass du mit Insuk zusammenleben willst?«

»Ich will nicht den Rest meines Lebens damit verbringen, darüber nachzudenken.«

»Hör zu, Huisu, ich weiß, wie es in deinem Herzen aussieht. Du solltest diese Liebe aufgeben. Wie lange ist die Geschichte mit Insuk schon her? Was schon in der Scheiße steckt, sollte man ruhen lassen, glaub mir. Wenn du dich darauf versteifst und anfängst, darin zu wühlen, fliegt dir das Ganze nur um die Ohren.«

»Sie sollten sich mal reden hören! Sie vergleichen meine Insuk also mit Scheiße?«

»Ich rede von eurer Beziehung. War es denn in den letzten zwanzig Jahren jemals etwas anderes? Auch wenn ihr noch so kämpft, um da rauszukommen – es wird trotz aller Gefühle ein Scheiß bleiben.«

»Mein Intimleben geht nur mich was an! Für wie blöd halten Sie mich eigentlich?!«, schrie Huisu plötzlich.

»Ja, bist du denn wirklich blöd? Warum Insuk, warum jetzt? Warum willst du sie plötzlich heiraten, nachdem du zwanzig Jahre lang nichts unternommen hast?«

Huisu schwieg aufgewühlt. Der Alte hatte wahrscheinlich recht, diese Liebe war wirklich wie Scheiße. Es war eine schmuddelige, stinkende, widerliche Liebe. Eine von Demütigungen und Scham erdrückte Liebe. Und daran würde sich nichts ändern, denn die Männer würden nie aufhören, sich vor ihren Whiskygläsern über die Zeit auszulassen, als Insuk in Wanwoldong Nutte war, und wie sie ihre zarte Haut gestreichelt und wie Insuks Lippen an ihren Schwänzen gelutscht hatten. Jedes Mal, wenn Huisu solche Gedanken kamen, stieg aus seinem tiefsten Inneren Wut in ihm hoch. Wut, die sich am Ende unweigerlich gegen Insuk richtete. Ja, diese Liebe war wirklich eine Scheiße, und je mehr sie kämpfen würden, um da rauszukommen, desto mehr würden sie sich gegenseitig wehtun.

Vater Son hob seine Tasse an den Mund und nahm einen kleinen Schluck Tee. »Sind Chef Ogs blaue Flecken eigentlich einigermaßen verblasst?«, fragte er in beiläufigem Ton.

»Was soll das, wie kommen Sie jetzt auf Chef Og?«

»Ich wollte ihn ja wirklich am Leben lassen, aus Respekt vor den vielen Jahren, die wir Seite an Seite verbracht haben, aber jetzt, wo sich die Situation doch als ziemlich heikel erweist ...«

»... wollen Sie, dass wir ihn mit Yongkang absaufen lassen?«, fragte Huisu überrascht.

»Hast du eine andere Lösung?«

»Wir sollen einen Menschen umbringen, weil wir Angst vor Yongkang haben? Wie erbärmlich ist das denn! Wenn wir so schnell vor dem Feind zurückweichen, gibt es für uns in diesem Viertel bald nichts mehr zu verteidigen.«

»Willst du lieber diesen Typen mit ihren Macheten, die nur auf eine Gelegenheit warten, uns den Krieg zu erklären, den Hals hinhalten? Machst du das? Hältst du denen den Hals hin?«, erwiderte Vater Son ernst.

Statt einer Antwort verzog Huisu genervt das Gesicht. Vater Son hatte ja recht. Es war alles andere als wünschenswert, diesen Typen den Hals hinzuhalten. Es würde nur Yongkang nützen. Zumal es hier in Guam nicht mehr viele Männer gab, die ordentlich kämpfen konnten.

»Und ich bin natürlich derjenige, der sich darum kümmern muss.«

217

»Wer denn sonst?«

»Fragen Sie doch Dodari. *Er* hat Chef Og doch so zugerichtet. Warum soll ich seinen Mist wegmachen?«

»Willst du diesem Windei wirklich eine so heikle Sache anvertrauen?«

»Sag ich doch, warum bin ich immer derjenige, der sich um die heiklen Sachen kümmern muss?«

Vater Son sah ihn überrascht an. Warum war Huisu heute so schwierig? Hatte er irgendwas in den falschen Hals bekommen? Beide schwiegen. Wie immer, wenn der berechnende Vater Son seinen Denkapparat in Gang setzte, klimperten die Finger auf seinen Knien; Huisu glaubte fast, den Abakus im Kopf des Alten klackern zu hören.

Schließlich ergriff Vater Son wieder das Wort. »Du hast mir doch gesagt, dass du mit Insuk zusammenziehen willst, oder?«

»Ja, und weiter?«

»Und um mit ihr zusammenzuziehen, brauchst du Geld, habe ich recht? Dann lass uns also aus diesen beiden Dingen, dem Geld und Chef Og, einen Deal machen.«

Worauf sich Vater Son seelenruhig wieder seiner Go-Partie zuwandte und einen weißen Stein setzte. Das Spielchen des Alten widerte Huisu plötzlich so an, dass er am liebsten das ganze Go-Brett umgeworfen hätte. Dass er mit Insuk zusammenziehen wollte, war eigentlich nur ein Scherz gewesen. Geld brauchte er allerdings immer.

»Wen soll ich mitnehmen?«

»Nimm Dalja«, antwortete Vater Son, ohne vom Spielbrett aufzublicken.

DIE
KASTANIENINSEL

Im Morgengrauen brach Huisu in einem kleinen Boot mit Yamaha-Sechszylinder-Außenborder zur Kastanieninsel auf. Neben ihm saß Dalja, die weißen Haare flatternd im Wind. Dalja war fünfundsechzig, für einen Messerstecher deutlich zu alt. Aber Vater Son hielt ihn für den einzig vertrauenswürdigen Menschen. Traurig, aber wahr: Die erfahrenen, kompetenten Leute in Guam, ob Messerstecher, Schmuggler oder Mittelsmänner, waren alle alt. Sie hatten lange mit Vater Son zusammengearbeitet und ihn nie verraten, weder unter dem Druck der Polizei noch weil sie sich von Gangstern anderer Viertel hatten ködern lassen. Von daher sein Vertrauen. Aber alt und verbraucht waren sie trotzdem.

Alten Gangstern erging es genauso wie alten Nutten: Es gab keinen Ort mehr für sie. Ihr Niedergang fing meistens damit an, dass sie ängstlich wurden und außerdem wählerisch in Bezug auf ihre Jobs. Aber als Gangster hatte man nun mal von Berufs wegen Dreck am Stecken, und Aufträge, bei denen man sich nicht die Hände schmutzig machte, gab es nicht. Sobald ein alter Gangster anfing, bestimmte Jobs abzulehnen, umschwirrten ihn die ersten Fliegen. Aber Fliegen legen ihre Eier in Kuhfladen, denn davon ernähren sich die geschlüpften Larven, und am

Ende fressen sie die Kuh. Es mag absurd klingen, ist aber die Wahrheit. In dieser Welt herrschten diejenigen, die nichts zu verlieren hatten und auch die dreckigen Jobs erledigten. Wo die anderen einen Schritt zurückwichen, machten sie zwei Schritte nach vorn. Was sollte also an einem alten Gangster noch Furcht einflößend sein? Vor alten Gangstern hatte niemand mehr Angst. Und nur darum traute sich ein Typ wie Yongkang überhaupt, in Guam ein Business aufzuziehen, ohne auch nur um Erlaubnis zu bitten. Vor zehn Jahren wäre so etwas unvorstellbar gewesen.

Als Dalja das Boot auf Kurs gebracht hatte, nahm er einen Schluck *soju* und gab die Flasche an Huisu weiter, der eigentlich keine Lust hatte, bei Tagesanbruch schon wieder zu trinken. Trotzdem nahm er einen Schluck und gab die Flasche an Dalja zurück, der sich noch einen Schluck genehmigte und sie wieder zuschraubte. Mit gerötetem Gesicht, den Blick aufmerksam auf das noch dunkle Meer gerichtet, übernahm der alte Messerstecher wieder die Steuerpinne.

»Ist es noch weit?«

»Wir sind fast da.«

»Wie geht es Ihnen, was macht die Gesundheit?«

»Warum diese Frage? Hast du Zweifel, jetzt, wo ich was für dich tun soll?«

»Ich wollte nur wissen, ob es Ihnen gut geht.«

»Es geht mir nicht gut. Wenn man alt ist, zwickt es hier und zwickt es da, und ständig geht irgendwas kaputt. So ist das eben. Du kennst doch den Spruch: Gift kann man überleben, aber nicht die Zeit.«

Worauf Dalja die Flasche wieder aufschraubte und einen kleinen Schluck nahm. Das Boot schaukelte in der See, und beim Hantieren mit dem Verschluss wäre der *soju* fast übergeschwappt. Daljas Hand zitterte leicht, was an seinem Alter lag oder am Alkohol. Huisu hatte ihn noch nie mit dem Messer in Aktion gesehen. Das hatte im Übrigen noch keiner unter den Lebenden, weshalb die Gerüchte munter ins Kraut schossen – was seinen legendären Ruf nur festigte.

Die Sonne ging langsam auf, als sich das Boot der Kastanieninsel näherte. Von Klippen und Felsen umringt, gab es auf dieser Insel keinen Ort, der fürs Anlegen geeignet war. Neben der Fischzucht war deshalb aus Styroporplatten und Bambus eine kleine Anlegestelle gebaut worden. Dort wurden sie schon von den Brüdern Daeyeong und Daeseong erwartet. Dalja manövrierte das Boot in die Nähe des Stegs und warf Daeyeong die Leine zu. Sein jüngerer Bruder Daeseong rannte sofort los, um sie an einem Holzpflock festzumachen. Als das Boot endlich fest am Steg lag, nahm Huisu die Hand, die Daeyeong ihm entgegenstreckte, und ging an Land.

»In letzter Zeit sieht man Sie aber oft hier, Großer Bruder Huisu!«, sagte Daeyeong.

Für Daeyeong und Daeseong, die fast nie andere Menschen trafen, war dieser zweite Besuch von Huisu, der ja vor einigen Tagen Chef Og bei ihnen abgeliefert hatte, regelrecht ein Ereignis. Auch Dalja stieg nun aus dem Boot, und Daeyeong verbeugte sich respektvoll vor ihm. Völlig ungerührt ging Dalja an ihm vorbei zum Holzpflock und überprüfte den Knoten. Hier, in den Becken dieser Fischzucht, ließ Dalja lästige Leichen verschwinden. Vater Son zufolge gab es zwei Sorten von Leichen: solche, die irgendwann wieder an die Oberfläche gespült werden sollten, und solche, die nie mehr auftauchen durften. Letztere wurden hier entsorgt. Das genaue Verfahren kannte Huisu nicht, doch er glaubte, dass sie zerkleinert und anschließend an die Heilbutte verfüttert wurden. Es hatte seinen Grund, dass Huisu keinen Heilbutt aß.

»Geht es Chef Og gut?«, fragte er.

»Wo haben Sie diesen Trottel eigentlich her? Der frisst mehr, als er arbeitet, wir machen echt langsam Verlust«, antwortete Daeyeong.

»Arbeitet er nicht gut?«

»Der lässt sich mit Alkohol volllaufen, schläft bis in die Puppen, und wenn ich ihm sage, dass er die Netze einholen soll, heult er rum, von wegen, er hätte ja nur zwei Finger, und das wäre zu schwer für ihn. Ist schon etwas anstrengend auf die Dauer.«

»Du solltest ihn nicht trinken lassen.«

»Das ist unmenschlich, einem auf so einer gottverlassenen Insel das Trinken zu verbieten.«

Huisu nickte verständnisvoll. Der jüngere Bruder, Daeseong, rannte ausgelassen mit einem Eimer durch die Gegend, so sehr freute er sich darüber, dass endlich einmal Leute auf der Insel waren. Daeyeong und Daeseong waren die beiden Söhne von Hwang, einem einigermaßen bekannten Ringkämpfer, der aus Cheongdo stammte. In Guam war er geradezu berühmt, und die Leute schätzten seine offene, großzügige Art. Auch seine Söhne waren breitschultrige Kerle. Den aufrechten Charakter ihres Vaters hatten sie leider nicht geerbt und mit Schlägereien, Glücksspiel und Besäufnissen das Ansehen beschädigt, das er im Laufe der Jahre erlangt hatte. Eines Tages war es in einem Nachtclub in Masan zu einer mächtigen Schlägerei gekommen. Daeseong, von Geburt an geistig etwas zurückgeblieben, hatte mit einer Flasche zugeschlagen und jemanden getötet. Als die Polizei öffentlich nach ihm zu fahnden begann, brachte Hwang den armen Trottel heimlich zu Vater Son.

»Daeyeong ist ein zuverlässiger Kerl, und wenn er es *verdient* hätte, würde ich ihn vielleicht ins Gefängnis gehen lassen. Für ihn wäre es eine echte Lektion. Aber wie Sie sehen, hat mein Zweitgeborener, Daeseong, nichts als Flausen im Kopf, obwohl sein Kopf nicht mal zur Hälfte mit so was wie Hirn gefüllt ist. Wenn er ins Gefängnis geht, wird ihn eine seiner Dummheiten am Ende das Leben kosten.«

Vater Son dachte eine Weile nach. Dann fragte er Daeseong: »Möchtest du ins Gefängnis gehen und dauernd verprügelt werden, oder möchtest du dich lieber bis zum Ablauf der Verjährungsfrist auf der Kastanieninsel verstecken?«

Ob Daeseong den zweiten Teil des Satzes in vollem Umfang verstanden hatte, war schwer zu erkennen, jedenfalls versank er in langes Grübeln und fragte schließlich: »Gibt es Fernsehen auf der Kastanieninsel?«

»Natürlich! Und wenn man die Antenne ganz ausfährt, kann man sogar japanische Sendungen gucken.«

Zufrieden hatte Daeseong geantwortet, dass er lieber auf der Kastanieninsel bleiben wolle. Seit acht Jahren war er nun schon dort, sieben blieben ihm noch. Auf der Insel gab es eine vollkommen legale Fischzucht, die den Rindsbouillon-Alten gehörte. Daeseong lebte dort allein in einer Holzhütte, in der die Arbeiter hausten, wenn die Becken abgefischt wurden. Diese Zeit über hielt er sich dann in einer Höhle versteckt. Großer Bruder war und blieb für ihn der Große Bruder, und so verbrachte Daeyeong die Hälfte des Jahres mit ihm auf der Insel.

Als Huisu und Dalja die Hütte betraten, lag Chef Og in eine rot gestreifte Decke gerollt in einer Ecke und schlief. Der Boden aus Sperrholzplatten war mit Sashimi-Resten und leeren Instantnudeltüten übersät. Leere Flaschen, die verstreut herumlagen, vervollständigten das Bild. Daeyeong schüttelte Chef Og.

»Nein, nein, ich mag keinen Fisch, ich mag lieber Schwein.«

Anstatt aufzuwachen, redete Chef Og im Schlaf. Er war noch betrunken vom Vorabend. Aus seinem halb geöffneten Mund kamen nicht nur Schnarchtöne, sondern auch eine starke Alkoholfahne.

»Es ist zum Verrücktwerden«, sagte Daeyeong.

»Warum ist er in diesem Zustand?«, fragte Huisu.

»Keine Ahnung, der ist die ganze Zeit so.«

Genervt gab er Chef Og einen kräftigen Tritt in den Hintern, worauf der die Augen aufschlug und erst nach rechts und dann nach links schaute. Sein Blick wanderte zwischen Huisu und Dalja hin und her, und er zuckte zusammen, als wären die beiden zwei Sendboten aus dem Jenseits.

»Welcher Wind hat euch denn hergeweht? Seid ihr gekommen, um mich umzubringen?«

Dalja fixierte ihn schweigend.

»Stehen Sie auf und waschen Sie sich, wir warten hier auf Sie. Wir haben Ihnen etwas Wichtiges mitzuteilen«, sagte Huisu.

Immer noch fest in seine rot gestreifte Decke gewickelt, rutschte Chef Og mit einem Mal über den Boden auf Huisu zu. Er packte ihn an den Knöcheln. »Huisu, mein Lieber, rette mich! Ich habe hier so viel nachgedacht. Und so viel gearbeitet. Frag Daeyeong. Anscheinend habe ich so viel gearbeitet, dass sich die Fischproduktion verdoppelt hat.«

Huisu schien beeindruckt und drehte sich zu Daeyeong um, der entgeistert auflachte.

»Nicht doch, Chef Og, wir bringen Sie nicht um. Hören Sie auf, solchen Unsinn zu reden, und gehen Sie sich ein bisschen waschen, bevor wir uns zu Tisch setzen. Sie stinken wirklich bestialisch«, schimpfte Huisu.

Chef Og schälte sich aus seiner Decke, rappelte sich schwerfällig auf und kratzte sich kräftig am Hintern. Sein Pyjama war so schmutzig, dass die eigentliche Farbe nur noch zu erahnen war. Am Hintern gab ein großes Loch den Blick auf eine nicht minder dreckige Unterhose frei. Es war unfassbar, dass ein ehemaliger Geschäftsführer so schmutzig sein konnte. Chef Og schien plötzlich schwindelig zu werden, denn er setzte sich wieder auf den Boden.

»Tss, das ist aber wirklich zum Verrücktwerden«, sagte Huisu verärgert.

»Es liegt nur daran, dass ich noch nicht richtig wach bin. Ich habe Tag und Nacht gearbeitet, ich kann mich kaum noch auf den Beinen halten.«

»So ein Quatsch! Das hört sich ja an, als hätten wir Sie sonst wie schuften lassen! Wenn hier einer wen genervt hat, dann Sie ja wohl uns!«, empörte sich Daeyeong.

Chef Og, der sich längst wieder in seiner Ecke zusammen-kauert hatte, griff sich eine Zigarette und peilte die Lage. Dalja stellte die große Kühlbox, die er mitgebracht hatte, auf den Tisch. Er nahm den Deckel ab, holte Teller heraus und verteilte sie auf der Tischplatte.

»Soll ich Sashimi machen?«, fragte Daeyeong.

»Widerlich! So früh am Morgen schon rohes Zeug?«, schimpfte Huisu.

»Ja, mach uns einen Teller. Nach der langen Fahrt brauche ich einen frischen Imbiss und ein Gläschen dazu«, sagte Dalja.

Widerwillig gab Huisu nach.

»Dann aber für mich keinen Heilbutt.«

»Keine Sorge, Großer Bruder, das ist nicht der Heilbutt, an den Sie denken. Unsere Heilbutte bekommen inzwischen ge-sundes Futter«, erklärte Daeyeong und wischte Huisus Bemer-kung beiseite.

»Ist mir egal, ich will keinen.«

Daeyeong nickte, dann trat er vor die Hütte, um seinen Bruder zu rufen.

»He, Daeseong, wir machen Sashimi!«

Aufgeregt kam Daeseong zur Hütte gerannt, schnappte sich ein Netz und verschwand wieder. Inzwischen hatte Dalja eine

225

Auswahl von sorgfältig aufgeschnittenen Rindfleischstücken auf den Tisch gestellt, Rumpsteak, Roastbeef, Filet, Kotelett, Lendensteak, Querrippe …

Chef Og riss die Augen auf, kam näher und inspizierte das viele Fleisch gierig. »Was ist denn das alles?«

»Kurz vor unserem Treffen habe ich hier in der Nähe auf Bestellung ein Essen zubereitet und jetzt die Reste mitgebracht. Huisu hatte mir vorgeschlagen, Ihnen auch ein bisschen Fleisch zu bringen, wo Sie doch so hart arbeiten«, sagte Dalja mit sanfter Stimme.

»Ist das wahr? Ihr seid also nicht gekommen, um mich umzubringen?«, wandte sich Chef Og an Huisu.

»Warum sollten wir jemandem, den wir abmurksen wollen, erst noch dermaßen teures Fleisch auftischen? Als Herr Dalja mir gesagt hat, dass er hier in der Gegend auf einem Sashimi-Schiff ein Essen macht, dachte ich mir, er könnte Ihnen auch etwas Fleisch bringen und mir damit die Gelegenheit geben, ein bisschen mit Ihnen zu reden, insbesondere über Yongkangs Besitzurkunde. Also gehen Sie sich jetzt waschen, damit wir essen und miteinander reden können.«

Chef Og wirkte erleichtert. Er legte sich ein Handtuch um den Hals und ging ins Bad. Huisu hatte erwartet, dass er sich nur kurz das Gesicht waschen würde, aber Chef Og ging tatsächlich ganz unter die Dusche. Durch die Tür hörte man ihn sogar summen.

Huisu schüttelte ungläubig den Kopf. »Über seine Fehler scheint er ja noch nicht länger nachgedacht zu haben«, sagte er.

»Weißt du, der Mensch ist nicht dafür geschaffen, über seine Fehler nachzudenken«, antwortete Dalja lächelnd.

Er ging hinaus und kam mit einer Schale glühender Holzkohlen zurück, deren Duft sich sofort in der Hütte ausbreitete. Daeyeong brachte einen Teller Sashimi und Daeseong einen

Korb mit Salatblättern, Chilischoten, Sesamblättern und Kresse, alles frisch im Gemüsegarten gepflückt. Der reich gedeckte Tisch versprach ein Festmahl. Huisu inspizierte den Sashimi-Teller. Der von Haut und Gräten befreite Fisch war in saubere Stücke geschnitten, sodass die Fischsorten kaum noch zu unterscheiden waren.

»Heilbutt ist aber nicht dabei, oder?«, fragte Huisu in scherzhaftem Ton.

»Nein, nein, da ist Dorade dabei, Seezunge und Barsch, alles reinste Natur! Daeseong hat sie in seiner Freizeit gefischt«, sagte Daeyeong.

»Die hab ich gefischt«, wiederholte Daeseong, womit er zum ersten Mal den Mund aufmachte.

»Wollen Sie sich nicht bedienen?«, fragte Daeyeong.

»Wir warten auf Chef Og«, erwiderte Huisu.

Daeseongs Blick wanderte entzückt über die rohen Rindfleischstücke auf dem Tisch. Plötzlich hielt er es nicht mehr aus, blitzschnell schnappte er sich ein Stück Steak und schluckte es gierig hinunter.

»Schmeckt das?«, fragte Dalja lachend.

»Das schmeckt«, antwortete Daeseong.

Dalja nahm sein Messer, schnitt eine dünne Scheibe Filet ab und gab sie Daesong, der sie sofort ungeniert verschlang. Worauf Dalja zwei weitere Scheiben abschnitt und sie Huisu und Daeyeong anbot, die kopfschüttelnd ablehnten. Überrascht steckte sich Dalja selbst eine Scheibe in den Mund, während Daeseong freudig die andere vertilgte. Chef Og stand immer noch unter der Dusche. Im Bad hörte man den Heizkessel bullern.

»Wir haben schon nicht genug Heizöl für uns beide. Jetzt verbraucht der alles nur für sich allein!«, regte sich Daeyeong auf.

Nachdem Huisu drei Zigaretten geraucht hatte, kam Chef Og, sich mit dem Handtuch das feuchte Haar frottierend, aus dem Bad. Ohne sich um Daeyeongs erboste Blicke zu kümmern, rieb er ausführlich sein Gesicht ein und kämmte sich. Schließlich nahm er am Tisch Platz. Dalja fachte die Glut an und setzte ein Grillgitter auf die Kohlen. Dann legte er vier Fleischstücke darauf und fächelte weiter. Nach wenigen Sekunden war das Fleisch fertig. Mit den Stäbchen nahm er die Stücke und verteilte sie nacheinander auf die Teller.

»Das ist Querrippe. Schmeckt mit ein bisschen grobem Salz noch besser.«

Huisu, Daeyeong, Daeseong und Chef Og probierten. So gutes Fleisch hatte Huisu seit Jahren nicht mehr gegessen.

»Donnerwetter, Herr Dalja, wo ich jetzt dieses Fleisch esse, kommt es mir vor, als würde ich wieder auf Ihrem Sashimi-Schiff sitzen«, freute sich Chef Og.

»Dann waren Sie also schon mal auf meinem Schiff?«

»Ja, vor ungefähr zwanzig Jahren. Vater Son und ich hatten es bei Ihnen reserviert, für einen Abend mit dem Leiter der städtischen Planungsbehörde und dem Kommandanten der Feuerwehrkaserne. Wir hatten auch vier Mädchen aus Wanwol dabei.«

»Na so was, Chef Og, Sie waren wirklich schon mal auf Herrn Daljas Sashimi-Schiff? Da war ich noch nie«, sagte Daeyeong überrascht.

»Wie kannst du es wagen, dich mit mir zu vergleichen!« blaffte Chef Og ihn wütend an.

»Um an Bord von Herrn Daljas Schiff zu dürfen, musste man doch mindestens Richter, Staatsanwalt, Bürgermeister oder General sein, habe ich recht?«, fragte Huisu.

»Natürlich, es war unter den Restaurant-Schiffen die Topadresse. Für die Besten der Besten reserviert. Heute bin ich wegen meiner Spielsucht vielleicht ein Nichts – aber damals habe ich dazugehört. Zu der Zeit habe ich sämtliche Kanal- und Leitungsarbeiten von Guam beaufsichtigt, und die großen Gebäuderenovierungen waren alle von mir. Außerdem haben mir zehn Prozent vom Hotel Mallijang gehört.«

»Ach, ja?«, ermunterte ihn Huisu weiterzureden.

»Damals hatte die Feuerwehrkaserne gerade einen neuen Kommandanten bekommen, der war vielleicht eine Nervensäge. Ständig nörgelte er rum, kam dauernd mit irgendwelchen Vorschriften und Gesetzen an. Er war dann auch der Meinung, dass meine letzten Umbauten nicht den Bestimmungen entsprachen, das müsse alles wieder rausgerissen und neu gemacht werden. Die Sommersaison stand vor der Tür, wir konnten uns doch nicht gleichzeitig um das komplette Strandgeschäft und eine riesige Sanierungsbaustelle kümmern. Also haben wir ihn gebeten, uns ein bisschen Zeit zu lassen, nur bis zum Herbst, aber davon wollte er nichts wissen. Was also tun? Tja, Vater Son und ich haben ihn schließlich zusammen mit dem Typen von der Stadtverwaltung auf Herrn Daljas Schiff eingeladen.«

»Ach ja«, nickte Dalja, der sich wieder erinnerte.

»Wissen Sie noch? Am Anfang saß der Kommandant da, als hätte er einen Stock verschluckt, hat das Essen nicht angerührt, nichts getrunken und die Mädchen keines Blickes gewürdigt. Aber den Kochkünsten von Herrn Dalja kann keiner widerstehen. Überm Holzkohlenfeuer hat er Rinderfilet gegrillt und auf einem Schneidebrett Walfleisch in Stücke geschnitten … ah, allein das Geräusch … Bis auf den Kommandanten haben alle gekaut und geschmatzt, hier ein Stück Rindfleisch, da ein Stück Thunfisch, da ein Stück Wal, es war unglaublich. Irgendwann hielt es der Kommandant nicht mehr aus und hat ein Stück Rinderfilet angenommen, dabei hat er natürlich so getan, als wär's aus reiner Höflichkeit. Aber Sie wissen ja, wie das ist … Nach dem ersten Stück Fleisch ist er abgegangen wie eine Rakete. Ein paar Stunden später haben wir ihn mit einer Nutte im Heck wiedergefunden, sturzbetrunken hielt er ihr gerade das ausgestreckte Bein in die Luft, und er war dermaßen bei der Sache, dass er dabei über Bord gegangen ist. Was haben wir uns den Arsch aufgerissen, um ihn wieder rauszufischen!«

»Ja, das stimmt, daran erinnere ich mich«, nickte Dalja.

»So lustig ist es auf einem Sashimi-Schiff?«, fragte Daeyeong neugierig.

»Lustig? Ein göttliches Festmahl mitten auf dem Meer! In Japan durften früher nur die Mitglieder der Königsfamilie und höchste Würdenträger an Bord dieser Schiffe gehen. Um dort die feinsten Speisen zu genießen, die besten Liköre zu trinken und Gedichte zu rezitieren, die Hand auf der warmen Brust eines jungen Mädchens, und das alles auf einem Schiff, das im Mondschein auf den Wellen des Meeres tanzt … Es ist der Himmel auf Erden«, sagte Chef Og.

»Aber wenn die Stimmung so krass ist, warum soll man dann Gedichte rezitieren? Ist doch besser, eine Nutte zu knallen, oder?« Daeyeong verzog missmutig den Mund, weil es ihm noch nie vergönnt gewesen war, an Bord so eines Schiffes zu gehen.

»Du hast ja keine Ahnung von kultivierter Lebensart: Wenn das Meer leise rauscht und sich der Mond und die Hintern der Mädchen im sanften Rhythmus der Wellen wiegen … Verstehst du, so ein Restaurant-Schiff ist etwas ganz anderes als eine Gogo-Bar, wo man eingepfercht in einen arschkleinen Raum Nuttenbrüste betatscht.«

Chef Og steckte sich eine Zigarette zwischen die verbliebenen Finger seiner rechten Hand und zündete sie an. Der Alkohol versetzte ihn zurück in rühmlichere Zeiten, und seine Augen glänzten feucht.

»Das war einfach wunderbar damals. Hätte ich doch nie mit dem Spielen angefangen …«

Dalja legte zwei Abalonen und zwei Jakobsmuscheln auf den heißen Grill und fächerte die Glut an. Er war konzentriert, seine Gesten waren beherrscht. Als die Meeresfrüchte fertig waren, legte er Chef Og eine Jakobsmuschel und eine Abalone auf den Teller. Das Stück Querrippe, das Chef Og noch nicht gegessen hatte, lag in einer Pfütze aus Blut.

»Hier, nehmen Sie.« Dalja nahm sein Glas und hielt es ihm hin.

Höflich griff Chef Og danach. Dalja schenkte ihm ein. Chef Og trank es in einem Zug aus und gab es Dalja zurück.

»Wollen Sie ein Stück Wal?«

»Sie haben Walfleisch? Heute ist wirklich mein Glückstag!«

»Ja, das stimmt, heute ist wirklich Ihr Glückstag«, lachte Huisu.

Dalja nahm ein großes, in Wachspapier gewickeltes Stück Walfleisch aus der Kühlbox, packte es aus und zerteilte es vor Chef Ogs Augen. Der konnte sich nicht beherrschen und schnappte sich mit seinen Stäbchen ein paar kleinere Stücke. Dabei leerte er ein Glas nach dem anderen. Sein Gesicht begann rot anzulaufen, der viele Alkohol am frühen Morgen, auf leeren Magen, dazu der Restrausch des Vortags, es war einfach zu viel.

»Sagen Sie, Chef Og, stimmt es eigentlich, dass Sie Linkshänder sind?«, fragte Huisu mit spöttischem Unterton.

»Linkshänder? Wie kommst du denn auf so was?«

»Ah, wusste ich's doch! Wie dumm von mir, dass ich Ihnen geglaubt habe«, sagte Huisu lachend.

Chef Og starrte ihn an, als hätte er kein Wort verstanden.

»Neulich haben Sie mir doch gesagt, Sie würden nicht sterben, ohne vorher Yongkang umzubringen. Da habe ich Sie

231

gefragt, wie Sie das anstellen wollen, wo Sie doch nur noch zwei Finger an der rechten Hand haben, und da haben Sie mir geschworen, dass Sie Linkshänder sind.«

»Ach so, das. Na ja, mir gingen die Argumente aus, da habe ich irgendwas dahergeredet«, erklärte Chef Og verlegen. »Wenn ich doch nur Linkshänder wäre ... dann wäre alles einfacher. Aber selbst wenn, es wäre nicht machbar gewesen. Yongkang ist kein leichtsinniger Vogel, der sich von einem wie mir erstechen lässt.«

»Jedenfalls sind Sie ein verdammt schlauer Fuchs.«

»Hör doch auf ... Du machst mich verlegen.«

Huisu lachte. Dalja fiel in das Lachen ein, und am Ende lachte auch Chef Og. In diesem Moment gab Huisu Dalja unauffällig das Zeichen, ihn mit Chef Og allein zu lassen. Er hatte vor, die Sache mit Yongkang in trockene Tücher zu bringen, ehe Chef Og zu betrunken war. Dalja legte sein Messer aus der Hand und führte die Brüder hinaus; Daeseong, den Mund voll, protestierte laut, denn er hatte nichts kapiert. Als sich die Tür hinter ihnen schloss, griff Huisu zu einer Zigarette und sah Chef Og fest in die Augen.

»Jetzt hören Sie mir gut zu. Ihr Leben hängt davon ab.«

Angesichts des plötzlichen Stimmungsumschwungs wich alle Heiterkeit aus Chefs Ogs Gesicht.

»Yongkang baut Scheiße, und wir wollen, dass er ins Gefängnis geht. Aber bevor wir die Polizei einschalten, brauchen wir ein paar Beweise. Können Sie uns helfen?«

»Ich will mein Möglichstes tun, um euch zu helfen, aber glaubst du wirklich, dass ich da nützlich sein kann?«

»Wissen Sie, wo das Pulver und Yongkangs Rechnungsbücher sind?«

Ein Schleier zog sich vor Chef Ogs Blick. »Nein, das weiß ich nicht. Woher soll ich das wissen?«

»Ich habe gehört, Sie hätten sich bei Yongkang um den Einbau des Safes gekümmert. Oder sind das nur Gerüchte? Es heißt auch, die fünfzig Millionen, die zusätzlich an Sie geflossen sind, als Sie die Wäscherei schon versenkt hatten, wären für diesen Service gewesen.«

Jetzt begann Chef Og zu zittern.

»Reden Sie, wenn Sie weiterleben wollen. Es wäre besser, wenn ich den Safe vor der Polizei in die Hände kriege und mal schaue, was drin ist.«

»Wenn ihr Yongkang schnappt, lasst ihr mich dann am Leben?«

»Was hätten wir davon, Sie zu killen? Wir lassen doch niemanden über die Klinge springen, wenn es uns nichts bringt, das wissen Sie doch, oder?«

Chef Og holte tief Luft, dann sagte er ausweichend: »Ich habe mich nur um den Einbau des Safes gekümmert. Ich habe keine Ahnung, was drin ist.«

Huisu biss sich ungeduldig auf die Unterlippe.

»Und wenn Yongkang entlassen wird?«, fuhr Chef Og fort. »Wie willst du dich mit ihm arrangieren? Meinst du nicht, anstatt die Polizei einzuschalten, wäre es sinnvoller, deine Jungs von der Leine zu lassen und ihn selbst unter Kontrolle zu bringen?«

»Er lässt sich jetzt nicht mehr unter Kontrolle bringen, unmöglich. Er hat jede Menge Fallen ausgelegt und will uns in einen Krieg treiben.«

Chef Og machte ein betretenes Gesicht. »Aber seine Entlassung bedeutet meinen Tod.«

»Schon für ein kleines Tütchen Drogen gibt es mindestens zehn Jahre. Versuchen wir doch bitte erst mal, die drängendsten Probleme zu lösen. Ganz ehrlich, Chef Og, glauben Sie, jetzt ist der richtige Moment, sich über einen Messerstich Gedanken zu machen, der Ihnen vielleicht in zehn Jahren droht?«

»Das stimmt, Huisu. Du hast recht. In meiner Lage kann man nicht für die Rente planen.«

»Sobald wir Yongkang haben, müssen Sie sich darauf einstellen, für zwei oder drei Monate in einer Zelle zu wohnen, wegen illegalem Glücksspiel. Wenn Sie wieder draußen sind, wird von Ihnen erwartet, sich am Riemen zu reißen und die Wäscherei seriös weiterzuführen. Sobald Yongkang im Knast sitzt, sind auch Ihre Schulden weg. Besser kann's doch nicht kommen, oder? Dann können Sie versuchen, wieder ein sauberes Leben zu führen. Haben Sie denn kein Mitleid, wenn Sie an Ihre Kinder denken?«

»Doch, doch, ich habe Mitleid. Meine armen Kinder. Von jetzt an werde ich ein guter Mensch sein. Ja, du hast recht, ich werde versuchen, ganz von vorn anzufangen.«

Chef Og nahm sich ein Stück Walfleisch und leerte ein weiteres Glas.

»Wo ist der Safe?«, fragte Huisu.

»In der Wäscherei«, antwortete Chef Og resigniert. »Die Maschine mit der Nummer sieben ist immer kaputt. Wenn du sie hinten aufmachst, da, wo der Motor ist, siehst du den Safe. Der Code ist 354788, aber vielleicht ist er in letzter Zeit auch geändert worden.«

Huisu nickte, während Chef Og, erschüttert über sein eigenes Tun, ganz bleich geworden war. Huisu ging zur Tür und rief nach Dalja. Die beiden Brüder kamen, immer noch motzend, in die Hütte zurück und aßen sofort weiter. Dalja legte mehrere Fleischstücke auf den Grill, und das Festmahl wurde fortgesetzt. Erst als sich Daeyeong und Daeseong satt gegessen hatten, begaben sie sich wieder an ihre Arbeit an den Fischbecken und ließen die drei anderen allein weiteressen und -saufen.

Um die Last seines Wissens erleichtert oder bedrückt, weil er ein Geheimnis verraten hatte, kippte Chef Og ein Glas nach dem anderen in sich hinein. »Ist toll hier, wirklich toll, super Getränke, super Essen, super Gesellschaft«, murmelte er besoffen vor sich hin.

Während Dalja immer wieder in seine mit Köstlichkeiten gefüllte Kühlbox griff, sorgte Huisu dafür, dass Chef Og nicht auf dem Trockenen saß.

»Ich mag dich, Huisu. Ich hätte so gern einen Sohn wie dich! Vater Son ist wirklich ein Glückspilz. Immer wenn er mit Leuten einen trinkt, redet er so stolz von dir, als wärst du sein Sohn.«

»Der? Stolz auf mich? Er kritisiert mich ständig.«

»Nein, da irrst du dich, er ist sehr stolz auf dich. Wenn ich einen Sohn wie dich hätte, bräuchte ich mir um nichts Sorgen zu machen. Du bist zuverlässig, du arbeitest hart, du hast einen guten Charakter ... Dass du ohne Vater aufgewachsen bist, hat dich nicht verbittert, und großzügig bist du auch. Deshalb mag ich dich, Huisu.«

»Aha, finden Sie?«

»Ja, finde ich«

Chef Og trank sein Glas aus, und Huisu schenkte ihm sofort nach.

»Übrigens, selbes Thema, ich rate dir, heirate bald. Früher hatten die gefürchtetsten Gangster weder Frauen noch Kinder, aber heute ist das nicht mehr so, auch Gangster brauchen eine Familie, damit sie sich im Griff haben und überleben.«

»Und warum fällt es dann Ihnen so schwer, sich im Griff zu haben, trotz Frau und Kindern?«, frotzelte Huisu.

»Eben! Wem die Begabung dafür fehlt, der schafft es einfach nicht, ganz egal, wie die Bedingungen sind.«

Wieder leerte Chef Og sein Glas in einem Zug. Huisu schenkte ihm nach.

Gegen Mittag hatte Chef Ogs Akoholpegel den Höhepunkt erreicht. »Ich fühle mich gut heute, wirklich gut«, lallte er, über

235

dem Tisch in sich zusammengesunken. Speichel lief ihm aus dem Mund auf die hölzerne Tischplatte, das Gesicht heiter und entspannt. Als er schließlich zu schnarchen begann, erhob sich Dalja und verließ die Hütte. Kurz darauf kam er mit einem Überseekoffer und einem etwa fünf Meter langen Seil zurück, beides aus dem Boot.

»Warte draußen«, sagte er.

»Kann ich nicht hierbleiben?«, fragte Huisu.

»Ist mir egal.«

Eigentlich hätte Huisu die Hütte lieber verlassen, aber die Angst, als Feigling dazustehen, hinderte ihn daran. Und ob er nun dabei war oder nicht – sollte die Sache irgendwann ans Licht kommen, wäre es so oder so schwer, sich da rauszureden. Ein feines Lächeln huschte über Daljas Gesicht, als könnte er in Huisus Kopf hineinschauen. Er streifte sich ein Paar schwarze Lederhandschuhe über, stieg auf den Tisch und legte das Seil über den Trägerbalken. Dann sprang er wieder hinunter und wickelte es Chef Og um den Hals. Das Seil schien zu piksen, denn Chef Og kratzte sich mit den beiden Fingern seiner rechten Hand. Wenn er sie in betrunkenem Zustand benutzte, überlegte Huisu, war er eindeutig Rechtshänder. Wobei diese Frage im jetzigen Stadium keinerlei Rolle mehr spielte. Dalja holte tief Luft und zog mit aller Kraft an dem Seil. Ruckartig wurde Chef Ogs Körper nach oben gerissen. Mit einem Aufschrei, dann röchelnd versuchte er, das, was ihm die Luft nahm, loszuwerden. Das Seil knirschte unter Daljas Lederhandschuhen. Chef Ogs Füße suchten strampelnd nach festem Untergrund. Doch es gab nichts mehr, worauf sie jemals wieder Halt finden würden. Die wenigen Minuten bis zum Aussetzen der Atmung zogen sich wie eine Ewigkeit hin. Endlich hörte Chef Og auf zu strampeln. Sein Schließmuskel entspannte sich, Exkremente liefen an seinen Beinen herab. Aus seiner Hose kam ein abscheulicher Gestank. Dalja ließ das Seil los, und Chef Ogs Körper fiel schwer zu Boden. Nach kurzem Verschnaufen nahm Dalja einen schwarzen Plastiksack aus dem Koffer und faltete ihn auseinander.

»Hilf mir beim Heben«, sagte er.

Huisu griff mit zu, und sie manövrierten Chef Og in den schwarzen Plastiksack. Ohne den Knoten um seinen Hals zu lösen, sammelte Dalja das Seil ein, stopfte es in den Sack und zog den Reißverschluss zu.

NEBEL

Auf der Rückfahrt von der Kastanieninsel tauchte das Boot durch dichten Nebel. Huisu, der sich schon zwei Mal übergeben hatte, saß am Bug. Über dem Meer von Guam lag um diese Jahreszeit immer Nebel, dazu ein unguter Gestank wie von geschlechtskranken Genitalien. Die alte Seilbahn galt als das Wahrzeichen von Guam, doch das eigentliche Erkennungszeichen war dieser salzige, feuchte Nebel und sein fauliger Geruch nach brackigem Wasser. Die Touristen hielten sich entsetzt die Nase zu, und die Händler klagten über die Folgen fürs Geschäft. Seit einige hochgestellte Persönlichkeiten von Guam nach Ursachen gesucht hatten, standen diverse Erklärungsversuche im Raum: Es liege an den verfaulten Algen, hieß es, oder das Abwasser sei schuld, weil es direkt ins Meer gelange, anstatt vorher durch Klärgruben zu laufen. Andere glaubten, der mysteriöse Gestank komme von den verrottenden Fischen und Krustentieren, die seit dem Bau der Mole im stehenden Wasser starben. Und manche behaupteten tatsächlich, er rühre von den vielen Leichen her, die ins Meer geworfen wurden und darin verwesten. Zu guter Letzt gab es auch noch den Pfarrer, der die Leute streng ins Gebet genommen und geschrien hatte, es sei der Geruch der Sünde, und er werde erst verfliegen, wenn die Schuldigen durch Kasteiung ihres Fleisches Buße getan hätten. Wahrscheinlich hatte der Pfarrer recht, dachte Huisu: Es war wohl wirklich der Geruch der Sünde, und er würde nie aus diesem Meer verschwinden. Denn Guam war so unwiederbringlich verloren, dass derselbe Pfarrer, der die Bevölkerung mit Moralpredigten überschüttet hatte, kurz darauf festgenommen wurde und ins Gefängnis kam – wegen Pädophilie.

Chef Ogs Leiche wurde im Morgengrauen von einem Müllmann gefunden – vor einem doppelstöckigen Haus gegenüber dem Spielsalon von Yongkang. Im Dämmerlicht und wegen des Nebels hatte der Müllmann das, was an dem Leitungsmast hing, erst für einen großen Vogel gehalten. Chef Ogs Anus hatte den gesamten Darminhalt freigegeben, und selbst die Müllmänner, die ja Gestank gewohnt waren, mussten sich die Nasen zuhalten. Zehn Minuten nach Entdeckung der Leiche stürmten die Beamten der Kriminalpolizei unter Führung von Chef Gu den Spielsalon; alle Gäste, die in dieser Nacht dort Karten gespielt hatten, wurden verhaftet. Die Polizei beschlagnahmte ein Rechnungsbuch über illegale Kredite, eine Liste mit zugesagten Organspenden sowie einen Beutel Drogen. Yongkang hatte keine Zeit abzuhauen: Die Polizei fand ihn auf einem Feldbett in seinem Büro, mit nichts als einer Unterhose am Leib. Er ließ sich widerstandslos die Handschellen anlegen. Weil er ein alter Hase war, wusste er sofort, woher die Unterlagen und die Tüte kamen. Lächelnd bat er den Polizisten, der mit den Handschellen winkte, erst seine Hose anziehen zu dürfen. Als er auch die Socken anhatte, hielt er ihm die Hände hin.

Um zehn Uhr bekam Huisu den Anruf von Chef Gu. »Alles erledigt. Es gibt genug Beweise.«

»Wie lang muss er in den Knast?«, fragte Huisu.

»Kann man noch nicht genau sagen. Aber für illegales Glücksspiel, illegalen Geldverleih und Drogenbesitz wird er mindestens fünf Jahre kriegen, denke ich. Dann noch das Todesopfer als Folge von Spielschulden, da wird er nicht so leicht rauskommen.«

»Tut mir leid, dass ich Sie gleich bei Tagesanbruch rausgescheucht habe.«

»Die Hauptaufgabe der Polizei besteht doch wohl darin, Bösewichte festzunehmen, oder?«

»Schauen Sie mal in Ihren Kofferraum. Da ist ein Karton für Sie drin. Kleiner Ratschlag: Lassen Sie's ruhig angehen, wenn Sie sich nicht den Magen verderben wollen.«

»Keine Sorge. Wir wissen, wie man mit Moos umgeht.«

Huisu legte auf und öffnete den Safe unter seinem Schreibtisch. Darin befand sich die Tasche von Yongkang, die er aus der Wäscherei geholt hatte. Klammheimlich, am frühen Morgen, bevor die Polizei dort aufgekreuzt war. Wie Chef Og gesagt hatte, war alles im Motor der Maschine Nummer sieben versteckt gewesen. Huisu hatte zehn Kilo reines Amphetamin darin gefunden. Er hatte auf Bargeld gehofft, doch leider waren in der Tasche nur Drogen. Mit leerem Blick starrte er auf die zehn Kilo Amphetamin. Plötzlich fragte er sich, was ihm das Zeug überhaupt einbringen würde. Wahrscheinlich nicht viel. In der Regel waren Schwarzmarkthändler gar nicht bereit, für so heikle Ware tief in die Tasche zu greifen. Wobei, wenn er ein bisschen Glück hatte und es irgendwie schaffte, eine Milliarde *won* für sich rauszuholen, könnte er Guam, dieses verdammte Viertel, endlich verlassen. Ohne jedes Bedauern und ohne sich auch nur ein einziges Mal umzudrehen. Aber dann schüttelte Huisu den Kopf. Solche Mengen an Drogen ließen sich nicht unauffällig in Umlauf bringen. Und weil man einen so hochriskanten Deal unmöglich allein abwickeln konnte, würde er sich das Geschäft erstens mit anderen teilen und zweitens Zwischenhändlern Provisionen zahlen müssen. Sobald die Drogen auf dem Markt wären, würden Gerüchte die Runde machen und irgendwann auch Vater Son zu Ohren kommen. Und dann wäre Huisu ein toter Mann. Der Alte würde doch nicht das Leben eines Untergebenen schonen, der ihn mit Drogendeals in Gefahr brachte. Huisu hatte die Tasche mit dem Amphetamin nicht erwähnt, weder gegenüber Vater Son noch gegenüber Chef Gu. Dabei hätte sie allein Yongkang für mindestens zehn Jahre hinter Gitter gebracht. Aber der Gedanke war ihm nicht gekommen, und so hatte er den Moment ungenutzt verstreichen lassen. Wenn er jetzt noch mit der Tasche ankäme, würde das nur zu Missverständnissen und unnötigem Ärger führen. Also stellte Huisu sie wieder in den Safe und schloss ihn ab. Dann stand er auf und ging zu Vater Son ins Büro.

Die blutunterlaufenen Augen des Alten deuteten darauf hin, dass er keine gute Nacht hinter sich hatte.

»Chef Gu hat mich gerade angerufen. Es ist alles geregelt«, sagte Huisu.

Beruhigt nickte Vater Son. »Du hast gute Arbeit geleistet.«

»Ihre Augen sind rot.«

»Ich habe die ganze Nacht kein Auge zugetan. Jetzt, wo ich alt bin, sind mir solche Sachen einfach zu viel. Zumal Chef Og und ich uns seit vierzig Jahren kannten. Großer Bruder, Kleiner Bruder haben wir uns genannt ... Ich frage mich, für welchen Ruhm ich in meinem Alter so weit gehen muss ... kurz und gut, ich hatte diese Nacht Angst. Um ehrlich zu sein, habe ich mir sogar eine Zigarette angezündet.«

Tatsächlich lag eine ausgedrückte Zigarette, an der ein oder zwei Mal gezogen worden war, in dem Glasaschenbecher. Im Papierkorb neben dem Tisch sah Huisu eine Zigarettenpackung.

Vater Son hatte vor zehn Jahren nach einer heftigen Blutdruck-krise mit dem Rauchen aufgehört. Komplett aufzuhören fiel ihm offensichtlich schwer: Bei jeder heiklen Angelegenheit rauchte er heimlich eine Zigarette, hatte unmittelbar danach ein schlech-tes Gewissen und warf dann gleich die ganze Packung in den Papierkorb. So war es immer.

Huisu bückte sich danach. »Warum holst du die wieder raus? Ich habe sie weggeworfen, ich war fest entschlossen, nicht mehr zu rauchen.«

»Ihre Entschlossenheit ist vielleicht lustig. Wie oft haben Sie mir das schon erzählt, hm? Und überhaupt, geben Sie Ihre Pa-ckungen doch wenigstens denen, die rauchen – ist doch absurd, einfach so Zigaretten wegzuschmeißen. Ausgerechnet Sie. Wo Sie's doch kaum über sich bringen, ein Papiertaschentuch weg-zuwerfen.«

Vater Son warf einen müden Blick auf die Schachtel im Pa-pierkorb, dann nickte er, und Huisu steckte sie ein.

»Chef Og hat zwei Kinder, oder?«

»Ja.«

»Wie alt?«

»Der Kleine ist in der Grundschule, das Mädchen auf der weiterführenden Schule.«

»Sie sind noch so jung, das tut einem wirklich in der Seele weh.«

Unwillkürlich verzog Huisu das Gesicht. Vater Sons senti-mentales Getue ging ihm auf die Nerven. Jedes Mal, wenn so eine Sache anstand, sorgte dieser alte Furz dafür, dass kein Trop-fen Blut an seinen Händen klebte, und dann erlaubte er sich auch noch, bekümmert und mitfühlend zu tun. Das war ganz schön widerwärtig, fand Huisu. Obwohl Vater Son von seinem Status her Gangsterboss war, hatte er noch nie selbst jemanden erstochen. Er hatte noch nie das Zittern eines mit dem Tode ringenden Körpers gesehen und noch nie den ekelhaften Geruch einer blutverschmierten Klinge oder den Gestank zerfetzter Eingeweide gerochen, aus denen die Exkremente quollen. Sein Mitgefühl war nichts als Schwäche und Feigheit, dachte Huisu.

Vater Son öffnete eine Schublade und nahm zwei Umschläge heraus. »Der dicke ist für dich. Den kleinen Umschlag gibst du Chef Ogs Kindern.«

»Werden die Leute nicht reden, wenn ich den Kindern jetzt Geld bringe?«

»Worüber sollten die Leute reden? Das ist der Anteil der Wäscherei, der ihrem Vater nach der Abwicklung zusteht. Diese Kinder werden Geld für die Bestattung brauchen.«

Huisu öffnete die beiden Umschläge. In dem für die Kinder waren dreißig Millionen, in seinem siebzig. Wieso? Warum siebzig Millionen? Vater Sons Berechnungen waren immer schwer zu durchschauen. Für so einen Job zahlte er normalerweise fünfzig Millionen. Fünfzig für ihn, fünfzig für Dalja, dreißig für Chef Gu. Und dann noch zehn Millionen, um Daeyeong und Daeseong zum Schweigen zu bringen. Chef Gu und den Brüdern hatte Vater Son ihre Umschläge bereits gegeben. Was Huisu hier in den Händen hielt, war zu viel für ihn allein und nicht genug, um es mit Dalja zu teilen.

»Was ist los? Stimmt was nicht?«

»Muss Daljas Teil davon abgezogen werden?«

»Nein, Dalja bekommt seinen eigenen Umschlag.«

»Warum ist meiner dann so dick? Ist bei einem Geizhals wie Ihnen eher merkwürdig.«

»Hast du mir nicht gesagt, dass du mit Insuk zusammenziehen willst? Ich habe dir ein bisschen mehr reingetan, damit du eine Unterkunft findest. Ich habe noch mal nachgedacht und schließlich eingesehen, dass du wahrscheinlich recht hast. Es ist nicht einfach, sich wirklich mit jemandem zu verstehen, und du bist nicht mehr jung. Jemanden zu lieben ist gar nicht so leicht. Aber wenn man sich seiner Gefühle sicher ist, muss man alles tun, damit es funktioniert. Die Frau, die du liebst, kann eine Prostituierte sein, sie kann ein entstelltes Gesicht haben, ganz egal ... Du musst drauf scheißen, was die Leute hinter deinem Rücken sagen. Im Übrigen gibt es keine Männer, die durch und durch anständig sind, und keine Frauen, die durch und durch verdorben sind. Menschen kann man waschen und weiterverwenden.«

»Hören Sie auf, so zu reden. Insuk ist kein Geschirrtuch, das man in die Waschmaschine steckt und dann weiterbenutzt.«

Vater Son sah ihn verblüfft an. »Was bist du nur für ein Schwachkopf! Regst dich auf, wenn ich dich ermuntere, und regst dich auf, wenn ich dich bremse. Nach welcher Pfeife soll ich denn tanzen?«

»Ach was. Statt zu lauschen, welche Melodie ich pfeife, tun Sie lieber so, als wüssten Sie von nichts, und seien Sie endlich still.«

»Verdammter Idiot! Ich sage dir das alles doch nur, weil ich Angst habe, dass du den falschen Weg einschlägst. Achtzig Prozent aller Versager sind wegen einer Frau gescheitert. Wenn man in deinem Alter den falschen Weg einschlägt, hat man schnurstracks die Endstation erreicht!«

»Sie halten mich anscheinend für ein Kind! Aber ich bin groß genug, um einen Furz von einem Scheißhaufen zu unterscheiden!«

Vater Son starrte ihn an, dann schüttelte er den Kopf und schnalzte mit der Zunge. Mechanisch nahm er die angefangene Zigarette aus dem Aschenbecher, um sie wieder anzuzünden. Als ihm einfiel, dass Huisu zusah, zuckte er zusammen wie auf frischer Tat ertappt und legte die Zigarette schnell wieder aus der Hand.

Huisu lachte leise über diese lächerliche Reaktion. »Und das nennen Sie ›das Rauchen aufgeben‹? Sie sollten lieber aufhören, allen Leuten zu erzähen, dass Sie keine Zigarette mehr anrühren.«

»Was redest du da? Ich habe das Rauchen ganz eindeutig aufgegeben.«

Mit einem Kopfschütteln beendete Huisu diese unnötige Diskussion. »Hatten Sie mir noch etwas sagen wollen?«

»Willst du dich nicht ein bisschen hinlegen?«

»Nein, ich bleibe heute lieber im Büro. Ist besser, noch eine Weile wachsam zu bleiben und zu schauen, wie sich die Dinge entwickeln.«

Vater Son nickte.

Huisu steckte die Umschläge in die Innentasche seines Blousons und stand auf. »Danke für das Geld.«

»Keine Ursache«, antwortete Vater Son, glücklich und stolz, dass es ihm endlich einmal gelungen war, Huisu seine Großzügigkeit zu beweisen.

Als Huisu vor seinem Büro ankam, stand dort zu seiner Überraschung Dodari und wartete auf ihn.

»Was machst denn du hier so früh?«

Dodari begrüßte ihn mit einem leichten Senken des Kopfes, ohne seine Frage zu beantworten.

»Komm rein.« Huisu öffnete die Tür und ging ins Zimmer. Dodari blieb im Flur stehen.

»Wenn solche Sachen passieren, könntest du mir auch mal Bescheid geben«, sagte er in ungewohnt ernstem Ton.

»Was für Sachen?«

»Was für Sachen? Seit heute Morgen sind überall Bullen unterwegs, und du fragst mich, was für Sachen?«

»Ach, so! Das hat nichts mit uns zu tun. Also wirklich, du kannst deine Antennen wieder einfahren.«

»Fuck! Was soll das heißen: Hat nichts mit uns zu tun?«
Dodari war außer sich vor Wut.

Erstaunt über diese heftige Reaktion sah Huisu ihn an. In diesem Moment jaulte auf der Straße eine Sirene los. Weil alle Sirenen ähnlich klangen, ließ sich kaum erkennen, ob ein Polizei-, ein Feuerwehr- oder ein Krankenwagen die Ursache war. Als die Sirene wieder verstummte, war es plötzlich unangenehm still zwischen Huisu und Dodari, der immer noch aufgebracht war und Huisu böse anblitzte.

»Das geht dich nichts an. Polizei hin oder her, es betrifft dich nicht«, sagte Huisu.

»He, ich darf dich daran erinnern, dass ich stellvertretender Verwalter dieses Hotels bin. Ist doch nicht normal, dass ich erst über Mau von dieser Sache erfahren habe, als ich zufällig im Foyer vorbeikam. Du hättest mir das vorher sagen müssen.«

Jetzt packte auch Huisu die Wut, und er hielt Dodari drohend die Faust vors Gesicht. »Ach, du Arschloch willst, dass ich vorher bei dir zum Rapport antrete? Für wen hältst du dich? Soll ich dir den Schädel einschlagen?«

Dodari wurde sofort blass und machte sich klein. Während Huisu den Arm wieder sinken ließ, sah er ihn mit kaltem Blick an. Sollte Gott ihm eines Tages drei Wünsche freigeben, wäre der erste Wunsch, Dodari schlagen, und der zweite, ihn unter die Erde bringen zu dürfen.

»Dodari, auch für dich ist das Leben sicher hart, oder?« Huisus Stimme klang plötzlich sanft.

Dodari nickte ängstlich, und Huisu war sich nicht sicher, ob das Nicken Zustimmung bedeutete oder etwas anderes.

»Meins ist in letzter Zeit auch nicht einfach. Deshalb schlage ich dir Folgendes vor, mein lieber Dodari: Ab jetzt werden wir nachsichtig miteinander sein.«

Dodari blinzelte, als stimmte er Huisu zu. Der ging wortlos zu seinem Schreibtisch und setzte sich. Dodari schien noch etwas sagen zu wollen: Unentschlossen stand er im Türrahmen.

»Ist es wirklich sicher, dass sie Yongkang geschnappt haben?«

Anstatt zu antworten, starrte Huisu ihn gereizt an. Dodari wich seinem Blick aus.

»Ich frage, weil ich wegen Chef Og Schiss habe. Du weißt doch noch, wie ich den verprügelt habe, ist ja noch nicht so lange her.«

»Es gibt nicht den geringsten Grund, warum du in die Sache reingezogen werden solltest, und es besteht kein Risiko, dass die Polizei dir an den Kragen will. Glaub mir, dieses Mal wird Yongkang Mühe haben, wieder rauszukommen.«

Dodari biss sich nickend auf die Unterlippe, und in diesem Moment sah Huisu, wie ein Ausdruck der Resignation über sein Gesicht huschte. »Na gut, dann bin ich wieder weg. Ruh dich aus.« Dodari drehte sich um und verließ mit schweren Schritten das Büro. Huisu tippte mit dem Zeigefinger auf die Tischplatte. Yongkang und Dodari. Zwischen den beiden war irgendwas im Gange. Aber was? Ein Deal oder ein Bündnis zwischen zwei so ungleichen Männern? Kaum vorstellbar. Dodari war viel zu dumm, um mit Yongkang ins Geschäft zu kommen. Im Übrigen erging es ihm wie Huisu: Ohne Vater Sons Zustimmung konnte er in Guam nichts ausrichten. Er durfte ein paar kleine Geschäfte mit Jeongbae machen, um etwas Geld zu bunkern, und er durfte in den Bars gratis trinken, mehr aber auch nicht. Die Ohren des Alten waren immer und in alle Richtungen auf Empfang gestellt. Nichts von dem, was auf der Straße geredet wurde, blieb ihm verborgen, und über Mauscheleien seitens Dodaris hätte er sofort Bescheid gewusst. Dodari und Yangkong, schrieb Huisu auf einen Zettel und kreiste die Namen mehrmals ein. Genervt, dass ihm keine plausible Erklärung einfiel, knüllte er den Zettel zusammen und warf ihn in den Papierkorb.

Er nahm die Umschläge aus seiner Blousontasche und legte sie auf den Schreibtisch. Diese Umschläge benutzte Vater Son nur, wenn eine hochriskante Sache abgeschlossen war. Feine blaue Linien zogen sich kaum sichtbar über das lichtdurchlässige braune Papier. Jedes Mal, wenn Huisu einen dieser Umschläge sah, erinnerten ihn die blauen Linien an aufgeschlitzte Adern, und ein Gefühl von Gefahr erfasste ihn. Er öffnete beide und nahm die Schecks heraus. Siebzig Millionen für ihn, dreißig für den verstorbenen Chef Og. Soweit Huisu wusste, belief sich Chef Ogs Anteil an der Wäscherei allerdings auf fünfzig Millionen. Die Gesamtsumme, die er beim Glücksspiel verloren hatte, war natürlich noch viel höher, aber im Gangstermilieu wurde den Angehörigen in dramatischen Fällen, wenn jemand mit seinem Leben bezahlen musste, üblicherweise die ursprünglich investierte Summe zurückgezahlt. Es war also ziemlich wahrscheinlich, dass Vater Son zwanzig Millionen von Chef Ogs Anteil abgezogen und auf Huisu übertragen hatte. Denn Tote sind stumm und klagen ihr Geld nicht ein, und Huisu hatte doch gesagt, dass er mit Insuk zusammenziehen wolle und dafür Geld brauche. Glaubte der Alte, dass man mit siebzig Millionen eine Bleibe finden konnte? Davon könnten sich Huisu und Insuk bestenfalls eine winzige, mindestens dreißig Jahre alte Wohnung kaufen oder irgendeine Bruchbude mit Außentoilette. Ihm fiel wieder ein, wie viel Vater Son für Dodaris Hochzeit lockergemacht hatte, und ein leiser Groll stieg in ihm hoch. Der Alte hatte den frisch Vermählten eine Hundertzwanzig-Quadratmeter-Wohnung mit unverbaubarem Blick auf das Meer von Guam geschenkt, einen Mercedes-Benz und einen Monat Flitterwochen auf Hawaii. Dodari hatte es trotzdem fertiggebracht, sich zu beschweren: »Wer fährt denn heutzutage noch nach

Hawaii?« und: »Dieser gebrauchte Mercedes ist viel zu laut.« Und nun, da Huisu dem Alten gestanden hatte, dass er heiraten wollte, rückte er gerade mal siebzig Millionen raus. Dabei hatte Huisu zwanzig lange Jahre für ihn gearbeitet, davon zehn in seinem Hotel. In diesen zwanzig Jahren war er vier Mal ins Gefängnis gegangen und zwei Mal auf einem Schmugglerboot ins Ausland geflohen. Sieben Mal hatte er bei mehr oder weniger ernsten Auseinandersetzungen Messerstiche abbekommen und war zwei Mal verletzt im Krankenhaus gelandet, auf dem OP-Tisch und in der Intensivstation. Und jetzt kam noch diese neue Geschichte dazu, die sich bald herumsprechen und Huisu in die Schusslinie bringen würde, ganz zu schweigen von den Verhandlungen mit Yongkang, die er in einigen Jahren nach dessen Freilassung würde führen müssen. Und jetzt legte der Alte, nachdem Huisu ihm gesagt hatte, dass er vorhatte zu heiraten, gerade mal siebzig Millionen *won* hin, von denen er im Übrigen keinen Pfennig aus der eigener Tasche gezahlt und dazu noch einen Happen vom Lohn eines Toten abgebissen hatte.

Vater Son hatte Huisu einmal einen Rat gegeben, weil er fand, dass er seinen Leuten gegenüber zu großzügig war. »Hör zu, Huisu, der Hund beißt sein Herrchen nicht, wenn er Hunger hat, sondern wenn er satt ist. Glaub nicht, er wäre dir treu ergeben, bloß weil du ihn überfütterst.« Vater Son war tatsächlich der Meinung, dass nur Hunde, die ständig hungrig waren, ihr Herrchen respektierten. Auch Huisu war also einer der Hunde, denen der Alte nur so viel zu fressen gab, dass sie nicht krepierten. Yangdong hatte recht: Das Mallijang würde in die Hände des hirnlosen Dodari übergehen und Huisu würde niemals Vater Sons Nachfolger werden. An den Händen eines Nachfolgers durfte grundsätzlich kein Blut kleben, und schon aus diesem Grund würde man Huisu rasch aussortieren. Man musste nicht lange nachdenken, um zu begreifen, dass es gar nicht anders kommen konnte. Zu gegebener Zeit würde man Huisu, ähnlich wie Yangdong, mit irgendeinem armseligen, kleinen Geschäft abspeisen oder mit einer der vielen Bars, die immer kurz vor dem Bankrott standen. Oder man würde ihn einfach genauso geräuschlos beseitigen wie Chef Og und ihn in den Tiefen des Meeres von Guam versenken. Eigentlich hatte Huisu nie den Wunsch verspürt, Nachfolger eines Clanchefs und schon gar nicht Inhaber des Mallijang zu werden. Er fand es geradezu lächerlich, sich abzustrampeln, um in einem Kaff wie Guam Boss einer Bande von Ganoven zu werden und den Launen der dortigen Polizisten und Strippenzieher ausgesetzt zu sein. Schon in Mojawon hatte er Guam gehasst. Aber die Vorstellung, benutzt und dann einfach entsorgt zu werden, ärgerte ihn. Wobei es eigentlich kein Ärger war, eher das Gefühl eines Vakuums, wie wenn die Füße ins Leere treten. Ein falscher Schritt und auch er würde an einem Leitungsmast hängen, die Hose voller Exkremente.

Huisu stand auf, öffnete das Fenster und nahm sich eine Zigarette. Am Strand pickten Frauen, die eine Reinigungsfirma geschickt hatte, mit langen Zangen Müll, zerbrochene Flaschen, Algen und Plastik aus dem weißen Sand. Nach der Reinigung des Strandes würde man lasterweise Sand herbeischaffen und ihn aufschütten. Jahr für Jahr wurde der Strand schmaler, wohl infolge der Klimaerwärmung und des steigenden Meeresspiegels, der damit einherging. Am Ende des Sommers war der angeschleppte Sand verschwunden, von den Wellen fortgeschwemmt, und es gab nur noch Steine. Von Jahr zu Jahr musste mehr Sand aufgeschüttet werden. Das ewige Spielchen um den fortgeschwemmten und wieder aufgeschütteten Sand kam Huisu genauso absurd vor wie sein eigenes Leben.

Als die Zigarette zu Ende geraucht war, drückte er sie im Aschenbecher aus und setzte sich wieder an den Schreibtisch.

Seine Magenwand fühlte sich an wie eine offene Wunde. Er nahm mehrere Medikamente aus der Schublade, Säureblocker, Angstlöser, Antidepressiva. Aus jeder Packung legte er sich eine Tablette in die Hand, nahm alle auf einmal in den Mund und schluckte sie mit einem großen Glas Wasser. Das Telefon klingelte; Huisu ging ran. Es war Tang, der Vietnamese.

»Ich wollte mal hören, wie es so läuft.«

Tangs Stimme zitterte nicht. Trotzdem war die Sorge deutlich zu spüren.

»Wo seid ihr?«

»Der Kurze hat uns in das Gästehaus gebracht. Wir wissen nicht, ob wir hier in Sicherheit sind. Wir sind alle beunruhigt.«

»Ihr seid dort in Sicherheit, es besteht keinerlei Gefahr, dass die Polizei bei euch aufkreuzt. Aber geht nicht raus, haltet euch versteckt. Die Lage ist noch ein bisschen unübersichtlich. Sobald wieder Ruhe einkehrt, komme ich zu euch.«

Huisu legte auf und sah auf die Uhr. Es war kurz nach zwölf. In der letzten Nacht hatte er Tang angerufen und ihm gesteckt, dass am frühen Morgen möglicherweise die Polizei bei Yongkang auftauchen würde und dass er sich und seine Männer, wenn sie nicht geschnappt werden wollten, besser in Sicherheit brachte. Darauf hatte Tang entschieden, sich von Yongkang zurückzuziehen und zu verschwinden. Doch er wusste nicht, wo er sich verstecken sollte, und so hatte Huisu Danka den Auftrag gegeben, die Männer in ein abgelegenes Gästehaus zu bringen, das in der Nachsaison leer stand. Da die Polizei nur Filipinos verhaftet hatte, wusste Huisu, dass Tang lediglich die Vietnamesen in Sicherheit gebracht hatte.

Huisu nahm den Autoschlüssel und verließ das Büro. Anstatt zu Tang zu fahren, ging er hinunter ins Restaurant. Dort ließ er sich fürs Mittagessen Zeit. Nach dem Essen bestellte er Kaffee, den er in aller Ruhe trank, noch zwei weitere Stunden sitzen blieb und zum Fenster hinausschaute. Huisu aß immer am selben Tisch, im hinteren Teil des Restaurants. Im Gegensatz zu den anderen Tischen, die vor sich die Glasfront hatten, stand dieser an einem kleinen Fenster, das man öffnen konnte, um zu rauchen und Meeresluft zu atmen. Hin und wieder kam der Restaurantchef und fragte, ob Huisu noch etwas wünsche, und dann bestellte er entweder noch einen Kaffee oder winkte müde ab. Huisu konnte die unterwürfige Art des Mannes nicht leiden, nicht dass er mürrische Leute gemocht hätte. Aber dieser katzbuckelnde Restaurantchef war ihm unangenehm.

Huisu schaute auf die Uhr: Es war fast drei. Tang und seine vietnamesischen Freunde warteten sicher schon. Die Aktion war beendet, aber warum sollte er gleich zum Gästehaus rennen? Natürlich hatte Tang es eilig, Huisu aber nicht. Je zermürbter der andere war, desto einfacher würden sich die Verhandlungen gestalten. Lieber noch ein bisschen warten, ihn ein bisschen unter Druck setzen, dann würde er unüberlegter reagieren. Den Blick auf das Fenster gerichtet, überlegte Huisu, wo er Tangs Freunde unterbringen könnte. Schon deren Unterkunft und Versorgung war kein leichtes Unterfangen. Und dann musste auch noch Arbeit für sie gefunden werden, damit sie Geld verdienen konnten. Das wiederum war vielleicht weniger kompliziert, denn im Gegensatz zu den Gangstern aus Guam, denen vor allem ihr eigenes Wohlbefinden am Herzen lag und die am liebsten keinen Finger krumm machten, packten die Vietnamesen zu und waren verlässlich, ganz gleich, welche Arbeit man ihnen gab. Dafür zu sorgen, dass die Vietnamesen und die Gangster von Guam nicht miteinander in Berührung kamen, war vermutlich das größere Problem. So groß, dass Huisu Kopfschmerzen bekam, wenn er nur daran dachte.

Mit der Zigarette im Mund öffnete er das Fenster. Die Nachmittagssonne hatte die Luft angenehm erwärmt, und er merkte, dass ihn langsam eine große Mattigkeit überkam. Er dachte wieder an Insuk. Eigentlich war das mit der Hochzeit ja ein Scherz gewesen, er wusste selbst nicht, was ihn dazu gebracht hatte. Warum in diesem leichtfertigen Ton und warum ausgerechnet gegenüber Vater Son? Vielleicht hatte sich tief in seinem Herzen schon immer der Wunsch geregt, Insuk zu heiraten. Er hatte sich das gemeinsame Leben mit ihr oft vorgestellt, und diese Gedankenspiele hatten warme, angenehme Gefühle in ihm geweckt. Ähnliche Gefühle wie das, was er empfunden hatte, als Insuk ihm die Ohren sauber gemacht und er ihren Duft nach frisch gewaschenen, in der Sonne getrockneten Babywindeln aufgesogen hatte, den Kopf in ihren weichen, feuchten Schoß gebettet. Insuk wirklich zu heiraten wäre allerdings alles andere als einfach. Guam mochte städtisch scheinen, aber de facto war es ein Dorf, in dem jeder alles über jeden wusste, bis hin zur Anzahl der Löffel in der Küche des Nachbarn. Deshalb war es in Guam auch unmöglich, den Stempel *Ausländer* loszuwerden, selbst wenn man vor einem halben Jahrhundert zugewandert war. Die Einheimischen von Guam, deren ganzer und einziger Stolz es war, seit Generationen hier zu leben, saßen liebend gern *soju* trinkend zusammen, um über das erbärmliche Leben der anderen zu tratschen und zu feixen. Die Armen und Schwachen von Guam waren die ideale Beilage zum *soju*. Die Vorstellung, eines Tages selbst diesem Gespött ausgesetzt zu sein, fand Huisu unerträglich. Es war ein demütigendes Gefühl, das am Ende immer in Wut umschlug. Huisus Angst und Abscheu vor dem Elend hatten sicher ihre Wurzeln in Mojawon, wo sie als Kinder in abgetragenen Kleidern herumgelaufen waren. Weil es kein anständiges Bad gab, waren sie immer dreckig gewesen und stanken. Sie waren so arm, dass es schon ein Problem gewesen war, wenn sie für die Schule ein neues Heft oder einen neuen Stift gebraucht hatten. Oft konnten sie die monatlichen Schulgebühren – obwohl diese lächerlich gering waren – nicht pünktlich bezahlen, wofür sie dann vor der ganzen Klasse bestraft wurden. Die Kinder von Mojawon waren die Prügelknaben und das Gespött von ganz Guam. Es machte einfach Spaß, sie zu verdreschen, auf der Straße, in der Schule, am Strand. Ihr einziger Fehler war, dass sie schmutzig waren und stanken. Der kleine Huisu hatte gedacht, es läge daran, dass sie keinen Vater hatten, keinen noch so armen Teufel, der sein Kind, wenn es durchgeprügelt heimgekommen wäre, mit dem Stock verteidigt hätte. Und er hatte recht. Wer keinen Vater hatte, der war unendlich arm und furchtbar schwach in dieser brutalen Welt, in der die einen auf das Elend der anderen mit Gewalt reagierten.

Wie viele Jahre könnte er noch als Manager des Mallijang arbeiten? Ein paar noch, mehr nicht. Denn schon bald würde ein wendigerer Typ, der billiger und anpassungsbereiter wäre als er, seinen Platz übernehmen. Huisu konnte sich noch so sehr abstrampeln, es würde nichts ändern. Alles, was er erreicht hatte, würde Dodari zufallen. Im Grunde bestand ein Gangsterleben darin, sich für nichts und wieder nichts den Arsch aufzureißen. Wenn er das Mallijang jetzt verließ, er wäre von einem Tag auf den anderen ein Niemand. Sicher, im Viertel genoss er Respekt. Doch außerhalb von Guam war er nur ein armseliger Ganove mit vier Verurteilungen im Vorstrafenregister. Und sollte Vater Son eines Tages entscheiden, ihn fallen zu lassen, würde sich Obligation Hong auf ihn stürzen und ihn zerlegen, um seine Organe zu verkaufen. Womit Huisu den Gipfel des Elends erreicht hätte.

Er drückte seine Zigarette aus und stand auf. Sofort kam der Restaurantchef angerannt und fragte, wieder begleitet von devoten Verbeugungen, ob das Essen zu Huisus Zufriedenheit gewesen sei und ob er ihm noch mit irgendetwas helfen könne. Huisu sah sich das Gesicht des Mannes an. Die Augen, die Nase und der Mund waren seltsam zentriert, und plötzlich hatte Huisu das Gefühl, in eine sich drehende Windmühle aus Papier zu blicken. Eine Windmühle, die ihn wieder und wieder fragte, ob er noch etwas benötige, ob noch irgendetwas für sein Wohlbefinden zu tun sei. Die Unterwürfigkeit des Restaurantchefs störte durchaus sein Wohlbefinden, vielleicht erinnerte sie ihn an seine eigene Situation. Entnervt erwiderte Huisu, dass es ihm an nichts fehle.

Im Flur des Hotels blieb er einen Moment stehen. Vor einem Fenster, das zum Lüften offen stand, flatterte der Vorhang im Wind. Es war einer dieser tristen Nachmittage, an denen Huisu zu nichts Lust hatte. Anstatt zum Gasthof, zu Tang und seinen Freunden zu fahren, verschwand er wieder in sein Büro. Es gab viel tun, aber er fühlte sich so benebelt und matt, dass er nicht wusste, wo er anfangen sollte. Er setzte sich an seinen Schreibtisch und kippte die Rückenlehne des Bürosessels so weit nach hinten, wie es ging. Langsam ließ die Anspannung der letzten Tage ein wenig nach, und er wurde schläfrig.

AMI

Mit ausholenden Schritten näherte sich ein Mann dem Büro des Managers des Hotels Mallijang. Mitten im April trug er eine alte, wattierte Bomberjacke. Er war sehr groß, etwa einen Meter neunzig, und sein Kopf streifte die von der Decke herabhängenden Lampen. Dieser Mann wog mindestens hundertzehn Kilo. Er hatte die imposante Statur eines mittelalterlichen Kriegers – starke Knochen, breite Schultern, schwerer Kopf –, und mit seiner Bomberjacke wirkte er in diesem ausgehenden 20. Jahrhundert wie aus der Zeit gefallen. Die schwingenden Schultern, der schwere Schritt – der Mann hatte etwas von einem riesigen Schimpansen. Vor der Bürotür des Managers blieb er stehen. Sie war nur angelehnt, also öffnete er sie vorsichtig und warf grinsend einen Blick ins Zimmer. Huisu saß schlafend in seinem nach hinten gekippten Bürosessel. Auf leisen Sohlen schlich der Mann zum Schreibtisch und schaute so forschend in Huisus Gesicht wie jemand, der auf einem großen Gemälde ein kleines Detail sucht. Plötzlich und ohne erkenntlichen Grund schrak Huisu zusammen, er fuhr aus dem Sessel hoch und griff unwillkürlich nach einem Stift, der auf dem Tisch lag. Zu schnell, wie sich zeigte, alles viel zu schnell, denn ihm wurde schwindelig und er wäre umgekippt, hätte der Mann ihn nicht festgehalten.

»Hey, du hast mir Angst gemacht!«, sagte der Mann, der fast noch erschrockener war als Huisu. »Warum bist du so überrascht?«

Benommen betrachtete Huisu sein Gegenüber. Endlich dämmerte so etwas wie Erkennen in ihm auf. Er stieß einen Seufzer aus und warf fluchend und etwas verlegen den Stift auf den Tisch.

»Seit wann bist du hier?«

»Seit gerade.«

»Bist schon so lange entlassen und schaffst es jetzt erst, mir mal deine Visage hinzuhalten?!«

Dass Huisu ihn so harsch anging, war reine Verlegenheit. Doch den anderen schien der ruppige Ton nicht zu kümmern. Er strahlte von einem Ohr zum anderen.

»Ich musste was Dringendes regeln.«

»Wie kann einer, der frisch aus dem Gefängnis kommt, etwas Dringendes zu regeln haben?«

»Eben drum, ein Knasti hat jede Menge superdringende Sachen zu tun.«

»Mach mal halblang. Es heißt, du wärst in die Provinz Gangwon gefahren, um deine Schnecke zu suchen.«

»Was kann dringender sein, als eine verlorene Liebe wiederzufinden, Paps? Du hast selbst mal gesagt, zwischen Liebe, Geld und Ehre wäre die Liebe das, was am meisten zählt.«

Über so viel Verrücktheit musste Huisu lächeln, und auch Ami hörte gar nicht mehr auf zu lächeln.

Huisu streckte sich und nahm eine Zigarette. »Willst du auch eine?«, fragte er.

Ami winkte ab.

»Ich mache nichts, was schlecht für die Gesundheit ist. Man muss auf seinen Körper achten. Du auch, Paps, du solltest damit aufhören. Rauchen bringt nichts Gutes.«

»Du redest vielleicht einen Mist. Alkohol trinkst du ja wohl immer noch, bis du besoffen bist.«

»Alkohol ist gut für die Gesundheit«, erwiderte Ami im Brustton der Überzeugung. Huisu warf ihm die Zigarettenpackung ins Gesicht, doch Ami war schneller und pflückte sie mit der linken Hand aus der Luft. Beeindruckt von seinem Reaktionsvermögen, sah Huisu ihn an. Ami legte die Schachtel mit einem coolen Lächeln wieder auf den Tisch.

»Und? Hast du sie wiedergefunden, diese so verdammt wichtige Liebe?«

»Klar. Die kann doch nicht verloren sein, wenn Ju Ami sich höchstpersönlich dahinterklemmt. Ich hab sie in der Provinz Gangwon gefunden, hab sie eine Woche lang angefleht, und gestern Abend sind wir zusammen zurückgekommen.«

Sein Gesicht leuchtete vor Freude und Stolz.

»Und wo ist die junge Lady?«

»Jetzt gerade schläft sie in 'nem Hotel.«

»In welchem?«

»Dem an der T-Kreuzung. Hotel Bulimjang oder so.«

»Du Idiot hast aber auch gar keinen Sinn für Romantik. Da reißt du dir den Arsch auf und findest die junge Lady, und jetzt steckst du sie in so eine miese Absteige?«

Um eine Antwort verlegen, kratzte sich Ami am Hinterkopf.

»Bring sie her. Ich gebe dir ein extraschönes Zimmer mit Meerblick. Jetzt, wo unser Ami nicht mehr sitzt, ist das ja wohl das Mindeste, was ein Vater tun kann, oder?«

»Ach, ist doch egal. Das Zimmer hat immerhin ein Klo und 'ne Dusche, also mir reicht das.«

Huisu klaubte eine Packung Papiertaschentücher vom Tisch und warf sie Ami an den Kopf. Diesmal traf er ihn an der Stirn.

»Laber nicht, du Krücke! Wenn ich dir sage, dass du sie holen sollst, dann holst du sie!«

Ami kratzte sich wieder am Hinterkopf, hob die Taschentücher auf und legte sie behutsam neben die Zigarettenpackung.

»Du bist vielleicht zu jung, um das zu wissen, aber Frauen hassen solche billigen Absteigen. Ein Mann, der sie in so einem Laden unterbringt, und dann im Vergleich dazu einer, der sie in einem richtigen Hotel unterbringt, wie soll ich sagen ... Das ist eine Frage des Respekts. Oder eher der Intensität der Liebe. Jedenfalls ändert es alles.«

»Intensität der Liebe, sagst du?« Ami war baff.

»Klar. Wie soll denn ein Zimmer, in dem ein Werbekalender für *soju* an der Wand klebt, Respekt einflößen und eine erotische Atmosphäre schaffen?«

Ami dachte einen Moment nach, dann nickte er. »Stimmt. Das kann ein Problem werden.«

»Natürlich wird das ein Problem.«

»Und das Zimmer im Mallijang ist schön?«

»Keine Sorge. Das hat eine wirklich erotische Atmosphäre.«

Leise und mit geballten Fäusten wiederholte Ami das Wort erotisch. »Aber ... Paps ...«

»Was?«

»Ich hab ein anderes Problem, das ist noch wichtiger als das mit dem Hotelzimmer. Und da brauche ich wirklich deine Hilfe.«

»Brauchst du Geld?«

»Nein, das ist es nicht. Die junge Lady, wie du sagst ... also, die ist nett, die ist ein anständiges Mädchen. Kannst du mal mit meiner Mutter darüber reden?«

»Gefällt sie Insuk nicht?«

»Meine Mutter will sie nicht mal sehen. Weil sie ein Barmädchen ist.«

»Du wusstest doch, dass deine Mutter kein Barmädchen will, warum musste es ausgerechnet eine von denen sein?«

259

»Was ist denn an 'nem Barmädchen so schlimm? Ist mir lieber als 'ne Studentin oder so, da fühle ich mich wohler mit.«

»Was du nicht sagst. Du bist also schon mal mit einer Studentin zusammen gewesen?«

»Noch nicht, aber ich mag's nicht.«

»Wenn du noch nie eine kennengelernt hast, woher willst du dann wissen, ob du's magst oder nicht?«

»Ich hasse es halt, wenn ich mich unwohl fühle. Und außerdem, ganz ehrlich, Paps, du glaubst doch nicht, dass ein Mädchen, das auf der Universität war, bereit wäre, mit mir zusammen zu sein.«

»Definitiv nicht.«

Ami verzog den Mund. »He, Paps, so deutlich musstest du es jetzt aber auch nicht sagen. Ist ja auch nicht total unmöglich, dass so was passiert. Was haben die denn, was die anderen nicht haben? Außerdem bin ich groß und stark und hab 'ne hübsche Visage, oder etwa nicht?«

»Ja, das stimmt, unser Ami ist ein echt hübscher Bursche. Aber ich sage trotzdem, dass es sehr unwahrscheinlich ist, dass eine nerdige Studentin, die nach einer glänzenden Schullaufbahn gerade ihr Universitätsstudium aufgenommen hat, plötzlich beschließt, alles hinzuschmeißen, um sich mit dir in der Gosse zu vergnügen, bloß weil du eine hübsche Visage hast. Kapiert, du Trottel?«

Den Blick zur Decke gerichtet, dachte Ami nach, um den Sinn dessen, was er gerade gehört hatte, zu erfassen. Es schien ihm nicht leichtzufallen.

»Soll ich das Ganze noch mal in vereinfachter Form sagen?«

»Hab's verstanden. Du hältst mich für blöd, das meintest du, oder? Ist schwer, klar, aber wenn ich mich 'n bisschen anstrenge, kriege ich's hin. Grob gesagt war's das doch, oder?«

»Schon gut, hör auf, du Komiker.«

Huisu drückte die Zigarette aus und streckte seinen Rücken, der noch steif vom Mittagsschlaf war.

Ami stellte sich sofort hinter ihn und begann eifrig, ihm die Schultern zu massieren. »So was aber auch, deine Schultern sind total verspannt.«

Ami hatte so viel Kraft, dass Huisu vor Schmerz das Gesicht verzog. »Das tut weh.«

»Okay, dann mach mal so, Paps. Das ist supergut, um die Schultermuskulatur zu entspannen.« Er riss die Arme nach hinten und fing an, seltsam rudernde Bewegungen zu machen.

Ohne groß nachzudenken, imitierte Huisu ihn. »Wo hast du das gelernt?«

»Im Gefängnis, beim Sport.«

Abrupt hörte Huisu auf. »Ich habe so einen Horror vor allem, was mich ans Gefängnis erinnert, dass ich keine Bohnen mehr esse.«

»Aber es funktioniert wirklich gut, um die Schultern zu entspannen«, brummte Ami, immer noch mit den Armen rudernd.

Huisu beobachtete ihn eine Weile, bis ihm etwas einzufallen schien; er griff in die Schreibtischschublade und nahm fünf Eine-Million-*won*-Scheine heraus.

»Nimm das für die ersten Ausgaben, die jetzt nötig sind. Kauf dir Kleidung. Was hast du denn da für alte Klamotten am Leib? Jeder Kriegsflüchtling war früher besser angezogen als du.«

Nach einem kurzen Blick auf die Scheine winkte Ami energisch ab. »Nein, nein, ist schon gut. Bin ja kein Kind mehr.«

»Du glaubst, dass du jetzt erwachsen bist? Los, nun nimm das Geld schon, deinem Vater fällt gleich der Arm ab«, beharrte Huisu.

Widerwillig nahm Ami die Scheine an.

»Drei Millionen sind vom alten Herrn, zwei von deinem Vater. Der alte Herr macht sich große Sorgen um dich. Lass dich mal bei ihm blicken.«

»Mach ich.«

Ami stopfte das Geldbündel so nachlässig in seine Gesäßtasche, dass noch ein Stück herausragte, was Huisu missmutig zur Kenntnis nahm.

»Hast du kein Portemonnaie?«, fragte er.

»Ich mag Portemonnaies nicht, die sind immer so dick.«

»Bist du verrückt, oder was? Willst du so rumrennen, mit flatternden Geldscheinen?«

Wieder öffnete er die Schublade und nahm ein kleines, in Geschenkpapier gewickeltes Päckchen heraus, das an einer Seite aufgerissen war, allem Anschein nach ein Geschenk. Huisu riss das Papier ab, öffnete die Schachtel und holte ein Portemonnaie heraus. Er steckte einen Hunderttausender hinein und gab es Ami.

»Kommt aus Italien, echtes Kalbsleder, verdammt teuer. Mann, ich werfe gerade Perlen vor die Säue.«

Ami sah sich das Portemonnaie genau an und schnupperte sogar daran. »Wow, und das riecht gut! Aber wozu das Geld, wieso?«

»Wenn man ein Portemonnaie verschenkt, ist es üblich, ein bisschen Geld reinzustecken.«

Ami nickte, als hätte er gerade etwas dazugelernt. »Wenn ich meiner Lady irgendwann 'ne Handtasche schenke, soll ich dann auch ein bisschen Geld reintun?«

»Du kannst Geld oder Präservative reintun, das musst du selbst wissen.«

Ami gluckste. Er steckte die Scheine in sein neues Portemonnaie und schob es in die Gesäßtasche seiner Jeans. Irgendetwas schien ihn zu stören, er überlegte, nahm das Portemonnaie wieder heraus und stopfte es in die Innentasche seiner Bomberjacke.

»Und sonst? Siehst du meine Mutter manchmal? Also, meine Mutter, die denkt jeden Tag an dich.«

»So ein Quatsch. Warum sollte sie an einen Typen wie mich denken? In ihrer Bar laufen so viele Männer rum, ich wüsste nicht, warum sie gerade mich im Blick haben sollte.«

»Vertu dich mal nicht, Paps. Für meine Mutter bist du der Einzige, der zählt.«

»Vor ein paar Tagen war ich übrigens wirklich in der Bar und habe was getrunken. Und sogar ein Gericht des Hauses gegessen.«

»Hast du dich mit Mama versöhnt?«

»Wieso versöhnt? Habe ich mich jemals mit deiner Mutter gestritten?«

»Also, seit du dich mit meinem Lehrer geprügelt hast, wart ihr jedenfalls ein bisschen auf Abstand. Vorher war's netter.«

Die Erinnerung an diese Geschichte machte Huisu wütend. »Fuck!«, schrie er Ami an. »Was heißt hier mit deinem Lehrer geprügelt? Ich hab ihn nur am Kragen gepackt, wobei, nein, andersrum, der Typ hat mich gepackt! Ich hab mich nur verteidigt!«

»Paps …«, sagte Ami, plötzlich ganz ernst.

»Was?«

»Lass nicht immer mehr Zeit vergehen, heirate meine Mutter. Wenn ihr heiratet, sind wir beide richtig Vater und Sohn, das wäre doch cool, oder?«

»Eben, ich will doch gar nicht dein richtiger Vater sein. Ist schon schwer genug, ein unrichtiger Vater zu sein.«

»Pff, ich weiß, dass du meine Mutter liebst. Sagst du das, weil sie 'ne Nutte ist?«

»Du kleines Arschloch! Wie nennst du deine Mutter? Eine Nutte?«

»Ja und? Ich schäme mich nicht dafür, dass meine Mutter 'ne Nutte ist. Von dem Geld, das sie auf dem Strich verdient hat, hat sie mich ernährt, von dem Geld bin ich groß geworden, oder etwa nicht? Aber du, Paps, schämst du dich für meine Mutter?«

»Das ist es nicht.«

»Doch, ist es wohl.«

»Ich sage dir, das ist es nicht«, fauchte Huisu und biss sich auf die Unterlippe.

Kein bisschen eingeschüchtert, sah ihm Ami direkt in die Augen. Huisu zündete sich eine Zigarette an; er schämte sich für seinen Wutausbruch.

»Meine Mutter ist viel romantischer, als man denkt. In Wanwol hat sie ihren Körper verkauft, aber sie hat nie mit irgendjemandem was angefangen.«

»Du lügst.«

»Das ist die Wahrheit. Ich hab nicht ein einziges Mal gesehen, dass sie einen Typen mit nach Hause gebracht hat. Und ich hab immer bei ihr gewohnt, das weißt du.«

»Ist ja komisch, als ich neulich bei euch war, hatte irgend so ein Arsch seinen Pyjama und seinen Slip liegen gelassen. Den Pyjama hätte ich übrigens fast in der Luft zerfetzt.«

»Meinst du so ein scheußliches Ding mit Sonnenblumen drauf?«

»Ja.«

»Den hatte ich, als ich in der Grundschule war.«

Huisu wurde rot und schwieg.

»Verdammt, das gibt's doch nicht … Wie kann es sein, dass meine Beine kürzer sind als die von einem Zehnjährigen …«, murmelte er leise fluchend vor sich hin.

»Hör mal, hast du dieses Wochenende was zu tun?«, fragte Ami vorsichtig.

»Dieses Wochenende? Ich weiß nicht. Wahrscheinlich schon. Gibt immer irgendwas zu tun. Warum?«

»Meine Schwiegereltern kommen runter nach Busan, und ich lade sie mit meiner Mutter zum Essen ein. Kannst du kommen?«

»Also macht ihr dieses Wochenende die offizielle Vorstellung?«

»Ja.«

Huisu dachte nach, dann schüttelte er den Kopf. »Nein, da komme ich nicht. Was soll ich da?«

Ami kratzte sich zögernd am Hinterkopf. »Also …«, sagte er schließlich, »… mein Schwiegervater hat mich gefragt, ob mein Vater noch lebt, und da habe ich halt irgendwie Ja gesagt. War ein bisschen heavy zuzugeben, dass ich nie 'nen Vater hatte.«

Huisu, der noch nie in die Situation geraten war, bei einem zukünftigen Schwiegervater um die Hand der Tochter anhalten zu müssen, konnte nicht verstehen, was Ami mit *heavy* meinte, aber er wusste sehr genau, was es bedeutete, ohne Vater aufzuwachsen.

»Wo geht ihr denn hin?«

»Habe ich noch nicht entschieden. Vielleicht in ein traditionelles chinesisches Restaurant. Müsste doch gehen, oder?«

»Bring sie hierhin. Ich reserviere einen Tisch im Hotelrestaurant. Die Leute, die hier arbeiten, sind alles Pfeifen, aber unser Küchenchef ist große Klasse.«

»Wow. Heißt das, du kommst auch?«

Huisu nickte kurz. Ami strahlte vor Glück, er hörte gar nicht mehr auf. Sein Lächeln war liebenswert. Er war immer gut gelaunt und schaffte es, andere damit anzustecken. Deswegen scharten sich immer viele Leute um ihn.

»Hast du schon ein bisschen darüber nachgedacht, was du

jetzt mit deiner Zeit anfangen willst? Deine Mutter macht sich Sorgen, sie will, dass du eine ehrliche Arbeit findest.«

»Selbst wenn ich wollte, würde ich eh keine finden, ich kann ja nichts.«

»Hast du denn im Gefängnis kein Handwerk gelernt? Angeblich kann man doch heutzutage im Knast eine praktische Ausbildung machen.«

»Kraft ist das Einzige, was ich habe. Mit den Händen kann ich nichts machen.«

»Und du hast auch nicht versucht, irgendeine Prüfung zu machen, ich meine, irgendeine Art Schulabschluss?«

»Wenn ich ein Buch aufklappe, schlafe ich sofort ein.«

»Was hast du denn die ganze Zeit gemacht?«

Anstatt zu antworten, lächelte Ami leise. »Also, ich habe vor, zusammen mit Huinkang ein Business zu starten.«

»Und was für eine Art von Business?«

»Er hat mir gesagt, ein paar Ladenbesitzer aus Wollong hätten ihn kontaktiert. In letzter Zeit gibt's da alle möglichen Typen, die für Chaos sorgen, Leute unter Druck setzen, damit sie Schutzgelder zahlen und so. Deshalb hat Huinkang mir gesagt, wir könnten da was Kleines aufziehen. Könnten die Läden und die Straßen drum herum schützen.«

Amis Antwort ließ Huisu erstarren. »Du meinst, an der Kreuzung von Wollong?«

»Ja, an der Kreuzung und dahinter, in den Straßen mit den Verkaufsständen.«

»Willst du damit sagen, dass du den Zuhältern von Wollong die Stirn bieten willst?«

»Die Typen sind Weicheier. Die schlagen ihre Nutten.«

»Ami, lass die Finger davon.«

»Warum?«

»Weil die Typen aus Wollong kaltblütig sind. Die wirken

vielleicht wie Memmen, wenn man sie so sieht, aber dass sie sich seit Jahrzehnten dort halten können, hat schon seinen Grund. Nicht mal Doyen Nam schafft es, sie wegzukriegen. Wie willst du das schaffen? Wenn es schiefgeht, wanderst du gleich wieder ins Gefängnis, dabei kommst du doch gerade erst raus.«

»Paps, ich hab im Gefängnis ziemlich viel nachgedacht. Ich habe beschlossen, keine riskanten Sachen mehr zu machen, nicht so wie vorher. Aber ein bisschen Geld brauch ich schon.«

»Du hast weder Frau noch Kinder, warum solltest du viel Geld brauchen?«

»Weißt du, als ich diese große Dummheit gemacht habe, ist durch schlecht gezielte Messerstiche einer von unseren Jungs gestorben und zwei andere sind seitdem Krüppel. Außerdem muss eine Frau ihr Kind allein großziehen, weil ihr Kerl zur Fahndung ausgeschrieben wurde und geflohen ist. Und dann sind da auch noch meine ganzen Jungs, die sich zerstreut haben, meine Lady, die mir vertraut und mich heiraten will, meine Mutter, die immer noch arbeitet, um ihre Bar zu halten … wenn ich all diese Leute versorgen will, kann ich mich nicht mit ein oder zwei korrekten Verträgen mit Bars zufriedengeben.«

»Der Tote und die beiden Krüppel – wieso sollst du schuld daran sein?«

»Ich bin schuld.«

»Sagst du das, weil du noch sauer auf Cheoljins Bande bist?«

»Nein, ich bin überhaupt nicht mehr sauer auf Großen Bruder Cheoljin. Ich war einfach zu jung. Und auf den alten Herrn bin ich auch nicht sauer und auch nicht auf dich, weil du mich nicht verteidigt hast. Das war 'ne komplizierte Situation, wir hatten keinen Cent. Aber heute brauche ich wirklich ein bisschen Geld.«

»Ich kann ja verstehen, dass du dich, wo du so frisch aus dem Gefängnis entlassen bist, unter Zeitdruck fühlst. Aber das läuft nicht so einfach, wie du denkst, nicht in diesem Milieu.«

»Ich weiß. Ich hab im Gefängnis viel nachgedacht. Bin ziemlich reif geworden, Paps. Mach dir keine Sorgen, es wird weder für dich noch für den alten Herrn Folgen haben, wenn ich in Wollong arbeite.«

»Wenn ich Ärger bekomme, ist das nicht schlimm. Wichtig ist nur, dass du überlebst.«

»Ich werd vernünftig sein«, sagte Ami mit ernster, fester Stimme.

Plötzlich wurde Huisu bewusst, dass Ami wirklich kein Kind mehr war, dem man ein bisschen Taschengeld in die Hand drückt. Schon mit zwanzig war er Anführer einer siebenköpfigen Gangsterbande gewesen. Er hatte vor nichts Angst gehabt, nichts konnte ihn aufhalten, er war wie besessen. Als sich der Krieg zwischen Ami und dem Dalho-Clan anbahnte, war es Huisu und Vater Son trotz aller Bemühungen nicht gelungen, die Spannungen abzubauen. Denn für Ami war Angst ein Fremdwort, und Cheoljin, einer der Kader des Dalho-Clans und Amis Hauptgegner, konnte es sich nicht erlauben, auch nur einen Zentimeter vor einer Bande zwanzigjähriger Jungs zurückzuweichen. Wäre er zurückgewichen, hätte er sich für immer aus dem Gangsterleben verabschieden können.

Es war ein grauenhafter Krieg gewesen, vom ersten Moment an. Die starken, erfahrenen Kämpfer der Yeongdo-Armee hatten Amis Lager schwere Verluste zugefügt. Inzwischen schien Ami zu glauben, dass er allein die Schuld am Ausbruch dieses Krieges trug, der einen seiner Jungs das Leben gekostet und zwei andere zu Krüppeln gemacht hatte. Als Wiedergutmachung wollte er sich nun um die Familien kümmern. Aber für diesen Krieg war nicht nur eine Person verantwortlich. Niemand hatte ihn bewusst angezettelt, niemand hatte den Männern das Messer in die Hand gelegt und sie dann in die Schlacht getrieben. Jeder Gangster, ob jung oder alt, ob stark oder schwach, hatte eigene Hintergedanken und sein eigenes Kalkül. Ohne Hoffnung auf einen großen Coup griff niemand zum Messer. Insofern waren alle verantwortlich für die Kollateralschäden. So war das Gangsterleben nun mal. Und überhaupt: Selbst wenn Ami wirklich schuld an allem gewesen wäre, hätte er niemals genug Geld auftreiben können, um für den Lebensunterhalt von drei Familien zu sorgen. Als Gangster den eigenen Lebensunterhalt zu verdienen war ja schon schwer genug, denn jeder gute Plan lockte blitzschnell einen Schwarm gieriger Schmeißfliegen an. Das alles sagte Huisu nicht. Eines Tages würde Ami es selbst verstehen: *Wenn's ums Geld geht, gibt es keine Helden,* dachte Huisu.

Nachdem das Gespräch eine so ernste Wendung genommen hatte, schien sich Ami unwohl zu fühlen. Nervös wanderte sein Blick durch das Büro, dann sah er Huisu wieder an. »Ich gehe jetzt.«

»Ohne noch einen mit mir zu trinken?«

»Meine Lady ist allein im Hotel …«

»Okay. Dann geh.«

Ami verbeugte sich tief vor Huisu, drehte sich um und verließ mit seinen schwingenden Schultern das Büro. Huisu folgte ihm bis in den Flur, den Blick auf Amis Rücken gerichtet, der so massiv war wie ein Fels. Ami hatte sich nicht verändert. Er war noch genauso unkontrollierbar wie früher. Huisu hatte Angst um ihn.

BEISETZUNG

Der Weg zur Trauerhalle oben am Berg führte über enge, gefährliche Serpentinen; wahrscheinlich hatte man beim Bau der Straße sparen wollen. Dass Danka so schnell fuhr, machte die Sache nicht besser. Nach einer Weile war Huisu, der neben ihm saß, so entnervt, dass er den Mund aufmachte: »Warum fährst du so schnell? Bringt doch nichts. In der Trauerhalle hängen wir gleich sowieso nur rum.«

Und er hatte recht. Es gab nichts Nervenaufreibenderes als die Beerdigungfeier eines Gangsters. Diese Feiern hatten gewisse Gemeinsamkeiten mit Geschäftsmeetings, bei denen die unterschiedlichsten Interessenlagen und Machtverhältnisse aufeinandertrafen. Da begegneten Männer, die verprügelt worden waren, denjenigen, die sie verprügelt hatten, es kamen Leute zusammen, die sich als Opfer einer Ungerechtigkeit sahen, Schulden eintreiben wollten oder selbst Rede und Antwort stehen mussten ... Und jeder wollte sich Gehör verschaffen. In freier Anlehnung an das große Prinzip der koreanischen Bestattungstradition, dem zufolge mit dem Tod alles verziehen ist, betrachteten die Gangsterbosse Beerdigungen häufig als eine Gelegenheit für Aussöhnung oder Verhandlungen. Meistens fuhren die Opfer einer Ungerechtigkeit allerdings noch ange-

schlagener nach Hause als bei ihrer Ankunft, und wer wütend
gekommen war, begann im Laufe des Abends, Tische umzusto-
ßen und das Messer zu zücken. Beim Gedanken an die bevor-
stehende Nacht seufzte Huisu. Danka, der aus irgendeinem
Grund verärgert war, raste immer noch heftig atmend wie ein
Verrückter durch die Serpentinenkurven.

»Ich habe gehört, dass Jeongbae die Wäscherei übernommen
hat. Wusstest du davon?«

Huisu nickte.

»Jeolsak ist gerade wieder freigekommen. Nach drei Jahren«,
fuhr Danka fort. »Anscheinend hat der alte Herr gesagt, dass
Jeongbae das Stockfisch-Geschäft trotzdem weitermachen soll.
Wusstest du das auch?«

Huisu nickte wieder; er biss sich auf die Unterlippe.

»Damit geht der alte Herr wirklich zu weit. Weißt du, was
Jeolsaks Frau durchgemacht hat, seit Dodari und Jeongbae ihr
das Stockfisch-Geschäft abgenommen haben? Dafür sollte man
Jeongbae bestrafen, anstatt dieses Arschloch auch noch zu be-
lohnen! Was soll das? Was soll Jeolsak denn jetzt machen? Den
ganzen Tag Däumchen drehen?«

Danka hatte sich in Rage geredet. Jedes Mal, wenn er in den
Kurven das Lenkrad herumriss, geriet der Wagen gefährlich ins
Schwanken.

»Hey, fahr gefälligst anständig. Meines Wissens bist du kein
naher Verwandter von Jeolsak. Kümmer dich nicht darum, was
andere auf dem Teller haben, schau lieber, dass du selbst was zu
fressen kriegst.«

»Ganz ehrlich, was der alte Herr in letzter Zeit so macht, ist
nicht korrekt. Auch das mit der Wäscherei, Großer Bruder Huisu. Die heiklen, komplizierten Sachen, die hast alle du erledigt.
Ich meine Yongkang, Chef Og und das alles. Warum zum Teufel
kriegt Jeongbae dann die Wäscherei?«

Als Danka seine Rolle in dieser finsteren Angelegenheit erwähnte, warf Huisu ihm einen eisigen Blick zu. »Pass auf, was du sagst, du kleiner Pisser.«

Verwirrt nahm Danka den Fuß vom Gas.

»Solltest du irgendwann anfangen, Geschichten über die Wäscherei zu verbreiten, bist du ein toter Mann«, sagte Huisu in leisem, drohendem Ton.

Danka sagte nichts mehr und fuhr schweigend weiter. Aber seine Wut war zu groß, und nach einer Weile fing er doch wieder an: »Aber trotzdem, du kannst sagen, was du willst, es ist einfach ungerecht. Dieser Wichser fühlt sich durch Dodari gedeckt und macht einfach, was er will, wo er will und wann er will. Und der alte Herr stellt sich trotzdem vor ihn. Was soll das? Was hat der Kerl sich schon alles unter den Nagel gerissen? Er liefert den Ständen die Gasflaschen, macht den Strom, hat den Stockfisch, die Kühltruhen ... und jetzt kriegt er auch noch die Wäscherei? Was zu viel ist, ist zu viel. Allen steht das Wasser im Moment bis zum Hals, nur Jeongbae schiebt 'ne ruhige Kugel.«

Danka hatte recht, es war zu viel: dem frisch entlassenen Jeolsak das Stockfisch-Geschäft nicht zurückzugeben; Jeongbae die Wäscherei zu überlassen, ohne Huisu vorher nach seiner Meinung zu fragen. Denn er hätte die Wäscherei dringend gebraucht. Es war ein Geschäft, das viel Personal erforderte, weshalb die Papiere für ausländische Arbeitskräfte relativ leicht zu bekommen waren. Huisu hätte die Vietnamesen von Tang eingestellt. Sie hätten überall in Guam liefern und dabei gleichzeitig Informationen eintreiben und das eine oder andere ausspähen können. Und weil die Gangster von Guam schlecht bezahlte Lieferjobs ungern übernahmen, hätten sich die Vietnamesen gut ins Viertel integrieren können, ohne anderen die Arbeit wegzunehmen. Aber Vater Son hatte Jeongbae die Wäscherei gegeben, ohne mit jemandem darüber zu sprechen.

Eigentlich war Huisu am Morgen bei ihm gewesen, um dagegen zu protestieren. Er hatte es nicht gewagt, eigene Ansprüche anzumelden, sondern nur gesagt, dass er es ungerecht finde, sie Jeongbae zu geben, der ja schon das Stockfisch-Geschäft bekommen habe. Vater Son hatte ihm aufmerksam zugehört und dann friedfertig gelächelt, als wüsste er das alles selbst.

»Ich bin vollkommen deiner Meinung, es ist wirklich nicht fair. Warum soll sich dieser kleine Dreckskerl allein den Bauch vollschlagen, während alle anderen am Verhungern sind?«

»Wenn wir einer Meinung sind, warum machen Sie es dann?«

»Weil die Rindsbouillon-Alten ihn mögen. Hat Jeolsak in der Zeit, als er das Stockfisch-Geschäft hatte, seine Abgaben bezahlt? Nein, er hat ständig rumgeheult, dass die Geschäfte nicht liefen, und sich am Monatsende unter irgendeinem Vorwand verdrückt. Jeongbae macht das anders. Er bringt den Alten die Abgaben immer am Monatsanfang. Er hat einfach das Grundprinzip dieser Arbeit kapiert. Und das ist noch nicht alles. Jede Saison macht er ihnen Luxusgeschenke, zum Beispiel Muscheln von der Insel Ulleung-do oder nach traditioneller Methode gefangene Jukbang-Sardellen aus dem Südpazifik, und zum neuen Jahr bringt er ihnen als Bonus einen hübsch gefüllten Umschlag. Außerdem habe ich vor Kurzem gehört, dass er ihnen eine Reise nach Südostasien geschenkt hat und sogar höchstpersönlich mitgefahren ist. Ist doch normal, dass die Alten ihn gern für sich arbeiten lassen und dass Jeongbae ihr Liebling ist. Vertrauen sie ihm einen Auftrag an, gehen die Zahlungen so pünktlich ein wie Zinsen auf dem Bankkonto.«

»Aber jeder bekommt diese Mauscheleien mit. Das ist pure Provokation. Sie hätten das verhindern sollen, finden Sie nicht? Wenn manche ihre Abgaben verspätet zahlen, dann ja wohl deshalb, weil es wirklich schwer ist.«

»Ich weiß, dass es schwer ist. Aber was soll ich machen? In Guam liegt das gesamte Kapital aller Geschäfte in den Händen dieser alten Männer. Du findest, dass sie ungerecht sind? Geh hin und sag's ihnen. Dann wirst du ja sehen, ob das die alten Pfennigfuchser in irgendeiner Weise tangiert.«

Alle hassten Jeongbae. Er war ein erbärmlicher Typ, der jeden auf die Palme brachte. Nur die Rindsbouillon-Alten liebten ihn. Er entrichtete pünktlich seine Abgaben, geizte nicht mit Bonuszahlungen, machte ihnen Geschenke, stattete ihnen Besuche ab, um sich nach ihrem Befinden zu erkundigen, und machte kleine Erledigungen für sie. Für diese alten Männer war Jeongbae wie ein Rückenkratzer, der sie immer genau da kratzte, wo es gerade juckte. Auch Vater Son bediente sich klammheimlich dieses praktischen Werkzeugs. Was riskierte er schon? Gab es irgendwo ein Problem, stand Jeongbae in der Kritik, während er, Vater Son, das Geld einstrich. Der Vergleich mit einem gut funktionierenden Rückenkratzer ließ Huisu höhnisch auflachen. Am Steuer warf Danka ihm einen Blick zu.

»Was gibt's da plötzlich zu lachen?«

»Jeongbae hat's aber schon drauf. Allein die Wäscherei – hast du das Timing bemerkt? Er war genau im richtigen Moment zur Stelle. Das ist große Kunst. Anstatt ihn dauernd zu kritisieren, sollten wir uns eine Scheibe von ihm abschneiden.«

»Da hast du recht. Dieser Arsch weiß genau, wie man sich die Dinge zum eigenen Vorteil hinbiegt! Du und ich, Großer Bruder, wir können uns noch so sehr abstrampeln, wir fegen immer nur die Krümel zusammen – Jeongbae dagegen, wenn der sich für eine Seite entschieden hat, kriegt er gleich den Jackpot.«

Auch Danka lachte nun.

Es waren deutlich mehr Menschen zur Beerdigung von Chef Og erschienen als erwartet, und Huisu staunte über die vielen Leute, die sich trotz der späten Stunde vor und im Gebäude versammelt hatten. Angeblich lässt die Beerdigung eines Mannes Rückschlüsse auf sein Leben zu. Mit einem unguten Gefühl dachte Huisu darüber nach, wie wenig er letztlich über Chef Ogs Leben wusste. Im Aufbahrungsraum saßen seine beiden Kinder neben dem schwarz umrahmten Foto. Auf dem Bild strahlte Chef Og. Es stammte aus einer Zeit, in der er noch jung gewesen war und voller Energie. Er trug keinen Anzug, sondern eine Arbeitsuniform. Das Bild musste zwanzig oder dreißig Jahre alt sein, überlegte Huisu, damals war Chef Og ein bekannter Unternehmer, der in allen Gebäuden von Guam für die Gas- und Sanitärinstallationen zuständig war. Ein paar Erinnerungen an den Chef Og dieser Zeit hatte auch Huisu. Jedes Jahr an Weihnachten brachte er den Kindern von Mojawon Geschenke und ließ den alten Frauen Kohlebriketts und Reissäcke liefern. Drei Jahre lang hatte er außerdem einem Mädchen aus Mojawon namens Nayeong ein Stipendium gezahlt. Trotz der erbärmlichen Lebensumstände wurde dieses Mädchen Jahr für Jahr als beste Schülerin des Gymnasiums ausgezeichnet und bekam schließlich ein Stipendium der Universität von Seoul. Chef Ogs Freude war so groß, dass er ein Transparent über die zentrale Kreuzung von Guam spannen ließ, auf dem zu lesen war: »Song Nayeong, das Genie von Guam, wurde an der Universität von Seoul in den Fachbereich Anglistik aufgenommen«. Sechs Monate lang hing das Transparent dort. Kaum war Nayeong in Seoul, brach sie alle Brücken nach Guam ab. Huisu fand, dass sie recht hatte. Wer hoch fliegen will, sollte alles Schwere, Klebrige abstreifen, was ihn am Boden hält.

Es war Chef Ogs beste Zeit gewesen. Er hatte ein solides Unternehmen und ein stabiles Netz guter Beziehungen. Er war ein netter Mann, allerdings nicht sehr gewieft, und so passierte es hin und wieder, dass gewisse Gangster Streit mit ihm suchten. Weil er aber gut mit Vater Son befreundet war, führte es jedes Mal nicht weit. In zweiter Ehe verheiratet, hatte er recht spät noch eine Tochter und einen Sohn bekommen. Zu diesem Zeitpunkt hatte er Geld, eine intakte Familie, genoss Status und so viel Macht, dass man ihn nicht in die Ecke treiben konnte, jedenfalls nicht in Guam. Er musste auch nicht mehr so hart arbeiten wie früher. Hätte er einfach nur ein ruhiges Leben geführt, wäre alles so weitergegangen. Stattdessen fing er aus heiterem Himmel mit dem Glücksspiel und den Drogen an. Angeblich ist eine Sucht immer dann am gefährlichsten, wenn sie spät kommt. Chef Ogs Absturz jedenfalls war schwindelerregend. Unbegreiflich, raunten die Leute und fanden, dass er sehenden Auges sein Leben verpfuschte. Das Vermögen, das er angehäuft hatte, war riesig; hätte er es geschafft, rechtzeitig aufzuhören, wäre alles wieder ins Lot gekommen. Doch er schaffte es nicht. Seine Geschäfte gingen pleite, die junge Ehefrau verließ ihn, und er verlor alle Kontakte. Nicht einmal er selbst schien die Gründe und das beängstigende Tempo seines Absturzes zu verstehen. Dabei hatte er sich, als seine Frau ging, zum Beweis seiner Entschlossenheit, dass er sich für die Kinder am Riemen reißen würde, drei Finger abgeschnitten. Bereits wenige Tage später fing er wieder mit dem Glücksspiel und den Drogen an. In den Bars machten sich die jungen Männer lustig darüber, dass er sich für nichts und wieder nichts die Finger abgeschnitten hatte. Ein Mensch ändere sich nun einmal nicht, hatte Chef Og mit ewig heiterer Miene gewitzelt, und es sei wirklich dumm von ihm gewesen, sich seine armen, unschuldigen Finger abzuschneiden.

Huisu zündete ein Räucherstäbchen an, steckte es in den mit Sand gefüllten Topf und verbeugte sich vor dem Sohn und der Tochter des Verstorbenen. Sie erwiderten die Verbeugung. Das

Mädchen hatte so viel geweint, dass die Augen zu zwei Halbkugeln angeschwollen waren. Schwer zu sagen, ob sie um das Leben ihres armen Vaters weinte oder um ihr eigenes. Der Junge schien noch zu klein, um zu begreifen, was diese Beerdigung überhaupt bedeutete. Huisu fuhr sich mit der Hand über den Schädel. Eigentlich hätte er etwas sagen müssen, doch ihm fiel nichts ein, und so verließ er den Aufbahrungsraum rasch wieder.

Hinter dem Tisch, an dem die Gäste ihre Kondolenzumschläge abgaben, saß seltsamerweise niemand anders als Obligation Hong. Während sich Huisu in das Buch eintrug und anschließend einen Umschlag aus der Innentasche seines Jacketts zog, blickte Obligation Hong betont gleichgültig zum Eingang des Empfangssaals. Sein Leibwächter Chang stand wie immer mit ausdrucksloser Miene neben ihm.

»Wie kommt es, dass ausgerechnet Sie hier sitzen?«, fragte Huisu.

»Hier fließt Geld, da muss sich ja wohl einer drum kümmern.«

Er öffnete den Umschlag, den Huisu ihm gegeben hatte, und nahm die Scheine heraus. Dann zählte er sie mit angeleckten Fingern, schrieb die Summe ins Buch, legte den leeren Umschlag in eine Schachtel und steckte die Scheine in eine Ledertasche.

»Du gibst nur hunderttausend *won*? Als Manager des Mallijang sollte es aber ein bisschen mehr sein«, sagte Obligation Hong mit tonloser Stimme.

Huisu sah ihn überrascht an. »Ach so, Sie holen sich auf dem Rücken dieser armen Kinder die Schulden von Chef Og zurück?«

»Nachdem ihr verantwortungsloser Vater gestorben ist, müssen die Kinder den Schaden wiedergutmachen. Das ist normal.«

Huisu musterte ihn verächtlich. Auf Obligation Hongs Gesicht war kein Hauch von Scham zu erkennen.

»Warum wählt jemand wie Sie so ein erbärmliches Leben?«, sagte Huisu kühl.

»Das ist nicht der Moment, dir um andere Sorgen zu machen. Wenn du mir mein Geld nicht zurückzahlst, hast du bald Gelegenheit, am eigenen Leib zu erfahren, was ein erbärmliches Leben ist.«

Huisu verbiss sich die Antwort. Zu viel schwirrte ihm durch den Kopf, und er hatte keine Lust auf ein Wortgefecht. Also ließ er Obligation Hong hinter sich und ging in den Empfangssaal. Es war schon fast Mitternacht, und die Tische waren immer noch dicht besetzt. Wie immer bei solchen Beerdigungen gab es Leute, die weinten, Leute, die schrien, Leute, die betrunken waren. Huisus Blick wanderte durch den großen Raum. Hinten rechts saßen Gangster aus Guam und anderen Stadtvierteln an einer Tischreihe. Den Ehrenplatz nahm Doyen Nam aus Yeongdo ein. Neben ihm hatten auf der einen Seite Cheon Dalho, der Boss des Dalho-Clans, und Cheoljin, seine rechte Hand und Huisus Jugendfreund aus Mojawon, Platz genommen. Auf der anderen Seite saßen Vater Son, die Rindsbouillon-Alten und Jeongbae, der ihnen nicht von der Seite wich und eilfertig Speisen reichte. Ringsum saßen einige Kader aus Haeundae und Oncheonjang sowie mehrere Zuhälter aus Wollong, die solchen Veranstaltungen normalerweise nicht beiwohnten. Hojung aus Chojang-dong, den Ami vor einigen Jahren krankenhausreif geprügelt und in die Notaufnahme des Merinol-Krankenhauses gebracht hatte, plauderte freundschaftlich mit Dodari. Ein paar Personen kannte Huisu nicht; ihrer Kleidung nach waren es Beamte. Am Ende der Tischreihe saßen Yangdong und seine Bande. In diesem Abschnitt befanden sich vorrangig Gangster aus Guam. Yangdong schien sich zu ärgern, dass es ihm nicht gelungen war, einen Platz am anderen Tischende zu ergattern, wo immerhin sogar Jeongbae und die Zuhälter aus Wollong saßen. Seine Tischnachbarn waren Danka, Waowao, den Huisu vor einigen Tagen an der Mole getroffen hatte, und Jeolsak, frisch aus dem Gefängnis entlassen. Ein paar kleinere Ganoven aus Guam, Besitzer von Billardsalons, Sonnenschirmständen oder Karaoke-Bars, hatten sich um sie geschart. Plötzlich spürte Huisu eine Hand auf der Schulter und drehte sich um. Es war Chef Gu.

»Gehen wir eine rauchen.«

Eine Raucherzone gab es in dem Gebäude nicht, also ließ sich Huisu von Chef Gu zu den Toiletten lotsen. Sie waren leer. Chef Gu stellte sich vor ein Pissoir, über dem sich ein Ventilator drehte, öffnete den Hosenschlitz und begann, Wasser zu lassen. Huisu, der nicht pinkeln musste, wartete in einiger Entfernung. Chef Gu schien ein Prostataproblem zu haben: Der ohnehin schon dünne Urinstrahl riss immer wieder ab.

Des Wartens müde, zündete sich Huisu eine Zigarette an. »Was ist jetzt, wollen Sie noch den ganzen Tag pissen?«, spottete er.

»Bald kannst du das selbst erleben, wie das ist, wenn du so alt bist wie ich und der Hahn nicht mehr richtig funktioniert.«

Als Chef Gu nach langem Wasserlassen endlich mit einer Hand den Schwanz schüttelte, die andere schon am Hosenschlitz, machte er keinen erleichterten Eindruck; bestimmt war da noch mehr.

»Ich habe lange nachgedacht«, sagte er, während er den Reißverschluss zuzog, »und ich bin zu dem Schluss gelangt, dass die Summe im Verhältnis zu unseren Anstrengungen dieses Mal ein bisschen dürftig ist.«

»Anstrengungen? Habe ich Sie nicht neulich über die Polizeiarbeit als ›Mission‹ schwadronieren hören? Und jetzt finden

Sie dreißig Millionen für diesen kleinen Einsatz im Morgengrauen nicht genug?«

»So kann man nicht argumentieren. Unsere Männer denken sich auch ihren Teil, die sind ja nicht doof. Also muss ich teilen. Und nach dem Teilen bleibt nicht mal genug, um sich ein Gläschen zu gönnen. Die Leute denken immer, Polizeiarbeit wäre ständige *action*. Weit gefehlt, es gibt Unmassen Papierkram! Du kannst dir gar nicht vorstellen, wie viel Schreibtischarbeit übrig bleibt, um einen Typen wie Yongkang ins Kittchen zu bringen.«

So ein Geschwätz brachte Huisu regelmäßig auf die Palme.

Chef Gu warf ihm einen kurzen Blick zu. »Wenn man Besitzer von Spielhallen oder Schwarzhändler hochnimmt, gibt's meistens ziemlich viel zu holen. Aber bei Yongkang haben wir komischerweise nicht viel gefunden. Hier eine Hand voll Drogen, dort ein bisschen Bargeld. Ihr wart nicht zufällig schon da, bevor wir gekommen sind, und habt uns nur die Schale vom Ei übrig gelassen?«

Viel schien er nicht zu wissen. Die Frage war nur ein Testballon, also kein Grund zum Alarm.

»Wenn es in der Wäscherei irgendwelche interessanten Dinge gegeben hätte, glauben Sie etwa, Yongkang hätte sie uns dagelassen? Die muss er sehr gut versteckt haben.«

Chef Gu nickte, als hätte ihn das überzeugt. »Meinst du, er rückt noch ein, zwei Tüten raus, wenn ich ihm gut zurede?«, fragte er dann.

»Das müssen Sie schauen, Chef. Hängen Sie ihn halt mal an den Füßen auf und tauchen den Kopf in Wasser, bis er's ausspuckt. Auf so was sind Sie doch spezialisiert, oder?«

»Ihm gut zureden ist eigentlich nicht so sehr das Problem. Aber im Ergebnis wäre seine Gefängnisstrafe dann deutlich kürzer, und ich fürchte, dass ich dich damit in eine heikle Lage bringe ...«

Huisus Ekel vor Chef Gu wuchs. Wie Regenwasser, das in die kleinsten Ritzen sickert, nutzte er jede Schwachstelle, um die Verteidigungsstrategie seines Gegenübers zu unterhöhlen und so viel Geld wie möglich rauszuschlagen. Ob nun Yongkangs Gefängnisstrafe kürzer werden oder Huisus Taschenklau herauskommen würde – Huisu saß in der Falle. Es war zu spät.

»Wird Chef Og sofort eingeäschert?«, fragte er, um das Thema zu wechseln.

»Wie? Ah, er wird morgen eingeäschert. Mein Chef wollte eine Obduktion, aber ich habe nicht lockergelassen und verhindert, dass es dazu kommt. Ich habe ihm gesagt, bei einem so eindeutigen Selbstmord sei es wirklich nicht nötig, sich die Mühe zu machen. Die Sache ist durch, und zwar nur auf Grundlage des Gutachtens des Leichenbeschauers. Du kannst beruhigt sein, es ist alles geregelt.« Er klang stolz.

Huisu nickte und drückte seine Zigarette aus. »Würden Ihnen weitere zehn Millionen passen?«

Chef Gus Gesicht leuchtete auf. »Wenn du das machen kannst ...«

»Ich werde mit dem alten Herrn reden. Aber eins muss ich Ihnen doch sagen: Das hat wenig Stil, hier noch den letzten Pfennig rauszuschlagen«, erwiderte Huisu.

»Tja, was willst du machen, Stil muss man sich leisten können. Aber weißt du, in diesem elenden Land wird man als Beamter knapp gehalten. Und mit so einem mageren Gehalt ist es schwierig, auf den eigenen Stil zu achten«, erwiderte Chef Gu verschlagen.

Huisu ging wieder zum Empfangssaal; neben dem Eingang stand Vater Son. Bestimmt hatte er mitbekommen, dass Huisu und Chef Gu gemeinsam hinausgegangen waren.

»Was haben die vor?«, fragte er leise.

Huisu trat näher an ihn heran und flüsterte hinter vorgehaltener Hand: »Morgen werden sie ihn einäschern, ohne Obduktion.«

»Um wie viel Uhr?«

»Acht.«

Vater Son nickte mechanisch. Sein Gesicht war rot. Anscheinend hatte er wieder gegen seine Prinzipien verstoßen und das eine oder andere Glas getrunken. Nach einem kurzen Blick in den Saal nahm er zehn Scheine aus seinem Portemonnaie. Zehn mal eine Million *won*.

»Es sind viele Gäste gekommen, aber Obligation Hong, dieses Arschloch, wird sich alles nehmen, da bleibt für die Kinder nichts übrig. Hier, nimm das und begleich damit die Kosten der Beerdigung. Wenn es nicht reicht, bitte um einen Kredit auf den Namen des Mallijang.«

Gedankenverloren betrachtete Huisu die Scheine. Vater Son bedeutete ihm, sie rasch wegzustecken, damit niemand sie sah, und Huisu stopfte sie sich in die Hosentasche.

»Übrigens verlangt Chef Gu weitere zehn Millionen. Er findet, dass es gar nicht so einfach war, Yongkang zu schnappen.«

Vater Son lachte sarkastisch. »Was für eine miese Show! Ich schwöre dir, an dem Tag, an dem dieser falsche Hund seinen Dienst quittiert, bringe ich ihn ins Grab.«

»Dann rufen Sie mich an. Ich helfe gern beim Schaufeln.«

»Nein, nein, ich rede nicht von Schaufeln. Für einen wie den braucht es einen Bagger, solche Typen müssen tief unter die Erde. Sonst besteht die Gefahr, dass sie wieder rauskriechen, um ihr Geld einzufordern.«

Huisu lachte über die Schlagfertigkeit des Alten. Von seinem Tischende aus beobachtete Yangdong die beiden, wie sie da standen und plauderten und lachten.

»Ich muss wieder an den Tisch. Doyen Nam ist eigens aus Yeongdo gekommen, und ein paar Kader aus Haeundae und Oncheonjang sind auch da. Komm, wir begrüßen sie.«

Doyen Nam hatte den Ehrenplatz eingenommen. Er gehörte zu den Gangstern der ersten Generation, die auf der Flucht vor dem Krieg in den Süden gekommen waren und sich hier alles selbst aufgebaut hatten. Im Gegensatz zu Vater Son, der einfach den vom Großvater warm gehaltenen Chefsessel übernommen hatte, konnte man Doyen Nam durchaus als eine große Persönlichkeit bezeichnen: Während des Koreakrieges vor den Kommunisten aus der Mandschurei bis nach Busan geflohen, hatte er seine Karriere im Morast begonnen und sich Schritt für Schritt bis zum Gipfel hochgekämpft. Wie alle Gangster dieser Flüchtlingsgeneration waren auch die Gangster von Yeongdo äußerst brutal und einfach gestrickt. Sie stürmten blindlings und ohne Plan drauflos. Doyen Nam allerdings hatte entgegen allen Legenden, die ihn zu einem grausamen Mann stilisierten, ein außergewöhnlich sanftes Naturell. So schickte er zum Beispiel den Verletzten und Gefangenen anderer Clans häufig Geld. Er war bekannt dafür, wie ein schützender Patriarch aufzutreten, und kam zu allen Hochzeiten und Beerdigungen der Gangsterbosse und Kader von Yeongdo und ganz Busan. Immer verbindlich und mit einem offenen Ohr für alle, hatte er viele Gangs, die in Yeongdo entstanden waren, unter seine Fittiche genommen, auch den Dalho-Clan. Kurzum, Doyen Nam genoss unter den Gangstern von Busan großes Ansehen.

Die Insel Yeongdo lag gegenüber von Guam. Vater Son und Doyen Nam, zwischen denen die zum Hafen von Busan führende Meerenge lag, schienen seit dreißig Jahren in friedlicher Koexistenz zu leben. Es gab ja auch keinen Grund aneinanderzugeraten, denn dass Yeongdo über den Hafen von Busan herrschte und Vater Son im kleinen Hafen von Guam das Sagen hatte, stand seit Langem außer Frage. Während sich Vater Son auf Schmuggelware wie Chilipulver konzentrierte, ging es beim Yeongdo-Clan um Drogen, Goldbarren, chinesische Heilpflanzen, japanische Küchentechnik und sündhaft teure, amerikanische Hightech-Geräte wie Röntgen- oder CT-Scanner, die astronomische Summen einbrachten. Doyen Nams entspannte Freundlichkeit hatte also durchaus ihren Ursprung im Hafen.

An seinem Tisch gab es keinen freien Platz mehr. Vater Son forderte Jeongbae, der immer noch wie eine Klette an den Rindsbouillon-Alten hing, mit einem durchdringenden Blick auf, das Weite zu suchen. Der Platz, den Jeongbae so hemmungslos okkupiert hatte, war eigentlich für den mittleren Kader eines großen oder den Boss eines kleineren Clans gedacht. Nicht einmal Yangdong oder Huisu hätten es gewagt, sich ohne Erlaubnis dort hinzupflanzen. Trotzdem erhob sich Jeongbae, dreist, wie er war, nur widerwillig und überließ Huisu den Platz mit verärgerter Miene. Huisu setzte sich. Cheoljin begrüßte ihn mit einem Nicken. Er schien sich zu freuen, Huisu nach so langer Zeit wiederzusehen.

Auch Doyen Nam, der sich gerade mit den Kadern aus Oncheonjang unterhielt, bemerkte Huisus Kommen. Mit strahlendem Lächeln sagte er: »Huisu! Lang, lang ist's her! Komm zu mir und heb mit mir ein Glas!«

Huisu stand auf, ging zu ihm, begrüßte ihn mit einer respektvollen, rechtwinkligen Verbeugung und setzte sich neben ihn. Doyen Nam füllte sein eigenes Glas und gab es Huisu, der es in einem Zug austrank, wieder vor Doyen Nam stellte und seinerseits füllte.

Doyen Nam legte ihm sanft eine Hand auf die Schulter. »Der gefällt mir, wirklich, der gefällt mir«, sagte er an die Tischrunde gewandt. »Sein Aussehen, sein Wesen, wie soll ich sagen? Er hat so einen sensiblen, tiefgründigen Blick. Das Idealbild eines Gangsters des einundzwanzigsten Jahrhunderts. Kraft allein reicht nicht, Leute, es braucht auch Sensibilität. Mit unsensiblen, dumpfbackigen Zuhältern können wir auf internationaler Ebene nicht so wachsen wie die amerikanische Mafia.«

Huisu senkte als Zeichen seines Danks den Kopf.

Die Zuhälter von Wollong und Hojung brachen in Hohngelächter aus. »Wie können Sie so was sagen, Herr Doyen? Wir sind auch sensibel. Wir sind vielleicht nur deshalb ein bisschen hart geworden, weil wir so um unseren Lebensunterhalt kämpfen müssen. Die kleinen Gassen sind ein gefährliches Pflaster geworden. Ein netter Kerl, der keine Mafia im Rücken hat, fängt da nicht mal 'ne Fliege«, sagte Park aus Wollong scherzhaft.

»Wer hat denn gesagt, dass Huisu ein netter Kerl ist? Wenn er weiter geboxt hätte, hätte er sich den Weltmeistertitel geholt.«

»Sie haben aber gute Ohren, Herr Doyen! Wo haben Sie denn gehört, dass Huisu mal geboxt hat?«, ermunterte ihn Vater Son, das Themas fortzusetzen.

»Das hat mir Cheoljin gesagt. Beim Boxtraining von Pater Martino war Huisu der Beste, Cheoljin zweitbester und Gyeongtae weit abgeschlagen hinter den beiden. Trotzdem hat Gyeongtae als Einziger weitergemacht und ist Asien-Champion geworden. Da kann man sich doch wohl vorstellen, wie einfach es für Huisu gewesen wäre, sich einen Weltmeistertitel zu holen.«

»Nein, da vertun Sie sich. Gyeongtae war der Beste. Beim Boxen ist der der Beste, der am erbittertsten kämpft und sich reinschmeißt, ohne nachzudenken«, widersprach Huisu.

Doyen Nam nicke. »Tja, Huisu ist eben nicht nur ein feiner Kerl, sondern auch noch bescheiden. Lernt mal ein bisschen von ihm, ihr gedankenlosen Kälber.«

Park aus Wollong und Hojung zogen eine Grimasse.

»Ach übrigens, Huisu«, fügte Doyen Nam hinzu. »Neulich beim Golf hat Vater Son mir gesagt, dass du bald heiratest?«

Huisu blickte überrascht zu Vater Son. Der alte Herr schaute sichtlich geniert in die andere Richtung.

»Leider habe ich an allen Wochenenden schon etwas vor und werde wohl nicht zu deiner Hochzeit kommen können, aber warte, ich gebe dir schon mal den Umschlag mit meinen Glückwünschen.«

»Nein, nein, das ist nicht nötig«, winkte Huisu ab.

Doyen Nam zog trotzdem einen Umschlag, den er offensichtlich vorbereitet hatte, aus der Innentasche seines Jacketts. »Die besten Glückwünsche meinem lieben Huisu«, stand von Hand geschrieben auf der Vorderseite. Im Gangstermilieu war es unter den Bossen gängige Praxis, mit kleinen Geldgeschenken Interesse an ihren Untergebenen zu bekunden. Obwohl es eine uralte Taktik war, rief diese Geste bei den Untergebenen jedes Mal wieder Rührung hervor. Höflich nahm Huisu den Umschlag entgegen.

»Und wer ist der Vater deiner Zukünftigen?«, fragte Doyen Nam.

Huisu wiegte den Kopf und schwieg.

»Selbst wenn er den Namen sagen würde, ist es nicht sicher, dass Sie ihn kennen«, schaltete sich Vater Son ein.

»Doch, doch! Wenn es jemand von hier ist, wahrscheinlich schon, ich kenne so ziemlich alle Namen. In meinem Alter gibt es nicht mehr viel, womit ich prahlen kann, aber mein Gedächtnis ist noch sehr gut«, brüstete sich Doyen Nam.

Huisu wiegte immer noch stumm den Kopf. Doyen Nam, der unbedingt eine Antwort haben wollte, sah ihn durchdringend an.

Weil die Stimmung zu kippen drohte, schaltete sich Vater Son wieder ein: »Kennen Sie Ami?«

»Ami? Der tapfere junge Bursche, der sich vor fünf Jahren mit unserem Cheon Dalho angelegt hat?«

Cheon Dalho und Cheoljin, die neben Doyen Nam saßen, wirkten plötzlich peinlich berührt. Dass sich ein Gangsterboss aus Busan wie Cheon Dalho in einem Streit mit einem Zwanzigjährigen aufgerieben hatte, war beschämend für sie.

»Ja, genau der. Also, die Zukünftige ist seine Mutter.«

»Ach, ja? Aber Ami ist doch schon über zwanzig, oder? Und die Braut ist seine Mutter?«

Offenbar fiel es Doyen Nam schwer einzusehen, dass die Braut gleichzeitig Mutter eines jungen Mannes sein konnte.

In diesem Moment meldete sich Hojung zu Wort: »Huisu heiratet Insuk?«, warf er übertrieben laut in die Runde.

»Insuk? Du kennst sie?«, fragte Doyen Nam.

»Kennen Sie die denn nicht, Herr Doyen? Insuk war doch in Wanwol eine total bekannte Nutte. Sie hat übrigens auch lange in meinem Laden gearbeitet, als ich angefangen habe. Ich weiß nicht, wie sie sonst so ist, aber in puncto Schönheit und Fick war sie nicht zu toppen. Sie hat so gut gearbeitet, dass alle fanden, sie wäre ein Geschenk des Himmels«, erzählte Hojung prustend.

Huisus Miene war mit einem Schlag wie versteinert. Doyen Nam begriff sofort, was Sache war. Er hob seinen Stock und ließ ihn auf Hojungs Kopf niedergehen, *tack*, ein Geräusch wie das Knacken einer Nuss.

»Du Hornochse! Wie kannst du die zukünftige Ehefrau eines Jüngeren als Nutte bezeichnen? Du Unmensch! Los, entschuldige dich sofort!«

Den brummenden Schädel auf die Hände gestützt, senkte Hojung den Kopf erst in Doyen Nams und dann in Huisus Richtung, um sich zu entschuldigen. Es sah aus wie ein dummes Späßchen und nicht wie eine ehrlich gemeinte Geste.

»Es tut mir leid, ich hätte das Thema nicht auf den Tisch bringen sollen«, sagte Doyen Nam.

»Ist nicht schlimm. Sie ist einfach eine Frau, die früher in Wanwol gearbeitet hat«, sagte Huisu und versuchte, seine verkrampften Züge zu lockern.

Vater Son sah Hojung erbost an. »Tss, es wird einfach nicht besser, was du so von dir gibst. Die Prügel, die du bekommen hast, haben dich anscheinend nicht zum Nachdenken angeregt.«

»Ach ja? Hojung hat von Huisu Prügel bekommen?«, fragte Doyen Nam neugierig.

»Nein, nicht von Huisu. Erinnern Sie sich noch an die Zeit, als Hojung immer mit dem Feldspaten unterwegs war? Tja, einmal hat er damit in Insuks Bar so ein Chaos angerichtet, dass Ami ihn gründlich durchgeprügelt hat. Einer wie Ami schaut doch nicht tatenlos zu, wenn so ein Typ seine Mutter wie eine seiner Prostituierten behandelt!«

»Ach so, dann hat sich Hojung also von Ami durchwalken lassen, richtig?« Doyen Nam hatte sich amüsiert zu Vater Son hingebeugt.

»Nicht nur das. An dem Tag haben von den Halunken, die Hojung im Schlepptau hatte, gleich dreizehn Ami angegriffen, und zwar alle gleichzeitig. Kurz darauf wurden sie in die Notaufnahme des Merinol-Krankenhauses eingeliefert und waren so übel zugerichtet, dass der Notarzt gefragt hat, ob sie unter einen Schaufelbagger geraten wären«, erklärte Vater Son, froh über diese Gelegenheit, sich hemmungslos über Hojung lustig zu machen.

»Das war nicht der Grund, warum wir ins Krankenhaus gefahren sind. Einer meiner Jungs hatte einen Blinddarmdurchbruch.« Mit knallrotem Gesicht versuchte Hojung, sich zu verteidigen.

»Spar dir deine Lügen, das Merinol-Krankenhaus hat Archive.«

Doyen Nam lachte so herzhaft, dass sich sein Rücken weit nach hinten bog. »Dieser Ami scheint ja ein lustiger Typ zu sein. Den würde ich gern mal kennenlernen.«

»Er ist gerade aus dem Gefängnis entlassen worden. Ich bringe ihn bald mal vorbei, dann erweist er Ihnen seinen Gruß«, sagte Vater Son voller Stolz.

»Gerne. Dann lade ich euch zu einem schönen Essen ein. Und du kommst auch, Huisu.«

»Gut.« Huisu neigte den Kopf in seine Richtung.

»Ich habe damals von dieser Auseinandersetzung zwischen Ami und Cheon Dalho gehört. Solche Dinge passieren in unserem Milieu ziemlich häufig, oder? Ihr solltet ein Treffen arrangieren, solltet die Vergangenheit ruhen lassen und bei einem gemeinsamen Gläschen Freunde werden. Die Gangster von heute sind doch alles Nieten, die können nichts mehr, nur noch einander austricksen und anderen in den Rücken fallen. Aber nach allem, was ich gehört habe, ist Ami ein echter Gangster vom alten Schlag. Eine Stütze unseres Milieus, der pflichtgemäß alles zusammenhält, damit uns der Laden nicht um die Ohren fliegt.« Doyen Nams Blick wanderte zwischen Huisu und Cheon Dalho hin und her.

»Ja«, erwiderte Huisu höflich, während Cheon Dalho, anstatt zu antworten, nur leicht den Kopf senkte. Es schien ihm unangenehm zu sein, dass Doyen Nam seine Vergangenheit wieder auf den Tisch gebracht hatte. Cheoljin, der neben ihm saß, wirkte ebenfalls verlegen.

Nach dieser kurzen Ansprache erhob sich Doyen Nam. Vater Son machte sofort Anstalten, ihn zu stützen, doch der Alte winkte ab, und schon bildeten die Leute seines Clans einen Ring um ihn wie Leibwächter um einen Staatschef. Plaudernd verließen

Doyen Nam und Vater Son den Saal, dicht gefolgt von Hojung und Park aus Wollong. Yangdong und die anderen Gangster von Guam, die am Tisch blieben, erhoben sich und erwiesen den beiden Alten die Ehre. Huisu und Cheoljin folgten der Gruppe in einigen Metern Abstand.

»Wie geht's dir im Moment?«, fragte Huisu.

»Immer dasselbe. Du kennst ja meinen Chef …«, antwortete Cheoljin leise, mit dem Kinn in Cheon Dalhos Richtung zeigend.

»Ja, der Typ lässt sich auch vom Alter nicht weichklopfen«, lachte Huisu.

»Das Einzige, was bei dem weich wird, ist der Schwanz.«

Auf dem Parkplatz gaben sich Doyen Nam und Vater Son die Hand und umarmten sich so gespreizt, wie Politiker es tun, um Freundschaft zwischen zwei Männern, zwei Ländern, zwei Parteien zu suggerieren.

»Ich melde mich wieder bei Ihnen«, sagte Vater Son.

»Wir sehen uns bald«, erwiderte Doyen Nam, und kurz darauf rollten der Mercedes des Doyen, der Toyota von Vater Son und drei Hyundai Grandeur hintereinander vom Parkplatz. Hojung und Park aus Wollong standen noch in tiefer Verbeugung, da waren die drei Wagen längst in weiter Ferne verschwunden. Die auf dem Parkplatz versammelten Männer zerstreuten sich, als wäre nichts geschehen.

Huisu folgte Hojung, der auf sein Auto zusteuerte. Im Gehen nahm Hojung eine Zigarette aus der Tasche und fragte den Kleiderschrank, der ihn eskortierte, nach Feuer. Dieser Koloss, den er ständig im Schlepptau hatte, sah aus wie ein Sumoringer. Doch bei jedem Versuch, Hojungs Zigarette anzuzünden, blies der Wind die Flamme des Feuerzeugs wieder aus. Erfolglos an seiner Zigarette saugend, wurde Hojung wütend auf den Kerl. Der bemühte sich, mit seiner Körpermasse einen Windschutz um Hojung zu bilden, und schaffte es schließlich, ihm die Zigarette anzuzünden. Hojung tätschelte ihm verächtlich die Wange, und Huisu hörte Satzfetzen wie »streng dich mal ein bisschen an« und »so ein Fleischberg muss doch zu irgendwas gut sein«. Der Fleischberg senkte dazu mit demütig gebeugtem Rücken den Kopf. In diesem Moment traf ein Schlag Hojungs Schädel, ein Schlag, der von Huisu kam und so heftig war, dass der Kopf nach vorn und die Zigarette aus Hojungs Mund flog.

»Verdammte Scheiße, welches Arschloch war das?«, drehte er sich fluchend um.

Huisus nächster Schlag traf ihn mitten ins Gesicht. Hojung stolperte und ging zu Boden. Als der Fleischberg die Situation endlich erfasst hatte, wollte er sich kraftvoll auf Huisu stürzen. Doch sein Körper folgte diesem Wunsch nicht, sondern bewegte sich unendlich langsam, und als er Huisu endlich eine Hand auf die Schulter legte, um ihn zu packen, versetzte der ihm einen Fausthieb gegen den Hals. Mit einem erstickten Schrei brach der Fleischberg zusammen. Daraufhin trat Huisu dem sich fluchend am Boden wälzenden Hojung noch ein paarmal in den Magen.

»Los, sag's noch mal, wie war das noch gleich? Eine total bekannte Nutte in Wanwol? Was muss man für ein billiger Depp von Zuhälter sein, um so eine Scheiße abzusondern! Wenn du neben Doyen Nam sitzt, hältst du dich wohl für unbesiegbar!«

Hojung versuchte sich aufzurappeln, da traf ihn der nächste Fußtritt, diesmal direkt ins Gesicht. In diesem Moment kamen drei Kerle aus Hojungs Bande angerannt, die rauchend in einer Ecke des Parkplatzes gestanden hatten. Den ersten wehrte Huisu mit einem rechten Haken ab, dem zweiten verpasste er einen Uppercut. Der dritte aber konnte zwei Fußtritte gegen Huisus Brust landen, und Huisu ging rückwärts taumelnd zu Boden. Nun stürzten sich alle drei auf ihn und traktierten ihn mit Fußtritten. Jedes Mal, wenn Huisu es fast schaffte hochzukommen, hagelte es Tritte in den Magen und gegen die Brust, und er ging wieder zu Boden. Hojung riss das Sashimi-Messer aus der Gesäßtasche eines seiner Schergen und begann, drohend damit herumzufuchteln.

»Los, alle Mann zur Seite! Ich muss diesem Arschloch die Eier abschneiden und mal gucken, wie groß die überhaupt sind, dass er so kackendreist ist!«, schrie er und ging dabei auf Huisu zu.

In diesem Moment ertönte eine Stimme. Hojung und seine Männer zuckten zusammen.

»Was macht ihr da?«

Yangdong war wie aus dem Nichts aufgetaucht. Er stieß die Männer auseinander, die Huisu umringten, und gab Hojung, der das Sashimi-Messer in der Hand hielt, eine Ohrfeige. »Bist du von allen guten Geistern verlassen, du mieser Zuhälter? Du wagst es, in Guam das Messer zu ziehen? Willst du, dass ich dich fertigmache?«

Yangdong war dunkelrot vor Zorn. Hojung, der seinen explosiven Charakter kannte, wich einen Schritt zurück.

»Huisu hat angefangen. Ich gehe einfach so über den Parkplatz, da greift der mich plötzlich von hinten an«, schimpfte er.

Yangdong blickte zu Huisu, der auf dem Boden saß.

»Hast du angefangen, Huisu?«

Die Haare noch ganz zerzaust, nickte Huisu.

»Warum? Was hat er gemacht?«

Huisu wandte schweigend den Blick ab.

»Was hast du ihm getan?«, fragte Yangdong und sah wieder Hojung an.

Hojung warf einen kurzen Blick in Huisus Richtung. »Er hat sich aufgeregt, weil ich vorhin gesagt habe, dass Insuk in Wanwol eine Hure war. Aber ganz ehrlich, soll ich eine, die jahrelang bei mir gearbeitet hat, mit ›gnädige Frau‹ anreden? Und selbst wenn es ein kleiner Ausrutscher war, ist das noch lange kein Grund, einen Gangsterboss wie mich so zu behandeln. Mir vor meinen Jungs eine runterzuhauen und ins Gesicht zu treten! Das kann ich nicht hinnehmen. Ich hab schon mehr Gangstern den Hals umgedreht als er, das soll er mal nicht vergessen.«

Yangdong rang sich ein gezwungenes Lachen ab. »Okay, meinetwegen. Aber du greifst doch bei einem kleinen Nachbarschaftsstreit nicht gleich zum Messer!«

»Was blieb mir denn anderes übrig? Er hat auf mich eingeprügelt wie ein Verrückter, ohne jede Rücksicht auf die Hierarchie!«

»Du mieser, kleiner Pisser. Ich schlag dir die Fresse ein.« Huisu war aufgestanden.

»Sehen Sie, sehen Sie, wie der mit einem Älteren redet?«

»Für mich bist du kein Älterer, du Klugscheißer«, entgegnete Huisu keuchend.

»Klappe, Huisu!«, schnauzte Yangdong.

Huisu schwieg. Durch die Situation in eine gewisse Verlegenheit gebracht, ließ Yangdong den Blick über den Parkplatz schweifen, dann schüttelte er den Kopf.

»Entschuldige dich, Huisu.«

Das schien Huisu nicht zu wollen. Mit abgewandtem Gesicht klopfte er sich die Hose ab.

»Los, entschuldige dich.«

Stur schaute Huisu weiter in die andere Richtung. Yangdong ging zu ihm. »Mach keine große Geschichte daraus«, flüsterte er ihm ins Ohr. »Es lohnt sich nicht, lass uns das lieber schnell aus der Welt räumen.«

Huisu betrachtete das verrostete Gittertor am Eingang. Es war ein originelles Gitter mit spitzen Zacken, die geformt waren wie Rosen. Mun hatte es gemacht, der Zimmermann, der eine Zeit lang in Mojawon lebte. Als die Trauerhalle gebaut wurde, war der kleine Huisu zusammen mit Mun hierhergekommen, um ihm bei der Herstellung des Gitters zu helfen. Für die Rosen erhitzte Huisu das Eisen mit einem Gasbrenner, dann drehte Mun es mit der Zange und schlug es anschließend mit einem Hammer in Form.

»Aber die Zacken sind zu spitz, da können sich Diebe dran verletzen«, sagte der kleine Huisu.

»Dafür ist ein Gitter ja da«, antwortete Mun.

»Und wieso Rosen?«, fragte Huisu.

»Weil es nicht nur Diebe auf dieser Welt gibt«, sagte Mun.

Er war freundlich und warmherzig und obendrein talentiert. Huisu wäre froh gewesen, ihn als Vater zu haben. Mojawon war ein seltsamer Ort, der manches Kind dazu brachte, seinen biologischen Vater zu hassen und von einem Ersatzvater zu träumen. Aber der Zimmermann Mun war nach dem Sturz von einem Baugerüst gestorben. Merkwürdigerweise waren alle Männer, die Huisu als Ersatzvater in Betracht gezogen hatte, früh gestorben. Entweder hatten sie eine körperliche Behinderung gehabt oder waren zu zaghaft oder zu romantisch gewesen, um in dieser brutalen Welt zu überleben. Huisu riss seinen Blick von den schmiedeeisernen Rosen los und richtete ihn auf Hujong. Streng stand Yangdong zwischen ihnen. Und dann verbeugte sich Huisu tief vor Hojung, so tief, dass es vor Unterwürfigkeit an Anbiederung grenzte.

Noch etwas mitgenommen von den Ereignissen, stieß Hojung einen langen Seufzer aus. »Fuck, sich von einem Jüngeren schlagen zu lassen! Was für eine Sauerei!«

Yangdong öffnete sein Portemonnaie und nahm alle Scheine heraus. Insgesamt sieben oder acht Millionen *won*. Er gab Hojung das Geld. »Hier, davon lässt du deine Jungs behandeln. Wenn im Krankenhaus zusätzliche Kosten entstehen, sag mir Bescheid.«

Hojung verzog den Mund, als fände er die Entschädigung nicht ausreichend. Doch dann nahm er die Scheine und stopfte sie sich in die Gesäßtasche. Plötzlich drehte er sich zu Huisu um und gab ihm wie aus dem Nichts einen Faustschlag mitten ins Gesicht, dann einen zweiten in die Magengrube. Die Arme um den Bauch geklammert, ging Huisu zu Boden. »Heute drücke ich aus Respekt vor Großem Bruder Yangdong noch mal ein Auge zu. Aber sieh dich in Zukunft vor.« Und mit diesen Worten verließ Hojung in Begleitung seiner Männer den Parkplatz.

Die Trauerhalle war in eine Nische hineingebaut, die man extra dafür in den Berg getrieben hatte. So ragte nun dicht hinter dem Gebäude fast senkrecht eine steile Wand empor, die aussah, als könnte sie jeden Moment einstürzen. An so einer Wand konnte nichts wachsen, keine Büsche, kein Baum. Deshalb kam es jeden Sommer in der Zeit des Monsuns zu kleinen Erdrutschen. Doch die Gefahr schien niemanden zu beunruhigen. Unter dem Vorwand, dass die finanziellen Mittel der Stadt nicht reichten, kümmerten sich die für das Gebäude Verantwortlichen einfach nicht darum. Lediglich das Geröll entfernten sie, wenn der Sommer zu Ende ging. Huisu rechnete fest damit, dass all diese Steine und all diese Erde irgendwann die ganze Halle mit sich reißen würden.

Der Berg hieß Jangbok, »Bauch des Generals«, weil der Bergkamm von seiner Form her angeblich an den Bauch eines liegenden Generals erinnerte. Als Huisu klein war, hatte er sich den Berg immer wieder aus den unterschiedlichsten Perspektiven angeschaut, aber nie verstanden, wieso er an den Bauch eines Generals erinnern sollte. So geduldig ihm die alten Frauen von Mojawon damals auch erklärt hatten, was der Bauchnabel sei und wo der Brustkorb, er wunderte sich immer noch über diesen Vergleich.

Yangdong nahm eine Zigarette und gab sie Huisu, der sie sich, immer noch auf dem Boden kauernd, in den Mund steckte. Dann gab er ihm Feuer. Als Huisu den Rauch einatmete, schmeckte er hauptsächlich Blut. Er wischte sich mit dem Handrücken über den Mund und spuckte aus.

»Du bist immer so ruhig, aber sobald von Insuk die Rede ist, verlierst du die Nerven«, stellte Yangdong fest.

Huisu schwieg.

»Du bist ein verdammter Romantiker. Aus welcher Zeit deines Lebens stammt Insuk eigentlich? Vergiss die Insuk von damals und versuch, dir einen Neuanfang mit einer anständigen Frau vorzustellen«, sagte Yangdong über Huisus Kopf hinweg.

Vom Wald her war plötzlich das Bellen eines Rehs zu hören. Irgendwo in der Umgebung wohnten Hundezüchter, deren Hunde frei herumliefen und gelegentlich Jagd auf Rehkitze machten; dann schrien die Rehmütter die ganze Nacht ihre Trauer hinaus. Die Geschichte zwischen Insuk und ihm, dachte Huisu plötzlich, war wirklich ein einziger Scheiß. Vater Son hatte recht. Eine von vornherein versaute Liebe, bei der – wie man es auch drehte – am Ende nur Scheiße herauskommen konnte.

Yangdong betrachtete das Licht, das die Fenster des Empfangssaals auf den Boden warfen, und entließ eine lange Rauchfahne. Am Eingang zum Saal gab Vater Kim, einer der Rindsbouillon-Alten, gerade ein paar Gangstern aus Guam Anweisungen: Er deutete auf die vor dem Eingang herumstehenden Topfpflanzen. Seinen Kommandos folgend, schoben die Männer die Töpfe hin und her und sammelten Müll ein, der auf dem Boden lag.

»Tss, dieser Idiot glaubt wohl immer noch, er wäre bei der Armee«, sagte Yangdong. »Oder will er hier den Schulmeister spielen? Ist selbst gar kein Gangster, will aber immer wie der

König persönlich empfangen werden. Der sollte mal in einer finsteren Gasse von irgendeinem besoffenen Pack zusammengeschlagen werden. Das würde ihm den Kopf zurechtrücken.«

Vater Kim war schon lange nicht mehr bei der Armee, seiner militärischen Ausbildung aber treu geblieben und ein disziplinierter, autoritärer Mann. Ob er als ehemaliger Kommandant beim Zivilschutz hinter den Kulissen noch Macht besaß, war schwer zu sagen, jedenfalls reichte sein Titel noch, um Provinzgangster einzuschüchtern. Yangdong ließ sich durch so etwas nicht beeindrucken.

»Beim Zivilschutz scheint die Solidarität zwischen den Ehemaligen und den Neuen sehr groß zu sein. Bestimmt hat er noch Kontakte und einen gewissen Einfluss«, sagte Huisu.

»Von wegen!«, widersprach Yangdong. »Das behauptet er. Aber hat er mit seinem tollen Einfluss schon mal irgendeinen Deal zustande gebracht? So doof, wie der ist, kann er nur Folterknecht oder Prügelknabe gewesen sein.«

Huisu lachte. Vor dem Eingang zum Empfangssaal waren die vier Rindsbouillon-Alten inzwischen dabei, sich mit Zahnstochern die Zähne zu reinigen. Einer von ihnen nahm eine Position ein wie beim Golfspielen, die ein anderer kommentierte.

»Sieh dir das an, wie glücklich die sind, alle vier. Für sie ist das Leben leicht. Sie machen keinen Finger krumm und streichen jeden Monat die Abgaben und Gewinne ihrer Läden ein. Was für Sorgen könnten sie auch haben? Jeden Morgen schlürfen sie im Hotel-Café ihre Suppe, und anschließend geht's auf den Golfplatz, wo sie im Vorbeigehen den Caddies die Hintern tätscheln. Ihr Leben ist so friedlich wie ein Spaziergang an der frischen Luft. Für Leute wie uns ist das anders. Wir können uns noch so sehr den Arsch aufreißen, unser Leben ist immer gleich hart.«

Huisu nickte.

»Wenn ich diese alten Fürze da sehe, kann ich nicht anders, ich werde wütend. Die machen, was sie wollen! Deren einzige Sorge ist ein gut gewärmter Rücken und ein gut gefüllter Bauch. Haben die schon mal eine Sekunde über das schwierige Leben der Jüngeren nachgedacht? Ich sag's dir, wenn Guam zu neuem Leben erwachen soll, müssen wir erst diesen Typen zeigen, wo der Ausgang ist.«

Huisu antwortete nicht. Seine Gedanken waren abgeschweift, er hatte Yangdong gar nicht mehr zugehört. Was der nun merkte und sich ärgerte.

»Während dir dein Großer Bruder wichtige Dinge sagt, bist du kleiner Idiot in Gedanken mal wieder woanders.«

»Entschuldigung«, sagte Huisu verlegen. »Bin heute ein bisschen durcheinander.«

»Manager des Mallijang. Klingt ja toll, aber in Wirklichkeit bist du mit dem Job doch nur so eine Art Mädchen für alles. Maximale Schufterei für nichts. Wie ein Straßenfeger, der an einem windigen Tag Laub zusammenkehrt. Die Blätter fallen und fallen, und sosehr man auch fegt und sich das Kreuz kaputt macht, von der geleisteten Arbeit ist nichts zu sehen.«

»Stimmt. Man sieht nicht das Geringste, dabei bin ich ständig beschäftigt.«

»Ich weiß, ich hab's ja selbst erlebt. Das war die dunkelste Zeit meines Lebens«, nickte Yangdong mitleidig. »Hast du ansonsten mal ein bisschen über das nachgedacht, was ich dir neulich gesagt habe?«

Ungeduldig, wie er war, konnte es sich Yangdong nicht verkneifen, auf die eigene Geschäftsidee zurückzukommen.

»Anscheinend ist der Pachinko-Pate Jeong Deokjin verhaftet worden. Haben Sie davon gehört?«

»Ja, das ist das Ende einer Epoche. Früher hatte er genug

Macht, um mit einem Fingerschnippen Staatsanwälte zu degra-
dieren – und heute muss er sich verhaften lassen.«

»Glauben Sie wirklich, dass dieses Spielhallen-Ding funktionieren kann? Wenn jetzt sogar ein so einflussreicher Typ wie
Jeong Deokjin verhaftet wird? Seit die Polizei ihre Kontrollen
verschärft hat, herrscht im Pachinko-Milieu Chaos.«

»Gerade aus diesem Grund ist es ja der richtige Moment. Du
wirst sehen, bald werden elektronische Spiele die bisherigen Automaten verdrängen. Münzautomaten sind sehr teuer und die
Lizenzen schwer zu kriegen. Die elektronischen Automaten sind
leichter herzustellen, und es ist einfacher, an die Lizenzen zu
kommen, so leicht wie an Lizenzen für Kinder-Spielhallen. Man
lässt Techniker kommen, um die Programme einzurichten,
schiebt den Beamten für die Lizenzen ein paar Umschläge zu,
und mit der Lizenz in der Tasche kann man einen Automaten,
dessen Herstellung hundert Millionen *won* kostet, problemlos
für zweihundert Millionen verkaufen. Um eine Spielhalle aufzumachen, braucht es locker fünfzig Automaten. Los, rechne
mal aus, wie viel fünfzig mal zweihundert Millionen ergibt. Im
Vergleich dazu sind Pachinkos Schwerstarbeit! Um einen her-
kömmlichen Pachinko-Salon aufzumachen, muss man erst mal
ein ganzes Touristenhotel bauen und die ganzen Schmiergelder
einkalkulieren. Von diesen komplizierten Pachinko-Läden gibt
es mehr als fünfhundert im Land. Im Vergleich dazu ist unser
Geschäft ein Kinderspiel: Wir müssen einfach nur die Tausenden
von Spielhallen beliefern, die bald in Korea aufmachen werden.
Und es gibt nicht das geringste Risiko, verhaftet zu werden. Jemand wie Jeong Deokjin war ja als Zielscheibe kaum zu übersehen, schließlich hat er den Pachinko-Salon eines großen Hotels
gemanagt. Wir dagegen werden nur Automaten verkaufen und
einen prozentualen Anteil am Verkauf bekommen. Beim geringsten Problem ziehen wir uns zurück und sind später wieder da.«

Yangdongs Argumentation war überzeugend, und Huisu nickte.

»Hör zu, Huisu, wir müssen das durchziehen, und zwar jetzt. Bei einem so neuen Business sichert man sich als Vorreiter siebzig Prozent Marktanteile. Wir müssen schnell sein, müssen uns vor den anderen etablieren. Wenn wir die Führung übernommen haben, kommt die Kohle wie von selbst.«

»Bekomme ich einen Anteil?«

Freude trat in Yangdongs Gesicht. »Selbstverständlich bekommst du deinen Anteil! Ich dachte an zehn Prozent allein dafür, dass du mit im Boot sitzt. Unser Huisu ist schließlich sehr talentiert. Er leistet gute Arbeit und hat viele Bewunderer.«

»Zehn Prozent sind der Anteil, den auch ein Marionetten-Chef bekommt«, bemerkte Huisu kühl und sichtlich in seinem Stolz verletzt.

Yangdong hielt sofort die Klappe. Huisus eisiger Ton und sein unwiderlegbares Argument hatten ihn aus dem Konzept gebracht. Während er ihm forschend ins Gesicht sah, überschlug er im Kopf, wie viel er für dieses Früchtchen draufsatteln könnte. »Verdammt, zehn Prozent, das habe ich mal auf die Schnelle dahergesagt. Glaubst du, ich hätte dich gerufen, damit du ein Marionetten-Chef wirst? Ich gebe dir bis zu zweiundzwanzig Prozent. Ich wünschte, ich könnte dir noch mehr geben, aber da steht ja einiges an, die Eröffnung der Fabrik, die Herstellung der Geräte, Techniker und Arbeiter einstellen, ein Büro aufbauen, das wird am Anfang riesige Geldsummen verschlingen. Im Übrigen muss ich dringend ein paar Sponsoren finden, die das Projekt unterstützen. Wenn du einen für mich auftust, kann ich dir bis zu neunundvierzig Prozent geben. Neunundvierzig für dich, einundfünfzig für mich, halbe-halbe, sage ich mal. Also, was hältst du davon?«

Das Angebot war verlockend. Wahrscheinlich würde ein Geschäft wie dieses wirklich viele Milliarden *won* einbringen, jedenfalls so viel Geld, wie Huisu niemals verdienen würde, wenn er Manager des Mallijang blieb und sich dort weiter um nervigen Kleinkram kümmerte. Außerdem würde sich so eine Gelegenheit bestimmt kein zweites Mal bieten, er war immerhin schon über vierzig. Trotzdem konnte sich Huisu zu keiner Entscheidung durchringen. Gespannt beobachtete ihn Yangdong, während er auf eine Antwort wartete.

»Großer Bruder …«, fing Huisu an.

»Ja, schieß los.«

»Ich werde im Mallijang bleiben und weiter Servietten falten. Da sind im Moment noch so viele Dinge in Arbeit, dass es gerade jetzt ein bisschen heikel ist, das Weite zu suchen.«

Yangdongs Gesicht lief rot an. »Mann, du wolltest also nur mal vorfühlen! Wenn du gar nicht vorhattest einzuschlagen, warum hast du dann überhaupt nach deinem Anteil gefragt?«

»Das hat sich so aus dem Gespräch ergeben. Es tut mir leid, seien Sie mir nicht böse.«

Huisu legte ihm eine Hand auf die Schulter. Immer noch puterrot, ließ Yangdong den Blick in die Ferne schweifen und betrachtete das Gebirge. Kurz darauf drehte er sich wieder zu Huisu um. Seiner Neigung entsprechend, emotional sehr schnell auf-, aber auch wieder abzurüsten, hatte sich sein Gesicht bereits entspannt.

»Ich sehe, dass du schwankst. Warum zögerst du? Ist es wegen dem alten Herrn? Hättest du das Gefühl, ihn zu verraten?«

»Ein bisschen schon. Er ist wie ein Vater für mich. Und außerdem würde im Hotel wirklich das eine oder andere den Bach runtergehen, wenn ich jetzt verschwinde.«

»Du hast Angst, dass das Mallijang ohne dich nicht läuft? Du hast Angst, dass der alte Fuchs ohne dich nicht zurechtkommt?«

»Was mir Angst macht, sind eher Ihre Pläne. Wenn da was aus dem Ruder läuft, tanzen die Messer, und es fließt Blut, so viel ist sicher. Kein Problem, wenn ich selbst etwas abbekomme, aber von meinen Männern könnten welche draufgehen. Einige werden im Gefängnis landen und wieder andere ins Ausland fliehen müssen. Das ist so sicher wie ein Feuer in der Nacht, da sind wir uns doch einig, oder? Und wir beide, Sie und ich, werden sicher unser restliches Leben in Guam verbringen. Glauben Sie, wir könnten die hasserfüllten, vorwurfsvollen Blicke all dieser Krüppel ertragen, all dieser Witwen und all dieser Mütter, deren Söhne im Gefängnis sitzen? Ich möchte das lieber vermeiden. Mich lieber weiter langweilen und weiter von nichts leben.«

Yangdong warf seine Kippe auf den Boden und trat sie aus. »Weißt du, was dir fehlt, Huisu?« Er zündete sich eine neue Zigarette an. Im Licht der Flamme seines Feuerzeugs sah sein Gesicht ernst aus. »Du hast keinen Sinn für Verrat.«

Huisu sah ihn verständnislos an.

»Du bist zu sehr auf Anstand bedacht, Huisu. Davon kann ein Gangster aber nicht leben. Wie war das noch gleich? Die Loyalität gegenüber dem alten Herrn? Die Angst um deine Jungs? Die Blicke der anderen? Zum Teufel damit! Kein Mensch ist so ein Tugendbolzen. Eben weil wir von diesem Anstand träumen, ohne ihn je zu erreichen, ist das Leben so hart. Wenn du dich um deine Jungs sorgst, drück ihnen lieber Geld in die Hand. Das hilft hundertmal mehr als ein armseliges Gefühl von Mitleid oder Sorge. Ich habe den Eindruck, dass du dich mit diesem verdammten Anstand schmückst, aber trotzdem ein möglichst großes Stück vom Kuchen abkriegen willst. Das funktioniert aber nicht. Leuten wie wir, Leuten, die nichts haben, bleibt nur der Verrat. Man legt sich vor dem Feind auf den Rücken, präsentiert ihm seinen Bauch, klammert sich heulend an seine Beine, kriecht ihm in den Arsch, und im letzten Moment verrät man ihn und schafft es damit ein Stückchen weiter nach oben. Wenn dir dieser Sinn für Verrat fehlt und du dich auf Anstand versteifst, wirst du immer mit leeren Händen dastehen.«

»Aber was hat man konkret davon?«

Yangdong starrte ihn an, verblüfft, dass Huisu es immer noch nicht kapiert hatte. »Es ist die einzige Möglichkeit, was zu beißen zu kriegen.«

Auf weitere Erklärungen verzichtend, seufzte er tief. Aus dem Empfangssaal drang plötzlich das Schluchzen einer alten Frau, ein langes, trauriges Klagen. Wer weinte da so um Chef Og? Yangdong drehte sich zum Saal um.

»Der Alte ist grausam. Das muss man sich mal vorstellen! Als sie jung waren, waren die beiden dauernd zusammen, die waren wie Brüder. Dass Chef Og nach all den Jahren, in denen er dem Alten treu und loyal gedient hat, so enden musste, bloß weil er sich eine Wäscherei hat abluchsen lassen ... Ist doch scheiße ... Die haben aus demselben Topf gegessen, haben alles geteilt, und dann lässt ihn der Alte aufknüpfen, mitten auf einer Kreuzung, mit vollgeschissener Hose!«

In Huisus Gesicht zuckte ein Lid. Er und Daeseong waren diejenigen, die Chef Ogs Leichnam von der Kastanieninsel zurückgebracht und ihn an den Leitungsmast gehängt hatten. Der Gestank seiner Hose war so widerlich gewesen, dass es kaum zu ertragen war. Ob der letzte Schiss im Augenblick des Todes immer so roch? Dieses Gangsterleben, das Huisu zu solchen Dingen zwang, war genauso widerlich und genauso schwer erträglich. Ein beklommenes Schweigen breitete sich zwischen Yangdong und Huisu aus. Im Wald weinte noch immer das Reh um sein Junges. Nicht weit von ihnen löste sich mit lautem Krachen in der Dunkelheit ein Stück Fels aus der Steilwand.

»Sie haben recht, Großer Bruder Yangdong. Es ist unwürdig, jemanden so aufzuhängen, die Hose voller Scheiße.«

»Ob du mitmachst oder nicht, ich ziehe die Sache durch. Ich weigere mich, wie ein Hund zu leben, der vor seinem Herrchen kriecht, und ich weigere mich, mir die Hosen vollzuscheißen, wenn ich sterbe. Und ich will auch keine Zeit mehr verlieren«, sagte Yangdong in melodramatischem Ton.

Ohne dem noch etwas hinzuzufügen, trat er seine Zigarette auf dem Boden aus und ging schweren Schrittes zur Trauerhalle.

Huisu folgte ihm nicht. Lange stand er da und betrachtete den verstümmelten Berg mit der steil hineingehauenen Wand. Nach und nach gewöhnten sich seine Augen so gut an die Dunkelheit, dass er Bäume erkennen konnte, die sich oben am Rand des Abgrunds festklammerten. Ihre ins Leere ragenden Wurzeln schienen kurz davor, den Halt zu verlieren. Vor dem Ende des Monsuns würden diese Bäume abstürzen und zwischen ihren Wurzeln Erdbrocken mit in die Tiefe reißen.

Es war zwei Uhr morgens, als Huisu wieder zum Empfangssaal ging. Auf einer Bank vor dem Gebäude saßen Waowao, den er vor ein paar Tagen auf der Mole getroffen hatte, und der frisch aus dem Gefängnis entlassene Jeolsak und tranken *soju*. Jeolsak wirkte schon ziemlich betrunken, und sein Gesicht war finster, was wohl an seiner schlechten Laune lag oder vielleicht auch nur am Dunkel der Nacht. Als Waowao Huisu kommen sah, stand er rasch auf und erwies ihm respektvoll seinen Gruß. Jeolsak tat es ihm gleich und brachte schwankend seinen Oberkörper in die Waagerechte.

»Warum trinkt ihr hier draußen?«

Jeolsak schwieg verlegen; er wirkte unentschlossen.

»Wenn ich im Saal bleibe, gehe ich an die Decke«, antwortete Waowao.

Huisu sah ihn fragend an.

»Wegen Großem Bruder Jeongbae«, fügte Waowao verhalten hinzu. Er spielte sicher auf den Stockfisch-Großhandel an, den Jeongbae Jeolsak abgenommen hatte. Für die Rindsbouillon-Alten und Vater Son war die Sache längst abgehakt, Huisu konnte nichts mehr für die beiden tun.

»Wann bist du rausgekommen?«, fragte er Jeolsak, um das Thema zu wechseln.

»Vorgestern, im Morgengrauen.«

Huisu nahm die *soju*-Flasche und füllte einen der kleinen Pappbecher, die daneben auf der Bank standen.

»Du hast sicher einiges einstecken müssen. Hier, trink.«

Mit einer Verbeugung nahm Jeolsak den Becher und kippte den *soju* in einem Zug hinunter. Dann nahm er Huisu die Flasche aus den Händen und schenkte ihm ein.

»Im Gefängnis habe ich von meiner Frau und von Waowao gehört, dass Sie meiner Familie sehr geholfen haben. In den wenigen Tagen seit meiner Entlassung hatte ich noch keine Gelegenheit, Ihnen dafür zu danken. Das tut mir leid.«

Huisu schüttelte leise den Kopf. »Danken? Wofür? Für das bisschen Taschengeld? Wo ich dich nicht mal im Gefängnis besucht habe?«

»Das ist mir egal. Ich gehöre nicht zu Ihrer Gruppe, aber Sie haben mir trotzdem geholfen. Dank Ihrer Unterstützung und der Hilfe von Großem Bruder Yangdong konnten ein paar Haushaltskosten und die Schulgebühren für die Kinder beglichen werden. Früher war ich jung und dumm und habe Ihnen nicht so gedient, wie ich Ihnen hätte dienen sollen. Heute bin ich aus dem Gefängnis raus und weiß, wer die Großen Brüder und wer die Dreckskerle sind. Sie können in Zukunft immer auf mich zählen, Großer Bruder Huisu.« Jeolsak, offenbar eher in einem Wut- als im Alkoholrausch, blickte finster zum Empfangssaal, in dem Dodari und Jeongbae saßen.

Es war ein großer Fehler von Dodari und Vater Son, Jeolsak das Stockfisch-Geschäft abzunehmen, ohne dass sie überhaupt wussten, wie er tickte, dachte Huisu. Jeolsak war ein kompromissloser, unnachgiebiger Mann.

Er wurde selten wütend und zeigte kaum Gefühle, was seinen Spitznamen »Schlafender Stier« erklärte. Denn wenn er dann doch einmal ausrastete, walzte er wie ein wild gewordener Stier blindwütig alles nieder, was ihm in die Quere kam. Dann gab es kein Halten mehr. Man konnte nichts tun, nur darauf warten, dass sich der wild gewordene Stier irgendwann hinlegte. Für ein paar magere Gewinne aus dem Stockfisch-Großhandel hatten Dodari und Jeongbae dieses schreckliche Tier in ihm geweckt.

Nachdem Huisu den beiden mit einem »Kopf hoch!« auf die Schultern geklopft hatte, ging er zum Büro der Trauerhalle, um Chef Ogs Beerdigung zu bezahlen. In dem Zimmer saß nur eine ins Stricken vertiefte Angestellte. Als sie zu Huisu aufblickte, waren ihre Augen rot wie die eines Hasen, als hätte sie gerade kräftig gegähnt. Sie wirkte ein bisschen verkrampft, was wohl an der späten Stunde lag, vielleicht aber auch an Huisus ramponiertem Gesicht.

»Was kann ich für Sie tun?«

Huisu griff in seine Hosentasche und zog umständlich die Geldscheine heraus, die Vater Son ihm gegeben hatte. »Ich möchte die Beerdigungskosten begleichen und auch gleich das morgige Frühstück.«

»Für wen genau bitte?«

Über diese dumme Frage ärgerte sich Huisu. Chef Ogs Beerdigung war die einzige, die an diesem Abend in dieser abgeschiedenen Trauerhalle begangen wurde. »Für Herrn Og Myeongjuk. Meines Wissens die einzige Beerdigung im Moment, oder?«, erwiderte Huisu gereizt.

Irritiert legte die Angestellte ihre Stricknadeln aus der Hand und blätterte in ihrem Register. »Die Bestattungskosten für Herrn Og Myeongjuk sind bereits beglichen worden. Für das Frühstück morgen wären dann noch zweihundertsiebzigtausend *won* offen.«

Erstaunt fragte Huisu:

»Wer hat bezahlt?«

»Ein Herr mit einer Warze neben dem Auge.«

»In einem braunen Lederblouson und in Begleitung eines Chinesen?«

»Brauner Lederblouson ... Ja, genau. Ob ein Chinese dabei war, weiß ich nicht.«

Die Frau griff wieder zu ihrem Strickzeug. Also war es tatsächlich Obligation Hong gewesen. Huisu wusste nicht, was er davon halten sollte. Es hatte fast etwas Tragikomisches, dass ausgerechnet ein so unbarmherziger Typ die Kosten für Chef Ogs Beerdigung beglich.

»Was es nicht alles gibt ...«, murmelte er.

Er steckte die Scheine wieder in seine Hosentasche, nahm drei Hunderttausender aus seinem Portemonnaie und gab sie der Frau. »Hier, für das Frühstück morgen.«

»Die Buchhaltung hat jetzt zu, und ich habe kein Wechselgeld. Wenn Sie morgen früh wiederkommen –«

»Behalten sie die dreißigtausend«, fiel ihr Huisu ins Wort.

Die Angestellte nickte mechanisch, die Geldscheine in der Hand.

Als Huisu wieder in den Empfangssaal kam, waren die meisten Gäste bereits gegangen. Auf den verlassenen Tischen erinnerten halb volle Flaschen und Teller an von der Ebbe freigelegtes Treibgut. Obwohl kaum noch Gäste da waren, hielt Chef Ogs Tochter im Aufbahrungsraum weiter Totenwache. Ihr kleiner

Bruder war erschöpft auf ihrem Schoß eingeschlafen. Das Mädchen schaute zu Huisu hoch. Sie hatte den verlorenen, leeren Blick eines Menschen, der über Nacht zehn Jahre gealtert ist. An der Tür verhandelten gerade ein paar jüngere Gangster darüber, wer von ihnen am nächsten Morgen den Sarg ins Krematorium tragen würde.

»Wir müssen mindestens zu sechst sein, oder? Bei der Beerdigung von Großem Bruder Huna waren wir jedenfalls sechs.«

»Aber nur, weil Großer Bruder Huna dick war und der Sarg richtig schwer. Chef Og hat kurze Beine und ist eher dünn. Ich denke, vier müssten reichen.«

»Dann also ich, Chusam und Kiyul. Kannst du morgen auch?«

»Nein, ich muss früh zur Fischauktion.«

Huisu ging an ihnen vorbei. Plötzlich fragte er sich, wer eigentlich seinen Sarg tragen würde. Früher einmal hatte er viele Freunde gehabt, doch von denen waren ihm nur noch wenige geblieben.

An einem Tisch in der Nähe des Eingangs, neben den Schuhregalen, saßen Obligation Hong und sein Leibwächter Chang und nahmen ein spätes Abendessen ein. Sie saßen allein; die meisten Gangster von Guam hatten Schulden bei Obligation Hong, und alle mieden ihn wie die Pest. Er aß mit der rechten Hand, die linke schützend über seine schwarze Ledertasche gelegt – seine Kasse, seine Seele. Die Geschwindigkeit, mit der er den Löffel zum Mund führte, ließ erkennen, dass er hungrig war. Nach einem langen Tag des Geldeinstreichens sah er müde aus. Als ihm Huisus Blick begegnete, wirkte er verlegen. Er wischte sich mit dem Handrücken über den von Chiliöl glänzenden Mund.

»Du hast aber eine lädierte Visage. Bist du verdroschen worden?«

Wie immer war Obligation Hongs Ton zynisch und aggressiv. Huisu antwortete ihm dennoch mit einem schwachen Lächeln: »Sie essen jetzt erst?« Seine Stimme klang freundlich.

Obligation Hong starrte ihn mit offenem Mund verwirrt an. Schließlich nickte er etwas geniert. »Ja, endlich. Und du, hast du gegessen?«

»Ja, eben. Guten Appetit.«

Obligation Hong war so verblüfft, dass ihm für eine Antwort die Worte fehlten. Eigentlich war es normal, dass sie sich nicht viel zu sagen hatten; es hatte ja nie einen zivilisierten Umgang zwischen ihnen gegeben. Obligation Hong vertiefte sich wieder in seine Suppe.

Huisu sah sich im Saal um. An einem der Tische hatten mehrere Gangster gerade einen heftigen Wortwechsel. Dodari und Jeongbae waren beteiligt und auch Danka, Jeolsak und Waowao. Außerdem der Präsident des Komitees für einen florierenden Handel und einige Händler von der Mole. Huisu ging zu dem Tisch. Jeolsak, inzwischen völlig betrunken, starrte Jeongbae böse an. Verächtlich hielt Jeongbae seinem Blick stand.

»Du willst also damit sagen, dass du mir den Stockfisch nicht zurückgeben kannst?«, zischte Jeolsak.

Jeongbaes Blick wanderte über die am Tisch Versammelten, als wäre ihm deren Beifall wichtiger als die Beantwortung von Jeolsaks Frage. Dann sagte er:

»Anscheinend fällt es Großem Bruder Jeolsak schwer zu begreifen, dass ihm der Stockfisch-Großhandel nie gehört hat. Dieses Geschäft hat immer den Rindsbouillon-Opas gehört. Wie kommen Sie darauf, so zu tun, als ob es Ihnen gehört? In einem klassischen Unternehmen entspricht das, was Sie gemacht haben, Großer Bruder Jeolsak, nur der Position eines angestellten Geschäftsführers. Das Gleiche gilt im Moment auch für mich. Und einem Geschäftsführer ergeht es genauso wie allen Angestellten: Wenn der Eigentümer sie entlässt, ist es aus. Bloß weil das Wort ›Geschäftsführer‹ auf Ihrer Visitenkarte steht, gehört Ihnen doch das Unternehmen nicht.«

»Was soll das heißen, es gehört den Rindsbouillon-Opas?! Dieses Geschäft habe ich mit Waowao aufgebaut, dafür schuften wir seit zehn Jahren wie blöd, jeden Tag von morgens bis abends!«

Jeongbae schüttelte resigniert den Kopf und seufzte, als hätte Jeolsak einfach nichts verstanden. »Wenn das so ist, dann reden Sie mit den Rindsbouillon-Opas, anstatt mir auf die Nerven zu gehen. Das ist logischer. Ich habe nicht den geringsten Einfluss, ich tue nur das, was man mir sagt.«

»Jeongbae hat recht«, schaltete sich Dodari geistlos wie immer ein. »Wenn du dich beschweren willst, geh und rede mit den Alten. Jeongbae führt nur deren Anweisungen aus, du kannst ihm nichts vorwerfen.«

Plötzlich meldete sich der Präsident des Komitees für einen florierenden Handel zu Wort, der sich schon die ganze Zeit sichtlich über Jeongbae geärgert hatte. »Wo du's doch so mit Logik hast, möchte ich dich mal eins fragen: Vor Kurzem hast du die Preise für den Strom und das Gas, das du an die Buden verkaufst, verdoppelt beziehungsweise verdreifacht. Kannst du mir mal verraten, inwiefern das logisch ist? Als Vater Son noch zuständig war, mussten wir außerdem keine Abgaben zahlen. Und das Meerwasser für die Aquarien ließ er hochpumpen und hat es kostenlos verteilt, im Gegensatz zu dir, du verkaufst es nämlich. Gehört das Meerwasser dir? Bist du derjenige, der die Pumpe installiert hat? Und für die Mole, die mit öffentlichen Geldern gebaut worden ist, sollen wir Abgaben zahlen, während der alte Herr nichts verlangt hat?«

Die Vorwürfe des Komitee-Präsidenten brachten Jeongbae nicht aus der Ruhe. Er öffnete seine Tasche, nahm einen dicken

Ordner heraus und legte ihn auf den Tisch. »So, schauen Sie, das alles sind Unterlagen der Stadtverwaltung. Exposés über verschiedene Entwicklungspläne und Richtlinien für die entsprechenden Zonen. Wenn man sie studiert, erfährt man ungefähr, was die Verwaltungsbeamten vorhaben. Da, sehen Sie die Verkaufsbuden? Anhand der Karte wird auch deutlich, dass es für diese Zone keinen besonderen Entwicklungsplan gibt, sondern nur Kontrollen vorgesehen sind.«

»Ja, und?«

»Und ich bin nun zur Stadtverwaltung gegangen und habe denen das Problem erklärt. Auf der Mole gibt es inzwischen mehr als hundertzwanzig Buden, darüber ist sogar schon mehrmals im Fernsehen berichtet worden. Die Mole von Guam ist ein Touristenmagnet geworden. Was bringt es also, sowohl der Stadt als auch uns, wenn man diese Buden als illegal betrachtet und sich weiter darauf versteift, Kontrollen durchzuführen? Es wäre doch besser, diese Aktivitäten zu legalisieren, oder? Und wenn das zu heikel ist, sollte man wenigstens die Kontrollen lockern. Weniger Kontrolleure kosten auch weniger Geld! Und die Bewohner des Stadtteils könnten ohne Stress weiter ihren Geschäften nachgehen. Es wäre eine Win-win-Situation. Das habe ich dem Leiter des zuständigen Fachbereichs erklärt, und er hat mir gesagt, dass mein Vorschlag durchaus überzeugend klingt und er sich die Sache mal unter diesem Blickwinkel ganz genau ansehen wird.«

Schweigend blätterte der Komitee-Präsident in den Unterlagen, die – für einen Gangster eher ungewöhnlich – akkurat mit Trennblättern abgeheftet waren. Huisu trat näher und las über die Schulter des Komitee-Präsidenten mit.

»Heute funktioniert nichts mehr hintenrum, nicht mal unter Gangstern«, fuhr Jeongbae fort. »Anstatt sich dauernd zu verstecken und vor den Kontrolleuren wegzulaufen, muss man auf die Beamten zugehen, mit ihnen verhandeln und sich einigen. Der Strom, den die Buden bezahlen, wird ja bei den anderen Geschäften illegal abgezweigt, stimmt doch, oder? Und bei jeder Kontrolle muss die Stromversorgung unterbrochen werden, weil die Kontrolleure sonst alle Kabel abreißen. Wie lange soll das so weitergehen? Wenn wir es schaffen, eine Gewerbeerlaubnis zu bekommen, kann die Stromversorgung legalisiert werden, dann ist das ganze Chaos Vergangenheit. Aus diesem Grund bin ich derzeit intensiv mit den Leuten von den koreanischen Elektrizitätswerken im Gespräch. Aber um die Verhandlungen führen zu können, braucht es eine Lobby und ein entsprechendes Budget. Beamte muss man nämlich erst kräftig anfüttern, sonst bewegt sich nichts.«

»Tja, unser guter Jeongbae ist eben ein echtes Genie!«, rief Dodari begeistert.

Der Komitee-Präsident, den Jeongbaes Argumente nicht wirklich überzeugt hatten, zog immer noch ein Gesicht.

»Die Leute behaupten, ich würde sogar den armen alten Frauen den Spargroschen abpressen, um mir selbst die Taschen vollzustopfen. Aber so einer bin ich nicht. Ich will das Geld, das ich zusammenkriege, für die Entwicklung unseres Stadtteils auf die Seite legen. Ich habe große Pläne. Wenn es so weit ist, werdet ihr schon sehen«, verkündete Jeongbae mit stolzgeschwellter Brust.

Plötzlich schaltete sich Huisu ein: »Donnerwetter, heutzutage scheint ja wirklich jeder Hund, ja sogar jede Kuh große Pläne für die Gemeinschaft zu haben.«

Lachend nahm er gegenüber Jeongbae Platz. Er nahm eine halb leere *soju*-Flasche vom Tisch und schenkte sich ein Glas ein. »Du hörst dich an wie ein richtiger Abgeordneter, wenn du so redest, alle Achtung.« Huisus Ton hätte nicht sarkastischer sein können.

»Großer Bruder Huisu, wie geht es Ihnen?« Jeongbaes Miene verriet, dass er sich zu dieser Begrüßung förmlich zwingen musste.

»Auf die Legalisierung der Verkaufsbuden an der Mole hat sich Vater Son schon vor Längerem mit dem Bürgermeister bei einer Partie Golf geeinigt – warum gibst *du* jetzt damit an? Außerdem habe ich gehört, dass du Gasflaschen, die nur siebenundzwanzigtausend *won* wert sind, für siebzigtausend verkaufst, dass du den Strompreis für alle auf fünfzigtausend *won* festgesetzt hast, das Meerwasser für monatlich zwanzigtausend verkaufst und als Stellplatzgebühr fünfzigtausend nimmst, ganz zu schweigen davon, dass du die Unverschämtheit besitzt, auch für Stellflächen auf dem öffentlichen Parkplatz Geld zu verlangen. Wie viel presst du jedem dieser armen Budenbesitzer monatlich ab? Und jetzt erzählst du uns, dass du das ganze Geld bis auf den letzten Pfennig an die Beamten weitergibst?«

Auf diese klare, detaillierte Darstellung wusste Jeongbae keine Antwort. Ihm fiel nichts anderes ein, als Huisu anzustarren.

»Du magst vielleicht glauben, wir wären blöd, aber auch ein Gangster hat so etwas wie Herz und Verstand«, fuhr Huisu fort. »Der Präsident des Komitees für einen florierenden Handel und einige Vertreter des Molen-Vereins sitzen heute mit an diesem Tisch. Das ist eine ideale Gelegenheit, die Preise festzulegen.«

»Über diese Preise habe ich nach reiflicher Überlegung entschieden! Die sind nicht auf die Schnelle errechnet worden!«, jammerte Jeongbae.

»Ab heute gelten wieder die früheren Tarife, die der alte Herr festgelegt hat: fürs Gas der Grundpreis, für den Strom ein Einheitspreis von zwanzigtausend *won* und das Meerwasser für umsonst. Und du behältst ja die Einnahmen vom öffentlichen Parkplatz – also keine Abgaben für die Stellplätze. Wenn du damit nicht einverstanden bist, kannst du das Geschäft mit der Mole gern anderen überlassen. Die Interessenten werden Schlange stehen. Hast du das verstanden?«

Mit einem verlegenen Lächeln beugte sich Jeongbae zu Huisu hin und flüsterte: »Großer Bruder Huisu, können wir das nicht in aller Ruhe zu zweit besprechen? Sie sind gerade dabei, mich vor allen Leuten zu blamieren …«

»Ach, das hier ist dir peinlich? Und arme alte Frauen übers Ohr hauen ist dir nicht peinlich?«

»Bloß weil Sie zu den Älteren gehören, sollten Sie nicht überall Ihre Nase reinstecken. Kümmern Sie sich um Ihr Hotel. Mit der Mole befasse ich mich, keine Sorge.«

Jeongbae hatte in höflichem, aber bestimmtem Ton gesprochen, um Huisu klarzumachen, dass er sich nicht einschüchtern ließ. Die Stimmung zwischen den beiden wurde eisig. Während sie sich weiter anfunkelten, eiferten sich der Komitee-Präsident und ein paar andere Alte über Jeongbaes Gebaren.

»Dieser Dreckskerl will mit den Gasflaschen, die er uns verkauft, anscheinend richtig zu Geld kommen.«

»Das sehe ich aber auch so. Wie viel verdienen die alten Frauen mit ihren kleinen Verkaufsbuden? Was hat er davon, denen mit 'nem Strohhalm das Mark aus den Knochen zu saugen?«

»Vielleicht hat er als Kind nicht genug zu essen gekriegt und ist deshalb so gierig.«

Jeongbaes Gesicht wurde erst rosa, dann dunkelrot. »Scheiße aber auch! Ich reiß mir den Arsch auf und schleppe denen die verdammten Gasflaschen an, und jetzt nölen sie hinter meinem Rücken?«, schnauzte er.

»He, Jeongbae, so redet man nicht mit Älteren«, versuchte Huisu, ihn zu beschwichtigen. »Die Leute vom Verein hatten letzten Sommer große Probleme. Der Monsun war sehr, sehr lang, und es gab viele Taifune. Diesen Sommer ist ein bisschen Nettsein angesagt.«

Doch Jeongbae blieb unnachgiebig. »Großer Bruder Huisu, eins sollten Sie nie vergessen: Wenn es darum geht, seine Brötchen zu verdienen, kümmert sich jeder um seinen eigenen Kram. Das Leben ist für alle hart.«

In diesem Moment sprang Jeolsak von seinem Stuhl auf und versetzte Jeongbae einen so kräftigen Tritt gegen die Brust, dass er wie ein Fußball durch den Raum flog und in einer Ecke gegen die Wand prallte.

»Was fällt dir ein, du miese Ratte, Großem Bruder Huisu in so einem Ton zu antworten!«, schrie Jeolsak.

Ganz der toughe Gangster, war Jeongbae wieder aufgestanden und stand da wie ein Boxer, zum Kampf bereit. Der ehemalige Ringkämpfer Jeolsak ging mit breitem Kreuz auf ihn zu und wurde mit ein paar Fausthieben traktiert. Jeolsak steckte sie, ohne mit der Wimper zu zucken, weg, packte Jeongbae an der Taille, nahm ihn mit einem Ruck hoch und schleuderte ihn auf den Tisch. Jeongbae rappelte sich sofort wieder auf, aber Jeolsak packte ihn und warf ihn auf den nächsten Tisch. Jedes Mal flog Geschirr durch die Gegend und ging zu Bruch. Den Alten schien diese Show zu gefallen. So betrunken Jeolsak auch war, in dieser Schlägerei hatte er eindeutig die Oberhand. Dunkelrotes Blut lief Jeongbae aus Nase und Mund. Das eine Auge war so geschwollen, dass er es nicht mehr öffnen konnte.

Die Alten kommentierten den Kampf:

»Ein echter Sumo, dieser Jeolsak.«

»Ja, da steckt schon Kraft hinter.«

»Aber Jeongbae hat das Boxen wohl bei den Kängurus gelernt. Sollen das etwa Fausthiebe sein?«

»Die Fäuste sind nicht das Problem, aber er hat überhaupt keine Defensivstrategie. Was ist das denn für eine Technik, Schläge mit dem Gesicht abzufangen?«

Jeongbaes Männer, die nicht wussten, ob sie die Prügelei unterbinden oder mitmachen sollten, lauerten auf eine Reaktion von Dodari oder Huisu.

Dodari wandte sich mit ernster Miene an Huisu. »Jetzt sollten wir sie aber stoppen, oder?«

»Lass sie. Die haben sicher noch alte Rechnungen zu begleichen. Hat doch auch sein Gutes, dass sie sich prügeln, oder?«

»Na, ich weiß nicht, so ein Chaos mitten in einer Trauerhalle!«

»Dafür sind Beerdigungen doch da. Die Trauerhalle ist der Ort, wo man weint, wo man lacht und wo man sich prügelt.«

Jeolsak und Jeongbae, inzwischen beide erschöpft, bewegten sich wie in Zeitlupe. Sie hatten keine Kraft mehr in den Armen und keuchten laut. Es sah aus, als würden sie jeden Moment umkippen. Mit dem kleinen Unterschied, dass Jeolsak es geschafft hatte, sich noch eine kleine Kraftreserve aufzusparen, während Jeongbae völlig am Ende war. Ächzend packten sich die beiden an den Hälsen, knallten die Schädel gegeneinander und verkeilten sich. Schließlich flog Jeongbaes Faust zitternd auf Jeolsak zu, doch der konnte ausweichen und traf im Gegenzug das Kinn seines Gegners mit einem kräftigen Aufwärtshaken. Dies war der entscheidende Schlag. Jeongbaes Knie gaben nach, er kippte nach vorn und brach zusammen. Unter den erschlafften Lidern war nur noch das Weiß seiner verdrehten Augen zu sehen. Blutiger Schaum lief ihm aus dem halb geöffneten Mund. Danka ging in die Mitte des Saals, packte wie der Ringrichter am Ende eines Boxkampfs Jeolsaks Arm und riss ihn hoch. Jeolsak hatte es geschafft, diesen Jeongbae, den er schon so lange verprügeln wollte, buchstäblich zu Brei zu schlagen.

Trotzdem war sein Gesicht finster, und er wirkte verstört. Nur weil er Jeongbae verprügelt hatte, würde er das Stockfisch-Geschäft auch nicht zurückbekommen. Ein paar von Jeongbaes Jungs rannten los und richteten ihren Boss auf. Einer spritzte ihm Wasser ins Gesicht, ein anderer fächelte ihm mit einer Serviette Luft zu. Schließlich kam Jeongbae wieder zu sich und schüttelte den Kopf. Er schnappte sich ein Messer, das einer seiner Jungs im Gürtel trug, stand auf und stieß es Jeolsak, der immer noch etwas verloren neben Danka stand, kurzerhand in die Seite. Die Arme um den Bauch geklammert, brach Jeolsak zusammen.

»Der macht mich verrückt, dieser Arsch!«, brüllte Jeongbae.

Das Messer, das Jeolsak getroffen hatte, war ein Sashimi-Messer, um dessen Griff weiße Stoffstreifen gewickelt waren, die verhindern sollten, dass man sich selbst verletzte. Als Jeongbae dem am Boden liegenden Jeolsak die Klinge wieder in den Leib rammen wollte, warf sich Waowao über den Verletzten, um ihn mit dem eigenen Körper zu schützen. Obwohl Jeongbae ihn zwei Mal in die Seite stach, gab Waowao nicht klein bei. Mehrere Männer versuchten, Jeongbae zu bändigen, doch er fuchtelte wild mit dem Messer herum und drohte allen, die sich ihm näherten.

»Na, kommt schon, los, heute bringe ich alle um!«

»Lass das Messer los, Jeongbae! Hör auf, bevor noch Schlimmeres passiert!«, schrie der Komitee-Präsident.

Doch Jeongbaes Ohren waren offensichtlich nicht mehr auf Empfang gestellt, und niemand wagte es, sich ihm zu nähern. Er fuchtelte mit dem Messer herum, als wollte er die Luft damit zerschneiden. Von Weitem wirkten seine Bewegungen unbeholfen. Im Grunde schien er mehr Angst vor der eigenen Klinge zu haben als die Männer um ihn herum. Mitten in diesem Chaos fiel Huisus Blick auf einen Topf Geranien. Rote Geranien. Als er klein war, pflanzten die alten Frauen von Mojawon im Gemüsegarten Geranien. Keine Tomaten, keine Kartoffeln, sondern Geranien. »Wie schmeckt das?«, fragte Huisu einmal. Die Älteste der Frauen von Mojawon antwortete ihm, dass diese Geranien nicht gepflanzt worden seien, um gegessen, sondern um angeschaut zu werden. In Mojawon fehlte es an Lebensmitteln, und der kleine Huisu konnte nicht verstehen, warum man in diesem Gemüsegarten etwas pflanzte, das niemand essen konnte. Er verstand den Nutzen dieser Geranien nicht, die den Tomaten, Kartoffeln und Süßkartoffeln Platz wegnahmen. Huisu hob den Geranientopf vom Regal und ging mit großen Schritten auf Jeongbae zu. Der wich zurück und schwang dabei drohend das Messer. Dabei traf seine Klinge die Schulter von Huisu, der die Wunde mit einem kurzen Blick zur Kenntnis nahm. Im Nu war der Stoff seines Hemdes blutdurchtränkt. Huisu lachte nur leise und ging weiter auf Jeongbae zu, der verwirrt zum nächsten Hieb ausholte. Mit einer raschen Seitwärtsbewegung wich Huisu dem Messer aus, riss den Geranientopf in die Höhe und ließ ihn auf Jeongbaes Kopf niedergehen. Mit lautem Getöse zerbrach der Boden des Terrakottatopfs. Jeongbae ging sofort bewusstlos zu Boden. Huisu kniete sich neben ihn und schlug mit dem zerbrochenen Topf weiter auf seinen Schädel ein, drei Mal, vier Mal, bis Danka ihn von hinten festhielt. Alle Augen im Saal waren auf Huisu gerichtet. Jeongbae lag mit gebrochenem Schädel auf dem Boden, zappelnd wie ein Fisch auf dem Trockenen. Huisu betrachtete seine Hände, die noch die Reste des Krugs hielten. Terrakottastaub rieselte auf Jeongbaes blutüberströmten Kopf.

Danka zog Huisu zum Parkplatz. Sein Kopf war leer, und er ging wie in Trance. Danka schubste ihn in das erste einer Reihe von Taxis, die auf Kunden warteten.

»Ich kümmere mich um den Rest. Und du, Großer Bruder, du fährst jetzt nach Hause und ruhst dich ein bisschen aus. Erst Hojung, jetzt Jeongbae … Heute ist wirklich nicht dein Tag.«

Er klopfte zweimal kurz auf das Taxidach und sagte in Richtung des Fahrers: »Sie können!« Der warf einen Blick in den Rückspiegel, um den Kunden zu sehen, der auf der Rückbank Platz genommen hatte, und rollte langsam los.

Kurz bevor sie das Ende der Serpentinenstraße erreichten, fragte er: »Wohin soll ich Sie bringen?«

Huisu wusste nicht, wohin. Als der Taxifahrer keine Antwort bekam, hielt er genervt an. Gedankenverloren blickte Huisu zum Fenster hinaus. Aus dem dunklen Wald schallten immer noch die klagenden Rufe des Rehs, das sein Junges verloren hatte.

Huisu zündete sich eine Zigarette an. »Nehmen Sie die Sanbok Road.«

»Bis wohin?«

»Bis zum öffentlichen Parkplatz.«

Kurz darauf bog das Taxi in die Küstenstraße ein, durchquerte das Zentrum von Guam und fuhr die Sanbok Road hinauf. Den Kopf geistesabwesend an die Scheibe gelehnt, betrachtete Huisu die vorbeifliegende Landschaft. Als sie schließlich den öffentlichen Parkplatz erreichten, stieg er aus und nahm die lange, steile Treppe in Angriff, die zu Insuk hinaufführte, zum Haus Nummer 565. Auf halbem Weg blieb er keuchend stehen und setzte sich auf eine Stufe. Die Beine taten ihm weh. Er hatte keine Ahnung, wie Insuk es schaffte, Nacht für Nacht diese Treppe hochzusteigen. Er nahm eine Zigarette und warf einen Blick auf die Uhr. Als er vor einiger Zeit in ihrer Bar vorbeigeschaut hatte, war Insuk gerade im Streit mit einem betrunkenen Typen, der sie an den Haaren gepackt hatte. Unter ihrer zerrissenen Bluse schaute der Büstenhalter hervor. »Du Miststück! Was fällt dir ein, für zwei Flaschen Whisky fünfhunderttausend *won* zu verlangen!« Der Mann, ein großer, bulliger Kerl, hatte Insuk kräftig durchgeschüttelt. Huisu hatte ihn am Kragen gepackt, doch als er ihm gerade einen Fausthieb verpassen wollte, hielt Insuk ihn zurück. »Wenn du ihn schlägst, verkaufe ich heute nichts mehr«, sagte sie leise, aber mit fester Stimme. Als Huisu den Typen losließ und auf die Straße ging, folgte ihm Insuk. »Ist das jeden Tag so?«, fragte er. »Ja, das ist jeden Tag so«, antwortete Insuk. Und als sie wieder zu Atem gekommen war, hatte sie mit ruhiger Stimme hinzugefügt: »Wenn du nur herkommst, um deine Muskeln zu zeigen, kannst du's in Zukunft lassen.« Seit diesem Tag war Huisu nicht mehr hingegangen. Denn es wäre jedes Mal dasselbe gewesen, und er hätte doch wieder den starken Mann markiert.

Huisu erhob sich und setzte seinen Aufstieg fort. Die Treppe war wirklich steil und schien wie immer kein Ende zu nehmen. Als er endlich auf dem Gipfel des Jangbae-Berges Insuks Haus erreichte, war er so verschwitzt, dass ihm das Hemd am Rücken klebte. Er setzte sich auf die Holzliege in ihrem Hof. Von hier aus konnte man die vielen, an den Berghang geschmiegten Häuser des Viertels gut sehen. In manchen brannte noch Licht. In der Ferne schien das Meer im Dunkel der Nacht zu versinken, und die Lichter der weit draußen vor Anker liegenden Schiffe funkelten wie Sterne. Huisu holte die Räucherstäbchen gegen die Mücken unter der Liege hervor, wo Insuk sie hingeräumt hatte. Er zündete eins an und ließ sich der Länge nach auf die Liege sinken. So hoch auf dem Berg war der Himmel ganz nah. Der Große Wagen, Kassiopeia, der Krebs, die Zwillinge … An diesem Abend gab es besonders viele Sterne. Huisu versuchte, die Konstellationen zu finden, die er kannte, und darüber schlief er ein.

In der Morgendämmerung schlug Huisu die Augen auf. Er lag immer noch auf der Holzliege im Hof. Die Sterne waren verschwunden, erloschen im anbrechenden Tag. Huisu lag unter einer Decke, die klamm vom Morgentau war, ihn aber trotzdem in wohlige Wärme hüllte. Insuk saß am Rand der Liege. Sie rauchte. Hatte sie früher geraucht? Das Profil ihrer Silhouette, das zum Himmel gewandte Gesicht, die Zigarette zwischen ihren Fingern – Insuks ganze Haltung strahlte etwas Melancholisches aus. Als sie hörte, dass Huisu sich bewegte, drehte sie sich zu ihm hin.

»Bist du wach?«

»Ja.«

Tut mir leid, dass ich hier mitten in der Nacht reingeschneit bin, ich musste dir was sagen, aber dann bin ich eingeschlafen ... Huisu überlegte, ob es gut war, sich so zu entschuldigen, aber dann zog er es vor zu schweigen. Die Chance, dass Insuk ihm glauben würde, war gering, und eigentlich war es zwischen ihnen ja auch unnötig, sich zu entschuldigen; er kam und ging immer unangekündigt. Insuk gab ihm die Tasse, die sie in der Hand hielt. Darin war heißer Zitronentee. Huisu nahm einen kleinen Schluck. Die feuchte Luft der Morgendämmerung schien das Zitronenaroma zu intensivieren.

»Was ist mit deinem Gesicht? Hast du dich geprügelt?«

»Nein, ich hatte zu viel getrunken und bin hingefallen.«

»Hast du ein Problem, Huisu?«

»Nein.«

»Wie kommt es dann, dass ich dich hier antreffe, so früh an diesem schönen Morgen?«

»Nur so. Ich hatte einfach Lust, dich zu sehen. So früh an diesem schönen Morgen.«

Insuk lachte, und es klang fast ein bisschen schüchtern. Es war Insuks echtes Lachen, dachte Huisu; das draufgängerische Lachen, das sie den Männern in der Bar zeigte, war reine Show.

Seit er Insuk kannte, liebte er ihr Lachen, liebte die Schüchternheit, die dann hinter der stolzen Fassade sichtbar wurde.

»Würdest du mit mir ins Ausland gehen, um dort zu leben?«, fragte Huisu unvermittelt.

»Was soll die Frage? Hast du was Dummes gemacht?«

»Nein. Ich habe einfach nur die Nase voll von dieser Stadt, das ist alles.«

»Um ins Ausland zu gehen, braucht man viel Geld. Hast du das? Du? Ich habe jedenfalls nur Schulden«, erwiderte Insuk ganz unverblümt.

Huisu dachte an Yongkangs Tasche, die er in der Wäscherei an sich genommen hatte. Wie lange würde er mit einer Milliarde im Ausland, ohne jede Unterstützung durchkommen? Nicht lange, wenn er allein wäre. Aber zusammen mit Insuk wäre alles anders. Sie wusste sich zu helfen, sie war lebenstüchtig.

»Wenn ich Geld hätte, würdest du dann mit mir gehen?«

Huisus Ernst schien Insuk zu überraschen. Sie schwieg einen Moment. Dann nahm sie einen letzten, tiefen Zug von ihrer Zigarette und drückte die Kippe auf dem Boden aus.

»Warum ist Flucht das Einzige, woran du denkst? Schon mit siebzehn hast du davon gesprochen.«

Tatsächlich hatte Huisu ihr einmal vorgeschlagen, gemeinsam zu fliehen – das war, als Insuk beschlossen hatte, mit der Prostitution anzufangen. Doch sie hatte abgelehnt. Heute, mit vierzig, hatte sich nichts daran geändert. Er fragte sich, was anders geworden wäre, wenn sie mit sechzehn gegangen wäre, anstatt dieses Leben als Prostituierte anzufangen. Ihre Geschwister hätten sicher nicht studiert, aber Insuks Leben wäre völlig anders verlaufen.

»Wenn du gehen willst, geh allein. Mir gefällt es hier.«

Huisu stieß einen langen Seufzer aus. »Dir gefällt es in dieser Scheiße?«

»Ja. Hier habe ich meine Geschwister auf die Universität geschickt, hier habe ich Ami großgezogen, und hier habe ich etwas
gefunden, wovon ich leben kann.«

Ihr Blick wanderte nachdenklich den Berghang hinab, und
sie lachte leise, als wäre ihr gerade etwas klar geworden. »Warum ist es dir eigentlich so wichtig, ins Ausland zu gehen, um
mit mir zusammenzuleben? Fehlt dir hier der Mut dazu, schämst
du dich zu sehr?«

Auf seine Antwort wartend sah sie ihn fest an. Sie hatte eine
durchwachte Nacht hinter sich, ihre Augen waren verquollen. Es
war nicht das erste Mal, dass sie ihm diese Frage stellte. Bisher
war Huisu immer ausgewichen.

»Wer schämt sich für wen? Auch ich bin das, was ich bin.«

Insuk schüttelte langsam den Kopf. Es war nicht die Antwort, die sie erwartete. Um ihrem Blick auszuweichen, schaute
Huisu in die Richtung des Meeres. Plötzlich hörte er sie etwas
murmeln. Es war so, als spräche sie mit dem Meer.

»Ich habe mich nie für mich und mein Leben geschämt. Meine Geschwister haben aus Scham diese Stadt verlassen, und in
meinem Viertel haben sich die Leute hinter meinem Rücken
den Mund über mich zerrissen, aber ich habe mich nie für mich
und mein Leben geschämt. Denn ich weiß, dass ich unter den
gegebenen Umständen immer mein Bestes getan habe.«

»Bist du stolz darauf, dass du davon gelebt hast, deinen Körper zu verkaufen?«, spottete Huisu.

»Sag mir, was ich mit siebzehn Jahren sonst hätte verkaufen
sollen, um meine Geschwister zu ernähren!«

Plötzlich war Insuk laut geworden. So laut, dass Huisu aufblickte. Dann brach sie in Tränen aus. Im Wald schienen die Vögel, die langsam wach wurden, in ihr Schluchzen einzustimmen.
Hatte er Insuk schon einmal weinen sehen? Nein. Seit er sie
kannte, seit er dreizehn war, war dies das erste Mal. Das Gesicht

in den Händen vergraben, am Rand der Holzliege zusammengekauert, wurde ihr Schluchzen immer heftiger. Huisu rutschte
zu ihr, legte seine Arme um ihre zitternden Schultern und hielt
sie fest. Stumm drückte Insuk ihr Gesicht an seine Brust.

BEIM FRISEUR

Aus dem Kamin des Krematoriums stieg Rauch auf. Kaum jemand war gekommen, um Chef Ogs Einäscherung beizuwohnen. Ein paar enge Freunde, ein paar Verwandte und die vier Männer, die den Sarg tragen mussten. Plaudernd und rauchend ging die kleine Gruppe im Hof, in der Nähe der Toiletten, auf und ab. Als sie gekommen waren, hatte der alte Wächter ihnen mitgeteilt, dass alle Öfen besetzt seien und sie mit einer Stunde Wartezeit rechnen müssten. Huisu wunderte sich: Obwohl die sechs Öfen auf Hochtouren liefen, war außer ihnen kein einziger Besucher zu sehen. Doch dann erklärte ihm jemand, dass es vor Kurzem in einem Altersheim einen Gasunfall gegeben habe. Die sechs alten Menschen, die dabei umgekommen waren, wurden heute eingeäschert. Keiner von ihnen hatte Familie. Gedankenverloren blickte Huisu auf die Rauchsäule, die aus dem Kamin aufstieg. Er stellte sich die sechs Leichname vor, die gerade einsam verbrannten, ohne jede Begleitung in diesem letzten Moment. Es war ein Aprilmorgen, und die Sonne, die strahlend in den Hof fiel, war noch angenehm. Auf dem Fernsehbildschirm an einer Wand des Wartezimmers hielt Präsident Kim Young-sam gerade in seiner gewohnt konfusen Art eine Rede. Er verkündete das Ende der Militär-Ära und den Antritt einer zivilen Regierung. Vierzig Minuten lang hörte sich Huisu seine sterbenslangweilige Rede an, dann kam Chef Ogs Name über den Lautsprecher. Es hieß, er werde bald eingeäschert, die ihm Nahestehenden sollten sich zum Einäscherungsofen Nummer sechs begeben. Die Gruppe stellte sich vor dem Ofen auf, nur die Kinder des Verstorbenen fehlten; sie waren auf einer Holzbank im Flur des Krematoriums eingeschlafen. Der Junge hatte ein Foto des Vaters an die Brust gedrückt und den Kopf an die Schulter seiner Schwester gelegt, in deren Schoß die Urne für die Asche lag. Sonnenstrahlen fielen schräg durch das große Glasfenster auf das Gesicht des schlafenden Mädchens. Sie schien völlig übermüdet zu sein. Bestimmt hatte sie während der dreitägigen Beerdigungszeremonie nicht viel geschlafen. Der Zeremonienmeister versuchte, die Kleine wach zu rütteln, doch sie schlief so fest, dass sie nicht reagierte. Leicht gereizt schüttelte er sie noch einmal, diesmal energischer. Endlich schlug sie die Augen auf und sah sich verstört um. Der Zeremonienmeister flüsterte ihr etwas ins Ohr. Was wohl? Dass sie jetzt aufwachen müsse? Dass nun ihr Vater an der Reihe sei, verbrannt zu werden? Mit verschlafenem Blick betrachtete das Mädchen die vor dem Ofen versammelten Menschen. Als sie auf der elektronischen Anzeige Chef Ogs Namen las, brach sie in Tränen aus. Weil sie sich schämte, dass sie während der Beerdigung ihres Vaters eingeschlafen war? Oder weinte sie, weil ihr plötzlich bewusst wurde, dass er nun endgültig aus dieser Welt verschwinden und sich vor ihren Augen in diesem Ofen in Asche verwandeln würde? Aus einem nahen Kloster war ein Mönch gekommen, der mit einer Holzglocke so etwas wie eine buddhistische Zeremonie abhielt. Ein paar alte Leute legten Zehntausender-Scheine auf den Sarg.

»Verbrennen Sie ihn sorgfältig, und mahlen Sie auch seine Knochen ganz fein, damit unser lieber Chef Og ohne Reue und

Groll in die schöneren Gefilde aufbrechen kann«, murmelten die Alten.

Als ob der Mahlgrad der Knochenmühle etwas damit zu tun hatte, dass jemand ohne Reue aus dem Leben scheiden konnte, spottete Huisu innerlich. Mit seiner Hand, die in einem Handschuh steckte, fegte der alte Wächter, der für die Öfen zuständig war, die auf dem Sarg liegenden Geldscheine zusammen und stopfte sie sich in die Hosentasche. Dann befahl er den Anwesenden zurückzutreten. Das Gesicht schon zu dieser frühen Stunde gerötet, schien er nicht nur schlecht gelaunt, sondern auch betrunken zu sein. Um den Sarg auf die Schienen zu bugsieren, musste er ein paarmal kräftig am Wagen ruckeln, dann schob er ihn in den Ofen und knallte die Tür zu. Vielleicht hatte der alte Mann gelernt, sich mit ruppigen, automatisierten Gesten vor der Traurigkeit und den Gefühlsausbrüchen zu schützen, zu denen es vor dem Ofen unweigerlich kam. Die rote Lampe über der Tür blinkte drei Mal, dazu ertönte ein dreifaches Alarmsignal. Sofort füllte sich der Ofenraum mit einem Flammenmeer. Einige der Frauen schluchzten auf. Überwältigt begann auch Chef Ogs kleiner Junge zu weinen. Eine alte Dame näherte sich dem Ofen, um Chef Ogs Gesicht noch einmal zu sehen, bevor es in den Flammen unterging, doch der alte Wächter stellte sich ihr streng in den Weg.

»Treten Sie zurück, die Scheibe ist glühend heiß!«

Während sein Blick über das wehklagende Publikum wanderte, sagte er mit gleichmütiger Routine:»Man muss ab jetzt mit ungefähr zwei Stunden rechnen. In der Zwischenzeit dürfen Sie sich stärken.«

Er breitete die Arme aus und trieb die in Tränen aufgelöste Gruppe zur Tür wie ein Bauer seine Hühnerschar. Huisu war als Erster draußen. Als er hörte, dass hinter ihm immer noch Leute in Tränen ausbrachen, hastete er wie ein Flüchtender durch den Gang.

Kaum hatten die Trauergäste das Krematorium verlassen, nahmen sie Kurs aufs Restaurant. Huisus leerer, übersäuerter Magen brannte, doch er brachte trotzdem nichts hinunter, während ausgerechnet die, die eben noch geweint hatten, jetzt ihre scharfe Rindersuppe schlürften und fröhlich auf den Fleischstücken kauten. Man hätte darüber lachen können, wenn es nicht so traurig gewesen wäre.

Huisu verließ das Restaurant und ging zu der Bank, auf der Chef Ogs Tochter wie eine Statue saß. Die Urne, die sie im Schoß hielt, sah billig aus. Huisu setzte sich neben sie, und das Mädchen senkte zur Begrüßung langam den Kopf. Die Trauerkleidung, die sie trug, war ihr viel zu groß, der Rock schleifte über den Boden, und die Bluse war so weit, dass der Ausschnitt Blicke auf das Weiß ihres Büstenhalters und die leichte Rundung ihrer knospenden Brüste erlaubte. Huisu hielt ihr einen Zettel hin, den sie mechanisch entgegennahm.

»Das ist das Geld, das dein Vater euch hinterlassen hat. Geh zur Saemaeul-Bank an der großen T-Kreuzung und frag nach einer Angestellten namens Shin Misuk. Sie soll unter falschem Namen ein Konto für dich eröffnen. Es darf auf keinen Fall unter deinem Namen laufen, sonst nimmt Obligation Hong dir das ganze Geld ab.«

Das Mädchen sah mit mattem Blick auf den Zettel in seiner Hand.

»Hast du ein bisschen Geld?« Sie schüttelte schwach den Kopf. Huisu nahm einen Umschlag aus seiner Tasche und gab ihn ihr. Darin waren die zehn Scheine, die Vater Son ihm für die Beerdigungskosten gegeben hatte.

»Das ist vom Chef des Hotels Mallijang. Es ist für dich und deinen Bruder.«

Wieder verbeugte sich das Mädchen vor ihm. »Ich danke Ihnen.«

Ihr dickes, tiefschwarzes Haar war zu einem ordentlichen Pferdeschwanz zusammengebunden. Huisu fand die Form ihres Kopfes plötzlich so schön, dass er unwillkürlich eine Hand hob, um sie dem Kind auf den Scheitel zu legen. Doch dann hielt er beschämt inne und griff stattdessen zu einer Zigarette.

»Hat sich deine Mutter gemeldet?«

»Nein, noch nicht.«

»Mach dir keine Sorgen. Sie wird bald zurückkommen.«

Stumm sah das Mädchen ihn an. Offenbar glaubte sie es nicht, und sie hatte recht: Noch keine Frau, die Guam verlassen hatte, war jemals zurückgekehrt. Auch Huisus Mutter hielt sich treu an diese Regel, seit sie mit einer Nachtclub-Bekanntschaft fortgegangen war. Die Männer dagegen kamen seltsamerweise immer zurück, auch wenn sie noch so ramponiert waren und damit ihre Ehre aufs Spiel setzten. Warum gingen nur die Frauen für immer? Weil sie mehr Stolz besaßen als die Männer? Weil sie lebenstüchtiger waren? Huisu konnte es sich nicht erklären. Wie die Kleine sich jetzt fühlte, hatte er jedoch am eigenen Leib erfahren. Ja, er kannte dieses Gefühl von Verlassensein und Verzweiflung; so plötzlich ganz ohne Vater und Mutter in die Welt hineingestoßen. »Wenn du irgendwelche Probleme hast, komm zu mir. Einmal werde ich dir helfen können, ein zweites Mal nicht. Aber einmal kann ich helfen.«

Warum betonte er so, dass er ihr nur ein einziges Mal helfen könne? Er sagte Dinge, die er selbst nicht verstand. Wobei die Kleine wahrscheinlich sowieso nicht zu ihm kommen würde. Sie würde älter werden in einem Viertel, in dem die Gerüchteküche weiterbrodeln und auch sie irgendwann wissen würde, dass Huisu der Mörder ihres Vaters war. Wieder verbeugte sich das Mädchen vor ihm. Weil sie Huisus Versprechen verstanden hatte? Trotz aller Müdigkeit waren ihre Augen klar. Seltsamerweise fand Huisu darin einen gewissen Trost: Dass sie es schaffte, an solch einem Tag so klare Augen zu haben, konnte nur bedeuten, dass sie sich auch ohne Vater sehr gut durchschlagen würde. Das Mädchen versuchte aufzustehen, um ihm in aller Form ihren Gruß zu erweisen, doch mit der Urne im Schoß wurde es eine sehr unbeholfene Verbeugung. Sanft legte ihr Huisu die Hand auf die Schulter, um ihr klarzumachen, dass sie sitzen bleiben durfte. Dann ging er zum Parkplatz, ohne sich noch einmal umzudrehen.

Auf der steilen Straße, die vom Krematorium zum Meer hinunterführte, schaute Huisu immer wieder in den Rückspiegel. Er hatte das Gefühl, dass er verfolgt wurde. Dabei war nun alles geregelt: Chef Og war tot und seine Leiche gerade im Begriff zu verbrennen. Panik oder Angst konnten also nicht der Grund dafür sein, dass er immer wieder prüfte, was in seinem Rücken vor sich ging. Aber als er sich vorhin gesagt hatte, dass ja nun alles geregelt sei, hatte er sich so einsam und hilflos gefühlt wie ein Stein, der in einem See versinkt. Ein Stein, der bis auf den Grund sinkt und nicht mehr die Kraft hat aufzutauchen.

Huisu fuhr zum Gästehaus am Hyeolcheongso-Hügel, wo Tang und seine Freunde sich versteckt hielten. Seit Yongkangs Verhaftung und ihrer Flucht waren schon mehrere Tage vergangen. Trotzdem hatte Huisu Tang noch nicht angerufen. Bis zum Gebäude der Gesundheitspolizei war die Straße asphaltiert, dann jedoch unbefestigt und infolge des trockenen Frühlings so sandig, dass der Wagen in jeder Kurve Staubwolken aufwirbelte. Huisu kannte diese Straße gut. Hier, am Fuß der Klippen, unweit von Mojawon, hatte Insuk damals mit ihrer Verkaufsbude gestanden. Und genau diese Straße war Huisu mit den anderen Kindern aus Mojawon immer entlanggelaufen, um in die Schule zu gehen oder zu spielen. Beim Boxtraining von Pater Martino war die Straße ihre Laufstrecke gewesen. Obwohl der Hyeolcheongso-Hügel in der Nähe des Zentrums von Guam lag, war Huisu, seit er Mojawon verlassen hatte, nicht mehr hier gewesen. Allmählich wurde die Straße zu schmal für den Wagen, und Huisu stellte ihn auf einem unbebauten Gelände ab, um zu Fuß weiterzugehen. Damals, als er noch boxte, war er den steilen Weg nonstop hochgerannt. Jetzt schnappte er schon nach ein paar Schritten nach Luft.

Das Gästehaus hatte nur im Sommer geöffnet; den Rest des Jahres stand es leer. Im Hof lagen zwei große braune Hunde auf dem Boden, und an den Wäscheleinen hingen Fische, die wahrscheinlich am Fuß des Gästehauses geangelt worden waren. Der salzige Geruch von *nuoc-mam*-Soße hing in der Luft.

Ein paar junge Vietnamesen hingen träge auf der Holzterrasse vor dem Gästehaus herum. Als sie Huisu kommen sahen, richteten sie sich auf. Nach all den Tagen in totaler Abgeschiedenheit wirkten sie beunruhigt. Das waren nicht mehr die grimmigen Kerle, die vor dem Mallijang ihre Macheten und Pistolen geschwungen hatten. Der Kleinste stand auf, um Tang aus seinem Zimmer zu holen. Der kam sofort und begrüßte Huisu sichtlich genervt.

»Warum kommst du so spät?«, fragte er.

»Die Lage ist ein bisschen kompliziert«, antwortete Huisu ausweichend.

»Ist alles vorbei?«

»So in etwa.«

Tang nickte, als wollte er sagen, dass er die Situation zwar nicht verstand, aber gezwungen war, sie zu akzeptieren. Huisu ging auf die Klippen zu, und Tang folgte ihm.

»Ist es in Ordnung für euch hierzubleiben? Wenn euch etwas stört, sag es mir.«

»Für uns ist alles in Ordnung, solange wir ein Dach über dem Kopf und genug zu essen haben. Was will man als Ausländer auch mehr verlangen? Sorge macht uns nur, dass wir Vietnamesen jeden Monat der Familie Geld schicken müssen, für unsere alten Eltern und unsere Kinder.«

Huisu nahm einen dicken Umschlag aus der Tasche und gab ihn Tang. Zehn Millionen *won* in Hunderttausender-Scheinen.

»Was ist das für Geld?«, fragte Tang, als er den Umschlag entgegennahm.

»Geld, um deine Jungs zu verpflegen und für eure dringendsten Bedürfnisse zu sorgen.«

Tang warf einen Blick in den Umschlag, um die Summe einzuschätzen, und zog eine Augenbraue hoch. »Ist ja nett, dass du an uns gedacht hast, aber das reicht nicht.«

»Ich bringe dir später mehr. Versuch erst mal, damit die größten Löcher zu stopfen.«

»Arbeit ist das, was wir brauchen. Nur mit Arbeit kann ich meine Männer hier halten.«

Huisu dachte wieder an die Wäscherei. Vielleicht hätte er sie haben können, wenn er bei Vater Son energischer darauf bestanden und sich die Mühe gemacht hätte, den Rindsbouillon-Alten mit ein paar Versprechungen und ein paar Flaschen Chivas Honig ums Maul zu schmieren. Aber das hatte er nicht getan. Warum nicht? Vielleicht aus Stolz, weil er nicht um eine Wäscherei betteln wollte. Vielleicht auch aus Naivität. Weil er im Glauben, dass ihm die Beute ohnehin sicher war, den für Verhandlungen günstigen Moment hatte verstreichen lassen. Jetzt bedauerte er das.

»Was denkst du, wie lange kommst du damit aus?«

»Nicht lange.« Huisu hob einen Stein auf und warf ihn die Klippen hinunter. Er prallte von den Felsen ab und riss im Sturz trockene Erdbrocken mit.

»Kennst du einen gewissen Jeongbae?«, fragte Tang.

»Woher kennst du den?«

»Er ist mit einem Typen namens Dodari zu mir gekommen. Sie haben mich gefragt, ob ich bereit wäre, mit meinen Männern in der Wäscherei zu arbeiten.«

Jeongbae war wirklich schnell.

Huisu knirschte mit den Zähnen. »Und was hast du ihm geantwortet?«

»Dass ich erst mit Huisu darüber reden muss.«

»Die Wäscherei, das geht nicht mehr. Ich bin dabei, eine andere Arbeit für euch zu suchen, ein bisschen müsst ihr euch noch gedulden.«

»Dann sollen wir also weiter untätig hier rumsitzen?«, fragte Tang gereizt. Huisu warf noch einen Stein.

»Wir sind abgehauen, weil wir dir vertraut haben, und das ist jetzt aus uns geworden!«

»Es gibt ein Sprichwort bei uns: ›Der Ertrinkende, den du gerettet hast, geht am Ende immer auf dich los, weil er an dein Bündel will.‹ Wenn ich nicht gewesen wäre, hätte man euch ausgewiesen oder ins Gefängnis geworfen.«

»Na und, ein kleiner Abstecher ins Gefängnis wegen illegalem Aufenthalt, was soll's? Jetzt sind wir Verräter geworden. Wenn Yongkang rauskommt, müssen wir alle dran glauben.«

»Keine Sorge, der kommt nicht so schnell wieder raus.«

Und damit entfernte sich Huisu schnellen Schrittes und ließ Tang einfach stehen. Der sah ihm verblüfft nach. Weil er Tang weder Arbeit noch eine Perspektive geben konnte, hatte Huisu ihm einfach nicht mehr in die Augen sehen können.

Huisu ging den steilen Weg zum Wagen hinunter, ließ den Motor an und fuhr Richtung Mallijang. Er fühlte sich wie ein Getriebener. In den letzten Jahren hatte er sich immer mehr gefallen lassen. Als ihm vergangenen Sommer die Jungs aus Jeolla

333

zusetzten, weil sie ein Stück Strand für ihre Sonnenschirme haben wollten, hatte er klein beigegeben. Dasselbe jetzt mit Yongkang. Vater Son wollte nicht mehr kämpfen. Die Rindsbouillon-Alten auch nicht. Die Angst war zu groß. Sobald man ihnen ein bisschen drohte, zogen sie den Schwanz ein. Der Tod von Chef Og war ein gutes Beispiel dafür. Wenn man den Schwanz einzog, bevor es überhaupt zum Kampf kam, musste man zahlen, so oder so. Vater Son hatte es wohl profitabler gefunden, Chef Og zu opfern, als in Kauf zu nehmen, dass einige seiner Männer verletzt wurden oder ins Gefängnis wanderten. Aber diese Rechnung ging nicht auf. Wenn man einmal anfing, sich einschüchtern zu lassen, gab es kein Halten mehr. *Und irgendwann trampeln dich sogar die kleinen Pisser aus deinem Viertel tot*, dachte Huisu. Schmutzige, anstrengende Kämpfe standen bevor ... Doch wer sollte sie führen und wie? Und in der Zwischenzeit riss sich Jeongbae nach und nach die lukrativen Geschäfte in Guam unter den Nagel und gewann Tag für Tag an Einfluss und Macht. Er hatte verstanden, dass man solche Geschäfte brauchte, um Männer um sich zu scharen. Mit der Wäscherei hatte Jeongbae jetzt mehr Leute unter seinem Kommando als Huisu. Im Übrigen warfen die vielen kleinen Jobs, auf die Huisu durch seinen zweitklassigen Hotelmanager-Titel zugreifen konnte, kaum etwas ab. Kurzum, zwischen diesen alten Angsthasen und dem ausgefuchsten Jeongbae, der nicht lange fackelte, war Huisu der Dumme. Es würde ihm genauso wie den Alten ergehen: Er würde immer mehr an Einfluss und Macht verlieren, und wenn er irgendwann für niemanden mehr von Nutzen war, würde man ihn ausrangieren.

Wie jeden Samstagmorgen saß Vater Son bei seinem Friseur. Normalerweise machte der Laden erst um dreizehn Uhr auf, aber samstags öffnete er eigens für Vater Son schon am Morgen. Andere Kunden wurden bis dreizehn Uhr selbstverständlich nicht empfangen. Dank dieser wöchentlichen Besuche hatte Vater Son seit Jahren immer die gleiche Frisur, wie eine Perücke. Der Friseur war ein Taiwanese namens Wang. Vor über zwanzig Jahren hatte er sein Land verlassen und lebte seitdem in Guam, sprach aber immer noch kein Koreanisch. Die Gründe dafür waren unklar. Vielleicht war er zu alt, um eine neue Sprache zu lernen, oder er fürchtete, sich mit gebrochenem Koreanisch lächerlich zu machen. Ansonsten war dieser Wang ein extrem ordentlicher, säuberlicher, geradezu pingeliger Mann. In seinem Salon lag nicht ein einziges abgeschnittenes Haar herum. Die alten Leute von Guam hielten ihn für einen sehr talentierten Friseur, aber Huisu fand seine Schnitte nichtssagend und altmodisch. Auch die Rindsbouillon-Alten kamen gern zu Wang, um sich von ihm rasieren und die Haare schneiden zu lassen, denn bei ihm konnten sie frei und ungestört über laufende Geschäfte reden, Wang verstand ja ohnehin kein Wort.

Vater Son saß auf dem nach hinten gekippten Friseurstuhl. Die Cremereste an Hals und Kinn deuteten darauf hin, dass er gerade rasiert worden war. Huisu setzte sich auf den Stuhl daneben.

Anstatt den Kopf zur Seite zu drehen, sah Vater Son ihn im Spiegel an und fragte: »Hat Chef Og seine Reise gut angetreten?«

»Wie soll er ›seine Reise gut angetreten‹ haben? Der Weg ins Jenseits ist ein einsamer, elender Weg«, antwortete Huisu sarkastisch.

»Warum diese harten Worte? Die Sache ist abgeschlossen, das kann man doch so sagen.«

Verlegen rieb sich Vater Son das frisch rasierte Kinn. Er schloss die Augen, in Gedanken offenbar noch mit Huisus Antwort und Chef Ogs einsamem, elendem Weg beschäftigt. Nach einer Weile schlug er die Augen wieder auf und sagte: »Es heißt, du hättest Jeongbae gestern den Schädel eingeschlagen?«

Aus seinem Ton sprach keinerlei Missbilligung. Schweigend nahm sich Huisu eine Zigarette. Wang brachte eilends einen Glasaschenbecher und stellte ihn vor Huisu.

»Was ist bloß in dich gefahren, den Jungen so zu verdreschen? Mit seinem Spatzenhirn hat er's sowieso schon schwer im Leben.«

»Spatzenhirn? Jeongbae? Nein, das Arschloch kapiert schnell.«

»Ach, so ... Dann hast du ihm also das Hirn zu Brei geschlagen, um ihn auf deinen IQ-Level runterzudrücken?«

Anstatt über Vater Sons Scherz zu lachen, atmete Huisu eine lange Rauchfahne aus. Die ganze Zeit stand Wang mit dem Aftershave-Flakon in der Hand geduldig wartend neben seinem Kunden. Vater Son bedeutete ihm weiterzumachen, worauf Wang Rasierwasser über sein Gesicht verteilte und einmassierte.

»Ich wusste doch, dass dieser Schlaumeier, wenn er nicht aufhört, wie eine kleine Ratte sein Unwesen zu treiben, irgendwann eine ordentliche Abreibung von Huisu bekommt. Und sein Unwesen treibt er ja nicht zu knapp!«, schloss Vater Son lachend. Es war ein rundum zufriedendes Lachen, als hätte er auf das, was am Abend zuvor zwischen Huisu und Jeongbae passiert war, schon lange gewartet. Überhaupt war er ausgesprochen guter Dinge. Die Erleichterung, dass die Sache mit Chef Og glatt über die Bühne gegangen war, schien zu überwiegen gegenüber dem Kummer über die Art und Weise, wie er den Mann hatte gehen lassen. Ohne einen Tropfen Blut zu vergießen und ohne nennenswerte Zwischenfälle war es ihm gelungen, den lästigen Yongkang hinter Gitter zu bringen und sich die Wäscherei zurückzuholen. Ja, Vater Son war immer der Herrscher von Guam gewesen. Und er hatte ein sehr kurzes Gedächtnis, was entweder in seiner Natur lag oder an den unendlich vielen Dingen, die er schon erlebt hatte. Was vergangen war, löste weder Wut noch Trauer bei ihm aus, niemals. Sollte Huisu eines Tages durch einen Messerstich zu Tode kommen, würde sich Vater Son am darauffolgenden Samstag die Haare schneiden lassen – und genauso wie heute über Kleinigkeiten scherzen. Als Wang fertig war, klappte er den Stuhl hoch und brachte einen kleinen Spiegel, mit dem die Kunden den Haarschnitt begutachten konnten. Vater Son drehte den Kopf nach links und nach rechts und betrachtete sich von allen Seiten.

Er nickte zufrieden. »Guter Schnitt«, sagte er und hob den Daumen.

Der schweigsame Wang lächelte. Huisu fand die Frisur auch nicht gelungener als sonst.

»Bist du bei Jeongbae im Krankenhaus gewesen?«

»Nein.«

»Das solltest du. Immerhin haben wir denselben Geschäftsbereich und können uns nicht ganz aus dem Weg gehen. Wenn es gekracht hat, sollte man das lieber schnell wieder in Ordnung bringen und sich entschuldigen. Gib dir einen Ruck.«

»Er wollte mich mit einem Messer angreifen. Muss ich mich trotzdem entschuldigen?«

»Er hat das Messer gezogen?« Vater Son tat überrascht. »Charakter hat er aber schon, dieser Lümmel, findest du nicht? Der weiß, was ein Mann ist!«

»Ein Mann? Eher eine linke Bazille.«

Vater Son hörte nicht auf, sich zu freuen. Er schien die Situation ungemein witzig zu finden. »Und was war das für ein Hahnenkampf zwischen Jeolsak und Jeongbae? Die beiden hatten wohl noch eine Rechnung offen, oder?«

»Jeolsak vermodert drei Jahre im Knast, und kaum ist er draußen, stellt er fest, dass Sie, Vater Son, ihm alles abgenommen haben, um es Jeongbae zu geben. Und da fragen Sie sich, was für eine Rechnung die beiden noch offen hatten? Außerdem hat Jeongbae plötzlich Abgaben für die Verkaufsbuden eingeführt – das Gezeter der Frauen ist so laut, dass man's oben im Himmel hört. Die Preise für Strom und Gas hat er verdoppelt, und dann verlangt er auch noch eine Gebühr, die Sie nie erhoben haben. Ist doch normal, dass die Leute unzufrieden sind.«

Vater Son nahm den Friseurumhang ab, legte ihn auf den Tisch und drehte noch einmal den Kopf nach links und nach rechts, um seinen Haarschnitt zu begutachten. »Wenn dir Jeongbaes Arbeit so missfällt, kannst du dich gern selbst um die Buden an der Mole kümmern. Wenn du willst, sage ich ihm, dass er sich zurückziehen soll.«

Huisu wusste nicht, wie er dieses unerwartete Angebot deuten sollte. Was tun? Er starrte in den Spiegel, während Vater Son seinen Vorschlag wiederholte.

»Also? Reizt dich das nicht?«

»Ich weiß nicht.«

»Diese Buden sind viel Arbeit für nichts. Gas und Strom zum Selbstkostenpreis, das Meerwasser gratis, keine Abgaben – nur der Parkplatz bringt Geld. Wer will schon so ein Geschäft? Und dann muss man auch noch die Beamten schmieren, wenn sie ihre Kontrollgänge machen, und andere Straßenhändler verscheuchen, und das ist noch nicht alles: Inzwischen verkaufen die Buden an der Mole ja auch Sashimi, Meeresfrüchte, gegrillten Fisch, Brathähnchen, *soju*, Bier und alle möglichen Getränke, und das führt natürlich zu Konflikten mit den Einzelhändlern hier im Viertel. Kannst du dir vorstellen, wie viel Arbeit es ist, bei jedem Streit zu vermitteln? Ich hatte früher auch Mitleid mit den Müttern und Großmüttern, die sich abrackern, um ihre Kinder durchzubringen. Ich habe mich um dieses Geschäft gekümmert, ohne auf den Gewinn zu schauen, das war so eine Art soziales Ding. Aber nach zwanzig Jahren finden die Leute das normal und werden undankbar.«

Dieser alte, durchtriebene Fuchs! Dann versteckte er sich also hinter dem bösen Jeongbae, um die Abgaben einzustreichen, und ließ – um den Schein zu wahren – sogar zu, dass Huisu ihn verprügelte. Während er selbst die Hände auf dem Rücken ineinanderlegte und ganz unbeteiligt zuschaute, als hätte das alles nichts mit ihm zu tun, die Proteste der Leute gegen Jeongbae, Jeongbaes Groll gegen Huisu und das Geld in Vater Sons Taschen. Huisu hatte das nicht immer so gesehen, aber seit er die vierzig überschritten hatte, war er nicht mehr so blauäugig. Früher hatte er jeden Job angenommen, ohne groß darüber nachzudenken, aber jetzt, da er die Hintergründe kannte, war das alles schwerer zu ertragen.

»Wir gehen demnächst mal mit Jeongbae einen trinken. Ich arrangiere das. Du brauchst auch nur dabeizusitzen.«

»Muss das wirklich sein?«

»Jeongbae hat inzwischen ein bisschen Erfahrung. Er ist nicht mehr der Grünschnabel von früher. Weißt du, wie viele Jungs er mittlerweile hinter sich versammelt hat? Sich in aller Öffentlichkeit so verdreschen zu lassen wie gestern von dir kann seine Geschäfte gefährden. Wir müssen schnell ein zwangloses Treffen organisieren, damit du dich entschuldigen oder wenigstens so tun kannst als ob. Dann ist seine Ehre gerettet, und er kann seine Männer halten. Ich kann mich nicht über ihn beschweren, in geschäftlichen Dingen ist er ein zuverlässiger Typ.«

Sang- und klanglos hatte Vater Son Partei für Jeongbae ergriffen. Wer hätte aus Sicht des Alten auch geeigneter sein können als er? Jeongbae übernahm alle anstrengenden, heiklen und schmutzigen Aufgaben, ertrug alle Beleidigungen, hörte sich alle Beschwerden an. Wer ein Geschäft voranbringen wollte, brauchte jemanden wie Jeongbae, der die Drecksarbeit übernahm. Die kleinen Leute konnten gar nicht nachvollziehen, wie er es so weit nach oben geschafft hatte, aber Bosse fanden Typen wie Jeongbae ausgesprochen sympathisch. Im Grunde war Huisu, wenn er darüber nachdachte, gar nicht so anders als Jeongbae. Er führte dasselbe Hundeleben und übernahm für andere die Drecksarbeit. Der einzige Unterschied war, dass Jeongbae mit den Beleidigungen auch das Geld einsteckte, während Huisu so naiv war, dass ihm nicht einmal das gelang.

»Einverstanden. Einen trinken gehen ist schließlich kein so großer Akt«, sagte er friedfertig.

»Eben! Es reicht, einfach nur dabei zu sein«, antwortete Vater Son, der nun doch ein bisschen verlegen wirkte. »Wolltest du mir noch etwas sagen?«

»Nein, nichts Besonderes. Ach, ja, ich höre zum Monatsende im Hotel auf. Ich kündige meinen Managerposten.«

Ganz ungezwungen und gelassen hatte Huisu diese Ankündigung gemacht.

Vater Son starrte ihn fassungslos an. »Was? Du verlässt das Mallijang?«

»Ja, zum Monatsende. Für die Übergabe an den neuen Manager kann ich aber noch mal reinkommen.«

Wie vor den Kopf geschlagen erhob sich Vater Son abrupt aus dem Friseurstuhl, um sich im nächsten Moment wieder zu setzen. »Denkst du, ein Gangster ist so was wie der Angestellte einer Firma? Reicht ein Kündigungsschreiben ein und geht?«

»Wollen Sie, dass ich mir einen Finger abschneide?«, lachte Huisu.

Vater Son starrte ihn durchdringend an, dann brach er plötzlich in Gelächter aus. Das war seine Methode, um in unübersichtlichen Situationen die eigene Verwirrung zu vertuschen. Dann fingen seine Pupillen an zu flackern, und seine Lippen zuckten, wie immer, wenn die Rechenmaschine in seinem Kopf zu arbeiten begann. Huisu fragte sich, was wohl gerade in diesem Schädel alles ineinandergriff wie die winzigen Teile eines ausgeklügelten Uhrwerks. Dabei herauskommen würde der in Vater Sons Augen exakte Preis von Huisu.

»Bist du sicher, dass du dir das gut überlegt hast?«

»Es ist nicht meine Art, Entscheidungen auf die leichte Schulter zu nehmen, das wissen Sie.«

»Natürlich weiß ich, dass unser Huisu Dinge nicht auf die leichte Schulter nimmt.«

Das etwas unpassende Kompliment machte Huisu verlegen.

»Was hast du denn vor? Hast du schon was gefunden?«

»Ja, ich habe vor, mit Großem Bruder Yangdong ein Spielhallen-Business für Erwachsene zu starten.«

Vater Son entgleisten die Gesichtszüge. Er konnte es nicht fassen; plötzlich überkam ihn das Gefühl, dass er eine Schlange an seinem Busen genährt hatte. Er dachte einen Moment nach, er wusste nicht, wie er anfangen sollte.

»Hör zu, Huisu«, sagte er schließlich. »Jetzt ist noch nicht der Moment zu gehen. Du solltest noch ein bisschen bei mir bleiben.«

Huisu lachte laut auf.

»Dann sagen Sie mir mal, wann ich mich Ihrer Meinung nach zurückziehen soll. Mit sechzig?«

Vater Son fühlte sich sichtlich unwohl in seiner Haut. »Ich arbeite jetzt seit zwanzig Jahren für Sie. Und nun schauen Sie sich mal mein Leben an: Ich bin immer noch Junggeselle, wohne in einem Hotelzimmer, und bald werde ich meine Organe verkaufen müssen, um meine Schulden bei Obligation Hong abzuzahlen.«

Die von Huisu so lässig beschriebene Situation war tatsächlich bemitleidenswert. Vater Son gab dem Friseur mit ausgestrecktem Zeige- und Mittelfinger zu verstehen, dass er eine rauchen wollte. Wang nahm eine taiwanesische Zigarette aus seiner Tasche und schob sie ihm zwischen die Finger. Vater Son klemmte sie sofort zwischen die Lippen, und Wang gab ihm Feuer. Gleich beim ersten Zug musste Vater Son husten, die Zigarette war offenbar sehr stark. Eilig holte Wang ein Glas Wasser. Vater Son nahm einen Schluck und drückte die Zigarette im Aschenbecher aus.

»Was für eine Idee, dich mit Yangdong in so eine Sache zu stürzen! Diese Branche ist nicht so einfach, wie Yangdong zu glauben scheint. Selbst wenn es mit viel Glück toll läuft, glaubst du doch nicht allen Ernstes, dass die Pachinko-Betreiber freundlich zuschauen werden, wie ihr auf deren Kosten Millionen abkassiert! Bei solchen Geschäften ist man am Ende tot – entweder weil man zu viel erreicht oder weil man pleitegeht. Wenn du dich darauf einlässt, wirst du so oder so krepieren.«

»Ich bin vierzig Jahre alt. Mit irgendwas muss ich ja wohl mein Glück versuchen, ehe es zu spät ist.«

»Du willst auch mal Chef sein, ist es das?«

»Es interessiert mich nicht, der Boss von irgendwas zu sein. Ich will nur anständig essen.«

»Erzähl mir doch nichts. Jeder träumt davon, Chef zu sein. Wer träumt denn davon, sein Leben lang Befehle zu kassieren?« Vater Son machte eine Pause. »Zu gegebener Zeit«, sagte er dann, »hatte ich vor, dir alles zu überlassen, Huisu. Nicht nur das Mallijang, sondern auch meine anderen Geschäfte. Warum hast du es so eilig?«

»Geben Sie das Mallijang ruhig Dodari. Der ist doch Ihr Prinz, oder? Ich werde jetzt mal versuchen, mich ein bisschen um mich selbst zu kümmern.«

Es war das erste Mal, dass Huisu Vater Son einen Einblick in sein Inneres gab, das erste Mal, dass er ihm diesen tief sitzenden

Groll offenbarte. Vater Son lächelte unmerklich, als wüsste er schon seit Langem, was Huisu ihm vorwarf.

»Huisu, seit sechs Generationen bringen die Sons kaum Nachkommen hervor, immer nur Einzelkinder und dann auch noch Söhne, die früh sterben. Bisher haben meine Vorfahren es geschafft, unsere Linie am Leben zu halten, aber ich bin jetzt derjenige, der den Schlussstrich zieht. Wenn ich sterbe, wird es schwer für mich, meinen Ahnen gegenüberzutreten. Aber was soll ich tun? Das Leben läuft nicht immer so, wie man es gern hätte. Als meine Frau und meine Kinder durch diesen Autounfall alle auf einmal gegangen sind, warst du bei mir und hast die Leere gefüllt. Ich war so froh, dich zu haben, Huisu. Ja, ich habe dich immer als meinen Sohn betrachtet. Was spielt es für eine Rolle, ob man vom gleichen Blut ist. Wenn man sich gut versteht und mag, ist es doch so, als ob man verwandt wäre. Soll Dodari sich doch mit seinem Mercedes und seinen Weibern amüsieren, lass ihn. Wie kannst du auch nur eine Sekunde glauben, dass Dodari in der Lage wäre, das Mallijang zu führen?«

Es war wirklich eine emotionale Ansprache. Vielleicht eine List, um Huisu zu halten? Oder hatte Vater Son wirklich vor, ihm das Mallijang und seine anderen Geschäfte zu vermachen? Aber wann wäre das? Huisu glaubte weder, dass er seinen leidigen Job noch so lange ertragen könnte, noch, dass er bis dahin mit allen Gliedern am Leib überleben würde.

»Na, so was, das klingt ja so, als hätte ich alle erforderlichen Qualitäten, um ein perfekter Sohn zu sein. Chef Og hat mir vor seinem Tod noch gesagt, dass er gern einen Sohn wie mich gehabt hätte. Und jetzt Sie. Bei so viel Erfolg frage ich mich, wie es sein kann, dass ich allein in Mojawon aufwachsen musste.« Huisus Lachen triefte vor Selbstironie. »Ich habe in meinem ganzen Leben nichts von einem Vater bekommen, nada, und bin trotzdem sehr gut groß geworden. Ich halte die Bedeutung des Vaters für überbewertet.«

»Du glaubst, man kann ohne Vater erwachsen werden? Nein, ohne Vater bleibt man immer ein Kind.«

Vater Sons Stimme schien fast ins Melodramatische zu kippen. Ohne Notiz davon zu nehmen, erhob sich Huisu aus dem ächzenden Friseurstuhl. Er hatte alles gesagt.

Vater Son biss die Zähne zusammen. »Nimm dir Zeit, noch mal darüber nachzudenken. Lass uns Montagmorgen zusammen eine Suppe essen, ja?«

»Ich packe heute meinen Koffer und gehe. Rufen Sie mich wegen der Übergabe an.«

»Ist es wirklich das, was du willst?«

»Da gibt es nichts mehr zu überlegen.«

Vater Son wirkte niedergeschmettert. Im Spiegel sah man jetzt einen alten Mann. Frisch frisiert und frisch rasiert, aber trotzdem auf einen Schlag um Jahre gealtert. Er wirkte ängstlich und schwach. Es war ein so erbärmlicher Anblick, dass Huisu sich wieder einmal fragte, wie dieser alte Mann der Herrscher von Guam sein konnte.

Schließlich nickte Vater Son resigniert. »Sag Yangdong Folgendes: Wenn ihr in Guam aktiv seid, müsst ihr in jedem Fall die zehnprozentige Abgabe zahlen. Jeweils zum Monatsende, die Fristen müssen eingehalten werden.«

Huisu verbeugte sich respektvoll. Es war wie ein letzter Gruß.

Huisu verließ den Friseursalon und ging langsam den Strand von Guam entlang. Die einst von den Japanern gepflanzten Kirschbäume warfen bereits ihre letzten Blütenblätter ab, und die ersten grünen Blättchen begannen zu sprießen. Wie jeden Frühling war die Blüte im Nu vorbei gewesen. In der Mitte des halbmondförmigen Strandes blieb Huisu stehen und betrachtete das Meer. Es war früh und der Strand menschenleer. Noch vor wenigen Minuten hatte er das Gefühl gehabt, dass ihn alles, was im Zusammenhang mit diesem Meer geschah, etwas anging. Jetzt war es ihm plötzlich nur noch fremd.

ZWEITER TEIL

SOMMER

HOCHZEIT
UND SOMMER

Der Sommer 1993 war außergewöhnlich heiß. Mit jedem Tag erreichten die Temperaturen neue Rekorde. Die Erde spielte verrückt, hieß es. In Guam, wo man die Hitze mochte, juckten diese Vermutungen niemanden. An den heißesten Tagen wurde der Asphalt weich wie Nougat, die Hunde lagen nur noch hechelnd im Schatten, und ganze Ameisenstraßen vertrockneten, während der Strand mit einem Mal zu einem gewinnbringenden Geschäft mutierte. In der Stadt waren die Straßen wie leer gefegt, die weißen Strände dagegen platzten aus allen Nähten. Wenn die Frauen an den Buden schwatzend ihre Schirme aufspannten, gab es nur ein Thema: Hoffentlich würden Monsun und Taifune dieses Jahr keine großen Schäden anrichten, und hoffentlich würde diese verdammte Hitze, in der die Kühe und Schweine verreckten, noch lange anhalten, damit ordentlich Geld reinkam.

Ein paar Tage vor Öffnung der Strände für die Sommersaison hatten Huisu und Insuk geheiratet. Eigentlich war das Wort »heiraten« übertrieben, denn eine Zeremonie hatte es nicht gegeben, und sie hatten sich auch kein Nest gesucht, um ihre Möbel hineinzustellen. Huisu hatte lediglich seine Sachen im Hotelzimmer zusammengepackt und sich damit zu Insuk aufgemacht. Alles passte in einen Koffer. Als er mit seinem bescheidenen Gepäck auf dem Parkplatz eintraf, verschlug es Ami und Insuk die Sprache.

»Ist das dein ganzes Gepäck, Paps?«, fragte Ami.

»Ja, das ist alles«, antwortete Huisu etwas verlegen.

Ami nahm sich den Koffer und zog los. Nach ein paar Schritten drehte er sich zu Huisu um. »Dein Leben wiegt wirklich nicht schwer, Paps.«

»Was soll das heißen?«

»Na, du ziehst um, und deine Tasche ist leichter als meine bei meiner Entlassung.«

Worauf er mit Huisus Koffer in der Hand loslief, die steile Treppe hinauf. Huisu war es plötzlich peinlich, bei Insuk einzuziehen, und er schaute verlegen auf seine Schuhspitzen. Da nahm ihn Insuk bei der Hand und zog ihn wie ein Kind mit schwingenden Armen die Stufen hinauf. Das war ihre ganze Trauungszeremonie.

Eigentlich hatte sich Insuk eine echte Zeremonie gewünscht, wenigstens eine kleine, ganz schlichte. Um sie zu trösten, hatte Huisu ihr erklärt, dass er gerade ein extrem zeitintensives Business gestartet habe, dass sie aber, sobald diese wichtige Phase vorbei wäre, eine schöne Zeremonie planen könnten. In Wirklichkeit hatte er nicht genug Geld und fand es besser, gar nichts zu machen als etwas Mickriges. Das Einzige, wozu er es in zwanzig Jahren Gangsterleben gebracht hatte, waren Vorstrafen, Schulden und ein paar Narben von Messerstichen. Was er je an Geld sein Eigen genannt hatte, war ihm wie Sand zwischen den Fingern zerronnen. Als sie im Rathaus die Heiratsurkunde unterschrieben hatten und kurz darauf die große Treppe an der Sanbok Road hinaufstiegen, sagte er zu Insuk, dass es ihm leidtue.

»Was soll's, mehr hat ein Barmädchen halt nicht verdient«, murmelte sie.

Doch dann fügte sie schnell hinzu, dass eine Zeremonie sowieso rausgeschmissenes Geld sei. Lieber das Haus renovieren oder Haushaltsgeräte kaufen. Ihr beharrlicher Optimismus und ihr grenzenloser Lebenswille hatten Huisu fast gerührt.

Je höher die Lage, desto billiger wurden in Guam die Häuser und desto schöner der Blick. Zu Insuk führten von der Bushaltestelle und dem öffentlichen Parkplatz, die auf halber Strecke lagen, schier endlos die Stufen hinauf. Oben angelangt, erreichte man ein altes Haus, das die Leute im Viertel das »Haus an der Klippe« nannten, weil es so gefährlich nah am Rand eines Felsens stand. Angeblich hatten dort einmal Mönche oder Schamanen gelebt. Bisher war Huisu immer in betrunkenem Zustand zu Insuk gekommen und hatte nicht weiter bemerkt, dass das Haus so weit oben lag. Jedes Mal, wenn er nun die lange Treppe hinaufstieg, sagte er sich, dass eigentlich nur reine Seelen auf der Suche nach dem Weg an solch einem Ort leben konnten. Hier oben zeigten sich morgens die ersten Sonnenstrahlen, und abends dauerte die Dämmerung hier am längsten. Durch den Vorhof pfiff der Pazifikwind, und durch den Hinterhof strichen die Winde, die aus den Tälern des Jangbae-Gebirges herabfegten. All diesen Winden war das Haus den ganzen Tag schutzlos ausgesetzt. Huisu sagte manchmal, dass man nur ein Segel am Dach anbringen müsste, dann würde es sich in die Lüfte erheben.

Wenn Huisu sich die Haare wusch, kam es oft vor, dass plötzlich kein Wasser mehr lief. Dann brachte ihm Insuk eine Schüssel mit Wasser, das sie in einer großen Wanne bereithielt. Sogar das Wasser schaffe es kaum hoch und müsse manchmal eine Pause einlegen, scherzte sie dann. Als Huisu einmal mit Insuk vom Markt kam, beladen mit Taschen voller Kartoffeln, Lauch, Makrelen und Schweinefleisch, schleppte er sich vor ihr die Stufen hinauf und entschuldigte sich bei jedem Schritt. Als sie nach dem Grund fragte, anwortete er, dass er sie gern zu einer Königin gemacht hätte, doch er könne es nicht. Kein Problem, erwiderte Insuk, für Leute wie sie und ihn sei es doch ganz in Ordnung, wie sie lebten. Darüber hatte sich Huisu aufgeregt. Was denn das Problem sei mit Leuten wie ihnen?

Da nahm Insuk die schwere Tasche mit den Kartoffeln in die andere Hand und sah ihn zufrieden an: »Ich finde, dafür, dass ich eine Nutte bin und du ein Gangster, schlagen wir uns ganz gut.«

Huisu erinnerte sich an etwas, das Yongkang gerne zu sagen pflegte: dass ein Gangster dazu verdammt war, entweder ein König oder ein Penner zu sein. Immerhin war es ihm, Huisu, gelungen, einem Leben auf der Straße zu entgehen; er hatte ein Dach über dem Kopf und eine Familie, und das war wirklich nicht schlecht.

Insuk hatte Ami und Jeny gegenüber so hartnäckig insistiert, dass sie irgendwann nachgaben und zu ihnen zogen. Sie hatte mit ihnen ausgehandelt, dass sie drei Jahre bleiben sollten, danach könnten sie frei entscheiden, zu bleiben oder woanders zu leben. Jeny zog eine Schnute, aber Insuk ließ sich nicht umstimmen. Das Haus war für vier Personen eigentlich viel zu klein. Wie so oft in alten Häusern waren die Wände zu dünn und die Zimmer hellhörig. Tag und Nacht konnte man Amis und Jenys Liebesspiel verfolgen. Als echte Nutte schrie Jeny meistens zu laut; manchmal drang aber auch nur ein leises Hecheln aus dem Schlafzimmer, als stünde sie kurz vor einer Ohnmacht. Dann starrte Insuk mit flackernden Augen vor sich hin und biss sich die Unterlippe blutig. Weil Huisu ahnte, dass diese Reaktion vor allem an ihren eigenen Bordell-Erinnerungen lag und weniger am unmöglichen Verhalten der jungen Frau, fühlte er sich automatisch unwohl.

Das kleine Haus an der Klippe war also angesichts der Bedürfnisse eines jungen, heißblütigen Paars völlig unzureichend. Zudem gab es nur eine einzige Toilette, die klein und ebenfalls hellhörig war. Huisu war es unangenehm, wenn Jeny in ihrem kurzen, durchsichtigen Nachthemd herumlief, und er litt darunter, sich als seriöser Schwiegervater in der brütenden Hitze nicht auch ein bisschen entkleiden zu können. Die Dusche lieferte häufig kein warmes und manchmal nicht einmal kaltes Wasser.

Ami war trotz all dieser Unannehmlichkeiten rundum zufrieden. Wenn sich Jeny, kaum dass sie am Tisch saßen, über das Haus beschwerte, über die einzige Toilette und darüber, dass jedes Mal, wenn sie sich die Haare wusch, kein Wasser mehr kam, wurde Insuk wütend. Dann sagte der gutmütige Ami ganz unbekümmert: »Also, ich find's megacool, dass wir zu Hause zu mehreren sind.«

Wie es sich für ein Barmädchen gehörte, war Jeny faul und rührte im Haus keinen Finger. In die Küche setzte sie grundsätzlich keinen Fuß, und sie putzte weder, noch wusch sie Wäsche. Ihre Aktivitäten beschränkten sich in etwa auf Folgendes: Nachts kichernd mit Ami vögeln, sich nachmittags, wenn sie aufgestanden war, im Hof auf die Holzliege setzen, sich die Fingernägel machen und sich schminken, wohlgemerkt: sich sorgfältig schminken, obwohl sie nie ausging, weil es nichts gab, wohin sie hätte gehen können. Eines Nachmittags, als Jeny noch schlief, sagte Insuk aufgebracht und deutete mit dem Kinn in die Richtung des Schlafzimmers der beiden: »Sosehr ich mich auch bemühe, sie zu mögen, ich kann das Mädchen einfach nicht leiden. Alle, die von ihrer Muschi leben, sind so. Es hat schon seinen Grund, dass ich Ami gesagt habe, er soll mir nicht mit einer Barschlampe ankommen.«

Vor dem Monsun hatte Insuk Arbeiter kommen lassen, die das Dach erneuerten. Und wo sie schon dabei waren, ließ sie auch noch in der Küche neue Schränke einbauen und in der Toilette das Klo und das Waschbecken austauschen. In den Zimmern waren die Wände gestrichen und die Böden erneuert worden, und die neuen Vorhänge machten alles freundlicher. Dank dieser Veränderungen war es ein ziemlich schmuckes Haus geworden, das durch die Südlage den ganzen Tag sonnenüberflutet war. Der Hof war groß genug, um dort die Wäsche zum Trocknen auszulegen oder, was sie an manchen Abenden taten, Fleisch und Fisch zu grillen. Für Huisu lag der Reiz dieses Hauses vor allem darin, dass es das erste war, das er je bewohnt hatte, und dass darin die einzige Familie lebte, die er je haben würde. Wenn der Abend dämmerte, bauten sie im Hof den Grill auf. Insuk brachte Salatblätter, Gemüse, marinierte Meeresfrüchte und Soßen aus der Küche. Ami kam mit Sardinen für Jeny und Doraden oder Fugu-Sashimi für Huisu vom Jagalchi-Markt nach Hause. Erst wurden die Doraden gegrillt, dann ging es mit dem Schweinefleisch weiter, und anschließend grillte Huisu die Sardinen im Schweinefett. Er verstand es, sie durch regelmäßiges Wenden über dem Feuer schön saftig zu grillen, ohne sie auszunehmen. Die im Schweinefett gegarten Sardinen rochen so gut, dass der Duft manchmal die Alten aus den tiefer gelegenen Häusern hochlockte und sie einen Blick in den Hof warfen. Alle vier tranken gerne einen über den Durst, und wenn sie erst einmal angefangen hatten, konnten sie an einem Abend problemlos ein Dutzend *soju*-Flaschen leeren.

»Eine Familie, die aus zwei Gangstern und zwei Barschlampen besteht – der Alkohol wird uns noch ruinieren«, hatte Insuk einmal gesagt, das Gesicht vom *soju* gerötet.

»Wenn man die Wahl hat zwischen Glücksspiel, den Drogen, den Frauen und dem Alkohol, sollte man sich, wenn man sein Leben schon ruinieren will, für den Alkohol entscheiden«, erwiderte Ami scherzhaft.

»Wo hast du das denn her?«

»Von unserem Zellenchef im Gefängnis. Der Typ hatte vielleicht ein Vorstrafenregister! Vierzehn insgesamt. Er hat gesagt, das Glücksspiel, die Drogen, die Frauen und der Alkohol hätten sein Leben ruiniert. Und der Alkohol wäre noch am wenigsten schlimm gewesen.«

»Wieso nicht die Frauen? Wenn man sein Leben wegen zu viel Liebe verpfuscht, ist das doch wenigstens romantisch«, sagte Jeny.

»Unser Zellenchef meinte, die Frauen wären das Schlimmste«, entgegnete Ami.

Worauf Jeny eine Schnute zog und missmutig schwieg.

»Ich sehe das auch so wie du. Der Alkohol ist am wenigsten schlimm«, kam Huisu ihm zu Hilfe.

»Und ich will jetzt nichts mehr von ruiniertem oder verpfuschtem Leben hören«, beendete Insuk das Thema.

Mit Fleisch und *soju* abgefüllt, hatten sie ein paar Räucherstäbchen gegen die Mücken angezündet und sich auf der breiten Holzliege ausgestreckt, um die Lichter der Häuser unter ihnen zu betrachten und die der Handelsschiffe weit draußen auf dem Meer.

»Die haben Glück, die Schiffe. Die können weg«, murmelte Jeny.

Huisu aber hatte ihr innerlich widersprochen: Man konnte noch so weit weggehen, es gab dort nichts zu finden. Als er sich eine Zigarette anzündete, tat Jeny dasselbe. Insuk verzog angewidert das Gesicht, sagte aber nichts.

»Stimmt schon, der Weg bis hier hoch ist ein bisschen anstrengend, aber der Blick ist wirklich irre. Selbst wenn ich mal viel Geld haben sollte, bleibe ich hier wohnen«, sagte Ami plötzlich.

»Pff, dann bleib halt hier«, erwiderte Jeny. »Ich wohne dann

mit 'nem anderen Typen in einer Wohnung, wo's immer fließend warmes Wasser gibt.«

»Man sagt nicht jeden Mist, wenn die Schwiegereltern dabei
sind«, wies Insuk sie zurecht.

Die Mücken waren so zahlreich, dass sie unaufhörlich dabei
waren, sie zu verscheuchen. Aber Huisu mochte diese Abende,
an denen die Familie zusammenkam, um reichlich zu essen und
danach, auf der Holzliege ausgestreckt, gemeinsam in den Himmel zu schauen. Das Meer war weit, das Sternenfunkeln nah. Im
Vergleich zu den einsamen Abenden, an denen er in seinem Hotelzimmer im Mallijang Whisky geschlürft hatte, waren diese
Momente unendlich kostbar für ihn. An solchen Abenden hatte
er das Gefühl, dass er zu einer der glücklichen Familien gehörte,
die man in den TV-Serien sah.

Doch diese glücklichen Tage sollten nicht lange währen.
Bald hatte der Alltag sie wieder eingeholt, und die Abende im
Familienkreis wurden selten. Insuk machte ihre Bar wieder auf,
die sie vorübergehend geschlossen hatte, und kam nun nicht vor
drei Uhr morgens nach Hause. Als sie Huisu angekündigt hatte,
dass sie die Bar wieder öffnen wolle, hatte er ihrer Entscheidung
zugestimmt. Es verletzte ihn in seinem Stolz, aber er hatte keine
andere Lösung anzubieten. Mit der größer gewordenen Familie
war das Leben noch teurer geworden, und durch die Ausgaben
für Amis und Jenys Umzug wie auch die Renovierung des Hauses war der Schuldenberg gewachsen. Zumal sich auch bei Insuk
und Ami Schulden angesammelt hatten. Ganz zu schweigen von
Jeny, die aus ihrer Bar geflohen und ihrem Chef den Preis ihres
Körpers schuldig geblieben war. Überraschend war das alles
nicht: Alle Gangster und alle Barschlampen hatten Schulden. Im
Übrigen waren nicht Leidenschaften und Träume, sondern
Schuldenberge der Motor, der Guam am Laufen hielt.

Kaum hatte sich das Gerücht von Huisus Kündigung verbreitet, war Obligation Hong in dem frisch angemieteten Büro im Stadtteil Daesin-dong aufgetaucht. Inmitten des verpackten Mobiliars wanderte sein Blick in alle Ecken und Winkel des Raums, als wäre er ein Beamter der Stadtverwaltung bei einem Kontrollgang. Von seinem chinesischen Leibwächter Chang, der ihm normalerweise auf Schritt und Tritt folgte, war nichts zu sehen. Wahrscheinlich wartete er vor der Zimmertür.

»Was führt Sie her?«

»Was für eine Frage! Geht es zwischen uns jemals um etwas anderes als um Geld?«

»Ah, dann sind Sie wohl gekommen, um sich meine Organe zu holen?«

Obligation Hong setzte ein liebenswürdiges Lächeln auf. Er richtete einen auf dem Boden liegenden, in Plastikfolie einge-schweißten Bürostuhl auf und setzte sich darauf. »Sei nicht so grob zu den Leuten. Es ist nicht unsere Art, Dinge zu tun, die sowieso völlig unmöglich sind – zum Beispiel dem Großen Hui-su die Organe zu entnehmen«, sagte er mit einem feinen Lächeln.

»Sind Sie sich da sicher?«

»Könntest du mir vielleicht eine Tasse Tee kommen lassen?«

Huisu drückte auf einen Knopf der Sprechanlage und be-stellte bei der Sekretärin zwei Tassen Kaffee. Unterdessen war Obligation Hong wieder aufgestanden und schaute sich weiter im Zimmer um. Seine entspannte Miene war nicht die eines Mannes, der gekommen war, um Geld einzufordern.

»Von hier aus bringst du also dein neues Business auf den Weg?«

Huisu nickte.

»Nach Gangstern riecht es hier aber nicht. Ein ganz norma-les, legales Unternehmen, sollte man meinen.«

Die Sekretärin kam mürrisch mit einem Tablett durch die Tür. Es war eine der beiden Sekretärinnen von Yangdong. Huisu hatte eigentlich eine neue einstellen wollen, doch Yangdong hatte ihm diese mehr oder weniger aufgezwungen: Es sei besser, Mitarbeiter mit ein bisschen Milieu-Erfahrung zu haben, als jemanden einzustellen, der bisher nur für legale Firmen gearbeitet habe. Eine Begründung, die vertuschen sollte, was Yangdong eigentlich im Sinn hatte: Huisu überwachen und sicherstellen, dass kein Geld aus der Firmenkasse verschwand. Unwillig stellte die Sekretärin das Tablett mit den beiden Kaffeetassen auf dem Tisch ab, der bisher noch keinen Lappen gesehen hatte. Der aufgewirbelte Staub setzte sich auf die Tassen. Was Obligation Hong nicht kümmerte, er nahm sich eine, trank einen Schluck, stellte fest, dass der Kaffee ungenießbar war, und verzog das Gesicht. Eigentlich war alles, was die frühere Sekretärin von Yangdong machte, schlecht, der Kaffee aber ganz besonders. Obligation Hong stellte die Tasse wieder ab, nahm sich eine Zigarette, zündete sie an. Huisu schob ihm den Aschenbecher hin. Obligation Hong schien etwas sagen zu wollen, zögerte kurz und rauchte dann schweigend weiter.

Huisu, der das Warten satthatte, war genervt. »Ich bin im Moment sehr beschäftigt. Wenn Sie mir etwas sagen wollen, sagen Sie's. Falls es darum geht, meine Schulden einzutreiben, sehen Sie ja selbst, dass ich im Moment kein Geld habe. Zum Jahresende, wenn die Geschäfte zu laufen beginnen, gehe ich davon aus, dass ich zahlen kann.«

»Nicht deine Schulden sind der Grund für mein Kommen, sondern Insuks und Amis Schulden.«

Huisu sah ihn überrascht an. »Was haben Sie mit Insuks und Amis Schulden zu tun?«

»Weißt du, Schulden lösen sich ja nicht einfach in Luft auf, das tun sie nie. Alte Schulden werden in Guam weitergereicht, und am Ende landen sie immer bei mir.« Der Stolz war nicht zu überhören.

Huisu hätte dem Mann furchtbar gern die Visage poliert.

»Insuk hat schon seit Langem kleinere Schulden bei mir. Bisher habe ich ein Auge zugedrückt, denn sie hat es zwar nicht geschaft, die geschuldete Summe zurückzuzahlen, hat aber immerhin regelmäßig die Zinsen beglichen. Aber jetzt ... ich weiß nicht, ob ihre Geschäfte schlecht laufen, jedenfalls zahlt sie in letzter Zeit die Zinsen nicht mehr. Und vor Kurzem hat dieser Dickkopf Ami, wie du ja weißt, ein Mädchen, das in der Provinz Gangwon in einer Bar gearbeitet hat, zu sich geholt, und darüber waren die Geschäftsinhaber so wütend, dass sie ihn am liebsten umgebracht hätten. Aber anscheinend hat Insuk die Schulden des Mädchens übernommen, damit sie sich wieder beruhigen. Sie war deshalb bei mir, also habe ich auch noch die Schulden von Ami und seiner Schnecke übernommen.«

»Wie viel?«

»Eine durchaus beträchtliche Summe. So beträchtlich, dass ich mich wohl an den Gedanken gewöhnen muss, mein Kapital nicht zurückzubekommen. Ich werde die Sache also auf die eine oder andere Weise zu den Akten legen müssen. Und weil es ja auch um deinen Ruf geht, bin ich gekommen, um mit dir darüber zu reden.«

»Wie viel, verdammte Scheiße?«, wiederholte Huisu gereizt.

»Warum diese Kraftausdrücke?«

»Weil Sie mich zwingen, meine Frage zu wiederholen.«

»Allein das Kapital macht vier Riesen aus.«

»Vierhundert Millionen?«

Mit einem kurzen Lächeln gab Obligation Hong ihm zu verstehen, dass er richtiglag. Bei einem Barmädchen bestanden Schulden in Höhe von vierhundert Millionen *won* wahrscheinlich zu neunzig Prozent aus Zinsen. Eine andere Erklärung gab es nicht. Huisu hätte diesen Wucherer nur zu gern verprügelt, aber er beherrschte sich. Ein Scheißkerl wie er, seit vierzig Jahren Wucherer, ließ sich weder durch Drohungen noch durch Prügel beeindrucken. Wenn man ihm seine Schulden nicht zurückzahlte, verfolgte er einen mit legalen Mitteln. Und wenn man ihm doch mit Prügeln kam, kroch er einfach der Polizei unter den Rock. Als ob seine Schergen, die alles andere als zartbesaitet waren, nicht reichten. Kurzum: Eine falsche, unüberlegte Geste und Huisu müsste nicht nur das gesamte Kapital samt Zinsen hinblättern, sondern würde auch noch wegen Körperverletzung zur Kasse gebeten. Jeder überlebte auf seine Art und Weise, das galt für die Schwachen wie für die Scheißkerle. So hatte nun also jedes Familienmitglied eigene Schulden bei Obligation Hong. Huisu dreihundert Millionen *won*, Insuk und Ami vierhundert Millionen. Wo nur war das ganze Geld eigentlich geblieben? Es war ihm unbegreiflich. In Wahrheit hatten sie es schlicht nie gesehen. Seit Insuk siebzehn war, hatte sie immer gearbeitet, und ihre monatlichen Zinszahlungen aus zwanzig Jahren summierten sich auf eine mindestens drei oder vier Mal so hohe Summe wie ihr Kredit von damals, als sie nach Wanwol ging. Das Leben war seltsam. Schulden wurden weitergereicht und blähten sich zu horrenden Summen auf. Ami wiederum war mit Jenys Schulden aus Gangwon zurückgekehrt, Schulden, die ihre Zuhälter nun auf Obligation Hong übertragen hatten. Wie hoch waren sie? Wer wusste das schon. Doch das Ausgangskapital konnte nicht viel gewesen sein. Alle Barmädchen hatten Schulden. Sie verdienten jeden Monat einiges an Geld, schafften es aber nie, Ersparnisse zurückzulegen. Man konnte sich fragen, wofür sie das ganze Geld eigentlich ausgaben. Dasselbe galt im Grunde auch für Huisu: Nach zwanzig Jahren Gangsterleben hatte er nichts als Schulden.

Er dachte einen Moment nach. Dann sagte er: »Für meine Schulden plus die von Insuk und die von Ami biete ich Ihnen fünf Riesen an. Und ab sofort Schluss mit den Zinsen.«

Obligation Hong schüttelte den Kopf. »Nein, fünf Riesen, das läuft bei mir nicht. Weißt du, wenn du einem Wucherer keine Zinsen zahlst, ist das so, als würdest du einer Katze sagen, sie soll gut auf den Fischteich aufpassen, verstehst du?«

»Was wollen Sie dann? Wollen Sie, dass ich mir den Bauch aufschlitze?«

»Du bist kein Kleinkrimineller, aus dem man das Geld rausprügelt, Huisu. Und ich kann mir denken, dass es nicht leicht für dich ist, auf einen Schlag sieben Riesen hinzulegen ...«

Obligation Hong drückte seine Zigarette im Aschenbecher aus und atmete einmal tief durch. Sein Gesicht verzog sich zu einem Lächeln: »Also, ich schlage dir Folgendes vor: Lass mich in das Geschäft einsteigen, das du mit Yangdong aufziehst. Was hältst du davon? Tausch deine gesamten Schulden gegen das Vertrauen ein, das ihr mir als Partner entgegenbringt. Und ich verpflichte mich, rund zwanzig Riesen zu investieren. Ihr werdet doch in jedem Fall Geldgeber brauchen, oder? So ein Geschäft unter Teilhabern ist immer eine Frage des Kräfteverhältnisses, und was du als Anfangskapital einbringst, ist sehr wichtig, Huisu. Wenn es kein hübsches Sümmchen ist, wird Yangdong vielleicht nicht mehr mit dir zusammenarbeiten wollen.«

Huisu lehnte sich auf dem Sofa zurück und lachte leise. Endlich verstand er, warum Obligation Hong ihm so freundlich gekommen war. »Am Anfang hatte ich ja selbst ziemliche Zweifel an dieser Geschäftsidee ... Aber dass ausgerechnet Sie, Obligation Hong, der Dämon des Geldes, mir Ihre Mitarbeit anbieten, lässt alle Zweifel verfliegen, und ich bin mir sicher, es wird großartig laufen.«

»Genau. Das riecht förmlich nach Geld. Und außerdem ist unser Huisu ein echtes Arbeitstier, habe ich nicht recht? Spielautomaten sind ohnehin eine sichere Geldanlage, und wenn dann auch noch unser Huisu mit anpackt ... Dieses Geschäft wird ein Bombenerfolg, dafür verwette ich meine rechte Hand.« Obligation Hong versuchte ganz offensichtlich, Huisu auch noch mit Komplimenten über den Tisch zu ziehen.

»Tja, aber was soll ich tun? Wir lassen uns leider nur von gebildeten, zivilisierten Menschen mit einwandfreiem Leumund unterstützen«, sagte Huisu ironisch.

»Bildung, gesellschaftliches Ansehen und Geld haben nichts miteinander zu tun. Geld ist Geld, Punkt.«

»Und Großer Bruder Yangdong kann Sie ja nun leider überhaupt nicht leiden. Wie können Sie auch nur eine Sekunde glauben, dass er von Ihnen Geld annimmt? Wetten, er will es nicht? Sie kennen doch seinen Charakter, oder?«

»Sicher, es hat den einen oder anderen Vorfall zwischen uns gegeben. Aber das ist Vergangenheit. Wenn man ein ambitioniertes Geschäft aufzieht, muss man solchen Ballast abwerfen. Nicht kleckern, sondern klotzen, sonst nimmt es ein böses Ende. Insofern ist es aus vielen Gründen besser, sich mit der Familie zu arrangieren.«

»Sie und ich? Familie?«, spottete Huisu und sah Obligation Hong dabei fest in die Augen.

Der hielt seinem Blick stolz und ohne jede Scham stand.

»Wenn ich dich nicht als Teil meiner Familie betrachtet hätte, glaubst du, mit all deinen Schulden wärst du jetzt noch am Leben? Ich will ja nicht angeben, aber bisher hat noch keiner mein Geld gefressen und anschließend weitergelebt. Entweder man zahlt zurück oder man krepiert«, erklärte Obligation Hong, und dabei bebte seine Stimme vor unterdrücktem Zorn. Jedenfalls tat er so. Er war nur deshalb nie gegen Huisu vorgegangen, weil

Vater Son seine Hand schützend über ihn gehalten hatte. Oder betrachtete Obligation Hong alle Schützlinge von Vater Son auch als Teil der Familie? Um in Guam zu überleben, war es immerhin das Einfachste und Klügste, Mitglied von Vater Sons Familie zu sein. Wobei sich Huisu ja inzwischen von ihm losgesagt hatte, insofern gab es für Obligation Hong keinen Grund mehr, ihn zu verschonen.

Huisu blickte seufzend zur Decke. »Sie bringen mich in eine heikle Lage.«

Mit einem Blick auf die Uhr stand Obligation Hong auf. »Denk darüber nach und ruf mich an. Jetzt, wo du verheiratet und Familienvater bist, trägst du ja eine gewisse Verantwortung, oder?«

Huisu hatte Obligation Hong keine vierundzwanzig Stunden später angerufen. Obwohl er nie gedacht hätte, dass er diesen Mistkerl eines Tages zu seinem Partner machen würde, hatte er seinen Vorschlag angenommen. Dabei wusste er genau, dass es ein Bumerang war, der irgendwann zurückkommen und zu einem wahren Desaster führen würde. Aber siebenhundert Millionen *won* waren eine Riesensumme, die er kraft seiner Hände niemals zusammenbekommen hätte, zumal der Betrag mit jedem Atemzug automatisch weiterwuchs. Yangdong hatte einen Tobsuchtsanfall bekommen, als er erfuhr, dass Obligation Hong in das Geschäft einsteigen würde. Doch Huisu hatte dem alten Wucherer einfach einige seiner Anteile übertragen, wogegen Yangdong nichts machen konnte. Sämtliche Schulden von Huisus Familie hatten sich durch dieses Agreement in Luft aufgelöst: die Schulden, die Insuk seit ihrer Ankunft in Wanwol mit sich herumschleppte, Huisus aberwitzige Spielschulden und der Preis von Jenys Körper.

Insuk merkte erst im darauf folgenden Monat, am Fälligkeitstag der Zinsen, dass ihre Schulden verschwunden waren.

Huisu tauschte gerade in der Küche eine alte Glühbirne gegen eine Neonröhre aus, da kam Insuk herein, sie lachte fröhlich und klatschte wie ein Kind in die Hände.

»Mein Gott, ist das schön, einen Ehemann zu haben! Er tauscht nicht nur Glühbirnen aus, sondern schafft auch noch mit einem Schlag alle Schulden aus der Welt!« Und sie fragte besorgt, woher er das viele Geld eigentlich hatte und ob sich Huisu dafür nicht auf irgendeine gefährliche Sache hatte einlassen müssen.

Da brauche sie sich keine Sorgen zu machen, versicherte Huisu, und jetzt, da sie verheiratet seien, könne ihnen sowieso nichts Schlimmes mehr passieren. Doch das beruhigte Insuk nicht. Sie wusste, dass einem Gangster, der plötzlich eine große Geldsumme besaß, in aller Regel Gefahr drohte. Sie hockte sich neben den Stuhl, auf dem Huisu stand.

Er sprang zu ihr herunter. »Und wie ist es für dich, keine Schulden mehr zu haben? Schön, oder?«, fragte er überschwänglich.

»Seit ich aus Mojawon weggegangen bin, habe ich immer Schulden gehabt. Ich habe mir oft den Tag vorgestellt, an dem ich keine mehr haben würde. Wie glücklich ich dann sein würde.«

»Und? Bist du heute etwa nicht glücklich?«

»Komischerweise bin ich weder glücklich noch traurig. Es fühlt sich ein bisschen seltsam an, so ein Leben ganz ohne Schulden.« Mit unbewegtem Gesicht blickte Insuk zum Fenster hinaus auf die Lichter des Elendsviertels, das sich vom Haus Nummer 565 hinab bis zum fernen Meer hin erstreckte.

Ami hatte begonnen, in Yangdongs Schnapsdepot zu arbeiten. Seine Freunde, die sich in alle vier Winde verstreut hatten, als er ins Gefängnis musste, waren wieder da. Ami hatte immer viele

Freunde gehabt, und in seinen besten Zeiten waren etwa vierzig Männer seinem Befehl gefolgt. Den Kern aber bildete damals eine Gruppe von sieben Jungs. Im Krieg gegen Cheon Dalho war einer von ihnen umgekommen, zwei waren seitdem Invaliden. Der eine ging an Krücken, der andere saß im Rollstuhl, nachdem ihn ein Messerstich an der Wirbelsäule getroffen hatte. Diese Bande von ehemaligen Hitzköpfen traf sich manchmal am Strand, was jedes Mal aussah wie ein Treffen von Kriegsversehrten. Sowohl Ami als auch Huinkang, der Meister der Klinge, und der alte Judoka Seokgi hatten im Gamgstermilieu immer noch einen guten Ruf, und es gab viele junge Männer, die ihnen folgten. Während die alten Gangster nicht mehr imstande waren, Leute umzulegen, weil ihre Köpfe mit Gedanken übersättigt waren, strotzten Amis Jungs vor Energie und hatten vor nichts Angst. Wobei ihr Mangel an Erfahrung und ihre Unreife höchst gefährlich waren. So neigte Ami beispielsweise dazu, sich blindlings in Schlägereien zu stürzen. Gerade das gefiel Yangdong. Und es beunruhigte Huisu.

Yangdong hatte Ami mit dem Wodkavertrieb in den Stadtteilen Guam, Wollong, Chungmu-dong und Nampo-dong betraut. In Wollong und Chungmu-dong waren schon seit Langem mehrere Alkohollieferanten unterwegs, darunter Hojung und Park. Auch Cheon Dalho aus Yeongdo und einige kleinere Gangs waren dort bereits aktiv, verkauften Schmuggelware oder Flaschen, die von den amerikanischen Militärbasen kamen. Seit einiger Zeit war bei Koreanern und ausländischen Matrosen, die im Hafen von Busan an Land gingen, der im Vergleich zum Whisky billigere und schlichtere Wodka sehr beliebt. Das Problem war nun, dass die drei Stadtteile Wollong, Chungmu-dong und Nampo-dong gar nicht zu Yangdongs Revier gehörten. Denn in diesen Ausgehvierteln, wo Alkohol die wichtigste Einnahmequelle war, hatten natürlich schon immer die stärksten und brutalsten Gangs von Busan das Sagen gehabt. Yangdong kümmerte sich nicht weiter um die Sache mit den Revieren. »Ach was, man kann's auch übertreiben, ich habe ja nicht vor, mir das ganze Viertel unter den Nagel zu reißen. Die Kunden verlangen Wodka, und diese Idioten kriegen's nicht hin, den Bars welchen zu liefern. Kein Wunder, dass die Inhaber jammern. Ich betrachte es als meine Pflicht, den Barbesitzern unter die Arme zu greifen, damit auch dort die lokale Wirtschaft floriert.« In Wirklichkeit hatte Yangdong das Monopol auf sämtliche Wodka-Einfuhren nach Busan, und niemand, nicht einmal Huisu, wusste, wie er es schaffte, solche Mengen einzuschleusen. Da inzwischen ganz Busan begonnen hatte, Wodka zu trinken, war der Konsum von Ballantine's und Chivas logischweise zurückgegangen, was die betroffenen Lieferanten ärgerte.

Yangdong plante nun wohl, den für seine Kraft und sein Temperament bekannten Ami dafür zu benutzen, die Wodkaverkäufe auf Wollong, Chungmu-dong, Nampo-dong und das chinesische Viertel Jungang-dong auszuweiten. Ami war wirklich wie gemacht für diesen Job. Nach zahllosen Schlägereien war er berühmt und berüchtigt: So hatte er angeblich dem bärenstarken Samtang aus Chungmu-dong den Schädel eingeschlagen und dem Hundeverkäufer Chojang-dong das Kinn zerschmettert, um nur zwei Beispiele zu geben.

Zwei Monate nachdem Yangdong Ami eingestellt hatte, tauchte Cheoljin eines Tages bei Huisu auf. Trotz seines jungen Alters galt Cheoljin als die Nummer zwei des Dalho-Clans. Als Huisus Jugendfreund und Mitstreiter im Boxtraining von Pater Martino war Cheoljin von allen Gangstern der einzige, dem Huisu vertraute. Im Krieg zwischen Amis Bande und dem Dalho-Clan war Cheoljin zwar einer der Hauptakteure gewesen, aber Huisu hatte immer glauben wollen, dass ihm seine Position damals keine andere Wahl gelassen hatte.

Cheoljin stellte den Korb Clementinen, den er Huisu mitgebracht hatte, in eine Zimmerecke. Clementinen hatte Huisu schon als kleiner Junge geliebt. Sichtlich beeindruckt vom neuen Büro seines Freundes, sah Cheoljin sich um und warf ihm einen fast neidischen Blick zu. »Da kriegt man Lust, sich auch selbstständig zu machen und sein eigenes Business aufzuziehen. Es zermürbt mich langsam, immer für andere die Drecksarbeit zu machen.«

»Weißt du, seit ich selbst die ganze Verantwortung habe, wird mir bewusst, dass es nichts Besseres gibt, als bei jemandem angestellt zu sein. Wenn du derjenige bist, der die Gehälter auszahlen muss, hast du harte Nüsse zu knacken, das kann ich dir sagen. Schlag dir das aus dem Kopf, halt lieber an deinem Posten fest. Du hast doch ein ziemlich gutes Gehalt, oder? Wetten, dass du mehr verdienst als ich?«

»Lügner! Wie soll ein Angestellter mehr verdienen als ein Geschäftsführer?«

»Glaub mir, Geschäftsführer klingt gut, das war's dann aber auch schon. In Wirklichkeit bin ich ungfähr so viel wert wie ein Hundehaar.«

Als Antwort schenkte ihm Cheoljin ein breites Grinsen.

»Aber was führt dich her, wo du doch immer so viel um die Ohren hast?«

»Ich muss mit dir über Ami reden.«

Huisu nickte wissend. »Verstehe. Es gibt Ärger wegen dem Alkoholverkauf, ist es das?«

»Wir würden es Ami ja gern durchgehen lassen, nach seinen Jahren im Gefängnis und nach allem, was zwischen uns passiert ist, aber jetzt geht er wirklich zu weit«, sagte Cheoljin mit ruhiger, leiser Stimme.

»Er hat außer diesem Job nichts, um Geld zu verdienen, kannst du nicht ein Auge zudrücken? Er ist einfach ein bisschen ungeduldig, nach der langen Zeit im Knast. Kannst du nicht mal mit deinem Chef Cheon Dalho darüber reden?«, antwortete Huisu in genauso ruhigem Ton.

»Weißt du, Cheon Dalho mag ihn ja auch. Er sagt dauernd, dass sich die anderen Gangster mal 'ne Scheibe von Ami abschneiden sollten und dass es heutzutage solche wie ihn nicht mehr gibt, so einen vielversprechenden jungen Kerl.«

»Ach ja? Cheon Dalho mag ihn? Das ist ja ein Ding. Er ist also nicht mehr sauer auf ihn?«

»Was vorbei ist, ist vorbei. Und außerdem, sag mir mal einen, der Ami nicht leiden kann. Ich mag ihn ja auch. Neulich sind wir uns auf der Straße begegnet, und als er mich gesehen hat, ist er gleich auf mich zu, einfach so, und hat mich begrüßt. Er ist ein anständiger Kerl und nicht nachtragend. Ein echter Gangster halt.«

»Dass er nicht nachtragend ist, liegt an seinem schlechten Gedächtnis.«

Cheoljin grinste wieder. »Na, jedenfalls, kannst du ihm sagen, dass er vernünftig sein soll? Nicht dass es noch Streit gibt und ein Unglück passiert.«

»Inwiefern vernünftig?«

»Wir halten den Mund, wenn er bestimmten Läden unauffällig ein paar Flaschen zuschiebt. Aber wenn er mit breiter Brust damit um sich schmeißt, haben unsere Jungs irgendwann die Nase voll. Die haben auch ihren Stolz.«

»Verstehe. Ich rede mit ihm.«

»Und noch etwas, Huisu. Ich habe das Gefühl, dass Hojung aus Chojang-dong und Park aus Wollong ihm den Kopf zurechtrücken wollen.«

»Kannst du Genaueres sagen?«

»Neulich waren sie bei Cheon Dalho und haben lange geredet, die ganze Zeit im Flüsterton. Ich bin mir sicher, dass sie sich die Erlaubnis geholt haben, irgendein Ding zu drehen, ich hoffe nur, es geht nicht gegen Ami.«

»Mann, diese beiden Pisser schlagen sich wirklich überall die Bäuche voll. Aber was können solche kleinen Klugscheißer in gefährlichen Zeiten wie diesen schon anstellen?«

»Du hast recht, die sind wirklich nur kleine Klugscheißer.«

»Jedenfalls danke ich dir, dass du gekommen bist.«

»Nichts für ungut. Du und ich, wir sind wie Blutsbrüder.«

Bei Cheoljins letzten Worten lächelte Huisu. In Mojawon waren Cheoljin, Gyeongtae und er beste Freunde gewesen. Sie aßen zusammen, boxten zusammen, klauten zusammen und prügelten sich zusammen. Sie fühlten sich wie Brüder. Doch wie echte Brüder hatten sie sich mit der Zeit auseinandergelebt. Es gab keinen besonderen Grund dafür, vielleicht lag es am Blut, das mit dem Alter dünner wurde, oder einfach nur an den Lasten des Lebens. Bestimmt war Cheoljin nicht aus Sorge um Ami gekommen. Es war wahrscheinlich eher ein Versuch, seinem eigenen Clan einen weiteren Krieg zu ersparen. Die Angst hatte ihn zu Huisu getrieben. Mit vierzig begann einem alles Angst zu machen.

Huisu und Ami hatten nicht oft Gelegenheit, miteinander zu sprechen. Obwohl sie unter demselben Dach lebten, liefen sie sich selten über den Weg. Und bei diesen raren Gelegenheiten fand Huisu es schwierig, ihm sofort dieses Thema aufzutischen. Aber einmal hatte er ihm wenigstens kurz gesteckt, dass er auf sich aufpassen solle. Was hätte er, Huisu, ihm auch sonst sagen sollen? Dass er mit diesem Job aufhören solle, weil er zu gefährlich sei? Nein, Gangsterjobs waren immer gefährlich. Darum gab es sie ja, und darum waren sie gut bezahlt. Gangsterberufe waren jene Berufe, die normale Menschen ablehnten, eben weil sie zu gefährlich waren. Um zu überleben, musste Ami einfach lernen, Gefahren einzuschätzen und maßvoll dosiert in Kauf zu nehmen. Huisu wollte ihm keinen Dämpfer versetzen, nicht jetzt, da er gerade wieder zu alter Stärke zurückgefunden hatte. Mal abgesehen davon, dass Ami vielleicht gar nicht so leichtsinnig war und alles längst begriffen hatte.

Huisu war extrem eingespannt, um die Produktion der Spielautomaten in Gang zu bringen. Er hatte sehr günstig eine Fabrik aus einem Konkurs kaufen können, die er renovieren und mit neuen Maschinen und Geräten ausstatten ließ. Als das Büro in Daesin-dong eingerichtet war, hatte er umgehend die Antragspapiere für die Lizenz vorbereitet und den Beamten ihre Schmiergelder gezahlt. Auch Unterkünfte und Autos für die aus Japan einreisenden Techniker hatte er finden müssen. Einer von ihnen hatte es Huisu besonders angetan, Yama, ein Japaner mit koreanischen Wurzeln, den Yangdong eingestellt hatte. Yama war um die fünfzig, kräftiger Unterkiefer, wortkarg, präzise wie ein Uhrmacher. Als Huisu ihn fragte: »Wird das gehen?«, antwortete Yama: »Ist nicht einfach, aber wird gehen.« Jemand wie er war eigentlich der ideale Kandidat, um in einem Labor oder der Forschungsabteilung einer großen Firma zu arbeiten, und Huisu konnte nicht verstehen, was ihn dazu gebracht hatte, sich in einer finsteren Fabrik zu verkriechen und für einen Gangster illegale Spielautomaten herzustellen. Und dann auch noch für einen zweitklassigen Gangster wie Yangdong, wo sich doch sicher auch andere, wichtigere Verbrecherorganisationen um einen Techniker seines Niveaus rissen.

Jedenfalls war der erste Monat noch nicht vorbei, da präsentierte Yama bereits den Prototyp eines Automaten, der sofort einschlug wie eine Bombe. Ohne nennenswerte Werbemaßnahmen reisten massenweise Unternehmer aus allen Teilen des Landes mit ihrem Geld an, weil sie hofften, eine Spielhalle für Erwachsene aufmachen zu können. Das Wort »Unternehmer«

war vielleicht etwas hochgegriffen, Gangster wäre präziser, denn nichts anderes waren sie. Das Geschäft lief so gut, dass Huisu nicht wusste, ob er sich ärgern sollte, dass er nicht früher eingestiegen war. Eigentlich fragte er sich, ob das alles mit rechten Dingen zuging. Obligation Hong rief ständig an, um zu hören, ob die Geschäfte gut liefen und er sich bald einen Teil seiner Investitionen zurückholen könne. Doch so viel Geld auch in die Kassen floss, bei Huisu persönlich war noch kein einziger Schein gelandet. Die Investitionen waren so enorm und die Münder, die mit Schmiergeldern gestopft werden mussten, so zahlreich, dass die Ausgaben die Einnahmen bisher deutlich überstiegen. Yangdong fand dennoch, dass es ein ziemlich gelungener Start sei, und wiederholte gebetsmühlenartig, dass sie so weitermachen müssten.

Wie früher spazierte Huisu nach dem Mittagessen den Strand entlang, an der Mole vorbei bis zu den Klippen am Hafen von Baekji. Seit die Saison eröffnet war, herrschte am Strand ein Höllenbetrieb. Leute grüßten Huisu und traten mit allerlei Beschwerden an ihn heran. »Diesen Sommer wird an den Buden Whisky verkauft, finden Sie das nicht übertrieben?« Oder: »Letztes Jahr gab es Aufpasser, die die Bestellungen kontrolliert haben, aber dieses Jahr wird der Zugang zum Strand nicht überwacht, und die Leute lassen sich *jjajang*-Nudeln aus Yeongdo kommen.« Jedes Mal erwiderte Huisu lächelnd, dass er nicht mehr Manager des Mallijang sei und insofern auch nicht mehr eingreifen könne. Woraufhin die Leute mit hängenden Schultern wieder abzogen. Alles, was um diesen Strand herum geschah, war in den letzten zehn Jahren Huisus tägliches Brot gewesen. Er hatte sich diese Kontrollgänge im Viertel zur Gewohnheit gemacht, um überall nach dem Rechten zu sehen. Aus reinem Reflex tat er das immer noch, obwohl es nicht mehr seine Aufgabe war. Der Managerjob im Mallijang hatte vor allem darin bestanden, den Leuten zuzuhören, was zugegebenermaßen anstrengend und wenig lukrativ gewesen war, aber mit der Vorstellung, dass das Schicksal dieses Viertels nun nicht mehr in seinen Händen lag, brach für Huisu doch eine kleine Welt zusammen.

Seit der Sommer begonnen hatte, knallte die Sonne vom Himmel. Huisu ging im Anzug ins Büro, und seine Tage waren damit ausgefüllt, Beamte zu treffen und mit Geschäftsleuten aus allen Teilen des Landes Verträge zu schließen. Huisu fühlte sich im Anzug nicht wohl. Jeden Morgen band Insuk ihm über einem weißen Hemd die Krawatte, nachdem sie alles sorgfältig gebügelt hatte. Sie sagte ihm, dass er sehr chic sei und sie immer davon geträumt habe, morgens ihrem Ehemann die Krawatte zu binden wie die Frauen in den TV-Serien. Wenn er das Haus verließ, war sein Hemd, noch bevor er den Parkplatz erreichte, schon klatschnass. In diesem durchgeschwitzten Hemd musste er nun den ganzen Tag Dutzende von Menschen treffen, ihnen Honig ums Maul schmieren und ihre Launen ertragen. Wenn der Tag zu Ende ging, wusste er nicht mehr, was er seit dem Morgen eigentlich gemacht und wen er alles getroffen hatte. An den seltenen Abenden, an denen er früh nach Hause kam, war das Haus leer. Insuk war in ihrer Bar, Ami würde erst im Morgengrauen sturzbesoffen zurückkommen, und Jeny war vermutlich in einer Diskothek, wo sie tanzte und trank.

Huisu setzte sich auf die Holzliege, zündete sich eine Zigarette an und betrachtete die sich an den Berghang klammernden Häuser. Diesen Sommer hatte er geheiratet. Er hatte Vater Son verlassen, um sich Yangdong anzuschließen. Einen Moment lang hatte er geglaubt, dass sich sein Leben ändern würde. Er hatte sich getäuscht. Insuk kam wie früher um drei Uhr morgens von der Arbeit zurück. Die ersten Male war er zum Parkplatz hinuntergestiegen, um dort auf sie zu warten. Wie alle Barmädchen kam sie betrunken nach Hause und torkelte. Wenn Huisu die endlose Treppe mit ihr hinaufstieg und sie dabei stützte, so gut es ging, erfasste ihn eine unerklärliche Angst. Manchmal stolperte Insuk und stürzte. Oder sie blieb stehen, um sich vor dem Haus eines Nachbarn zu übergeben. Dann half ihr Huisu, sich auf eine Stufe zu setzen. Irgendwo bellte ein Hund, und er zog an seiner Zigarette und blickte auf zum dunklen Himmel. Seit einiger Zeit wartete er immer seltener auf sie. Seine Arbeitstage waren so anstrengend, dass es ihm schwerfiel, bis drei Uhr morgens wach zu bleiben. In Wirklichkeit widerstrebte es ihm, Insuk in diesem Zustand zu sehen. Ihr Anblick, wie sie die Stufen herauftorkelte, weckte weniger Mitleid in ihm als ein Gefühl von Erniedrigung und Ungerechtigkeit.

Diesen Sommer hatte er geheiratet, doch nichts hatte sich geändert. Ami führte das gleiche Leben wie vor seinem Gefängnisaufenthalt, Insuk war immer noch ein Barmädchen und Huisu ein banaler Gangster, der lediglich die Bleibe gewechselt hatte.

MERCEDES-BENZ

Yangdong hatte angerufen und Huisu gebeten, zum Parkplatz herunterzukommen. Als Huisu die vielen Stufen hinabgestiegen war und am Parkplatz eintraf, erwartete ihn Yangdong mit breitem Grinsen, den Ellbogen stolz auf eine große, in der Sonne glänzende Mercedes-Benz-Limousine der S-Klasse gestützt. An seinem Zeigefinger ließ er einen Autoschlüssel kreisen. Ein Wagen wie dieser wurde häufig von Diplomaten benutzt, war aber auch unter Gangsterbossen und japanischen Yakuza-Mafiosi sehr beliebt. Majestätisch stand er in seiner ganzen Eleganz zwischen einem alten Fischtransporter und einer Altpapier-Rikscha. Fast schon lächerlich sah das aus. Als würde jemand im Smoking bei einem nachbarschaftlichen Sportwettbewerb auftauchen.

Amüsiert klopfte Huisu mit der flachen Hand auf die Motorhaube. »Mann, der pure Wahnsinn!«

Yangdong wedelte nervös mit den Händen. »Hör auf damit, du machst noch was kaputt!«

»Haben Sie sich ein neues Auto angeschafft?«

»Der Wagen gehört nicht mir.«

»Haben Sie ihn geliehen?« Huisu trat sachte mit dem Fuß gegen einen der dicken Reifen.

Anstatt zu antworten, lachte Yangdong, der bestens gelaunt schien. »Ahnst du wirklich nicht, wem er gehört?«

Huisu verneinte mit einem flüchtigen Kopfschütteln, das deutlich machen sollte, wie wenig ihn diese Frage interessierte. Abrupt hörte Yangdong auf, den Autoschlüssel kreisen zu lassen, und hielt ihn Huisu hin. »Der Wagen gehört dir.«

Ungläubig starrte Huisu auf den Schlüssel. »Aber mein Wagen fährt noch sehr gut! Was ist das für eine komische Idee, einen Mercedes zu kaufen, wo uns für die Fabrik das Geld fehlt!?«

»Huisu, du stehst für das Image unseres Unternehmens. Du brauchst Glamour, das ist wichtig. Ein Espero, das geht nicht! Wenn du weiter mit dieser Karre herumfährst, halten die Partner uns am Ende für Nieten. Und dann wollen sie keine dicken Verträge mehr unterschreiben, verstehst du, was ich meine? Alle Gangsterjobs basieren zu neunzig Prozent auf Bluff, das weißt du doch, oder? Los, probier ihn mal aus.«

Yangdong öffnete die Fahrertür und bedeutete Huisu, sich ans Steuer zu setzen. Das tat er, drehte den Zündschlüssel, und das tiefe Brummen des Motors ließ den Wagen vibrieren.

»Wahnsinn, oder? Das ist ein Sechs-Zylinder-Turbo, vierhundertacht PS. Der oberste Machthaber von Nordkorea, Kim Jeong-il, hat anscheinend auch so einen. Das ist ja wohl ein anderes Kaliber als der alte, gebrauchte Mercedes von Dodari, oder?« Yangdong zückte ein Taschentuch und entfernte vorsichtig einen kleinen Fleck von der Motorhaube.

Huisu gefiel der Wagen. Er hatte große Lust, ihn auszuprobieren, dennoch stellte er den Motor ab und stieg aus. Er wollte nicht wie ein aufgeregtes Kind wirken, auf gar keinen Fall. »Ist das nicht ein bisschen viel für mich, den Jüngeren? Wenn die Leute Ihren alten Ford Granada mit diesem Schlitten vergleichen, werden sie sich das Maul darüber zerreißen, dass es bei uns kein Oben und Unten gibt.«

»Nicht die alten, sondern die jungen Schlampen soll man schminken. Die alten bleiben hässlich, die kannst du noch so dick zukleistern. Du wirst diesen schönen Mercedes fahren, Huisu, und unserem Business auf diese Weise Glamour verleihen. Und so auch mir goldene Zeiten bescheren.«

»Ich danke Ihnen. Ich werde darauf achtgeben«, sagte Huisu mit einer respektvollen Verbeugung.

Yangdong nickte zufrieden. Am Heck des Wagens lungerte schon die ganze Zeit ein Kerl vom Typ Kleiderschrank herum, der sie beobachtete. Das unfreiwillige Nichtstun schien ihm so unangenehm zu sein wie einem Schauspieler das Betreten der Bühne, wenn er keinen Text zu sprechen hat. Huisu deutete mit dem Kinn in seine Richtung: »Ist das ein Neuer?«

»Das ist Sunbaek, dein Chauffeur.«

Als er seinen Namen hörte, zuckte Sunbaek zusammen und stand unverzüglich mit starrem Gesichtsausdruck stramm.

»Komm her«, winkte Yangdong ihn heran.

Sofort kam Sunbaek angerannt und stand mit seinem bulligen Körper vor Huisu stramm.

»Los, erweis dem Herrn die Ehre. Das ist Großer Bruder Huisu. Von jetzt an ist er wichtiger für dich als dein eigenes Leben. Du folgst ihm wie ein Schatten, du fährst ihn, wohin er will, und stehst ihm jederzeit bei. Kapiert?«

»Ich wünsche Ihnen ein langes Leben und gute Gesundheit, mein Herr! Ich heiße Sunbaek und bitte Sie, mich freundlich zu empfangen.«

Wo hatte er diesen verstaubten Quatsch her? Huisu entfuhr ein Lachen. Sunbaek wog gut und gern hundert Kilo, ohne dass er selbst bei näherem Hinsehen besonders viele Muskeln zu haben schien. Alles in allem hatte er große Ähnlichkeit mit Winnie Puuh.

»Sunbaek? Klingt wie ein Hundename.«

»Sun bedeutet Reinheit und Baek ist die Farbe Weiß. Das ist der Name, den mir mein Großvater gegeben hat, für ein reines, gesundes Leben.«

»Wenn du ein reines, gesundes Leben willst, würdest du besser in den Bergen leben und Pilze sammeln. Wieso bist du mit diesem Namen zu Leuten wie uns gekommen?«

»Pilze? Was für Pilze meinen Sie?«, erkundigte sich Sunbaek eifrig.

»Was?«, fragte Huisu verdutzt.

»Früher haben mein Vater und ich immer Stachelpilze gesammelt.«

»Stachelpilze?«

»Kennen Sie die nicht? Das sind die besten Pilze der Welt, noch besser als Matsutake- und Shiitake-Pilze«, erklärte Sunbaek ernst.

Aufmerksam betrachtete Huisu sein Gesicht. Die Augen des Mannes leuchteten und signalisierten, dass er bereit war, alle Fragen zu beantworten, vorausgesetzt, sie hatten mit Pilzen zu tun.

»Kann es sein, dass dir ein paar Mineralien im Hirn fehlen? Was bist du denn für eine taube Nuss!«

Bevor Huisu weitere Beleidigungen ausstoßen konnte, zog Yangdong ihn amüsiert zum Rand des Parkplatzes, wo es steil hinunterging. Als er einen Blick über den Drahtzaun warf, wurde ihm schwindelig, und er schüttelte den Kopf. »Verdammt hoch hier, wo du wohnst.« Er nahm eine Zigarette aus einer goldenen Dose und zündete sie sich an.

»Wo haben Sie diesen Volltrottel aufgetrieben?«, fragte Huisu.

»Er ist der Sohn von einem Vetter meines Vaters. Die leben in Bongwha in der Provinz Gyeongbuk. Das ist weit draußen auf dem Land, da gibt's keine Arbeit, außer auf den Feldern. Und

Sunbaek will nicht auf den Feldern arbeiten. Das ist das Problem, deshalb habe ich ihn hergeholt.«

»Und Sie glauben, dass aus einem Typen, der noch nie was anderes gemacht hat als Kälber hüten, ein Gangster werden kann?«

»Nimm ihn und bring ihm ein paar Sachen bei.«

Huisu drehte sich zu Sunbaek um. Der stand immer noch neben dem Mercedes stramm.

Huisu schüttelte den Kopf. »Meiner Meinung nach sollte er weiter Pilze sammeln.«

Yangdong tat so, als hätte er nichts gehört. »Der Weg ist steil, aber die Aussicht ist unvergleichlich. Ich sollte mich hier mal nach Unterkünften für meine Männer umschauen. Allein der Heimweg wäre ein gutes Muskeltraining für sie.«

»Nicht nur Muskeltraining. Wenn es einem sämtliche Energie wegfrisst, nur die Treppe hochzusteigen, kommt der Wunsch, Erfolg zu haben und das Leben aus vollen Zügen zu genießen, wie von selbst.«

»Ja, Erfolg muss sein. Um jeden Preis.«

»Ach, übrigens, ein gewisser Han hat mich kontaktiert, wir treffen uns heute in Haeundae. Er will fünftausend Automaten kaufen und wissen, zu welchem Preis. Behauptet, dass er ein guter Freund von Ihnen ist. Stimmt das?«

»Wenn man diesen Arsch reden hört, ist er mit ganz Korea gut Freund. Mit Kim Dae-jung, mit Kim Jong-il und sogar mit Park Chung-hee, obwohl der schon längst nicht mehr lebt.«

»Ein Schwindler?«

»Nein, kein Schwindler. Ich habe ihn im Gefängnis kennengelernt. Er scheint in der Region Cheonan die Nummer zwei oder drei zu sein. Also, das hat er mir zumindest gesagt. Jedenfalls ist er ein dynamischer Typ und anscheinend extrem gut vernetzt. Er hat mir gesagt, dass er sehr interessiert an diesem

Geschäft ist und als Großhändler für die Region Gyeonggi einsteigen will.«

»Wenn es jemand ist, den Sie kennen, wäre es dann nicht besser, wenn Sie sich mit ihm treffen?«

»Es ist heikel, mit Leuten, die man kennt, Verhandlungen zu führen. Wenn sie versuchen, die Preise zu drücken, kannst du dich nicht einfach kategorisch weigern. Nein, es ist besser, solche Dinge über einen Dritten auszuhandeln. Deshalb habe ich ihm gesagt, es wäre dein Business. Dieser Typ kann uns ziemlich nützlich sein, sei freundlich zu ihm, er soll sich willkommen fühlen.«

»Was für einen Preis mache ich ihm?«

»Der Nettopreis für einen Automaten liegt bei zwei Millionen, stimmt doch, oder?«

»Ja.«

»Mach ihm ein erstes Angebot über eine Million siebenhunderttausend. Wenn er meckert, sag ihm, dass du einem Freund von Großem Bruder Yangdong ein bisschen entgegenkommen kannst, und geh um zweihunderttausend runter. Dann beißt er an.«

»Fünftausend Automaten sind keine Kleinigkeit. Glauben Sie, wir können die Lieferfrist einhalten? Bei den vielen Bestellungen, die wir schon bekommen haben, besteht die Gefahr, dass es ein bisschen eng wird.«

»Das sehen wir dann. Wenn es wirklich eng wird, müssen wir noch eine Fabrik aufmachen, dann bleibt uns nichts anderes übrig.«

»Meinen Sie nicht, wir sollten es lieber ein bisschen langsamer angehen lassen? Eine einzige Fabrik ist schon eine Rieseninvestition. Von den Gehältern der ganzen Jungs, die im Büro rumsitzen und nichts tun, mal ganz zu schweigen. Ein Fass ohne Boden. Sie wissen ja, dass wir unsere Materialkosten noch nicht gedeckt haben. Im Moment investieren wir zwei Milliarden, durch die Verkäufe kommt aber nur eine Milliarde rein. Und wenn ich sehe, dass die Pachinko-Typen massenweise festgenommen werden, frage ich mich, wie sich unser Geschäft entwickeln wird.«

»Das Geld wird fließen. Wie eine Springflut wird es auf einen Schlag kommen und sich bei Ebbe wieder zurückziehen. Wir müssen nur im richtigen Moment unsere Netze auswerfen.«

Yangdong wirkte sehr zuversichtlich. Huisu hatte ihn immer um seine Entschlussfreude und seinen Elan beneidet, doch allmählich beunruhigte ihn diese übertriebene Zuversicht. Während dem übervorsichtigen Vater Son so manche leichte Beute durch die Lappen ging, herrschte bei Yangdong das Prinzip »Augen zu und durch«. Vater Son war zu langsam, Yangdong zu schnell. Diese Schnelligkeit war auch der Grund, warum sie jetzt auf der Stelle traten. Obwohl es jede Menge Bestellungen und immer mehr Kunden gab, kam kaum Geld bei ihnen an. Regelmäßig schlug Huisu vor, das Tempo zu drosseln und erst einmal die Lage zu analysieren, aber Yangdong stellte sich jedes Mal taub. Nun schien er der Meinung zu sein, dass er alles gesagt hatte, was zu sagen war, und warf die Kippe über den Zaun ins Leere.

»So, ich muss los. Dir weiterhin viel Erfolg.«

»Ich bringe Sie zurück.«

»Nein, nicht nötig. Ich gehe zu Fuß runter, kleiner Spaziergang. In letzter Zeit kriege ich nicht genug Bewegung.«

Yangdong drehte sich um und ging schnellen Schrittes die Treppe hinunter. Huisu schaute ihm lange nach. Seine Schultern wirkten noch wuchtiger als früher – eine imposante, siegesgewisse Gestalt, deren Anblick eine seltsame Sorge bei Huisu auslöste. Als Yangdong nicht mehr zu sehen war, wandte sich Huisu wieder dem Parkplatz zu. Dort warteten ein auf Hochglanz polierter, schwarz schimmernder Mercedes und ein aufge-schwemmter, schwitzender Hundert-Kilo-Mann auf ihn. Ein Hund beschnupperte gerade einen der Hinterreifen und machte Anstalten, dagegen zu pinkeln. Langsam ging Huisu auf seinen Mercedes zu. In der Sommersonne lief der Schweiß in Strömen an Sunbaek herab.

»Hast du zu Mittag gegessen?«

»Nein, aber das geht schon.«

»Du hast nicht zu Mittag gegessen, aber du sagst, das geht schon?«

»Ich habe keinen Hunger«, antwortete Sunbaek entschlos-sen.

Huisu sah ihn durchdringend an. Eingeschüchtert nahm Sunbaek eine noch strammere Haltung ein. Schweißtropfen rannen ihm von der Stirn in die Augen, die durch das Salz schon zu tränen begannen. Das wäre ein Wunder, dachte Huisu, wenn aus diesem Idioten irgendwann ein passabler Gangster werden würde.

»Wir gehen hoch, zu mir nach Hause, und essen.«

Huisu steuerte bereits auf die Treppe zu, da starrte Sunbaek ihn noch an, dann erst heftete er sich an Huisus Fersen.

DAS BÜRO

Huisus neuem Büro gegenüber lagen das Landgericht, die medizinische Fakultät und ein großes Krankenhaus. Bars oder Unterhaltungsangebote gab es in dieser Gegend nicht. Morgens hetzten Massen von Angestellten mit einem Wirtschaftsmagazin unterm Arm und einem Coffee-to-go in der Hand aus der U-Bahn. Um achtzehn Uhr strömten sie mit müden Gesichtern wieder aus ihren Büros und fuhren nach Hause. Die Straße stand in krassem Gegensatz zu jenen Gegenden, in denen ab sechzehn Uhr Gangster in Trainingsanzügen durch die Straßen schlurften, um ihre alkoholübersättigten Mägen mit einer warmen Suppe zu beruhigen und sich dann wieder in die Billardsalons zu verziehen. Huisus Büro lag im ersten Stock. In dem Gebäude hatten vierzehn Firmen ihren Sitz, alle vollkommen legal. Hier gab es keine auf Schneeballsysteme spezialisierten Betrüger oder Händler, die mit chinesischer Schmuggelware ihr Geld machten. Huisu hatte immer davon geträumt, an so einem Ort zu arbeiten, hatte immer von einem Leben geträumt, in dem er jeden Morgen in Stadtschuhen und Anzug ins Büro ging, einem ganz normalen, vernünftigen Angestelltenleben. Yangdong hatte sich bei seinem ersten Besuch über die Lage des Büros gewundert und Huisu nach den Gründen für diese Entscheidung gefragt. Lächelnd hatte Husiu erwidert: »Haben Sie denn nicht die Nase voll von den stinkenden Büros hinterm Fischmarkt?«

Yangdong schien nicht ganz überzeugt. »Aber ist so ein Viertel für unsere Art von Job nicht problematisch?«

»Weil der Kunde ein Büro vertrauenerweckender findet, in dem es von Gangstern mit Drachentattoos wimmelt, die Instantnudelsuppen schlürfen und *soju* bechern? Glauben Sie das? Wenn wir mit unserem Angebot auch Nicht-Gangster erreichen wollen, müssen wir uns verändern und ein bisschen zivilisierter werden.«

Irgendwann hatte Yangdong begriffen, was Huisu sagen wollte. Auch wenn es eigentlich nur leeres Gerede war: Huisu wusste genau, dass in ihrem Milieu der Charakter eines Büros keinerlei Einfluss auf den geschäftlichen Erfolg hatte.

Im Flur, der zu Huisus Büroräumen führte, reihten sich Blumenkränze aneinander, die einige Gangsterbosse geschickt hatten, um Huisu zum Start seines neuen Business zu gratulieren. Darunter waren ein großer Kranz von Vater Son und einer von Doyen Nam aus Yeongdo. Mit dem Kranz hatte Doyen Nam auch einen Scheck über eine Million *won* geschickt. Geschenke von Gangstern hatten immer ihren Preis, weshalb sich Huisus Freude über diese freundlichen Gesten sehr in Grenzen hielt.

Es war ein ganz normaler Tag, an dem nichts Besonderes anstand. Trotzdem hatten sich zwei junge Gangster vor dem Eingang zum Büro postiert. Als Huisu kam, machten beide eine Neunzig-Grad-Verbeugung.

»Guten Tag, Großer Bruder Huisu, äh … Herr Generaldirektor, Entschuldigung«, stammelte einer der beiden.

Die neue Anrede hatte Huisu verfügt. Offenbar fiel es den beiden schwer, sich daran zu gewöhnen. »Was macht ihr hier?«, fragte er.

»Den Eingang bewachen.«

»Wir sind doch kein Nachtclub. Schafft mir lieber diese Kränze weg.« Huisu deutete auf die sperrigen Blumenkränze im Flur.

Einer der beiden reagierte sofort, schnappte sich einen Kranz und hielt inne, weil er nicht wusste, wohin damit.

»Wo tun wir die hin?«

»Werft sie einfach weg.«

»Auch den vom Doyen?«

»Ja, alles weg in den Müll.«

Huisu betrat das Büro, wo über den Raum verteilt ein Dutzend Gangster herumlungerte. Die beiden Klimaanlagen, die auf Hochtouren liefen, schluckten Energie wie ein Nilpferd Wasser. Während einer der Typen mit der Sekretärin schäkerte, trainierte ein anderer im Muskelshirt mit Hanteln, einige spielten Karten, und wieder andere waren mit Aufwärmübungen beschäftigt. Der Anblick war so bizarr, dass Huisu ein sarkastisches Lachen entfuhr. Diese ganzen Loser hatte ihm Yangdong geschickt. Huisu konnte ihm noch so oft sagen, dass er die vielen Männer nicht brauchte, Yangdong bestand darauf. Er war der festen Überzeugung, dass es einer Art stehenden Heeres bedurfte, um feindliche Angriffe, die jederzeit drohten, abzuwehren. Und mit Blick auf das Image ihres Unternehmens hatte er hinzugefügt, dass es gut sei, Leute ohne Job und ohne Perspektive einzustellen. Im Gegensatz zu Vater Son, diesem Pfennigfuchser, arbeitete Yangdong an seinem Ruf als großmütiger Wohltäter. Im Geist sah er sich im Kreise dieser besoffenen Volltrottel sitzen, die alle den Daumen hoben und »Unser Großer Bruder Yangdong ist der Beste!« grölten. Für Huisu waren diese Leute ein echtes Problem. Was sollte er mit ihnen machen, wenn es wirklich zu einem Krieg käme?

Vom Sofa her war Danka zu hören, der von ein paar Gangstern umringt Hähnchenflügel und *jjajang*-Nudeln aß und dazu chinesischen Schnaps trank.

»Diese Schlampe«, schwadronierte er gerade, »kaum waren wir im Zimmer, zieht die sich schon den Slip aus. Und dann fängt sie plötzlich an rumzuheulen, weil sie nicht will. Da wirst du doch bekloppt! Wenn sie nicht will, soll sie doch den Slip anlassen. Was ist das denn für 'ne Methode, sich weigern zu ficken, wenn man schon nackt ist? Da kann ich mir noch so lange den Kopf drüber zerbrechen, ich versteh die Weiber einfach nicht.«

Rund um das Sofa brandete Gelächter auf. Huisu runzelte die Stirn.

Als Danka ihn sah, begrüßte er ihn munter, ohne sich an Huisus missbilligender Miene zu stören. »Ah, Großer Bruder Huisu! Komm her und trink auch einen. Das chinesische Essen ist echt nicht schlecht hier! Vornehmes Viertel, das merkt man schon. Das Hähnchen ist nicht zu vergleichen mit dem von Guam.« Es war Nachmittag und Dankas Gesicht bereits vom Alkohol gerötet.

Huisu nahm Kurs auf das Sofa und trat mit voller Wucht gegen das Tablett. Die *jjajang*-Nudeln, gebratenen Maultaschen, Hühnerflügel, Plastikteller und Stäbchen flogen durch die Luft und landeten mit einigem Getöse auf dem Boden. Alle Blicke richteten sich auf Huisu.

»Versteht ihr nicht, was man euch sagt? Ich habe euch eingebläut, dass ihr euch kein Essen ins Büro liefern lassen sollt. Aber nein, ab mittags nichts als Saufgelage! Glaubt ihr, in diesem Gebäude gibt es noch andere Geistesgestörte wie euch, die schon mittags anfangen, sich die Kante zu geben?«

Stille. Am Fenster der Typ mit den Hanteln. Huisus und sein Blick begegneten sich. Kleinlaut hielt er inne.

»Willst du nicht aufhören?«

Unbeholfen legte der Typ seine Hanteln auf den Boden. Mit dreckigen Fingernägeln kratzte er sich an der Schulter, auf die ein Drache tätowiert war, vielleicht auch ein Regenwurm, es war schwer zu sagen.

»Glaubst du, du bist hier im Fitnessstudio? Wenn jetzt ein Kunde kommt und einen Kerl mit einem tätowierten Regenwurm sieht, der Gewichte hebt, glaubt ihr, der hat Lust, unsere Automaten zu kaufen? Fuck!«, schrie Huisu.

Changsu, der Älteste von allen, warf ihm einen wütenden Blick zu. Er war genauso alt wie Huisu, weil er aber weder ein Draufgänger noch sonst wie begabt war, dümpelte er in den unteren Rängen vor sich hin. »Wir kommen morgens um neun«, sagte er. »Wie sollen Leute wie wir es denn Ihrer Meinung nach schaffen, den ganzen Tag im Büro rumzusitzen, ohne irgendwas zu tun? Wenn man nicht mal Sport machen oder zur Entspannung mal einen heben darf!«

Changsu schien ziemlich viel getrunken zu haben, seine Alkoholfahne wehte Huisu entgegen. Der Alkohol hatte ihn übermütig gemacht. Ohne zu zögern, schnappte sich Huisu das Edelstahltablett und schlug es ihm scheppernd wie ein Orchesterbecken ins Gesicht. Dem Unglücklichen lief das Blut nur so aus der Nase, aber Huisu schlug weiter wütend auf den eingezogenen Kopf des Mannes ein.

»Muss ich Leuten, die fürs Rumgammeln bezahlt werden, auch noch das Rumgammeln beibringen?«, fauchte er und warf das verbogene Tablett auf den Boden.

Um ihn herum hielten alle Gangster ängstlich die Luft an. Huisu war drauf und dran, noch etwas hinzuzufügen, aber dann hielt er inne und seufzte. Er ging in sein Generaldirektoren-Büro, schlug die Tür hinter sich zu, setzte sich an den Schreibtisch, griff sich seine Zigaretten und klemmte sich eine zwischen die Lippen. Anstatt sie anzuzünden, nahm er sie gleich wieder raus. Im Gebäude war Rauchen verboten, und der Hausmeister, bei dem wahrscheinlich Beschwerden über den durchs Treppenhaus wabernden Rauch eingegangen waren, hatte Huisu schon mehrmals kontaktiert.

Er warf die Zigarette auf den Schreibtisch und blickte auf die De-luxe-Regalwand aus Massivholz, die er mit dichten Buchreihen gefüllt in seinem Büro hatte installieren lassen. Er hatte keines der Bücher gelesen, und er hatte auch keine Lust, sie zu lesen. Erworben in einem Antiquariat in Bosu-dong, dienten sie rein dekorativen Zwecken und waren wegen des eleganten Einbands ausgewählt worden. Zu beiden Seiten der Regalwand standen zwei große Gummibäume. Insuk hatte sie bringen lassen. Sie behauptete, dass diese Topfpflanzen die toxischen Ausdünstungen der neuen Möbel neutralisierten. Zum Mobiliar gehörten außerdem ein Schrank, ein Sofa und mehrere Sessel. Trotz aller Bemühungen wirkte die Einrichtung des Zimmers unfertig und unecht. Huisu hätte gern einen Blick in die anderen Generaldirektoren-Büros geworfen, um sich davon inspirieren zu lassen.

In diesem Moment kam Danka ins Zimmer gestürmt, ohne anzuklopfen. »Stimmt was nicht? Warum kriegst du gleich morgens so einen Koller?«, schimpfte er. Danka setzte sich auf die Armlehne eines Sessels, nahm eine Zigarette und zündete sie mit größter Selbstverständlichkeit an. Dann sah er sich nach einem Aschenbecher um. Leise nörgelnd, dass es im Büro eines Generaldirektors nicht mal einen Aschenbecher gab, schnippte er die Asche schließlich in eine Kaffeetasse, die auf dem Beistelltisch stand.

»Du bist wirklich so ein Idiot – sogar ich verkneife mir hier das Rauchen. Die anderen Leute im Haus beschweren sich schon.«

»Na, wunderbar! Eine Verbrecherorganisation, die auf Beschwerden von Normalbürgern eingeht, ist keine Verbrecherorganisation mehr. Die wagen doch nur, diese Forderungen zu

stellen, weil du ihnen dauernd nachgibst. Dass sich Verbrecherorganisationen und Normalbürger nicht vertragen, muss sein,
damit jeder weiß, dass er am rechten Platz ist.«

Womit er nicht unrecht hatte, dachte Huisu. Seit er sich in
diesem Viertel niedergelassen hatte, war er wirklich übervorsichtig. Sich beim Hausmeister über Zigarettenrauch zu beschweren war etwas, das in Guam niemand gewagt hätte. Leicht
beschämt nahm er die Zigarette, die er auf den Schreibtisch
geworfen hatte, zündete sie an und öffnete das Fenster halb.
»Und was sollte das eben, du Pfeife von einem ›stellvertreten-
dem Geschäftsführer‹, ich meine, dieses frühe Saufgelage?«

»Du weißt doch, Leute empfangen und bewirten ist Teil meines Jobs, ich hab also nur meine Pflicht getan«, scherzte Danka.

»Was platzt du aber auch einfach so hier rein, he? Du bist mit
der Frau verheiratet, die du liebst, hast gerade ein neues Büro
bezogen, der Betrieb läuft auf Hochtouren, die Kunden stehen
mit ihren Geldscheinen wedelnd Schlange, du fährst einen Mercedes … Wenn ich du wäre, würde ich einen Freudentanz machen!«

»Von wegen Freudentanz, hast du 'ne Ahnung, du Affe.«

Für Außenstehende mochte es so aussehen, als feierte Huisu
Erfolge. Doch bei genauerem Hinsehen wurde schnell klar, dass
dieses Geschäft ein Sieb war, in dem nichts hängen blieb, bei
dem aber trotzdem alle ihr Stück vom Kuchen abhaben wollten:
die Investoren machten Druck, um ihr Geld zurückzubekommen, und seine Männer lauerten ungeduldig auf herabfallende
Krümel. Im Übrigen gab es Gerüchte, dass die Investoren Huisu
in die Enge treiben wollten. Ein falscher Schritt und er wäre gezwungen, nur noch für andere und nicht mehr in die eigene Tasche zu arbeiten. Er wusste nicht, ob es an seiner schlechten Ge-
schäftsführung lag, dass er an diesem Punkt angelangt war, oder
ob im Gangstermilieu alle Geschäfte dazu verdammt waren,

früher oder später zu scheitern. Nach dem Weggang vom Mallijang hatte er als Chef des neuen Büros als Erstes jedem seiner Männer einen Anzug schneidern lassen. Die Pulks von Gangstern in Trainingsanzügen waren ihm stets ein Dorn im Auge gewesen, und er hatte Vater Sons Theorie über gut gekleidete Gangster immer absurd gefunden. Leider sahen seine Männer, die ihr bisheriges Leben im Trainingsanzug verbracht hatten, im Anzug unsagbar linkisch und steif aus. Auch hatte Huisu jedem eine Position samt Titel zugewiesen – Abteilungsleiter, persönlicher Assistent, Sonderbeauftragter, stellvertretender Geschäftsführer – und ihnen Visitenkarten drucken lassen. Er hatte das Unternehmen sogar ins Handelsregister eintragen lassen und zahlte allen ein Monatsgehalt wie jedes normale, legale Unternehmen. Er wollte sich um jeden Preis abheben von den Methoden Vater Sons, der seinen Männern im Mallijang kein Gehalt gab, sondern ihnen unregelmäßig Zahlungen zukommen ließ wie ein Taschengeld. Huisu glaubte, dass Vater Sons Geiz der Grund war für die vielen Streitereien in seinem Umfeld und dass diese die Autorität des alten Herrn immer weiter unterhöhlten. Doch seit Huisu begonnen hatte, Gehälter zu zahlen, war das Budget des Unternehmens drastisch gestiegen. Das war umso ärgerlicher, als die Muskelprotze ihm zu nichts nütze waren. Da sich Huisu um die meisten Dinge selbst kümmerte, hätten ihm eine Sekretärin für die Buchführung, der Techniker Yama und die Arbeiter in der Fabrik vollkommen gereicht. Der Gedanke an diese ganzen Schlafmützen, die Yangdong ihm untergeschoben hatte und die nichts anderes taten, als unter der Klimaanlage zu sitzen und auf den Zahltag zu warten, ließ seine Wut wieder hochkochen. Viel sinnvoller und billiger, als diese nichtsnutzigen Geldfresser einzustellen, wäre es gewesen, Tang und seine Männer zu behalten. Sein Versprechen gegenüber Tang, ihm eine Verdienstmöglichkeit zu finden und ihm und seinen Männern eine anständige Arbeit zu suchen, hatte Huisu dennoch gehalten. Ein paar von ihnen hatte er als Lieferanten in Yangdongs Schnapsdepot untergebracht, die anderen bei den Händlern von Guam, wo sie Gelegenheitsjobs bekamen. Die meisten von ihnen konnten keine normale Arbeit annehmen, weil sie keine Papiere hatten. Huisu war zu Ohren gekommen, dass Tang sie als Tagelöhner auf Baustellen schickte, aber er hatte diese Gerüchte lieber ignoriert, denn er war viel zu beschäftigt und hatte nicht die Mittel, ihnen zu helfen. Als er Yangdong davon erzählte, hatte der nur gesagt: »Wir haben ja nicht mal genug Töpfe, um unsere eigenen Landsleute satt zu bekommen, wie sollen wir da auch noch an die Vietnamesen denken?« Und um Huisu zu beruhigen, hatte er hinzugefügt: »Du machst dir Sorgen um nichts. Du kennst sie doch, die sind zäh. Die kümmert es doch gar nicht, dass du dich um sie sorgst, Hauptsache, die kommen irgendwie über die Runden.«

Und um sein Gewissen zu beruhigen, hatte sich Huisu gesagt, dass er wahrscheinlich recht hatte.

Er sah auf die Uhr. Drei Uhr nachmittags. Für diesen Nachmittag hatte er ein Treffen mit Vater Son vereinbart. Danka hatte sich aufs Sofa gelegt und war eingeschlafen; er schnarchte.

»Dein Leben scheint ja wirklich einfach zu sein«, murmelte Huisu mit einem Blick auf den Schläfer.

Huisu verließ das Gebäude und setzte sich hinter Sunbaek in den Mercedes, der Kurs auf Guam nahm. Seit Beginn der Strandsaison herrschte infolge der vielen Straßenverkäufer und Autos dichter Verkehr, sobald man sich dem Meer näherte. Aus allen Richtungen schossen Lieferanten-Motorräder heran, die Sundbaek so erschreckten, dass er in Panik geriet. Auf einer verstopften Kreuzung ging der Mercedes in einem Hup- und Schimpfkonzert unter, und Sunbeak war in Schweiß gebadet.

»Setz dich durch, du musst dir deinen Weg erzwingen, sonst macht dir hier keiner Platz«, sagte Huisu gereizt.

»Ganz recht, Chef«, antwortete er, doch er war wie gelähmt und kam nicht weiter. Vor ihnen versperrten Autos den Weg, hinter ihnen wurde immer lauter gehupt.

»Hast du nicht gesagt, dass du da, wo du herkommst, ziemlich viel gefahren bist?«

»Da, wo ich herkomme, gibt's aber nicht so viele Autos, nicht mal beim großen Pilzfest. Und der Wagen ist auch ein bisschen zu groß, und ich ... Also, ich fühle mich auf einem Traktor wohler.«

Sunbaek verlor sich weiter in sinnlosen Rechtfertigungen, die auf eines hinausliefen: Er war als Chauffeur eingestellt worden, obwohl er nicht anständig fahren konnte.

Huisu blickte auf die Uhr und seufzte. »Mach den Motor aus.«

»Was?« Benommen drehte sich Sunbaek zu ihm um.

»Ich fahre, steig aus.«

Sunbaek schaltete den Motor aus und gehorchte. Huisu stieg aus und setzte sich ans Steuer, während Sunbaek auf der Rückbank Platz nahm.

Überrascht drehte sich Huisu um und warf ihm einen vernichtenden Blick zu. »Bist du jetzt mein Chef, du Vollidiot?«

»Wie bitte?« Sunbaek hatte nichts begriffen.

»Komm gefälligst nach vorn.«

Sunbaek wollte schon die Wagentür öffnen, um wieder auszusteigen, da stoppte ihn Huisu: »Lass. Bleib, wo du bist.«

Inzwischen unter Zeitdruck wegen seines Termins, löste Huisu die Handbremse. Mit zweimaligem, wütendem Hupen schob er die Schnauze des Wagens mitten in das Chaos hinein. Ob es nun daran lag, dass es eine Luxuslimousine ausländischen Fabrikats war oder dass zwei Gangster darin saßen, die anderen Wagen ließen ihn jedenfalls durch. Als sie die Kreuzung hinter sich hatten, ließ Huisu surrend die Scheibe herunter, dann betrachtete er Sunbaek im Rückspiegel. Der Kerl wirkte so angespannt, als versuchte er immer noch, sich aus der verstopften Kreuzung zu befreien.

»Es gibt zwei Arten von Menschen«, sagte Huisu. »Die einen haben keinen Verstand und verlassen sich auf ihre Intuition, die anderen haben keine Intuition und verlassen sich auf ihren Verstand. Zu welcher Kategorie gehörst du?«

Sunbaek dachte eine Weile nach. »Also, Intuition ist wirklich nicht so mein Ding …«, sagte er schließlich und kratzte sich am Kopf. Die Unschuld in Sunbaeks Gesicht machte seinem Namen alle Ehre, als er Huisus Blick erwiderte und hinzufügte: »… aber mein Verstand ist eigentlich ganz gut. In meiner Region war ich Jahrgangsbester beim Jungbauern-Lehrgang.«

Fassungslos starrte Huisu in den Rückspiegel, dann schüttelte er den Kopf. Er hatte wirklich nicht die Kraft, sich weiter mit dieser Person auseinanderzusetzen.

Auf dem Parkplatz des Hotels Mallijang brachte Huisu seinen Mercedes zum Stehen. Mau war schon da. Eilig stieg Huisu aus, gerade noch rechtzeitig für seinen Termin. Doch Mau lief an ihm vorbei zur Wagentür, hinter der Sunbaek auf der Rückbank saß, und verbeugte sich mit waagerechtem Oberkörper.

»Guten Tag, mein Herr.«

Sunbaek, der rein gar nichts kapiert hatte, erwiderte den Gruß mit exakt denselben Worten. Überrascht verbeugte sich Mau ein zweites Mal, diesmal noch tiefer.

Huisu, der die Szene verfolgte, stieß einen tiefen Seufzer aus. »Was soll der Zirkus, ist das hier ein Wettstreit der Idioten, oder was?«

Schon war Mau bei ihm und brach in Freudenschreie aus, so eine wunderbare Limousine, die müsse ja ein Vermögen gekostet haben, was für ein Funkeln, was für ein Glanz, er konnte sich gar nicht mehr beruhigen. Für einen Moment war so etwas wie Freude in Huisu aufgeblitzt, Mau wiederzusehen, doch seltsamerweise war das Gefühl schon wieder erloschen. »Ist der alte Herr da?«

»Ja, er ist da. Sagen Sie, Großer Bruder Huisu, darf ich vielleicht ein bisschen mit Ihrem Wagen fahren, während Sie mit dem alten Herrn reden? Wissen Sie, ich träume davon, mal mit einem Mädchen neben mir in einem Mercedes am Meer entlangzufahren«, sagte Mau, das Gesicht rot vor Aufregung.

»Wenn du das Lenkrad auch nur anrührst, hack ich dir die Hände ab.« Und an Sunbaek gewandt, fügte Huisu hinzu: »Pass gut auf, dass Mau sich vom Wagen fernhält, dieser Trottel.«

Sunbaek antwortete mit einem mannhaften »Ja« und stand wie immer sofort stramm.

Als sich Huisu auf dem Weg zum Hoteleingang noch einmal umdrehte, sah er, wie Mau seinen Chauffeur vorsichtig fragte: »Aber … Dann sind Sie der …?«

Kaum im Hotel, sah Huisu Jeongbae an der Rezeption stehen. Als erste Gerüchte über die Ernennung von Jeongbae zum Manager des Mallijang in Umlauf gekommen waren, hatten sich die Leute gewundert. Sogar Huisu hatte seine Zweifel gehabt. Vater Son mochte Jeongbae nicht, und dieser Managerposten, der viel Arbeit bedeutete und wenig abwarf, war definitiv nicht das Richtige für ihn. Bestimmt hatten die Rindsbouillon-Alten darauf gedrängt, dass Vater Son ihm den Posten gab, zum Wohle ihrer eigenen Geschäfte und Mauscheleien. Und wahrscheinlich hatte Vater Son sich außerdem überlegt, dass Jeongbae im Grunde der Einzige war, der in Guam über so etwas wie Verstand verfügte. Aber das alles ging ihn ja jetzt nichts mehr an, dachte Huisu.

Als Jeongbae ihn sah, nickte er ihm einen knappen Gruß zu. Die Narbe, die der Geranientopf am Tag von Chef Ogs Beerdigung hinterlassen hatte, war noch deutlich zu sehen. Mit der Zeit würde sie verblassen, aber verschwinden würde sie wohl nie mehr ganz. Genau wie sein Groll gegen Huisu.

»Geht's dir gut?«, fragte Huisu freundlich.

»Passabel«, erwiderte Jeongbae von oben herab.

»Und? Gefällt dir der Job? Ich hatte seitdem so viel zu tun, dass ich nicht mal eine Übergabe gemacht habe.«

»Machen Sie sich keine Gedanken, ist ja nicht viel zu tun hier, reicht ja, in der Gegend rumzustolzieren«, erwiderte Jeongbae sarkastisch.

Eine Bemerkung, die sicher zum Ziel hatte, Huisus Arbeit schlechtzumachen. Es sei denn, Vater Son hatte Jeongbae schlichtweg noch keine konkreten Aufgaben anvertraut, sodass er bisher noch nicht wirklich Einblick in den Job gewonnen hatte. Huisu wusste nichts mehr zu sagen, also schwieg er. Peinliche Stille machte sich breit.

Schließlich sagte Jeongbae nach einem kurzen Blick auf Huisu: »Ihre Geschäfte scheinen ja ziemlich gut zu laufen.«

»Ist ja erst der Anfang, schwer zu sagen, ob's gut läuft oder nicht.«

»Jedenfalls heißt es überall, Großer Bruder Huisu hätte einen Bombenerfolg.«

»Hör zu, Jeongbae, was neulich bei der Beerdigung passiert ist, tut mir leid. Ich hätte dich wenigstens im Krankenhaus besuchen sollen …«

»Lassen Sie's einfach, reden wir nicht mehr davon«, schnitt ihm Jeongbae das Wort ab.

»Ich will damit sagen …«

»Wenn Sie unbedingt darüber reden wollen, okay, bitte sehr: Ich schäme mich, dass ich vor allen so ausgerastet bin. Ich weiß nicht, wie das bei Ihnen funktioniert, aber mein Ding ist es nicht, solche Sachen mit ein paar entschuldigenden Worten zu regeln. Und außerdem, ganz ehrlich, jetzt, wo Sie nicht mehr im Mallijang sind, kann man doch durchaus sagen, dass Sie nicht mehr zu uns gehören, oder? Ich denke, von jetzt an sollten wir uns mit dem Respekt begegnen, den Geschäftsleute einander schuldig sind.«

Jeongbaes Gesicht hatte sich verzerrt. Die Narbe zog an seiner Haut und verwandelte seine Miene in eine Grimasse.

»Du hast recht.«

»Ach ja, und sagen Sie Ami, er soll sich gefälligst zusammenreißen, wenn er seine vier Gliedmaßen behalten will.«

»Was soll das heißen, was ist los?«

»Der treibt sich überall rum und baut Scheiße, in Wollong, in Nampo-dong, in Chungmu-dong, als würde ihm die ganze Welt gehören. Und hinterher fällt uns der ganze Mist auf die Füße. Anders gesagt, der haut auf den Putz, und Vater Son darf die Scherben zusammenkehren. Und weil ihm kein Mensch Steine in den Weg legt, hält er sich irgendwann noch für den Tollsten. Dabei gibt ihm Vater Son bloß die ganze Zeit Rückendeckung und kleistert alles mit Geld zu, so gut er kann. Aber wenn Ami auf die Weise weitermacht, reißt uns bald der Geduldsfaden«, brach es aus Jeongbae heraus wie etwas, das sich lange angestaut hatte.

Huisu blickte forschend in sein wutentbranntes Gesicht, dann nickte er mehrmals, drehte sich wortlos um und machte sich auf den Weg nach oben.

Im Flur spürte Huisu, wie ihm schwer ums Herz wurde. Seit er im April gegangen war, hatte er sich nicht mehr bei Vater Son blicken lassen. Zehn Jahre lang hatten sie täglich zusammengesessen, und nun waren drei Monate vergangen, ohne dass er auch nur ein einziges Mal auf der Bildfläche aufgetaucht war. Er hatte sich nicht blicken lassen, um den neuen Manager zu begrüßen und in den Job einzuführen. Zahlte die monatlichen zehn Prozent nicht. Und als der Alte ihm einen Blumenkranz und einen Umschlag geschickt hatte, um ihm einen guten Start zu wünschen, hatte sich Huisu nicht einmal bedankt. Erst jetzt, nachdem die Mahnung wegen der ausstehenden Abgaben ihn erreicht hatte, gab er endlich ein Lebenszeichen von sich. Bestimmt ärgerte sich Vater Son über seine Undankbarkeit. Huisu hätte ihm alle möglichen Entschuldigungen auftischen können, die viele Arbeit, die Hochzeitsvorbereitungen ... Aber er wusste, dass dies nicht die wahren Gründe waren. Huisu fuhr jeden Tag die Uferstraße entlang, und Guam war nicht größer als ein Handteller; natürlich hätte er Zeit gehabt, im Mallijang vorbeizuschauen. Nein, in Wahrheit war es Huisu peinlich, Vater Son gegenüberzutreten.

Als er die Bürotür öffnete, säuberte Vater Son gerade Blatt für Blatt seine Pflanzen auf dem Fensterbrett.

»Ah, da bist du ja, Huisu!«, sagte er mit einem strahlenden Lächeln, während er sich kurz zur Tür umdrehte.

Seine Freude war nicht gespielt, und Huisu war ihm dankbar für dieses Lächeln. Er begrüßte ihn mit respektvoll in die Waagerechte gebrachtem Oberkörper und ging gleich zum Sofa, wo er Platz nahm. Auf dem Beistelltisch lagen eine Tageszeitung und mehrere Ausgaben eines Go-Magazins. Huisu nahm sie ohne wirkliches Interesse und legte sie wieder zurück. Plötzlich überkam ihn ein Déjà-vu-Gefühl, und zum ersten Mal wurde ihm bewusst, wie viele Momente er in diesem Büro verbracht hatte: das Rascheln der Zeitungsseiten, die Sonne, die zwischen den halb geöffneten Lamellen der Jalousie hereinsickerte, der Staub, den man im Licht schweben sah, die abgewetzte Ecke des Ledersofas, in der Huisu meistens saß ... Er hatte das Gefühl, wieder zu Hause zu sein. Hier, auf diesem Sofa, hatte er mit

Vater Son über tausendundeine Sache gesprochen und über tausendundeinen belanglosen Scherz gelacht.

Sorgfältig wischte Vater Son die letzten Blätter ab, dann kam er mit seinem wiegenden Gang zu Huisu und nahm ihm gegenüber Platz. »Du kleiner Dreckskerl, ich hätte bald nicht mehr gewusst, wie du überhaupt aussiehst. Warum machst du dich so rar?«, fragte er in heiterem Ton, ohne jeden Vorwurf und ohne jeden Anflug von Verbitterung. Er neckte Huisu nur, um ihm zu zeigen, wie sehr er sich freute, ihn wiederzusehen.

»Ich war beschäftigt. Wissen Sie, ich muss ständig durch die Gegend rennen, um mir meine Brötchen zu verdienen, da habe ich gar keine andere Wahl«, erwiderte Huisu in ebenso munterem Ton.

»Blödsinn! Ist es so schwer, ab und zu mal in diesem Viertel vorbeizuschauen, das nicht größer ist als ein Nasenflügel?«, warf Vater Son kurz ein. Nachdem das erledigt war, griff er zu seinem Zerstäuber, um die Blätter der Orchidee auf dem Beistelltisch zu bespritzen. Anschließend wischte er jedes einzelne Blatt gewissenhaft mit seinem Taschentuch ab.

Huisu beobachtete ihn nachdenklich. »Macht es Ihnen wirklich solchen Spaß, Pflanzen zu haben? Ich verstehe nicht, was Ihnen daran Freude bereitet. Selbst wenn Sie denen jeden Tag die Blätter abwischen – die Pflanzen erkennen Sie doch gar nicht und wollen auch nicht schmusen wie kleine Hündchen.«

»O doch, auch Pflanzen sind in der Lage, den Menschen zu erkennen, der sich um sie kümmert.«

»Dann erkennt eine Pflanze also ihr Herrchen?«

»Natürlich! Wenn man die Pflanzen liebt, sie häufig abstaubt und streichelt, fangen sie an zu gedeihen und schenken uns wie ein Lächeln ihre Blüten.«

»Was für ein Schwachsinn …«

»Ich schwöre dir, das stimmt! Selbst Pflanzen können erkennen, wer sie liebt. Nur die Menschen können das nicht und verraten uns.«

Huisu zuckte unmerklich zusammen, als sich sein schlechtes Gewissen meldete.

Vater Son, dem sein Unbehagen nicht entging, lachte leise.

»He, ich habe das nicht gesagt, um dir die Leviten zu lesen. Was bist du für ein Mann, dass du so leicht zusammenzuckst?«

»Ich bin nicht zusammengezuckt.«

»Ich hab's doch gesehen! Hast du gedacht, damit kommst du durch? Du weißt wohl nicht, dass mir schon vor langer Zeit aufgefallen ist, dass dein linker Nasenflügel bebt, wenn du innerlich zusammenzuckst, hm?«

»Okay, okay. Also gut, ich bin zusammengezuckt.«

Huisu winkte ab, um die Diskussion zu beenden, und Vater Son machte vor Freude darüber, gewonnen zu haben, ein triumphierendes Gesicht wie ein kleines Kind. Huisu kannte dieses Gesicht nur zu gut. Wie konnte es sein, dass ein Mann, der imstande war, so ein Gesicht zu machen, seit dreißig Jahren als Kopf einer Verbrecherorganisation alle möglichen Gräueltaten in Auftrag gab?

»Deine Geschäfte scheinen ja gut zu laufen.«

»Coole Verpackung, aber leider kein Inhalt.«

»Was bist du nur für ein Sprücheklopfer! Das ganze Viertel redet von deinem Bilderbuchstart, Huisu. Der Mercedes auf dem Parkplatz ist ja wohl deiner, oder?«

»Den hat mir Yangdong geschenkt, dieser Schaumschläger. Er hat gesagt, wenn ich weiter in einem koreanischen Auto herumfahre, fangen die Kunden an, die Preise runterzuhandeln. Sie kennen doch Großen Bruder Yangdong. Der Schein ist ihm wichtiger als alles andere.«

»Da hast du recht, Yangdong ist wirklich die Verkörperung des Bluffs. Was ist das für ein Kerl! Wenn der mal eingeäschert wird, bleibt vor lauter Bluff nicht mal Asche für die Urne übrig.« In Erinnerung an Yangdongs Aufschneidereien schüttelte Vater Son grinsend den Kopf. »Apropos, warum kommt ihr eigentlich nicht mal langsam auf die Idee, eure Abgaben zu bezahlen, weder du noch er? Wenn die Geschäfte laufen und Geld reinkommt, sollte man nicht vergessen, seine kleinen Steuern zu entrichten. Damit alte Leute wie ich auch was zu beißen haben.«

Beim Wort Abgaben richtete sich Huisu unwillkürlich auf. »Könnten Sie uns vielleicht ein paar Monate Aufschub geben? Es kommt zwar ziemlich viel rein, das stimmt schon, aber wir sind ja noch in der Startphase, und unsere Ausgaben sind immer noch deutlich höher als unsere Einnahmen.«

»Du meinst, ihr verdient Geld, aber nach Abzug aller Kosten bleibt nichts übrig?«

Huisu nickte etwas geniert.

»He, du Mistkerl, das sind genau die Geschichten, die man naiven Investoren auftischt. Du willst mich doch nicht über den Tisch ziehen, oder? Wo du selbst einen Mercedes von der Größe eines Kampfpanzers fährst!« Er klang bissig, aber seine Miene verriet, dass er sich amüsierte.

»Es tut mir leid. Sobald das Geschäft auf sicheren Beinen steht, haben die Abgaben für mich oberste Priorität.«

Vater Son lehnte sich auf dem Sofa zurück und starrte hoch zur Decke. Intensiv nachzudenken schien er dabei nicht. Es sah eher so aus, als überlegte er, seit wann die ekelhafte Fliege oben an der Neonröhre klebte. »Jetzt, wo du für deine eigenen Geschäfte verantwortlich bist, merkst du, dass die Dinge gar nicht so einfach sind …«, sagte er schießlich gelassen.

»Ja, es ist wirklich nicht so einfach.«

»Versuch, nicht allzu sauber zu bleiben.«

»Wie meinen Sie das?«

»Geschäfte sind von Natur aus schmutzig. Und das Leben ist es auch. An alles, was von vornherein schmutzig ist, muss man mit schmutzigen Mitteln herangehen. Wenn du versuchst, zu sauberen Mitteln zu greifen, musst du bluten, so meine ich das. Und ich sage dir das, Huisu, weil du jemand bist, der in allem immer viel zu genau ist.«

Huisu nickte. Nicht um zu zeigen, dass er zugehört hatte, nein; er nickte, weil Vater Sons Worte wirklich genau das ausdrückten, was er seit einiger Zeit empfand. Sie hatten sich seit Monaten nicht gesehen, und trotzdem wirkte Vater Son vollkommen entspannt. Oder es war umgekehrt, und er, Huisu, entspannte sich in Vater Sons Gesellschaft. Jedenfalls fühlte er sich so wohl wie seit Langem mit niemandem mehr. Seit er sich selbstständig gemacht hatte, waren nur noch Leute um ihn, die Geld von ihm wollten und ihm zusetzten. »Arbeitet Jeongbae gut?«, fragte er Vater Son.

»Reden wir lieber von was anderem … Der will sich nur die Taschen vollstopfen, dieses Arschloch, das ist das Einzige, was ihn interessiert.«

»Ich bin gegangen, ohne wenigstens die Übergabe zu machen, das tut mir leid.«

»Ist nicht schlimm. Was gibt es in so einem alten Hotel groß zu übergeben? Um zu verstehen, wie das hier läuft, reicht es, nicht allzu dämlich zu sein.«

»Ich habe ihn eben am Empfang getroffen. Er hat mir erzählt, dass Ami Mist baut, aber ich weiß nicht, was er damit meint. Ami und ich wohnen zwar unter einem Dach, aber ich sehe den Jungen so gut wie nie«, sagte Huisu, als wüsste er von nichts.

»Das sind nur Revierkämpfe. Wer lässt sich schon gern von anderen die Butter vom Brot nehmen? Neulich ist Hojung mit ein paar Zuhältern aus Wollong zu mir gekommen, um mir zu sagen, dass Ami dort zu viel Scheiße baut und dass sie sich das, wenn Guam ihn nicht endlich bremsen kann, nicht mehr lange anschauen.«

»Was haben Sie denen gesagt?«

»Ich haben diesen Bastarden gesagt, dass sie sich verziehen sollen.«

»Das war gut. Was fällt diesen Zuhälter-Ärschen ein, das Mallijang zu erpressen? Das lassen wir uns nicht gefallen.«

Vater Son nahm Huisus Lob stolz entgegen. Dabei war es mehr als unwahrscheinlich, dass er so aggressiv reagiert hatte. Es war nicht sein Stil. Yangdong hätte den Männern bestimmt einen Aschenbecher an den Kopf geworfen, aber Vater Son ging jedem Konflikt tunlichst aus dem Weg. Bestimmt hatte er versucht, sie mit freundlichen Worten und ein paar Geldscheinen zu beschwichtigen.

»Streitereien zwischen Gangstern sind ja eigentlich eine Banalität«, sagte er, »aber ich mache mir Sorgen um Ami. Hojung aus Chojang-dong und Park aus Wollong sind wirklich ganz üble Typen.«

»Ami hat einfach noch ein bisschen Mühe, seinen Platz zu finden. Da wird sicher bald wieder Ruhe einkehren«, antwortete Huisu.

»Muss. Und ich hoffe, dass er seinen Platz rasch findet«, erwiderte Vater Son, und es klang wie ein Stoßgebet. Er sah auf die Uhr, dann wischte er sich an einer auf dem Sofa liegenden Serviette die Hände ab. »Hast du zu Mittag gegessen?«

Huisu wurde bewusst, dass er den ganzen Tag noch nichts zu sich genommen hatte. Der Hunger kam mit unerwarteter Wucht. Vater Son kannte ihn gut genug, um nicht erst auf die Antwort zu warten, und stand auf.

»Lass uns eine Fugu-Suppe essen.«

FUGU

Es war fünf Uhr nachmittags, als Huisu und Vater Son aus dem Hotel traten und aufs Meer blickten. Am Strand wimmelte es von Menschen. Junge Mädchen aus Seoul tollten in winzigen Bikinis über den Sand, der in der Julisonne förmlich glühte. Der Anblick ihrer Hintern brachte Vater Son ins Schwärmen. »Wunderschön! So drall wie die Blüten der Sonnenblume! Ich weiß nicht, warum man Haut zu meiner Zeit immer verstecken wollte. Es ist doch gut für alle, den Körper in seiner ganzen Schönheit zu zeigen, sowohl für die, die ihn zeigen, als auch für die, die ihn bewundern. Ah, wirklich, wunderschön ...«

Am Strand herrschte das pralle Leben. Frauen spielten mit Bällen oder ließen sich im Sand begraben, bis nur noch der Kopf herausschaute. Russinnen in Bikinis spielten Beachvolleyball, tranken mit übereinandergeschlagenen Beinen unter Sonnenschirmen Bier oder vergnügten sich kreischend auf Schlauchbooten. Zwischen den Urlaubern marschierten junge Männer am Strand hin und her und verkauften Brathähnchen oder lieferten chinesische Gerichte, Frauen boten aus umgehängten Kühlboxen Eiswaffeln und Eiswürfel an, Bordellschlepper verteilten Fotos von Damen mit nackten Brüsten, Gangster vermieteten Schwimmwesten und Rettungsringe. Um es kurz zu machen: Der Strand war so überfüllt, dass es keinen freien Zentimeter mehr gab.

»Diesen Sommer scheinen sich hier alle mächtig die Taschen vollzustopfen«, sagte Huisu.

»Das hoffe ich doch. Dann heulen sie mir wenigstens nicht die Ohren voll.«

Den Strand im Blick, näherten sich Huisu und Vater Son langsam dem Restaurant, das auf einem kleinen Hügel vor der Mole lag. Ursprünglich ein einfaches Wohnhaus, hatte der Laden kein Schild und war dadurch selbst in der Hochsaison vor Touristen sicher. Die Eigentümerin, eine sehr alte Frau, die schon in Huisus Jugend alt gewesen war, bot nur zwei Gerichte an: gedünsteten Fugu und Fugu-Suppe. Kaum hatten Huisu und Vater Son Platz genommen, brachte sie ihnen einen Teller Fugu mit scharfer Soße, dazu mehrere Beilagen-Schälchen. Dann stellte sie wie immer einen kleinen Topf Fugu-Suppe auf den Tisch. Ausnahmsweise bestellte Vater Son eine Flasche *soju* und zwei Gläser. Er schenkte ein und leerte sein Glas in einem Zug, ohne vorher mit Huisu anzustoßen.

An einem Tisch am anderen Ende des Raums saßen Mah, der Besitzer des in der Hauptgeschäftsstraße gelegenen Sashimi-Restaurants, und Gong, dem die benachbarte Karaoke-Bar gehörte, und stritten sich. Da sie schon am Nachmittag betrunken waren, ging es laut zu. Der Präsident des Komitees für einen florierenden Handel, der mit am Tisch saß, fühlte sich sichtlich unwohl.

»Was?!«, brüllte gerade der Sashimi-Besitzer Mah und hob dabei drohend die Faust. »Du sagst, dass du in deiner Karaoke-Bar noch nie Seefeigen verkauft hast? Du verdammter Lügner! Herr Präsident, Sie sollten ihn zu einer Strafzahlung verdonnern!«

»Was redest du da, du Arschloch, in Karaoke-Bars werden grundsätzlich keine Seefeigen verkauft!«, entgegnete Gong.

»Sag ich doch, du Mistkerl! In Karaoke-Bars werden Lieder verkauft! Wer Seefeigen essen will, geht in ein Sashimi-Restaurant. In Karaoke-Bars gibt man sich damit zufrieden, ein Liedchen zu trällern. Eiserne Regel, hab ich recht? An die man sich bitte schön halten muss, wenn das Komitee sie eingeführt hat. Und Sie, Herr Präsident, wo Sie doch von unseren Beiträgen jeden Monat gut bezahlt werden, warum kontrollieren Sie solche Individuen nicht? Sie haben nicht zufällig ein kleines Schmiergeld bekommen?«, sagte Mah, die Stoßrichtung wechselnd.

»Was redest du da ...«

Die Reaktion des Komitee-Präsidenten war so lasch, als hätte er wirklich Geld bekommen. Doch Gong ließ sich davon nicht beeindrucken.

»Ich sage dir klipp und klar, dass ich keine Seefeigen verkauft habe. Ich habe eine blütenreine Weste und nichts zu verbergen.«

»Blütenreine Weste? Halt bloß die Klappe, Samdol hat mir alles erzählt, verdammt, er hat vorgestern bei dir Seefeigen gegessen. Sollen wir ihn holen? Damit er uns sagt, ob er in deiner miesen Karaoke-Bar Seefeigen gegessen hat oder nicht? Außerdem haben inzwischen alle das Gerücht gehört, dass du letztes Wochenende Gäste hattest, die Seefeigen gegessen, Whisky gesoffen und Nutten aus Wollong gefickt haben. Du meldest eine Karaoke-Bar an und willst gleichzeitig Sashimi-Restaurant, Gogo-Bar und Bordell sein? Die ganze Scheiße auf einmal?«

Die Nennung des direkten Zeugen brachte Gongs Strategie ins Wanken.

»Ich habe keine Seefeigen verkauft. An dem Tag habe ich nur ein Glas *soju* getrunken und dazu selbst ein paar Seefeigen gegessen, und als Samdol zufällig vorbeikam, hat er gesagt: ›He, das sieht aber gut aus, was du da isst‹, und weil ihm schon die Spucke aus dem Mund lief, habe ich gesagt: ›Hier, willst du ein Stück?‹ Und da hat diese linke Bazille natürlich nicht Nein gesagt. Also habe ich ihm ein bisschen abgegeben. Ist doch wohl kein Verbrechen, so unter Nachbarn.«

»Das war nicht nur Samdol, er hat gesagt, sie hätten zu mehreren eine ganze Platte gegessen.«

»Ja, mein Gott, wie unmenschlich wäre das denn gewesen, nur Samdol welche zu geben! Man muss doch auch teilen können!«

»Und warum lässt du sie dir dann bezahlen?«

»Samdol war so begeistert, dass er sich dafür bei mir bedanken wollte. Das lehnst du doch nicht ab, wenn sich ein Nachbar mit einer kleinen Geste bei dir bedanken will.«

»So ein Humbug, du lügst wie gedruckt! Komm her, ich geb dir eins aufs Maul!«

»Was mischst du dich da überhaupt ein, du Dreckskerl! Was geht dich das eigentlich an, ob ich Seefeigen verkaufe oder Ohrfeigen oder was weiß ich? Hast du mir vielleicht schon mal Gäste geschickt?«

»Wenn's nur darum gehen würde, dass sie bei dir ein Liedchen trällern, hätte ich dir schon massenweise Leute geschickt, ich wäre sogar auf Kundenfang für dich gegangen. Aber du bist so dreist und verkaufst Sashimi in deinem verdammten Karaoke-Laden. Hättest du an meiner Stelle Lust, dir Leute zu schicken?«

Gong hatte es offensichtlich satt, mit jemandem herumzustreiten, der sich taub stellte, also wandte er sich an den Komitee-Präsidenten. »Sagen Sie doch mal was, Herr Präsident. Ist es denn so ein großes Verbrechen, in einem Karaoke-Laden ein paar Seefeigen zu verkaufen? Dieser Schweinehund hier hat übrigens in seinem Restaurant in jedem Zimmer eine Karaoke-Anlage stehen, und seine Gäste singen beim Essen. Und das ist kein Verbrechen?«

Wem sollte der Präsident recht geben? Er wirkte überfordert. Vater Son, der die Szene von Weitem verfolgte, schüttelte grinsend den Kopf.«Weißt du, das zwischen den beiden hat ja nicht erst gestern angefangen. Die liegen sich seit vierzig Jahren in den Haaren, schon seit der Grundschule.«

»Der Präsident wirkt ein bisschen ratlos.«

»Ja, wirklich. In letzter Zeit geht in Guam aber auch alles drunter und drüber. In den Karaoke-Bars wird Sashimi verkauft, in den Restaurants laufen Karaoke-Anlagen, die Zuhälter mieten Hotelzimmer an, um dort unter der Hand ihren Geschäften nachzugehen, mit anderen Worten, im ganzen Viertel herrscht das reine Chaos.«

»Hat das Komitee die Aktivitäten denn dieses Jahr nicht reglementiert?«

»Wer hätte das anständig regeln sollen, seit du uns im Stich gelassen hast? Ich habe Jeongbae hingeschickt, aber der hat die Konflikte nur weiter angeheizt.«

Jedes Jahr im Frühsommer trafen sich die Vertreter aller Geschäftsleute im Saal des Komitees. Da die meisten Geschäfte im Viertel illegal waren, konnte man weder auf die Polizei noch auf die Justiz zählen, um Streitereien beizulegen, und so hatte Vater Son die Rolle des Vermittlers übernommen.

Der Molen-Verein, der Verein der Markthändler, der Kneipen-Verein, der Verein der Karaoke-Bars, der Verein der fliegenden Händler, der Verein der Strandschirmanbieter – all diese irrwitzigen Vereine trafen sich, um die Art und den Umfang ihrer geschäftlichen Aktivitäten insbesondere in der Hochsaison festzulegen. Diese Versammlungen waren echte Kriegsschauplätze. Wie sollte es auch anders sein, wenn Menschen zusammenkamen, von denen jeder wild entschlossen war, in einem so winzigen Viertel sein kleines oder großes Glück zu machen: Inhaber von Kneipen, Cafés und Restaurants, Besitzer von Karaoke-Bars, Go-go-Bars, Hotels und billigen Absteigen, Zuhälter, Barmädchen, Betreiber von Marktständen, Verkaufsbuden und Bezahlduschen, Vermieter von Sonnenschirmen, Rettungsringen oder Schlauchbooten. Jeder hatte sein eigenes Kalkül und seine eigene Sicht der Dinge. Wenn sich Grillhähnchen gut verkauften, war es normal, dass Hotdogs weniger gut liefen. Wenn die Leute zu den Buden und Ständen gingen, um ihren Durst zu löschen, war es normal, dass die Cafés und Restaurants weniger Gäste hatten. Und wenn die Leute das Bier unter ihrem gemieteten Sonnenschirm tranken, war es normal, dass die Umsätze der Bars zurückgingen. Und wer feststellte, dass seine Umsätze schwanden, versuchte natürlich, auf andere Geschäftsfelder auszuweichen. Dann gab es plötzlich Grillhähnchen in einem Café oder Karaoke-Abende in einem Sashimi-Restaurant. Kurzum, diese alljährliche Versammlung endete jedes Mal damit, dass Tische umgestürzt wurden, Aschenbecher und *soju*-Flaschen flogen und einer der Teilnehmer mit eingeschlagenem Schädel ins Krankenhaus abtransportiert wurde.

In den letzten Jahren war es Huisus Aufgabe gewesen, diese Versammlungen zu organisieren. Irgendwann hatte Vater Son ihm die Geschäfte des Komitees übertragen und sich seitdem nicht mehr darum gekümmert. Vielleicht fühlte er sich zu alt, um dem Druck standzuhalten, oder er hatte einfach die Nase voll von dem Theater. Tatsächlich musste Huisu feststellen, dass diese Versammlungen genauso nervenaufreibend waren, wie Vater Son gesagt hatte. Doch wie viele Flaschen auch flogen und wie viele Schädel zu Bruch gingen, an allem, was dort beschlossen wurde, hielt man den ganzen Sommer lang eisern fest. Selbst wenn am Ende niemand ganz zufrieden war, eine andere Lösung gab es nicht. Dieses Jahr allerdings hatte Huisu das Mallijang verlassen, und Huisu wusste zwar nicht, wie die Versammlung gelaufen war, hielt es aber für wenig wahrscheinlich, dass Jeongbae seine Sache gut gemacht hatte.

»Erst wenn etwas fehlt, merkt man, was man daran hatte. Seit du weg bist, läuft in Guam nichts mehr rund.« Vater Son leerte sein Glas. Huisu nahm die Flasche und schenkte ihm nach. Dass Vater Son mitten am Nachmittag ein Glas nach dem anderen hinunterkippte, war ein äußerst befremdlicher Anblick.

»Es tut mir leid, dass ich nicht alles geregelt habe, bevor ich gegangen bin«, sagte Huisu und trank sein Glas ebenfalls in einem Zug aus. Vater Son schenkte nach.

»Was sollte dir daran leidtun? So ist das Leben. Man arrangiert sich mit dem, was man hat. So ist es schon immer gewesen.«

»Ich bin so plötzlich gegangen, ich habe nur an meine Zukunft gedacht. Ich weiß, dass es ein schwerer Schlag für Sie war. Ich habe Sie enttäuscht, oder? Aber mir ist es auch nicht leichtgefallen«, sagte Huisu und meinte es ehrlich.

In der Provinz Gyeongsang neigten Väter und Söhne nicht dazu, sich gegenseitig das Herz auszuschütten, und so war es auch bei ihnen. Huisu fühlte sich etwas unwohl in seiner Haut.

Vater Son allerdings wirkte gerührt und lächelte leise. »Seit du weg bist, fühle ich mich wirklich ein bisschen einsam. Aber es freut mich, dass du einen Mercedes fährst und dass deine Geschäfte nach allem, was man hört, gut laufen.«

Vater Son war alt geworden. Früher schien ihm ständig irgendeine Angst im Nacken zu sitzen, was ihn kleinmütig und übervorsichtig gemacht hatte. Nachdem sie sich nun einige Monate nicht gesehen hatten, begegnete Huisu ein anderer Vater Son, der sich von vielem gelöst zu haben schien. Er strahlte eine sanfte Ruhe aus, hinter der mit einem Mal eine große Zerbrechlichkeit sichtbar wurde.

»Wie geht es Ihnen, was macht die Gesundheit?«

»Was ist denn dein Eindruck?«

»Gut? Nicht so toll? Ich weiß es nicht.«

»Was das Herz betrifft, fühle ich mich besser, sehr viel entspannter. Aber meine Kräfte lassen nach, als wäre etwas in mir zusammengesackt. Ich frage mich, Huisu, ob ich nicht bald sterben werde.« Vater Son lächelte etwas einfältig.

»So ein Quatsch. Wetten, dass Sie länger leben als ich?«

»Glaubst du?«

Huisu hatte es nur so dahergesagt, aber Vater Son schien sich über seine Antwort zu freuen. Er nahm sein Glas und leerte es wieder in einem Zug. Huisu schenkte ihm sofort nach. Vater Son wandte das gerötete Gesicht zum Meer. Das Gewimmel am Strand, im Wasser und auf der Küstenstraße erinnerte an eine Armee roter Ameisen im Kriegszustand. Vor den Bezahlduschen stand eine lange, genervte Warteschlange in der sengenden Sonne. Huisu ging im Sommer grundsätzlich nicht an den Strand. Er hasste Schweißgeruch, hasste den salzhaltigen Wind, die stechende, aggressive Sonne und die Sandkörner, die an der Haut scheuerten und unter den Nägeln knirschten. Vater Son liebte den Sommer, und zwar nicht nur, weil er dann gutes Geld verdiente. Er liebte das Gewimmel, liebte den Schweißgeruch in der Schlange, liebte die Streitereien, die mit dem Warten einhergingen. Für ihn war es der Inbegriff von Leben. Im Sommer kamen er und Huisu häufig in dieses Restaurant, um eine scharfe Fugu-Suppe zu essen und das Getümmel am Strand zu beobachten.

»Weißt du, falls dieses neue Business vielleicht doch nicht deinen Erwartungen entspricht, kannst du immer ins Mallijang zurückkommen«, sagte Vater Son plötzlich.

Was wollte er damit sagen? Dass er um Huisus derzeitige Schwierigkeiten wusste? Dass er sich ohne ihn einsam fühlte? Oder ließ er nach ein paar Gläsern *soju* einfach nur seiner sentimentalen Stimmung freien Lauf?

»Warum sagen Sie das? Sind Sie mir so böse, dass Sie mir eine Bruchlandung wünschen?«, scherzte Huisu.

»Nein, überhaupt nicht, ich wollte nur, dass du weißt, dass du nicht gezwungen bist, um jeden Preis weiterzukämpfen und dich bis an den Rand des Abgrunds drängen zu lassen. Ein Gangster stirbt nicht, weil er einen Kampf verloren hat, sondern weil er am Rand des Abgrunds gekämpft hat. Und noch ein guter Rat: Wenn dich jemand herausfordert, geh nicht darauf ein. Denn der Rückzug ist schwer, wenn man dem Feind schon die Flanke geboten hat. Meine Devise war immer: Jeder Krieg ist ein Verlustgeschäft, ganz gleich, ob man als Sieger oder Verlierer daraus hervorgeht.«

Aus Vater Sons Worten klang Sorge; als befürchtete er, dass etwas wirklich Schlimmes unmittelbar bevorstand. Vielleicht waren diese Ratschläge nur seiner ständigen Angst vor allem und jedem geschuldet, aber es konnte durchaus sein, dass er dieselben Gerüchte gehört hatte, die Huisu in letzter Zeit zu Ohren gekommen waren.

»Glauben Sie, da braut sich was zusammen?«

»Ich weiß nichts Konkretes. Aber ich spüre, dass etwas in der Luft liegt, so ein stilles Tosen, wie wenn ein Taifun kommt. Wobei es auch sein kann, dass ich mir grundlos Sorgen mache. Mein Kopf ist im Moment so voll. Pass jedenfalls auf dich auf. Vorsicht ist nie ein Fehler.«

Schweigend leerte Huisu sein Glas. Er nahm ein Stück Fugu, tauchte es in reichlich Wasabi und schob es sich in den Mund. Der Fisch war zart und frisch. Dabei enthielt der Bauch eines einzigen Fugus, eines Fisches also, der nicht größer als ein Handteller war, genug Gift, um neununddreißg Erwachsene zu töten. Wenn Huisu aus seinem bisherigen Leben eine Lektion gezogen hatte, dann die, dass alles Gute und Süße immer auch Gift enthielt. Vater Son war so fade wie Reis und Yangdong so süß wie Zucker. Für einen kurzen Moment bereute es Huisu, dass er in drei Monaten so viel Zucker geschluckt hatte, doch gleichzeitig wurde ihm klar, dass es zu spät war und er es nicht mehr rückgängig machen konnte. Vater Son nahm die *soju*-Flasche und füllte Huisus Glas. Dann vertiefte er sich in die Betrachtung des Meeres.

»Magst du dieses Meer, Huisu?«

»Und Sie, mögen Sie es?«

»Ja, ich mag es.«

Vater Sons Blick folgend, wandte sich auch Huisu dem Strand zu. Auf dem heißen Asphalt der Uferstraße verkaufte gerade einer seiner alten Freunde aus Mojawon belegte Brötchen. Der Kerl war sehr geschickt mit den Händen gewesen – wenn er sich einen Gegenstand nur ein paar Sekunden lang anschaute, konnte er ihn exakt nachbauen. Vor zwanzig Jahren war er Taschendieb geworden, wie alle geschicken Jungs aus Guam. Nach einigen Jahren waren sie in eine andere Gegend gezogen, um dort weiter als Taschendiebe zu arbeiten; am Ende hatte man ihnen entweder einen Arm abgehackt, oder sie waren im Gefängnis gelandet. Wer einen Arm verloren hatte, stand nun, da er älter wurde, Sommer für Sommer auf dem glühenden Asphalt und verkaufte belegte Brötchen. Weiter hinten am Strand sah man Gwangho, den sexbesessenen Besitzer eines illegalen Massagesalons, der auf die Hintern der jungen Mädchen starrte, während er mit der Sonnenbrille auf der Nase vorgab, sich zu bräunen. Immerhin ließ sich dem Arsch zugutehalten, dass er beständig war: einmal sexbesessen, immer sexbesessen, schon als Jugendlicher. Ein Stück weiter schien sich Munho, der Eisverkäufer, von seinem anstrengenden Tag auszuruhen, nachdem er bei drückender Hitze mit seiner Kühlbox stundenlang den Strand rauf und runter gelaufen war. Unter einem Sonnenschirm kauernd, leckte er geschmolzenes Eis. Billigeis, dessen Zutaten sein Geheimnis waren, wobei jeder, wirklich jeder, der es jemals gegessen hatte, Durchfall bekommen hatte. Munho, so hieß es, war der einzige Mensch auf der ganzen Welt, der dieses Eis vertrug. Der Tag ging zu Ende, die Sonnenstrahlen fielen schräg auf den Strand und das inzwischen krebsrote Ameisenvolk. Ein paar kleine Jungs rannten nackt wie Würmer mit schwarzen Schwimmreifen um den Bauch zum Meer. Huisu wandte sich wieder ab, leerte sein Glas und schüttelte überdrüssig den Kopf. Er hatte genug von Guam.

»Was gefällt Ihnen hier eigentlich? Ich hab die Nase gestrichen voll von diesen Taschendieben und Abzockern, diesen Zuhältern und Nutten und dem ganzen Pack, das sich ständig prügelt und in den Haaren liegt. Man kann wirklich alle Register ziehen, ihnen sogar Alkohol einflößen, damit sie sich miteinander versöhnen – ein paar Minuten lang tun sie vielleicht so, als würden sie wieder miteinander reden, aber dann geht das ganze Genörgel von vorn los, bis irgendwann Tische umkippen, Flaschen fliegen, Schädel zu Bruch gehen und alle heulen. Und am Schluss, wenn sie dann richtig besoffen sind, liegen sich alle wieder in den Armen und beteuern, wie lieb sie sich haben und dass sie ja doch eine große Familie sind … Also, was mich betrifft, ich kann diese Melodramen nicht mehr ertragen«, beschwerte sich Huisu.

»Und ich liebe dieses Meer auch und gerade wegen der ständigen Streitereien.«

»Sie haben einen seltsamen Geschmack.«

»Ich würde mir wünschen, dass sich Guam nie verändert und für die nächsten tausend oder zehntausend Jahre alles so bleibt, wie es ist.«

»Sie lieben dieses Viertel, weil Sie reich sind, aber die Leute, die nichts haben und nichts bekommen, hassen es. Die bleiben nur, weil sie nicht wissen, wo sie sonst hin sollen.«

Vater Son lächelte leise. »Du hast ja keine Ahnung. Wenn du alt bist, wirst du's verstehen. Ein zänkisches Weib im Haus ist kostbarer als Gold, selbst wenn du jeden Tag im Streit mit ihr liegst. Und das ist auch der Grund, warum die Leute nicht weggehen können.«

»Na ja … da finde ich Gold aber schon besser …«

»Nein, nein, das zänkische Weib ist besser.«

»Sind Sie sich da sicher?«

»O ja, da bin ich mir sicher.«

Huisu erwiderte Vater Sons Lachen mit einem amüsierten Blick. Er schenkte sich wieder ein und leerte sein Glas. Der Alkohol brannte ihm in der Kehle. Der viele Alkohol so mitten am Nachmittag, dazu die Sonne, das vertraute Umfeld, die Ruhe … Es blieb nicht aus, dass Huisu und Vater Son langsam, aber sicher ziemlich betrunken waren.

SPRENGFALLE

Um drei Uhr morgens klopfte Huinkang an die Tür von Haus Nummer 565. An seinem rechten Arm lief Blut herab, das Hemd war schon rot durchtränkt. Der Kampf musste heftig gewesen sein. An seinen Handrücken und Unterarmen waren mehrere Schnitte zu sehen, und auch unter dem zerfetzten Hemd schien er verletzt. Huisu holte sofort Tücher, um die Wunden zu verbinden.

»Sie sind nicht ans Telefon gegangen, Großer Bruder Huisu ...«, keuchte Huinkang.

Die Augen noch schwer vom Schlaf, betrachtete Huisu das auf den Boden tropfende Blut und wunderte sich, wie leuchtend rot es war.

»Was ist passiert?«, fragte er.

»Hojungs Typen haben uns angegriffen. Es gibt viele Verletzte.«

»Hojungs Typen?«

Wie konnte das sein? Hojung war es vielleicht zuzutrauen, dass er einen Messerstecher auf ein oder zwei Leute ansetzte, aber er würde doch keinen echten Krieg anzetteln. Huinkang ging schwer atmend in die Hocke und lehnte sich an die Wand, die eine Hand an die Seite gepresst, während die andere am Boden Halt suchte.

»Ja, Hojungs Typen und die von Park aus Wollong.«

»Was ist mit Ami? Ist er verletzt?«

Huinkang antwortete nicht sofort. Einen Moment lang rang er nach Luft, dann vergrub er das Gesicht in den Händen. An seinen Fingernägeln und Handrücken klebte getrocknetes Blut.

»Ami hat einen Stich in den Bauch abbekommen«, sagte er schließlich, »und wir konnten ihn nicht ins Krankenhaus bringen.«

»Wo ist er?«

»Die sind alle ins Depot von Angol geflüchtet.«

Huisu zog sich rasch an, dann richtete er Huinkang, der inzwischen auf dem Boden in sich zusammengesunken war, wieder auf und half ihm, sich mit dem Rücken an die Wand zu lehnen. Seine Verletzungen waren nicht zu unterschätzen. Als Huisu die Tür zum Hof öffnete, stand Insuk vor ihm, am ganzen Leib zitternd. Offenbar war sie gerade von der Arbeit zurückgekommen und hatte das Gespräch auf der anderen Seite der Tür verfolgt. Sie war ein Nervenbündel. Was sie so lange befürchtet hatte, war nun eingetreten.

»Mach dir keine Sorgen. Ami scheint verletzt zu sein, aber es ist wohl nicht so schlimm«, sagte Huisu.

Während Insuks Blick über den verwundeten Huinkang wanderte, wurde sie kreidebleich. Wenn schon der Bote so schwer verletzt war, wie mochte es dann erst um Ami stehen? Die Zeit drängte, und Huisu hastete los, ohne ein tröstendes Wort für Insuk. Sie wollte mit.

Da drehte er sich um und sagte: »Es bringt nichts, wenn du mitkommst. Warte zu Hause auf mich. Ich bin mir sicher, dass es nichts Schlimmes ist. Seine Verletzungen sind auch nicht so sehr das Problem. Aber er läuft Gefahr, in dem ganzen Aufruhr von der Polizei geschnappt zu werden. Dann muss er wieder ins Gefängnis, verstehst du?«

Insuk nickte widerstandslos, womit Huisu nicht gerechnet hatte. Sie schien mehr getrunken zu haben als sonst und schwankte so gefährlich, dass Huisu sie an einem Arm festhielt. Aber Huinkang zog ihn ungeduldig am Ärmel, sie mussten dringend los. Rasch brachte er Insuk in die Küche, dann rannte er die steile Treppe zum Parkplatz hinunter, wo ein Kleinbus wartete.

Am Steuer saß Seokgi, ein Freund von Ami. Dieser ehemalige Judoka, der genauso breitschultrig war wie Ami, hatte bei den koreanischen Sportmeisterschaften eine Goldmedaille in mehreren Disziplinen gewonnen. Huisu setzte sich auf den Beifahrersitz, Huinkang stieg hinten ein, und der Minibus fuhr los.

»Erzähl mir genau, was passiert ist«, sagte Huisu.

»Hojung und ein paar Zuhälter aus Wollong haben uns gestern kontaktiert. Sie haben Verhandlungen über die Aufteilung des Alkoholverkaufs gefordert. Also sind Ami und Großer Bruder Yangdong los, um mit ihnen zu reden«, sagte Seokgi hinter dem Lenkrad.

»Und dann? Ist es aus dem Ruder gelaufen?«

»Nein, im Gegenteil. Wir hatten damit gerechnet, dass Hojung Schwierigkeiten macht, aber er hat ihnen sofort gesagt, dass er die Rechte am Alkoholverkauf an uns abtritt, wenn wir eine Entschädigung zahlen. Yangdong hat ihnen das Geld gegeben, und damit war die Sache besiegelt. Großer Bruder Yangdong hat sich über diese einfache Lösung gefreut und uns auf ein Glas eingeladen. Danach sind wir noch alle zusammen essen gegangen. Als wir wieder in Angol waren, haben wir uns gut gelaunt schlafen gelegt. Und dann sind mitten in der Nacht plötzlich die Typen von Hojung und Park gekommen und haben uns angegriffen.«

»Also haben sie euch nicht im Depot angegriffen, sondern in euren Betten, mitten im Schlaf?«

»Ja, die waren gut vorbereitet, diese Ärsche. Bis unter die Zähne mit allem möglichen Zeug bewaffnet!«, empörte sich Seokgi.

»Ist Ami schwer verletzt?«

»Ami hatte gestern viel getrunken. Das war ein Überraschungsangriff, und in unserer Bude war es dunkel und eng, da konnte er nicht so gut reagieren wie sonst.«

»Ich habe dich gefragt, ob er schwer verletzt ist!« Huisu hatte plötzlich geschrien.

»Ein Messerstich hat ihn im Bauch getroffen, ich weiß nicht, ob er durchkommt«, kam Huinkangs Stimme von hinten. Er klang düster.

»Habt ihr Danka kontaktiert?«

»Er ist unterwegs.«

»Und Großer Bruder Yangdong?«

»Einer von unseren Jungs holt ihn gerade.«

Selbst bei Handgreiflichkeiten unter Gangstern gab es Regeln. Da die meisten Geschäfte illegal waren und von jungen Hitzköpfen betrieben wurden, die in einem abgesteckten Gebiet ihre Interessen verteidigten, waren mal größere, mal kleinere Auseinandersetzungen unvermeidlich, doch ein paar Regeln galten auch dabei. Messer und Pistolen kamen nur zum Einsatz, wenn es aus Gründen, die mit dem jeweiligen Business zu tun hatten, unvermeidbar war, und selbst dann hielt man sich normalerweise an gewisse Vorgaben: Man durfte der Zielperson in Anwesenheit der Familie nichts tun, durfte nicht unterhalb der Taille zustechen und band einen Lappen um den Griff, damit die Klinge nicht zu tief eindringen konnte.

Geschichten von Schlägereien und anderen Auseinandersetzungen machten im Gangstermilieu ständig die Runde, und sobald Alkohol floss, waren Meldungen über die Keilerei vom Vortag ein beliebtes Thema – warum, wie und womit, wer hatte gewonnen und so weiter. Ein vertretbarer Anlass fand sich für jede Keilerei. Aber mitten in der Nacht eine mit Sashimi-Messern bewaffnete Truppe loszuschicken, um Männer anzugreifen, mit denen man gerade ein Agreement gefunden und darauf angestoßen hatte, so etwas machte nicht einmal das übelste Pack. Wie würden Hojung und Park diesen Angriff rechtfertigen? Huisu konnte einfach nicht verstehen, warum sie etwas so Unvernünftiges gemacht hatten.

Es war vier Uhr morgens, als sie in Angol vor dem Depot ankamen, in dem Yangdong seine Schmuggelware lagerte. Auf dem Parkplatz stand ein Krankenwagen. Danka war schon in höchster Eile zur Klinik von Doktor Chae gefahren. Als Huisu die Tür zum Lager öffnete, schlug ihm Blutgeruch entgegen. Überall Schmerzensschreie und Stöhnen, es war wie in einem Feldlazarett. In ihren blutverschmierten weißen Kitteln kümmerten sich Doktor Chae und seine Krankenschwester fieberhaft um die Verletzten. Der Arzt nähte gerade eine Schnittwunde und hielt kurz inne, um sich den Schweiß von der Stirn zu wischen, als er Huisu kommen sah. Gleich neben ihm lag Ami mit einem großen Verband um den Bauch. Er hing am Tropf und bekam gleichzeitig eine Bluttransfusion.

»Wie geht es ihm?«, fragte Huisu.

»Er muss ins Krankenhaus. Wir können hier nichts tun.«

Es kam nicht infrage, Ami in ein Krankenhaus zu bringen. Bei dieser Masse von Verletzten würde man in der Unfallstation sofort die Polizei benachrichtigen. Und sobald die Polizei eingeschaltet war, würde sich die Sache über die Medien verbreiten und außer Kontrolle geraten.

»Kein Krankenhaus. Können Sie nicht hier irgendetwas tun?«

»Wir haben nicht genug Medikamente und nicht genug Personal. Wenn wir nicht schnell reagieren, wird es viele Amputationen und einige Tote geben.«

»Lassen Sie alle Ärzte kommen, die Sie kennen. Sie bekommen von mir das nötige Geld.«

»Welcher Arzt würde sich bereit erklären, in so einem Fall zu kommen? Wer würde freiwillig seine Zulassung in den Wind schießen?«

»Dann treibe ich selbst Ärzte auf. In der Zwischenzeit bringen Sie die dringendsten Fälle in Ihre Klinik.«

Doktor Chae wirkte irritiert. »Ich glaube, du hast die Lage nicht ganz verstanden, Huisu: Wir können uns mit der Ausstattung einer kleinen Stadtteilklinik nicht an so komplizierte Operationen wagen.«

Doktor Chae war ein enger Freund von Vater Son. Er war derjenige, der hinter dem Rücken der Polizei immer die Verletzten aus Guam behandelte. Er war keine Koryphäe, im Prinzip aber durchaus in der Lage, all diese Männer zu versorgen. Nur schreckte er in diesem extremen Fall vor der Verantwortung zurück, denn er fürchtete, dass es zahllose Tote geben und die Polizei ihn wegen illegaler Ausübung seines Berufs festnehmen würde. Ami war noch bewusstlos, und der dicke, weiße Verband um seinen Bauch sog sich alllmählich mit Blut voll.

Die Krankenschwester kam zu Doktor Chae und sagte leise: »Wir haben nicht genug Medikamente, und es fehlt Blut für die Transfusionen.«

Doktor Chae wandte sich zu Huisu. »Hör zu, Huisu, die Zeit drängt, wir brauchen eine schnelle Entscheidung. Es geht vor allem darum, Leben zu retten.«

Huisu fühlte sich überfordert. Wenn sie alle Verletzten ins Krankenhaus schickten, waren polizeiliche Ermittlungen unabwendbar. Was hätte Vater Son getan?

»Was machen wir mit Ami?«, fragte er.

»Es ist sicherer, ihn in ein großes Krankenhaus zu bringen.«

»Nein, nicht Ami. Er kommt gerade aus dem Gefängnis. Er steht noch unter Bewährung. Wenn er sich jetzt erwischen lässt, kriegt er mindestens zehn Jahre. Wir schicken die Schwerverletzten ins Krankenhaus, und um Ami und die anderen, leichter Verletzten kümmern Sie sich«, sagte Huisu mit fester Stimme.

Doktor Chae hätte sich lieber aus der Sache ausgeklinkt, doch er nickte, wenn auch widerwillig. Er konnte sich nicht weigern, wenn er weiter in Guam praktizieren und von Vater Son Geld kassieren wollte. Für Bedenken war es zu spät. Huisu rief Danka, der sofort Anweisungen gab, die Verletzten in mehrere Autos zu laden und auf verschiedene Krankenhäuser zu verteilen.

Als auch Doktor Chaes Krankenwagen schließlich mit Ami vom Parkplatz rollte, zündete sich Huisu eine Zigarette an. Danka brachte ihm einen Kaffee vom Automaten, der viel zu bitter für Huisus leeren Magen war. Der Morgendunst umhüllte sie wie eine Wolke wimmelnder Insekten.

»Dieser Arsch von Arzt tut alles, um nicht in die Sache reingezogen zu werden. Dabei hat er so viel Kohle kassiert, verdammt! Und jetzt, wo wirklich etwas Schlimmes passiert, kriegt er kalte Füße. Jeder weiß doch, dass seine Klinik leer ist und dass da, wenn überhaupt, nur Pseudopatienten rumliegen, die sich einliefern lassen, damit er an die Versicherungsgelder kommt«, schimpfte Danka.

»Wie viele Verletzte haben wir in die Unfallstationen geschickt?«

»Sechs.«

»Da werden sie wohl die Polizei einschalten, oder?«

»In den Krankenhäusern am Stadtrand vielleicht nicht, aber in den Notambulanzen der großen Krankenhäuser im Zentrum werden wir's nicht verhindern können. Sobald die jemanden mit Stichwunden oder einer Schussverletzung reinkriegen, alarmieren sie erst mal die Polizei – noch bevor sie mit der Behandlung auch nur anfangen.«

Huisu biss sich auf die Unterlippe. »Was wird jetzt aus Amis Job?«

»Das kann uns im Moment wirklich egal sein. Erst mal müssen wir unsere Jungs retten. Über alles Weitere denken wir später nach.«

Danka hatte recht. Als Erstes musste das Leben der Männer gerettet werden. Aber sollte sich die Polizei einschalten, wären die Folgen auch für Yangdongs und Huisus Geschäft verheerend. Alles würde den Bach runtergehen, und sie würden ein Vermögen verlieren. Und wenn es tatsächlich zum Krieg kam, wo sollten sie überhaupt genug Männer dafür finden? Huisu nahm einen tiefen Zug von seiner Zigarette. Er wusste nicht, was er tun, welche Entscheidungen er in welcher Reihenfolge treffen sollte.

»Bestimmt steckt Yeongdo dahinter. Ein Karrierist wie Hojung hätte so etwas niemals ohne Kalkül und ohne eine große Organisation im Rücken getan«, sagte Danka. »Und das gilt für all diese charakterlosen Zuhälter.«

»Du sagst Yeongdo, aber in welche Richtung denkst du genau? Doyen Nam? Das würde mich wundern. Cheon Dalho?«

»Warum nicht Doyen Nam?«

»Weil er sich schon lange ausgeklinkt hat. Außerdem ist er ein eher sanftmütiger Mann.«

»Das sagst du, weil er dir die ganze Zeit Honig ums Maul schmiert, mit seinem ›unser Huisu‹ hier, ›unser Huisu‹ da. Der Typ ist total anders, als du denkst. Er ist als Kriegsflüchtling nach Busan gekommen und hat sich alles aus eigener Kraft aufgebaut. Was glaubst du, wie viele Menschen er aus dem Weg geräumt hat, um es bis nach oben zu schaffen? Bei Doyen Nam weiß keiner, wie groß diese wandelnde Schlangengrube wirklich ist.«

»Trotzdem. Ein Angriff mit Sashimi-Messern ist nicht sein Stil.«

»Das stimmt allerdings. Dann ist es das Arschloch Cheon Dalho. Seit ihn die Staatsanwaltschaft am Wickel hat, sind Teile seiner Organisation zerschlagen worden, und er sucht verzweifelt nach neuen Geldquellen.«

Cheon Dalho war ein habgieriger und für seine Grausamkeit bekannter Mann. Wenn er fand, dass jemand zu eliminieren war, musste es immer gleich die Totalzerstückelung sein. Er vergaß nicht die kleinste Kränkung, und wen er im Visir hatte, den jagte er bis ans Ende der Welt. Für einen Gangsterboss seines Rangs war er noch gar nicht alt, rund zehn Jahre jünger als die meisten. Mit dreizehn hatte er das Gangsterleben begonnen und gehörte genauso wie Doyen Nam zur ersten Generation von Flüchtlingen des Koreakrieges. Zu Beginn seiner Karriere hatte er im Übrigen für Doyen Nam gearbeitet, sich dann aber selbstständig gemacht und seinen eigenen Clan gegründet. Seit er sich vor über zwanzig Jahren vom Hauptzweig des Yeongdo-Clans abgespalten hatte, waren es streng genommen zwei voneinander unabhängige Verbrecherorganisationen, doch der Name Yeongdo wurde für beide benutzt. Allen Kämpfen zum Trotz schlossen sich die beiden Clans hin und wieder zusammen, um etwa ein wichtiges Geschäft mit den japanischen Yakuza voranzubringen oder Kriege gegen andere Organisationen zu führen. Ihr Verhältnis war also zwiespältig. Huisu war fest davon überzeugt, dass sich nicht Doyen Nam, sondern Cheon Dalho hinter Hojung und den Zuhältern aus Wollong versteckte. Daran gab es für ihn nicht den leisesten Zweifel. Die jüngste Regierungsoffensive gegen das Verbrechen hatte besonders Cheon Dalhos Clan geschwächt, und viele seiner Mitglieder waren infolge ihrer radikalen Methoden im Gefängnis gelandet, wodurch sich ihre Geschäfte zerschlagen hatten. Im

Übrigen war so ein abartiger Überfall in Busan niemandem außer Cheon Dalho zuzutrauen.

Plötzlich fiel Huisu Cheoljins Besuch wieder ein. Er hatte ihn vor Hojung und Park gewarnt. Wenn wirklich Cheon Dalho hinter den beiden stand, musste Cheoljin als führender Kopf der Armee des Dalho-Clans gewusst haben, was sich zusammenbraute. Aber die Tonlage ihres Gesprächs hatte nicht auf einen Angriff dieser Größenordnung hingedeutet. Cheoljin hatte nur die häufigen Streitereien erwähnt, und seine Warnungen klangen eher wie ein kleiner, freundlicher Hinweis unter Gangstern, die sich gut kannten. Bestimmt hatte ihm Cheoljin ganz bewusst ein paar dürre Informationen über Hojung und Park gegeben, um sich damit jeder weiteren Verantwortung zu entledigen. Sollte Huisu ihm nun vorwerfen, dass er ihn nicht gewarnt hatte, könnte Cheoljin sich damit herausreden, dass er ihm doch ausdrücklich gesagt habe, er solle aufpassen. Huisu fühlte sich verraten.

Es war kurz nach fünf, als Yangdong mit rotem Kopf in sein Büro stürmte. Die Einzelheiten des Angriffs hatte er wohl unterwegs erfahren. Er sah so aus, als würde er beim leisesten Anlass in die Luft gehen. Noch etwas angetrunken von der letzten Nacht, schnauzte er den Mann an, der ihn begleitete: »Du schaffst mir sofort alle her, Secheol! In einer Stunde, hier!«

»Ich weiß gar nicht, wo die alle sind. In einer Stunde ist das unmöglich.«

Yangdong trat ihm mit aller Kraft vors Schienbein. »Bis sechs Uhr, habe ich gesagt! Ist mir egal, wo sie sich versteckt halten, ist mir egal, was sie gerade machen, wer nicht um sechs hier auftaucht, dem wird die Hand abgehackt.«

Worauf Secheol vor Yangdongs Wut aus dem Büro flüchtete.

»Und du, Huisu, was machst du eigentlich? Trommelst du

deine Männer nicht zusammen? Los, zitier alle her, die Jungs aus deinem Büro und auch die von Tang.«

Huisu drückte langsam seine Zigarette aus, dann nahm er einen Schluck Tee. Sein Mund war trocken von zu wenig Schlaf und zu viel Alkohol am Tag zuvor.

»Trommelst du deine Jungs nicht zusammen?«, wiederholte Yangdong.

»Das ist nicht der Moment für einen Gegenschlag. Wir müssen erst die Lage überblicken. Sie glauben doch wohl nicht, dass Hojung und Park, diese beiden perfiden Schlangen, einfach so, ohne Hintergedanken, vorgeprescht sind? Ich werde mich gleich heute Morgen umhören. Wenn wir verstanden haben, worum es hier eigentlich geht, ist es immer noch früh genug für eine Reaktion.«

»Kommt nicht infrage! Mit solchen Feiglingen, die ihre Feinde im Schlaf angreifen, kannst du nicht reden! Zumal wir doch gerade erst ein Agreement geschlossen und uns die Hände geschüttelt hatten! Was für miese Ratten! Halten die mich für einen Schwachkopf oder was?«

Yangdongs Wut hatte die nächste Stufe erreicht. Er nahm eine Topfpflanze und schleuderte sie gegen einen Schrank. Mehrere Gegenstände, darunter einige Dankestafeln, zerschellten auf dem Boden.

Huisu runzelte die Stirn. »Nachdem wir so viele Verletzte in die Krankenhäuser geschickt haben, ist die Polizei sicher längst auf dem Laufenden. Und wenn der Krieg sich erst hochgeschaukelt hat, ist jeder Versuch, die Sache noch irgendwie beizulegen, zu spät.«

»Da ist auch nichts beizulegen, Punkt! Wenn wir nach dieser hinterhältigen Attacke versuchen, irgendwas beizulegen, heißt es doch überall, Yangdong hätte sich von den verdammten Zuhältern aus Wollong plattwalzen lassen, anstatt Vergeltung zu üben.«

»Seit wann haben Sie denn ein Problem mit dem Gerede der anderen?«

»Ja und?!«

»Ein falscher Schritt und unser ganzes Geschäft ist am Ende. Dann sind wir schön in die Falle getappt, die uns Hojung und Park gestellt haben.«

Yangdong fixierte Huisu, die Augen nur noch zwei schmale Schlitze. »Wenn ich dich richtig verstanden habe, weigerst du dich also zu kämpfen? Nachdem unsere Jungs ihr Blut gelassen haben und mein Stolz mit Füßen getreten wurde?«

»Nicht jetzt, nicht sofort.«

»Huisu, du hast zwanzig Jahre lang für diesen alten Jammerlappen gearbeitet und bist genauso geworden wie er. Gut, dann bleibst du eben hier sitzen und analysierst weiter die Situation. Ich bin nicht so überlegt wie du, ich stehe lieber auf und nehme ein Küchenmesser in die Hand.« Yangdong versetzte dem Stuhl vor sich einen kräftigen Tritt und nahm Kurs auf die Tür.

Huisu, der vom Sofa aufgesprungen war, stellte sich ihm in den Weg. »Wenn Sie jetzt zum Gegenschlag ausholen, Großer Bruder Yangdong, dann sterben Sie, dann sterbe ich, und das ganze Geschäft, das wir unter solchen Mühen aufgebaut haben, stürzt wie ein Kartenhaus in sich zusammen«, sagte Huisu mit fester Stimme.

Yangdong gab ihm eine Ohrfeige. »Jetzt ist nicht der Moment, sein kleines Hirn in Gang zu setzen, sondern seinen Hintern zu bewegen. Bei so einem Konflikt nützt es nichts, endlos hin und her zu überlegen. Ein Gangster, der so ein Kräftemessen verliert, erlebt den nächsten Tag nicht. Wenn sich dein Gegner die Finger abschneidet, um dich einzuschüchtern, schlitzt du dir den Bauch auf und zeigst ihm deine Eingeweide, verstehst du?! Nur das kannst du tun, damit er Angst vor dir bekommt und sich nicht traut, so was zu wiederholen.«

Yangdong stieß Huisu zur Seite und ging raus, wo auf dem Parkplatz ein Minibus auf ihn wartete. Während Huisu regungslos zusah, wie er davonfuhr, kam Danka angerannt.

»Sollten wir nicht hinterherfahren, Großer Bruder?«

»Wozu?«

»Um zu versuchen, ihn aufzuhalten. Wir werden alle sterben.«

»Und du glaubst, der würde auf mich hören?«

Huisu nahm sich eine Zigarette. Vor der Tür im Flur stand seine im Morgengrauen zusammengetrommelte Bande von Losern, zitternd wie Espenlaub mit ihren in Lappen gewickelten Eisenstangen, unschlüssig, ob sie Yangdong folgen oder bei Huisu bleiben sollten.

»Ihr rührt euch nicht vom Fleck«, befahl er ihnen.

Changsu, dem Huisu vor ein paar Tagen das Tablett ins Gesicht geknallt hatte, seufzte erleichtert. Huisu ärgerte sich über beide, über Yangdong, dem es nicht gelang, seine Triebe im Zaum zu halten, aber auch über diesen Feigling Changsu, der vor Erleichterung darüber, dass er seine Kameraden nicht rächen und nicht kämpfen musste, vor Glück seufzte.

Er ging wieder in Yangdongs Büro, schloss die Tür hinter sich und blieb mitten im Raum stehen. Er wusste nicht, was er tun sollte. Dann entschied er sich, Insuk anzurufen. Sie meldete sich nach dem ersten Klingelton.

»Hör zu, das mit Ami wird wieder gut. Seine Verletzungen sind nicht so schlimm, mach dir keine Sorgen. Und das mit der Polizei dürfte auch hinhauen, ich werde versuchen, es zu regeln.«

Vom anderen Ende der Leitung kam ein erleichtertes Seufzen. »Wann kommst du nach Hause?«

»Hier ist viel zu tun. Ich glaube, dass ich erst in ein paar Tagen wieder da bin.«

Huisu legte auf und öffnete das Fenster. Er zündete die Zigarette an. Bald würde die Sonne aufgehen, im Osten begann der Himmel heller zu werden. Am oberen Rand der Steilküste glänzte der Gneis schon in den ersten Sonnenstrahlen, während der untere Teil schwarz und schroff noch im Dunkeln lag. Huisu nahm einen tiefen Zug von seiner Zigarette. Nachdem er den Rauch einige Sekunden in der Lunge gehalten hatte, atmete er ihn langsam wieder aus, und er strömte so bitter durch seinen Mund, dass ihm übel davon wurde. Plötzlich hatte Huisu das Gefühl, dass er in einen unendlich tiefen, zähen Morast hineingezogen wurde und nichts dagegen tun konnte.

PUSSY

Einen halben Tag lang hatten Yangdong und seine zusammengeschusterte Armee in Wollong, Chojang-dong und Chungmudong für Szenen gesorgt, deren Gewalt jedem Actionfilm Ehre gemacht hätte. Sie durchtrennten drei Zuhältern aus Wollong die Achillessehnen, legten Hojungs Alkohollager wie auch alle von seiner Bande geführten Bars in Schutt und Asche und zertrümmerten in Wollong einige von Parks Läden. Zwei Typen, die das Lager bewachten, verletzte Yangdong mit seinem Messer so schwer, dass einer von ihnen auf dem Weg in die Notfallstation starb. Trotz dieses Aufruhrs blieben Hojung und Park, die eigentlichen Zielpersonen, wie vom Erdboden verschluckt. Secheol konnte ein paar Idioten schnappen, die Parks Büro bewachten, und sie ins Depot von Angol sperren. Yangdong hatte sie die ganze Nacht der Reihe nach verhört, ohne Ergebnis. Nicht nur, dass diese Trottel nicht wussten, wo sich Hojung und Park versteckt hielten, sie schienen nicht einmal über die Ereignisse der Nacht auf dem Laufenden zu sein.

Am Nachmittag hatte Huisu einen Anruf von Chef Gu bekommen. »Mann, das ist ja großes Kino, was ihr da abgezogen habt! Da kann ich leider nicht mithalten, das übersteigt meine Kompetenzen. Nehmt's mir nicht übel.«

Chef Gu wirkte fast heiter, so wie jemand, der alles in seiner Macht Stehende getan und das einkassierte Geld insofern wirklich verdient hatte.

Völlig benebelt und mit leerem Blick kehrte Yangdong schließlich ins Depot zurück. Allmählich schien ihm zu dämmern, was er angerichtet hatte und welcher Sturm bald über ihn hereinbrechen würde. Was Huisu betraf, so hatte er längst kapiert, was er riskiert hatte, als er das Mallijang verlassen und sich mit diesem kopflosen Berserker zusammengetan hatte. Er trat zu Yangdong, der mit starrem Blick das Meer fixierte, ohne zu merken, dass die Zigarette zwischen seinen Fingern längst bis zum Filter heruntergebrannt war.

Huisu nahm sie und trat sie aus.

»Dann hat es bei denen wohl einen Toten gegeben?«, fragte Yangdong, den Blick weiter starr aufs Meer gerichtet.

»Ja, der Neffe von Cheon Dalho. Er ist auf dem Weg ins Krankenhaus gestorben.«

»Fuck.«

Yangdong seufzte tief. Er schwieg nachdenklich, wie vor ein unlösbares Problem gestellt. Dann schüttelte er den Kopf. »Das muss der Polizei längst zu Ohren gekommen sein. Wieso geht dieser Wichser Secheol aber auch so weit, einen von denen umzubringen!«, sagte er mit gespielter Wut auf den, dem er nun die Schuld in die Schuhe schob, obwohl er nichts damit zu tun hatte.

»Nicht nur der Polizei, auch der Presse. Die Sache ist aus dem Ruder gelaufen.«

»Glaubst du, es ist zu spät, die Angelegenheit beizulegen?«

Was stellte er sich vor? Wie wollte er jetzt, nachdem er dieses Chaos angerichtet hatte, noch irgendwas regeln? Fast hätte Huisu ihn angeschrien, aber er beherrschte sich. Was brachte es, wenn er jetzt auch noch wütend wurde? Obwohl die Situation nicht schlimmer hätte sein können, wurde Huisu von einem seltsamen Gefühl der Ruhe erfasst. Er nahm sich eine Zigarette. »Wir müssen jedenfalls einen Weg finden, die Sache zu regeln.« Yangdong sah aus, als bereute er das Ganze; vielleicht machte ihm auch die Unfähigkeit zu schaffen, seine wirren Gedanken zu ordnen. »Früher ist man grundsätzlich nicht so weit gegangen, einen Mann zu töten, nicht mal bei ernsten Auseinandersetzungen. Heute gibt es beim kleinsten Krach gleich Tote und Verstümmelte. Die Welt ist viel rauer geworden. Aber trotzdem, ich schäme mich, Huisu. Es fällt mir schwer, dir ins Gesicht zu sehen.«

Huisu schwieg. Seine einzige Reaktion bestand darin, eine Rauchwolke zu entlassen.

»Nachdem es einen Toten gegeben hat«, fuhr Yangdong fort, »und die Polizei auf dem Laufenden ist, haben wir keine andere Wahl: Einer von uns muss in den sauren Apfel beißen und ins Gefängnis gehen. Wen könnte man deiner Meinung nach schicken?«, fragte Yangdong. Er wirkte hilflos.

Wo war die ganze Männlichkeit hin, all diese überbordende Energie, die gestern in ihm aufgewallt war? In seinem Gesicht waren nicht mal mehr Spuren davon zu erkennen. Und schon gar nichts von der Würde und dem Stolz des guten Gangsters, seinem Dauerthema. Yangdong wirkte so erschrocken und benommen wie ein Gorilla, der von einem Betäubungspfeil getroffen in einem Käfig aufwacht. Huisu wandte sich ihm zu. Was war das jetzt für ein Scherz? Nachdem er seine One-Man-Show abgezogen hatte, erwartete er nun Vorschläge, welcher Jüngere für ihn ins Gefängnis gehen sollte? Wer würde sich bereit erklären, die Verantwortung für Yangdongs unsägliche Dummheiten zu übernehmen und dafür ins Gefängnis zu wandern?

Huisu starrte zum Himmel hoch, der in der Dämmerung golden schimmerte. Was geschehen war, war geschehen, okay, aber er hatte keine Ahnung, was er tun sollte, um die Situation zu entschärfen. Wenn hier einer hätte sterben sollen, dann ja wohl Hojung oder Park oder am besten gleich beide. Das wäre eine klare Botschaft gewesen: Wer Guam angreift, zahlt mit seinem Blut. Das gestrige Blutvergießen hingegen und dann auch noch der Tod von Cheon Dalhos Neffen hatten kein bisschen geholfen. Nichts als dumme Kollateralschäden, schwer zu rechtfertigen, nicht mehr aus der Welt zu schaffen und nur dazu angetan, dem Spielautomanten-Business zu schaden. Mit einem Mal hatte Huisu das Gefühl, dass er selbst in eine Falle getappt war, die man ihm mit großem Geschick gestellt hatte.

Im Strudel der Ereignisse war eine Woche vergangen. Yangdong war mehrmals von der Polizei vorgeladen und Huisu einmal als Zeuge verhört worden. Yangdong hatte stammelnd und mit zitternden Händen vor dem Polizisten gesessen, der die Ermittlungen führte. Wo war sein ganzer Kampfgeist hin, sein ganzer Schneid? Wobei er natürlich Grund hatte, sich zu fürchten: In seinem Alter bedeutete eine Verurteilung wegen Mordes, dass er den Rest seines Lebens im Gefängnis verbringen musste. Aber trotzdem, dass einem Gangsterboss bei jeder kleinen Frage eines jungen Polizisten kalter Schweiß auf die Stirn trat und er zu stottern begann, das war traurig und lächerlich zugleich.

Für die Polizei war der Fall äußerst beunruhigend, denn der Tod des Neffen von Cheon Dalho bedeutete wahrscheinlich Krieg zwischen dem Dalho-Clan und Guam. Weil sich Chef Gu aufgrund seiner Position unwohl fühlte, hatte er das Gespräch mit Huisu gesucht, der ihm versichert hatte, dass es keinen Krieg geben würde. Im Gegenzug bat er Chef Gu, die Sache so geräuschlos wie möglich abzuwickeln. Chef Gu hatte resigniert, wenn auch skeptisch genickt. Ob er Huisu nun glaubte oder nicht, ihm blieb keine andere Wahl.

Um den Vorfall zu einer kleinen Lokalnachricht herunterzuspielen, hatte Huisu sämtliche Vorschüsse der letzten vier Monate investiert. Yangdong wiederum hatte fast die gesamten Einnahmen aus dem Alkoholverkauf des Sommers in Zahlungen an die Polizei, die Staatsanwälte und seine eigenen Anwälte gesteckt. Chef Gu, der ja schon seit Langem Schmiergelder einstrich, trug einen nicht unerheblichen Teil zur Vertuschung des Falls bei. Und schließlich spielte ihnen das Timing in die Hände: Der Polizei steckte der lange Krieg gegen das Verbrechen noch in den Knochen, und die Führungskräfte waren der Meinung, dass weitere Ermittlungen der Karriere nicht weiter dienten. Auch die Journalisten, die die Öffentlichkeit jahrelang mit Artikeln über Verhaftungen von Verbrechergangs bombardiert hatten, interessierten sich nicht mehr dafür. So wurde der Fall rasch als eine bedauerliche Episode unter jungen Kleinkriminellen ad acta gelegt. Huisu und Yangdong waren nun allerdings vollkommen blank. In Anbetracht ihrer beträchtlichen monatlichen Fixkosten waren sie nicht mehr in der Lage, das Spielautomaten-Geschäft weiterzuführen.

Hätte Yangdong an jenem Morgen seine Wut im Zaum gehalten, wäre dieses Geld nicht vernichtet worden. Wie sollten sie jetzt, da sie ihre ganze Munition verschossen hatten, weitermachen? Inzwischen konnte Huisu verstehen, warum Vater Son Konflikte peinlichst vermied: Ein Krieg zwischen Clans brachte niemandem etwas, auch dem Gewinner nicht. Und schon gar nicht ein so absurder Krieg wie dieser.

Nachdem es ihnen also gelungen war, die Sache mit kräftigen Schmiergeldzahlungen klein zu halten, blieb noch das Problem, dass jemand ins Gefängnis gehen musste, um Yangdongs Verhaftung abzuwenden. Nach langen Diskussionen beschlossen Huisu und Yangdong, einen der Verletzten zu nehmen, einen jungen Kerl aus Amis Bande, der noch im Krankenhaus lag. Die Entscheidung hatte Chef Gu ihnen nahegelegt: Er hatte ihnen für den Jungen die Weiterbehandlung im Gefängnis garantiert, was die Haft für ihn gleich erträglicher machen würde. Außerdem könnte man aufgrund seiner eigenen Verletzungen sicher auf Notwehr plädieren und so die Haftstrafe verkürzen.

Einige Tage nach der Inhaftierung des Pechvogels hatte Huisu, als er im Flur eine Zigarette rauchte, ein Gespräch zwischen seinen Männern mitbekommen, die sich unten an der Treppe unterhielten.

»Der Typ ist schwer verletzt, und jetzt muss er auch noch ins Gefängnis?«

»Ja, wirklich. Kein Wunder, dass es immer heißt, Gangster als Beruf, das würde nicht mal ein Hund wollen.«

»Stimmt, ich würd's auch nicht wollen, wenn ich ein Hund wäre.«

Huisu wich in eine Ecke des Flurs zurück. Sie hatten recht. Es war zu viel, es war einfach zu viel, nicht mal ein armer Köter würde diesen Beruf ergreifen wollen.

Ami war zwei Tage später aufgewacht. Er hatte viel Blut verloren, doch kein lebenswichtiges Organ war verletzt worden. Er war außer Lebensgefahr. Als Insuk an sein Krankenbett geeilt war, hatte Huisu es nicht gewagt, ihr ins Gesicht zu sehen. Während sie gemeinsam im Flur des OP-Trakts warteten, hatte Insuk die ganze Zeit geschwiegen. Sie hatte nicht danach gefragt, was vorgefallen war, und schien genauso wenig wissen zu wollen, warum Ami so viele Messerstiche abbekommen hatte. Wahrscheinlich hatte sie von Huinkang oder ihren Angstellten in der Bar schon eine grobe Zusammenfassung gehört. Weil sie nicht fragte, hatte Huisu ihr auch nichts erzählt. Er hatte ihr ohnehin nichts zu sagen. Irgendwann kam Doktor Chae aus dem OP und meldete, dass alles gut und Ami außer Lebensgefahr sei. Mit ausdrucksloser Miene hörte Insuk ihm zu. Dann stand sie auf und ging nach Hause, ohne ihren Sohn auch nur kurz gesehen zu haben.

Am nächsten Tag hatte sie die Bar aufgemacht und die ganze Nacht hindurch gearbeitet. Als Ami später aufwachte, ging sie nicht zu ihm. Sie war gewiss sehr wütend. Wütend auf ihren Gangstersohn und ihren Gangstermann, wütend auf die Gangster im Allgemeinen. Wütend auch, weil sie machtlos war und nichts daran ändern konnte. Einige Tage später kam Huisu nach Hause, um seine Kleider zu wechseln. Die Küchentür war zu. Lange stand er davor, ohne sie zu öffnen. Er hörte kein Schluchzen, doch ein unmerkliches Beben in der Luft ließ ihn die stummen Tränen erahnen, die Insuk, in der Küche zusammengekauert, vergoss.

Jeny war diejenige, die an Amis Bett Wache hielt. Als läge ihr eigenes Kind im Sterben, wich sie nicht von seiner Seite. Sie kümmerte sich mit solcher Hingabe um Ami, dass er schon wenige Tage nach seinem Erwachen im ganzen Krankenhaus herumzulaufen begann.

Im Gangstermilieu verbreitete sich alles immer sofort, und so war es ihnen zwar gelungen, die Polizei mit Geld zu beschwichtigen, nicht aber den anderen Clans Sand in die Augen zu streuen. Eine Woche nachdem die Angelegenheit zu den Akten gelegt zu sein schien, erhielt Huisu im Büro einen Anruf von Cheoljin.

»Unser Chef will dich sehen.«

»Wozu?«

»Kannst du dir das nicht denken?«

»Nein, gar nicht. Aber wenn Cheon Dalho ruft, muss ich angerannt kommen, ist es das?«, erwiderte Huisu schroff.

Am anderen Ende seufzte Cheoljin tief. »Sein Neffe ist umgebracht und zwei unserer Jungs sind schwer verletzt worden«, sagte er in wohl bemessenem Ton.

»Hat nichts mit mir zu tun.«

»Was auch immer passiert, ich verbürge mich für deine Sicherheit.«

»Von welcher Sicherheit redest du, verdammt? Wer bist du, dass du dich für anderer Leute Sicherheit verbürgen kannst?« Huisu war plötzlich laut geworden.

Cheoljin seufzte wieder. »Jetzt beruhig dich mal, Huisu, mit Wut kommen wir hier nicht weiter. Der Neffe von unserem Chef ist auf dem Weg in die Notfallaufnahme an einem Messerstich gestorben. Hast du wirklich gedacht, ihr würdet damit durchkommen, indem ihr euch taub stellt?«

Huisu dachte nach. Cheoljin hatte recht. Der Dalho-Clan war eine der mächtigsten Verbrecherorganisationen von Busan. Sie konnten sich nicht taub stellen. »Ich setze keinen Fuß auf die Insel Yeongdo.«

»Meinetwegen. Hotel Comodor, heute Abend?«

»Du kommst?«

»Ich komme.«

Huisu nahm Huinkang mit. Als sie an der Hotelbar eintrafen, wartete Cheoljin bereits in Begleitung eines kleinen, gedrungenen Mannes um die fünfzig. Huisu hatte noch nie mit ihm gesprochen, doch er wusste, wer dieser Mann war: Eigentlich hieß er Hwang, wurde aber von allen Krokodil genannt und war Cheon Dalhos rechte Hand. Hinter ihm standen zwei Typen um die vierzig, offenbar seine Leibwächter. Ihre ruhige, kaltblütige Haltung ließ vermuten, dass sie sehr effizient waren. Huisu setzte sich an den Tisch. Huinkang warf einen kurzen Blick auf die Leibwächter und blieb hinter ihm stehen.

»Mein Name ist Huisu, ich bin aus Guam.«

»Mein Name ist Hwang und ich arbeite für Großen Bruder Cheon Dalho«, erwiderte der Mann in betont höflichem Ton.

»Sprechen Sie ganz offen mit mir«, sagte Huisu. »Sie sind bei Weitem der Ältere von uns beiden.«

»Vielleicht an einem anderen Tag, unter anderen Umständen. Was uns heute hier zusammenführt, lässt sich nicht wie unter Brüdern regeln.«

Huisu zündete sich eine Zigarette an. Cheoljin saß neben ihm.

»Yangdong hat da einen großen Bock geschossen. Kleine Auseinandersetzungen sind unter Clans an der Tagesordnung, aber Yangdong ist zu weit gegangen, als er den Neffen unseres Chefs getötet hat. Früher folgte auf Kampfansagen dieser Art ein massiver Gegenschlag. Das wissen Sie, oder?«

Obwohl Hwang leise und mit ruhiger Stimme gesprochen hatte, schwang eine unüberhörbare Drohung in seinen Worten mit. Es war eine hinterhältige und besonders widerwärtige Form von Erpressung, denn der Tote, dieser angebliche Neffe von Cheon Dalho, war in Wirklichkeit ein weit entfernter Verwandter, der Vetter ersten Grades eines Vetters ersten Grades von Cheon Dalho. Der sogenannte Neffe war also in Wahrheit kaum näher mit Cheon Dalho verwandt als jeder andere Junge aus seinem Clan. Und nun kam Hwang mit diesem künstlich aufgeblähten Stammbaum um die Ecke und verlangte eine Entschädigungszahlung.

Er zog an seiner Zigarette, bevor er weitersprach. »Sie wissen, was für ein Hitzkopf unser Chef ist. Er wollte diese Sache sofort regeln. Ich musste kämpfen, um ihn davon abzuhalten. Denn was hätten wir davon, wenn wir heute zuließen, dass ein Krieg zwischen unseren Clans ausbricht? Ich habe oft gehört, dass unser Kleiner Bruder Huisu ein sehr kluger Mann ist, mit dem man sich an einen Tisch setzen kann. Also, Kleiner Bruder Huisu, wenn Sie mir einen Beweis Ihrer Aufrichtigkeit geben, werde ich meinerseits versuchen, mit Cheon Dalho zu sprechen, damit er dafür sorgt, dass die Dinge einen für alle Beteiligten günstigen Verlauf nehmen.«

»Hojung und Park sind diejenigen, die alles ausgelöst haben. Sie haben gegen das frisch unterzeichnete Agreement verstoßen, haben ihre Männer bewaffnet und ihnen befohlen, uns mitten in der Nacht feige anzugreifen. Auch viele unserer Männer sind schwer verletzt worden.«

Hwang runzelte die Stirn, als wäre das, was Huisu sagte, nichts als eine feige Ausrede. »Dann hätten Sie das mit den beiden regeln müssen. Warum sind Sie gegen uns vorgegangen? Was hat Cheon Dalho mit diesen Zuhältern zu tun?«

Huisu schüttelte den Kopf. Jeder wusste, dass Yeongdo hinter Hojung und Park stand. »Ich habe auch oft gehört, dass Sie, Großer Bruder Krokodil, ein sehr kluger Mann sind, mit dem man sich an einen Tisch setzen kann. Ich hätte nicht gedacht, dass ich aus Ihrem Mund Worte hören würde, die in dieser Weise die Tatsachen verzerren. Sie wollen also nicht einräumen, dass die beiden nur deshalb so herumgewütet haben, weil sie wussten, dass Yeongdo sie deckt?«

»Bloß weil Hojung und Park als Ausdruck ihres tiefen Respekts Cheon Dalho hin und wieder Geschenke gebracht haben, darf man sie nicht als Teil derselben Familie betrachten.«

Huisu lehnte sich abrupt zurück. Das war nicht die Grundlage für ein Gespräch auf Augenhöhe. Er nahm sich wieder eine Zigarette und zündete sie mit lässiger Geste an. Sein höflicher Respekt war mit einem Mal weg. »Sie wollen damit sagen, dass das, was Hojung und Park getan haben, Sie nichts angeht und dass Sie als Entschädigung für den Tod eines Typen, der entfernt mit Ihrem Boss verwandt ist, tatsächlich Schmerzensgeld verlangen? Und dass Krieg zwischen uns herrscht, wenn wir nicht zahlen? Ist es das, was Sie sagen wollen?«, fragte Huisu in barschem Ton.

In Hwangs Gesicht waren plötzlich alle Muskeln angespannt. Der brüske Umschwung in Huisus Auftreten veranlasste Cheoljin, sich einzuschalten. »Huisu, pass auf, was du sagst …«

Huisu funkelte ihn böse an. »Halt du dich einfach raus, wenn du dich hier für nichts verbürgen kannst.«

Verblüfft über Huisus eisigen Ton, schwieg Cheoljin. Hwang hingegen versuchte mit einem durchdringenden Blick, Huisus Unverfrorenheit Einhalt zu gebieten.

Doch Huisu starrte genauso finster zurück. »Was wollen Sie konkret? Wenn der große Dalho-Clan mit Krieg droht, muss man ja wahrscheinlich irgendwas anbieten. Also, was wollen Sie, das Alkoholdepot von Großem Bruder Yangdong? Oder gleich die Spielautomaten-Fabrik?«

Hwang fixierte ihn weiter, und Huisu wurde klar, dass Cheon Dalho es wohl wirklich auf die Fabrik abgesehen hatte. Bei ihrer Erwähnung hatten Hwangs Augen aufgeleuchtet.

Hwang sagte: »Wenn Sie uns die Fabrik überlassen, der Familie des Verstorbenen eine kleine Entschädigung anbieten und auch die Kosten der Beerdigung übernehmen, könnte das vielleicht die tiefe Trauer unseres Chefs aufwiegen und ihn über den Verlust seines geliebten Verwandten hinwegtrösten …«. Seine Stimme klang am Schluss fast, als wäre ihm das Geheuchel selbst unangenehm.

»Cheon Dalhos tiefe Trauer über den Verlust seines geliebten Verwandten?«, feixte Huisu. Das Einzige, worüber Cheon Dalho Tränen vergossen hatte, war vermutlich sein verletzter Stolz. »Und wenn ich Ihnen jetzt sage, dass das nicht geht, dann erklären Sie uns den Krieg?«

»Wenn man in unserem Milieu einen Fehler macht, sollte man dafür auch geradestehen«, sagte Hwang in gespreiztem, oberlehrerhaftem Ton.

Huisu ärgerte sich maßlos über diesen Ton. Er blies Hwang eine dicke Rauchwolke ins Gesicht. »Das erklären Sie mal besser Hojung und Park.«

»Ich habe doch gesagt, dass sie nichts mit uns zu tun haben.« Hwang kam einfach nicht runter von seinem hohen Ross. Normalerweise lief unter Gangstern alles über Verhandlungen, doch er schien nicht die Absicht zu haben, hier über irgendetwas zu verhandeln. Huisu warf ihm einen vernichtenden Blick zu und zog ausgiebig an seiner Zigarette. Dabei geriet ihm etwas Qualm in die Augen. »Tja, dann also Krieg«, sagte er fast beiläufig und rieb sich das Auge.

»Wie bitte?«, fragte Hwang verdutzt.

»Führen wir also Krieg. Auch wir haben viele Männer, und wenn wir uns gut schlagen, dürften wir den Ihren überlegen sein. Wenn ich mich recht erinnere, sind bei Ihnen doch die Anführer und die guten Männer alle im Krieg gegen das Verbrechen verhaftet worden, oder? Können Sie aus dem, was übrig ist, überhaupt eine anständige Armee auf die Beine stellen?«

Hwang war tief in seinem Stolz getroffen, sein Gesicht lief dunkelrot an, und für einen Moment fehlten ihm die Worte. »Hören Sie, junger Mann«, sagte er schließlich mit einer Stimme, die beherrscht klingen sollte. »Dass Sie ein bisschen Geld verdienen und diese Bande von südostasiatischen Trotteln hinter sich wissen, ist Ihnen anscheinend zu Kopf gestiegen. Vergessen Sie nicht, dass Yeongdos Organisation auf nationaler Ebene tätig ist und in einer anderen Liga spielt als eine kleine Dorfgang aus Guam.«

»Auf nationaler Ebene tätig? Bullshit!«, sagte Huisu knallhart.

Schon war eins der beiden Muskelpakete, die hinter Hwang standen, bei ihm und packte ihn am Kragen. »Du Wichser, was fällt dir ein?«

Fast im selben Moment drückte Huinkang, der die ganze Zeit hinter Huisu gestanden hatte, dem Gorilla seine Messerklinge an den Hals. Es ging so schnell, dass niemand gesehen hatte, wie Huinkang das Messer zog. Vor Schreck rutschte einer der Kellnerinnen das Tablett aus der Hand. Das Scheppern hallte durch den Raum, und Hwang ordnete mit einem kurzen Heben des Arms das Ende der Feindseligkeiten an. Cheoljin stand auf, löste Huinkang und sein Messer langsam vom Hals des Leibwächters und schob den Mann ein paar Schritte zurück. Huisu und Hwang, die immer noch saßen, setzten unterdessen ihr Blickduell fort.

»Nun gut, das heutige Treffen war nicht mehr als ein erstes Kennenlernen. Nun gehen Sie nach Hause, und überlegen Sie sich das gut. Nehmen Sie sich dafür die Zeit, die Sie brauchen. Wenn Sie Ihre Gedanken geordnet haben, kontaktieren Sie Cheoljin.« Mit diesen Worten stand Hwang auf. Er hätte sich gern mit cooler Eleganz erhoben, doch der Schreck saß ihm wahrscheinlich so tief in den Knochen, dass er Mühe hatte, Haltung zu wahren.

Huisu blieb wie versteinert und ohne ein Wort des Abschieds auf seinem Stuhl sitzen, als auch Cheoljin mit unbewegter Miene die Bar verließ. Dieser Hwang gefiel ihm nicht. Der Mann hatte etwas Abstoßendes. Für Huisu gab es nichts Schlimmeres als diese versnobten Typen, die sich auch noch für großzügig und gerecht hielten. Er verachtete sie zutiefst.

Keine fünf Minuten später kam Cheoljin zurück und nahm vor Huisu Platz. »Was sollte das gerade?«, fragte er.

»Wo ist das Problem? Cheon Dalho will was von mir, ja und? Soll ich ihm sofort alles geben?«, antwortete Huisu und funkelte ihn an.

»Immerhin habt ihr ein Mitglied seiner Familie umgebracht.«

»Vetter ersten Grades von einem Vetter ersten Grades, so ein Quatsch. Die sind nicht enger miteinander verwandt als du und ich. Wenn es so ein geliebter Verwandter war, warum hat er ihn dann in einem schäbigen Büro in Wollong vermodern lassen? Was will er damit erreichen, dass er so tut, als wäre dieser Typ ein naher Verwandter? Der will sich nicht nur still und leise mit ein paar Krümeln von unserem Tisch begnügen, nein, der will sich gleich alles einverleiben, erzähl mir doch nichts! Außerdem hat es auch bei uns Verletzte gegeben.«

»Du bist also bereit, Krieg zu führen …«

»Warum nicht? Eure jungen Kerle sitzen alle im Gefängnis, ihr habt doch nur noch alte Männer. Und überhaupt, du wusstest doch ganz genau, dass die Sache übel enden würde, wie konntest du mir das verschweigen? Du bist doch mein Freund, oder?«

»Ich wusste nicht, dass es so weit gehen würde.«

»Lügner!«

Huisu war außer sich. Cheoljin blickte ihm unbefangen, ohne erkennbare Schuldgefühle ins Gesicht, nur voller Mitleid und Sorge, als hätte er wirklich keine Ahnung gehabt, dass es so böse enden würde. Er nahm seine Tasse und trank einen Schluck kalten Kaffee.

Cheoljin sagte: »Man darf die Alten nicht unterschätzen. Die sind viel schlauer und stärker, als wir denken.«

Die Bemerkung kam überraschend, und Huisu lachte leise. Da hatte Cheoljin wohl recht. Alle, die in diesem Milieu überlebt hatten, waren grausam und raffiniert. Was sollte man schon dagegen tun?

»Hör zu, Huisu, was du vorhast, ist genau das, was Ami vor fünf Jahren gemacht hat. Sollte es zum Krieg kommen, wird jede

Seite mit ihrem Blut bezahlen. Aber wer genau wird eigentlich bluten? Nicht diese durchtriebenen Alten, sondern wir – ja, *wir* werden dafür zahlen, du und ich und alle mittleren Kader. Wir werden uns töten lassen, als Krüppel enden oder ins Gefängnis wandern. Das ist das Einzige, was uns erwartet. Wenn du jetzt mit gezücktem Messer aufspringst, bist du so gut wie tot.«

Huisu seufzte. »Wenn ich zulasse, dass mir die Fabrik flöten geht, bin ich definitiv tot. Ich schulde allein Obligation Hong zwanzig Milliarden *won*, Insuks, Amis und Jenys Schulden inklusive. Du kennst doch Obligation Hong. Wenn ich seine zwanzig Milliarden in den Wind schieße, was glaubst du, was dann passiert? Selbst wenn ich Insuk und Jeny verkaufe und mir und Ami sämtliche Organe rausnehmen lasse, wird es nicht reichen.«

Da entfuhr auch Cheoljin ein Seufzer. »Gegen Obligation Hong anzugehen ist jedenfalls besser als der Tod. Er ist längst nicht so gefährlich wie Cheon Dalho. Cheon Dalho ist mein Boss, aber er ist wirklich brandgefährlich. Wenn du dich ihm widersetzt, bist du tot, da gibt es nicht den leisesten Zweifel. Was ist deine Fabrik dagegen? Nein, es gibt nur eine Lösung: jetzt nachgeben und auf eine andere Gelegenheit lauern, später.«

»Eine andere Gelegenheit? Später? Hast du's nach zwanzig Jahren im Gangstermilieu immer noch nicht kapiert? Für einen Gangster gibt es mit vierzig keine spätere Gelegenheit.«

»Nachdem das mit Ami und seiner Bande passiert war, wurde ich mit Vorwürfen bombardiert. Von den alten Kumpeln, die in Guam geblieben sind, bist du bis heute der einzige, der noch mit mir redet. Selbst für Insuk bin ich ein Niemand. Bin ich dafür wenigstens zu Geld oder Ansehen gekommen? Nein, das Einzige, was mir davon geblieben ist, sind Rachsucht und Reue. Ich will nicht gegen dich kämpfen, Huisu. Lass uns versuchen, gemeinsam zu überleben. Das wird schwer, aber wir stehen es

gemeinsam durch, in Ordnung? Und irgendwann ist uns das
Glück hold.«

Cheoljin klang so, als tröstete er ein Kind. Seine Sorge um
Huisu war ehrlich. Oder galt seine Sorge ihm selbst? Sollte es
zum Krieg zwischen Guam und Cheon Dalho kommen, wäre
Cheoljin gezwungen, an vorderster Front auf der Seite seines
Clans zu kämpfen. Dasselbe galt für Huisu. Der starrte inzwischen auf seinen Kaffee. Er hatte ihn noch nicht angerührt. Die
Tasse war winzig, der Kaffee darin aber so schwarz, dass man
nicht bis auf den Tassenboden sehen konnte. Zusammen sterben oder zusammen leben: Im Grunde drängte ihn Cheoljin,
zwischen beidem zu wählen. Cheon Dalho die Fabrik zu überlassen war in den Augen seines Freundes die bessere Wahl, um
sie beide durchzubringen. Huisu hatte ernste Zweifel daran.

KÖDER

Als Huisu im Mallijang eintraf, war Vater Son nicht da. Aus dem Foyer kam ihm Mau fröhlich entgegengelaufen. Wie ein Hund seinem Herrchen.

»Wo ist der alte Herr?«, fragte Huisu.

»Er ist zum Hafen von Baekji gefahren, um zu angeln«, antwortete Mau strahlend und wollte Huisu gar nicht mehr von der Seite weichen.

»Warum freust du dich so?«

»Ich wollte Ihnen schon die ganze Zeit etwas Wichtiges sagen, und jetzt sind Sie plötzlich da! Ich freue mich einfach!«

»Was wolltest du mir denn sagen?«

Mau sah sich kurz um, als hätte er eine Information von höchster Wichtigkeit weiterzugeben. Dann neigte er sich hinter vorgehaltener Hand zu Huisu hin. Huisu hielt ihm leicht den Kopf entgegen.

»Also, der mexikanische Kaktus, der im Foyer stand, Sie wissen doch …«

»Ja.«

»Er ist eingegangen, weil die Frau aus Yangbian ihn viel zu oft gegossen hat.«

»Ja, und?«

»Und ich habe mir gedacht, anstatt wieder einen mexikanischen Kaktus zu kaufen, könnte ich stattdessen einen bengalischen Gummibaum nehmen.«

Huisu löste sein Ohr von Maus Mund und starrte ihn an.

»Und das wolltest du mir sagen, und zwar unbedingt mir?«

»Ja. Und noch etwas, das betrifft die Fensterfront der Terrasse, ich habe gehört, dass es jetzt eine selbstklebende, getönte Folie gibt, die man einfach im Geschäft kaufen kann. Dann brauchen wir keine neuen Scheiben. Wir müssen nur die Fenster rund um die Lounge mit dieser getönten Folie abkleben, und schon haben wir ein viel nobleres Ambiente, ohne dass es teuer wird«, sagte Mau mit großem Ernst.

Huisu sah ihm forschend ins Gesicht, entgeistert und traurig zugleich. Dieser arme Irre war völlig uninteressiert an allem, was in dieser Welt passierte. Womöglich hatte ihn bisher noch niemand darüber informiert, dass gerade ein blutiger Krieg zwischen Guam und Wollong ausgebrochen war.

»Nun ja, mit diesen Fragen musst du dich an Jeongbae wenden, Mau. Er ist ja jetzt der Manager.«

»Großer Bruder Jeongbae interessiert sich kein bisschen dafür, wie wir das Hotel verschönern können. Er ist vielleicht der Manager, aber er ist so damit beschäftigt, für sich selbst Geld zu scheffeln, dass er fast nie hier auftaucht. Deshalb habe ich ja so auf Sie gewartet, Großer Bruder Huisu, Sie können sich gar nicht vorstellen, wie sehr! Also, was halten Sie davon? Der bengalische Gummibaum wäre doch besser, oder? Er hat nämlich eine besondere Eigenschaft: Er reinigt die Luft von Schadstoffen. Das ist doch tausendmal besser als so ein armseliger mexikanischer Kaktus, der überhaupt keine besondere Eigenschaft hat, oder?«

Maus Gequassel ging Huisu dermaßen auf die Nerven, dass sich tief in ihm der Wunsch regte, ihm eine zu knallen. Aber er stand zu sehr unter Druck, da hatte er noch nicht einmal Zeit,

Mau den Kopf zurechtzurücken. »Du hast recht, Mau, der Gummibaum ist besser als dieser verdammte, überteuerte Kaktus, der keine besondere Eigenschaft hat«, sagte er matt.

Mau lächelte strahlend, als hätte er mit dieser Antwort gerechnet. »Ja, wirklich, oder? Ach, Großer Bruder Huisu, Sie fehlen mir so! Das war richtig schön, als Sie hier noch Manager waren. Wissen Sie, Großer Bruder Huisu, wir beide, Sie und ich, wir sind die perfekte Kombination, ich meine vom Sternzeichen her, deshalb verstehen wir uns auch so gut. Großer Bruder Jeongbae ist ein Ignorant.«

»Wir beide sind vom Sternzeichen her die perfekte Kombination?«, wiederholte Huisu, plötzlich von Mitleid erfasst.

»Aber ja doch, Großer Bruder Huisu! Sie und ich, das ist die Kombination des Jahrhunderts«, erwiderte Mau zufrieden.

Der Felsen am Hafen von Baekji, der hundert Meter vor der Küste aus den Wellen des Meeres von Guam ragte, war Vater Sons Lieblingsort zum Angeln und nur per Boot zu erreichen. Eigentlich war es eine kleine Felsgruppe aus Basalt, auf der allenfalls drei oder vier Angler Platz hatten. Bei Flut verschwand sie, bei Ebbe tauchte sie wieder auf. Wer nicht auf die Gezeiten achtgab, lief Gefahr, von der Flut verschlungen zu werden. Es hatte hier schon mehrere tödliche Unfälle gegeben.

Huisu betrat das Geschäft für Anglerbedarf am Fuß der Klippen von Baekji. Zaus, der Besitzer des Ladens, war ein ehemaliger Gangster, der sich vor zwanzig Jahren zur Ruhe gesetzt hatte. Angeblich war er damals wie Dalja ein bekannter Messerstecher gewesen. Nach dem Verlust eines Arms hatte er sich aus dem Gangstermilieu verabschiedet. Weil er keine Prothese trug, flatterte sein rechter Ärmel ständig im Wind. Wenn Vater Son zum Angeln kam, war Zaus derjenige, der ihn mit seinem Boot zum Felsen fuhr. Als Huisu den Laden betrat, reparierte Zaus gerade mit der ihm gebliebenen Hand eine Angelrute, was unendlich langsam und ungeschickt vonstattenging. Vater Son hatte ihm schon oft geraten, sich eine Prothese anzuschaffen, die seien doch im Vergleich zu früher sehr gut, und es werde ihm das Leben erleichtern, aber Zaus hatte seltsamerweise nie eine haben wollen. Im Gegenteil, man konnte sogar den Eindruck gewinnen, dass ihm seine Behinderung ein heimliches Vergnügen bereitete. Als er Huisu sah, strahlte er.

»Wie geht es Ihnen?«, fragte Huisu.

»Huisu! Lange nicht gesehen.«

»Ist der alte Herr auf dem Felsen?«

»Ja. Eine Weile hat er sich selten hier blicken lassen, aber in letzter Zeit sehe ich ihn ziemlich oft. Dabei gibt's im Sommer kaum Fische.«

»Können Sie mich hinbringen?«

Zaus nickte und ging sofort zur Anlegestelle. Mit seiner einzigen Hand löste er die Leine, die an einem Pflock befestigt war. Dann stieg er ins Boot, ließ den Motor an und stellte sich ans Steuerruder. Rund um den Rumpf des kleinen Schiffs, das dazu diente, Angler zu den Inselchen und Felsen zu bringen, waren alte Autoreifen befestigt, um Stöße abzufedern. Obwohl wahrscheinlich längst allerhand Gerüchte über die jüngsten Vorfälle die Runde gemacht hatten, stellte Zaus während der Fahrt nicht eine einzige Frage. Genauso, wie er über den Verlust seines Arms nie ein Wort verlor, schnüffelte er auch nicht in der Vergangenheit anderer herum. Seine Wortkargheit war sicher einer der Gründe, warum Vater Son diesen einarmigen ehemaligen Messerstecher mochte.

Vater Son stand mit seiner Angelrute am Rand des Felsens. Zaus legte an, und Huisu sprang vom Boot. Vater Son schien erst überrascht und dann erfreut über den unerwarteten Besuch; er lächelte.

»Wollen Sie demnächst wieder zurück oder soll ich erst vor der Flut wiederkommen?«, fragte Zaus.

»Komm vor der Flut«, sagte Vater Son mit einem kurzen Blick auf Huisu.

Zaus deutete mit seinem Arm einen militärischen Gruß an, dann nahm er wieder Kurs auf den Hafen. Über den ganzen Felsen verteilt lag Camping- und Angelzubehör herum, darunter auch eine Kühlbox.

»Also wirklich, Sie haben vielleicht merkwürdige Hobbys. Sie spielen allein Go, Sie gärtnern allein, Sie angeln allein ... Warum eigentlich ausgerechnet heute, wo alle Welt dem bevorstehenden Taifun entgegenzittert?«, spöttelte Huisu.

Tatsächlich wurde das Meer schon von den ersten meterhohen Wellen aufgewühlt. Vater Son schwang lachend die Angelrute. Er angelte nur mit Kunstködern, denn er hasste es, sich windende Regenwürmer anzufassen. Im Übrigen war er kein guter Angler und fing nur selten einen Fisch. Huisu warf einen Blick in den leeren Angelkorb. Neben dem Korb stand ein Campingtopf mit einem Rest Suppe.

»Willst du Ramen-Suppe?«

Huisu nickte. Er war sehr hungrig. »Sie auch?«

»Nur noch ein bisschen, um dir Gesellschaft zu leisten.«

Huisu spülte den Topf mit Meerwasser aus und goss aus einer Flasche Trinkwasser hinein. Dann nahm er eine Packung Instantnudelsuppe und eine angefangene *soju*-Flasche aus Vater Sons Tasche. Er stellte den Windschutz um den Gaskocher auf, entzündete die Flamme, setzte das Wasser auf und wartete darauf, dass es kochte. Ein riesiges Containerschiff, dem der drohende Taifun egal zu sein schien, verließ gerade den Hafen in Richtung Pazifik, dem tropischen Tiefdruckgebiet entgegen. Die lauten Pfeifsignale, die das Auslaufen begleiteten, hallten über das Meer. Vater Son und Huisu schwiegen eine Weile. Vater Son

starrte auf das Ende seiner Angel, und Huisu schaute gedankenverloren auf den Topf, in dem sich das Wasser erwärmte. Ein
erstes Bläschen stieg auf, dann noch eins und noch eins und immer mehr. Als das Wasser anfing zu blubbern, tauchte Huisu die
Nudeln hinein und gab die Soße aus dem Tütchen dazu. Das
Sprudeln hörte schlagartig auf, dann begann das Wasser wieder
zu kochen. Kurz darauf machte Huisu die Flamme aus und verteilte die Nudeln auf zwei Schalen.

Vater Son klappte seine Angel zusammen und setzte sich
neben ihn. Er brach die Stäbchen auseinander, nahm einen Teil
seiner Nudeln und gab sie in Huisus Schale. »Ich hatte ja eben
schon eine Packung.«

Auf die Suppe pustend, um sie abzukühlen – was wegen des
starken Windes eigentlich überflüssig war –, begannen beide zu
essen. Angenehm warm glitten die Nudeln durch ihre Kehlen.

»Schmeckt's?«, fragte Vater Son.

»Schmeckt sehr gut«, nickte Huisu.

»Ramen-Suppe schmeckt am besten, wenn man sie so isst
wie wir jetzt, draußen auf dem Meer«, sagte Vater Son zufrieden.

»Und noch besser mit Tintenfisch. Sie haben noch nie einen
gefangen, oder?«, fragte Huisu und blickte dabei auf den leeren
Korb.

Vater Son, der an diesem Tag noch gar nichts gefangen hatte,
und schon gar nicht einen Tintenfisch, trank verlegen seinen
letzten Schluck Suppe.

Huisu spülte den Topf und die Schalen mit Meerwasser aus,
klappte die Angelrute, die Vater Son ihm hinhielt, komplett zusammen und sammelte ein, was noch auf dem Felsen herumlag,
damit sie losfahren konnten, sobald das Boot kam. Der Wind
wurde immer stärker, und die Wellen rollten in irrem Tempo
auf die Küste zu. Als alles gepackt war, setzten sich Huisu und

Vater Son, von der steigenden Flut eingeschlossen, auf den Rand des Felsens.

»Geht es den Jungs im Krankenhaus besser?«

»Sie erholen sich schnell, das muss die Kraft der Jugend sein. Ami ist schon wieder zu Hause.«

»Ich habe die Polizeichefs kontaktiert. Tu, was sie dir sagen, ohne zu debattieren. Man darf auch nicht zu viel von ihnen verlangen, sonst ist es von ihrer Seite nicht machbar.«

Huisu nickte. »Ja. Die Polizei ist das eine. Aber ich weiß wirklich nicht, wie wir die Situation mit Yeongdo bereinigen sollen. Sie drangsalieren uns ständig. Man kann sich nicht dauernd bekriegen, aber wir können auch nicht alles hinnehmen, was sie verlangen.«

»Wie viel verlangt Cheon Dalho von euch?«

»Hojung und Park wollen einen Teil des Wodkas, der jeden Monat durch den Hafen geht, und Cheon Dalho verlangt zusätzlich zu den Entschädigungszahlungen für den Tod seines Neffen mal eben die ganze Fabrik.«

»Für Arschlöcher ein einfaches Rechenexempel«, grinste Vater Son.

»Mit Hojung und Park wird es ein Tauziehen geben, aber dann müssten wir uns einigen können. Aber Cheon Dalho ist ein Betonkopf. Wenn wir ihm nicht geben, was er will, ist er bereit, Krieg zu führen.«

»Und du, was denkst du?«

»Ein Krieg dürfte schwierig für uns werden, wir haben kein Geld und nicht genug Männer.«

»Dann bist du also gekommen, um mich um Verhandlungen zu bitten?«

»Doyen Nam ist der einzige Mensch, dessen Meinung Cheon Dalho wichtig ist, wenn Sie also vielleicht mal mit ihm reden könnten …«

Alles Weitere ließ Huisu unausgesprochen. Er fühlte sich hilflos, wie ein Versager. Im April hatte er Vater Son in der Überzeugung verlassen, sehr gut allein zurechtzukommen. Und als Yangdong über Vater Sons zehnprozentige Abgabe geschimpft hatte und darüber, dass sie dafür keine Gegenleistung bekämen und es besser sei, ihr Geld der Heilsarmee zu spenden, war Huisu einer Meinung gewesen. Aber jetzt hatte er nicht mal drei Monate ohne Vater Sons schützenden Schirm durchgehalten und musste die weiße Fahne schwenkend wieder auf ihn zugehen. Die Zahl der Hyänen war zu groß, sie waren zu hinterhältig und zu brutal, und Huisu merkte, wie wirkungsvoll Vater Sons kleiner Schirm letztlich doch war.

»Gib Cheon Dalho, was er verlangt. Anders wirst du dein Leben nicht retten können.« Vater Son klang sarkastisch.

Huisu kaute auf seiner Unterlippe. Das Spielautomaten-Geschäft war kurz davor, lukrativ zu werden. Was sie damit verdienen würden, wäre für ihn ein Vermögen, für den steinreichen Cheon Dalho hingegen nicht mehr als ein kleines, zusätzliches Taschengeld. Huisu wurde fast übel, wenn er daran dachte, dass er diesen hinterlistigen Schakalen eine offene Flanke geboten hatte und nun ihren gefräßigen Mäulern alles überlassen sollte, was er sich so mühsam aufgebaut hatte. Auch der Gedanke an Yangdongs hitziges Temperament und die Schwäche von Guam war alles andere als erhebend. Und jetzt hatte er auch noch Vater Son vor sich, der so tat, als beträfe ihn das alles gar nicht. Huisu befand sich in einem ausweglosen Dilemma: Entweder er behielt die Fabrik und starb durch Cheon Dalhos Messer, oder er gab sie ab und starb, weil ihn Obligation Hong in Stücke zerlegte.

»Die Risiken sind mir egal. Ich kann die Fabrik nicht abgeben«, erklärte er mit fester Stimme.

»Wenn du in jeder Hand einen Kuchen hast, dich aber weigerst, einen davon herzugeben – wie kannst du mich dann bitten, für dich zu verhandeln?«

»Doyen Nam ist ein anständiger Mann. Ich denke, er wird einen halbwegs vernünftigen Kompromiss akzeptieren.«

Vater Son brach in schallendes Gelächter aus. »Es mag so aussehen, als lägen Doyen Nam und Cheon Dalho dauernd im Clinch, in Wirklichkeit stecken sie aber unter einer Decke. Man darf nicht vergessen, dass beide als Kriegsflüchtlinge gekommen sind. Wenn du glaubst, dass sie bereit sind, auch nur auf ein kleines Stückchen der Beute zu verzichten, die ihnen so gut wie sicher ist …«

»Sie wollen damit sagen, verhandeln ist unmöglich?«

»Wenn wir jetzt verhandeln, saugen sie euch das Mark aus den Knochen. Doyen Nam wirft euch vielleicht ein paar Häppchen hin, um sich damit einen großmütigen Anstrich zu geben, aber dann nimmt er euch alles ab. Ich kenne seinen Stil. Selbst wenn du es doch irgendwie schaffen solltest, die Fabrik zu behalten … Er würde sich ständig damit brüsten, was er Großartiges für dich getan hat – glaubst du, dass du das ertragen könntest?«

Huisu senkte bestürzt den Blick. »Worauf wollen Sie hinaus?«

»Jetzt ist nicht der richtige Zeitpunkt, um zu verhandeln, darauf will ich hinaus. Es wäre sinnlos.«

»Aber nichts tun geht ja wohl auch nicht, oder?«

»Was habe ich dir neulich gesagt? Ich habe dir gesagt, dass man solchen hinterlistigen Hyänen niemals eine offene Flanke bieten darf. Wenn sie erst einmal zugeschnappt haben, lassen sie dich nicht mehr los. Und wenn du versuchst, dich loszureißen, beißen sie sich noch mehr fest.« Vater Son hatte einen klagenden Ton angeschlagen.

Huisu bereute zutiefst, dass er den tollwütigen Yangdong an jenem Morgen nicht zurückgehalten hatte. Sicher, es war noch

451

sehr früh am Morgen gewesen, er hatte selbst noch Alkohol im Blut gehabt und war in Gedanken bei Ami und den anderen Verletzten gewesen, aber er hätte Yangdong aufhalten müssen. Dann hätten sie diesem Drecksack Cheon Dalho nicht die offene Flanke geboten. Wenn sie sich einfach nur zwei oder drei Tage geduldet hätten, um erst einmal die Lage zu überblicken, hätten sie Hojung und Park ausschalten können. Doch nun war es zu spät: Das Kind war in den Brunnen gefallen. Was nützte es also, zu lamentieren und wütend mit den Füßen auf den Boden zu stampfen? »Sehen Sie keine andere Lösung?«

»Dieser Krieg muss geführt werden.«

»Soll das ein Witz sein?«

»Nein, das soll kein Witz sein.«

Vater Son starrte zum Horizont. In Wirklichkeit ruhte sein Blick auf der Insel Yeongdo, dort draußen mitten im Meer. Einem Meer zwischen Insel und Küste, um das sich Yeongdo und Guam seit dreißig Jahren noch nie gestritten hatten. Seit Vater Sons Großvater Son Heungsik unter den Peitschenhieben eines Diktators zu Tode gekommen war, hatte Guam keinen Krieg mehr geführt, von ein paar mehr oder weniger handfesten, letztlich aber unerheblichen Auseinandersetzungen einmal abgesehen. Mit seiner Höflichkeit und seinem devoten Lächeln als Waffe war es Vater Son immer gelungen, Streitigkeiten zu vermeiden. Und nun riet dieser ängstliche alte Mann Huisu dazu, einen Krieg gegen die größte Verbrecherorganisation von Busan zu führen?

»Haben wir im Fall eines Krieges eine Chance auf Sieg?«

»Nein, nicht die geringste.«

»Soll das ein Witz sein?«, sagte Huisu noch einmal.

»Gangster sind Feiglinge, Huisu. Und wie sieht ein Krieg zwischen Feiglingen deiner Meinung nach aus? Na, eben wie Feiglinge, die auf andere Feiglinge zurasen. Entweder die größeren Feiglinge reißen doch noch das Steuer herum, oder es kommt zum Frontalzusammenstoß, und alle sind tot. So dämlich ist Krieg nun mal, wie soll es da einen Sieger geben?«

Anders gesagt wollte Vater Son von Huisu wissen, ob er etwas Dämliches tun würde oder etwas Dämliches, das noch dämlicher als etwas Dämliches war. Vater Son hatte es ja eben schon gesagt: Huisu würde mit dem Leben davonkommen, wenn er den Wokda und die Fabrik hergab. Eine Zeit lang würden Gerüchte die Runde machen, die ungefähr so demütigend wären, wie Gerüchte eben waren, über einen Typen, der eine Prostituierte geheiratet hatte, und Huisu würde immer weniger Geld in der Tasche haben. Das war alles. Im Großen und Ganzen würde er also, wenn er nicht kämpfte, sein armseliges Hundeleben weiterführen. So hatte er immer gelebt, warum also nicht genauso weitermachen?

Die Wellen um Vater Son und Huisu schlugen höher und höher, wurden immer bedrohlicher. Der Felsen schien von Mal zu Mal tiefer im Meer zu versinken. Von Zaus und seinem Boot war immer noch nichts zu sehen.

»Wir werden diesen Krieg führen«, sagte Huisu mit leiser, fester Stimme.

»Du bist also entschlossen zu kämpfen? Wenn die Feindseligkeiten erst begonnen haben, gibt es kein Zurück mehr.«

Vater Son sah ihm erwartungsvoll in die Augen.

Huisu nickte. »Sollen wir als Erstes ein paar von ihren Läden angreifen?«

»Du glaubst doch wohl nicht, dass denen ein paar kaputte Tische Angst machen? Nein, es braucht Tote. Ein paar auf deren und ein paar auf unserer Seite. Bis eine der beiden Parteien keine Kraft mehr hat.«

Huisu sträubten sich die Haare. Hier ein paar Tote, dort ein paar Tote … Und wer genau würde sterben? Verhandlungen waren unter Gangstern das A und O. Aber diese Verhandlungen mussten aus einer Position der Stärke geführt werden. Und wenn das im ersten Anlauf nicht möglich war, musste man sich gegenseitig zermürben, bis eine der beiden Parteien so weit war, um Verhandlungen zu bitten. Bis dahin musste das Sterben auf beiden Seiten weitergehen.

»Müssen wir Hojung und Park töten?«

»Nur die beiden? Cheon Dalho wird es zur Kenntnis nehmen, ohne auch nur mit der Wimper zu zucken.«

»Also auch noch Hwang? Er gehört zum Stammhaus, von ihm sollte man eigentlich lieber die Finger lassen ...«

»Cheoljin könnte der Richtige sein. Wenn er ins Gras beißt, wird Cheon Dalho kippen.«

Huisu biss fest die Zähne zusammen. Es war abscheulich, was der Alte da einfach so von sich gab. »Cheoljin ist seit dreißig Jahren mein Freund.«

»Ja und? Willst du an seiner Stelle sterben, weil er seit dreißig Jahren dein Freund ist?«

Vater Son deutete mit dem Kinn zur Insel Yeongdo.

»Was glaubst du, worüber sich Cheon Dalho da drüben gerade Gedanken macht? Er macht sich natürlich dieselben Gedanken wie ich. Bestimmt hat er schon drei Kandidaten ausgeguckt – Yangdong, Ami und Huisu – und ist dabei, Cheoljin davon zu überzeugen, dass mindestens Huisu sterben muss, damit es zu Verhandlungen kommt. Was glaubst du? Wird Cheoljin ihn unter Tränen auf den Knien anflehen, dass es nicht Huisu sein darf, weil Huisu sein bester Freund ist?«

Wohl kaum, dachte Huisu. Cheoljin würde schweigen. Und sein Gewissen mit Ausflüchten beruhigen – dass er ja keine andere Wahl hatte und dass dies nun mal das Los aller Gangster war. Als Huisu und seine Freunde vor zwanzig Jahren zum ersten Mal im Gefängnis landeten, war es Cheoljin als Einzigem gelungen, sich dem Zugriff der Polizei zu entziehen. Und auch nach dem Krieg gegen Ami, in dem Cheoljin und seine Leute zwanzigjährige Jungs getötet und zu Invaliden gemacht hatten, konnte er sich herausreden. Ihm sei ja nichts anderes übrig gebieben und er habe überhaupt keinen Einfluss auf irgendwelche Entscheidungen gehabt. Von den drei Freunden aus Pater Martinos Boxtraining – Huisu, Gyeongtae und Cheoljin – war Cheoljin der freundlichste, aber auch der willensschwächste. Schwach und freundlich zu sein war schlimm. Der Mensch war ja nicht schlecht, weil er schlecht auf die Welt kam. Erst seine Schwäche machte ihn schlecht.

»Nicht Cheoljin. Wenn wir schon töten müssen, lassen sie uns Hojung, Park und Hwang töten, der immerhin Cheon Dalhos Berater ist.«

Vater Son schüttelte den Kopf. »Der Tod des alten Hwang hätte keinerlei Wirkung. Cheoljin ist der Motor des Dalho-Clans. Ihn müssen wir erwischen, damit Cheon Dalho ins Straucheln kommt.«

»Yeongdo hat nicht mehr genug Männer. Wenn der Clan Hojung, Park und Hwang verliert, ist das ein schwerer Schlag. Cheoljin ist ängstlich und schwach, wieso sollte er eine Bedrohung darstellen? Und wenn wir später verhandeln wollen, ist es außerdem besser, jemanden am Leben zu lassen, mit dem wir im Vorfeld reden können.«

Vater Son gab Huisu eine so schallende Ohrfeige, dass er plötzlich das Gefühl hatte aufzuwachen. Seine Wange brannte. Das Streicheln des Seewinds brachte ein bisschen Kühlung.

»Hör mir gut zu. Krieg ist schmutzig, niederträchtig, elend und grausam. Und weißt du, wer ihn jedes Mal verliert? Leute wie du, die mit Anstand kämpfen wollen. Untersteh dich, dir einen Arm oder ein Bein abhacken zu lassen, bloß weil du Mitgefühl und Großmut demonstrieren willst. Dann bringe ich dich um, noch bevor Yeongdo es tut.« Mit diesen Worten wandte sich Vater Son wieder dem Meer zu.

Huisu folgte seinem Blick. So ein Meer war als Gegenstand der Betrachtung ideal, wenn im Kopf Leere herrschte.

»Wo haben sich Hojung und Park versteckt?«, fragte Vater Son, nun wieder mit sanfter Stimme.

»Wir wissen es nicht, sie sind unauffindbar.«

»Soll ich mich erkundigen?«

»Ich wäre Ihnen dankbar dafür.«

»Man muss gut unterscheiden können, was wieder an die Oberfläche gespült werden soll und was nicht. Hojung und Park, diese beschissenen Zuhälter, lässt du mit viel Tamtam wieder auftauchen; Cheoljin versenkst du geräuschlos.«

Vater Sons Stimme war so leise, dass der Wind sie beinahe davontrug. Dennoch hatte Huisu jedes Wort gehört.

WAS AN DIE OBER-FLÄCHE GESPÜLT WERDEN SOLL UND WAS NICHT

Ein feuchter Wind, der über das Meer peitschte, kündigte den Taifun an. Auf der Kastanieninsel drehte sich die Wetterfahne am Dach der Hütte wie verrückt im Kreis. Seit dem Nachmittag schlugen sich Daeyeong und Daeseong mit der Reparatur der Zerkleinerungsmaschine herum. Sie diente ihnen dazu, Fischabfälle und gefrorenen Fisch zu schreddern, um das Gemisch herzustellen, das sie an ihre Fische verfütterten. Weil es auf der Insel keinen Strom gab, hatten sie die Maschine so umgebaut, dass sie sich mit einem Dieselmotor betreiben ließ. Vor einigen Tagen schien sich etwas darin verklemmt zu haben. Jedes Mal, wenn sie das Ding hochfuhren, begann der Gebläse-Keilriemen zu vibrieren, und der Motor blieb stehen. Daeyeong konnte die Ursache offenbar nicht finden. Er schüttelte ratlos den Kopf, klopfte ein paarmal mit dem Schraubenschlüssel gegen den Keilriemen. Daeseong schaute neugierig zu, den Werkzeugkasten an die Brust gedrückt. Sein älterer Bruder war derjenige, der die Maschine reparierte, doch komischerweise hatte nicht er, sondern Daeseong ein ölverschmiertes Gesicht. Auf der Maschine sitzend, gab er dem älteren Bruder eifrig Anweisungen, von denen eine idiotischer war als die andere. Wie immer achtete Daeyeong nicht auf sein Gerede. Er legte sich noch einmal unter die Maschine, zog ein paar Schrauben an und schrie seinem Bruder zu, dass er den Motor anlassen solle. Das tat er, und tatsächlich begann die Maschine endlich wieder zu laufen. Der Keilriemen vibrierte zwar immer noch und machte ein Geräusch, als würde das ganze Ding jeden Moment in die Luft fliegen, aber Daeyeong schien zufrieden. Er zog sich die mit rotem Gummi beschichteten Handschuhe aus und ging zu Huisu.

»Stimmt irgendwas nicht?«, fragte Huisu.

»Nein, nein, ist wieder alles in Ordnung. Das Mahlwerk ist zwar sehr groß, aber die Leistung reicht trotzdem nicht, liegt an diesem zusammengepfuschten Motor.«

»Wie schaffst du es, mit so einer Maschine die ganze Fischzucht am Laufen zu halten?«

»Na, im Moment kriegen die Fische Trockenfutter.«

»Dann benutzt ihr die Maschine also nur für die Leichen?«

Daeyeong tat überrascht. »Was wollen Sie denn damit sagen?«

»Ich will eine ehrliche Antwort. Du schredderst doch immer noch Leichen, oder?«

»Ach was, das kommt höchstens alle drei, vier Jahre mal vor«, erwiderte Daeyong in unschuldigem Ton.

Huisu schüttelte entschieden den Kopf, um deutlich zu machen, dass er ihm kein Wort glaubte. »Bis ans Ende meiner Tage werde ich keinen einzigen Heilbutt mehr essen. Wie ich sehe, ist das Züchten von Fischen nach wie vor alles andere als eure Hauptbeschäftigung.«

»Das stimmt nicht! Solche Leute sind wir nicht.«

»Ach, ja? Was seid ihr denn für Leute?«

»Wir sind tapfere Fischer und tun das fürs Vaterland.«

»Was du nicht sagst.«

Daeseong warf ein paar Zweige in den Zerkleinerer. Heftig

vibrierend zermalmte die Maschine sie. Daeseong fand das so lustig, dass er gleich einen dickeren Ast hinterherwarf.

»Verflucht noch mal, du dumme Nuss! Jetzt habe ich das Ding gerade repariert, da fängst du schon wieder an. Hör auf damit!«, schrie Daeyeong.

Der bellende Befehl seines Bruders ließ Daeseong zusammenzucken, und er warf den Ast, den er in der Hand hielt, weit weg.

»Na, der hört aber gut auf dich. Wenigstens hat er Angst vor dir.«

»Nein, der hat vor nichts und niemandem Angst.«

Daeseong spurtete ohne ersichtlichen Grund los, kam zurück und schoss mit unbändiger Energie in die andere Richtung davon. Dieser debile Mensch hatte die Kindheit nie hinter sich gelassen, so etwas wie Sorgen kannte er gar nicht. Huisu beneidete ihn fast um seinen leeren, angstfreien Kopf.

»Und sonst gibt es mit dieser Maschine keine Komplikationen?«, fragte er.

»Wenn wir die Haare getrennt verarbeiten, ist es eine ziemlich cleane Sache.«

»Was ist denn mit den Haaren das Problem?«

»Eigentlich schreddert die Maschine alles, auch Knochen, aber bei den Haaren funktioniert's komischerweise nicht so gut. Die bleiben oft im Mahlwerk hängen, und davon geht die Maschine kaputt.«

»Und was macht ihr mit den Haaren? Abrasieren wie die buddhistischen Mönche?«

»Wir verbrennen sie.«

»Ihr verbrennt sie?« Huisu legte nachdenklich den Kopf zur Seite, als versuchte er, sich das vorzustellen.

»Haare bestehen hauptsächlich aus Proteinen, die brennen ziemlich gut«, antwortete Daeyeong tonlos.

Huisu nickte, nahm eine Zigarette und drehte sich zur Hütte um. Allmählich setzte der Wind dem Dach zu, unter dem Hojung und Cheoljin – gefesselt – lagen. Es war dringend notwendig, sich noch in dieser Nacht um die beiden zu kümmern, damit bis zum Morgengrauen alles erledigt war. Dalja war nicht mitgekommen, der Job war also allein Huisus Sache. Ein beklemmender Gedanke, bei dem sein Schädel schmerzhaft zu pochen begann. Huinkang kümmerte sich gerade wahrscheinlich schon um Park, den Zuhälter aus Wollong. Der hatte nicht mal versucht unterzutauchen, sondern sich ins Geheimzimmer seines Bordells geflüchtet, in dem sich sonst bei Kontrollen die Nutten und Freier versteckten. Hatte er geglaubt, dass die Prostituierten schützend ihre Hand über ihn halten würden? Oder hielt er das kleine Geheimzimmer aus welchem Grund auch immer für einen sicheren Ort? Dabei war dieser Raum, dessen Tür sich hinter einem Waschtisch verbarg, alles andere als sicher. Ohne Fenster und Notausgang gab es dort keinerlei Fluchtmöglichkeit. Gegen eine vergleichsweise lächerliche Bezahlung hatte eine von Parks Prostituierten Huinkang den Schlüssel gegeben. Huisu sah auf die Uhr. Vier Uhr nachmittags. Huinkang hatte den Schlüssel, und er hatte ein gut geschliffenes Messer. Bald würde der Zuhälter Park einen langsamen, lautlosen Tod sterben und in einem Geheimzimmer ohne Fenster und Notausgang verbluten.

Hojung war bereits letzte Nacht geschnappt worden. Von den Mitteln, die Vater Son bereitgestellt hatte, waren Spezialisten engagiert worden. Was sich letztlich als überflüssig erwies: Wenn es darum ging, Gangster zu schnappen, waren ihre eigenen Kollegen effizienter als jeder andere, man musste nur tief genug in die Tasche greifen. Hojung war in Yeongju abgetaucht. In der Blütezeit der Kohleindustrie war diese Stadt ein florierender Eisenbahnknotenpunkt gewesen. Wenn die Bergarbeiter am

Wochenende aus den Minen strömten, fuhren sie im Taxi durchs Taebaek-Gebirge bis nach Yeongju, um dort was zu trinken und sich zu vergnügen. In Yeongju, so hieß es damals, trugen sogar die Hunde Zehntausend-*won*-Scheine in der Schnauze mit sich herum. Inzwischen gab es in Yeongju keine kohlebeladenen Züge und keine Bergarbeiter mehr. Geblieben waren marode Bars und alte Nutten. Hojung war wohl deshalb in Yeongju untergetaucht, weil er dort einen alten Freund hatte, der ein Bordell unterhielt. Wenn Gangster Unterschlupf suchten, neigten sie dazu, sich an einen alten Freund ihres Vertrauens zu wenden, weil sie törichterweise glaubten, ihre Freundschaft sei so stabil, dass er sie schützen werde. Versuchte dann jemand, diesen Freund mit Geld zu überzeugen, stellte er rasch fest, wie lächerlich gering der Preis dieser angeblichen Freundschaft war. Und umso geringer war er, wenn es darum ging, eine Ratte wie Hojung zu verschachern.

Auch Cheoljin, Huisus alter Freund, saß gefesselt in der Hütte. Huisu hatte sich über den Preis dieser Freundschaft keine Illusionen gemacht. Er wusste, dass er auch nicht höher war als der Preis einer Ratte wie Hojung. Huisu warf seine Kippe ins Meer. Daeyeong, der lauernd um ihn herumstrich, sah nervös auf die Uhr und beschloss, den Mund aufzumachen.

»Wann fangen Sie endlich an? Hier kommen morgens nämlich schon sehr früh ziemlich viele Fischerboote vorbei, das könnte ein bisschen riskant werden. Und diese Arbeit, also, die nimmt schon einige Zeit in Anspruch, deshalb –«

»Halt dich bereit«, fiel Huisu ihm schroff ins Wort.

Daeyeong verzog das Gesicht. In diesem Moment trat Ami aus der Hütte und marschierte mit großen Schritten auf Huisu zu. Vor dem ohrenbetäubend lauten Mahlwerk hielt er irritiert inne. Die ganze Sache hatte ihn von Anfang an nicht wirklich begeistert. Auseinandersetzungen zwischen Gangstern waren in seiner Vorstellung eher vergleichbar mit einem Boxkampf, also einer faireren, saubereren Angelegenheit, und nicht mit dem, was sie hier vorhatten. Zwei Gangster, die mit den Fäusten aufeinander einschlugen. Der eine ging zu Boden, der andere nicht. Der Stehende streckte dem am Boden Liegenden die Hand entgegen, worauf der seine Niederlage eingestand und die ausgestreckte Hand nahm. Man umarmte sich, und der Groll gehörte der Vergangenheit an. Leider waren alle Gangster, die so tickten, in diesen kriegerischen Zeiten längst gestorben.

»Was ist mit Hojung?«, fragte Huisu, als Ami vor ihm stand.

»Er ist bewusstlos.«

»Hast du irgendwelche Informationen aus ihm rausholen können?«

»Er wiederholt nur dauernd, dass er Cheon Dalhos Befehle ausgeführt hat und dass es ein Fehler war, Cheon Dalho zu glauben, als er ihm gesagt hat, dass er nichts zu befürchten habe.«

Cheon Dalho steckte also wirklich hinter allem. Huisu nickte. Es war klar, dass ein Zuhälter keinen bewaffneten Angriff wagen konnte, ohne eine große Organisation hinter sich zu wissen.

»Hast du irgendwann schon mal zugestochen?«

Die Frage schien Ami aus der Fassung zu bringen. »Nein, ich doch nicht, ich benutze keine Hilfsmittel.«

»Das ist also das erste Mal für dich, ich meine, ein Krieg wie dieser?«

Ami dachte einen Moment nach. »Muss ich das heute? Zustechen?«

»Nein. Du nicht, du musst nur in meiner Nähe bleiben.«

Ami nickte zustimmend, vielleicht auch erleichtert. »Hör mal, Paps, die Zuhälter von Wollong sind mir ja egal, aber müssen wir Großen Bruder Cheoljin wirklich töten? Immerhin ist er dein alter Freund. Und meine Mutter und er kennen sich auch

462

schon so lange. Er hat ihr mal ziemlich geholfen, als sie in der Bar Probleme hatte. Und als ich im Gefängnis war, hat er mich ein paarmal besucht und mir Geld dagelassen.«

»Wegen ihm bist du überhaupt im Gefängnis gelandet. Bist du ihm wirklich so dankbar für das bisschen Geld, das er dir zugesteckt hat?«

»Du bist nicht ein einziges Mal gekommen, Paps. Großer Bruder Cheoljin ist im ersten Jahr zwei Mal gekommen und dann jedes Jahr zu Weihnachten. Insgesamt ist er fünf Mal da gewesen.«

»Es tut mir leid, dass ich dich an Weihnachten nicht besucht habe.«

»Das wollte ich damit nicht sagen. Klar, Großer Bruder Cheoljin kann einem auf die Nerven gehen, aber er hat einen guten Kern, und er ist nett. Im Leben passieren unangenehme Dinge, aber das ist doch kein Grund, jedes Mal gleich mit dem Messer rumzufuchteln. Also, Paps, sei mal ein bisschen großherzig und verzeih ihm.«

Huisu sah ihn an. Diesem Jungen, der sich ohne Angst Hals über Kopf in jede Prügelei stürzte, stand bei der Vorstellung, einen anderen Menschen mit dem Messer zu töten, das Entsetzen ins Gesicht geschrieben. Mit zwanzig war Huisu genauso gewesen. Damals war die Grundtemperatur seiner Gefühle vermutlich eine andere, sodass sie schneller hochkochten, unabhängig vom Anlass. Dadurch waren sie sehr viel intensiver als die Gefühle heute. Wo war das heiße Blut hin, das damals so prall in seinen Adern floss?

»Ich bin aus dem Alter raus, in dem man aus reinem Unmut Leute absticht«, sagte Huisu ruhig.

Huisu betrat die Hütte. Hojung war blutverschmiert und nicht bei Bewusstsein. Cheoljin saß gefesselt an einem Pfeiler. Mit leerem Blick starrte er vor sich hin, während Seokgi den ohnmächtigen Hojung mit einem Schwall von Beschimpfungen überschüttete. Hojungs zerschundenes, verquollenes Gesicht war bis zur Unkenntlichkeit entstellt.

Geschäftlich hatte Huisu noch nie direkt mit Hojung zu tun gehabt. Deshalb hatte es auch nie einen offenen Konflikt zwischen ihnen gegeben. Trotzdem hatten sich ihre Wege häufig in besonders unangenehmer Weise gekreuzt. Als Insuk mit siebzehn nach Wanwol ging, wurde Hojung ihr erster Boss. Damals ließ er sich gern über ihre Fick-Technik aus und prahlte damit, dass er ihr den Job von A bis Z beigebracht und aus diesem naiven Püppchen die beste Nutte von Wanwol gemacht habe. Als Insuk dann die Bordellmeile verließ, um ihre eigene Bar aufzumachen, schlich Hojung weiter um sie herum, obwohl er nichts mehr mit ihr zu tun hatte. Jedes Mal, wenn er Huisu mit seiner schmierigen Visage und seinem losen Mundwerk über den Weg lief, hätte der ihm am liebsten eins über den Schädel gezogen, aber echte Mordlust war in Huisus Gefühlen bisher nicht vorgekommen. Und so war es auch jetzt. Hojung war letztlich auch nur eine Ratte von vielen.

»Mach ihn wach«, sagte er zu Seokgi.

Seokgi holte einen Eimer Wasser, kippte ihn Hojung über den Kopf, und als Hojung die Augen öffnete, verpasste er ihm gleich ein paar deftige Fausthiebe ins Gesicht. Mit einem scheußlichen Knacken zerbrachen Hojungs Zähne und lösten sich aus dem Zahnfleisch. Blut klebte an Seokgis Hand. Beim Angriff von Hojungs Bande waren sechs von Amis Freunden schwer verletzt worden, und noch im Krankenhaus hatte die Polizei einen von ihnen anstelle von Yangdong verhaftet; vielleicht erklärte das den Hass von Amis Leuten. Aber ob Hojung nun sofort sein Leben ließ oder erst nach weiteren Hieben, würde daran nichts ändern. Seokgi würde sich nicht besser fühlen, und seine Wut würde nicht verfliegen. Im Gegenteil, sie würde weiter wachsen. Mit der linken Hand hatte er Hojungs Kinn gepackt und holte mit der rechten zum nächsten Schlag aus. Hojung begann zu zittern. Doch bevor Seokgi wieder zuschlagen konnte, hatte Huisu seinen Arm gepackt, und Seokgi musste widerwillig zurücktreten.

Huisu hockte sich vor Hojung, der begonnen hatte, eine Mischung aus Speichel, Blut und Zahnsplittern, die sich in seinem Rachen gesammelt hatte, auf den Boden zu spucken. Von der anderen Seite der Hütte starrte mit finsterem Blick der an den Pfeiler gefesselte Cheoljin herüber. Angst schien er nicht zu haben. Es schien eher seinen Stolz zu verletzen, dass Huisu ihn so behandelte. Aus seiner Miene sprach grenzenloses Vertrauen in den Freund, der es niemals fertigbringen würde, ihm etwas anzutun.

Huisu wandte seinen Blick zu Hojung.

»Wir haben ein Boot genommen, also sind wir wohl auf der Kastanieninsel«, sagte Hojung. »Hast du uns hergebracht, um uns Angst zu machen, oder willst du uns wirklich töten?«

Bei jeder Silbe, die aus seinem Mund kam, erbebten die geschwollenen Wangenknochen. Er sah aus wie ein grotesker Clown. Um den Pfeiler, an den Hojung gefesselt war, lag eine große Plastikplane, die vermutlich Daeyeong ausgebreitet hatte, um sich die fiese Arbeit zu ersparen, hinterher den mit Blut vollgesogenen Holzboden sauber zu schrubben.

»Ich habe in meinem Leben nicht genug Muße, um Leute hierherzubringen, bloß weil ich ihnen Angst machen will«, sagte Huisu ruhig.

Mit flackernden Augen nahm Hojung die Ruhe in Huisus Stimme wahr. Er versuchte herauszuhören, ob Huisu wirklich vorhatte, ihn zu töten, begriff aber den genauen Sinn seiner Worte nicht. Auf dem Tisch lagen zwei in Zeitungspapier gewickelte Sashimi-Messer. Huisu nahm eins davon, schälte es langsam aus dem Papier und ließ die Klinge im Neonlicht aufblitzen. Dalja hatte sie gut geschliffen, ihr Anblick machte Angst. Hojungs Augen weiteten sich.

»Hui…, Huisu, so weit brauchst du doch nicht zu gehen. Ja, ich habe wirklich ein bisschen übertrieben, aber Ami ist schuld an allem, er hat schießlich angefangen und in unserem Revier gewildert. Wer lässt sich so was schon gefallen? Wenn's ums Fressen geht, hat sogar ein Hundebastard das Recht, sein Revier zu verteidigen«, brach es aus Hojung hervor.

Huisu nickte, als stimme er ihm zumindest in Teilen zu.

»Ja, sogar ein Hundebastard hat das Recht, sein Revier zu verteidigen«, wiederholte er Wort für Wort.

Hojung nickte hoffnungsvoll.

»Dann siehst du das also auch so, Huisu, oder?«

»Aber die Situation, mit der wir es hier zu tun haben, ist doch ein bisschen verzwickter, findest du nicht?«

Hojung schluckte. »Du meinst wegen der Sache mit Insuk? Weil ich Dinge über sie gesagt habe, die nicht so lustig waren? Aber ich habe doch nur die Fragen der Leute beantwortet, ohne groß nachzudenken, Mann! Und dass Insuk angefangen hat, für mich zu arbeiten, ist doch nicht meine Schuld, oder?«

»Stimmt, das ist nicht deine Schuld.«

Mit diesen Worten packte Huisu ihn an den Haaren und riss seinen Kopf nach hinten.

Hojung starrte ihn panisch an. »Bitte, Huisu! Lass mich am Leben. Es ist meine Schuld. Es tut mir leid, dass ich Insuk so lange gepiesackt habe. Aber ich schwöre, es ist nicht so, wie du denkst.«

»Und wie denke ich?«

»Ich habe Insuk geliebt. Aber sie war so hochmütig und hat mich von oben herab behandelt, nur deshalb hab ich das gemacht. Das kann man doch bei einem Mann, der verliebt ist, verstehen, oder? Ist es ein Verbrechen, sie geliebt zu haben?«

Dieser Wichser, jetzt kommt er mir mit der Story der verschmähten Liebe, dachte Huisu. Er hielt ihn weiter mit nach hinten gebogenem Hals an den Haaren fest. Ob aus Angst vor der blitzenden Klinge oder aus Verzweiflung über seinen Liebesschmerz – Hojung liefen Tränen über die Wangen.

»Du hast recht. Liebe ist kein Verbrechen. Wenn man richtig darüber nachdenkt, trifft dich im Grunde überhaupt keine Schuld«, sagte Huisu mit schwacher Stimme.

Er atmete einmal tief durch und presste die Klinge an Hojungs Hals. Trotz der Hitze in der Hütte wurde dessen ganzer Körper von einem fürchterlichen Zittern erfasst. Einen Moment lang konzentrierte sich Huisu darauf, den eigenen Atem zu beruhigen, dann rammte er Hojung die Klinge in den Hals und machte einen tiefen Schnitt. Muskeln klafften auf, Blut floss in Strömen. Das Rot hob sich in krassem Kontrast von der Plastikplane ab. Ami, Seokgi und der an den Pfeiler gefesselte Cheoljin sahen zu, wie Hojung mehrmals röchelte und wie dann sein Kopf auf die Seite fiel. Huisu stand auf, nahm eine Serviette vom Tisch. Er wischte das Blut von der Messerklinge, dann seine Fingerabdrücke vom Griff. Als er fertig war, warf er das Messer zu Hojung auf den Boden.

»Holt Daeyeong«, sagte Huisu.

Ami und Seokgi sahen sich an; noch ganz unter Schock, schienen sie seinen Befehl nicht verstanden zu haben.

»Ich habe gesagt, dass ihr Daeyeong holen sollt.«

Diesmal hasteten sie zur Tür. Huisu wickelte das zweite Messer aus dem Zeitungspapier und drehte sich zu Cheoljin um. Was sein alter Freund an Wut und Zuversicht verspürt haben mochte, war ihm inzwischen abhandengekommen. Huisu nahm eine Zigarette aus der Tasche und hielt sie ihm an die Lippen.

Mechanisch nahm Cheoljin sie entgegen. Huisu gab ihm Feuer. Cheoljin sog den Rauch ein, die Zigarette zwischen seine blutigen Zähne geklemmt. Huisu setzte sich auf die Kante eines Stuhls und zündete sich ebenfalls eine Zigarette an. Er blies eine lange Rauchfahne von sich. Die alten Wände der Hütte schienen durchlässig zu sein, denn der Rauch verschwand schnell, wie weggerissen vom Wind, der draußen tobte.

»Mann, schmeckt die gut. Ich hab ganz vergessen, diesem Arschloch noch eine zu geben, bevor ich ihn umgebracht habe«, sagte Huisu mit gespielter Gelassenheit.

Mit der Zigarette im Mund warf Cheoljin einen Blick auf Hojungs Leiche und den schaurig abgeknickten Hals. Ihn packte das kalte Grausen, und auch er fing nun an, heftig zu zittern. Minutenlang rauchten sie schweigend weiter. In Huisus Kopf herrschte völlige Leere, während Cheoljin mit gesenktem Blick nachzudenken schien.

»Was ist eigentlich in dich gefahren?«, fragte er schließlich.

»Hast du keine Augen im Kopf? Wir führen Krieg gegen euch.«

»Wenn du so weitermachst, Huisu, wirst du sterben.«

»Ob mich Cheon Dalho umbringt oder Obligation Hong, läuft auf dasselbe hinaus. Ich stecke in einer verdammten Sackgasse.«

Huisu warf seine Kippe auf den Boden, nahm das Messer in die Hand und stand auf. Cheoljins Augen begannen panisch zu flackern.

»Du darfst mir das nicht zu sehr übel nehmen. Ich habe versucht, dich zu retten, aber der Alte wollte nicht«, sagte Huisu. »Ich dachte, dass er Stolz, Selbstachtung und all diesen Kram gar nicht kennt, aber diesmal hat es auch ihn erwischt. Natürlich hat sein alter Groll gegen Yeongdo auch eine Rolle gespielt, aber jetzt seid ihr ihm wirklich zu weit gegangen.«

Huisu machte einen Schritt nach vorn.

Cheoljin zuckte zusammen. »Dieser Krieg ist nicht das, was du denkst«, schoss es aus ihm heraus.

»Ich weiß, es ist nur eine Keilerei unter Kötern.«

Er machte noch einen Schritt nach vorn.

»Verfluchte Scheiße, bei diesem Krieg geht es um viel mehr als nur darum, dir deine Fabrik wegzunehmen und Yangdong seinen Wodka!«, schrie Cheoljin.

Huisu blieb stehen und starrte seinen alten Freund an, der immer noch zitterte wie Espenlaub.

»Doyen Nam steckt dahinter. Er hat Yongkang ins Boot geholt und den Japaner Kim, der Yangdong den Wodka liefert, und auch Yama, deinen Techniker. All diese Leute hat der Doyen dort platziert.«

Huisu war die Verblüffung anzusehen. »Warum?«

»Um Yangdong möglichst viel Wind in die Lunge zu pumpen, damit er sich ordentlich aufblasen kann. Wenn du Typen wie dem Wind in die Lunge pumpst, kommt genau das Chaos dabei raus, das wir jetzt haben. Guck's dir doch an, ganz Guam steht kopf, und genau das war Doyen Nams Ziel.«

Huisu setzte sich vor Cheoljin auf den Boden. »Dann hat es Doyen Nam also auf das Meer von Guam abgesehen? Aber warum? Das hat ihn doch vierzig Jahre lang nicht interessiert?«

»Der Nordhafen ist blockiert, Doyen Nams Ware kommt da nicht mehr durch. Es heißt, der ganze Hafen soll auf die Insel Gadeokdo verlegt werden. Deshalb sind auch schon ein paar hochrangige Funktionäre aus Seoul da, und beim Zoll ist man so vorsichtig geworden, dass alle Kanäle eingefroren sind. Da ist guter Rat teuer.«

Der Hafen war blockiert. Huisu fixierte einen unsichtbaren Punkt in der Ferne. Gedankenfetzen schwirrten durch seinen Kopf wie Staubkörner, die in keine logische Ordnung zu bringen waren.

»Weiß Vater Son Bescheid?«, sagte er.

»Gibt es Dinge, über die er nicht Bescheid weiß?«

»Und du? Du wusstest es von Anfang an und hast gewartet, bis dieses Chaos ausbricht, um es mir zu sagen?«

Unter Huisus durchdringendem Blick wurde Cheoljin verlegen.

»Wenn alles vorbei ist, will Doyen Nam dir ein lukratives Business geben. Das hat er versprochen.«

Huisu fiel wieder ein, was Vater Son über Doyen Nam gesagt hatte. Dass er einem erst alles abnahm, einem dann ein paar kleine Häppchen hinwarf und sich anschließend damit brüstete, was er Großartiges für einen getan hatte. Und dass Huisu es nicht ertragen würde.

»Und Cheon Dalho?«, hakte er nach.

»Bis jetzt weiß er von nichts. Aber er wird bald Wind davon bekommen.«

»Dann tanzt du also gerade auf zwei Hochzeiten, bei Cheon Dalho und bei Doyen Nam.«

Cheoljin machte eine Grimasse, als täte es ihm weh, darüber zu sprechen. »Wenn dir ein Typ wie Doyen Nam die Hand auf die Schulter legt und dir sagt, dass du bei einem Deal mitmachen sollst, hast du keine andere Wahl. Wenn ich darüber gesprochen hätte, dann hätte mich Doyen Nam umgebracht, und jetzt, wo ich nicht darüber gesprochen habe, wird mich Cheon Dalho umbringen.«

Huisu blickte auf das Messer in seiner Hand. Hojung und Park waren tot. Würde Vater Son wegschauen, wenn er Cheoljin am Leben ließ? Würde er es seiner Schachfigur verzeihen, dass sie nicht in das vorgegebene Feld gerückt war? Er rammte das Messer in die Tischplatte, riss es wieder heraus und rammte es nochmals hinein. Cheoljin beobachtete ihn dabei. In diesem Moment kamen Daeyeong und Seokgi in die Hütte. Nachdem

Daeyeong ungerührt einen Blick auf Hojungs Leiche geworfen hatte, legte er die Plastikplane darüber und schlug sie an den vier Ecken um. Dann breitete er eine zweite Plane aus, in die er die Leiche einrollte.

»Ist das der, den wir schreddern sollen?«, fragte er.

Huisu betrachtete Hojungs wie eine Seidenraupe in Plastik gewickelten Körper. »Nein, den lassen wir treiben.«

Daeyeong runzelte mürrisch die Stirn und bückte sich, um den seltsamen Kokon am Fußende zu packen.

»Worauf wartest du? Hilf mir«, sagte er zu Seokgi.

Gemeinsam hievten sie die Leiche hoch.

»Mann, wir haben wirklich nicht viel Zeit, warum konnten die nicht mit dem anderen anfangen, der in den Zerkleinerer kommt? Mit dem hier hätte man doch bis zum Morgengrauen warten können, wenn wir den eh treiben lassen«, murrte Daeyeong so laut, dass Huisu es hören konnte, während sie die Hütte verließen.

Cheoljin wurde kreidebleich.

»Hast du gehört? Anscheinend haben wir nicht viel Zeit. Daeyeong hat die Maschine übrigens extra für dich repariert, um Futter für seine Heilbutte aus dir zu machen.«

»Was willst du? Was soll ich tun?«

»Mir etwas gehaltvollere Dinge erzählen.«

Cheoljin biss sich auf die Lippen. »Den Neffen von Dalho haben wir getötet.«

»Aber Großer Bruder Yangdong hat mir doch gesagt, er hätte ihn selbst erstochen.«

»Der Stich war nicht tödlich.«

»Und deshalb habt ihr noch mal zugestochen, aber diesmal so, dass es tödlich war, und ihn dann in die Notfallstation gebracht?«

Cheoljin nickte schwach.

»Und was noch?«

Offenbar hatte Cheoljin alles verraten, was er wusste; resigniert drehte er das Gesicht zur Wand. Vor dem Pfeiler, an den er gefesselt war, lag wie für Hojung eine große Plastikplane auf dem Boden. Der Wind, der weiter durch alle Ritzen und Löcher drang, fegte unter die Plane und hob ihre Ränder an. Huisu zog das Messer wieder aus der Tischplatte, ließ es ein paarmal in der Hand kreisen und rammte es ein weiteres Mal in die Platte. Draußen hatte Daeyeong begonnen, alle zwei Minuten den Motor des Schredders anzuwerfen, um Huisus Aufmerksamkeit zu erregen und ihn unter Druck zu setzen. Das Rotieren des Keilriemens war ohrenbetäubend laut.

TEXAS HOLD'EM

Die Ankunft von Taifun Nummer sieben namens Robin stand unmittelbar bevor. An einem Tisch in der ersten Etage des Restaurants verfolgte Huisu im Mallijang das Schauspiel des aufgewühlten Meeres. Inzwischen hatte sogar das zwölf Millimeter dicke Sicherheitsglas gefährlich zu vibrieren begonnen. Nach einer schlaflosen Nacht fühlte sich Huisus Kehle so rau an, als hätte er eine Kastanie samt stacheliger Schale verschluckt. In den Nachrichten war schon seit Tagen, seit sich Robin in der Nähe des Äquators gebildet hatte, von nichts anderem die Rede. Seine extreme Stärke wurde auf die ungewöhnliche Erwärmung des Meeres zurückgeführt. Da die höchste Alarmstufe ausgegeben war, herrschte am Strand gähnende Leere. Nur an der Mole versuchten ein paar Frauen im Sturm noch, die Planen ihrer Stände mit Nylonkordeln festzuzurren und mit dicken Steinen zu befestigen.

Viel ausrichten würde dies leider nicht: Die Kordeln würden dem Angriff des Monsters keine zwei Sekunden standhalten. Jeden Sommer, bei jedem Taifun, stürzten in Guam Fertighäuser und illegal errichtete Gebäude in sich zusammen oder flogen einfach davon wie trockenes Laub, und die armen Menschen, die weder eine Besitzurkunde noch eine Versicherung hatten, konnten an nichts und niemanden Ansprüche stellen; selbst wenn sie alles verloren hatten.

Sämtliche Geschäfte waren geschlossen, und der Wind riss an den Schildern. Am Anleger waren schon alle kleinen Boote gekentert, am Strand sprangen die Sonnenschirme auf und segelten wie Drachen davon. Infolge der überschwemmten Kanalisation war ein Auto mitgerissen worden und hatte das Aquarium eines Sashimi-Restaurants zertrümmert. Sofort kamen Frauen aus der Nachbarschaft angelaufen, um die entwischten Doraden zu fangen und ihre Körbe damit zu füllen. All diese Zerstörungen sah Huisu, und er sagte sich, dass es besser so war. Nicht nur die Gangster würden diesen Sommer Geld verlieren.

Die Leichen von Hojung und Park waren an die Oberfläche gespült worden. Hojung hatte man in der Kanalisation von Wollong entdeckt und Park in dem Geheimzimmer, in dem er sich sicher geglaubt hatte. Vater Son hatte umgehend zwei von Obligation Hongs Schuldnern freigekauft, die sich dafür der Polizei stellten. Das Entgegenkommen des alten Wucherers bei diesem Deal deutete darauf hin, dass es Drogenabhängige oder Spielsüchtige waren, die er längst abgeschrieben hatte, weil sie ihre Schulden nicht einmal mit dem Verkauf sämtlicher Organe hätten zurückzahlen können. Für die beiden war dieses Geschäft zweifellos eine willkommene Gelegenheit. Ein paar Jahre im Gefängnis herumzugammeln, mit drei ausgewogenen Mahlzeiten pro Tag, war tatsächlich interessanter, als sich die Nieren oder die Augen herausnehmen zu lassen oder die Tochter an einen Zuhälter zu verkaufen.

Nach den Funden von Hojungs und Parks Leichen schien ein arktischer Wind durch die Viertel zu fegen: Plötzlich waren sämtliche Gangster aus den belebten Straßen von Yeongdo, Guam und Wollong verschwunden, denn wer wusste schon, wo und wann mit dem nächsten Messerangriff zu rechnen war. Die

Gangster von Guam hatten sich in Vater Sons neuer Lagerhalle versammelt, einer Art zweitem Kuckucksdepot, das noch nie benutzt worden war und von dem nicht einmal Huisu wusste. Der Weg dorthin führte die Forststraße hinauf. Strategisch günstig auf halber Höhe des Bergs gelegen, ließ sich die ganze Umgebung von dort aus gut überwachen. Bisher wusste niemand, wo sich die Männer aus Wollong und Yeongdo versteckt hielten, doch das war nur eine Frage der Zeit. Der Preis für gewisse Informationen war bereits in die Höhe geschossen; Verrat konnte lukrativ sein. Irgendwann würde ein Gangster auspacken.

Huisus Fabrik stand still, und Yangdongs Schnapsdepot war zwischenzeitlich geschlossen worden. Die Gerüchte hatten so schnell die Runde gemacht, dass schlagartig keine Bestellungen mehr gekommen waren. Und selbst wenn weiter bestellt worden wäre, hätte man in diesen gefährlichen Zeiten niemanden gefunden, der bereit gewesen wäre, sich in einen Lastwagen zu setzen und loszufahren. Der ganze Hof von Yangdongs Lager war mit leeren Lastwagen zugeparkt. Das Hotel Mallijang dagegen hatte nicht geschlossen, obwohl sich alle Gangster zurückgezogen und einige Mitarbeiter vor lauter Angst gekündigt hatten. Vater Son zog es dennoch vor, den Hotelbetrieb weiterzuführen. Abgesehen von der legendären Renovierungsphase nach der Befreiung 1945, als aus dem alten Holz- ein Betongebäude geworden war, hatte das Mallijang noch nie seine Tore geschlossen. Allerdings war nicht Respekt vor dieser Tradition der Grund, warum Vater Son von einer Schließung absah.

An seinen Gewohnheiten hatte er nichts geändert: Jeden Morgen schlürfte er auf der Terrasse seine Rindsbouillon, um anschließend wie immer in seinem Büro eine Partie Go zu spielen. Als Huisu ihm gesagt hatte, dass es möglicherweise riskant sei, den Hotelbetrieb weiterzuführen, hatte Vater Son erwidert:

»Selbst wenn sie wirklich aufkreuzen, was werden sie hier antreffen? Tische, Stühle und einen gebrechlichen alten Mann. Was habe ich also zu befürchten?«

Er schien davon auszugehen, dass ihm Cheon Dalhos Männer, sollten sie wirklich kommen, nichts tun würden. Im Allgemeinen brachten Gangster den Eigentümer tatsächlich nicht um. Denn dadurch, dass sie das Mobiliar zertrümmerten und um sich stachen, wurden sie ja nicht automatisch zum Besitzer, und das wussten sie. Um an die Besitzurkunde zu kommen oder die Geschäftsleitung zu übernehmen, war es vor allem wichtig, dass der Inhaber noch lebte. Denn nur dann ließ sich mithilfe von Erpressung oder Verhandlungen etwas ergaunern. Solange Vater Son also in Guam Eigentümer zahlreicher Läden war, blieb er unantastbar. Und es gab noch einen Grund, warum sich Vater Son sicher fühlte: Für Feinde war es geradezu unmöglich, eine Truppe Gangster in ein Hotel zu schicken, das direkt an einem von Touristen wimmelnden Strand lag.

Jetzt herrschte also wirklich Krieg. Es gab kein Zurück mehr. Daran hatten auch Cheoljins Enthüllungen nichts geändert, nur dass der Hauptgegner nun Doyen Nam hieß und noch durchtriebener war als Cheon Dalho. Warum hatte ihm Vater Son, der von Anfang an Bescheid wusste, nichts gesagt? Huisu war sich nicht sicher, ob er Doyen Nam besiegen konnte. Sollte der Krieg weitergehen, würde er ganz oben auf der Abschussliste dieses Mannes stehen. Er besaß schließlich nicht einen einzigen Laden, und dadurch dass er sich wieder in Vater Sons Dienst gestellt hatte, war er Befehlshaber der Soldaten von Guam. Die Feinde würden bald begreifen, dass sie Vater Son am schnellsten in die Knie zwingen konnten, wenn sie ihn, Huisu, töteten. Er war nun der gefährdetste Mann von ganz Guam, während Vater Son wie immer nichts zu befürchten hatte. Bei diesem Gedanken fand Huisu den Alten geradezu widerwärtig.

Mit einer schwarzen Auspuffwolke kam Danka vor dem Hotel angerauscht. Er stellte eilig seinen alten Wagen ab, stieg aus und hastete die Treppe zum Restaurant hinauf.

»Da bist du ja, rasantes Tempo in so einer wichtigen Sache«, bemerkte Huisu ironisch.

»Ist ein Wunder, dass ich überhaupt schon da bin. Diese Beamten-Ärsche sind nicht nur Schisser, sondern auch total langsam …«, erklärte Danka außer Atem. Vermutlich übertrieb er, um die einstündige Verspätung zu entschuldigen.

»Hast du die Niederschrift?«

Danka nahm einen Ordner aus seiner Tasche.

»Alles, was du wolltest. Den ganzen Papierkram. War aber extrem schwierig, die Schlampe rumzukriegen.«

Huisu riss ihm den Ordner aus der Hand und begann rasch, ein paar Seiten zu lesen. Das meiste war in unverständlichem Verwaltungskauderwelsch geschrieben, doch das Hauptthema der Versammlung ging durchaus daraus hervor: das Projekt eines neuen Hafens auf der Insel Gadeokdo, die Auslagerung des Hafens von Busan und der Ausbau des Nordhafens, der zu klein geworden war. Offenbar sollten die Bauarbeiten für dieses Projekt die astronomische Summe von zwanzigtausend Milliarden *won* verschlingen.

Müde klappte Huisu den Ordner zu. »Was steht also drin?«, fragte er.

»Ganz genau habe ich's nicht verstanden, aber vereinfacht gesagt: Die neue Regierung plant unter anderem den Bau eines neuen Hafens in Busan.«

»Warum plötzlich ein neuer Hafen?«

»Die Container-Menge hat in letzter Zeit enorm zugenommen, die Schiffe sind sehr groß geworden. Der Hafen von Busan, der ja schon unter der japanischen Okkupation gebaut wurde, ist wohl einfach zu klein geworden. Außerdem reichen die

Lagerflächen nicht, und die Anwohner haben die Nase voll von den vielen Lastern, die durch die Innenstadt fahren. Hinzu kommt, dass die modernen Schiffe, von denen jedes so groß ist wie drei oder vier Fußballstadien, in den Nordhafen gar nicht mehr reinkommen.«

»Und wo wollen sie diesen neuen Hafen bauen?«

»Hinter Myeonji liegt eine Insel, die Gadeokdo heißt, weißt du, welche? Tja, der neue Hafen soll sich über einen Teil der Insel und über die Polder erstrecken, die bis zum Festland gehen.«

»Ist das schon beschlossen?«

»Wohl noch nicht ganz, aber so gut wie.«

Skeptisch wiegte Huisu den Kopf. Selbst wenn heute der erste Spatenstich anstünde – es würde mehr als zehn Jahre dauern, einen so großen Hafen zu bauen, auf Poldern zwischen Insel und Festland.

»Hast du beim Zoll und im Nordhafen etwas herausgefunden?«, wollte er wissen.

»Es ist nicht so einfach, einen ganzen Hafen zu verlegen. Anscheinend sind schon viele Beamte aus der Hauptstadt hier. Beim Zoll herrscht plötzlich maximale Vorsicht.«

»Yeongdo zieht seine Waren vom Nordhafen ab, stimmt's? Was schleusen die da eigentlich hauptsächlich durch?«

»Goldbarren, Drogen, teure medizinische Geräte wie Röntgen- und MRT-Scanner, kurz gesagt alles, was viel abwirft. Vom Format her absolut nicht zu vergleichen mit den kleinen Schmuggeleien unseres alten Pfennigfuchsers, den außer Sesamkörnern und chinesischem Chilipulver nichts interessiert.«

»Heißt das, Yeongdo kriegt nichts mehr durch den Hafen?«

»Also, ich weiß nicht, über welche Kanäle die ihre Waren reinbringen. Das wird nicht mal die Schwiegertochter von Doyen Nam wissen.«

Huisu nickte. Dass Yeongdo keinen Zugang mehr zum Hafen hatte, war keine Kleinigkeit. Denn während Cheon Dalho die meisten Einkünfte aus seinen Pachinko-Salons, Nachtclubs und Bordellen bezog, kamen sie bei Doyen Nam ausschließlich aus illegalen Geschäften mit der russischen Mafia und den japanischen Yakuza, die über den Nordhafen abgewickelt wurden. Diese Schmuggelgeschäfte brachten ihm ein Heidengeld ein, das war etwas vollkommen anderes als die Gewinne, die man aus Nachtclubs erzielen konnte. Selbst wenn Doyen Nam nur noch ein Zehntel dieser aberwitzigen Einnahmen erzielen könnte, wären seine Aktivitäten noch rentabel. Wenn aber der Zugang zum Nordhafen vollständig blockiert war, konnte er diese Geschäfte komplett vergessen. In Huisus Kopf fügten sich die Puzzleteile zu einem Ganzen. Doyen Nam brauchte den Hafen von Guam. Er war zwar nur eine kleine Nebenstelle des Nordhafens, doch ein paar Container könnte Doyen Nam durchaus über ihn einschleusen. Das Problem lag nun darin, dass Vater Son, so geschmeidig er sich in Verhandlungen auch zeigen konnte, unerbittlich war, wenn es um seinen Hafen ging. Er wäre niemals bereit gewesen, ihn leihweise zur Verfügung zu stellen. Das lag so klar auf der Hand, dass Doyen Nam sich nicht einmal die Mühe gemacht hatte, Vater Son überhaupt zu fragen. Stattdessen hatte er mit Yongkang sofort einen seiner schlimmsten Soldaten auf Guam losgelassen und gleichzeitig Yangdong einen Spielautomaten-Techniker und einen Wodka-Schwarzhändler untergejubelt, um ihm tüchtig Wind in die Lunge zu pumpen. Beides hatte unter den Gangstern dieses armen Viertels zu Aufregung und purem Aktionismus geführt, leider eben auch bei Huisu.

Doyen Nams Strategie war aufgegangen: Yeongdo und Guam hatten begonnen, sich gegenseitig zu beharken. Wusste Vater Son Bescheid? Bestimmt. Er wusste immer über alles Bescheid, auch wenn er sich noch so lange mit dem Go-Spiel in seinem

Büro verbarrikadierte. Er wusste, woher die Deals kamen, die Yangdong auf wundersame Weise in den Schoß gefallen waren und die dazu geführt hatten, dass er sich aufplusterte wie ein Pfau. Und er hatte auch gewusst, was auf Huisu zukommen würde. Während seine eigenen Jungs auf offener Straße erstochen wurden, hatte er Unwissenheit vorgetäuscht und geschwiegen.

Huisu blickte gedankenverloren aus dem Fenster. Langsam hatte Danka die Nase voll vom Warten. Er räusperte sich.

»Was ist?« Huisu drehte sich um.

»Was soll das heißen, was ist? Du schuldest mir Geld?«

»Was für Geld?«

»Die Abschrift hat mich fünf Millionen gekostet.«

»Wie bitte? Fünf Millionen für das bisschen Papier?«

»Das bisschen Papier enthält ein Staatsgeheimnis, nur zur Erinnerung. Stell dir mal vor, diese Informationen gelangen an die Öffentlichkeit, dann explodieren auf der Insel die Immobilienpreise. Diese Wichser von Beamten wollten die verdammte Akte absolut nicht rausrücken, ich musste sie auf den Knien anflehen. War total schwierig, sie zu überreden. Letztendlich musste ich fünf Millionen rüberschieben.«

Huisu klappte sein Portemonnaie auf: Darin steckten drei Eine-Million-*won*-Scheine. Nach kurzem Zögern hielt er Danka zwei davon hin. Der lehnte schnaubend ab.

»Du kennst die Situation. Im Moment steht mir das Wasser bis zum Hals«, sagte Huisu.

Danka warf ihm einen finsteren Blick zu, dann nahm er die Scheine und steckte sie resigniert in sein Portemonnaie. »Wir dachten, dass es mit dem neuen Job endlich besser für dich laufen würde, aber jetzt stehst du wieder genau da, wo du angefangen hast. Armer Großer Bruder Huisu, du bist wirklich vom Pech verfolgt.«

»Du sagst es, vom Pech verfolgt«, erwiderte Huisu matt.

Danka zog eine Schachtel Zigaretten aus der Innentasche seiner Jacke. Er gab Huisu eine und zündete sie ihm an; dann nahm er sich selbst eine. »Was hast du jetzt vor, Großer Bruder?«

»Heißt?«

»Es wird nicht mehr lange dauern, dann kommt es zum Knall, man muss also die richtige Seite wählen. Großes Gangster-Dilemma: die Wahl der richtigen Seite.«

»Ich habe schon gewählt, das weißt du doch.«

»Nach allem, was ich in der Akte gelesen habe, scheint es ein Krieg zwischen Vater Son und Doyen Nam zu sein. Glaubst du, Vater Son kann es mit Doyen Nam aufnehmen? Doyen Nam ist eine andere Nummer als Cheon Dalho oder die Zuhälter aus Wollong. Vater Son hat alles, was er erreicht hat, den Beziehungen seines Großvaters zu verdanken. Doyen Nam dagegen hat sich allein aus der Mandschurei bis nach Busan durchgeschlagen und es aus den Niederungen des Fischmarkts bis ganz nach oben geschafft. Dieser Krieg ist ein Duell mit ungleichen Waffen.«

Mit seinem scharfen Verstand hatte Danka die Situation offenbar erfasst. Wahrscheinlich hatte er recht. Ein Krieg gegen Cheon Dalho wäre machbar gewesen, aber gegen Doyen Nam wohl aussichtslos.

»Was also tun?«, erwiderte Huisu. »Doch noch die Seite wechseln, ehe es zu spät ist?«

»Wenn du überlaufen kannst, mach es. Es geht hier schließlich um Leben oder Tod. Außerdem mag dich Doyen Nam. Ich dagegen könnte ihm eine ganze Schachtel roten, sechs Jahre alten Ginseng anbieten, er würde sie keines Blickes würdigen.«

»Wenn wir beschließen, die Seite zu wechseln, müssen wir gut aufpassen. Der Alte tut immer so schwach und zimperlich, aber er kann grausam sein. Ihm wäre durchaus zuzutrauen, dass er uns mit dem Messer in den Rücken fällt.«

»Wir müssen reagieren. Wir können doch jetzt nicht sterben, bloß weil wir nicht schnell genug reagiert haben, oder?«

Huisu musterte Danka aufmerksam. »Hör mir gut zu, Danka. Bis der Taifun vorbei ist, hältst du still. Denn dieses Mal bist du wirklich beim leisesten Fehltritt tot.«

»Überall werden die Messer und Macheten gewetzt, und du sagst mir, dass ich stillhalten soll?«

»Ja, genau das sage ich dir: nichts machen, sondern stillhalten.«

»Verdammt! Wir haben das Ei ausgebrütet, das Hähnchen aufgezogen und so knusprig gebraten, als käm's direkt von KFC, und jetzt, wo wir's essen wollen, hindern uns ein Tiger und ein Hundebastard daran, der uns in den Hintern beißt?«

Danka warf seine Kippe auf den Boden. »Ich gehe.«

»Trödel nicht rum, fahr sofort zur Lagerhalle.«

»Ich mag diese Halle nicht. Die ganzen grobklotzigen Typen, die da rumsitzen und Instantnudeln in sich reinstopfen. Was ist eigentlich mit dir, Großer Bruder, kommst du nicht?«

»Nicht sofort, ich habe noch was mit dem alten Herrn zu regeln.«

»Du solltest dich lieber auch beeilen. Ohne Leibwächter ist es gefährlich hier.«

»Heute müsste es gehen.«

An diesem Tag würde definitiv nichts passieren. Doyen Nam und Cheon Dalho hatten sich für den Abend angemeldet, um ein Gespräch zu führen. Vater Sons Voraussagen erwiesen sich als richtig: Doyen Nam hatte vorgeschlagen, den Schlichter zu spielen, als hätte er selbst mit diesem Krieg gar nichts zu tun. So hatte man also ein Treffen arrangiert, um den kräftezehrenden Streitereien ein Ende zu bereiten, alte Ressentiments abzubauen und Lösungen zu finden, damit auf beiden Seiten wieder Ruhe einkehren konnte. Mit dem Krieg unter Gangstern war es wie mit der Atombombe. Richtig zum Ausbruch kam er nie. Eigentlich diente er nur dazu, ein Klima der Angst zu schaffen, das die Verhandlungen beschleunigte. Käme es zum Krieg, wäre das ihrer aller Tod; das wussten die Alten sehr wohl.

Hojung aus Chojang-dong und Park aus Wollong waren gestorben, doch die anderen Zuhälter würden nichts unternehmen. Typen wie sie, für die Ehre und Loyalität reine Fremdwörter waren, würden selbstverständlich nicht in diesen Krieg eingreifen. Um eine Armee aufzustellen, konnte Yeongdo also nur auf die Männer des Stammhauses und des Dalho-Clans zurückgreifen, wobei die ersten alle schon sehr alt waren und die zweiten seit Präsident Rohs Krieg gegen das Verbrechen im Gefängnis saßen, jedenfall die Hälfte von ihnen. Sicher, an den Rändern von Yeongdos Einflussgebiet gab es noch die eine oder andere kleinere Verbrecherorganisation, aber die hatten ihre eigenen Probleme. Großer Bruder, Kleiner Bruder – das alles galt nur in Friedenszeiten. Wenn diese Leute in einen Krieg eingriffen, der sie gar nicht direkt betraf, liefen sie Gefahr, dass ihnen alles um die Ohren flog. So war es schon vielen kleinen Clans vor ihnen ergangen. Also begnügten sie sich damit, aus sicherer Distanz zuzuschauen und sich mit der *soju*-Flasche in der Hand über die Loser aus Guam auszulassen, die es wagten, Yeongdo herauszufordern.

In Guam dagegen verfügte man über viele Männer, mehr als je zuvor. Es hatte zwar einige Verletzte gegeben, doch Amis Bande war weitestgehend intakt, und dann gab es ja auch noch die Männer aus Yangdongs Lagerhalle, aus Huisus Büro, aus dem Mallijang und die alten Messerstecher, zu denen Vater Son immer engen Kontakt gehalten hatte. Auch die Jungs von Dodaris Bande und die von Jeongbae standen zur Verfügung. Sie bildeten eine vielleicht nicht besonders schlagkräftige, dafür aber große Truppe. Und wenn es Huisu gelänge, sich mit Tang zu versöhnen, den er in letzter Zeit mehr oder weniger im Stich gelassen hatte, würden die Vietnamesen die Reihen der Männer aus Guam noch verstärken.

Am Vorabend hatte die Polizei in drei von Cheon Dalhos Läden Razzien durchgeführt und dabei drei mittlere Yeongdo-Kader für mehrere Monate aus dem Verkehr gezogen. Chef Gu hatte diese von Huisu angestoßene Operation geleitet und solche Angst davor gehabt, dass Huisu ihm hundert Millionen *won* geben musste, damit er den Auftrag überhaupt annahm. Yeongdo hatte nun kaum noch Männer. Cheon Dalho konnte natürlich bluffen, aber de facto hatte er keine Karten mehr auf der Hand. Insofern konnte Doyen Nam die Feindseligkeiten nicht eröffnen. Und das wusste Vater Son sehr wohl. Wenn es den beiden an diesem Abend gelänge, zu einer Übereinkunft zu kommen, würde es wahrscheinlich einen zumindest provisorischen Waffenstillstand geben. Zwar könnte der Guam-Clan dann nicht behaupten, er habe die Oberhand gewonnen, aber mit einer Organisation wie Yeongdo als Gegner wäre dieses Ergebnis alles andere als schlecht.

Trotzdem sah Huisu dem Abend mit einer gewissen Sorge entgegen. Es war nicht Doyen Nams Art, in diesem Stadium eines Konflikts den Rückzug anzutreten. Welche Karte würde er ausspielen? Huisu hätte auch zu gern gewusst, was Vater Son, dieser hinterlistige Waschbär, wohl ausheckte. Leider war es unmöglich, in die Köpfe der beiden Alten hineinzuschauen. Allem Anschein zum Trotz war dieser Krieg von Anfang an keine Konfrontation zwischen Ami und Hojung, zwischen Yangdong und den Zuhältern aus Wollong oder zwischen Cheon Dalho und Huisu. Nein, dies war Vater Sons und Doyen Nams Krieg um den Hafen von Guam, eine Partie Schach zwischen Königen. Yangdong, Huisu, Cheoljin und Cheon Dalho waren nur die Bauern. Huisu hatte sich auf dieses Spielbrett begeben, ohne zu wissen, worum es bei dem Konflikt wirklich ging, und nun hatte er das Gefühl, geopfert zu werden. Es war ein außerordentlich mieses Gefühl.

Den ganzen Nachmittag hatte er sein Hotelzimmer nicht verlassen. Auch Vater Son hatte sich in seinem Büro eingeschlossen und vermutlich irgendetwas ausgeheckt. Huisu war nicht zu ihm gegangen. Er hatte sich auch nicht mit Yangdong abgesprochen, was die anstehenden Verhandlungen betraf. Im Übrigen hatte er weder Yangdong darüber informiert, dass seine grandiosen Wodka- und Spielautomaten-Deals eine Falle von Doyen Nam waren, noch Vater Son auf den Hafen von Busan angesprochen. Doyen Nam, Vater Son, Cheon Dalho, Yangdong – jeder verfolgte eigene Interessen und würde sich nicht in die Karten schauen lassen. Mund halten war das Motto der Stunde. Wenn Huisu in der Unterwelt eins gelernt hatte, dann wohl dies: Gangster, die überlebten, hatten gelernt zu schweigen. Und heute war diese Fähigkeit so überlebenswichtig wie nie.

Um Punkt achtzehn Uhr ging Huisu hinunter ins Hotelrestaurant. Dort steckten die Angstellten mitten in den Vorbereitungen.

Huisu rief den Restaurantchef zu sich. »Auf wie viele Leute seid ihr vorbereitet?«

»Zwanzig Personen. Reicht das?«

»Es wird ja kein Hochzeitsbankett. Zwanzig, das reicht.«

Es würde bei Weitem reichen, denn so viele würden nicht kommen: Doyen Nam, Cheon Dalho, Hwang, Yangdong, ein oder zwei Zuhälter aus Wollong, ein alter Stadtverordneter aus Oncheonjang, der als Schiedsmann eingeladen worden war, und natürlich Vater Son und Huisu. Die Leibwächter und Chauffeure mitzuzählen war nicht nötig.

Huisu ging in die Küche, wo hektisches Treiben herrschte, und wandte sich an den Chefkoch. »Läuft hier alles?«

»Der Fisch ist heute nicht besonders, ist halt Sommer. Dafür ist das Fleisch sehr gut.«

»Dann machen wir das Fleisch zum Hauptgang und nehmen nur etwas Fisch als Vorspeise.«

Der Küchenchef nickte.

Um neunzehn Uhr trafen die ersten Wagen ein. Der alte Stadtverordnete aus Oncheonjang, dem Vater Son offenbar immer großen Respekt entgegengebracht hatte, kam als Erster, auf wackeligen Beinen von seinem Chauffeur gestützt. Ihm folgten Yangdong und zwei Zuhälter aus Wollong. Der alte Stadtverordnete verfügte zwar über keinerlei Macht, aber er war eine im Gangstermilieu immer noch respektierte Persönlichkeit. Sogar Doyen Nam schien ihn sehr zu schätzen. Vater Son hatte ihn in erster Linie als Zeugen eingeladen, falls es zu einer Einigung kommen sollte. Der Mann war weder Chef einer Verbrecherorganisation noch Eigentümer irgendeines Geschäfts. Sein Wirken beschränkte sich darauf, dass er als Alterspräsident zu Hochzeiten und Geburtstagen eingeladen wurde und manchmal eben auch zu Verhandlungen dieser Art.

Sie saßen zu sechst am Tisch. Der Restaurantchef trat zu Huisu und flüsterte ihm leise ins Ohr, ob sie mit dem Auftragen beginnen sollten. Huisu deutete auf die drei leeren Stühle und flüsterte zurück, dass erst alle da sein müssten. Aus Yeongdo war noch niemand gekommen, und ohne sie konnte der Abend nicht beginnen. Eine Kellnerin schenkte mit fahriger Hand Wasser in die Gläser.

In der Mitte der Tafel thronte der alte Stadtverordnete. Links von ihm hatten Vater Son, Yangdong und Huisu Platz genommen. Rechts von ihm warteten drei Stühle auf Doyen Nam, Cheon Dalho und Hwang. Die beiden Zuhälter aus

Wollong saßen am Tischende. Sie schienen besorgt, welche Wendung das Geschehen nehmen würde. Der alte Stadtverordnete hingegen war außerordentlich gut gelaunt, und sein Gesicht strahlte vor Stolz, dass man ihn in einer so wichtigen Angelegenheit dazugerufen hatte. Vater Son wirkte wie immer ein wenig müde. Seit über einer Stunde monologisierte der Stadtverordnete nun schon über diverse Themen, die vitalisierenden Eigenschaften gewisser Pflanzen, den Angelsport, Tennis, Golf. Bei jeder seiner Äußerungen stimmte ihm Vater Son automatisch zu, während Yangdong und Huisu schwiegen. Shin, einer der beiden Zuhälter aus Wollong, rauchte eine Zigarette nach der anderen und drehte dabei in einem fort mit der Daumenspitze am Zündrad seines Zippos. Von Zeit zu Zeit blickte er auf und schaute finster in die Runde. Lee, der andere Zuhälter, fixierte mit schräg gelegtem Kopf und leerem Blick einen Punkt auf der gemusterten Tischdecke, als wartete er auf ein 3-D-Bild. Den beiden ging es wohl weniger darum, ihre bestehenden Revierrechte geltend zu machen, als darum, möglichst viel von dem abzukriegen, was durch Hojungs und Parks Tod zu holen war.

Mit einem Elan, der bei einem so gebrechlichen alten Mann überraschte, setzte der Stadtverordnete seinen Vortrag über Heilpflanzen fort. »Aus gründlichen Forschungen und langer Erfahrung weiß ich inzwischen, dass es besser ist, zu dreißigjährigen Wurzeln der Glockenblume zu greifen als zu sechs oder auch zehn Jahre altem Ginseng.«

»Aus dem Mund eines Mannes, der so kenntnisreich ist wie Sie, kann das, was Sie sagen, nur stimmen«, schmeichelte ihm Vater Son, als hätte er gerade eine überaus wertvolle Information erhalten.

Der kleine Zeiger der Wanduhr war bereits über die Acht gerückt. Immer wieder tauchte Personal aus der Küche auf, um mit dem Restaurantchef zu sprechen. Vermutlich wurde die Frische der Fischvorspeise langsam zum Problem.

Als sich der Zeiger auf halb neun zubewegte, explodierte Yangdong. »Verdammt noch mal, was soll das eigentlich hier? Haben Sie uns nur kommen lassen, damit wir uns Geschichten über Glockenblumen anhören?«

Schlagartig erstarb das einträchtige Gelächter der beiden alten Herren. Der Zuhälter Shin sah Yangdong schief an.

In seiner Lobeshymne auf die Glockenblume unterbrochen, deutete der Stadtverordnete mit dem Kinn in Yongdangs Richtung. »Wer ist dieser ungeduldige Bengel? Huisu kenne ich, aber den da habe ich noch nie gesehen.«

»Das ist Yangdong«, lachte Vater Son. »Doch, doch, den haben Sie vor ungefähr zwanzig Jahren schon einmal gesehen. Wir waren zusammen mit ihm jagen und haben ein Reh verspeist, erinnern Sie sich? Er hat damals das Fleisch zubereitet.«

Der Stadtverordnete wiegte nachdenklich den Kopf. Wie eine flackernde Neonlampe, die endlich angeht, war die Erinnerung schließlich wieder da, und er hob den Zeigefinger. »Ach ja, der kleine Boy, dem das halb tote Reh noch einen Tritt ins Gesicht verpasst hat! Das war er?«

»Ja, das war er.«

»Tss, der hat sich nicht verändert, dieser ungeduldige Kerl! Kein Wunder, dass er damals den Tritt abbekommen hat.« Kopfschüttelnd wandte sich der Stadtverordnete wieder zu Vater Son. »Wenn Sie einem wie dem einen Absud der dreißigjährigen Glockenblume verabreichen, festigen sich die unteren Körperpartien, sein Temperament beruhigt sich, und dann müssen Sie sich solche Frechheiten aus seinem Mund nicht mehr anhören.«

Vater Son nickte zustimmend. Shin, der Zuhälter, beobachtete feixend, wie Yangdong rot anlief.

Vater Son blinzelte zwei oder drei Mal wie eine Kröte und schaute erst zu Yangdong und dann auf die Wanduhr. »Yeongdo kommt zu spät. Sie müssen doch Hunger haben. Sollen wir mit dem Essen beginnen?«, fragte Vater Son.

»In diesem Moment bluten und sterben die Jungen aus unseren Reihen. Was bedeutet da schon das Abendessen eines alten Mannes? Wenn es um Gespräche von solcher Wichtigkeit geht, sollte man warten, bis alle anwesend sind, ehe man mit dem Essen beginnt. Selbst unter Feinden baut ein gemeinsames Mahl Hass ab. Das ist Teil unserer koreanischen Lebensart«, sagte der Stadtverordnete in feierlichem, wichtigtuerischem Ton.

Als Zeichen seiner uneingeschränkten Zustimmung verbeugte sich Vater Son mehrmals.

Der Stadtverordnete musterte Yangdong und die beiden Zuhälter. »Doyen Nam und Cheon Dalho sind noch nicht eingetroffen, aber wenn es Beschwerden gibt, die ihr vorzubringen habt, könnt ihr bereits jetzt mit mir sprechen. Ich werde euer Anliegen übermitteln, und ihr werdet Gehör finden«, sagte er mit einigem Stolz.

Was Shin, der Zuhälter, so lächerlich fand, dass er in schallendes Gelächter ausbrach.

In diesem Moment kam der Restaurantchef mit einem Telefon in der Hand an den Tisch. »Es ist Yeongdo.«

Er stand da und wusste nicht, wem er das Telefon geben sollte. Auf ein Zeichen von Vater Son nahm Huisu es.

»Hallo? Huisu vom Mallijang am Apparat.«

»Cheon Dalho.«

»Ja?«

»Wir sind heute beschäftigt, auch Doyen Nam. Wir kommen nicht zu dem Treffen.«

Huisu schwieg einen Moment, dann sagte er: »Ist das alles, was Sie ausrichten möchten?«

»Sag Vater Son, dass es noch nicht zu spät ist und dass er und andere aus seinem Umfeld mit dem Leben davonkommen, wenn er einen Kniefall vor uns macht. Er soll sich sein Essen schmecken lassen und gut nachdenken.« Cheon Dalho legte auf.

Am Tisch waren alle Blicke auf Huisu gerichtet. »Doyen Nam und Cheon Dalho sind zu beschäftigt und können heute Abend nicht kommen.«

»Was noch?«

»Wir sollen uns das Essen schmecken lassen«, sagte Huisu klar und deutlich mit ruhiger Stimme.

KRAWALLSOLDAT

Yongkang war nach vier Monaten aus dem Gefängnis entlassen worden. Chef Gu, der bei der spektakulären Inhaftierung versichert hatte, dass Yongkang mindestens fünf Jahre im Knast schmoren würde, versuchte, seine Fehleinschätzung damit zu rechtfertigen, dass die Beweise für eine längere Haft nicht ausgereicht hätten, dass er Chef Og nicht eigenhändig getötet habe und dass in der Wäscherei nicht genug Drogen gefunden worden seien, um ihn der Herstellung und des Verkaufs zu beschuldigen. Huisu war sich sicher, dass die Beweise sehr wohl gereicht hätten, um Yongkang für fünf Jahre aus dem Verkehr zu ziehen. Offenbar hatte Doyen Nam hinter den Kulissen die Strippen gezogen.

Nach seiner Entlassung hatte Yongkang als Erstes Tang eliminiert, um ihn für seinen Verrat zu bestrafen. Die Leiche fand man auf der Baustelle einer Wohnanlage, von drei Gerüststangen durchbohrt und zermatscht wie eine vom Dach geworfene Tomate. Auch einer seiner Komplizen, ein kleiner, kurzbeiniger Mann, war getötet worden. Huisu erinnerte sich nicht mehr an seinen Namen; dabei waren sie sich bei einigen feuchtfröhlichen Abenden begegnet. Doch sosehr er sich auch das Hirn zermarterte, der Name wollte ihm einfach nicht einfallen. Tangs Leiche landete ohne jede Zeremonie in einem Massengrab. Darüber war Huisu erleichtert. Er hätte nicht den Mut gehabt, zu seiner Beerdigung zu gehen. Er fühlte sich für Tangs Ermordung verantwortlich: Mit seinem Anruf am Tag von Chef Ogs Tod hatte er Tang und seine Männer auf die Seite von Guam gezogen, sie dann aber nicht in der Lagerhalle an der Forststraße aufgenommen; damit hatte er Tang der Rache von Yongkang ausgesetzt. Sicher, auch wenn etwas in guter Absicht geschah, konnte es sich als nachteilig erweisen, doch nun, da Tang tot war, fragte sich Huisu, ob seine Absichten ihm gegenüber wirklich immer gut gewesen waren. Nein, im Grunde hatte er weder gute noch schlechte Absichten verfolgt, versuchte sich Huisu zu trösten. Es war der Lauf des Lebens, mehr nicht.

Kaum war Yongkang entlassen worden, hatten sich nach langen Monaten des Hungerns auch alle früheren Mitglieder des Südostasien-Vereins wie ein Rudel tollwütiger Kojoten wieder um ihren Anführer geschart. Die Vietnamesen schlossen sich ihm nach Tangs Tod ebenfalls an. Keiner von ihnen würde Yongkang noch einmal verraten, denn keiner wollte als zermatschte Tomate enden. Jetzt wieder fest zusammengeschweißt, hatte der Südostasien-Verein nichts mehr zu befürchten. Ohne eigenen Rückzugsort schlenderten all diese Asiaten nun den menschenleeren Strand entlang, als gehörte er ihnen. Es waren nicht mehr die geduckten, ängstlichen Männer, denen man in den Wochen zuvor auf den Straßen begegnet war. Es waren Raubtiere mit eiskalt blitzenden Augen.

Dann kehrte Secheol eines Tages nicht von einer Erledigung für Yangdong zur Lagerhalle zurück. Am nächsten Morgen fand man ihn am Ende der Mole in einem geparkten Wagen, erwürgt, die rechte Seite von Messerstichen durchbohrt, der Sitz unter ihm eine Suppe aus Blut. Zwei Typen, der eine auf dem Beifahrersitz, der andere auf der Rückbank, hatten ihn wohl gezwungen, an diesen verlassenen Ort zu fahren. Dort hatte ihn der eine von hinten mit einem Strick erwürgt, während der andere ihn von der Seite mit dem Messer traktierte.

Auch die Wäscherei war von Yongkangs Bande angegriffen worden. Jeongbae, der ein bisschen Geld verdienen wollte und deshalb Vater Sons Befehl ignoriert hatte, den Laden dichtzumachen und in der Lagerhalle unterzuschlüpfen, war geschnappt worden. Eine ganze Nacht bearbeiteten sie ihn; im Morgengrauen wurde er dann mit gekappter Achillessehne ins Krankenhaus eingeliefert. Yongkang hatte Secheol getötet, Jeongbae aber leben lassen. Was mochte dieses Arschloch ihm verkauft haben? Denn eins war klar: Yongkang wollte die Drogentasche wiederhaben, die Huisu an sich genommen hatte.

Deshalb hatte er Jeongbae mit zerbeulter Visage und einer Nachricht für Huisu zurückgeschickt.

»Was hat er gesagt?«, wollte Huisu wissen.

»Er hat gesagt, beim nächsten Mal wären Sie dran, und bis dahin sollen Sie stärkende Mittel nehmen.«

»Stärkende Mittel?«

»Ja, stärkende Mittel. Er hat gesagt, dass man Fleisch am besten schneiden kann, wenn es frisch und in gutem Zustand ist, deshalb sollen Sie auf Ihre Gesundheit achten.«

Das sah Yongkang ähnlich. Huisu hatte über diesen sarkastischen Scherz nur spöttisch gelächelt. Am nächsten Morgen allerdings waren an der Forststraße, kaum dreihundert Meter unterhalb ihres Verstecks, in einem Lieferwagen vier Leichen gefunden worden. Yongkang schien ihnen sagen zu wollen, dass er genau wusste, wo sie untergeschlüpft waren. Vier tote Männer, die Gliedmaßen mit Macheten abgehackt. Eine Tat, die eindeutig Yongkangs Handschrift trug. Die jungen Gangster aus Guam, tätowierte Großmäuler, die noch nie eine Leiche gesehen hatten, wurden am Ort des Gemetzels angesichts des Haufens zerstückelter Körper bleich wie der Tod. Hinten floss immer noch Blut aus dem Lieferwagen, ein stetes Rinnsal, das auf die Erde tropfte und das Gras besudelte. Dicke Fliegen umkreisten den blutigen Fleischberg, um ihre Eier darin abzulegen. Wie versteinert standen die Gangster von Guam vor dieser Szene, die an die Bilder des Genozids in Kambodscha erinnerte. Huisu hatte plötzlich das Gefühl, ganz unten im Leichenhaufen Gesichtszüge zu erkennen, die ihm irgendwie vertraut waren. Er trat näher und hob die Haarsträhne an, die einen Teil des Gesichts verbarg. Es war Mau. Huisu wurde es kurzzeitig schwarz vor Augen. Warum zum Teufel brachte Yongkang einen wie Mau um?, fragte er sich verstört. So einen einfachen Mann ohne jeden Ehrgeiz, der nicht mal ein Gangster war? Einen Mann, den schon eine Kleinigkeit glücklich machte und der nicht mehr verlangte, als sich im Foyer eines Hotels in aller Ruhe um seinen Gummibaum kümmern zu dürfen. Huisus Lider begannen zu zittern, und plötzlich quollen ihm Tränen aus den Augen und liefen ihm über die Wangen. Einige der jungen Gangster bemerkten sein vor Schmerz gerötetes Gesicht. Huisu wischte sich die Tränen ab und kehrte zur Lagerhalle zurück.

Das Lager oben an der Forststraße hatte früher dazu gedient, gefährliche Tiere in Quarantäne zu halten. Als sich die Gesundheitspolizei dafür einen anderen Ort gesucht hatte, war das Terrain von Kampfhundezüchtern übernommen worden. Genau dort fanden die Kämpfe statt, und der Berg war mit den Kadavern all dieser Hunde übersät, die unter den Buhrufen der Zocker tapfer krepiert waren. Als es an jenem Abend dämmerte und die eisige Gebirgsluft sich im Wald ausbreitete, hatten sich die älteren Gangster aus Guam zusammengesetzt, um zu besprechen, was sie mit den vier zerhackten Leichen tun sollten. Zwei Meinungen prallten aufeinander: Die einen wollten sie an Ort und Stelle begraben, die anderen wollten sie den Familien zurückbringen, damit sie eine anständige Beerdigung bekämen.

»Yongkang hat sie getötet, nicht wir«, sagten die einen. »Warum sollen wir uns um die Leichen unserer Kameraden kümmern? Wir haben gar nicht das Recht, sie heimlich hier unter Hunden zu verscharren.«

»Aber wenn die Polizei Wind von der Geschichte kriegt«, widersprachen die anderen, »dann fliegt alles auf, was wir vertuscht haben, all die Leichen, die wir hier begraben, verbrannt oder geschreddert haben, das alles fliegt uns dann um die Ohren. Und das weiß Yongkang ganz genau!«

Es wurde geflucht und herumgeschrien, doch am Ende der Diskussion beschloss man, die Leichen vor Ort zu begraben, gleich dort auf dem Gelände der Hundezucht. Weil die jungen Gangster vor Entsetzen wie gelähmt waren, mussten die alten das Graben übernehmen.

Etwas mehr als vierzig Männer waren in der Lagerhalle untergeschlüpft. Seit Jahren waren nicht mehr so viele Gangster aus Guam an einem Ort zusammengekommen. Und diese jungen Kerle hatten sich unbesiegbar gefühlt, wenn sie draußen vor der Halle ihre Eisenstangen schwangen oder ihre Sashimi-Messer in den Händen kreisen ließen. Doch seit dem grausigen Leichenfund hatte sich ihr ganzer Heldenmut wie eine Fata Morgana in Luft aufgelöst. Sie hatten noch keine wirklich großen Kriege erlebt.

Während die Alten also gruben, standen einige der Jungen zusammen und überlegten leise und besorgt, was ihnen wohl in der kommenden Nacht bevorstand. Nach so einem Angriff hätte Yangdong eigentlich längst zum Gegenschlag ausholen müssen. Doch seltsamerweise rührte er sich nicht. Secheol, seine rechte Hand, war getötet und ein mit Leichen gefüllter Lieferwagen vor der Tür ihres Verstecks abgestellt worden, und Yangdong rührte sich nicht. Den ganzen Tag hatte er mit stierem Blick auf einem Stuhl gesessen. Yangdong und Yongkang waren gleich alt und hatten in der Unterwelt gemeinsam ihre ersten Schritte unternommen. Yangdong kannte Yongkang besser als jeder andere. Yongkang war ein Mann wie aus Stein. Angst kannte er nicht und schon gar nicht so etwas wie Mitgefühl. Kalt floss das Blut durch seine Adern. Er hatte keine Frau, keine Freundin, keine Kinder. Keinen Ballast. Alles, was er in seinen Taschen mit sich herumtrug, konnte er jederzeit wegwerfen. Und dasselbe galt für sein eigenes Leben. Mit Menschen wie ihm, die nie an das Morgen dachten und nichts zu verlieren hatten, musste man um jeden Preis einen Krieg vermeiden. Da gab es am Ende keinen Sieger und keinen Verlierer, es endete alles im selben Sumpf.

Über Yangdongs Brust zog sich bis zum Bauchnabel hinunter die lange Narbe eines Messers. Sie war Yongkangs Werk. Yangdong hatte sich einmal bei einer Partie Poker über ihn lustig gemacht. Anschließend hatte Yongkang ihn zusammengeschlagen und ihm mit dem Messer diesen vierzig Zentimeter langen Schnitt zugefügt. Ein Mann, der in seiner Kindheit von einem schwarzen Hund gebissen wird, hat sein Leben lang Angst vor schwarzen Hunden. Dieser schwarze Hund war nun aufgetaucht und schnappte nach Yangdong. Der Tag war zu Ende gegangen, es war Nacht geworden, und Yangdong saß immer noch wie benommen auf seinem Stuhl.

Huisu hockte auf einer Bank im Hof und rauchte.

Wie tanzende Glühwürmchen sah man in der Ferne drei oder vier rote Punkte, die sich in der dunklen Masse des Waldes bewegten. Die alten Gangster hatten alle Leichen begraben und sich nach Erfüllung ihrer Pflicht ebenfalls eine Zigarette angezündet. Yangdong näherte sich Huisu und zog sich im Gehen den Blouson zurecht. Huisu hielt ihm eine Zigarette hin, die

Yangdong entgegennahm. In den letzten Tagen war er schmal geworden; mit hohlen Wangen sog er den Rauch ein.

»Was hast du jetzt vor?«, fragte Yangdong vorsichtig. Offenbar hatte er das Kommando an Huisu abgegeben.

»Ich denke gerade darüber nach.«

»Jetzt, wo Yangdong uns gefunden hat, brauchen wir einen neuen Unterschlupf, oder?«

»Wo sollen wir denn alle hin? Er würde uns sowieso finden.«

»Bestimmt hat Jeongbae geplaudert, dieses Arschloch! Verdammt noch mal, wir hätten ihn uns vorknöpfen sollen!«

Yangdongs Wutpegel war plötzlich in die Höhe geschossen, als wäre Jeongbae schuld am Tod von Secheol und allen anderen. »Meinst du, wir sollten versuchen, ein Agreement mit Yongkang zu finden?«

»Ein Agreement?« Huisu lachte erstaunt auf. »Haben Sie mir nicht neulich gesagt, ich solle mein kleines Hirn raushalten und lieber den Hintern bewegen? Und dass man sich, wenn der andere anfängt, sich die Finger abzuschneiden, den eigenen Bauch aufschlitzen und ihm seine Eingeweide zeigen soll?«

»Aber gegen Krawallsoldaten kannst du nicht kämpfen! Die machen ihren Krawall, ziehen dich in die Scheiße mit rein, und dann verpissen sie sich in ein anderes Land. Wie willst du gegen so jemanden kämpfen? Du kennst Yongkang nicht. Der Typ hat keine Gefühle, der empfindet nichts, auch nicht, wenn er dir den Bauch aufschlitzt.«

»Wo ist denn Ihre Streitlust geblieben, Großer Bruder Yangdong? Glauben Sie etwa, Yongkang lässt Sie am Leben, wenn Sie jetzt klein beigeben? Gerade jetzt heißt doch die Devise: Bauch aufschlitzen und Eingeweide zeigen! Nur so können wir darauf hoffen zu überleben.«

»Aber ich sag's doch, Yongkang ist kein Mensch!«, rief Yangdong, den Tränen nahe.

Er schien außer sich vor Angst. Es war ein unerträglicher Anblick, wie dieser Gorilla vor Panik zu schluchzen begann. Huisu konnte nicht umhin, ihn herablassend zu mustern. Der ganze Heldenmut und Schneid, mit dem er Eindruck geschunden hatte, war in Wirklichkeit reiner Bluff: wie der Trotzanfall eines ängstlichen, komplexbeladenen Kindes. Die mickrigen Zuhälter von Wollong hatte er beeindrucken können, aber vor einem Bluthund wie Yongkang zog er den Schwanz ein. Huisu waren schon vielen Männern wie ihm begegnet, die meisten Gangster waren ja so. Je größer ihr Drachentattoo und je furchterregender ihr Auftreten, desto schwächer waren sie.

»Es tut mir leid, Huisu. Bis hierher und nicht weiter, mehr geht nicht«, sagte Yangdong niedergeschlagen.

Noch vor dem Morgengrauen war Yangdong mit seinen Männern auf und davon. Bei Sonnenaufgang machte sich Unruhe unter den verbliebenen Gangstern breit.

Changsu, dem Huisu erst kürzlich das Tablett ins Gesicht geknallt hatte, kam zögernd auf ihn zu. »Großer Bruder Huisu ...«

»Warum nennst du mich Großer Bruder? Wir sind gleich alt.«

»Ja, also ... Ich ...«

»Sprich.«

»Jetzt, wo Großer Bruder Yangdong weg ist ... was können wir noch ausrichten? Wir sind doch nur dazu da, die Reihen aufzufüllen, also ... besonders nützlich werden wir in dem harten Kampf, der bevorsteht, jedenfalls nicht sein.«

»Ein Glück.«

»Wie bitte?«

»Dass du deinen eigenen Wert kennst, ein Glück.«

Changsu schwieg verlegen.

Huisu biss die Zähne zusammen und dachte nach. »Wer gehen will, der geht.«

Changsu hatte es selbst gesagt: Sie waren ohnehin zu nichts zu gebrauchen. Doch als sich nach Yangdongs Leuten auch die von Changsu davongemacht hatten, waren sie mit Amis Bande und ein paar älteren Gangstern nicht mal mehr ein Dutzend Männer. Mit dieser Zwergenarmee würden sie also Yongkang und seinem Südostasien-Verein, Cheon Dalho und Doyen Nam die Stirn bieten müssen. Angesichts dieser Übermacht würden auch die Zuhälter von Wollong bestimmt die Seiten wechseln. Kurzum, die Lage war aussichtslos. Huisu nahm sich eine Zigarette. Yongkang musste ausgeschaltet werden. Sonst waren keine Verhandlungen möglich. Aber wie sollte das gelingen?

Am nächsten Morgen kam Ami auf Huisu zu. Seine Zögerlichkeit erinnerte Huisu auffällig an Yangdong und Changsu kurz vor ihrer Flucht.

»Was denn? Deine Kumpel wollen auch weg?«, fragte er.

»Nein, das ist es nicht. Es ist nur ... also, wir haben keine Vorräte mehr.«

»Nichts mehr zu essen?«

»Nein.«

»Nicht mal Instantnudeln?«

»Heute Morgen gab's noch zwei Packungen, aber Huinkang hat beide aufgegessen. Mann, ich hasse dieses Arschloch. Dabei ist er so klein, was ist los mit dem, dass er gleich zwei Packungen verdrückt?«

»Ihr könnt jeden Moment verrecken, wie kriegt ihr da überhaupt noch was runter?«

»Wir sterben, wenn wir sterben müssen, aber bis dahin kommen wir ja wohl nicht ohne Essen aus. Einen Messerstich könnte ich im Zweifel ja noch ertragen, aber Hunger, das geht gar nicht.« Ami verzog das Gesicht und rieb sich den Bauch, als wäre er wirklich gerade dabei, vor Hunger einzugehen.

Zu allem Überfluss hatte sich also einer von ihnen mit Instantnudeln den Bauch vollgeschlagen, und jetzt verkündete ein anderer, dass er lieber einen Messerstich einstecken würde, als eine Mahlzeit zu überspringen. *Das sind die wahren Bestien, schlimmer als Yongkang,* dachte Huisu. Er schüttelte ungläubig den Kopf.

»Sonst hast du wohl keine Probleme, oder?«

»Doch, natürlich«, erwiderte Ami unbekümmert.

»Und was sollen wir deiner Meinung nach tun?«

»Willst du eine ehrliche Antwort?«

»Ja.«

»Ich mach mir nur um zwei Dinge Gedanken: um dich, Paps, und um den leeren Kühlschrank. Yongkang, dieser Arsch, macht mir überhaupt keine Angst. Yongkangs Männer sind keine echten Gangster. Wir kennen die, wir haben mit denen zusammengearbeitet. Es sind viele, okay, aber sie taugen nichts.«

»Ach, ja?«

»Und überhaupt, ich hatte bisher noch keine Gelegenheit, meine Kumpel aus Masan, Gimhae und Busan zusammenzutrommeln, aber auf ein Zeichen von mir kreuzen die alle hier auf. Und dann gibt es auch noch Seogkis Kumpel, die sind alles Judokas, und Huinkangs Kumpel, die Messerwerfer. Dagegen kommt dieser Südostasien-Verein nicht an. Mach dir also nicht so große Sorgen, Paps. Und du kennst doch deinen Sohn, oder? Er ist vielleicht nicht in allem gut, aber wenn's um 'ne ordentliche Keilerei geht, ist er ein Gott!«

»Wie bitte? Unser Ami soll nicht in allem gut sein? Sieh dir doch den Prachtkerl an – bei der Visage?!«

»Ah, mein Vater weiß, wovon er redet. Hübsch und ein Kämpfer zugleich, das hat man nicht oft. Aber dein Sohn ist eben eine Ausnahmeerscheinung, und darauf ist er stolz. Also, Paps, vertrau deinem hübschen Ami und seiner Kämpfernatur!«

Ami sagte das mit einem so gespielten Ernst, dass Huisu lachen musste und nach der nächsten Zigarette griff.

»Ami, ich bin doch dein Vater, oder?«, sagte er.

»Was ist das für 'ne Frage? Du hast meine Mutter geheiratet, also bist du natürlich mein Vater.«

»Und als Vater habe ich eine Bitte an dich.«

»Du darfst sogar zwei haben, wenn du willst.«

»Nein, nur eine. Hör mir gut zu.«

»Tue ich.« Gespannt sah Ami ihn an.

»Was auch passiert, vermeide unbedingt jede direkte Auseinandersetzung mit Yongkang. Selbst wenn ich unter seinem Messer verrecke, bitte ich dich inständig, dass du nicht versuchst, dich zu rächen.«

»Warum? Denkst du, ich kann's mit dem Arschloch nicht aufnehmen? Der scheint doch ein ziemlicher Schwächling zu sein. Den haue ich mit einem Schlag aus den Schuhen.«

»Ob du gewinnst oder nicht, mit dem hast du besser keinen Ärger. Dieser Yongkang kann dir dein Leben zur Hölle machen, und nicht nur deins, sondern auch das deiner Mutter und das von Jeny. Verstehst du, was ich sagen will?«

In seinem Stolz verletzt, brachte Ami ein Ja offenbar nicht über die Lippen.

»Ob du mich verstanden hast!«

Ami antwortete immer noch nicht. Plötzlich riss er Huisu die Zigarette aus dem Mund und warf sie auf den Boden.

»Was soll das?«

»Du hast doch gerade schon eine geraucht. Rauchen schadet der Gesundheit, warum qualmst du eine nach der anderen? Man sagt, wer viel raucht, hat weniger Spermien.«

»Kümmer dich um deine eigenen, du Klugscheißer!«

»Keine Sorge, von meinen Spermien kriege ich 'nen ganzen Eimer voll, und zwar so voll, dass er überläuft.«

Ohne Zigarette fühlte sich Huisus Mund plötzlich leer an. Er rieb sich mit den Fingern über die Lippen.

»Paps, willst du wissen, was ich mir am allermeisten wünsche?«

»Sag schon.«

»Ich will eine kleine Schwester. Eine kleine Schwester, die meiner Mutter ähnelt. Ich habe Fotos von ihr gesehen, als sie jung war, da war sie superschön.«

»Ja, sie war schön.«

»Also, wenn sie ein kleines Mädchen kriegt – Mann, das wird so süß, so goldig! Ich würd's mehr lieben als alles auf der ganzen Welt.«

»Hey, sollte das nicht eher mein Wunsch sein?«

»Mama hatte es schwer im Leben. Wenn sie jetzt, wo sie verheiratet ist, auch noch ein Mädchen kriegen könnte, so ein liebes, süßes, kleines Mädchen, das wäre doch so, als würde die Sonne in ihrem Leben aufgehen.«

Irgendwo hatte er recht. Und als Huisu darauf kam, dass nicht nur Insuks, sondern auch sein Leben heller würde, musste er lächeln. »Deshalb passt du von jetzt an auf deine Spermien auf.«

»Aber was machen wir, wenn das kleine Mädchen mir mehr ähnelt als deiner Mutter?«

Ami schwieg und legte nachdenklich den Kopf schräg. »Die Frage ist jetzt aber ein bisschen gemein«, sagte er schließlich und fügte wütend hinzu: »Verdammt, wie kommst du eigentlich auf so was, Paps!«

Auf dem freien Gelände längs der alten Hundezucht spielten Huinkang und Seokgi unbeeindruckt von der ernsten Stimmung an diesem Morgen Federball. Huinkang, der sich gerade mit den Nudeln den Bauch vollgeschlagen hatte, war in Höchstform und wirbelte wie ein Schmetterling umher, während Seokgi, der noch nichts gegessen hatte, am Rande der Erschöpfung war. Nach ein paar Ballwechseln warf Seokgi, vom Hunger übermannt, den Schläger aus der Hand und ging in die Hocke. Huinkang, für den das Match gerade interessant zu werden begann, drängte ihn weiterzuspielen. Genervt schlug Seokgi seine Hand weg. Die Sonne warf allmählich sengende Strahlen auf das alte Gebäude, es ging auf Mittag zu.

Huisu drehte sich zu Ami um. »Pack deine Sachen. Wir fahren. Wir wollen uns ja nicht von Schlangen ernähren.«

Um fünfzehn Uhr trafen sie im Hotel Mallijang ein; die Lagerhalle hatten sie aufgeräumt verlassen. Der Taifun war inzwischen einer unerträglichen Hitze gewichen. Längs der Promenade wurden kaputte Sonnenschirme und Fensterscheiben repariert. Trotz des herrschenden Chaos war der Strand schon wieder von Touristen belagert. Das Zelt der Strandaufsicht, das sonst neben den öffentlichen Duschen stand, war vor das Hotel Mallijang verlegt worden, um von dort aus den Badebetrieb zu überwachen und Unfälle zu verhindern. Offenbar hatte Vater Son hinter den Kulissen seinen Einfluss spielen lassen.

Mau, der Huisu sonst immer fröhlich mit seinen belanglosen Neuigkeiten entgegengelaufen kam, war nicht mehr. Das Café und das Restaurant platzten vor Touristen förmlich aus den Nähten. Sie wollten den Sommer bis zuletzt genießen. Es war schon bemerkenswert, dass Vater Son in dieser angespannten Lage den Mut hatte, den Hotelbetrieb einfach weiterzuführen. Aber vielleicht war es ja genau umgekehrt: Gerade weil er alles weiterlaufen ließ und es dort vor Menschen wimmelte, war das Mallijang ein sicherer Ort. Zwischen den Hotelpagen, den Obern und den Kellnerinnen des Cafés machte Huisu ein paar neue Gesichter aus. Vater Son hatte wahrscheinlich schnellstens Ersatz für die Angestellten finden müssen, die nach den Vorfällen gekündigt hatten, und deshalb junge, ungeschulte Leute, die hochgradig nervös wirkten, für einen Sommerjob eingestellt. Bestimmt hatten sie im Vorfeld keinerlei Einweisung erhalten, sie wirkten jedenfalls geradezu panisch. Der Kellner, der mit Mau zusammengearbeitet hatte, kümmerte sich nun ums Foyer, und Huisu wies ihn an, neben dem Büro des Hoteldirektors zwei Zimmer frei zu machen, um darin Amis Bande unterzubringen.

Vater Son war nicht da. Der Polizeikommissar habe ihn zum Golfspielen abgeholt, berichtete der frühere Kellner. Huisu nickte und ging in die Bar. Er bestellte einen doppelten Whisky on the Rocks. Als der Barkeeper das Glas vor ihn hinstellte, nahm Huisu es in die Hand und ließ den Whisky darin kreisen, statt ihn zu trinken. Seit ihrem Rückzug in das Versteck an der Forststraße hatte er nicht einen einzigen Tropfen Alkohol mehr angerührt und auch seinen Männern das Trinken verboten. Die meisten hatten trotzdem heimlich gepichelt, um die Zeit totzuschlagen, und ihre üblichen Dummheiten gemacht. Nun starrte Huisu wortlos in sein Glas. Er hatte wahnsinnige Lust auf Alkohol. Doch der Feind lauerte nur darauf, in einem günstigen Moment anzugreifen. Huisu durfte sich keinesfalls zum Trinken hinreißen lassen, sonst wäre es aus mit ihm, denn wenn er nicht schnell genug reagierte, konnte er den Messern nicht schnell genug ausweichen. Wobei auch ein klarer Kopf keine Garantie war, dass er die Sache lebend überstand. Lange saß Huisu vor seinem Whisky und trommelte mit den Fingern leise auf den hölzernen Tresen. Yongkang musste um jeden Preis getötet werden; jedenfalls musste etwas geschehen, ehe sich die Lage verschlimmerte. Nach etwa einer Stunde stand Huisu auf. Der Barkeeper blickte erstaunt auf sein volles Glas.

Huisu ging ins Foyer, wo ihm plötzlich Huinkang gegenüberstand, der bereits auf ihn zu warten schien.

»Was ist los?«, fragte Huisu.

»Ich begleite Sie.«

Konnte er jetzt Gedanken lesen? Huinkang hatte jedenfalls schon immer ein gutes Gespür gehabt. Der nervige Drang, sich mit Instantnudeln vollzustopfen, war eigentlich sein einziges Manko. Dank seiner Intelligenz und seiner Fähigkeit, Situationen rasch zu erfassen, erledigte er Dinge sauber und schnell, ohne dass man ihm alles vorkauen musste. Zwanzig Jahre zuvor, dachte Huisu, musste er selbst für Vater Son ein ebenso intelligenter junger Befehlsempfänger gewesen sein. Und ebenso war er selbst jetzt auch an Vater Sons Stelle zur Zielscheibe geworden. Huinkang stand mit wachem Blick vor ihm, bereit zu allem, was Huisu von ihm verlangen würde.

Huisu sagte zu ihm: »Ist keine große Sache. Nur ein kurzer Abstecher. Du bleibst besser hier.«

Besorgt wollte Huinkang ihm trotzdem folgen, doch Huisu stieß ihn energisch zurück.

Huisu verließ das Hotel und ging langsam zum Strand. Drei von Yongkangs Filipinos folgten ihm wie unauffällige Spaziergänger, wenn auch in auffallend geringem Abstand: einer rechts von ihm, einer links von ihm, einer hinter ihm. Gut möglich, dass auf der Straße und den Dächern der Läden noch mehr von ihnen lauerten. In den Blousons, welche die Männer trotz der Hitze trugen, verbargen sich wahrscheinlich Pistolen oder Messer. Als hätte er seine neue Leibwache gar nicht bemerkt, schlenderte Huisu seelenruhig den Strand entlang wie ein Tourist. Seit der Taifun weitergezogen war, hatten die Händler die kaputten Tische wieder aufgestellt, die zerrissenen Schirme aufgespannt und den Verkauf von Brathähnchen, Eis, Bier und Erdnüssen wieder aufgenommen.

Huisu traf vor der Wäscherei ein. Zwei Filipinos bewachten den Eingang. Das blaumetallene Gitter war heruntergelassen;

auf einem kleinen Schild stand in ungelenker Handschrift zu lesen: »Wegen Umbau vorläufig geschlossen«. Einer der beiden Filipinos trat Huisu mit erhobener Hand in den Weg, während die drei, die ihm vom Hotel aus gefolgt waren, jetzt nervös hinter ihm standen, die Hand an der Blouson-Innentasche, bereit, ihn hinterrücks anzugreifen.

»Ich bin gekommen, um mit Yongkang zu sprechen«, sagte Huisu.

Einer der Filipinos flüsterte etwas durch einen Spalt in dem Metallgitter, das sich Sekunden später öffnete. Huisu trat ein. Etwa zwanzig Südostasiaten drehten sich gleichzeitig zu ihm um, jeder mit einer Waffe in der Hand, einer Machete oder Stahlstange, einem Beil oder einer Sichel. Wegen des verschlossenen Haupteingangs war es stickig in der Wäscherei, die Luft warm und feucht. Aus dem Büro am anderen Ende des Raums kam ein hünenhafter Filipino auf Huisu zu. Mit seinen Pranken tastete er ihn sorgsam nach einer versteckten Pistole oder einem Messer ab. Als er nichts fand, bedeutete er Huisu, ihm zu folgen. Lässig schlenderte Huisu hinter ihm her. Ab und zu drehte sich der Mann nach ihm um. Die Waschmaschine mit der Nummer sieben, in der Huisu die Drogentasche gefunden hatte, war in ihre Einzelteile zerlegt. Yongkang stand schon wartend in seiner Bürotür. Er trug Shorts, ein Hawaiihemd mit bunten Blumenmotiven auf weißem Grund und eine bis über die Stirn hochgeschobene Sonnenbrille. Er sah aus wie ein echter Urlauber.

»Oh, Kleiner Bruder Huisu! Lang, lang ist's her!« Yongkang breitete die Arme aus.

Huisu blieb stehen, er fürchtete eine Umarmung. »Gut sehen Sie aus. Kein Wunder: Wie ich höre, gibt's im Gefängnis inzwischen drei Gänge pro Mahlzeit.«

»Richtig. Meinem Kleinen Bruder Huisu habe ich es zu verdanken, dass ich diese köstlichen Mahlzeiten auf Kosten meines

Vaterlands genießen durfte. Und jetzt bin ich wieder da, gut erholt und von allen Sünden reingewaschen. Ich gehe jetzt sogar in die Kirche, weißt du?«, scherzte Yongkang.

»Für einen, der in die Kirche geht, haben Sie seit der Entlassung aber schon wieder ziemlich viele Sünden auf Ihr Haupt geladen.«

»Tja, was soll man machen, die Not ist unser aller Feind. Seit ich aus dem Knast bin und mich nach besten Kräften durchschlage, sind mit dem Speck an meinem Bauch auch die Sünden wieder da, von denen ich mich so mühsam reingeschwaschen hatte.«

Mit einer ulkigen Grimasse trat Yongkang in sein Büro. Die Rollos waren heruntergelassen, es war dunkel in dem Raum. Vor dem Fenster war ein mit Pistole bewaffneter Mann postiert, der mit stoischer Miene jede Bewegung von Huisu verfolgte. Yongkang ließ sich in einen Sessel fallen, Huisu nahm in dem Sessel gegenüber Platz.

»Es gibt da so eine Tasche, die ich vermisse. Ich bin seit einiger Zeit mit ganzer Seele auf der Suche nach ihr, und eine innere Stimme sagt mir, dass du sie hast.« Yongkang kam sofort zur Sache.

»Ich habe wirklich eine Tasche, nur weiß ich nicht, wem sie gehört. Auf dem Schildchen steht kein Name.«

»Na, so was, da habe ich wohl vergessen, meinen Namen draufzuschreiben.«

»Wenn ich Ihnen die Tasche zurückgebe, können Sie mir dann auch einen Gefallen tun?«

»Muss man jetzt was zahlen, um seine Sachen zurückzubekommen?«

»Wenn etwas gefunden wurde, das man verloren hat, bedankt man sich doch in der Regel beim Finder, oder?«

»Das stimmt, man sollte sich bedanken. Sag mir, was ich für dich tun kann.«

»Wenn Sie Ihre Tasche wiederhaben, verlassen Sie in aller Stille das Land. Dann können Sie den Rest Ihres Lebens seelenruhig in einem Luxusaltersheim in Thailand oder auf den Philippinen verbringen.«

»Und wenn ich mich weigere?«

»Für die Aufnahme in ein Altersheim muss man, so weit ich weiß, mindestens sechzig Jahre alt sein. Bis dahin wollen Sie ja wohl noch durchhalten, oder?«

Yongkang ließ sich gegen die Lehne seines Sessels zurückfallen. Mit breitem, zufriedenem Grinsen sah er Huisu an und sagte: »Als Yangdong im Morgengrauen abgehauen ist, Mann, der hatte vielleicht Feuer unterm Arsch. Die Versuchung war groß, ihm einen Pflock hinten reinzuschieben, aber ich habe mich beherrscht. Irgendwie war es ja auch rührend, wie er sich abstrampelt, um weiterzuleben. Als dann ein paar Stunden später auch die anderen abgehauen sind, habe ich nur noch gelacht. Eure Lage ist katastrophal, Kleiner Bruder Huisu, aber du bleibst cool, ganz cool. Kommst einfach allein ins feindliche Lager spaziert und lässt hier ganz geschmeidig deine Drohungen durchklingen. Wenn ich überlege, was für eine kleine Rotznase unser Huisu früher war … Wie die Zeit vergeht! Aus dir ist wirklich was geworden, und das ist toll«, sagte Yongkang und klatschte demonstrativ Beifall.

Er zog eine Camel aus der Brusttasche seines Hawaiihemds. Der Filipino, der hinter ihm stand, nahm die Pistole in die linke Hand, holte sein Zippo aus der Hosentasche und versuchte von hinten, Yongkangs Zigarette anzuzünden. Bei diesem Manöver berührte der Pistolenlauf Yongkangs Kinn, und als der gerade seine Zigarette an die Flamme halten wollte, sah er die auf seinen Hals gerichtete Waffe. Er drehte sich zu dem Filipino um, der zusammenzuckte und sofort die Hand sinken ließ.

»Mann, hat der mir einen Schrecken eingejagt, dieser Idiot. Kann ich jetzt mal meine Zigarette rauchen?«

Hastig hob der Mann noch einmal sein Zippo. Endlich gelang es Yongkang, sich die Zigarette anzuzünden. Mit finsterer Miene drehte er sich zu dem Schuldigen um, den Zeigefinger auf Huisu gerichtet. »Siehst du diesen Herrn? Er ist nicht so gefährlich, wie du denkst. Er ist ein echter Gentleman mit Stil und so. Den ganzen Zirkus mit deiner Pistole kannst du dir bei dem sparen. *Understand?*«

Der Filipino nickte. Dem Wink von Yongkang gehorchend, stellte er sich wieder ans Fenster, die Pistole in der Hand. Yongkang schüttelte genervt den Kopf, dann blies er langsam seinen Rauch zur Decke. »Mir geht eigentlich alles auf die Nerven, aber was mir am meisten auf die Nerven geht, das sind diese Idioten, die nicht verstehen, was man ihnen sagt. Hier versteht keiner ein Wort, nie, und das finde ich ziemlich unerfreulich«, sagte Yongkang wie jemand, der bei der Stadtverwaltung eine Beschwerde einreicht. »Von all diesen Trotteln war Tang eindeutig der hellste. Der hat alles sofort kapiert. Ganz ehrlich, jetzt, wo ich ihn auf die Reise geschickt habe, vermisse ich ihn ganz schön.« Die Augen halb geschlossen, gab sich Yongkang einen Moment den Erinnerungen hin. Huisu biss sich auf die Unterlippe.

»Dafür ist unser Huisu aber wirklich ein feiner Kerl, der genau versteht, was man ihm sagt«, fuhr Yongkang fort. »Hier, soll ich dir mal eine hübsche kleine Geschichte erzählen?« Erwartungsvoll lächelnd sah er Huisu an. Huisu starrte ausdruckslos zurück.

»Und ich sag's dir gleich, das ist nicht irgendeine Geschichte. Es ist eine sehr, sehr schöne Geschichte darüber, wie ein vaterloses Kind aus Mojawon eines Tages König wird. Interessiert dich das nicht?«

»Doch, erzählen Sie.«

»Inzwischen dürftest du ja mitbekommen haben, dass dieser Krieg in Wirklichkeit ein Krieg zwischen Vater Son und Doyen Nam ist. Seien wir ehrlich, es ergibt doch keinen Sinn, dass wir kleinen Dummköpfe unser Blut für diese Greise vergießen. Was soll denn da am Ende herauskommen, wer steht denn beim Schlussvorhang noch auf der Bühne? Wo so viele feine Leute ihre Rolle in dem Stück spielen, Doyen Nam, Cheon Dalho, Vater Son, du, Yangdong, Ami, die Zuhälter aus Wollong, die arschigen Wucherer und dann noch Söldner wie ich, da glaubst du doch nicht etwa an ein gutes Ende?«

»Und weiter?«

»Und weiter? Dann hör mal gut zu: Ich schlage dir jetzt vor, dem Schlussakt ein Happy End zu verpassen. Doyen Nam braucht nur den Hafen von Guam, das Viertel ist ihm egal. Und Vater Son wird seinen Hafen nie hergeben. Solange er ihn aber nicht hergibt, geht der Krieg weiter. Eins ist somit klar: Hier braucht nur eine einzige Person still und leise zu verschwinden, und schon sind alle glücklich. Doyen Nam bekommt seinen Hafen, Cheon Dalho bekommt Wollong, die Rindsbouillon-Alten bekommen die Taschen mit Geld vollgestopft, und du, Huisu, du wirst der König von Guam.«

»Ach, das heißt, sobald Vater Son verschwunden ist, werde ich automatisch der Herrscher von Guam?«, lachte Huisu ihm verblüfft ins Gesicht.

»Keine Sorge. Doyen Nam kümmert sich mit einem Team erstklassiger Anwälte um saubere Papiere. Am Anfang wollte er mit Dodari zusammenarbeiten, aber dieser gierige Mistkerl hat unhaltbare Bedingungen gestellt.«

Überrascht blickte Huisu auf. »Dodari weiß über die Sache Bescheid?«

Über so viel Naivität musste Yongkang lachen. »Alles hat doch damit angefangen, dass Dodari sich in Doyen Nams Masterplan hat reinziehen lassen. Okay, er ist ein Nachkomme von Vater Son, aber dafür hat er nicht eine einzige gute Eigenschaft, aber was soll's? Wir brauchten dieses verdorbene Blut, wenigstens mit Blick auf Vater Sons Erbe.«

»Prima, dann machen Sie mit Dodari weiter. Und wenn Sie mit ihm durch sind, schlitze ich ihm gern persönlich den Bauch auf und kippe die Eingeweide ins Meer.« Huisu lachte und zeigte dabei sein ganzes Gebiss.

Yongkang machte eine beschwichtigende Geste. »In Guam sind die Dinge sehr komplex, und man kann nicht mit einer einzigen Besitzurkunde das ganze Viertel schlucken. Tja, und vor Kurzem hatten wir Gelegenheit, in ein paar Dokumenten zu blättern, und da ist uns aufgefallen, dass Vater Son noch einen Sohn in sein Familienbuch hat eintragen lassen. Und weißt du auch wen?«

»Nein.«

»Dich, Huisu.«

Yongkang zwinkerte ihm zu, als wollte er sagen: Das Leben kann schon lustig sein, oder? »Das ist auch der Grund, warum du noch lebst. Wenn dein Name nicht in dem Register gestanden hätte, wärst du der Erste gewesen, der in diesem Krieg gestorben wäre.«

»Das heißt, Sie wollen von mir, dass ich Vater Son das Messer in den Rücken ramme?«

»Nein, das machen wir. Die Scherben sammeln wir auch ein. Du musst nur eins tun: einfach in aller Ruhe warten und dann, wenn es so weit ist, im Mallijang das Büro des Hoteldirektors beziehen. Die Rindsbouillon-Alten und die anderen Besitzer haben schon ihre Zustimmung gegeben.«

»Wie können Sie glauben, dass ich so etwas Mieses tun werde?«, zischte Huisu.

»Oh, dazu bist du mehr als fähig«, sagte Yongkang trocken. Huisu funkelte ihn an. Yongkang hob das Kinn und starrte vollkommen emotionslos zurück. Keine Scham, keine Wut, kein Hass, keine Reue, kein Mitleid, nichts. Nach einer Weile fügte er hinzu: »Und weißt du auch, warum? Weil du mir ähnelst.«

»Inwiefern?«

»Du verachtest dich selbst, ohne deshalb andere zu beneiden. Menschen wie wir können nur zwischen zwei Wegen wählen: im tiefsten Morast versinken oder aufsteigen, sich über die anderen erheben und König werden. Beide Extreme verdammen uns dazu, ein verflucht einsames und absolut sinnloses Leben zu führen. Sterben können wir ja nun mal nicht, aber auch wir müssen ja irgendwohin, oder? Bei mir hat der Sturz in den Abgrund längst begonnen, also werde ich, wo ich schon dabei bin, mal schauen, wie es da unten aussieht. Aber du, Huisu, steig auf, bring dich ganz nach oben, werd König. Und hör endlich auf damit, dich selbst zu belügen.«

Huisu sprang mit einem Satz auf. Vor dem Fenster hielt der Filipino seine Pistole fester.

Yongkang betrachtete Huisu aus seinem Sessel heraus. »Jetzt ist der Moment gekommen, eine endgültige Entscheidung zu treffen. Damit unsere Jungs wieder aufhören, zu sterben, sich gegenseitig zu verstümmeln und grundlos ins Gefängnis zu gehen. Du wirst sehen, in ein paar Monaten ist jeder wieder brav an seinem Platz, und alle leben ihr Leben weiter, als ob nichs geschehen wäre. Und du wirst staunen, wie wunderbar das alles läuft.«

Huisu riss die Bürotür auf und trat in die Wäscherei. Yongkangs Männer, die sich in dem Raum verstreut hatten, drehten sich alle gleichzeitig zu ihm um. Er wusste nicht, warum, aber plötzlich begann er zu zittern. Der Gang zwischen den beiden Reihen von Waschmaschinen kam ihm vor wie ein langer, endloser Korridor.

DER KOCH

Zwei Uhr morgens. Die Anlegestelle am Hafen von Baekji war menschenleer. Nur auf einem Küstenfelsen zeichneten sich die Silhouetten von zwei nächtlichen Anglern ab, die ihre Köder ausgeworfen hatten. Ihre Anwesenheit störte Huisu, doch weil er nichts daran ändern konnte, wandte er sich ab. Der Mond war nur noch eine feine Sichel und das Meer sehr dunkel.

»Wir sollten uns ein bisschen entfernen, damit wir in Ruhe arbeiten können«, sagte Huisu.

Dalja, der gerade mit einem Lappen den Tisch abwischte, nickte. Obwohl sein Sashimi-Schiff fest an der Anlegestelle vertäut war, schaukelte es auf den Wellen. Wahrscheinlich hat er schon ein paar Leinen gelöst, dachte Huisu. In den letzten zehn Jahren war Daljas Schiff nicht ein einziges Mal aufs Meer hinausgefahren. Früher waren ständig Dutzende von Sashimi-Schiffen auf dem Meer von Guam unterwegs, aber eines Tages hatte die Stadtverwaltung als Maßnahme gegen die grassierende Umweltverschmutzung begonnen, die illegale Nutzung alter Kähne als Sashimi-Schiffe zu bekämpfen. Die »Götterfreuden«, wie man diese schwimmenden Etablissements nannte, waren bald verschwunden. Nur ein paar von ihnen gab es noch, aber alle waren ordnungsgemäß am Landungssteg vertäut. Eins davon gehörte Dalja. Huisu stampfte prüfend mit den Füßen auf den Boden des Decks, was Dalja gelassen zur Kenntnis nahm.

»Sind Sie sicher, dass Ihr Schiff noch seetauglich ist?«

»Keine Sorge, es wird nicht volllaufen.«

Huisu machte ein skeptisches Gesicht.

»Wie viel Uhr ist es, Huisu?«

»Fast zwei.«

»Ob sie Lunte gerochen haben und doch nicht kommen?«

»Yongkang wird kommen, selbst wenn er Lunte gerochen hat.«

Diese Nacht würde Yongkang in Begleitung eines Yeongdo-Kaders an Bord von Daljas Schiff kommen, so viel war klar. Wahrscheinlich wird es Hwang sein, dachte Huisu. Hwang hatte in der Vergangenheit sowohl für Doyen Nam als auch für Cheon Dalho gearbeitet und war inzwischen ihr Berater, ohne dass er dabei dem einen oder dem anderen näherstand. Es war zirkusreif, wie er da in luftiger Höhe zwischen den beiden Männern auf dem Seil hin und her balancierte. Offiziell sollten bei diesem nächtlichen Treffen die Einzelheiten des Agreements besprochen werden, dessen baldige Unterzeichnung den Krieg zwischen Yeongdo und Guam beenden würde. In Wirklichkeit verfolgte natürlich jeder eigene Pläne. Yongkang hoffte, seine Drogentasche zurückzubekommen, und Hwang spekulierte darauf, für Cheon Dalho die Besitzurkunde der Spielautomaten-Fabrik und für Doyen Nam die des Hafens von Guam zu ergattern.

Am Abend zuvor war Huisu von Vater Son in sein Büro gerufen worden. Als er eintraf, spielte Vater Son eine einsame Partie Go.

Huisu hatte sich zu ihm gesetzt und gesagt: »Dass Ihnen jetzt nach Spielen zumute ist ...«

»Weißt du, das Go-Spiel wurde ursprünglich von Generälen entwickelt, um mit Kriegsstrategien zu experimentieren.«

»Na, dann finden Sie mal eine tolle Strategie für uns. Wir sitzen nämlich wirklich in der Scheiße.«

Eine Wunderstrategie schien auch Vater Son nicht zu finden; er ließ den Spielstein, den er in der Hand hielt, wieder ins Kästchen fallen.

»Doyen Nam hat uns ausgetrickst, als er Yongkang aus dem Knast geholt hat«, sagte Huisu.

Dieser Schachzug hatte offenbar auch Vater Son überrascht.

»Gib mir eine Zigarette«, sagte er.

Huisu reichte ihm eine und gab ihm Feuer. Vater Son atmete den Rauch so langsam ein und wieder aus, als hätte er sich diese Art von Genuss schon lange nicht mehr gegönnt.

»Wo ist Dodari?«

»Ich habe ihn auf die Philippinen geschickt. Selbst wenn er geblieben wäre, der Junge hätte uns nichts genützt. Er wäre nur im Weg gewesen«, beschönigte Vater Son die Flucht seines Neffen.

Huisu nickte nur. Minutenlang rauchte Vater Son schweigend. Seine im Alter trübe gewordenen Augen waren völlig ausdruckslos. Huisu konnte nichts darin lesen. Er fragte sich, was es wohl bedeutete, dass Vater Son ihn als Adoptivsohn ins Familienbuch eingetragen hatte. Sein blutsverwandter Neffe hielt sich auf den Philippinen versteckt, und auf seinen Adoptivsohn würde man höchstwahrscheinlich am nächsten Tag mit dem Messer einstechen.

Vater Son drückte die Zigarette im Aschenbecher aus. »Dann warst du also bei Yongkang«, stellte er fest.

Huisu nickte.

»Glaubst du, es besteht die Chance, dass er auf uns hört?«

»Es gibt nur zwei Optionen: den Hafen abgeben oder Yongkang umbringen«, antwortete Huisu ruhig.

Vater Son war keinesweg erstaunt, dass Huisu um den Hafen als Schlüssel zu diesem Krieg wusste. Inzwischen wusste es wohl jeder. »Den Hafen abgeben kommt nicht infrage«, verfügte er mit fester Stimme.

Huisu kaute auf seiner Unterlippe. »Aber selbst mit Yongkangs Tod ist der Krieg nicht unbedingt beendet«, gab er zu bedenken.

»Der Hafen ist tabu, hörst du? Wenn wir den Hafen aufgeben, gibt es hier für uns nichts mehr zu verteidigen.«

Huisu starrte den Alten an, am liebsten hätte er ihn gefragt, warum dieser Hafen ihm eigentlich so viel bedeutete, wo er doch selbst nur wertloses Zeug einschleuste. Und genauso gern hätte er ihm gesagt, dass sich in Guam niemand außer ihm für diesen Hafen interessierte und dass sich inzwischen jeder, der im Viertel auch nur irgendwas zu sagen hatte, von ihm abgewandt hatte – von den Rindsbouillon-Alten bis hin zu seinem eigenen Neffen. Doch Huisu schwieg wieder einmal. Vielleicht, weil er die Antwort schon kannte. Doyen Nam den Hafen zu geben, hätte Vater Son gesagt, würde bedeuten, diesen kleinen Hafen für eine Vielzahl gefährlicher Waren zu öffnen und damit auch für die Schakale, die unweigerlich folgen würden. Wären die Einheimischen von Guam, diese Schwächlinge und Memmen, in der Lage, ihr Viertel gegen solche Bestien zu verteidigen? Garantiert hätte Huisu das zu hören bekommen. Dabei wäre Vater Son gut beraten gewesen, sich um sein eigenes Leben zu sorgen anstatt um die Zukunft von Guam.

Nach längerem Zögern räusperte sich Vater Son, sah Huisu an und fragte ihn ohne Umschweife: »Glaubst du, dass du Yongkang ausschalten kannst?«

Huisu trommelte mit den Fingerspitzen auf das Spielbrett. Nachdem Vater Son seinen Neffen zu dessen Sicherheit auf die Philippinen geschickt hatte, wollte er nun also hören, ob er,

Huisu, der Bestie Yongkang in einem Messerkampf die Stirn bieten könnte. Allein bei der Vorstellung schnürte ihm die Angst den Hals zu.

»Wir müssen doch das, was wir begonnen haben, zu Ende bringen«, fügte Vater Son hinzu.

»Wenn wir scheitern, sind wir Freiwild.«

»Im schlimmsten Fall sterben wir, das ist alles.« Vater Son nahm einen Spielstein aus dem Kästchen, legte ihn dann aber doch wieder zurück. »Es fällt mir schwer, Huisu, vor dir das Gesicht zu wahren.«

»Unsinn. Sie haben sich doch noch nie für was geschämt.«

Vater Son lachte, als hätte Huisu recht. »Wenn du dich entschieden hast, nimm Dalja mit.«

»Dalja ist viel zu alt. Yongkang wird mit einer Pistole aufkreuzen. Dagegen kommen ein alter Messerstecher und ich nicht an.«

»Gerade weil er ein alter Messerstecher ist, nimmst du ihn ja mit. Er ist der Einzige, der bisher alles überlebt hat.«

Das stimmte, und Huisu nickte. Weil Vater Son alles gesagt hatte, was er sagen wollte, oder weil er sich wirklich vor Huisu schämte, hatte er sich wieder über sein Go-Brett gebeugt und nach einem Spielstein gegriffen. Er hatte gestöhnt, weil er nicht wusste, wohin er ihn setzen sollte. Die kahle Oberseite seines Schädels war im kalten Neonlicht traurig anzusehen. Und plötzlich war Huisu der Gedanke gekommen, dass sich dieser alte Mann wahrscheinlich schon seit Langem sehr allein fühlte.

Dalja holte drei Sashimi-Messer und ein Küchenmesser heraus und begann, sie an einem Stein zu wetzen. Am Abend zuvor hatte er diese vier Messer schon einmal mit derselben Sorgfalt geschliffen. Seine Bewegungen waren unendlich langsam, als hätte der Körper Mühe, die Befehle des Gehirns auszuführen.

Wie hatte er mit dieser Langsamkeit bis jetzt überleben können? Ganz einfach: Er hatte sich nicht töten lassen. Er hatte immer angegriffen, ehe sein Gegner es tat, hatte darauf geachtet, nicht von hinten angegriffen zu werden, und hatte niemals Beweise zurückgelassen. Im Gefängnis war er dabei nie gelandet. Wahrscheinlich vertraute ihm Vater Son aus genau diesem Grund: Dalja hatte nie versagt. Er war nicht unsterblich, doch seine Stunde hatte einfach noch nicht geschlagen. Vielleicht war es heute so weit, dachte Huisu.

Ein schwarzer Wagen rollte auf den Anleger zu. Vorne stiegen zwei bullige Männer aus, hinten Yongkang und Hwang. Yongkang schaute sich um. Auf einen Blick von Dalja sprang Zaus vom Schiff und lief hinüber zu Yongkang. Seit dem Verlust seines Arms hatte sich Zaus in keine strafbaren Angelegenheiten mehr eingemischt. Nun sah man, wie er unter allerlei Verbeugungen mit Yongkang und Hwang sprach. Wahrscheinlich erklärte er ihnen gerade, dass Waffen an Bord verboten seien und dass wegen der geringen Größe des Schiffs leider nur drei Personen mitfahren könnten. Yongkang ließ einen der beiden philippinischen Orang-Utans am Wagen zurück und kam, den anderen hinter sich, auf das Schiff zu. Unterdessen öffnete Dalja seine Kühlbox und nahm gelassen ein Stück rohen Fisch heraus. Huisus rechte Hand begann zu zittern. Er massierte sie mit der Linken. Vor ein paar Jahren war ihm am Handgelenk eine Sehne durchtrennt worden, seitdem zitterte die Hand ab und zu. An diesem Abend war der Grund jedoch ein anderer. Inzwischen hatte Dalja seelenruhig begonnen, ein Thunfischfilet aufzuschneiden und als Sashimi auf einem Teller anzurichten. Als er fertig war, fing er an, das Rindfleisch für den Holzkohlegrill vorzubereiten. Die Langsamkeit seiner Bewegungen beeindruckte Huisu erneut. Wo nahm er nur diese Ruhe her?

Über den ungewöhnlichen Treffpunkt schimpfend, näherte sich Yongkang. Zaus versicherte ihm unter unermüdlichen Verbeugungen, dass sie schon fast am Ziel seien. Die Angst hatte ihm, der noch nie besonders redselig gewesen war, offenbar die Zunge gelöst, dachte Huisu.

»Hier entlang. Das Boot schaukelt ein wenig, passen Sie also beim Einsteigen gut auf«, plapperte Zaus.

Yongkang warf einen prüfenden Blick auf das Boot, dann kam er an Bord. Der dicke Filipino, der ihm aufs Deck folgte, verhedderte sich im Tauwerk und fiel fluchend zu Boden.

»Tss, diese Fleischberge können nicht mal ordentlich einen Fuß vor den anderen setzen«, sagte Yongkang mit einem herablassenden Blick über die Schulter.

Hwang stieg als Letzter ein. Am Tisch war für vier Personen Platz. Dalja stand an einer Tischecke. Huisu, der schon saß, erhob sich, um Yongkang und Hwang zu begrüßen.

»Willkommen an Bord«, sagte er.

»Schaurige Stimmung hier, oder? Idealer Ort, um Leute umzubringen, finden Sie nicht?«, sagte Yongkang lachend zu Hwang.

Hwang reagierte nicht. Der Widerwille, dass ein echter Gangster wie er gezwungen war, mit einem Krawallsoldaten Scherze zu machen, stand ihm ins Gesicht geschrieben. Anstatt zu anworten, verbeugte er sich höflich vor Dalja. »Und Sie sind Herr Dalja, unser hochverehrter Ältester? Wenn ich mich vorstellen darf, ich bin Hwang aus Yeongdo. Ich habe Sie schon einige Male aus der Ferne gesehen, und nun ist es mir eine große Ehre, Sie persönlich kennenzulernen.«

So unerträglich Hwangs kriecherische Höflichkeit auch war, sein Respekt wirkte nicht gespielt.

»Übertreiben Sie nicht, ich bin doch nur ein alter Mann, der Kühe und Schweine schlachtet«, sagte Dalja mit einer auffordernden Geste an die Gäste, sich zu setzen.

Hwang und Yongkang nahmen am Tisch Platz, während sich der dicke Filipino hinter den beiden aufstellte. Dalja hob sofort einen Grill auf den Tisch und fing an, den glühenden Kohlen Luft zuzufächern. Yongkang sah ihm dabei gedankenverloren zu.

»Sagen Sie mal«, fing er plötzlich an, »wir sind doch hier auf einem der alten Sashimi-Schiffe, der sogenannten Götterfreuden, oder? Ich habe gehört, solange man nicht auf dem Schiff von Herrn Dalja war, hat man in Guam in seinem Leben nichts erreicht. Die Ehre, die Sie mir heute erweisen, ist wirklich zu groß!«

»Früher musste man mindestens Richter, Staatsanwalt oder General sein, um die Erlaubnis zu bekommen, an Bord dieses Schiffes zu gehen«, erwiderte Dalja lachend.

»Ah, und ich habe auch gehört, Herr Dalja hätte den Leuten, die er anschließend umbrachte, stets exquisite Speisen zubereitet. Dann geht es also nach diesem Essen für mich ins Jenseits, ja?«, fragte Yongkang in scherzhaftem Ton.

Dalja lächelte ohne jeden Anflug von Verlegenheit. »Ach nein, die meisten Leute, für die ich gekocht habe, sind wohlbehalten heimgekehrt.«

»Die meisten?«

»Hören Sie auf mit dem Unsinn«, fiel Hwang ihm streng ins Wort.

»Ob das Unsinn ist oder nicht, wissen wir erst, wenn alles vorbei ist, verdammt.« Yongkang warf ihm einen vernichtenden Blick zu.

Zaus löste die Leinen und stieß das Boot mit einer langen Bambusstange vom Steg ab. Nach zehn langen Jahren am Liegeplatz war ein leises Knarren und Knirschen nicht zu überhören. Der dicke Filipino behielt Zaus misstrauisch im Blick.

»Wir legen ab?«, fragte Hwang.

»Wenn man ein Sashimi-Schiff in seiner ganzen Ursprünglichkeit erleben will, muss man aufs offene Meer hinaus. Dort kann man die Speisen genießen und dabei die fernen Lichter der Küste betrachten. Glauben Sie mir, wenn das Schiff fest vertäut ist, haben Sie nicht den gleichen Genuss«, sagte Dalja.

»Stimmt, dafür ist ein Schiff ja auch gar nicht gemacht«, bekräftigte Yongkang.

»Dann starten wir also?«, fragte Dalja.

»Los geht's«, antwortete Yongkang.

Der einarmige Zaus legte die Bambusstange auf den Boden, ging ins Steuerhaus und ließ den Motor an. Bald hatte das Schiff das Ufer hinter sich gelassen. Dalja stellte Abalonensuppe auf den Tisch, Seefeigen, Urechis und Seeigel-Eier, dazu Süßkartoffeln in dünnen Scheiben. Yongkang inspizierte eingehend jeden Teller. Dann begann der alte Messerstecher, ein Stück frisch aufgetauten Thunfisch sorgfältig in Stücke zu schneiden und auf einem eisgekühlten Porzellanteller zu verteilen, den er ebenfalls aus der Kühlbox genommen hatte.

»Seit wann machen Sie diese Arbeit«, fragte Yongkang.

»Tja, um die vierzig Jahre werden es inzwischen wohl sein.«

»Es heißt ja, dass beim Sashimi der Geschmack maßgeblich davon abhängt, wie der Fisch geschnitten wird. Und Sie sind wirklich ein Meister dieser Kunst.«

»Das ist zu viel des Lobes. Sagen Sie dem Herrn, der hinter Ihnen steht, dass er mitessen soll. Am Tisch ist ja noch Platz, und es gibt reichlich zu essen.«

Yongkang drehte sich um. »Los, setz dich zu uns, ist gratis. Weißt du eigentlich, was für ein Glück du hast? Ein philippinischer Orang-Utan wie du bekommt nicht alle Tage die Gelegenheit, von so erlesenen koreanischen Speisen zu kosten«, höhnte er.

521

Hwang runzelte die Stirn und sah Yongkang missbilligend an. Einladend klopfte er auf die Mitte der Sitzbank. Der dicke Filipino kam zum Tisch und nahm zwischen Yongkang und Hwang Platz, nachdem er unsicher in ihre Gesichter geblickt hatte. Eine Beule an seiner Hüfte deutete darauf hin, dass Zaus mit dem Hinweis auf das Waffenverbot an Bord wenig überzeugend gewesen war. Gemächlich glitt das Boot weiter über das Meer von Guam in Richtung Dadaepo Beach, dessen Lichter in der Ferne schon zu erkennen waren. Bald würden sie zwischen den Inseln Jangjado und Baekhapdeung auf die Kastanieninsel zufahren.

»Hast du meine Tasche mitgebracht?«, fragte Yongkang.

»Sie verschwinden, sobald Sie die Tasche haben?«, erwiderte Huisu.

»Sobald ich sie habe, bin ich gerne bereit, über diese Frage nachzudenken.«

Hwang funkelte Yongkang böse an. Sein Geduldsfaden drohte zu zerreißen. »Sagen Sie, Yongkang, glauben Sie, wir sind wegen Ihrer Drogengeschäfte hier?«, sagte er von oben herab.

»Na, wenn sich meine Geschäfte in einem Aufwasch hier regeln lassen, umso besser, oder?«, erwiderte Yongkang ungerührt. »Ich find's jedenfalls gut, mit einem Stein zwei Vögel zu erlegen, und wenn man dann auch noch einen Frosch erwischt, find ich's noch besser.«

Worauf Yongkang leise in sich hinein lachte. Er war außerordentlich gut gelaunt. Hwang dagegen wirkte immer angespannter.

Huisu stellte die Tasche auf den Tisch. Yongkang öffnete sie und inspizierte den Inhalt. Um sicher zu sein, dass es sich wirklich um seine Ware handelte und niemand sie angerührt hatte, nahm er eins der Plastiktütchen und überzeugte sich davon, dass es nicht beschädigt war. Er nickte zufrieden.

»Und jetzt machen Sie sich davon. Und kommen Sie nicht mehr zurück.«

»Keine Bange, sobald mein Tank voll ist, verpisse ich mich aus diesem verdammten Land.«

»Und mit der Tasche hier ist er nicht voll?«

»Halb voll. Die andere Hälfte wird mir Nam geben.« Hwang verzog das Gesicht, als Yongkang den Namen seines Chefs unter Auslassung des Ehrentitels in den Mund nahm. Er trank einen Schluck Wasser und wandte sich zu Huisu. »Sie sind über den Gegenstand dieses Treffens im Bilde, oder?« Hwangs Ton war herrisch und genauso unangenehm wie bei ihrer letzten Begegnung.

Huisu nickte.

»Vater Son hat also tatsächlich die Absicht, diesen Krieg zu beenden?«

»Dasselbe könnte ich mit Bezug auf Doyen Nam fragen. Denn diesen Krieg hat Yeongdo angefangen. Ihre Frage ist also eigentlich als Befehl zu verstehen: Haltet die Klappe und ergebt euch.«

»Der Tod von Hojung und Park geht uns nichts an, da will ich mich nicht einmischen. Aber seit einiger Zeit haben wir nichts mehr von Cheoljin gehört. Wie können Sie da behaupten, Yeongdo hätte den Krieg angefangen?«

»Lassen wir die Spiegelfechterei. Es ist doch eine altbekannte Geschichte. Kurz vor seinem Tod hat Hojung etwas durchaus Kluges gesagt. Er hat gesagt: Sogar ein Hundebastard hat das Recht, sein Revier zu verteidigen.«

Yongkang, der als Einziger mit großem Appetit aß, lachte schallend. »Es heißt, wenn ein Tiger stirbt, hinterlässt er sein Fell. Der Mensch dagegen hinterlässt seine Worte. Unser guter Hojung hat uns also immerhin ein paar kluge Worte hinterlassen.«

Hwang bedachte ihn mit einem grimmigen Blick und wandte sich, immer noch wütend, wieder Huisu zu. Unterdessen verteilte Dalja Rindfleischstücke auf den heißen Kohlen und fächerte die Glut an. Das Brutzeln des Fleisches war noch köstlicher als sein Duft, und Yongkang starrte gebannt auf den Grill. Mit einer Zange nahm Dalja das erste Fleischstück und legte es auf Hwangs Teller, dann bediente er die anderen. Auf den Tellern sickerte Blut aus dem fast noch rohen Fleisch.

»Das ist das dreieckige Stück vor dem Entrecote. Mit etwas grobem Salz schmeckt es noch besser«, sagte Dalja.

Yongkang tunkte sein Fleisch in die Salzschale und schob es sich in den Mund. Sein Gesicht leuchtete auf. »Ist das von einem Rind, das Sie gerade geschlachtet haben? Das Fleisch schmeckt verdammt frisch.«

»Nein, es ist schon vor einer Woche geschlachtet worden. Das überrascht viele, aber Fleisch von einem frisch geschlachteten Rind schmeckt nicht besonders gut.«

»Stimmt, das habe ich schon mal irgendwo gehört. Jedenfalls ist alles, was Sie uns hier servieren, wirklich lecker«, sagte Yongkang.

»Man sieht es ihm vielleicht nicht an«, schaltete sich Zaus aus dem Steuerhaus ein, »aber Großer Bruder Dalja hat die Kochkunst bei einem Meister gelernt, einem Sumoringer, der in Japan sehr bekannt ist, nicht nur für seine Küche, sondern auch als Yakuza-Mitglied.«

Dalja warf ihm einen eisigen Blick zu. Auch Huisu drehte sich zu Zaus um. Er war heute wirklich auffallend geschwätzig.

»Sie haben bei einem Yakuza-Mitglied Kochen gelernt?«

»Nein, er war nur Sumoringer. Aber eine so imposante Erscheinung, dass die Leute oft dachten, er wäre Yakuza-Mitglied«, erklärte Dalja.

Yongkang hielt dem alten Messerstecher ein Glas hin und griff nach der Flasche. »Soll ich Ihnen einschenken?«, fragte er.

»Eins trinke ich mit.« Dalja ließ ihn das Glas füllen und leerte es in einem Zug. Dann gab er es Yongkang zurück und nahm ein weiteres Stück Thunfisch aus der Kühlbox. Gekonnt schnitt er es in Scheiben, nicht zu dünn und nicht zu dick.

»Das ist Maguro, also Blauflossenthunfisch, und zwar aus dem Otoro-Stück.«

»Ah, Otoro«, wiederholte Yongkang.

»Die meisten Leute denken, Otoro wäre ein Stück aus dem Bauch, aber in Wirklichkeit ist es zwischen Kopf und Bauch.«

Yongkang schob sich ein kleines Stück von dem Otoro in den Mund, und wieder leuchtete sein Gesicht auf. Dem dicken Filipino neben ihm, den es nervte, warten zu müssen, schienen Geschmacksfragen dieser Art vollkommen egal zu sein.

»Mögen Sie Walfleisch?«

»Und wie!«

Schon nahm Dalja ein in Wachspapier eingeschlagenes Stück Walfleisch aus der Kühlbox. Er schnitt es sorgfältig in Scheiben, die er nach und nach auf einen Teller legte. Als der Teller voll war, stellte er ihn vor Yongkang, der sich ein Stück nahm. Der dicke Filipino neben ihm fing sofort an, sich mit den Stäbchen in rasantem Tempo Walfischfleisch in den Mund zu stopfen, das er mit großen Schlucken Alkohol hinunterspülte. Hwang beobachtete die beiden, die plötzlich wie ausgehungert schienen, mit banger Miene. Einen Moment lang verweilte sein Blick auf Huisu, dann richtete er ihn wieder auf Yongkang. Er selbst nahm an dem Festessen nicht teil. Er beobachtete, mehr nicht. Huisu fand ihn eindeutig zu wachsam, um von seinem Plan, Yongkang umzubringen, nichts zu wissen. Und wenn Hwang es wusste, dann wusste es auch Yongkang. Im Gegensatz zu Hwang, dessen Nerven offensichtlich zum Zerreißen gespannt waren, wirkte

Yongkang allerdings so locker und jovial, als säße er in einer Bar seines Viertels. Die ganze Situation schien für ihn nicht mehr als ein wohldosierter Nervenkitzel zu sein, an dem er seinen Spaß hatte.

»Was für ein Genuss! Dieser Yakuza-Meister hat es wirklich geschafft, seine Kunst an Sie weiterzugeben«, sagte er.

»Er war kein Yakuza-Mitglied. Er war nur ein bisschen im traditionellen japanischen Ringkampf aktiv.«

»Wie auch immer. Diesem Meister habe ich's jedenfalls zu verdanken, dass ich es mir vor meinem Tod noch mal so richtig schmecken lassen kann, und das ist doch das Einzige, was zählt. Oder?«

Hwang hatte seinen inzwischen mit Rindfleisch und Thunfisch gefüllten Teller immer noch nicht angerührt; der Fleischsaft begann überzuschwappen und auf den Tisch zu laufen. Er schluckte und sagte: »Männer aus Yeongdo haben in diesem Krieg ihr Blut vergossen, und auch Männer aus Guam. Sollte man nicht dafür sorgen, dass nun kein Blut mehr fließt?«

Huisu sah ihn an. »Wir überlassen Ihnen Wollong und den Wodkaverkauf«, sagte er. »Immerhin ist es das, was diesen verdammten Krieg ausgelöst hat. Auch die Spielautomaten-Fabrik geben wir Ihnen. Und zusätzlich bringen wir auch noch das Geld auf, um Cheon Dalho für den Tod seines Neffen zu entschädigen. Sind Sie bei so einem Angebot bereit, den Krieg zu beenden?«

Hwang seufzte leise, als wäre er erleichtert, endlich in die Verhandlungen einzusteigen. »Unser Doyen möchte auch, dass Sie sich bereit erklären, Ihren Hafen mit ihm zu teilen. Nicht geben, nur teilen.«

Hwang war dafür bekannt, nicht um den heißen Brei herumzureden, aber Huisu musste sich trotzdem zusammenreißen, um nicht ausfallend zu werden. Er griff nach seinem Glas, stellte es aber mit einer fahrigen Bewegung gleich wieder ab, anstatt einen Schluck zu nehmen. »Ich werde mit dem alten Herrn darüber sprechen.«

»Darüber hätten Sie vorher sprechen müssen. Wir sind nicht gekommen, um uns von Ihnen sagen zu lassen, dass Sie über irgendwas sprechen werden«, entgegnete Hwang.

Yongkang hörte nicht auf, genervt ein Glas nach dem anderen in sich hineinzuschütten. Jetzt riss ihm der Geduldsfaden: »Mann, hört ihr euch eigentlich reden? Verfluchtes Zickengeschwätz.«

Hwang warf ihm einen eisigen Blick zu. Yongkang war das herzlich egal. Mit flackernden Augen wandte er sich an Huisu.

»Hör zu, Huisu, vor unserem Treffen hat Nam mir gesagt, für den Fall, dass wir heute den Hafen nicht kriegen, sollen wir wenigstens dir das Leben nehmen. Mal ehrlich, ich würd's ja dabei bewenden lassen und einfach mit meinem Geld abhauen. Aber wenn du dich jetzt querlegst, Huisu, was soll ich tun? Ich bin nur ein Söldner, ich töte für Geld, also bin ich gezwungen, dich umzubringen, dich und Ami und Vater Son. Am Anfang wusste ich nicht, dass der Job so umfangreich sein würde. Die haben mir gesagt, es würde genügen, euch ein bisschen Angst zu machen, aber jetzt wird mir bewusst, dass da noch ein ganzer Berg Arbeit auf mich wartet. Überhaupt fällt mir auf, dass mein Vertrag angepasst werden muss, da werde ich mit Nam drüber reden müssen.«

»Hör auf, ihn so zu nennen, du Arschloch! Er ist nicht dein Kumpel!«, ereiferte sich Hwang.

Wie aus dem Nichts verpasste ihm Yongkang mit dem Handrücken einen Schlag ins Gesicht. Man hörte ein Knacken, als das Nasenbein brach. Mit einem erstickten Schrei griff sich Hwang an die Nase. Zwischen seinen Fingern quoll Blut hervor, und er tastete in seiner Hosentasche nach einem Stofftaschentuch.

Yonkgang sah ihn verächtlich an. »So ein beschissenes Mundwerk. Mach ruhig weiter so, du Idiot, dann schlag ich dir jeden Zahn einzeln aus der Fresse.«

Er wandte sich wieder Huisu zu: »Komm schon, Huisu, machen wir's doch so. Du brauchst dich nur zu entscheiden, und der Krieg ist vorbei.«

»Sie reden so, als hätten Sie ihn bereits gewonnen.«

»Ob ich einen töte oder zwei, ändert nichts an meiner Bezahlung. Erspar mir also die zusätzliche Arbeit.«

»Und wenn ich mich weigere?«

»Tja, ich hätte es schön gefunden, im Anschluss an dieses feine Essen gleich nach Hause zu gehen, aber das muss dann wohl warten.«

Yongkang breitete großspurig die Arme aus, nahm die Uhr von seinem linken Handgelenk und legte sie auf den Tisch. Der Filipino hörte auf zu essen. Er wischte sich mit dem Handrücken über den Mund und holte seine Pistole raus. Yongkang legte für alle gut sichtbar das Messer auf den Tisch, das er sich in den Gürtel gesteckt hatte, ein Militärmesser der amerikanischen Special Forces.

Huisu starrte es an. Sein Herz begann heftig zu schlagen.

»Ich dachte, wir wären hier, um einen Frieden auszuhandeln. Anscheinend habe ich mich geirrt«, sagte er.

»Ihr seid ja wohl auch nicht gekommen, um einen Waffenstillstand zu unterzeichnen«, erwiderte Yongkang und sah dabei zu Dalja.

Der alte Messerstecher war in aller Ruhe dabei, eine Zwiebel klein zu hacken. Sein Messer schlug mit gleichmäßigem Klopfen auf das Schneidebrett. Wie konnte er in dieser angespannten Situation Zwiebeln hacken? Der Filipino, der entweder ein Herz aus Stahl hatte oder einfach nur dumm war, öffnete den Mund und gähnte mit der Pistole im Anschlag. Huisu schob langsam die Hand unter den Tisch und legte sie um den Griff des Messers, das er dort vor dem Treffen in die Holzplatte gerammt hatte.

»Daljas Ruf ist mir natürlich bekannt, ich habe schon als Kind von ihm gehört, aber du, Huisu, kannst du auch so gut mit dem Messer umgehen?« Yongkang tippte mit dem Zeigefinger auf das vor ihm liegende Militärmesser.

Dann wandte er sich an Dalja: »Wissen Sie, Herr Dalja, ich liebe ja prickelnde Momente wie diesen. Spüren Sie auch die Spannung, die in der Luft liegt? Spüren Sie, wie die Zellen in Ihrem Körper wach werden und anfangen zu atmen?«

»Zellen, die anfangen zu atmen. Was soll das Geschwafel?«, antwortete Dalja trocken.

»Ach, wie schade, ich dachte, wenigstens Sie würden dieses Gefühl kennen«, erwiderte Yongkang.

Es wurde totenstill zwischen den beiden. Plötzlich rammte Dalja sein Küchenmesser ins Schneidebrett und schnappte sich mit der Linken ein Sashimi-Messer. Bestimmt hatte Zaus im Steuerhaus schon zum Jagdgewehr gegriffen, dessen Kolben so umgearbeitet war, das man die Waffe auch mit einer Hand bedienen konnte. Sobald er auf den Filipino schoss, wäre es für Dalja und Huisu ein Leichtes, Yongkang zu erledigen. Mit wild pochendem Herzen ging Huisu die Schritte durch, die nötig sein würden, um Yongkang auszuschalten. Plötzlich brachte eine Welle das Schiff in Schieflage. Der dicke Filipino, der immer noch an den Resten seines letzten Bissens kaute, verlor ein wenig das Gleichgewicht und stieß gegen Yongkangs Schulter. Als Yongkang sich verärgert umdrehte, nutzte Dalja den Moment: Er rammte ihm das Sashimi-Messer in die Hand, mit der er sich auf dem Tisch abstützte. Knirschend durchbohrte die Klinge die Hand und grub sich in die Holzplatte. Überrascht feuerte der Filipino einen Schuss auf Dalja ab, doch Dalja konnte der Kugel mit einer leichten Drehbewegung ausweichen. Dabei riss er das Küchenmesser aus dem Schneidebrett, holte aus, warf sich nach vorn und schlug dem Filipino die Hand damit ab. Mit einem dumpfen Geräusch fiel sie auf den Tisch, die Finger noch um die Pistole geklammert. Der Filipino war so fassungslos, dass er nicht einmal aufschrie. Inzwischen versuchte Hwang, seine Pistole aus der Innentasche seiner Jacke zu fingern, aber auch diesmal war Dalja schneller: Mit dem Griff des Küchenmessers zog er Hwang eins über den Schädel und stürzte sich im selben Atemzug auf den dicken Filipino. Inzwischen hatte Huisu sein Messer unter dem Tisch hervorgerissen und rammte es Yongkang in die Seite. Yongkang umklammerte die Klinge mit eiserner Hand, damit sie nicht tiefer eindrang, und ließ auch nicht los, als Huisu noch fester zustieß. Blut lief über den Griff. Als Huisu ihn am Hals packte, versuchte Yongkang, seine an den Tisch genagelte Hand zu befreien. Er schob sie an der Klinge entlang nach oben, bis er mit dem Handrücken an den Griff stieß und das Messer so kraftvoll zur Seite drücken konnte, dass die Spitze der Klinge abbrach. Seine Hand war frei. Sofort stach Yongkang mit dem Messer, das noch in der Hand steckte, auf Huisus Schlüsselbein ein. Blutüberströmt versuchte Huisu mit der Linken, Yongkangs Hand abzuwehren, während er ihm mit der Rechten das eigene Messer immer tiefer in die Seite stieß. Yongkang hatte noch nicht ein einziges Mal aufgestöhnt. Mit unbewegtem Gesicht rammte er Huisu die abgebrochene Klinge in den Hals, und Huisu entfuhr ein erstickter Schrei. Als Yongkang ihm mit voller Wucht gegen die Wade trat, ging Huisu in die Knie, die Klinge noch immer im Hals. Unterdessen hatte Dalja dem dicken Filipino die Kehle durchgeschnitten, der Mann hielt mit beiden Händen seinen Hals umklammert. Mitten in diesem Chaos kam Hwang wieder zu sich und versuchte erneut, die Pistole aus seiner Jackentasche

530

zu ziehen. Aber schon war Dalja hinter ihm und stach mit dem Küchenmesser mehrmals auf seinen Kopf ein. Als Hwang zu Boden ging, drehte sich Dalja zu Yongkang um und schleuderte das Messer wie eine Wurfaxt in seine Richtung. Nach mehreren Drehungen im Flug grub es sich in Yongkangs Rücken. Yongkang zuckte mit einem leisen Stöhnen zusammen. Sofort schnappte sich Dalja eins der noch auf dem Tisch liegenden Sashimi-Messer und zielte damit auf Yongkangs Herz und Lunge. Plötzlich ging ein Schuss los. Er traf Daljas Bauch. Das Gewehr in Zaus' Hand zitterte. Fassungslos wanderte Daljas Blick zwischen seinem Bauch und Zaus hin und her. Dann ging ein zweiter Schuss los. Dieser traf Dalja direkt ins Herz, er brach zusammen. Inzwischen hatte sich Yongkang selbst das Messer aus dem Rücken gezogen und stach damit weiter auf Huisu ein. Huisu merkte, wie ihm die Kräfte schwanden, und er sank zu Boden. Sofort wankte Yongkang übers Schiffsdeck zu Dalja hinüber und schnitt ihm mit einem Streich die Kehle durch. Als Huisu erneut versuchte, sich am Tisch hochzuziehen, war Zaus zur Stelle und zog ihm eins mit dem Gewehrkolben über den Schädel. Ein Schleier legte sich über Huisus Augen; benommen nahm er das warme, klebrige Blut wahr, das ihm über den Nacken lief.

»Was jetzt? Töten oder die Blutung stoppen?«, fragte Zaus.

Huisu hörte Yongkangs Schritte, dann seine gereizte Stimme: »Dieser sture Arsch macht es uns wirklich nicht leicht.«

Und damit sank Huisus Kopf auf den Schiffsboden, und er verlor das Bewusstsein.

DER HOLZPFEILER

Als Huisu das nächste Mal die Augen aufschlug, lag er in der Hütte auf der Kastanieninsel. Die Hände waren hinter seinem Rücken an den Pfeiler gebunden, an den er vor einigen Tagen Cheoljin gefesselt hatte. Der Holzboden, auf dem er saß, stank widerlich. Cheoljin hatte dort wohl Blase und Darm auf den Boden entleert. Beim leisesten Versuch, sich zu bewegen, fuhr Huisu ein lodernder Schmerz in die Schulter und den Bauch. Ihm gegenüber saß ein kleiner Mann und fixierte ihn regungslos, der Blick unter den buschigen Augenbrauen vollkommen leer. Er hatte einen dicken, warzenähnlichen Leberfleck zwischen den Brauen, der aussah wie ein drittes Auge. Eine Machete, die neben ihm in den Boden gerammt war, erinnerte Huisu daran, dass der Mann ihm jederzeit die Kehle durchschneiden konnte.

Wie lange hatte er geschlafen? Durch die Löcher und Ritzen in der Hüttenwand sickerte Licht. Hitze und Feuchtigkeit hatten den Raum in eine Sauna verwandelt. Huisus Rücken und Hintern waren durchnässt, ob von Schweiß oder Blut, hätte er nicht zu sagen vermocht.

Von draußen drang das Dröhnen des Keilriemens in die Hütte, dazwischen philippinische Wortfetzen. Wahrscheinlich hatte Daeyeong begonnen, Dalja zu zerkleinern. Sobald seine

Leiche verarbeitet war, würde Huisu an die Reihe kommen. Die Hitze war so groß, dass er vor lauter Durst beinahe vergaß, Angst zu haben. Der Mann mit dem Leberfleck zwischen den Augen war diese Art von Hitze anscheinend gewohnt. Kein Tröpfchen Schweiß stand ihm auf der Stirn, während er unverwandt Huisu fixierte.

»Gib mir ein bisschen Wasser«, sagte Huisu.

Der Mann neigte den Kopf zur Seite, erhob sich und kam auf Huisu zu. Als er vor ihm stand, trat er ihm mit dem Stiefel direkt ins Gesicht. Huisu spürte, dass ihm etwas Warmes, Salziges in den Mund lief, seine Nase blutete wohl. Der Mann kehrte an seinen Platz zurück, kauerte sich wieder auf den Stuhl und fuhr fort, Huisu anzustarren.

»Ich sagte, gib mir ein bisschen Wasser«, wiederholte Huisu.

Wieder neigte der Mann den Kopf zur Seite, stand auf, ging zu Huisu und versetzte ihm einen weiteren Fußtritt ins Gesicht. Als er sah, dass Blut an seinem Stiefel klebte, zuckte er zusammen und trampelte auf dem Boden herum, als müsste er eine Giftspinne loswerden. Dann trat er Huisu noch einmal ins Gesicht und kehrte zu seinem Stuhl zurück. Es war so absurd, dass Huisu fast grinsen musste. Was für ein Widerling, dachte er, für seine Frau musste das Leben die Hölle sein. Er verzichtete auf das Wasser und lehnte den Kopf an den Holzpfeiler. Jemand hatte ihm behelfsmäßig die Schulter und die Seite mit ein paar dreckigen Lappen verbunden. Bei jedem Atemzug brannte sein Schlüsselbein. Ob er eine Tetanus-Spritze verlangen sollte? Nicht die Verletzungen würden ihn umbringen, sondern wahrscheinlich eher diese dreckigen Lappen und die widerliche Luft in der Hütte.

Zaus hatte sie also verraten. Über vierzig Jahre hatte er mit Dalja zusammengearbeitet, und Vater Son und Huisu hatten ihm immer vertraut. Der Mensch ist ein unergründliches Tier. Dabei war das Spiel schon so gut wie gewonnen; doch der Verrat von Zaus hatte alles auf den Kopf gestellt. Warum hatte er das getan? Um sich für den Verlust seines Arms zu rächen? Oder hatte man seine Familie bedroht? Ihm Geld angeboten? Was auch immer der Grund war, Zaus hatte sich an die Gangster von Yeongdo verkauft und konnte nie wieder nach Guam zurückkehren. Doyen Nam kannte Guam wie seine eigene Westentasche; dagegen hatten Huisu und Vater Son noch nie etwas ausrichten können. Weil er ihnen immer einen Schritt voraus war, hatte er alle Angriffe abwehren können. Zaus war höchstwahrscheinlich nicht der einzige Verräter. Wer hatte Doyen Nam die Informationen geliefert? Wahrscheinlich Dodari, dachte Huisu. Oder vielleicht Jeongbae. Oder sogar Yangdong, wenn es nicht Danka gewesen war. Jedenfall jemand, der eindeutig intelligenter war als Huisu und der es geschafft hatte, am Leben zu bleiben, wärend Huisu sich bald aufgrund falscher Entscheidungen in einem Schredder wiederfinden würde.

Die Tür öffnete sich, und eine Gruppe großschnäuziger Filipinos kam in die Hütte. Vielleicht weil er die Sprache nicht verstand, empfand Huisu ihre Stimmen als besonders aggressiv. Jeder von ihnen hatte eine Machete oder eine Axt in der Hand. Hinter ihnen trat ein Mann mit einem großen Korb Reisnudeln ein, dann ein zweiter, der einen Kübel Bouillon vor sich hertrug. Der erste fing an, Nudeln in Suppenschalen zu schaufeln, der zweite goss Brühe darüber und gab ein paar Stücke Hühnerfleisch dazu. Nach einer Weile saßen alle Filipinos mit ihren Schalen auf dem Boden und aßen. In der Hütte duftete es nach Hühnerbrühe. Huisu war sich zwar nicht sicher, ob er leben oder sterben würde, aber eins wusste er: Er hatte Hunger. Die Filipinos schienen allerdings nicht bereit, ihre Mahlzeit mit ihm zu teilen. Auch der Mann mit dem Leberfleck saß mit einer dampfenden Schale im Schoß auf seinem Stuhl und aß schmatzend. Als die Filipinos fertig waren, verließen sie die Hütte, und der Mann richtete seinen Blick wieder auf Huisu, neben sich die in den Holzboden gerammte Machete. Für ein paar Sekunden verhakten sich ihre Blicke ineinander, dann neigte der Mann den Kopf zur Seite, stand auf, ging zu Huisu und verpasste ihm einen weiteren Fußtritt ins Gesicht. *Der Kerl macht mich verrückt*, dachte Huisu.

Zwei Mal ging die Sonne auf und wieder unter. Huisu war so erschöpft, dass er die meiste Zeit vor sich hin dämmerte, sein Kopf umnebelt und wie in Watte gepackt, was vermutlich am Blutverlust lag. Ob der Krieg in Guam weiterging? Wahrscheinlich, denn sonst wäre Huisu längst freigelassen oder umgebracht worden. Vielleicht hatte Vater Son ja inzwischen vor Doyen Nam kapituliert und begonnen, die Geschäfte zu ordnen, die er ihm übergeben würde. Oder – was noch schlimmer wäre – Ami hatte die wenigen Männer, die noch kämpfen konnten, um sich geschart und bereitete einen letzten Angriff vor. Von allen Möglichkeiten, die Huisu sich vorstellen konnte, waren diese beiden die fürchterlichsten.

Im endlosen Wechsel von Wach-, Schlaf- und Dämmerphasen hatte Huisu jedes Zeitgefühl verloren. Er hätte nicht zu sagen vermocht, wie viele Tage tatsächlich vergangen waren, seit er in dieser Hütte war. Manchmal war der Mann mit dem Leberfleck von einem Filipino abgelöst worden, dessen eine Gesichtshälfte komplett tätowiert war. Dieser Mann nahm ihm den Verband ab, behandelte die Wunden mit antibiotischer Salbe oder gab ihm eine Spritze. So Angst einflößend er aussah, so aufmerksam und gewissenhaft war er. Manchmal richtete er aus Langeweile ein paar Worte in seiner Sprache an Huisu, der nicht das Geringste verstand. Wenn der Tätowierte ihn bewachte, durfte Huisu auch trinken. Was den Nachteil hatte, dass er sich schließlich doch in die Hose machte.

Als wieder einmal die Nacht hereingebrochen war, tauchte Daeyeong in der Hütte auf. Sein verquollenes, zerschundenes Gesicht ließ erahnen, dass die Philippiner ihn verprügelt hatten. Er ging zu dem Tätowierten und fragte höflich, ob er Huisu etwas Brei geben dürfe. Der Mann hatte nichts dagegen. Daeyeong kniete sich vor Huisu und fing an, ihn mit einem Löffel zu füttern. Den Kopf über die Schale gebeugt, aus der ihm ein köstlicher Duft nach Sesamöl in die Nase stieg, schlang Huisu alles in sich hinein. Es war eine einfache Mahlzeit – Reisbrei mit frischen, in Sesamöl gebratenen Venusmuscheln –, aber sie war so köstlich, dass Huisu plötzlich den Wunsch verspürte, diese Insel doch noch lebend zu verlassen. Erst nach dem letzten Löffel hob er wieder den Kopf.

»Und Dalja?«, fragte er.

Aus Angst vor dem Filipino und weil es ihm schwerfiel, die Wahrheit auszusprechen, formte Daeyeong mit den Lippen einen lautlosen Satz. Huisu verstand ihn nicht, doch er ahnte, dass der Tod des alten Messerstechers das war, was Daeyeong ihm mitteilen wollte. Der Schmerz auf Daeyeongs Gesicht war so groß, dass Huisu es nicht fertigbrachte, ihn zu fragen, ob er die Leiche geschreddert habe.

»Es tut mir leid, Großer Bruder Huisu«, sagte Daeyeong, als er den Löffel in die leere Schale legte.

Huisu nickte. Für dieses Unglück war niemand verantwortlich. Mit gesenktem Kopf stand Daeyeong auf. Als er sich zur Tür wandte, sah Huisu Tränen in seinen Augen.

Noch in der Nacht reagierte Huisus Körper auf die erste Mahlzeit nach tagelangem Fasten. Huisu krümmte sich vor Schmerz und erbrach alles, was er zu sich genommen hatte. In der Nacht überkam ihn ein furchtbarer Durchfall. Der Versuch, ihn vor dem Filipino zu unterdrücken, misslang. Yangdongs Worte bei Chef Ogs Beerdigung fielen ihm wieder ein: »Ich weigere mich, wie ein Hund zu leben, der vor seinem Herrchen kriecht, und ich weigere mich, mir die Hosen vollzuscheißen, wenn ich sterbe.«

Genau das widerfuhr Huisu jetzt. Er war dabei, mit vollgeschissener Hose zu sterben, nachdem er gelebt hatte wie ein Hund. Seine Hose verbreitete einen grauenhaften Gestank. Der Mann mit dem Leberfleck kam und versetzte ihm fluchend mehrere Tritte gegen den Kopf. Dann setzte er sich wieder, ohne den Boden aufzuwischen oder Huisu gar eine frische Hose zu geben. Erschöpft vor Hunger und Durst, schlief Huisu ein.

Als er die Augen aufschlug, saß Cheoljin vor ihm. Nach seiner Befreiung von der Kastanieninsel war er anscheinend medizinisch versorgt worden. Er hatte sich gewaschen, trug einen Anzug und verströmte einen angenehmen Duft. Seit wann saß er wohl schon da und betrachtete den schlafenden Huisu? Gegen den Gestank drückte er sich ein Taschentuch an die Nase.

»Geht's?«, fragte er.

»Sehe ich so aus?«, erwiderte Huisu mit zusammengebissenen Zähnen.

Verärgert über Huisus unverschämte Reaktion stand der Mann mit dem Leberfleck auf, kam zu ihm und gab ihm den x-ten Fußtritt. Überrascht drehte sich Cheoljin zu dem Mann um; der glotzte zurück, als sei nichts gewesen. Da stand Cheoljin auf und gab ihm mit der flachen Hand einen Schlag gegen den Hinterkopf.

»Ich rede gerade mit ihm, du Arschloch!«

Der Mann mit dem Leberfleck schien ihn nicht zu verstehen. Er zuckte die Achseln und machte ein Gesicht, als fühlte er sich ungerecht behandelt. Worauf Cheoljin ihm mit einer gereizten Geste bedeutete, sich in eine Ecke zu verdrücken. Leise schimpfend gehorchte der Mann. Cheoljin holte eine Zigarette aus seiner Jacketttasche, steckte sie Huisu zwischen die Lippen und zündete sie an. Huisu zog daran. Sofort wurde ihm schlecht; sein Magen war leer, und er hatte seit Tagen nicht mehr geraucht. Er lehnte den Kopf an den Holzpfeiler. Cheoljin zündete auch sich selbst eine Zigarette an.

»Schlag ihn ruhig noch ein bisschen. Ist ein Riesenarschloch, das einen verrückt macht«, sagte Huisu.

Cheoljin drehte sich zu dem Mann mit dem Leberfleck um und lächelte indifferent, worauf der zusammenzuckte, weil er die Situation nicht verstand.

»Warum bist du gekommen? Hast du nicht die Nase voll von der Kastanieninsel?«

»Doyen Nam hat mich geschickt. Um dir eine letzte Chance zu geben.«

Huisu hob den Kopf. »Eine Chance?«

»Der Krieg ist vorbei. Du hast doch nicht geglaubt, du könntest ihn noch gewinnen, oder? Wenn Doyen Nam sich etwas in den Kopf gesetzt hat, lässt er nicht locker. Ich flehe dich also an, Huisu, lass es gut sein und komm zu uns. Dann wird Ami leben, dann wird Insuk leben, alle werden leben. Du denkst wahrscheinlich, dass es eh nicht noch schlimmer kommen kann, aber ich versichere dir, es kann noch schlimmer kommen.«

»Du legst mir gerade nahe, dass ich dem Alten von hinten das Messer in die Brust rammen und dann weiter in Guam leben soll? Bis ans Lebensende dazu verdonnert, dass mir die Leute das hinter meinem Rücken nachtragen?«

»Glaubst du, du kämpfst für die Freiheit von Guam? Bullshit. Der Alte hat ein erfülltes Leben hinter sich. Der hat sein Leben lang die Fäden in der Hand gehalten, glaub mir, der wird nichts bedauern. Und überhaupt, wenn du seinen Platz nicht einnimmst, wird Dodari es tun.«

Huisu klemmte sich den Filter der Zigarette zwischen die Backenzähne. Plötzlich brach er in Gelächter aus, als wäre ihm etwas wahnsinnig Lustiges eingefallen. »Dein Leben ist so einfach, Cheoljin. Du warst schon immer intelligent und konntest gut reden und die richtigen Argumente vorbringen. Aber reicht es, so zu leben wie du, ohne sich Fragen zu stellen? Atmen, essen, vögeln, ist das alles? Selbst als Gangster gibt es Dinge, die man bis zum Schluss verteidigen muss. Verstehst du, was ich meine, du kleiner Idiot?«

Cheoljin nickte, als stimmte er Huisu zu. Er zog seine Brieftasche heraus, klappte sie auf und hielt sie Huisu vor die Augen. Darin war ein Foto von ihm, in jedem Arm eins seiner beiden Zwillingsmädchen. »Süß, meine kleinen Mädchen, oder?«

Huisu betrachtete das Foto und blickte wieder auf.

»Weißt du, was es heißt, Vater zu sein?«, sagte Cheoljin. »Als Vater wird einem klar, dass man selbst nur ein Fliegenschiss ist. Die Ehre ist dir wichtig, Huisu, aber mir ist sie scheißegal. Mir ist nur eins wichtig: leben, einfach nur leben. Atmen und essen, meinetwegen auch bescheiden, ganz egal, Hauptsache, ich bin am Leben.« Dann sah Cheoljin Huisu lange an. »Ich frage dich jetzt zum letzten Mal: Willst du zu uns kommen?«

Tiefe Verachtung lag in Huisus Blick, und Cheoljin erhob sich resigniert von seinem Stuhl. »Ami hat Leute zusammengetrommelt. Anscheinend bereitet er den letzten, großen Kampf gegen Yeongdo vor.«

Diese Neuigkeit zog Huisu vollends den Boden unter den Füßen weg, und als er Cheoljin wieder ansah, war sein Blick plötzlich leer.

»Das letzte Mal hat er überlebt, aber dieses Mal wird es anders sein.«

»Ami ist nicht so leicht unterzukriegen. Wenn es so einfach wäre, wärst du nicht hier auf der Insel gelandet.«

»Ich weiß. Ami und seine Jungs sind zäh. Aber in diesem Fall gebe ich keinen Pfifferling auf ihn.«

Huisu biss die Zähne zusammen. Wahrscheinlich hatte Cheoljin recht. Wobei ein finaler Krieg gegen Ami und seine todesmutige Bande auch für Yeongdo sicher eine unangenehme Aussicht darstellte. Auch wenn der Sieg Doyen Nam letztendlich sicher war. Ami und die anderen waren zu naiv, um mit diesen heimtückischen Schakalen fertigzuwerden.

»Wenn du Ami tötest, werde ich dir das nie verzeihen.«

Mitgefühl lag in Cheoljins Blick, als er Huisu und den Holzpfeiler betrachtete, an den er gefesselt war. »Hältst du's noch aus? Mich hätte es im Grunde gar nicht so gestört, hier weiter in meinen Exkrementen zu sitzen, aber was ich wirklich nicht ertragen konnte, waren die Fliegen, die ständig um mich herumgeschwirrt sind. Ich habe es geschafft, hier wieder rauszukommen, jetzt bist du an der Reihe, es zu schaffen. Dann können wir übers Verzeihen sprechen.«

Und damit ging Cheoljin. Kaum hatte sich die Tür hinter ihm geschlossen, kam der Mann mit dem Leberfleck aus der Ecke, in die er sich während des Gesprächs verkrochen hatte. Mit einem Armeespaten bewaffnet, trat er auf Huisu zu und ließ den Spaten mit voller Wucht auf seinen Kopf niedergehen. Huisu verlor das Bewusstsein.

Am nächsten Tag wurde Huisu sehr krank. Das ständige Hin und Her zwischen Schlafen und Wachen ging weiter, doch es gesellten sich nun Fieberschübe dazu, die sein dehydrierter Zustand noch verschlimmerte. Das Fieber, das bis auf vierzig Grad anstieg, brach in Wellen über ihn herein: Mal schien es ihn bei lebendigem Leib zu verbrennen, mal überzog es seinen Körper mit eiskaltem Schweiß, der ihn bibbern ließ. Manchmal hatte er das Gefühl, dass seine Knochen auseinandergerissen wurden und Hämmer auf sie einschlugen. Wenn er im Fieberwahn zu stöhnen begann, kippte ihm der Mann mit dem Leberfleck einen

Eimer Wasser über den Kopf, worauf prompt ein Spatenhieb folgte. Hin und wieder brachte ihm Daeyeong Wasser oder etwas zu essen, aber Huisu erbrach alles. Die Filipinos überließen ihn nun sich selbst, weil sie fest damit rechneten, dass er bald sterben würde. Huisus Bewusstseinszustand verschlechterte sich weiter, es gab keine Grenze mehr zwischen Schlafen und Wachen, zwischen Tag und Nacht. Sein Kopf schien wie mit blubbernden Blasen gefüllt. Schlaff wie ein nasses Laken hing sein Körper an dem Holzpfeiler. »Dieser Pfeiler ist aus totem Baum und trotzdem so stark«, murmelte Huisu vor sich hin. Manchmal tauchte Insuk in seinen Träumen auf. Er lag da und hatte den Kopf in ihren warmen, feuchten Schoß gebettet. Sie machte ihm die Ohren sauber, und ihr Schoß verströmte einen Duft wie frisch gewaschene Baumwollwindeln, die zum Trocknen in der Sonne hingen. Das Baby in Insuks Bauch, ihr gemeinsames Baby, war bestimmt genauso rein wie sie, scherzte Huisu mit ihr, denn es trage schon eine kleine Baumwollwindel. Und dann lachte Insuk und strahlte, doch im nächsten Moment versank sie in tiefer Traurigkeit. Während er sich hin und her wälzte, überlegte Huisu, was er Cheoljin bei seinem nächsten Besuch sagen wollte, nämlich dass er beschlossen habe, sich Doyen Nam zu ergeben. Dass dieser Scheißkrieg aufhören müsse, dass ihm egal sei, was aus dem alten Geizkragen werde, und vor allem, dass er Ami verschonen solle. Aber Cheoljin kam nicht wieder.

Eines Nachts drangen die Filipinos mit Macheten, Äxten und Pistolen bewaffnet in die Holzhütte ein. Der Tätowierte band Huisu vom Pfeiler los und zog ihn hoch, aber die Beine trugen Huisu nicht mehr, und er klappte zusammen. Der Mann mit dem Leberfleck gab ihm einen Tritt in den Bauch. Daeyeong kam herbeigelaufen und legte schützend die Arme um Huisu.

»Macht Platz, ich bringe ihn raus«, sagte er schnell.

Der Tätowierte befahl dem mit dem Leberfleck, mit dem Treten aufzuhören. Daeyeong bückte sich, legte Huisus Arm über seine Schulter und zog ihn hoch. Den Kopf an Daeyeongs Schulter gelehnt, brabbelte Huisu zuammenhangloses Zeug vor sich hin. »Sag Cheoljin, dass ich verloren habe. Dass ich alles tue, was er verlangt, und dass wir zusammen Reisbrei mit Venusmuscheln essen gehen.«

Schweigend schleppte Daeyeong Huisu aus der Hütte und dann weiter zur Anlegestelle, wo ein Boot wartete. Der schmale Steg aus Hartschaumplatten und Bambus schwankte gefährlich unter ihnen. Huisus Gewicht drückte Daeyeong mehrmals in die Knie, bis die Filipinos hinter ihm wütend wurden.

»Ruf Cheoljin an. Sag ihm, ich höre auf, sag ihm, er soll Ami nicht töten.«

Dieses Mal nuschelte Daeyeong eine Antwort, ohne Huisu dabei anzusehen. »Ami ist tot.«

Da gaben Huisus Beine endgültig nach, und er sackte in sich zusammen. Einer der Filipinos klopfte Daeyeong mit der Machete ungeduldig gegen den Rücken. Daeyeong richtete Huisu auf, legte sich seinen Arm wieder über die Schulter und brachte ihn zu dem Motorschlauchboot, in dem zwei Filipinos warteten. Der Filipino mit der Machete hielt Daeyeong zurück und stieß Huisu brutal in das Boot. Dann stieg er selbst mit drei anderen ein und beförderte Huisu mit einem Fußtritt in den vorderen Teil des Schlauchboots. Der Motor röhrte, und das Boot fuhr los. Eingelullt vom Klatschen der Wellen gegen den Bug, dem Rauschen des Windes und dem Brummen des Motors versuchte Huisu, den Sinn dieser Worte zu begreifen: Ami ist tot. Das war so vollkommen irreal, dass es eigentlich nur bedingt traurig war. Mit dieser Überlegung schlief Huisu ein, das Gesicht gegen den weichen Boden des auf den Wellen tanzenden Schlauchboots gedrückt.

LIEBER DEN SCHLAG INS LEERE WAGEN, ALS ZWEI HASEN AUF EINMAL JAGEN

In der Klinik von Doktor Chae wachte Huisu auf. Ein paar von den Kerlen von der Insel Yeongdo hielten Wache bei ihm. Ab und zu kam eine Krankenschwester, um Fieber und Blutdruck zu messen und den Füllstand des Infusionsbeutels zu kontrollieren. Die vielen Gangster im Zimmer und auf dem Flur schienen ihr jedes Mal etwas Angst einzuflößen. Als Huisu sie gefragt hatte, wie lange er bewusstlos gewesen sei, hatte sie ihm präzise geantwortet: »Drei Tage.«

Am Nachmittag kam Danka und bahnte sich zwischen den Gangstern einen Weg zum Bett. »Mann, du siehst ja schlimm aus«, stöhnte er. »Du hättest tun sollen, was sie verlangt haben. Warum musstest du so stur sein? Was für einen Ruhm sollte dir das schon bringen?« Und er brach in Tränen aus, angesichts von Huisu und seinem erbarmungswürdigen Zustand, aber er weinte auch um Guam, das von einer Welle der Gewalt überrollt worden war.

Nach einer Weile trocknete er sich mit dem Ärmel die Tränen. Auf ein Zeichen von Huisu stellte er das Kopfteil des Bettes ein bisschen höher.

»Was ist aus unseren Jungs geworden? Und Vater Son?«, fragte Huisu.

»Es ist aus. Amis Jungs haben sich zerstreut, und Vater Son hatte einen Autounfall. Er liegt im Sterben. Angeblich hat ihn ein Besoffener angefahren. Wer's glaubt, wird selig.«

Schweigend starrte Huisu die Decke an. Auch für Traurigkeit oder Wut brauchte man ein Minimum an Kraft.

»Weißt du es schon? Ami ist tot.«

Huisu nickte.

»Als Vater Son erfahren hat, dass sie dich geschnappt haben, hat er sofort deinen Namen in die Besitzurkunde vom Mallijang eintragen lassen und seinen eigenen gestrichen. Nur deshalb hast du überlebt.«

Danka warf über die Schulter hinweg einen kurzen Blick auf die Gangster im Zimmer. Dann beugte er sich zu Huisu und flüsterte ihm hinter vorgehaltener Hand ins Ohr: »Und weil Vater Son nicht mehr der Eigentümer des Mallijang war, gab es keinen Grund für Doyen Nam, ihn am Leben zu lassen. Am selben Abend hatte er den Unfall.«

Huisu starrte mit leerem Blick die Wand an. Sein Kopf war leer. Ami war tot, Vater Son lag im Sterben, und das alles kam ihm so unwirklich vor wie ein Baum oder ein Felsen auf einem fernen Berg. Nach langem Schweigen fragte er: »Und Insuk?«

»Sie ist zu Hause. Obligation Hongs Leute und die von Doyen Nam haben das Haus umstellt. Sie hat sich drinnen verschanzt.«

In diesem Moment kam die Krankenschwester ins Zimmer und spritzte eine Flüssigkeit in den Infusionsbeutel. Dann legte sie eine Handvoll Medikamente auf den Nachttisch und erklärte Huisu genau, wie er sie einzunehmen habe. Doch Huisu verstand kein Wort, durch ein anhaltendes Schrillen in seinem Kopf wie betäubt. Danka sah ihn voller Mitleid an. Ami war tot, und Vater Son lag im Sterben, aber Huisu war trotzdem einfach nur müde. Er schloss die Augen.

Danka klappte das Kopfteil wieder herunter, strich die Decke glatt und legte ihm die Hand auf die Stirn. »Sei stark, Großer Bruder. Du musst hier die Stellung halten.«

Zwei Tage später beschloss Huisu, die Klinik zu verlassen. Doktor Chae wollte ihn daran hindern, weil er es zu riskant fand, aber Huisu bestand darauf. Mit Tüten beladen, kam Danka gerade ins Krankenhaus. Er hatte einen ganzen Satz neuer Kleidung für Huisu gekauft. Etwas verlegen erklärte er ihm, dass er sich nicht getraut habe, Huisus Sachen zu holen und Insuk gegenüberzutreten. Huisu zog sich an und verließ die Klinik, hinter sich Doyen Nams Männer, die ihm nicht von der Seite wichen. Als er in Dankas Auto steigen wollte, hinderten sie ihn allerdings daran.

»Sie dürfen uns das nicht übel nehmen, aber unser Boss hat gesagt, wir sollen Sie nicht aus den Augen lassen«, sagte einer der jungen Gangster höflich, aber bestimmt.

Einer von ihnen war Kkangi, der zu Doyen Nams mittleren Kadern gehörte; Huisu kannte ihn seit Langem. Als er ihn zu sich winkte, kam Kkangi sofort angelaufen und begrüßte ihn.

»Hör zu, ich muss auf einen Sprung weg. Geht das?«

Die Situation war Kkangi sichtlich unangenehm, aber nach kurzem Nachdenken entspannten sich seine Gesichtszüge: »Sie einfach so gehen zu lassen ist ein bisschen heikel, Großer Bruder Huisu. Aber wenn Sie unbedingt irgendwo hinmüssen, können wir Sie vielleicht bringen?«

Huisu nickte.

»He, schafft das Auto her!«, rief Kkangi seinen Männern zu und winkte sie heran.

In Begleitung von Doyen Nams Leuten erreichte Huisu das Krankenhaus, in das Vater Son nach dem Unfall, den er wie durch ein Wunder überlebt hatte, eingeliefert worden war. Der

Fahrer war sofort tot gewesen. Vater Son lag im Koma auf der Intensivstation. Als Huisu zu ihm wollte, verbot ihm ein junger Arzt, der gerade Vater Sons Krankenakte studierte, den Zutritt.

»Ist er denn wenigstens schon mal aufgewacht?«, fragte Huisu.

»Nein, noch nicht. Aber selbst wenn er aufwacht, wird sein Zustand höchst kritisch sein«, antwortete der Arzt, ohne von der Akte aufzublicken.

Etwas später erreichte Huisu mit Dankas Hilfe die Sanbok Road 565. Am Tor hielten Obligation Hongs Männer Wache. Er selbst saß auf der Holzliege im Hof und trank Whisky aus einem Flachmann. Huisu setzte sich neben ihn. Obligation Hong hielt ihm die kleine Flasche hin. Huisu nahm einen Schluck. Der Alkohol brannte wie Feuer.

»Es ist das reine Chaos«, sagte Obligation Hong.

Huisu nickte schwach.

»Was machen Sie eigentlich hier? Beschützen Sie Insuk?«

»Unter anderem. Ich habe auf dich gewartet, und weil sie hier ist, passe ich halt ein bisschen auf sie auf.«

Huisu stürzte einen zweiten Schluck von dem Whisky hinunter, der noch mehr brannte als der erste. Obligation Hong nahm ihm den Flachmann aus der Hand und schraubte ihn wieder zu.

»Sind die Verhandlungen mit Doyen Nam beendet?«, fragte er.

»Nein, die haben noch gar nicht angefangen.«

»Wenn das so ist, kann ich dann bei dir bleiben, bis die Sache vorbei ist? Doyen Nam ist verdammt unnachgiebig und stur, verstehst du?«

Huisu nickte und stand auf. Er ging ins Schlafzimmer, wo Insuk vor zwei Rollkoffern dahockte. Offenbar hatte Obligation Hong sie beim Versuch, Guam zu verlassen, abgefangen und hielt sie seitdem hier fest. Den Kopf auf die Knie gelegt, reagierte sie nicht, als Huisu zu ihr trat und sich neben sie setzte. Schließlich hob sie müde den Kopf und sah ihn mit leerem Blick an.

»Warum bist du so stur geblieben?«

»Was meinst du?«

»Du hättest Ami retten können, oder etwa nicht?«

Huisu schüttelte den Kopf.

»Hast du ihn im Stich gelassen, um diesen alten Mann zu schützen?«, fügte Insuk mit eisiger Stimme hinzu.

»So einfach ist das nicht.«

»Oder hast du auf den Direktorenposten im Mallijang spekuliert?«

»Wirklich, das war es nicht.«

»Warum dann?«

Plötzlich packte sie Huisu an den Haaren und riss an seinem Kopf. »Sag es mir, warum?«

Widerstandslos ließ sich Huisu von ihr durchschütteln. Erst als sie keine Kraft mehr hatte, ließ sie ihn los. Die Beerdigung ihres Sohns, die sie allein hatte organisieren müssen, hatte ihr alle Energie geraubt.

»Es nützt nichts, es dir zu erklären, du würdest es nicht verstehen, aber ich schwöre dir, es ist nicht so, wie du denkst. Es ist viel komplizierter«, versuchte Huisu, sie zu überzeugen.

Tränen liefen ihr über die Wangen. »Mir doch egal, ob die Sache schwer zu erklären ist oder nicht. Du kannst sagen, was du willst, ich werde es nicht verstehen, und ich werde es dir niemals verzeihen können.«

Insuk stand auf. Mit entschlossener Miene zog sie die beiden Rollkoffer hinter sich in den Hof. Obligation Hong und einer seiner Männer versperrten ihr den Weg. Insuk starrte abwechselnd den Wucherer und Huisu an. Schließlich trat

Obligation Hong zur Seite, und Insuk marschierte so nah an ihm vorbei zum Tor, dass sie ihn anrempelte. Ohnmächtig blickte Huisu ihr nach. Egal, was für Demütigungen Insuk in Guam erduldet hatte – sie war nie davor davongelaufen. Doch jetzt ging sie, seinetwegen, und zwar für immer.

Als Huisu am darauffolgenden Nachmittag *soju* trinkend auf der Holzliege saß, ging das Tor auf, und Doyen Nam kam mit breitem Lächeln in den Hof spaziert.

Huisu sprang auf.

»Na, so was, du wohnst aber wirklich ganz weit oben! Ob du's glaubst oder nicht, seit ich damals, während des Krieges, in diesem Viertel gewohnt habe, komme ich heute zum ersten Mal wieder her.«

Hinter Doyen Nam tauchte sein Leibwächter San auf, der mit ausgestreckten Armen einen großen Obstkorb vor sich hertrug. San war ungefähr so alt wie Huisu, vielleicht ein oder zwei Jahre jünger. Wenn Doyen Nam in der Vergangenheit dem Mallijang einen Besuch abgestattet hatte, waren sich Huisu und San immer begegnet, ohne je ein Wort miteinander zu wechseln. Er war ein schweigsamer Typ, der sich zudem in der koreanischen Sprache nicht besonders wohlfühlte. In dritter Generation aus einer koreanischen, nach Japan ausgewanderten Familie stammend, war er nicht nur Yakuza-Mitglied und Sumoringer gewesen, sondern außerdem, so hieß es, ein hervorragender Kendo-Kämpfer, was sicher erklärte, warum Doyen Nam ihn als Leibwächter eingestellt hatte. Vater Son war immer der Einzige gewesen, der auf Personenschutz verzichtete, wahrscheinlich hatte in den letzten zehn Jahren jeder gedacht, Huisu sei sein Leibwächter. Dann aber ein ziemlich mieser. San dagegen war ein schwitzender Fleischberg, der nach dem steilen Aufstieg in seinem eigenen Schweiß zu ertrinken schien.

Doyen Nam, selbst eher ein drahtiger Typ, musterte ihn verächtlich. »Wie soll es denn bei dir im Bett funktionieren, wenn
du so wenig Ausdauer hast?«

San machte ein betretenes Gesicht. Er war völlig außer
Atem, während sich Doyen Nam, offenbar in Topform, wie ein
Kind freute, das Viertel wiederzusehen, in dem er vierzig Jahre
zuvor gewohnt hatte. Wie ein Gipfelstürmer hob er die Arme
und machte demonstrativ ein paar Gymnastikübungen. »Ich
sollte hier oben ein Trainingslager für meine Männer einrich-
ten. Bis zum nächsten Lebensmittelgeschäft sind es dreihundert Stufen bergab – so trainiert man Spezialeinheiten! Dann
brauchen sie eigentlich kein zusätzliches Sporttraining mehr!«,
tönte er.

Als er die Flasche *soju* und den Teller *kimchi* auf der Holzliege stehen sah, schnalzte er mit der Zunge: »Tss, was ist denn
das für ein armseliges Tellerchen?«

»Na ja, also, ich war zu faul, mir noch mehr rauszuholen …«,
murmelte Huisu.

»Hier, schenk mir ein Glas ein.« Doyen Nam schnappte sich
Huisus Glas und hielt es ihm hin.

Huisu füllte es bis zum Rand.

Doyen Nam kippte den *soju* in einem Zug hinunter, dann
riss er sich ein Stück *kimchi* ab und schob es sich in den Mund.
»Hat deine Frau das gemacht?«

»Ja.«

»Die kann was.«

Er gab Huisu das Glas zurück und schenkte ihm seinerseits
ein. Huisu leerte es in einem Zug. Worauf Doyen Nam eine Banane aus dem Obstkorb nahm, den San heraufgeschleppt hatte,
sie schälte, in zwei Hälften brach und Huisu die eine gab. Huisu
schob sie sich in den Mund, während Doyen Nam das Glas
nahm, es füllte und wieder austrank. Dann aß auch er seine

Bananenhälfte und nickte dabei, als stellte er fest, dass diese Banane und der *soju* erstaunlicherweise ein ziemlich gutes Gespann waren.

»Du bist wahrscheinlich sauer auf mich«, sagte er plötzlich betont jovial.

Huisu deutete nur schweigend ein Nicken an.

»Ist doch klar. Du wärst ja kein Mensch, wenn du nicht sauer auf mich wärst.«

Huisu schenke sich wortlos ein und trank.

»Es tut mir sehr leid für Ami. Er war so jung, er hätte noch nicht gehen dürfen. Dabei hatte ich klipp und klar gesagt, dass sie Ami und dich nicht anrühren sollen. Aber Cheon Dalho, dieses Arschloch, hört nicht mehr auf mich. Bei Gangster-Kriegen gibt es auf beiden Seiten Tote. Das ist normal. Aber diesem Typen geht es immer nur um Rache. Aus dem wird nie einer der Großen der Unterwelt.«

Doyen Nam ließ seinen Blick über die kleinen, am Berghang klebenden Häuser schweifen. »Sieh sich das einer an. Inzwischen gehen die Häuser bis ganz nach oben. Früher war das hier ein Slum. Und zwar kein Slum aus Bretterverschlägen, nein, Bretter waren unerschwinglich. Es war ein Slum aus allem Möglichen, aus den Verpackungsresten der Einmannpakete der amerikanischen Armee, aus Wegwerf-Regenmänteln, geklautem Wellblech, Schildern und was weiß ich. Das wurde alles zu Häusern zusammengeklebt. Ein echtes Wunder, dass die noch stehen.«

Auch Huisu fand es beeindruckend, dass diese zusammengeflickten Häuser allen Taifunen standgehalten hatten, während zum Beispiel das von fachkundigen japanischen Architekten entworfene Hotel Malling beim Taifun Sarah zur Hälfte davongeflogen war.

»Siehst du das Haus da, neben der Küstenkiefer? Ich stamme

ja aus der Mandschurei, aber während des Krieges habe ich da gewohnt.«

»Sind Sie in der Mandschurei geboren?«

»Ja, mein Vater hat mich in der Mandschurei gezeugt. Aber als der Krieg ausbrach, war meine ganze Familie schon irgendeinem Traum von einem besseren Leben nach Seoul gefolgt. Und dann sind wir auf der Flucht vor den Kommunisten hier gelandet. Ein armer Bauer wie mein Vater, ich weiß gar nicht, warum der vor den Kommunisten fliehen wollte. Und du, Huisu, bist du hier geboren?«

Huisu nickte.

»Da bist du aber in einem schönen Land auf die Welt gekommen. Die Mandschurei ist eine windgepeitschte Einöde. Es gibt kaum Bäume, und du kannst stundenlang gehen, bis zum Horizont nichts als Einöde. Und kalt ist es natürlich, und es gibt nicht viel zu essen. In der Mandschurei begegnet man ganzen Verbrecherhorden, nicht kleinen Gaunern wie hier, sondern wirklich üblen Verbrechern.«

Worauf Doyen Nam ein paar Tomaten aus dem Korb nahm und sie am Wasserhahn wusch. Er gab erst San und dann Huisu eine. Während San sofort freudig hineinbiss, drehte Doyen Nam den Hahn mehrmals auf und wieder zu, überrascht, dass es so weit oben noch fließendes Wasser gab. Dann ging er in die Hocke und wusch sich das Gesicht. Huisu holte ein sauberes Handtuch von der Leine und reichte es ihm.

»Es ist wirklich nicht schlecht hier oben, ein nettes Haus, und das Panorama ist fantastisch.«

»Das Einzige, was man von so einem Haus hat, sind kräftige Beine.«

»Kräftige Beine sind essenziell wichtig. Bei einem Mann kommt es vor allem auf die untere Körperhälfte an.«

»Wenn Sie das sagen.«

»Aber natürlich. Schau dir nur den Kerl hier an. Angeblich ein Sumoringer, aber in den paar Gangsterjahren ist seine untere Körperhälfte völlig erschlafft, du siehst doch, wie er sich hochkämpfen musste. Dass ich so einen Typen als Leibwächter habe, ist im Übrigen der Grund, warum einer wie Cheon Dalho sich erlaubt, mir Ärger zu machen.«

Doyen Nam schenkte sich noch ein Glas *soju* ein und trank ihn wieder auf ex. Bisher lief der Besuch für ihn offenbar wie geplant. Er wirkte locker, entspannt und so munter, dass man ihm problemlos weitere dreißig Lebensjahre zugetraut hätte. *Die Gier ist das, was ihn in Form hält,* dachte Huisu. Auf dem niedrigen Tisch lag neben dem Glas auch nur ein einziges Paar Stäbchen. Huisu stand auf und ging in die Küche, um ein zweites Glas und ein weiteres Paar Stäbchen zu holen. Er öffnete den Kühlschrank, der vollgestopft war mit Speisen, die Insuk gekocht hatte, bevor sie ging. Wann hatte sie das alles zubereitet? Und für wen? Huisu griff wahllos hinein. Gedämpfter Tintenfisch, marinierte Makrelen in scharfer Sojasoße, Salat, kleine Muscheln … Er trug die gefüllten Teller in den Hof und stellte sie auf den niedrigen Tisch.

Doyen Nam machte große Augen. »Was ist das denn? Esst ihr jeden Tag so gut?«

»Normalerweise noch viel besser. Das sind doch nur ein paar kleine Beilagen zu den Instantnudeln«, scherzte Huisu.

Doyen Nam sah ihn einen Moment lang an. »Du hast eine gute Ehefrau gefunden. Eine echte Hausfrau.« Er nahm sich mit den Stäbchen ein Stück Tintenfisch, aß es und machte sich über eine Makrele her. »Warum isst du nur *kimchi* zu deinem *soju*, wo du doch all diese Köstlichkeiten im Kühlschrank hast?«

»Wir essen einfach viel zu viel, jeden Tag, ich bin ein bisschen übersättigt«, erwiderte Huisu, immer noch in scherzhaftem Ton.

Doyen Nam sah ihn mit gespielter Empörung an: »Ah, du konntest wohl nicht nach der ersten Strophe aufhören, was? Musstest auch noch den Refrain singen, wie?«

Er ging entspannt auf Huisus Scherze ein, atmetete tief ein und aus und betrachtete wieder das Häusermeer am Berghang. Er wirkte anders als sonst, ruhiger und gelöster. Er leerte sein Glas in einem Zug, füllte es sofort wieder bis zum Rand und stellte es Huisu hin. »Trink das und vergiss alles andere. Als ich vor vierzig Jahren vor dem Krieg geflohen bin, habe ich unterwegs Hunderttausende von Toten gesehen, so viele wie die Kartoffeln auf einem Feld. Die Überlebenden mussten essen, wenn sie weiterleben wollten. Das meine ich, du klammerst dich an Nichtigkeiten. Mach dich frei davon. Eines Tages wird deine Zeit kommen, Huisu.«

Huisu starrte auf das Glas, das Doyen Nam ihm hingestellt hatte. Der *soju* darin sah durchsichtig aus, vollkommen klar und rein. Huisu nahm das Glas und trank es aus.

Doyen Nam erhob sich, als hätte er alles gesagt, was zu sagen war. »Man hat mich darüber informiert, dass Vater Son aufgewacht ist. Du solltest ihm deinen Gruß erweisen, ehe er uns verlässt.«

Am selben Abend zogen sich die Männer von Doyen Nam und Obligation Hong zurück. Plötzlich allein in seiner verlassenen Bleibe, merkte Huisu, wie ihn Traurigkeit übermannte. Ohne Insuk und die quirlige Präsenz von Ami und Jeny empfand er dieses so nah am Abgrund errichtete Haus mit einem Mal als lebensgefährlich. Auf der Kante der Holzliege sitzend, leerte er noch eine *soju*-Flasche und aß dazu etwas gedämpften Tintenfisch, ein paar Bissen Makrele, Rettich und marinierte Kartoffeln. Dann streckte er sich auf der Liege aus und schaute in den Sternenhimmel, das Haus oben auf dem Berg still und leer.

DAS VERRÜCKTE BOOT

Für die Verhandlungen hatte Yeongdo als Treffpunkt ein Schiff ausgewählt, das weder über einen Motor noch über Segel oder Ruder verfügte und von einem Schlepper gezogen werden musste. Im Volksmund wurden diese Schiffe »Verrückte Boote« genannt. Man setzte sie im Südmeer und im Westmeer für den Garnelenfang ein. Als Arbeitskräfte wurden die Ausgestoßenen der Gesellschaft an Bord gebracht – verschuldete Menschen, die ihre Zahlungen nicht leisten konnten, Opfer von Menschenhändlern oder Behinderte, die im Rhythmus der Gezeiten bis zu vier Mal pro Tag die Netze einholen mussten. Weil das Schiff in der Regel kilometerweit vor der Küste ankerte, war an Flucht nicht zu denken. Es kam sogar vor, dass bei einem Taifun kein Schlepper mehr losgeschickt wurde, um es zurückzuholen; man ließ es aufs offene Meer hinaustreiben, was für die Menschen den sicheren Tod bedeutete. Allein 1987 hatte es um die fünfzig Tote gegeben, als während des Taifuns Selma ein Dutzend Verrückter Boote Schiffbruch erlitt.

Für wichtige Verhandlungen und Kapitulationen nutzte Yeongdo häufig Schiffe dieser Art. Das Hauptziel war dabei, den Gegner zu demütigen. Man wurde auf ein kleines Beiboot gebracht und dann mitten im Meer auf dem riesigen Schiff abgesetzt. Sobald man an Bord war, gab es kein Zurück, und selbst wenn der Zufall es wollte, dass man Bruce Lee war und alle Feinde töten konnte, gab es auf einem Schiff ohne Motor, Segel und Ruder keine Rettung. Kurzum, diese Schiffe waren Yeongdos bevorzugter Verhandlungsort, denn die andere Partei war dort so in die Enge getrieben, dass sie eigentlich nichts anderes tun konnte, als bedingungslos alles zu akzeptieren. Wer nicht mitmachte, musste damit rechnen, sich mit einem Messer oder einer Kugel im Bauch und einem schweren Stein an den Füßen auf dem Meeresgrund wiederzufinden.

Es war acht Uhr, als das Pendelschiff Huisu am Verrückten Boot absetzte. Vom Bug aus warfen ihm zwei Männer in schwarzen Anzügen ein Seil zu. Kaum war Huisu an Bord, drehte das kleine Schiff ab und fuhr davon. Ein fetter Mann, auch er in schwarzem Anzug, durchsuchte ihn nach Waffen. An einem Tisch in der Mitte des Bootes hatte sich bereits eine große Gesellschaft versammelt. Doyen Nam thronte in einem weißen Anzug im Zentrum. Rechts von ihm saßen Cheon Dalho und Cheoljin, links von ihm Yongkang und die beiden Zuhälter aus Wollong namens Shin und Lee. Ihnen gegenüber waren zwei der Rindsbouillon-Alten platziert, und dort saß zu Huisus Erstaunen auch der Feigling Yangdong. So reich der Tisch gedeckt war, Doyen Nam und Yongkang waren bisher die Einzigen, die sich bedienten. Huisu setzte sich auf den letzten freien Stuhl neben Cheon Dalho. Sofort hob Doyen Nam sein Glas.

»Ich glaube, nun sind wir vollständig und können endlich beginnen.«

Feierlich hoben alle die Gläser. Mit einem kurzen Blick bedeutete Cheon Dalho einem der Männer in Schwarz, den Anker zu lichten. Von nun an trieb das Schiff führerlos auf den Wellen dahin. Bis die Signallampe dem Schlepper das Zeichen gab, sie abzuholen, blieb unbekannt, in welche Richtung das Schiff trieb.

Huisus Blick wanderte über die Gäste am Tisch. Alle außer Doyen Nam und Yongkang wirkten angespannt. Yongkang ließ es sich wie immer mit ausdrucksloser Miene schmecken. Doyen Nam schien relativ heiter. Sein gerötetes Gesicht deutete darauf hin, dass er schon einige Gläser intus hatte. Wieder ergriff er das Wort.

»In letzter Zeit sind infolge von Missverständnissen und abstrusen Querelen viele unserer jungen Männer gestorben. Wir hätten nicht so weit gehen dürfen, und heute ist mir das Herz schwer. Auch wenn ich mich schon vor längerer Zeit von der Front zurückgezogen habe, ist es an mir, dem Ältesten, etwas zu tun. So haben wir uns heute Abend hier versammelt, und ich wünsche mir, dass wir alle miteinander sprechen, um uns gemeinsam darüber auszutauschen, was uns auf dem Herzen liegt, und den Groll über Vergangenes ein für alle Mal hinter uns zu lassen.«

Niemand wagte es, den Mund aufzumachen.

Doyen Nam lächelte leise. »Nun los, sprecht ohne Angst. Es heißt doch so schön: Wer sich nicht beschwert, hat am Ende weniger auf dem Teller.«

Die Tischrunde zögerte.

Schließlich ergriff der Zuhälter Shin das Wort. »Alle sagen, dass Wollong diesen Krieg angefangen hat. Aber ich sage, dass ihn eigentlich Yangdong angefangen hat, weil er sich dauernd im Revier der anderen herumtreibt und dort seine Flaschen verkauft. Was hätten wir denn tun sollen? Uns das einfach weiter angucken?«

Er gab das Wort an seinen Kollegen Lee weiter: »Er hat recht. Beim Alkoholverkauf gibt es Regeln. Und Yangdong hat nie einen Unterschied zwischen seinem Revier und dem Revier der anderen gemacht, er war immer überall unterwegs. Das konnte nicht so weitergehen. Dass uns manchmal der Nachschub fehlt, heißt ja nicht, dass wir den Verkauf nicht hinkriegen. Jeder soll sich auf sein eigenes Geschäft konzentrieren und in seinem Revier bleiben, wie es den geschäftlichen Gepflogenheiten entspricht. Mehr haben wir nicht verlangt.«

»Wollong hat massive Schäden erlitten«, ergriff Shin wieder das Wort. »Das Arschloch Yangdong hat bei uns ein Dutzend Geschäfte kaputt gemacht und gegen die Regeln verstoßen. Einige Händler in Wollong weigern sich inzwischen, ihre Abgaben zu zahlen, weil wir sie angeblich nicht ausreichend beschützen. Für das Blutbad unter unseren jungen Leuten ist allein Yangdong mit seiner Geldgier verantwortlich.«

Yangdong lief rot an, dann purpurrot. Als Shin und Lee sich zu Wort gemeldet hatten, stand ihm anfangs die Panik ins Gesicht geschrieben, aber jetzt, da er sich in die Enge getrieben sah, hielt es ihn nicht länger auf dem Stuhl: »Diese Zuhälter-Ärsche reden den größten Scheiß!«, brüllte er. »Seit wann ist Wollong euer Revier, ihr Wichser?«

»Weil es dein Revier ist, oder was?!«, blaffte Shin zurück.

»Wann habe ich gesagt, dass ihr mir Wollong überlassen sollt? Bloß weil ich ein paar mickrige Flaschen da verkauft habe, müsst ihr doch nicht gleich so ein Chaos anrichten!«

»Ich hätte es gut gefunden, in Anwesenheit des Herrn Doyen weiterhin höflich miteinander umzugehen, aber es bringt nichts, wie ein Gentleman mit so einem Mistkerl zu reden. Hören Sie sich das an! Kein bisschen Reue nach allem, was er angerichtet hat«, beschwerte sich Shin und schaute dabei Doyen Nam an.

»Und was machst du jetzt, wo du das Problem nicht wie ein Gentleman lösen kannst?«, schnauzte Yangdong weiter.

»Soll ich's dir zeigen?«

»Was denn? Noch ein Krieg? Nutten ausbeuten, das könnt ihr Zuhälter, mehr aber auch nicht. Ihr macht mir keine Angst.«

Vater Kim, einer der Rindsbouillon-Alten, der bisher nur zugeschaut hatte, wedelte beschwichtigend mit der Hand. »Hör auf, Yangdong. Wie kannst du es wagen, in Anwesenheit vom Herrn Doyen so herumzubrüllen?«

»Halten Sie die Klappe!«, motzte Yangdong. »Auch wenn ein Mann mal für eine Nutte den Schwanz rausgeholt hat, steht er zu seiner Ehefrau!«

»Sehr schön gesagt!«, lachte Doyen Nam und nickte amüsiert.

»Und ich möchte noch etwas hinzufügen, Herr Doyen.« Yangdongs Stimme klang nun doch etwas ruhiger. »Jeden Sommer kommen Typen aus Wollong, von der Insel Yeongdo und aus anderen Ecken von Busan nach Guam, um bei uns ihre Waren zu verkaufen, und die fragen uns auch nicht um Erlaubnis. Sie kommen zu uns, um ihre kleinen krummen Geschäfte zu machen, ihre Drogen und Nutten an den Mann zu bringen. Haben die jemals auch nur einen Pfennig an uns gezahlt? Wir waren mehrmals bei Ihnen, um Sie darauf aufmerksam zu machen und Ihnen zu sagen, dass uns das alles zu weit geht, aber Sie waren nicht bereit, mit uns zu verhandeln. Warum schweigen Sie, wenn wir Ihnen von unseren Problemen berichten, und sobald Ihnen diese Zuhälter-Ärsche etwas vorheulen, werden Sie aktiv? Ich finde das ungerecht.«

Doyen Nam hörte ihm aufmerksam unter gelegentlichem Kopfnicken zu. Er wirkte wie ein weiser Dorfältester, der für alle Beschwerden ein Ohr hatte. »In einem Punkt hat Yangdong recht«, sagte er schließlich, »es stimmt, dass ich gewisse Dinge vernächlässigt habe. Allerdings habe ich nie für irgendjemanden Partei ergriffen. Yangdong und die Geschäftsleute von Wollong sind erwachsene Menschen, und es ist nicht meine Aufgabe, ihnen zu sagen, was sie tun oder lassen sollen. Jedenfalls nützt es nichts, immer wieder über die Fehler der Vergangenheit zu lamentieren. Was geschehen ist, ist geschehen. Wir wollen vielmehr gemeinsam in die Zukunft blicken. Ich schlage euch

Folgendes vor: Yangdong kümmert sich weiter um den Wodka-verkauf. Allerdings wird er nicht mehr direkt die Händler beliefern, sondern die Grossisten vor Ort. Dann sind alle auf der Gewinnerseite. Die Händler vor Ort profitieren von einer stabilen Lieferkette, und du, Yangdong, kannst in aller Ruhe weiter deinen Geschäften nachgehen.«

»Wenn ich über Zwischenhändler gehe, was bleibt mir dann an Gewinn? Außerdem trage ich dann als Einziger das Risiko, den Wodka reinzuschmuggeln, und die Grossisten können fröhlich pfeifend die Kohle einstecken und müssen dafür nicht einmal den Hintern hochkriegen«, meckerte Yangdong.

»In geschäftlichen Dingen muss man auch bereit sein, Zugeständnisse zu machen. Ziel ist doch, dass alle Gangster auf ihre Kosten kommen, damit sie nicht dauernd mit dem Messer aufeinander losgehen«, versuchte Doyen Nam, ihn zu beschwichtigen.

»Du solltest auf den Rat vom Herrn Doyen hören«, bekräftigte Vater Kim, der eine der Rindsbouillon-Alten. »Vielleicht wird dir der Herr Doyen irgendwann ein besseres Geschäft anbieten.«

Yangdong wirkte unzufrieden, schwieg aber. Doyen Nam griff nach dem Glas, um seinen trockenen Mund mit einem Schluck Alkohol anzufeuchten. Cheon Dalhos Adlerblick ging zwischen den beiden hin und her. Es erstaunte Huisu, dass ein Angsthase wie Yangdong tatsächlich Doyen Nam so selbstbewusst entgegentrat, obwohl er auf einem Verrückten Boot in der Falle saß. Nach und nach dämmerte es ihm. Gleichzeitig machte sich Cheon Dalho, der Yangdong weiter beobachtete, wohl ganz ähnliche Gedanken.

»Gut, dann mache ich es so, wie der Herr Doyen gesagt hat«, antwortete Yangdong schließlich; er sah gekränkt aus.

Auch die Zuhälter Shin und Lee nickten zustimmend.

Doyen Nam griff nach seinem Glas, nahm einen Schluck und setzte seine Ansprache fort. »Nun zum Streit zwischen Cheon Dalho und Huisu, den wir folgendermaßen beilegen werden: Huisu hat hart gearbeitet, um das Spielautomaten-Geschäft aufzubauen, und wenn man ihm nun plötzlich alles nimmt, hat er nichts mehr, um seinen Lebensunterhalt zu bestreiten, zumal er ja auch noch einige Jungs hat, die für ihn arbeiten. Yeongdos Hauptgeschäftsfeld liegt im Handel und nicht im Glücksspiel, aber Dalho, der viel Erfahrung mit der Leitung von Spielsalons hat und in diesem Milieu gut vernetzt ist, könnte das Geschäft gemeinsam mit Huisu führen. Huisu würde sich um die Produktion kümmern und du, Dalho, um den Vertrieb. Dabei würden Synergien entstehen, wie man das heute nennt.«

Cheon Dalho wandte sich zu Huisu. Offenbar hatten sich Doyen Nam und Cheon Dalho vor der Versammlung auf diesen Punkt geeinigt.

Auch wenn ihn das Tamtam nervte, nickte Cheon Dalho. »Also für mich ist das in Ordnung«, sagte er

Doyen Nam sah Huisu fragend an. »Und du, Huisu, was hältst du davon?«

»Jacke wie Hose«, sagte Huisu in neutralem Ton.

»Gut, dann haben wir ja alles besprochen, oder? Von jetzt an hören wir auf, uns zu bekämpfen, um stattdessen tüchtig zu arbeiten und viel Geld zu verdienen«, sagte Doyen Nam zufrieden.

Doch Cheon Dalho war noch nicht fertig: »Nachdem wir die Geschäftsfragen geklärt haben, sollten wir jetzt auch noch die Probleme regeln, die das Emotionale betreffen.«

»Ihr seid doch keine Kinder mehr, was soll der Unfug?«, erwiderte Doyen Nam kühl.

»Unter Gangstern gilt dasselbe wie in der Buchhaltung: Wo noch Rechnungen offen sind, muss gezahlt werden«, sagte Cheong Dalho und fixierte Yangdong.

Unter seinem eisigen Blick erstarrte Yangdong.

»Na los, Yangdong, was hast du dir überlegt, um meine verletzte Ehre wiederherzustellen?«

»Was … was wollen Sie denn damit sagen«, stammelte Yangdong.

»Anscheinend haben Hojung und du unter dem Vorwand, dass ich deinen beschissenen Namen beschmutzt hätte, meinem Neffen ein Messer in den Bauch gerammt. Dabei würde ich doch sagen, dass mein Name etwas mehr wert ist als deiner, oder? Jedenfalls muss ich mir seitdem in der Familie ständig anhören, wie erbärmlich es ist, dass ein Gangsterboss wie ich es nicht schafft, einen Jungen seines eigenen Bluts zu beschützen. Was bietest du mir an, um mein Image wieder aufzupolieren?«

Dieser plötzliche Umschwung brachte Yangdong, der die Verhandlungen schon als beendet betrachtet hatte, aus der Fassung. »Es tu… tut mir leid, ich werde mich darum kümmern, dass Sie ein Schmerzensgeld bekommen.«

»Du willst mir Geld geben?«, feixte Cheon Dalho. »Wie viel?«

»Ich weiß nicht, aber ich werde mit großem Respekt eine Summe bereitstellen.«

»Tss, er liebt das Geld, dieser Wichser! Du glaubst wohl, mein Neffe steht wieder auf, wenn du mir mit Geld vor der Nase herumwedelst.«

Cheon Dalho durchbohrte den verstörten Yangdong mit einem finsteren Blick.

»Wissen Sie, Ami ist tot«, murmelte Huisu neben ihm.

Entnervt drehte sich Cheon Dalho zu ihm hin.

»Mein Sohn Ami ist tot, reicht das nicht?«, wiederholte Huisu.

Cheon Dalho erstarrte und sah Huisu an. Huisu wollte finster zurückstarren, doch der Zorn in seinem Blick schlug rasch

561

in Trauer um. Cheon Dalho, der das Blickduell mit zusammengebissenen Zähnen begonnen hatte, nickte schließlich und
stimmte damit dem Waffenstillstand zu.

Yangdong, Vater Kim, Doyen Nam und auch Cheoljin, der
dem Neffen den Todesstoß versetzt hatte, seufzten erleichtert
auf.

»Sehr gut, Dalho«, sagte Doyen Nam. »Dann lassen wir es
jetzt dabei bewenden. Und nachdem wir es geschafft haben, uns
zu versöhnen und uns die Hand zu reichen, sei so gut und hör auf
mit den Beschuldigungen, denn was soll sonst aus meinem Namen werden? Es ist genug Blut geflossen, hören wir auf damit.«
Er klopfte Cheon Dalho sachte auf die Schulter, dann stand er auf
und hob sein Glas. »Lasst das Fest beginnen! Unser lieber Dalho
hat ein explosives Temperament, aber er ist ein guter Kerl.«

Zaghaft hoben die Gäste die Gläser und stießen an. Cheon
Dalho machte halbherzig mit. Yongkang und Huisu waren die
Einzigen, die sich nicht rührten.

Doyen Nam warf Huisu, der teilnahmslos auf seinem Stuhl
saß, einen kurzen Blick zu. »Ich denke, einige von euch wissen
es schon: Unser Huisu wird der neue Direktor des Hotels Mallijang. Es betrübt mich, dass Vater Son diesen Autounfall hatte.
Wir standen uns in den letzten vierzig Jahren sehr nahe. Doch
nun kommt eine neue Generation, mit der auch eine neue Ära
beginnt, und wenn es Anlass zu feiern gibt, dann sollte man
auch feiern, habe ich nicht recht?«

Alle erhoben zu Ehren von Huisu ihr Glas, sogar Cheon Dalho und Yongkang. Huisu stand auf und verbeugte sich höflich
vor der Tischgesellschaft. Als Doyen Nam zu klatschen begann,
fiel die Runde nach und nach in den Beifall ein. Der zeremoniel-
le Teil schien allerdings längst nicht beendet zu sein. Auf ein
Zeichen von Doyen Nam brachte einer der schwarzen Anzüge,
die hinter ihm standen, eine Holzdose.

Übers ganze Gesicht strahlend klappte Doyen Nam sie auf.

»Sind das Ginsengwurzeln?«, fragte er.

»Ja, wilde«, antwortete Cheon Dalho.

»Nun, diese Dose habe nicht ich vorbereitet. Es ist ein Geschenk von Kleinem Bruder Cheon Dalho für Huisu. Cheon Dalho hat mir gesagt, dass dieser Huisu, trotz seines jungen Alters, ein respektabler, zuverlässiger Mann ist, ein Mann, dem man vertrauen kann. Das Verhältnis zwischen den beiden war bis jetzt nicht ganz unkompliziert, doch ich bin mir sicher, dass sie gemeinsam Großes erreichen werden.«

Doyen Nam klappte die Dose wieder zu und sah Cheon Dalho auffordernd an, als wollte er sagen: Du hast dieses Geschenk vorbereitet, also musst du es auch überreichen.

Cheon Dalho machte erst eine abwehrende Handbewegung, aber dann nahm er die Dose etwas verlegen und reichte sie Huisu. Sie war erstaunlich schwer. Huisu klappte den Deckel auf und blickte hinein: sechs Ginsengwurzeln, anscheinend wirklich wilder Ginseng, so wie Cheon Dalho gesagt hatte.

»Ich sehe Wurzelfasern, es ist also wilder kultivierter Ginseng, stimmt's?«

»Aber trotzdem zehnjährig«, sagte Cheon Dalho.

»Dem Stadtverordneten zufolge sind dreißigjährige Wurzeln der Glockenblume aber besser als billiger Ginseng«, spöttelte Huisu.

»Nimm ihn trotzdem. Beim nächsten Mal besorge ich dir hundertjährige Wurzeln der weißen Glockenblume.«

»Und ich sterbe nicht, wenn ich den zu mir nehme?«

»Ich denke nicht«, sagte Cheon Dalho. »Na ja, bei Schwächlingen, die allergisch gegen Ginseng sind, kann es schon mal zu einer Lähmung des Gesichtsnervs kommen ...«

Yongkang, der ihm gegenübersaß, lachte auf. Huisu nahm eine Wurzel, schob sie sich in den Mund und kaute energisch darauf herum. Er nickte, als wäre sie unerwartet schmackhaft, nahm noch eine und bot sie Cheon Dalho an. Der hob abwehrend die Hände, worauf sich der Zuhälter Shin erhob und einen Toast auf Doyen Nam ausbrachte, der sich solche Mühe gegeben habe, das Treffen zu organisieren. Das Schiff, das weiter auf den Wellen dahintrieb, schaukelte leicht. Die Weiten des Meeres waren in tiefe Dunkelheit getaucht. Nirgendwo ein Licht; wie der Schlepper sie jemals wiederfinden sollte, blieb dahingestellt. Nachdem nun so viele schwierige Entscheidungen getroffen worden waren, schien die Spannung etwas nachzulassen. Die Gäste begannen zu trinken und zu essen. Die Rindsbouillon-Alten unterhielten sich mit den Zuhältern von Wollong und ließen die Gläser klingen. Während Yongkang allein vor sich hin trank, wechselten Cheon Dalho und Doyen Nam ein paar Worte. Cheoljin, der Huisu gegenübersaß, gab sich Mühe, seinem Blick auszuweichen. In diesem Moment rief Doyen Nam den immer noch schmollenden Yangdong zu sich und schenkte ihm ein Glas ein.

»Mit dem Älterwerden sollte man eigentlich an Reife gewinnen. Willst du nicht langsam mal aufhören mit deinen ständigen Launen?«

»Es tut mir leid, Herr Doyen«, sagte Yangdong unter fortwährenden Verbeugungen.

»Nachdem diese schwierigen Zeiten nun hinter uns liegen, werden wir uns gegenseitig helfen und versuchen, harmonisch zusammenzuleben, auf dass unsere Geschäfte florieren. Mach dir keine Sorgen.«

Yangdong nickte bei jedem Wort des Herrn Doyen und hörte nicht auf, sich zu verbeugen. Dann trank er, ohne abzusetzen, sein Glas aus, stellte es vor Doyen Nam ab und schenkte ihm demutsvoll wieder ein. Doyen Nam tätschelte ihm freundlich die Schulter.

Auch Huisus Glas war leer. Cheon Dalho, der neben ihm saß, schenkte ihm ein. Huisu trank die Hälfte und stellte das Glas wieder auf den Tisch.

Da wandte sich Cheon Dalho zu Doyen Nam und meinte: »Sagen Sie mal, seit wann sind Sie und Yangdong eigentlich so gute Freunde? Wenn man Sie so sieht, könnte man Sie fast für Brüder halten.«

»Wenn ich früher mit Vater Son zum Golf und auf die Jagd gegangen bin, hat er uns oft begleitet.«

Yangdong nickte zustimmend.

»Ah … Und ich dachte, Sie hätten ihm nur ein bisschen Wind in die Lunge gepumpt – aber anscheinend haben Sie ihm auch tüchtig Öl in den Arsch geschmiert«, spottete Cheon Dalho.

»Du bist albern, aber egal. Versucht einfach, miteinander auszukommen, ihr beiden, wo doch jetzt alles hinter uns liegt.«

Cheon Dalho hob sein Glas in Yangdongs Richtung, was Yangdong höflich erwiderte. »Wir haben uns geprügelt, ohne zu wissen, dass wir auf derselben Seite stehen«, sagte Cheon Dalho. »Los, Mann, lass uns Frieden schießen.«

»Das mit Ihrem Neffen tut mir wirklich sehr leid. Es lag absolut nicht in meiner Absicht …«

Cheon Dalho winkte ab, als hätte er genug von der ganzen Sache. Unterdessen betrachtete Huisu in Gedanken versunken die offene Holzdose. Ganz unvermittelt griff er hinein, hob die Lade an, auf der die Ginsengwurzeln lagen; darunter versteckt befand sich eine zweite Dose. Er öffnete sie. Vor ihm lag ein billiger Revolver, der Griff mit blauem Klebeband umwickelt. Er sah aus wie die Revolver Kaliber .38, die er von den russischen Matrosen kannte, oder wie einer der chinesischen Revolver, die über Dalian nach Busan gelangten. Er nahm die Waffe, öffnete die Trommel. Seltsamerweise waren nur fünf Patronen darin.

Hatte das Geld nicht für mehr gereicht? Oder wollte man ihm zu verstehen geben, dass er nicht mehr als fünf Leute erschießen sollte? Huisu war verblüfft. Er nahm den Revolver heraus, hielt ihn an sein Ohr und schüttelte ihn, als wollte er sich vergewissern, dass es eine echte Waffe war. Die Gäste waren so beschäftigt mit Essen, Trinken, Plaudern und Lachen, dass sie nicht auf ihn achteten. Nur Yongkang, der seinen Platz nicht verlassen hatte, beobachtete Huisu ruhig. Der Rindsbouillon-Alte Vater Kim hatte sich mit seinem Glas neben Doyen Nam gesetzt und war dabei, ihm Honig ums Maul zu schmieren. Auch Yangdong scharwenzelte weiter um Doyen Nam herum und versuchte, seine Aufmerksamkeit auf sich zu lenken. Huisu richtete die Waffe auf Yongkang, der auffordernd die Arme ausbreitete, als wollte er Huisu dazu einladen, ihm ins Herz zu schießen.

Erst da nahm auch Doyen Nam, dem es schwerfiel, sich auf das Geschwätz von Vater Kim zu konzentrieren, den Revolver wahr. »Was ist denn das, Huisu?«

»Ein Revolver.«

Doyen Nam wiegte bedächtig den Kopf. »Ich meine, warum spielst du mit so einem gefährlichen Ding?«

»Wissen Sie, warum es heißt, dass Gangster keine Leute töten, deren Namen auf Besitzurkunden stehen, Herr Doyen?«

Doyen Nam stutzte und schüttelte den Kopf.

»Weil sie zu gierig sind.«

»Jeder Mensch hat doch seine Begierden, wo ist das Problem?«

»Nun, wenn man zu gierig ist, hat man zu viel Fantasie, und zu viel Fantasie führt dazu, dass man in ständiger Angst lebt. Und wenn man zu viel Angst hat, ist man kein Gangster mehr.«

»Und dann?«

»Dann ist man nicht mehr in der Lage, das zu schützen, was man schützen muss.«

»Und du, Huisu, was willst du schützen?« Huisu hob den Blick und schaute in den Sternenhimmel, als dächte er über diese Frage nach. »Nun, ich glaube, dass es vor noch gar nicht so langer Zeit durchaus manches gab, was ich schützen wollte. Doch zu viel Unglück hat meine Erinnerung daran ausgelöscht.« Huisu hatte kaum zu Ende gesprochen, da erhob er sich und schoss Doyen Nam eine Kugel mitten ins Herz. Das Gesicht zu dem einer Wachsfigur erstarrt, blieb Doyen Nams Blick unverwandt auf Huisu gerichtet. Die zweite Kugel traf ihn genau in die Stirn. Sie durchschlug den Kopf und riss beim Austreten ein Loch in den Schädel, durch das Blutgerinnsel und Knochenmark quollen wie frisch passierte Tomaten. Das Glas rutschte Doyen Nam aus der Hand, und er sackte über dem Tisch zusammen. Unmittelbar darauf wurde Yangdong, der Huisu verblüfft ansah, von zwei Bauchschüssen getroffen. Brüllend ging er zu Boden, den verletzten Bauch mit beiden Händen umklammernd. In diesem Moment kam Doyen Nams Leibwächter San zum Tisch gerannt. Noch bevor zu erkennen war, ob er vorhatte, sich auf Huisu zu stürzen, oder ob er sich nur ein Bild von Doyen Nams Zustand machen wollte, packte ihn einer von Cheon Dalhos Männern im Genick, ein zweiter verdrehte ihm den Arm, und ein dritter stieß ihm ein Sashimi-Messer in die Seite. Alle Bewegungen griffen perfekt ineinander wie eine im Vorfeld einstudierte Choreografie. Obwohl er verletzt war, hob San den rechten Arm und versetzte dem Messerstecher einen Faustschlag ins Gesicht. Dann schüttelte er die beiden anderen mit der ganzen Wucht seines mächtigen Körpers ab, und sie rollten über den Boden. Er stürzte auf den Tisch zu, als ihm ein vierter Mann ein Messer in den Rücken stieß. San rammte ihm den Ellbogen in den Schädel. Ein fünfter Mann kam von hinten dazu und gab San einen gewaltigen Hieb gegen die Schulter. Währenddessen war einer der zu Boden gegangenen Männer aufgestanden und stach San mehrmals in den Bauch. Ein paar Meter konnte er sich noch weiterschleppen, dann ging er vor dem Tisch in die Knie. Unzufrieden mit dem, was seine Untergebenen zustande gebracht hatten, erhob sich Cheon Dalho und riss einem von ihnen das Sashimi-Messer aus der Hand. Von links nach rechts schnitt er San damit die Kehle durch. Aus dem klaffenden Hals kam ein nasses Gurgeln. Stumm hielt sich San noch ein paar Sekunden auf den Knien, dann kippte er nach vorn.

Auf dem Rückweg zu seinem Platz griff Cheon Dalho dem leblosen Doyen Nam in die Haare, riss ihm den Kopf nach hinten, und sein Körper fiel zu Boden. Cheon Dalhos Hände waren blutverschmiert. Er nahm eine Flasche vom Tisch, goss den Schnaps darüber und trocknete sich die Hände an einer Serviette ab.

»Mann, was für ein Scheißegoist, und hat sein Leben lang so getan, als wäre er fair und gerecht. Los, schafft mir dieses Arschloch hier weg.«

Cheon Dalhos Männer packten Doyen Nams und Sans Leichen und schleiften sie zum Heck, während Yangdong sich noch auf dem Boden wand. Cheon Dalho setzte sich auf Doyen Nams Stuhl, schenkte sich ein Glas Wasser ein und kippte es in einem Zug hinunter. Als sein Blick auf den zuckend am Boden liegenden Yangdong fiel, schnalzte er gereizt mit der Zunge. »Tss, was macht der da eigentlich noch? Verdirbt uns den Appetit und nimmt uns die Lust zu trinken.« Wieder füllte er sein Glas, diesmal mit Hochprozentigem, und leerte es, ohne abzusetzen. »Ich habe diesen Drecksskerl immer für einen Bären gehalten, aber in Wirklichkeit ist er ein verdammter Fuchs. Tja, manchmal trügt der Schein wirklich.«

Yangdongs Körper krampfte, die Beine zitterten.

»Wir haben unser Gespräch gar nicht zu Ende geführt, Kleiner Bruder Huisu. Ich bin mir nicht sicher, ob ich dich richtig verstanden habe: Du wolltest sagen, dass wir jetzt quitt sind, was Amis Tod betrifft?«

Huisu antwortete nicht.

»Er war mein Neffe, aber seien wir ehrlich, Ami konnte er nicht das Wasser reichen. Kein großer Verlust für mich. Ist das okay für dich?«

Die Rindsbouillon-Alten, die Zuhälter aus Wollong und Cheoljin konnten nicht fassen, was da vor ihren Augen geschah. Es hatte allen die Sprache verschlagen, und die Stimmung am Tisch war angespannt. Yongkang verfolgte das Geschehen mit ausdrucksloser Miene. Huisu legte den Revolver auf den Tisch, als wäre nun alles geregelt.

»Eine Kugel bleibt ja noch«, sagte Cheon Dalho.

»Ich habe mir genommen, was ich brauchte. Sie können sie gern haben.«

»Ich habe dir geholfen, dich da zu kratzen, wo es dich gejuckt hat, jetzt könntest du für mich ja wohl das Gleiche tun, oder?«

»Wenn es Sie irgendwo juckt, kratzen Sie sich selbst. Lassen Sie die Hände der anderen aus dem Spiel. Und wenn es wirklich zu schwierig für Sie ist, kaufen Sie sich einen Rückenkratzer.«

»Nein, nein, du hast mich anscheinend nicht richtig verstanden. Ich wollte sagen, wenn man etwas isst, das ein anderer zubereitet hat, dann muss man hinterher wenigstens spülen. Sonst ist derjenige, der sich die ganze Arbeit gemacht hat, ein bisschen enttäuscht, verstehst du?« Cheon Dalho warf ihm einen gnadenlosen Blick zu. Huisu, der durchaus ahnte, was der andere erwartete, wollte ihm eigentlich nicht gehorchen. Wobei der Todgeweihte so oder so sterben würde, egal, ob Huisu sich weigerte. Sie befanden sich auf einem Verrückten Boot, das man erst verlassen konnte, wenn alles vorbei war. Huisu nahm den Revolver wieder in die Hand und sah sich die Trommel an. Er hatte wirklich noch einen Schuss.

569

»Ich kann also auf egal wen schießen?«, fragte er und lachte.

»Natürlich! Wer den Revolver in der Hand hat, der entscheidet. Du kannst auf mich schießen, auf Yongkang, auf Cheoljin oder, wenn du willst, auch auf dich selbst«, erwiderte Cheon Dalho in heiterem Ton. Das Spielchen bereitete ihm sichtlich Freude. Als er grinste, verwandelten die beiden Narben sein Gesicht in eine hässliche Fratze. Huisu legte den Finger auf den Abzug und hielt sich den Lauf des Revolvers ans Ohr. Dann schüttelte er die Waffe ein wenig, als wäre er neugierig auf das Geräusch, das dabei entstand.

»Sie haben ja vor, zu verschwinden, Großer Bruder Yongkang, oder?«, fragte Huisu.

»Ich habe dir gesagt, dass ich weg bin, sobald mein Tank voll ist.«

»Ist er denn immer noch nicht voll, dieser verdammte Tank?«

»Du hast gerade Doyen Nam getötet, jetzt weiß ich nicht mehr, wer mir den Rest füllt.«

Yongkangs Blick wanderte zwischen Cheon Dalho und Huisu hin und her.

Cheon Dalho lachte auf. »Los, schieß ruhig schon mal auf Yongkang. Ich gebe dir noch eine Kugel.«

»Wer von uns hat Sie informiert?«

»Warum willst du das wissen? Jetzt ist doch alles vorbei.«

»Aus reiner Neugier. Jeongbae? Dodari?«

»Dodari.«

Nun gut, dachte Huisu und nickte. Dann richtete er den Revolver auf Cheoljin, der schon seit einer Weile zitterte. Als Huisu aber auf ihn zielte, entspannte sich sein Gesicht, als hätte sich etwas in ihm gelöst. Müde und resigniert sah er ihn an.

»Cheoljin«, sagte Huisu, »ich hoffe, dass du in deinem nächsten Leben – weit weg von einem Ort wie Mojawon – einen guten Vater bekommst, einen reichen, mächtigen, anständigen Vater.«

570

Cheoljins Augen wurden feucht. Er lachte traurig. »Es gibt keine guten Väter in dieser Welt. Die Väter sind schwach, und ihre Kleinen winseln. Die Väter sind schwach«, sagte Chelojin leise.

Vielleicht hatte er recht, dachte Huisu. Miese Sache, so ein Vater. Vielleicht von Natur aus, noch bevor er überhaupt Vater wurde, vielleicht aber auch erst im Laufe der Zeit. Wehte draußen eisiger Wind und strichen die Wölfe ums Haus, waren die Väter schwach, und die Kleinen wimmerten und winselten. Cheoljin nickte. Huisu zielte auf sein Herz und drückte ab.

Lange trieb das Verrückte Boot auf dem dunklen Meer dahin, ehe das Schleppschiff es fand. Im Heck stand eine riesige Zerkleinerungsmaschine, größenmäßig nicht zu vergleichen mit dem Schredder der Kastanieninsel. Cheon Dalhos Männer schleiften alle Leichen ins Heck des Schiffs. Huisu gab vor, eine Zigarette rauchen zu wollen, und blieb vorne am Bug. Wie aus der Ferne hörte er das Röhren des Motors. Ihm war übel.

Cheon Dalho kam zu ihm und zündete sich ebenfalls eine Zigarette an. »Als du gestern Abend zu mir gekommen bist, war ich wirklich sehr überrascht. Ich hatte damit gerechnet, dass du dich auf Doyen Nams Seite schlägst.«

Huisus Blick wanderte zerstreut über das Meer und die tanzenden Wellen. Das aus dem Schredder ins Meerwasser laufende Blut verteilte sich um das Boot. Die ganze Nacht über würden Fische in Schwärmen dieses Blut, diese Knochenteile und diese Fleischstückchen verschlingen.

»Jemand, aus dem inzwischen Fischfutter geworden ist, hat mir einmal gesagt: In dieser Welt gewinnt nicht, wer Anstand hat, in dieser Welt gewinnen die Verräter.«

Cheon Dalho sah Huisu fragend an.

»Und Sie, Cheon Dalho, sind der größte Verräter von allen, habe ich recht?«

Sichtlich verärgert warf ihm Cheon Dalho einen giftigen Blick zu. Doch dann breitete sich ein Grinsen auf seinem Gesicht aus. »Du hast schon einen guten Blick, du kleiner Klugscheißer.«

DAS ENDE DES SOMMERS

Der Sommer neigte sich dem Ende zu. Vater Son war ins Hotel zurückgekehrt. Der Arzt hatte ihn gewarnt: Er sei zwar wieder bei Bewusstsein, doch lange würde er nicht mehr durchhalten. Vater Son hatte trotzdem darauf bestanden. Er wollte nicht im Krankenhaus sterben. Einen ganzen Vormittag lang hatten die Hotelangestellten medizinische Geräte von der Intensivstation ins Mallijang geschafft, wo rund um die Uhr ein Arzt und zwei Schwestern für ihn zuständig waren.

Als Huisu das Zimmer betrat, lag Vater Son mit Sauerstoffmaske im Bett, den Blick ins Leere gerichtet wie ein Mensch, der schon alles hinter sich gelassen hat. Huisu nahm neben dem Bett Platz.

»Ist alles vorbei?«, fragte Vater Son, nachdem er die Sauerstoffmaske abgenommen hatte.

»Es ist alles vorbei.«

Vater Son seufzte erleichtert. »Cheon Dalho ist ein brutaler Kerl, aber mit ihm wirst du besser leben können als mit Doyen Nam. Er ist ein Gangster der alten Schule. Fast schon sentimental.«

Ein wenig außer Atem, setzte Vater Son die Maske für einen kurzen Moment wieder auf. Huisu sah ihn traurig an.

»Es geht schon«, fuhr Vater Son fort. »Der Körper will nicht mehr recht, aber in meiner Seele herrscht Frieden. Es fühlt sich so an, als wäre sie bis zur Blase runtergewandert. Ich fühle mich gut verankert und sehr wohl.«

»Wie hat Ihre Seele es denn bis zur Blase runtergeschafft?«

»Doch nicht wörtlich, du Witzbold. Wenn ich gewusst hätte, wie viel Ruhe es mir schenken würde, hätte ich dir schon viel früher alles vermacht und wäre jeden Tag angeln gegangen.«

»So ist das Leben. Auch die Frauen geben sich nicht unbedingt dann hin, wenn man sie darum bittet.«

Lächelnd nahm Vater Son Huisus Hand. »Du wirst dich anstrengen müssen. Diese Position ist sehr viel schwieriger und einsamer, als man denkt.«

»Ich weiß. Machen Sie sich keine Sorgen um mich und versuchen Sie, wieder auf die Beine zu kommen.« Huisu tätschelte ihm die Hand.

Vater Son setzte die Maske wieder auf. Sein Atem ging pfeifend und schwer. In seinem Blick, der zur Decke wanderte, war keine Spur mehr von Gier. Nach einer Weile nahm Vater Son die Sauerstoffmaske wieder ab und wandte sich zu Huisu.

»Huisu, ich bitte dich, lass Dodari am Leben. Er ist so dumm, dass er dir nicht im Weg stehen wird. Lass unseren armen, hirnlosen Dodari mit seinem gebrauchten Mercedes sein ausschweifendes Leben führen.«

Vater Sons Stimme hatte plötzlich sehr eindringlich geklungen. Dass Dodaris Leben die einzige Sorge war, die den alten Mann noch umtrieb, rührte Huisu. Er nickte. Vater Son schloss die Augen, vor Erschöpfung vom vielen Reden oder einfach nur, weil alles gesagt war. Huisu schob ihm vorsichtig die Sauerstoffmaske über den Mund und legte seine Hand unter die Decke. Lange blieb er neben Vater Son sitzen, der längst eingeschlafen war; dann verließ er das Zimmer.

Huisu begab sich in den Garten des Hotels und zündete sich eine Zigarette an. Es war fast Mitternacht. Aus der Go-go-Bar im Keller des Hotels kam noch Musik. Auf einer Bank ihm gegenüber saß eine Frau und rauchte. Sie musterte Huisu aufmerksam. Sie schien sich für unsichtbar zu halten. Ihr Gesicht kam Huisu bekannt vor. Wohl eins der Mädchen aus der Go-go-Bar, doch ihr Name fiel ihm nicht ein. Als sie ihre Zigarette zu Ende geraucht hatte, verschwand sie nicht in der Bar. Zu Huisu ging sie aber auch nicht. Wie eine Straßenkatze lief sie zwar nicht davon, kam aber auch nicht näher, sondern zog es anscheinend vor, Abstand zu halten. Huisu winkte sie zu sich. Sie wirkte überrascht, stand aber auf, ging zu ihm und ließ sich auf die Bank fallen. Offenbar hatte sie schon einiges getrunken. Sie hatte eine starke Fahne.

»Warum beobachtest du mich in der Dunkelheit?«

»Ich beobachte Sie doch nicht, was ist das für eine Frage!«

»Ich habe gesehen, dass du mich beobachtet hast.«

Huisus Widerspruch und sein Ernst schienen sie nicht aus der Fassung zu bringen.

»Ist es denn verboten, Sie anzugucken? Ich mag Sie, deshalb habe ich Sie angeguckt.«

Huisu lachte auf, als machte er sich über ihre Naivität lustig.

»Ich mag Sie schon lange«, sagte die Frau.

»Das sind Dinge, die man mir hätte sagen müssen, bevor ich geheiratet habe. Was soll ich damit jetzt anfangen?«

Nun lachte die Frau. Sie streckte ihre Beine von sich und fing aus Spaß an, sie zu grätschen und wieder zu schließen. Der kurze Rock rutschte ihr dabei über die Hüften.

»Wie alt bist du?«

»Sechsundzwanzig.«

»Hast du ein bischen Geld auf die Seite legen können?«

»Nein, ich habe jede Menge Schulden.«

»Setz alles dran, so viel Geld wie möglich zu verdienen. Und dann geh weg von hier.«

»Ich setze schon alles dran, aber das Geld will nicht bleiben. Was soll ich da machen?«

»Geh einfach trotzdem weg von hier.«

Huisu stand auf. Die Frau blieb sitzen, sah ihn von unten an. Sie war betrunken und strahlte eine große Verletzlichkeit aus. Obwohl sie schlank war, hatte ihr Körper etwas Pralles, eine überbordende Fülle, als könnte sie jeden Moment platzen und dann in sich zusammenfallen.

»Wollen Sie nicht mit zu mir?«, fragte sie.

»Wo wohnst du?«

»Da hinten, ist ganz nah.« Die Frau machte über die Schulter hinweg eine wedelnde Handbewegung.

Huisu starrte sie einen Moment lang an, dann sagte er: »Weißt du, warum ein Barmädchen nicht sparen kann? Weil sie Mistkerle wie mich mit nach Hause nimmt. Nimm nie einen Gangster mit zu dir. Hab keinen Umgang mehr mit ihnen.«

»Hier gibt's aber nur Gangster. Mit wem soll ich denn sonst Umgang haben?«

»Mit einem Beamten, ja, genau, einem Beamten, der nicht trinkt, nicht raucht und keine Freunde hat. Wenn du so einen findest, heirate ihn sofort.«

Worauf Huisu sich umdrehte und mit Riesenschritten im Hotel verschwand.

Eine Woche später starb Vater Son. Die dreitägige Beisetzung verlief friedlich, ohne jeden Zwischenfall und ganz nach dem Willen des Verstorbenen, der sich eine möglichst schlichte Beerdigung gewünscht hatte. In den Zeitungen erschienen keine Traueranzeigen. Bestattung und Einäscherung fanden in derselben Trauerhalle statt wie die von Chef Og, oben am Berg. Als die Nachricht von der Beerdigung die Runde gemacht hatte, stiegen die Leute aus Guam im Gänsemarsch den Berg hinauf. Sie aßen ihre Schale Ragout und tranken ihr Glas *soju*, sie redeten und lachten und warfen am Ende ein paar Tische um. Dann gingen sie wieder nach Hause. Also eine ganz gewöhnliche Beerdigung, ganz wie es sich Vater Son gewünscht hatte. Nur ein bisschen mehr Ragout und ein bisschen mehr *soju* als sonst mussten bereitgestellt werden; und ein bisschen mehr Streit geschlichtet.

Drei Tage nach der Beisetzung von Vater Son wurde Huisu feierlich in sein Amt eingeführt. Am Morgen war er zum roten Leuchtturm am Ende der Mole von Guam gewandert und hatte übers Meer zur Insel Yeongdo geblickt. Das Wasser war noch warm, die Feriensaison aber vorbei; am Leuchtturm war es menschenleer. Gegenüber, auf der anderen Seite der Meerenge, gab es auf der Insel Yeongdo auch eine Mole, an deren Ende ein weißer Leuchtturm aufragte. An jeder Meerenge standen diese weißen und roten Leuchttürme, einer auf jeder Seite, doch ihre genaue Bedeutung kannte Huisu nicht. Sie dienten den in den Hafen einlaufenden Schiffen als Markierung, so viel war klar. Huisu sah die beiden Leuchttürme jedes Mal, wenn er herkam, hatte sich über ihren Zweck jedoch nie Gedanken gemacht. An diesem Morgen hätte er gern mehr darüber gewusst.

Der Himmel war wolkenlos. Auch sein Chauffeur Sunbaek schaute ein paar gut genährten Möwen nach. Er schien dieses Meer zu lieben, genauso wie Vater Son. Huisu mochte es nicht. Besonders im Sommer, wenn einem die feuchte, stickige Luft wie eine riesige Qualle an der Haut klebte.

»Wann hast du das Meer zum ersten Mal gesehen?«, fragte er Sunbaek. Eine einfache Frage, die eigentlich keiner längeren

Reflexion bedurfte, doch Sunbaek machte ein verdattertes Gesicht und schien nachzudenken.

»Weiß nicht, ich hab's oft im Fernsehen gesehen.«

»Was du im Fernsehen siehst, ist ja nicht das echte Meer.«

»Wenn die Leute im Fernsehen Tiger oder Giraffen sehen, reden sie hinterher drüber, als hätten sie sie wirklich gesehen.«

Huisu sah ihn an. Er verstand einfach nicht, was im Hirn dieses Menschen vor sich ging. Was waren das jedes Mal für Antworten? Er winkte ihn zu sich heran. Als Sunbaek vor ihm stand, hielt Huisu ihm die geöffnete Hand hin, als wollte er ihm etwas darin zeigen. Neugierig beugte sich Sunbaek darüber, und als das Gesicht nah genug war, klatschte ihm Huisu die flache Hand mitten in seine Visage. Sunbaek taumelte zurück, als hätte ihn ein Blitz getroffen.

»Wenn ich dir eine Frage stelle, hör auf, stundenlang nachzudenken, und antworte mir einfach. Kapiert?«

Sunbaek nickte.

»Was habe ich gesagt?«

»Nicht stundenlang nachdenken, einfach antworten.«

»Genau. Wann hast du das Meer zum ersten Mal gesehen?«

»Als ich nach Guam gekommen bin. Das war das erste Mal«, antwortete Sunbaek, der sich über die unfaire Behandlung zu ärgern schien.

»Na bitte, das reicht doch. Ist doch nicht nötig, verschwurbelte Antworten zu geben, von denen die Leute Kopfschmerzen kriegen.«

»Ich hab mich halt geschämt, dass ich das Meer erst so spät in meinem Leben zum ersten Mal gesehen habe«, sagte Sunbaek missmutig. Doch schon kehrte seine gute Laune zurück, und er fragte Huisu: »Und Sie, wann haben Sie das Meer zum ersten Mal gesehen?«

»Ich bin hier geboren und habe immer hier gewohnt.«

»Mann, was für ein Glück. Ich hab immer auf dem todlangweiligen Land gelebt.«

»Und ich habe das Meer satt.«

In diesem Moment erreichte ein Auto das Ende der Mole und hielt am Fuß des roten Leuchtturms an. Huinkang stieg aus und balancierte geschickt über die Betonblöcke, bis er vor ihnen stand. Huisu sah Sunbaek an und deutete auf ein Lebensmittelgeschäft am anderen Ende der Mole.

»Sunbaek, hol mir eine Flasche Wasser«, sagte er.

»Eine reicht?«

»Ja, eine reicht.«

»Kann ich das Auto nehmen?«

Huisu atmete tief durch, um seine Wut im Zaum zu halten. Es gelang ihm nicht: »Nein, du läufst, du Fettkloß!«

Sunbaek sah mürrisch drein, drehte sich um und setzte sich langsam, mit hängenden Schultern in Bewegung. Nach nicht einmal zwanzig Metern fiel er in einen munteren Laufschritt und schüttelte den Kopf, als wäre ihm gerade etwas Lustiges eingefallen.

Huinkang sah ihm lange nach. »Er kommt doch aus der Provinz Chungcheon, richtig?«

»Nicht ganz, aber in der Nähe.«

»Ich dachte, dass es solche Menschen nur südlich des Nakdong-Flusses gibt, aber der hier ist wirklich ein Phänomen.«

»Ja, nicht? Der ist so ein Unikum, dass ich jedes Mal, wenn ich ihn sehe, an Selbstmord denke.«

Huisu nahm sich eine Zigarette. Huinkang, der nicht rauchte, hatte kein Feuerzeug. Also kramte Huisu seins heraus und versuchte, sich die Zigarette anzuzünden, doch der Meerwind blies die Flamme jedes Mal wieder aus. Huinkang stellte sich mit ausgebreiteter Jacke als Windschutz vor ihn, und endlich gelang es Huisu, die Zigarette anzuzünden. Er inhalierte tief.

579

Huinkang warf einen kurzen Blick auf Huisus Anzug. »Gut, dass Sie einen Anzug angezogen haben, Großer Bruder. Der Anzug ist das, was Ihnen am besten steht.«

»Findest du?«

»Es tut mir leid, aber ich kann bei Ihrem Dienstantritt nicht dabei sein.«

»Mach dir keine Gedanken. Solche Zeremonien sind unwichtig.«

Huinkang sah auf die Uhr.

»Musst du weg?«

»Ja.«

»Wer ist im Moment auf der Kastanieninsel?«

»Dodari und Jeongbae. Zaus ist gestern geschnappt worden, er müsste gerade unterwegs zur Insel sein.«

Schweigend rauchte Huisu weiter. Huinkang sah ungeduldig wieder auf die Uhr, er wartete auf eine Anweisung.

Huisu warf seine Zigarettenkippe auf den Boden und trat sie aus. »Lass Jeongbae am Leben.«

Huinkang machte ein betretenes Gesicht. »Wenn wir sie uns schon vornehmen, warum nicht gleich alle auf einmal? Außerdem ist Jeongbae von allen der Schlimmste.«

»Da hast du recht, Jeongbae ist eine linke Bazille. Er kann uns noch recht nützlich sein.«

Huinkang schien etwas sagen zu wollen, doch als ihn Huisus strenger Blick traf, verzichtete er darauf und nickte nur. »Gut, dann gehe ich jetzt.«

»Ich verlasse mich auf dich.«

Genauso leichtfüßig, wie er gekommen war, balancierte Huinkang wieder zum Fuß des Leuchtturms. Er setzte sich ins Auto, ließ den Motor an und fuhr davon. Huisu betrachtete wieder das Meer, das im Licht der Sonne förmlich zu ersticken schien. Der Sommer lag in den letzten Zügen. Mit den sinken-

580

den Temperaturen würden auch die allerletzten Touristen verschwinden. Dann würde der Winter kommen. Huisu liebte das Wintermeer. Das Wintermeer hatte nichts Stickiges, Klebriges. Ohne das Gedränge der Touristen war es ein kalter, einsamer, melancholischer Ort. Das Wintermeer war schweigsam. Es war nicht verräterisch wie das wimmelnde Sommermeer, das Liebe versprach, aber letztlich nur Tränen und Streit brachte. Huisu hatte nicht mehr den Mut, etwas zu lieben, das Gefahr lief, an ihm kleben zu bleiben. Er glaubte nicht, dass er noch in der Lage war, die Leere zu ertragen, wenn das, was einen umhüllt hatte, plötzlich verschwand. Eine Träne lief ihm über die Wange, dann noch eine und noch eine, immer mehr Tränen, die ihm unaufhaltsam übers Gesicht rannen. Mit beiden Armen umklammerte er die Brust und setzte sich auf den Betonboden. Und so fest er konnte, schlug er mit der Faust auf den Beton, als könnte er damit die Tränenflut stoppen. Huisu schlug und schlug, doch es wollte nicht aufhören, sein ganzes Gesicht war nass von Tränen und Rotz.

In diesem Moment kam Sunbaek zurück, trat leise zu ihm und hielt ihm die Wasserflasche hin, die er gekauft hatte. »Großer Bruder, die Zeremonie fängt gleich an.«

Huisu nickte.

»Die Abgeordneten und der Bürgermeister sind schon da und warten auf Sie.«

Huisu stand auf. Er stieg die Stufen von der Mole bis zum Wasser hinunter. Dort hockte er sich nieder und wusch sich mit Meerwasser das Gesicht. Fast fühlte es sich so an, als könnte das Brennen des Salzes und der Sonne seine Haut von den vielen Verbrechen des Sommers desinfizieren.

Er nahm sein Taschentuch, trocknete sich das Gesicht und ging langsam auf das Hotel Mallijang zu, wo die Zeremonie zu seiner Amtseinführung beginnen sollte.

Die koreanische Originalausgabe ist 2016 unter dem Titel 뜨거운피
(The Boiling Blood) – bei Munhakdongne Publishing Corporation erschienen.

Der Druck dieses Buches wurde durch die finanzielle Unterstützung
des Literature Translation Institute of Korea ermöglicht.

© 2016 by Un-su Kim
Published by agreement with Barbara J. Zitwer Agency, New York
© 2020 der deutschsprachigen Ausgabe
Europa Verlag in Europa Verlage GmbH, München
Umschlaggestaltung: Hauptmann & Kompanie Werbeagentur, Zürich, nach
einer Idee des Originalverlags Munhakdogne Publishing Corporation
Lektorat: Caroline Draeger
Layout & Satz: BuchHaus Robert Gigler
Gesetzt aus der Minion Pro
Druck und Bindung: Pustet, Regensburg
ISBN 978-3-95890-238-1
Alle Rechte vorbehalten.

www.europa-verlag.com